MICHAEL KRESS
NICHT FÜR ALLE ZEIT
Aufbruch
Historischer Roman

MICHAEL KRESS

# *NICHT FÜR ALLE ZEIT*

## Aufbruch

Historischer Roman

Impressum

Texte © Michael Kress 2024
Umschlag © by k-e-coverdesign@gmx.de
Umschlagbild: bgs artMedia e.K (Johann Heinrich Hintze. Berlin - Neuer Markt mit Marienkirche)
Ballonbild: Ralph Sander

Lektorat/Korrektorat:
Michaela Marwich und Bianca Weirauch,
Satz: Katharina Georgi

Verlag
Neopubli GmbH
Köpenicker Straße 154a
10997 Berlin
Druck
epubli ist ein Service der neopubli GmbH Berlin

# Abschied

Stuttgart, Januar 1848

Der eisige Januarwind schlug Eleonore Herbst entgegen, als sie aus der Kutsche stieg, und ließ sie frösteln. Gedankenverloren griff sie nach ihrem Hut, um ihn festzuhalten. Ihre schlanken Finger bekamen die Hutnadel zu fassen. Natürlich, sie hatte ihn an ihrem braunen Haar fixiert, das im Nacken zu einem Knoten geschlungen war. Das war ihr entfallen, wie so vieles in den letzten Tagen. Sie ließ ihre Hand sinken, blieb stehen und wartete, bis ihr Vater ausgestiegen war.

Vor dem Eingang zum Stuttgarter *Hoppenlaufriedhof* standen die Trauergäste. Zur Linken die einfachen Leute. Eleonore erkannte den Böttcher Vogt, von dem alle Fässer im Haus stammten, vom Butterfässchen bis hin zu den großen Tonnen, worin sie die Äpfel aufbewahrten. *Gib den Menschen Arbeit, niemals Almosen,* war die Maxime ihrer Mutter gewesen. Sie wollte das fortführen. Darum hatte Eleonore ihn gebeten, ein paar Kränze zu flechten. Das handwerkliche Geschick dazu hatte er. Ein Anfang. Sie musste später daran denken, ihm seinen Lohn auszuzahlen.

Zur Rechten warteten die Honoratioren Stuttgarts in ihren dunklen Anzügen. Darunter Bürgermeister Gutbrod, weitere Stadträte, Fabrikanten und Rechtsgelehrte, Kollegen ihres Vaters. Dabei stand auch Leutnant August von Engel, der alle um einen Kopf überragte. Er war ihr bereits in der Kirche aufgefallen. Nie, so schien es ihr, verlor er sie aus den Augen. Leutnant von Engel, eine gute Partie, wie alle sagten. Er war der Letzte einer alten Adelsfamilie, besaß ein Landgut und diente in der Garde des Königs. Sein Tschako saß ihm akkurat ausgerichtet auf dem Kopf. Die silberfarbenen Pompons blitzten jedes Mal auf, wenn die tiefstehende Sonne hinter einer Wolke zum Vorschein kam. »Ich bin für dich da«, hatte er gesagt. Sie spürte seinen eindringlichen Blick.

Eleonore hörte Hufe auf das Pflaster schlagen und wandte sich um. Ein Mann im dunklen Anzug führte den Leichenwagen in den Friedhof hinein, der Pfarrer folgte. Ihr Vater hielt ihr seinen angewinkelten Arm hin und sie trat neben ihn, hakte sich ein. Die Geste weckte eine Erinnerung an ihre Mutter, wie sie neben ihrem Vater einherging. Stolz und gütig gleichermaßen. Und heute? Vor drei Tagen war ihre Mutter gestorben. Erst vor drei Tagen? Sie besaß kein Zeitgefühl mehr und der Alltag war ihr entglitten. Ihre Welt stand still. Wann hatte sie das letzte Mal gegessen? Und was? In Gedanken sah sie nur den verwaisten Stuhl mit der hohen Lehne am Tisch.

Eleonore blickte auf den dicken Hals des Geistlichen. Wohlgenährt wie alle Pfarrer, die sie kannte. Sollten die Nachfolger von Jesus nicht teilen, wie er es getan hatte? War sie mit solchen Gedanken allein, jetzt, da ihre Mutter gestorben war?

Immer wenn der Wagen über eine Bodenunebenheit rollte, klapperten die Messinggriffe des Sarges gegen das Holz und die Kränze rutschten hin und her. Hinter Eleonore schniefte Maria unablässig in ihr Taschentuch. Für Eleonore war sie wie eine zweite Mutter. Sie führte seit zwanzig Jahren ihren Haushalt und gehörte längst zur Familie.

Schnee knirschte unter den Rädern des Wagens und unter den zahlreichen Stiefeln. Der Wagen stockte kurz und fuhr dann auf die linke Seite neben einen Grabstein. Eleonore nutzte die Gelegenheit und betrachtete den Trauerzug, der sich gleich einer riesengroßen Raupe den Weg bis hinunter zur Friedhofsmauer hinzog. Die Gassenjungen bildeten den Schluss. Sie sprangen weder wie Flöhe umher, noch lärmten sie, was sie sonst taten. Mancher der Jungen hatte bestimmt heimlich eine Träne vergossen und sich an die großen, rotgelben, saftigen Äpfel erinnert, die ihre Mutter immer aus einem Fass zauberte, wenn es galt, einen Dienst zu belohnen, und sei er noch so klein gewesen.

Sie wandte ihr Gesicht ihrem Vater zu. Seine grauen Augen blickten leer geradeaus, seine Haltung glich der einer Marionette mit durchgetrennten Schnüren. Keine Spur mehr von der Kraft, die sonst von ihm ausging. Sein Anzug schlotterte um seine dürren Beine. Und sie, würde sie je wieder lachen können?

Der Zug erreichte die Grube, die sich schwarz von der Umgebung abhob. Eleonore roch die frisch ausgehobene Erde, sah den Totengräber. Der lehnte sich an ein steinernes Rondell, das im Hintergrund in die Höhe ragte. Dieses Grabmal gehörte dem Geheimrat Johann Daniel Sick und Eleonore hoffte, dass ihr Vater bei Mutters Ruhestätte auf derlei Pomp verzichten würde.

Männer traten vor, nahmen die Kränze herab und hoben den Sarg vom Wagen herunter. Gemessenen Schrittes trugen sie ihn zum Grab. Der Pfarrer ging mit gesenktem Kopf an die Stirnseite.

Die Träger nahmen links und rechts Aufstellung und ließen den Sarg an Tauen hinabgleiten. Stoßweise stieg der Atem der Männer in kleinen Wölkchen auf. Eleonore schluckte. Vor wenigen Tagen hatten sie noch gemeinsam das Jahr 1848 begrüßt, hatten miteinander gelacht. Nun blieben ihr nur liebevolle Erinnerungen an ihre Mutter. »Ach Kind!«, hatte diese oft zu ihr gesagt.

Sie trugen nicht nur ihre Mutter zu Grabe, Eleonore verlor eine Verbündete. Sie spürte, wie ihr Vater neben ihr bebte.

»Asche zu Asche, Staub zu Staub«, sagte der Pfarrer.

Ihr Vater warf als Erster mit einer kleinen Schaufel Erde ins Grab. Die Klumpen schlugen polternd auf den Sarg. Eleonore tat es ihm gleich und reichte die Schaufel an Maria weiter. Keiner der höhergestellten Männer drängte sich vor. Ihre Mutter hatte keine Standesunterschiede gekannt und das wurde heute stillschweigend akzeptiert. Würde auch sie den Spagat hinbekommen, bei allen Anerkennung finden?

Leutnant von Engel wollte sie heiraten, obwohl sie nur eine Bürgerliche war, nicht dem Adel angehörte. Liebte er sie so sehr? Oder lag es daran, dass er der Letzte seiner Familie war, dass er niemanden um Erlaubnis fragen musste?

Einer nach dem anderen beugten die Trauergäste ihr Haupt vor der Toten, verharrten einen Augenblick und bekundeten ihr Beileid.

»Sie war eine herzensgute Frau«, murmelte einer.

Eleonore klammerte ihre Hände um den Arm ihres Vaters und zog ihn ein Stück zurück. Er war der Grube immer näher gerückt.

August von Engel trat vor, nahm seinen Tschako und grüßte steif. Wie auf dem Kasernenhof. Der Wind fuhr in seine blonden Haare. *Ich bin für dich da,* hallten seine Worte in ihrem Kopf. Wollte sie das?

Von der Straße her ertönte heftiges Hufgeklapper, sodass sich alle umwandten. Eleonore sah uniformierte Reiter in Zweierreihen herantraben. Ihnen folgte eine große Kutsche. Als sie anhielt, stob eine Schneewolke um sie herum auf. Eleonore erkannte das königliche Wappen.

»Der König«, raunten die Leute.

Von Engel stand direkt neben ihr. Sie hörte, wie er scharf die Luft einsog und seine Hacken zusammenschlugen. Der König stieg aus der Kutsche in ein Spalier seiner Garde, bedeutete ihnen zu warten und ging allein weiter. Die Trauergäste bildeten eine Gasse, die Frauen knicksten, die Männer hoben ihren Zylinder und neigten ihren Kopf. Von Engel salutierte.

»Es tut mir ja so leid«, sagte der König an Eleonores Vater gewandt. »Ich bin so schnell gekommen, wie es die Straßen zuließen. Ein großer Verlust.«

Ihr Vater nickte stumm. Er hatte dem König während der Befreiungskriege, so besagten Gerüchte, das Leben gerettet. Ihr Vater schwieg darüber oder nannte es Fantastereien. So oder so, aus gegenseitigem Respekt war eine Freundschaft entstanden. Seit Jahren beriet er den König in Rechtsfragen.

König Wilhelm trat ans Grab, machte das Kreuzzeichen und verharrte für einen Augenblick. Als er sich umdrehte, blickte er Eleonore in die Augen. Sanft legte er eine Hand auf ihren Arm.

»Nun seid Ihr die Dame des Hauses.«

*Ich bin erst neunzehn,* dachte Eleonore.

»Ihr werdet Eurem Vater zur Seite stehen, wie sie es getan hat«, fuhr der König fort.

Ihr wurde heiß. Sie sah ihn an, öffnete den Mund und brachte doch kein Wort heraus.

Der König wechselte ein paar Worte mit ihrem Vater, umarmte ihn zum Abschied und nickte Eleonore zu, als wolle er seine Worte bekräftigen. Leutnant von Engel salutierte erneut. Wieder öffneten die Trauergäste eine Gasse.

Ein paar Männer schwenkten ihren Zylinder, als die königliche Kutsche davonfuhr. Die Trauergemeinde folgte schweigend. Eleonore blieb mit ihrem Vater am Grab zurück.

»Er ist eigens gekommen«, sagte ihr Vater, »um mir beizustehen.« Er blickte nach oben. Die Bewölkung hatte zugenommen und es begann zu schneien. Er streckte seine Hand aus und eine Schneeflocke landete auf seinem Wildlederhandschuh. Eleonore sah zu, wie sie langsam schmolz.

»Selbst der Himmel zollt Henrietta Respekt. Dich versorgt zu sehen, das ist mein größter Wunsch. Der Schlüssel zu einer angesehenen Stellung in der Gesellschaft ist die Ehe. Und Leutnant von Engel …« Er hielt inne, als Eleonore seinen Arm losließ. Sie hatte noch nie ihre Gefühle vor ihm verbergen können.

»Ich …« Ihre Lippen bebten. Wie sollte sie in Worte fassen, was sie bewegte? Ohne ihn damit zu enttäuschen? Sie wollte nicht aus Vernunft heiraten, sondern aus Liebe. Sie wollte lieben. Danach sehnte sie sich. Die Blicke der jungen Männer hatten ihr gefallen. Seitdem

August von Engel um sie warb, hielten sich andere zurück. Sein Werben schmeichelte ihr, aber sie empfand keine Liebe für ihn. Ob sich das ändern würde?

Der Druck auf ihrer Brust wurde stärker. Als habe jemand ein Seil um sie gespannt und zöge die Schlinge fester zu. Sie presste ihre Lippen zusammen. Mit einem Mal wurde ihr klar, dass sie jetzt nicht schweigen durfte. Sie atmete tief ein.

»Ich habe dich, Vater.«

*Du musst stark sein,* ging es ihr durch den Kopf. Sie nahm seine Hände, spürte, wie sie zitterten. Noch fester drückte sie, bis das Zittern nachließ, ganz endete.

»Wir haben uns«, sagte sie.

Er löste sich von ihr, tätschelte zärtlich ihren Arm und nickte. Sein Gesicht war ernst.

»Lass uns gehen.«

Schweigend gingen sie den Weg entlang. *Der König hatte recht,* dachte sie. Ihr Vater würde sie brauchen und sie wollte ihm eine gute Gefährtin sein.

Am Ausgang des Friedhofs erwartete sie August von Engel und sah ihnen entgegen. Nein, er schien wieder ganz auf sie fixiert zu sein. Hinter ihm stand sein Bursche und hielt sein Pferd am Zügel.

»Ich muss zum Dienst«, bedauerte von Engel, griff nach ihrer Hand und deutete einen Handkuss an.

Durch ihre Handschuhe hindurch spürte sie seinen Atem.

»Ich werde Sie bald besuchen kommen«, sagte von Engel. Sie nickte, wandte sich um und schritt, Arm in Arm, mit ihrem Vater davon, froh darüber, mit ihm allein sein zu können.

# Herzlich willkommen

## Bremerhaven, Januar 1848

Das Paketschiff glitt durch die Hafeneinfahrt Bremerhavens. William Garrison Euskirchen kletterte behände die Sprossen der Wanten hinauf und hielt sich an den Tauen fest, die von einer dünnen Eisschicht überzogen waren. Schemenhaft tauchten zwischen einzelnen Nebelschwaden die Umrisse der Häuser auf.

William beugte sich weit vor, packte das Tau fester und ignorierte den aufkommenden Schmerz. Kälte kroch durch das Leder seiner Handschuhe. Seine ganze Aufmerksamkeit galt dem Land. Dreizehn Jahre waren vergangen, seitdem er die Heimat als Kind verlassen hatte. Zurück kam er als Korrespondent. Würde es ihm gelingen, an seine Erfolge anzuknüpfen?

Um besser sehen zu können, kniff William die Augen zusammen. An der Kaje warteten Fuhrwerke, daneben standen ein paar Männer, in dicke Mäntel gehüllt. Über den Rücken der Pferde lagen grobe Decken, Atemwolken stiegen aus den Nüstern der Tiere. Keine der Gestalten kam ihm bekannt vor. Erwartete er allen Ernstes, dass Friedrich ihn hier bereits begrüßte? Würde er ihn überhaupt erkennen? Vor vierzehn Jahren hatten sie einander zuletzt gesehen, und da war er noch ein Knabe gewesen. Es gab so viele Fragen. Warum hatte sein Bruder nie mit ihm Kontakt aufgenommen? Hatte Friedrich ebenfalls angenommen, er sei tot? Hatten sie ihn ebenso belogen?

Möwen kreischten oben im Nichts. Gleich Lotsen

geleiteten sie die *Boston*. Ihr Erscheinen war allgemein begrüßt worden, versprachen sie doch eine baldige Ankunft. Unter William drängten die Passagiere an die Reling, schwatzten in allerlei Sprachen und Dialekten durcheinander. Matrosen verrichteten fluchend ihren Dienst inmitten dieses gestikulierenden Menschenknäuels.

Das Schiff glitt langsam der Hafenmauer entgegen und die Wasserfläche dazwischen schrumpfte mehr und mehr zusammen, bis nur noch ein schmaler, dunkler Streifen verblieb. Wellen klatschten gegen die Bordwand, Kommandos ertönten. Die Matrosen holten Segel um Segel ein. Die Taljen quietschten, Füße trampelten auf dem Deck und ließen die Planken erzittern. Alle Geräusche verwoben zu einer Melodie, die vom Ende einer langen Reise kündete. Taue flogen an Land und dienstbare Geister griffen die wassertriefenden Hanfseile auf, zurrten sie an dicken Pollern fest. Die letzten Wasserreste zwischen Rumpf und Befestigungsmauer gurgelten davon und polternd schlug der Holzsteg auf die Kaje. Das Schiff kam zur Ruhe.

Die Passagiere wurden umso lebendiger. William sprang auf die Planken, mitten hinein in das Durcheinander. Seine Hände waren steif vor Kälte. Mehrmals ballte er sie zu Fäusten, bis schmerzhaft sein Blut wieder zu zirkulieren begann.

»So haben Sie das Ziel Ihrer Reise erreicht«, riss ihn die schnatternde Stimme von Blasius aus seinen Gedanken. Der stand dicht hinter ihm. William roch den nach altem Käse stinkenden Atem des Stoffhändlers. Wie ein Schatten hatte ihn der Mann verfolgt. Ihm aus dem

Weg zu gehen, war schlichtweg unmöglich gewesen, zumal Stürme sie tagelang unter Deck festgehalten hatten.

Demonstrativ wandte er ihm den Rücken zu. Blasius zeigte sich wenig beeindruckt, rückte noch näher heran und zupfte ihn am Ärmel.

»Ein Wort im Vertrauen«, raunzte er.

William drehte sich um. »Was denn?« Er schob die Hand des anderen beiseite.

»Es ist gefährlich, Briefe einzuschmuggeln«, flüsterte Blasius.

William erstarrte. »Woher wisst Ihr …?« Er brach ab. Blasius musste ihn beobachtet haben.

Der nickte. Seine listigen Augen blitzten.

»Das geht Euch nichts an«, blaffte William, der sich wieder gefangen hatte. Er sah dem Händler in die Augen. »Es ist auch gefährlich, sich in anderer Leute Angelegenheiten zu mischen.«

Blasius wich von ihm ab. Zum ersten Mal.

Der Sog der übrigen Passagiere trennte sie. William schob die dicht beieinander wogenden Menschen zur Seite und erreichte den Holzsteg. Nur mit Mühe fand er Halt am Seil des Steges. Immer wieder stießen ihm Mitreisende ihre Ellenbogen in die Seiten, traten ihm fremde Füße auf seine. Endlich war er durch.

William ging wenige Schritte auf den Pflastersteinen und blieb stehen. Nun lag es an ihm, Erfolg zu haben, gelesen zu werden. In Gedanken sah er die Artikel, die er in die Staaten senden würde, sah den Hinweis:

*Von unserem Korrespondenten William Garrison Euskirchen.*

Seine Artikel gegen die Sklaverei hatten in Boston für

Aufsehen gesorgt. Dazu war Blut geflossen. Nicht nur sein Blut. William presste seine Lippen zusammen. Er glaubte an die Kraft des geschriebenen Wortes, daran, dass Änderungen möglich waren.

In einem großen Netz hievten Matrosen das Gepäck der Passagiere von Bord. Koffer und Taschen purzelten auf den Boden wie ein Fang frischer Fische. Gleich darauf folgten die ersten Frachtkisten. Ein Schatten trat in Williams Blickfeld. Vollmatrose Moore. Er trug Williams Seekiste. Auf seinen Schultern glich sie einem Spielzeug. Der Seemann blickte umher und winkte einem Mann, der ein paar Meter entfernt mit seinem Leiterwagen stand. Der Dienstmann trottete heran und nahm seine Mütze ab.

»Wenn's recht ist, werde ich Ihr Gepäck zum Gasthof bringen«, bot Moore William an und knallte die Kiste auf den Leiterwagen.

»Sagt dem Wirt, ich komme nach.« Er fischte aus seiner Jacke ein paar Münzen und reichte sie Moore. »Das Amtshaus …«

»Ist gleich dort oben«, fiel ihm der Matrose ins Wort. »Sie kommen direkt darauf zu.«

»Und den *Goldenen Schlüssel* finde ich in einer der Nebenstraßen?«

»In der *Mittelstraße*«, sagte Moore. »Bereits die zweite Abzweigung. Die Stadt ist noch recht klein.«

»Dann sehen wir uns später zu einem Bier«, sagte William.

Moore war ihm im Laufe der vierzigtägigen Überfahrt stets eine Hilfe gewesen. Der Seemann grinste breit, tippte an seine Stirn, als salutiere er, und marschierte los. Der Leiterwagenmann folgte. Die beiden

Männer verschwanden im Nebel. William hörte noch eine Zeit lang die Holzräder über das Pflaster rumpeln.

Die meisten Passagiere hatten die Kaje verlassen. Blasius stand wenige Meter entfernt und sprach mit einem glatzköpfigen Mann, den William nicht kannte. Im Gegensatz zu ihm wurde der Stoffhändler also empfangen. Er sah, wie der Mann Blasius eine Münze reichte. Der beäugte das Geld, als sei es ein Schmuckstück, wendete es ein paarmal und gab es mit einem Kopfnicken zurück. Dann legte er eine Hand auf die Schulter des Glatzköpfigen, ging mit diesem ein paar Schritte und überreichte ihm einen Umschlag. *Was mochte Blasius dem Fremden überreicht haben,* überlegte William. Er wusste von diesem kaum etwas, hatte aber das Gefühl, dass der nahezu alles von ihm wusste.

Der Glatzköpfige klemmte den Umschlag unter seinen Arm und stakste die Straße hoch. Blasius sah ihm nach, entdeckte William und trat auf ihn zu.

»Eine dringende Sache, nichts für die Schneckenpost«, erklärte er. Dann rief er eine nahe stehende Kutsche heran. »Ihnen eine glückliche Heimkehr«, murmelte Blasius noch, dann wandte er ihm den Rücken zu.

William deutete eine Verbeugung an. Ihm sollte es recht sein, dass der Mann kein Interesse mehr an ihm hatte. *Leb wohl, du Klette,* dachte er. *Auf dass wir uns nie mehr wiedersehen.*

Vorsichtig ging er über das nass glänzende Pflaster weiter. An den Rändern lagen schmutziggraue Schneereste. Nach einer Weile sah er ein Haus, dessen Front von vier Säulen dominiert wurde. Das musste das Amtshaus sein. William blickte zum Anlegeplatz. Weitere

Passagiere folgten ihm. Er wollte die Formalitäten schnell hinter sich bringen.

Friedrich hatte ihm geschrieben, wie er mit den Behörden umgehen sollte. Einen Satz hatte er unterstrichen: »Achte die Interessen der Behörden, und sie werden bald jedwedes Interesse an dir verlieren.« Dazu gehörte nun einmal die polizeiliche Meldung.

William betrat das Gebäude und stand bald einem streng dreinblickenden Mann in Uniform und mit Backenbart gegenüber. Er dachte an Blasius und die Papiere, die er unter dem Hemd verbarg. Wie Feuer lagen sie auf seiner Brust. Es war seine Idee gewesen, Briefe von Auswanderern mitzunehmen und sie direkt den Verwandten in Deutschland zu übergeben. Dabei ging es William nicht darum, die Briefe an der Zensur vorbeizuschmuggeln, mehr um den direkten Kontakt mit den »Daheimgebliebenen«, über die er berichten sollte.

William unterdrückte den Impuls zu schlucken. Stattdessen lächelte er und händigte seinen Ausweis aus. Der Beamte schrieb Notizen in ein Buch, sah von Zeit zu Zeit auf, fixierte William eindringlich und vertiefte sich wieder in das Papier.

»Sie sind amerikanischer Staatsbürger«, brummte der Beamte. War das eine Frage oder eine Feststellung? »Die Angaben Ihrer Statur entsprechen den Tatsachen. Sogar die Narbe ist vermerkt.«

Die Narbe!

Sie verlief in gerader Linie, wie eine Rinne, vom Haaransatz hinunter bis zu seiner linken Augenbraue. Eine stete Mahnung an William, besonnener zu handeln.

Der Beamte las weiter: »Hier steht, Sie wollen Deutschland bereisen.« Er hob seine Stimme: »Das ist sehr ungenau. So geht das nicht. Sie sind mit Ihren dreiundzwanzig recht jung. Man hört so viel von herumziehenden, Unruhe stiftenden Studenten.«

»Ich bin Korrespondent«, sagte William.

»Und weiter?« Der Beamte sah ihn erwartungsvoll an. Wie ein Lehrer, der auf die Antwort seines Schülers wartete, insgeheim aber schon ahnte, dass dieser nichts wusste.

William wollte Zeit gewinnen und betrachtete die große Landkarte, die an der Wand hing. Sie zeigte die Staaten des Deutschen Bundes. Da jeder Staat anders eingefärbt war, ähnelte sie einem bunten Flickenteppich. Alle sechsunddreißig Staaten, mochten sie noch so klein sein, regierte jeweils ein Fürst. Dessen Angehörige, Prinzen und Prinzessinnen, lebten auf Kosten des Volkes.

William tippte auf die Karte. »Zunächst nach Berlin«, sagte er.

Wie mochte es Friedrich ergehen?

»Und weiter?«, fragte der Beamte.

Pochte seine Narbe? Die Briefe würden seine Reiseroute bestimmen, doch davon konnte er nicht erzählen. Williams Finger strich über die Karte nach unten und schwenkte nach links.

»Natürlich werde ich Stuttgart besuchen, meine alte Heimat.«

Die Blicke des Beamten folgten seinem Finger. Wie eine Hyäne, die Blut gerochen hatte. William überlegte, wie er den Beamten befriedigen konnte. Würde Geld helfen? Ihm kam eine bessere Idee. William trat von der Karte zurück und nestelte an seinem Mantel herum. Papier raschelte unter dem Stoff.

Die Augen des Beamten wurden groß. »Was verbergen Sie da?«

William zog die Zeitung hervor, die er eingesteckt hatte.

»Es ist verboten, deutschsprachiges Schriftgut aus dem Auslande einzuführen«, belehrte ihn der Beamte.

»Dies ist mehr eine Heimkehr.« William strich das Titelblatt glatt. Es war eine Ausgabe der *Königlich privilegierten Berlinischen Zeitung* vom Sommer des letzten Jahres. Zwischen den Anzeigen für Bandwurmkuren und einem Café, das zum Tanzabend einlud, hatte er eine Annonce seines Bruders entdeckt.

»Also Preußen!«, stellte der Beamte fest. »Und wohin in Berlin? Kennen Sie denn jemanden dort?«

William blickte auf. »Mein Bruder ist Portraitmaler am Hof des Königs.«

Der Beamte nahm schlagartig Haltung an. Als sei der König in diesem Moment selbst eingetreten. William unterdrückte ein Schmunzeln. In Wahrheit wusste er nicht, ob sein Bruder tatsächlich am Hof des Königs verkehrte. In der Anzeige hatte nur gestanden, dass der am Hofe bekannte Portraitmaler Friedrich Euskirchen seine Dienste anbot.

Der Beamte vergrub seine dicke Nase erneut in Williams Ausweis, murmelte ein paar unverständliche Worte und kritzelte etwas hinein. Zum Schluss stempelte er ihn lautstark ab und gab ihn endlich zurück. »Heute werden Sie kaum weiterreisen. Wo gedenken Sie zu nächtigen?«

»Im *Goldenen Schlüssel*«, antwortete William, der froh war, dass er sich an den Namen der Gastwirtschaft erinnerte, die ihm Moore empfohlen hatte.

Der Beamte notierte dies in seinem Buch. Die weiteren Formalitäten waren schnell erledigt. Nein, zu verzollen habe er nichts. Sein Gepäck, ein paar Kleider, Schreibzeug und Bücher, seien bereits im Gasthof.

Wieder vor dem Haus, atmete William tief durch. Und jetzt zur Post. Die lag in unmittelbarer Nähe. Es gab zwei Eingänge. Einer war für die Hannoverische Post, der andere für die Bremische. Da der ganze Postverkehr in die Vereinigten Staaten über Bremerhaven abgewickelt wurde, wählte William den bremischen Eingang. Wieder stand ihm ein Mann mit Backenbart gegenüber.

»Ich bin Korrespondent aus Amerika und möchte immer wieder Briefe in die Vereinigten Staaten senden«, erklärte William.

»So, so, aus Amerika«, bemerkte der Postbeamte. »Wenn Sie Ihren Namen eintragen wollen.« Der Mann reichte ihm Papier und Bleistift.

Anstelle einer Landkarte hing hier ein Plakat, das die feierliche Ankunft des Raddampfers *Washington* zeigte. Darunter stand ein Datum: 19. Juni 1847. Das lag gerade mal ein halbes Jahr zurück.

»Ein großer Tag für Bremerhaven. In nur achtzehn Tagen über das große Meer«, sagte der Beamte stolz, nachdem er Williams Blick zum Plakat bemerkt hatte. William füllte den Zettel aus und reichte ihn zurück. Er hatte wegen des billigeren Preises das Segelschiff vorgezogen.

»Ah!«, entfuhr es dem Postbeamten. »Herr Euskirchen.« Damit verschwand er durch eine Tür, kam aber gleich darauf zurück und gab ihm einen Umschlag.

»Der wurde für Sie angeliefert.«

Ein verblasstes Blau, wie bei den beiden anderen Briefen, die ihm Friedrich geschrieben hatte. William erkannte die Handschrift seines Bruders: »An Herrn Wilhelm Euskirchen, eintreffend aus Amerika«. Ohne Rücksicht auf den Beamten riss er den Brief auf und überflog die wenigen Zeilen.

»Schlechte Nachrichten?«, fragte der Postbeamte.

William schüttelte den Kopf. Es fiel ihm schwer, seine Enttäuschung zu verbergen. Berlin lag nahe, aber das Wiedersehen mit seinem Bruder schien erst einmal auf unbestimmte Zeit verschoben.

Auf einer separaten Karte hatte Friedrich eine Berliner Adresse notiert und dazu geschrieben, hier könne er fürs Erste unterkommen. William faltete den Brief zusammen und steckte ihn in seine Manteltasche.

»Ich reise bis in den Süden Deutschlands und werde Ihnen immer wieder Briefe senden, die mit dem nächsten Postschiff nach New York gehen sollen.«

Der Backenbärtige leierte die Tarife herunter. Je Brief seien das fünfzehn Silbergroschen oder nach amerikanischer Währung sechsundvierzig Cent.

»Ich zahle einen größeren Betrag im Voraus«, sagte William, griff in seine Tasche und legte Geld auf den Tisch. Die Augenbrauen des Beamten hoben sich.

»Ich bitte Sie, Buch zu führen«, fuhr William fort. »Wenn ich wiederkomme, können wir dann abrechnen.«

So schwierig, wie Friedrich ihm den Umgang mit der Obrigkeit geschildert hatte, empfand William das gar nicht. Er griff erneut in seine Tasche und fischte weitere Münzen hervor.

»Für Ihre Mühe«, sagte er.

Der Postmeister strahlte. Mit einem Mal war er zuvorkommend und höflich. Ja, natürlich, eingehende Briefe für ihn könne man ihm nachsenden, egal, wohin er in Deutschland reisen würde. Wenn er nur immer schön seine Adresse weitermeldete.

William trat aus dem Postgebäude. Der Nebel hatte sich verzogen, dafür schneite es. Er lief am Hafenbecken entlang. Dicht an dicht vertäut lagen dort die Segelschiffe. Gedämpft drangen Stimmen an Land. Packhäuser und Handelskontore säumten die Straße. Er begegnete nur wenigen Passanten.

Gegenüber einem Frachtsegler nahm er auf einem Poller Platz. Über ihm wirbelten dicke Schneeflocken vom dunkelgrauen Himmel herab. Monoton klatschten die Wellen gegen die Mauer. Er schlang den Mantel um sich, stellte den Kragen hoch und neigte den Kopf nach vorne. Seine Gedanken wanderten zurück, zu längst vergangenen Tagen, zu längst vergessenen Orten. Sie waren damals über Le Havre ausgewandert. Dort hatte Vater ihm gesagt, Friedrich sei gestorben. Warum hatte er gelogen? Er hoffte, von Friedrich darauf eine Antwort zu erhalten. War es nicht seltsam, wieder einen Bruder zu haben? Jemanden, mit dem er vertrauensvoll reden konnte. Wenn sie doch nur bereits einander gegenüberstehen würden.

Irgendwo hinter William erklang eine einzelne Schiffsglocke, der bald weitere folgten. Sie verkündeten die Zeit und holten ihn zurück in das Hier und Heute, brachten sein Gemüt in Gleichklang. Er stand auf. *Genug geträumt*, mahnte er sich und klopfte den Schnee von seiner Kleidung.

Gleich in der ersten Seitenstraße sah er das Wirtshausschild *Zum Goldenen Schlüssel.* Mit großen Schritten eilte er die Straße entlang. Schwungvoll betrat er die schummrige Gaststube und übersah dabei den tiefhängenden Türbalken. Es gab einen dumpfen Laut. Ein stechender Schmerz fuhr durch seinen Kopf. Er taumelte vorwärts, griff nach dem Rahmen und schnappte nach Luft. Keiner nahm von ihm Notiz, alle waren sie in Gespräche vertieft. Ein von der Gestalt her rundlicher Wirt versorgte die zahlreichen Gäste emsig mit Bierkrügen. Ein Mädchen ging ihm zur Hand. Sie entdeckte William, der orientierungslos an der Tür lehnte, und deutete mit dem Kopf auf einen freien Tisch, der vor dem offenen Kamin stand. Noch etwas benommen ging William durch umherwabernde Rauchschwaden zu dem angewiesenen Platz. Seufzend plumpste er auf einen Stuhl. Der Gastraum war dunkel und gedrungen. Es roch nach Tabak, Schweiß und muffigen Kleidern. William streckte seine Beine aus. Wasser rann seine Stiefel hinunter auf die Holzdielen und verschmolz mit den Pfützen, die bereits den Boden bedeckten. Offenbar war er nicht der erste Gast, der sich hier aufwärmte.

Er strich die rebellische Locke über seinem linken Auge zur Seite und zuckte vor Schmerzen zusammen. Neben der Narbe fühlte er deutlich eine Beule.

Das Mädchen trat an seinen Tisch. »Was darf es sein?«, fragte sie.

William blickte umher.

»Ein Bier und das Gleiche wie der Herr dort drüben«, bestellte er und zeigte zu einem Nebentisch.

Ein Holzscheit knackte im Feuer, Funken stoben in die Höhe. Die letzten Schneeflocken in Williams dunklen

Haaren schmolzen dahin. Er öffnete die Knöpfe seines Mantels, zog ihn aus und legte ihn über die Stuhllehne. Die satte Wärme schläferte ihn ein. Hin und wieder betraten neue Gäste die Schankstube und brachten eine kühle Brise mit.

Ein weiterer Gast trat ein. William erkannte den Glatzköpfigen, runzelte die Stirn und richtete sich auf. Der hatte ihn nicht gesehen, ging zu einem Tisch in der Ecke, hob eine Zeitung auf und begann zu lesen. Vor ihm lag der Umschlag, den ihm Blasius übergeben hatte. Dessen Dringlichkeit schien den Boten nicht zu kümmern.

Das Mädchen brachte Williams Essen. Erbsenbrei mit verkochten Kartoffeln und einer Scheibe trockenen Schwarzbrots. William aß mit wachsendem Appetit. Kein Festmahl, aber allemal besser als die karge Kost auf dem Segelschiff. Erst als der Teller leer war, blickte er wieder hoch.

Der Glatzköpfige legte gerade die Zeitung beiseite, nahm einen großen Schluck aus seinem Bierglas und entdeckte dabei William. Einen Moment verharrte er in der Bewegung. Dann stellte er das Glas ab. Zitterte dabei seine Hand oder war es nur eine Sinnestäuschung? Der Mann wich seinem Blick aus, stand auf, legte ein paar Münzen auf den Tisch und eilte zum Ausgang. Dort erschien Moores massige Gestalt. Der Glatzköpfige drückte sich an dem Seemann vorbei. Moore strahlte William an.

»Lausiges Wetter.«

»Kann man sagen«, murmelte William abwesend. Dann wuchs in ihm die Vorfreude auf einen langen

Abend mit Moore. Bei einem Bier würde es nicht bleiben.

»Sieh sich das einer an«, rief der Wirt im Hintergrund. Er hielt eines der Geldstücke des Glatzköpfigen in die Höhe.

»Eine Münze mit zwei identischen Seiten«, sagte er in die Runde und reichte sie weiter. Sie gelangte zu William. Der staunte ebenfalls. Es war ein Silbergroschen. Beide Seiten zeigten den Kopf Friedrich Wilhelm IV, des preußischen Königs. *Wohl eine Fehlpressung,* überlegte er. Dann sah er wieder den Stoffhändler, wie der eben von diesem Mann eine Münze erhalten und eingehend geprüft hatte. Besaß der Glatzköpfige noch mehr dieser Fehlprägungen? Was mochte der Grund sein?

»Ich würde Ihnen gerne die Münze abkaufen«, sagte William zum Wirt. »Für den doppelten Wert. Es sind ja auch zwei Könige drauf.«

Die übrigen Gäste lachten schallend.

Der Wirt nickte. »Warum nicht?«

# Geheimnisse

Potsdam und Stuttgart, Januar 1848

Prinz Wilhelm von Preußen wartete im Hotel *Deutsches Haus* in Potsdam auf seinen Gast. Er stand am Fenster, die Hände hinter dem Rücken verschränkt, und blickte hinunter auf die Straße. Die Kirchturmglocken der Stadt hatten schon vor einigen Minuten die volle Stunde geschlagen. Unglaublich! Sein Gast ließ ihn warten.

Endlich trat sein Adjutant ein. Er wandte sich ihm zu.

»Herr Euskirchen«, meldete er.

»Worauf warten Sie, lassen Sie ihn eintreten. Meine Geduld ist erschöpft«, befahl er.

Der Adjutant ging vor die Tür, kam aber sogleich mit dem Gast zurück. Der trat ein. Der Adjutant zog sich zurück und schloss leise die Tür.

Regentropfen perlten an Friedrich Euskirchens Umhang ab. Er verharrte einen Moment, verneigte sich und kam dann näher.

»Königliche Hoheit«, grüßte er.

Der Prinz nickte stumm.

In der Hand hielt Friedrich Euskirchen einen Zylinder. Wasser tropfte auf das Parkett. Sein schwarzes Haar, in dem sich erste graue Strähnen zeigten, glänzte feucht. Als Portrait- und Landschaftsmaler hatte er es zu Ansehen gebracht, aber in seinem zweiten Metier, dem Geheimdienst, galt er als einer der Besten. Der Prinz traute ihm nicht über den Weg. Er fürchtete seine Verschlagenheit genauso wie dessen Netz an Spitzeln.

Nichts blieb ihm verborgen, so hieß es. Deswegen wollte der König, sein Bruder, dass er Friedrich Euskirchen nach Paris entsandte.

Als der nähertrat, verharrte der Blick des Prinzen für einen Moment am linken Ärmel des Mannes, der lose herabhing. *So hatte der Besucher wenigstens einen Makel,* dachte er.

»Ihr Bruder kommt zu einem denkbar ungünstigen Zeitpunkt«, brach es aus ihm heraus und er verwarf damit all die schönen Worte, die er sich zurechtgelegt hatte.

»Er ist ein Geschenk des Himmels!«, widersprach Friedrich mit einem Schmelz in der Stimme, der laut Gerüchten bei Frauen wahre Wunder bewirkte. Der Prinz hob irritiert die Augenbrauen.

»Er ist mein Passierschein zu den Demokraten. Überall wo er ist, werden sie ihn umringen«, fuhr Friedrich fort. »Und ich werde dabei sein.«

»Das ist in der Tat ein Aspekt«, gab der Prinz widerwillig zu, dem die Selbstsicherheit seines Besuchers erheblich gegen den Strich ging. »Doch ist er Ihr Bruder.«

»Nicht nur das«, frohlockte Friedrich. »Er soll ein Spiegelbild meiner selbst sein, so berichten meine Agenten. Wer ihm vertraut, kann mir nicht misstrauen.«

»Am Ende könnte man glauben, Sie hätten alles so geplant«, sagte der Prinz.

»Ich plane auf alle Fälle, ihn mit Bettina von Arnim bekannt zu machen«, sagte Friedrich. »Immerzu schreibt sie Briefe an den König, bittet um Vergebung für Verbrecher, appelliert an seine liberale Gesinnung. Seine Majestät lässt sich blenden und reicht jenen die

Hand, die nur Böses im Schilde führen.«

»Sie ist eine Plage an Gutmütigkeit«, stimmte der Prinz zu. Was sagte er da? Er räusperte sich und wandte seinem Gast den Rücken zu. Wähnte sich Euskirchen auf einer Stufe mit ihm? Nur gut, dass es der König ihm übertragen hatte, mit diesem verschlagenen Agenten zu reden. »Es steht Ihnen nicht zu, über den König zu richten«, sagte er.

»Das würde ich mir niemals anmaßen. Aber ich werde Ihren Bruder, den König, dazu bringen, dass er ihre Briefe nicht einmal mehr mit der Zange anfasst«, versprach Friedrich.

Der Prinz wollte nicken, hielt aber mitten in der Bewegung inne. Bettina von Arnim, diese Ausgeburt einer herzensguten Frau! Mit ihrem Armenbuch hatte sie Öl ins Feuer gegossen, hatte die unteren Schichten zum Aufbegehren ermutigt. Und dann dieser Titel: »Dies Buch gehört dem König«. Noch heute schwollen ihm die Adern an, dass dies sein Bruder nicht unterbunden hatte. Wie schwach er doch war.

Der Prinz drehte sich wieder zu seinem Besucher um. So falsch schien es ihm auf einmal gar nicht, jemanden wie Friedrich Euskirchen bei der Hand zu haben. Der besaß allem Anschein nach Tatkraft. Man sollte nicht alles Metternich und seinen Gefolgsleuten in Wien überlassen.

»Wegen Ihres Bruders kann ich Sie nicht mit der Angelegenheit betrauen, die dem König so wichtig ist. Mein Bruder möchte wissen, was in Paris los ist. Die Franzosen sollen uns nicht ein weiteres Mal überraschen wie anno 1789 oder anno 1830. Jemand muss sich vor

Ort ein Bild machen.«

»Beides lässt sich miteinander verbinden«, entgegnete Friedrich völlig ungerührt.

Der Prinz hob ein weiteres Mal die Brauen.

»Seine Majestät hat mit mir darüber gesprochen, als ich ihn heute traf«, sagte Friedrich Euskirchen.

Dem Prinzen verschlug es die Sprache und er fragte sich, welche Rolle er überhaupt spielte? Seine Hände begannen zu zucken. Schnell verschränkte er sie hinter seinem Rücken. Er wollte dem Agenten gegenüber keinerlei Schwäche zeigen.

»Seit ich seinen Brief erhielt, habe ich jemanden auf meinen Bruder angesetzt«, berichtete Friedrich. »Keiner seiner Schritte bleibt mir verborgen.«

Offenbar war das Netz an Spitzeln, das Friedrich Euskirchen unterhielt, noch größer und dichter, als er vermutet hatte. Da galt es aufmerksam zu sein.

»Doch bleibt er Ihr Bruder.«

»Was nicht sein Schaden sein muss.« Friedrich lächelte. »Ich lasse ihm alle Freiheiten. Er soll ruhig Kontakte knüpfen. Die werden mir später nützlich sein.«

»Mein Adjutant wird Ihnen Informationen zukommen lassen«, antwortete der Prinz knapp. *Und ich werde dafür Sorge tragen, dass man dich im Auge behält,* dachte er im Stillen. Skrupel gehörte offenbar nicht zu Friedrichs Schwächen. Das galt es zu berücksichtigen. Dem Wunsch des Königs wurde also entsprochen, oder war es mehr der Wunsch Friedrich Euskirchens? Der Prinz war jedenfalls froh, als alles gesagt war und er seinen Gast verabschieden konnte. Sein Adjutant trat ein.

Eine Weile blickte der Prinz nachdenklich aus dem Fenster. Ihm missfiel die vertraute Umgangsweise seines Bruders mit Friedrich. Der blieb ein Spitzel. Da kam ihm ein Gedanke. Er eilte an seinem Adjutanten vorbei zur Tür. Linker Hand lag der Korridor verlassen. Aber zur Rechten, nur wenige Schritte entfernt, stand Friedrich Euskirchen und blickte in einen Wandspiegel. Eben richtete er sich zur vollen Größe auf. Er lächelte sein Spiegelbild an, und als er ihn sah, nickte er ihm zu. Erst dann machte er kehrt und ging davon. Der Prinz von Preußen sah ihm nach.

»Gebe Gott, dass er stets auf unserer Seite steht«, murmelte er.

***

Eleonore legte ihre Stickerei zur Seite und blickte aus dem Fenster hinunter in Richtung der Stadt. Sie liebte die Aussicht. Besonders am Abend, wenn die Dämmerung einsetzte, der Himmel sich erst dunkelblau und dann schwarz verfärbte. Ganz Stuttgart breitete sich vor ihr aus. Gaslichter beleuchteten matt die Pflastersteine und markierten den Verlauf der Straßen.

Am Vorgarten vorbei marschierte eine Abteilung Infanterie im Gleichschritt. Das Stampfen ihrer Stiefel durchbrach die Stille. Als Kind hatte sie gerne den Soldaten zugeschaut, war ihnen nachgerannt und hatte ihre Uniformen bewundert. Da hatten sie noch in der Stadt nahe der Rotebühlkaserne gewohnt.

Vor fünf Jahren waren sie in das neue Haus gezogen, das auf der Anhöhe oberhalb der Stadt lag. Die Straße war damals noch ein besserer Feldweg gewesen. Seither waren weitere Häuser entstanden, doch noch immer gab es größere Baulücken. Den Umstand, dass sie hierherziehen durfte, verdankten sie der geheimnisvollen Freundschaft ihres Vaters zum König. *Ich werde ihm das Warum noch entlocken,* dachte sie zum wiederholten Male.

Eleonore hörte die Uhr im Bücherzimmer, die zur vollen Stunde schlug. Um sieben Uhr abends begann ihre Stunde. Ihre Zeit für sich allein, für ihre Träume, ihr Buch. Im Haus war es still. Die Pferde hinten im Stall waren versorgt. Eugen, ihr Kutscher und Hausknecht, polierte den Wagen oder rauchte hinterm Haus genüsslich eine Zigarre. Die Hausarbeit ruhte. Maria saß in ihrer Kammer an irgendeiner Stickerei. Mutters Schlafzimmer war verwaist, ebenso wie die beiden Gästezimmer und noch zwei weitere Kammern im Dachgeschoss für Bedienstete. Weiße Bettlaken deckten dort die Möbel ab.

Im Garten stand der gemauerte Ofen. Den hatte ihre Mutter bauen lassen, und seitdem hatten sie einmal im Monat dort Sauerteigbrote gebacken, die sie dann an Ärmere verteilten. Eleonore hatte mit Maria ausgemacht, diese Tradition beizubehalten. So wollten sie in zwei Tagen den Ofen schüren lassen. Das würde wieder ein Stück Alltag zurückbringen. Ganz abgesehen davon, dass viele der Armen den Tag herbeisehnten. Für die war das Sauerteigbrot jedes Mal ein Festessen.

Eleonore zog den am Boden stehenden Nähkorb heran, um ihre Handarbeit aufzuräumen. Der Korb diente ihr auch als Versteck eines Buches von Bettina von Arnim. Sie hatte Bedenken, ob Vater die Lektüre für gut befand, denn ihre Mutter hatte es offenbar ebenfalls vor ihm in ihrer Wäschekommode verborgen. Dort hatte es Eleonore gefunden.

Insbesondere der Anhang des Buches, in dem die Autorin Schicksale der Arbeiter und ihrer Familien in den Elendsvierteln Berlins beklagte, hatte es Eleonore angetan. Wie das der Familie des Tischlers Krellenberg, die von allem zu wenig besaß. Hatte das Kind seine Gehirnentzündung auskuriert? Wie sah ihr Speiseplan heute aus? Gab es mehr zu essen als die Armensuppe?

Wo die einen alles im Überfluss hatten, kämpften andere tagtäglich ums nackte Überleben.

Bettina von Arnim, die ihre Stimme für die Armen erhob und auf Abhilfe drängte, stand ständig in der Kritik der Minister und Adeligen. In Bayern hatte die Regierung das Königsbuch verboten. In Preußen warf man ihr vor, das Buch habe die Grundlage für den Aufstand der schlesischen Weber geschaffen. Nur weil sie mit dem preußischen König im Briefkontakt stand, war ihr Buch durch die Zensur gekommen.

Vor Wochen hatte Eleonore zum ersten Mal im Königsbuch gelesen und gleich einen Brief an Frau von Arnim geschrieben.

»Ich will gegen die Ungerechtigkeit angehen, wenn ich auch unbedeutend sein mag.«

Die Antwort kam schnell. Maria hatte ihr den Brief heimlich zugesteckt.

»Niemand ist unscheinbar«, hatte Frau von Arnim ihr geschrieben. Jeder könne zu einer besseren Welt beitragen.

Eleonore erfüllte es mit Stolz, dass sie, wie der preußische König, mit Frau von Arnim im Briefkontakt stand. Und auch in Mutters Nachlass hatte sie Briefe von ihr gefunden.

Eleonore seufzte.

Immer diese Heimlichtuerei!

Dabei konnte sie mit Vater über vieles reden. Sprach sie aber über Politik, hob er eine Augenbraue. Ein Zeichen der Missbilligung.

Sie schloss den Nähkorb, stand auf und trat an ihre Frisierkommode. Mit der Hand strich sie über das Furnier des Möbels. Sie dachte an den mit Briefen und Zeitungen vollgepackten Schreibtisch in Vaters Arbeitszimmer.

Sie öffnete die obere Schublade, griff unter den Stapel ihrer Unterwäsche und zog eine rechteckige Mappe mit stabilem Einband hervor. Vorsichtig schlug sie sie auf. Links steckten, von einem Stoffband gehalten, die Briefe der Frau von Arnim. Dahinter, fein zusammengefaltet, ein Zeitungsblatt. Rechts lagen lose Blätter, die Heimat ihrer Gedanken. Warum verweigerte man den Frauen die Scheidung? Einmal verheiratet, bestimmte der Ehemann über Wohl und Wehe seiner Gattin. Wer arm geboren wurde, der blieb ein Leben lang arm. Fehlende Bildung verdammte Menschen dazu, dumm zu sterben. Eleonore zog den Artikel heraus, glättete ihn und begann zu lesen:

***»Bekanntlich hat die geniale Frau Bettina von Arnim den schönen und rühmlichen Entschluss gefasst, dem Armenwesen in Deutschland ihre besondere Tätigkeit zu widmen. Die Ergebnisse will sie in einem besonders***

***ausführlichen Werk der Öffentlichkeit übergeben. Zur Förderung dieses Werkes der Menschlichkeit ergeht ein Aufruf an alle, der Frau von Arnim getreue Berichte über den Zustand der Armut in ihrem Kreis, ihrer Stadt oder in ihrem Dorf zukommen zu lassen.«***

Mit Bleistift hatte ihre Mutter »18. Mai 1844« an die Seite gekritzelt. Eleonore hatte den Zeitungsausschnitt in Bettina von Arnims Buch gefunden. An den folgenden Tagen hatte Eleonore vergebens nach dem angekündigten Buch gesucht und zuletzt Frau von Arnim in einem Brief danach gefragt. Es gäbe kein zweites Armenbuch, hatte die geantwortet. Was mochte der Grund sein?

Dabei herrschte allerorten Armut. Viele wussten nicht, wie sie ihren Hunger stillen sollten, trugen sommers wie winters die gleiche Kleidung. Ständiger Mangel zehrte sie aus, sodass sie krank darniederlagen. Zur Linderung hatten sie nur das Gebet, denn einen Arzt konnte sich nicht jeder leisten. Dagegen besaßen andere ein Vielfaches dessen, was sie zum Leben benötigten. Lag es da nicht nahe, dass diejenigen, denen es gut ging, denen halfen, die zu wenig hatten? War das nicht sogar ihre moralische Verpflichtung?

Eleonore fühlte wieder diese innere Unruhe. Am liebsten würde sie jetzt in die Stadt gehen, die Häuser der Reichen besuchen und ihnen von ihrer Idee erzählen. Von den Patenschaften, die ein jeder übernehmen sollte, der es sich leisten konnte. Würde sie Gehör finden?

Sie steckte das Papier zurück zu den Briefen und überflog ihre letzten Einträge in den Blättern.

Warum hatte Mutter nicht mit ihr über Frau von Arnims Buch gesprochen? Verpasste Gelegenheiten.

Sie fühlte sich wie in einem Elfenbeinturm gefangen, ohne Ansprache, allein gelassen. Wie gerne würde sie Bettina von Arnim persönlich kennenlernen. Die würde sie bestimmt verstehen und ihre Idee mit den Patenschaften gutheißen, sie sogar unterstützen.

Unter anderen Frauen kam sich Eleonore fremd vor. Sie fand keinen Bezug zu deren Problemen, die zumeist von ihren Frisuren oder Modefragen geprägt waren. Sie selbst trug gerne schöne Kleider, und auch sie achtete auf ihre Frisur. Aber das waren für sie Nebensächlichkeiten.

Gab es einen Mann, der sie verstand, der sie akzeptierte, der sie achtete als Mensch, nicht nur als Schönheit? Der ihr beistehen würde? Bei Leutnant August von Engel hatte sie ihre Bedenken. Ein paarmal hatte sie miterlebt, wie unwirsch er seinen Burschen oder andere Soldaten behandelte. Das gehörte wohl zum Alltag einer Armee.

Wieder schlug die Uhr zur vollen Stunde. Zeit für den abendlichen Besuch bei ihrem Vater. *Wie schnell Rituale weitergereicht werden, wenn jemand nicht mehr da ist,* dachte Eleonore. Früher hatte ihre Mutter Vater abends ein Glas Milch gebracht. Heute war das ihre Aufgabe.

Sie verstaute die Mappe sorgfältig, nahm die Lampe und trat in den Flur hinaus. Am entgegengesetzten Ende lag das Zimmer ihres Vaters. Eleonores Kleid streifte den Läufer am Boden. Auf der Kommode im Gang stand bereits das Glas Milch, das Maria dort abgestellt hatte.

Als Kind waren die Bibliothek und Vaters Arbeitszimmer für sie tabu gewesen. Dabei hatten diese Räume sie magisch angezogen. Verborgen hinter Mutters Rock konnte sie hin und wieder einen Blick hineinwerfen. Bücherstapel, aufgeschlagene Zeitungen hatten ihre Fantasie angeregt. In ihrer Vorstellung wuchsen die verbotenen Räume zu riesigen Sälen an, vollgestopft mit dem Wissen der Welt. Ein Paradies für ihren Vater und seine Gedanken. An ihrem achtzehnten Geburtstag hatte Vater ihr dann erlaubt, dieses Zimmer zu betreten. Ob er ahnte, was er damit bei ihr ausgelöst hatte?

Eleonore klopfte an.

»Ja«, hörte sie ihren Vater.

Sie trat ein. Die Tür quietschte. Papiere und Zeitungen lagen durcheinander auf dem Schreibtisch. Ihre Blicke streiften einen Brief. Sie erkannte die geschwungene Handschrift ihres Vaters, die sie so gut nachmachen konnte. Ein weiteres Geheimnis, das auf ihr lastete.

Ihr Vater wandte ihr den Rücken zu. Die Mitte des Tisches hatte er freigeräumt. Gebeugt saß er über einem Briefbogen. Sie trat an Vater heran, stellte die Milch ab und blickte ihm über die Schulter.

Das Blatt war leer.

»Fehlen dir die Worte?«, fragte sie. Sie roch die Tinte.

»Es ist nur, bis ich den Anfang gefunden habe«, sagte er und legte seinen Stift zur Seite.

»Wem willst du schreiben?«

»Ludwig Uhland. Ich finde, es wäre an der Zeit, ihn zu besuchen.«

Eleonore lächelte. Uhland hatte früher mit ihrem

Vater zusammen in einer Stuttgarter Anwaltskanzlei gearbeitet. Als der Dichter nach Tübingen gezogen war, hatte das ihrer Freundschaft keinen Abbruch getan.

»Eine Reise wäre schön«, sagte sie. *Eine Abwechslung obendrein,* dachte sie weiter.

Vater war Mitglied der Museumsgesellschaft, dem Klub des gehobenen Bürgertums in Stuttgart. Dort gab es festliche Bälle, und Eleonore hatte es genossen, von jungen Männern umgarnt zu werden, bis eines Tages Leutnant von Engel erschien und offen um sie warb. Danach hatte keiner mehr gewagt, sie anzusprechen.

Im Klub redeten die Männer über Politik. Wann immer es ging, belauschte Eleonore ihre Gespräche. Dazu reichte es, einen verknacksten Knöchel zu simulieren. Seit Mutters Tod waren sie nicht mehr dort gewesen.

»Es scheinen mir unruhige Zeiten anzubrechen«, sagte ihr Vater und deutete auf eine Zeitung, die neben dem Briefpapier lag.

»Paris ein Pulverfass«, las Eleonore.

»Die Zeit hält nicht stille«, fuhr ihr Vater fort.

Eleonore legte ihre Hand auf seine Schulter. »Wenn die Menschen hungern, begehren sie auf«, sagte sie. Einen Moment wartete sie ab, ob er sie unterbrechen würde.

Er sagte nichts, hob nur eine Augenbraue.

Junge Frauen durften mit ihrer Schönheit kokettieren, aber aus der Politik hatten sie sich herauszuhalten. Dachte Vater ebenso?

»Wäre ich dein Sohn, nicht deine Tochter, würden wir die halbe Nacht über Politik diskutieren«, sagte Eleonore.

Ihr Vater lächelte. »Du bist so gebildet, wie es ein Sohn nicht besser sein könnte.« Er deutete auf die Tür ins Bücherzimmer. »Dort stehen deine Lehrmeister. Sie haben aus dir eine erstaunliche junge Frau gemacht. Du bist mir als Tochter so wertvoll, als seist du ein Sohn.«

Eleonore hätte gerne von ihrem Buch erzählt, von Frau von Arnim. Aber sie verließ der Mut.

»Geh nicht zu spät zu Bett«, sagte sie stattdessen.

»Du bist wie deine Mutter. Fürsorge gepaart mit Charme. Wer könnte da widersprechen?«, antwortete ihr Vater.

# Ein feines Haus

Berlin, Februar 1848

Die Kutsche rumpelte über das Straßenpflaster vor dem Hamburger Bahnhof in Berlin und bog ab in Richtung der Stadt. Sie überholten eine Soldatenkolonne, die im Gleichschritt marschierte, passierten das Brandenburger Tor und reihten sich ein in den Strom der zahlreichen Kutschen und Planwagen, die die dahinterliegende Allee entlangfuhren. Es hatte aufgehört zu regnen.

William gähnte ausgiebig und sog die frische Luft ein, reckte seine Arme in die Höhe und rückte näher an das Fenster. Er betrachtete die Häuser links und rechts sowie die Passanten, die in der Mitte der Straße flanierten. Männer mit Zylindern und Gehstöcken, begleitet von Frauen in weiten, farbenprächtigen Kleidern. Hinter Weidenkörben und Handwagen saßen Bäuerinnen. Kamen sie von den Märkten der Stadt zurück, ruhten sie aus, bevor es nach Hause ging? William sah Männer in derben Leinenhosen, die scheinbar tatenlos herumlungerten. Ähnlich bedauernswerte Gestalten hatten an den Eingängen des Bahnhofs gestanden, hatten um Arbeit gefragt. Waren das die, über die er berichten würde?

Für die fünf Silbergroschen Fahrgeld bekam er einen ersten Eindruck.

»Bei den Reichenbachs wirst du unterkommen, bis ich aus Paris zurück bin«, hatte ihm Friedrich geschrieben, dazu deren Adresse in der Jägerstraße.

William hatte keine Vorstellung davon, wie sein Bruder finanziell dastand. Konnte er vom Malen leben? Er musste zumindest ein gefragter Portraitmaler sein, wenn ihn ein Auftrag nach Paris führte. Die drei Briefe, die er bisher von ihm erhalten hatte, glichen mehr einem Reiseführer, enthielten jede Menge Ratschläge, aber kaum Persönliches.

Die Kutsche bog rechts ab und sie passierten einen weitläufigen Platz. Zwei große Kirchenbauten flankierten diesen links und rechts, an der Längsseite führten breite Treppenstufen hoch zum Eingang eines imposanten Theaterbaus. Noch einmal ging es linksherum, dann stoppte der Wagen. Sie standen vor einem vierstöckigen Stadthaus mit weißer Fassade. William stieg aus und half dem Fuhrmann beim Herunterheben seiner Seekiste. Vor dem Haus standen zwei Tagelöhner mit zerschlissenen Jacken. Ihre Schirmmützen saßen schief auf ihren Köpfen. Sie traten näher.

»Gepäckträger gefällig?«, fragte einer von ihnen.

William nickte. Sie nahmen seine Kiste. Die Reichenbachs wohnten in der ersten Etage. William zog an einer Kordel neben der Wohnungstür und wartete.

Ein älterer Diener öffnete ihm die Tür.

»Sie wünschen?«, fragte dieser.

»Mein Name ist William Euskirchen. Mein Bruder schrieb mir, dass ich hier unterkommen könne«, sagte William.

Der Hausdiener trat zur Seite, ließ die Männer eintreten und die Kiste abstellen. William folgte. Sie standen in einem Vorraum, von dem aus drei Türen abgingen.

»Ich werden den Herrschaften Bescheid sagen.« Damit verschwand der Diener durch die Tür in der Mitte.

William gab jedem der Männer einen Silbergroschen. Kaum, dass er allein war, wurde die Tür zur Rechten einen Spalt geöffnet. Ein rötlicher Haarschopf lugte hervor, zorniges, eindringliches Flüstern bereitete dem ein Ende. Jemand stieß die Tür zu. Der Geruch nach frisch gekochten Kartoffeln blieb zurück.

Der Diener erschien wieder, nahm ihm Schal, Mütze und Mantel ab.

»Wenn Sie mir bitte folgen wollen«, forderte er William auf, führte ihn in ein Bücherzimmer und bat ihn, erneut zu warten.

Ein gusseiserner Ofen stand in einer Ecke. William trat vor und hob ihm seine Hände entgegen. Eine satte Wärme drang in seine Glieder. Er musste an die beiden Dienstmänner denken, die keine Handschuhe getragen hatten und unzureichend gekleidet gewesen waren.

An den Wänden standen raumhohe Regale. Zwei lebensgroße Portraits, die einander gegenüber hingen, unterbrachen die Bücherflut. Das eine zeigte einen Mann im grauen Anzug mit buschigen Augenbrauen, das andere eine Frau in einem himmelblauen Kleid und mit Doppelkinn. Wenn die Bilder nicht einen Meter hoch hingen, hätte man glauben können, die Porträtierten seien aus Fleisch und Blut. Besonders interessierte ihn die Signatur der Bilder. Ein großes, rotes FE, jeweils links unten.

»Ah, da sind Sie ja«, riss eine Stimme William aus seiner Betrachtung. Er fuhr herum. Ein Duplikat des Männerbildes, beide Hände ausgestreckt, trat ihm forsch entgegen. William konnte nicht anders, als ihm ebenfalls beide Hände zu reichen.

»Herzlich willkommen in Berlin, lieber Herr Euskirchen.

Ich bin Jakob Reichenbach«, stellte sich der Mann vor. »Es ist mir eine Ehre, den Bruder unseres Nachbarn und Freundes begrüßen zu dürfen.«

Friedrich wohnte also in diesem Haus. Reichenbach schien seine Gedanken zu erraten.

»Solange Ihr Bruder in Paris weilt, sind Sie natürlich unser Gast. Wir muten Ihnen nicht zu, allein in seinen Räumen zu wohnen. Die liegen eine Etage höher.«

In seinen Räumen? Offenbar wohnte Friedrich komfortabel. In seiner Erleichterung fiel ihm erst nicht auf, dass ihn Herr Reichenbach musterte.

»Das ist interessant«, murmelte er. »Verzeihen Sie, wenn ich Ihnen seltsam vorkommen mag. Sie sehen Ihrem Bruder sehr ähnlich. Davon hat er mir nichts berichtet.« Er dachte kurz nach. »Ach, ich Dummkopf! Wie konnte er, wenn er Sie doch seit Jahren nicht gesehen hat.«

Das Frauenportrait trat nun leibhaftig herein. William entging nicht, dass sie ihn eindringlich inspizierte. Die Nasenflügel der Frau bebten wie bei einem Wolf, der Witterung aufnahm. Ihr Blick verharrte auf seiner Kleidung, wanderte dann zu seiner Narbe und verweilte dort. William trug eine Leinenhose, ein Baumwollhemd und Stiefel. Er hielt alles für zweckmäßig. Ihm behagte nicht, gemustert zu werden. Das erinnerte ihn an die Sklavenmärkte im Süden der Vereinigten Staaten.

»Hedwig, das ist der junge Bruder unseres Freundes Friedrich Euskirchen«, stellte Reichenbach ihn vor. Die Angesprochene schloss ihre Musterung ab und begrüßte ihn ebenso herzlich, wie es zuvor ihr Mann getan hatte.

»Sie kommen passend zum Essen«, sagte Frau Reichenbach mit flötengleicher Stimme. »Ruhn, unser Diener, wird Ihnen Ihr Zimmer zeigen. Ich lasse Ihnen auch frisches Wasser bringen.«

Der Diener geleitete William in einen langen Flur, von dem weitere Türen abgingen. Am Ende lag sein Zimmer. Ein Bett mit weißem Linnen-Bezug stand gleich hinter der Tür, daneben ein Schreibtisch sowie ein Stuhl mit hoher Lehne. Auf dem Tisch stand eine Öllampe. Die andere Wand bedeckte ein wuchtiger Kleiderschrank. Die Lücke zwischen Schrank und Wand, zur Tür hin, ließ gerade noch Platz für seine Seekiste, die jemand dort bereits abgestellt hatte. In der anderen Ecke ragte ein Kanonenofen in die Höhe.

Der Diener zog sich zurück. Gleich darauf klopfte es an der Tür.

»Herein«, rief William.

Ein rothaariges Dienstmädchen brachte eine Keramikschüssel mit dampfendem Wasser. Sie stellte die Schüssel auf den Tisch und legte ein Handtuch daneben.

»Vielen Dank«, sagte William und starrte auf den Nacken des Mädchens. Rote Haare, wie Sarah, seine ehemalige Verlobte. »Du suchst das Abenteuer, ich die Beständigkeit«, hatte sie zu ihm gesagt.

»Wenn Sie einen Wunsch haben, dann ziehen Sie an der Kordel«, sagte das Dienstmädchen und deutete auf eine Schnur, die neben dem Türrahmen herabfiel und oben durch die Wand verschwand.

»Das werde ich tun«, sagte William in der festen Absicht, diese Kordel niemals anzufassen. Ihm waren bereits in Sarahs Elternhaus dienstbare Geister begegnet, und er hatte nur da, wo es unvermeidlich war, auf sie zurückgegriffen.

Das Mädchen machte einen Knicks und ließ ihn allein.

William schüttelte die Gedanken an Sarah beiseite, trat an den Tisch und blickte in das glasklare Wasser in der Emaille-Schüssel. Er hob das Handtuch auf. Ein Rasiermesser rutschte heraus und er bekam es gerade noch zu fassen, bevor es auf der Tischplatte aufschlug. Die ebenfalls eingewickelte Seife fiel indes auf den Boden. Er hob sie auf, roch daran und rümpfte die Nase. Dann klappte er das Rasiermesser auf. In der Klinge konnte er sein Spiegelbild betrachten. Das mit dem Rasieren konnte warten, entschied er zunächst, erinnerte sich aber daran, wie ihn die Dame des Hauses gemustert hatte. Ihr würde es bestimmt nicht gefallen, wenn er unrasiert zum Essen erschien.

Er seifte sein Gesicht ein und zog Bahn um Bahn die Klinge kratzend über seine Haut. Anschließend schöpfte er mit beiden Händen Wasser und wusch die Schaumreste weg. Dann nahm er das Handtuch und rieb sein Gesicht trocken. Die Narbe an der Stirn tupfte er vorsichtig ab. Das Tuch war weich. Eine Wohltat. Als er fertig war, legte er alles neben die Schüssel und trat in den Flur. Ruhn erwartete ihn.

»Hier entlang«, sagte er.

William folgte dem Diener. Im Speisezimmer saßen die Reichenbachs bereits an den Stirnseiten eines langgezogenen Tisches einander gegenüber. In der Mitte war für ihn eingedeckt. Er setzte sich.

Ein Dienstmädchen in weißer Schürze kam herein und stellte eine Suppenschüssel auf den Tisch. Die Dame des Hauses nahm eine Stoffserviette, die kunstvoll gefaltet neben dem Teller gestanden hatte, breitete diese aus und legte sie auf ihren Schoß. William tat es ihr gleich. Ruhn trat vor, hob den Deckel und schöpfte in die Teller.

»Es ist heute ein Alltagsessen«, sagte Frau Reichenbach an William gewandt.

Er nickte. Für seine Verhältnisse schien ihm die Schüssel riesig. Im Waisenhaus wären daraus zehn oder mehr Kinder verköstigt worden. Ihm wurde mit einem Mal bewusst, wie hungrig er war. Er griff nach dem Löffel und sah verstohlen zur Dame des Hauses. Die aß sehr bedächtig. William passte sein Tempo an. Als Hauptspeise wurden auf silbernen Tabletts gebratener Fisch und goldgelbe Kartoffeln gereicht.

»Ihr Herr Bruder«, begann Hedwig Reichenbach, »ist in den Salons der Stadt ein gern gesehener Gast.« Sie tupfte mit der Serviette Soße von ihrem Mund.

»Ich weiß nicht viel über ihn«, antwortete William.

»Da könnte ich Ihnen eine ganze Menge erzählen ...«

»Was wir aber Friedrich selbst überlassen wollen«, unterbrach Jakob Reichenbach seine Frau.

»Wir selbst leben ein zurückgezogenes Leben«, sagte Frau Reichenbach. Minutenlang durchbrach nur das stete Geklapper des Geschirrs das Schweigen, was William recht war.

Das rothaarige Dienstmädchen bediente ebenfalls am Tisch. Sie sah ihn neugierig an, immer mit einem Seitenblick auf die Dame des Hauses. Ruhn reichte Getränke. William nippte vom angebotenen Wein, trank aber hauptsächlich von dem Wasser, das in einer Glaskaraffe bereitstand und das ihm immer sofort nachgeschenkt wurde, wenn er sein Glas leergetrunken hatte.

»Wenn Sie mir in das Herrenzimmer folgen wollen«,

bat ihn Jakob Reichenbach, nachdem sie gegessen hatten.

Ein Feuer loderte im Kamin. An den Wänden hingen Dutzende Bilder. Alle wiesen in der unteren linken Hälfte ein rotes *FE* als Signierung auf.

»Ihr Bruder ist ein eifriger Maler«, sagte sein Gastgeber.

William betrachtete die Bilder nacheinander. Sie zeigten Männer in Paradeuniformen, Frauen in weiten Röcken und mit tiefen Dekolletés. Dann entdeckte er sich selbst. Zumindest schien es William, als betrachte er sein Spiegelbild.

»Ja, das ist Friedrich. Jetzt können Sie mein Staunen verstehen. Es ist frappierend, wie ähnlich Sie ihm sind«, sagte Reichenbach.

William trat näher an das Bild heran. »Allerdings hat er ein paar graue Strähnen.«

»Ihren Bruder, fürchte ich, werden Sie noch eine Zeit lang entbehren müssen. Ganz Paris will portraitiert werden, schrieb er in seinem letzten Brief. So haben Sie ausreichend Zeit, die Stadt zu erkunden. Berlin wächst wie ein Hefeteig. Bald werden eine halbe Million Menschen hier leben.«

»Finden denn alle ausreichend Arbeit und Lohn?«, fragte William.

»Derzeit leider nicht. Borsig, die Maschinenfabrik, die unter anderem Lokomotiven baut, musste wegen fehlender Aufträge einen Großteil der Arbeiter entlassen.«

Reichenbach ging zu einem Stadtplan, der an der Wand hing. William folgte.

»Sehen Sie, da sind wir«, erklärte Reichenbach. Er fuhr mit dem Finger über die Karte. »Dort schließt sich der Gendarmenmarkt an. In den Cafés können Sie die Journale studieren. Es gibt die *Vossische Zeitung*, etliche unbedeutende Provinzblätter, ausländische Journale und natürlich die *Augsburger Allgemeine.* Hierzulande ist die Presse streng reglementiert. Manchmal verschwinden die Zeitungen aus den Lesekabinetten, bevor sie gelesen werden konnten.«

»Ich werde meine Artikel in die Staaten senden. Dort gibt es keine Zensur«, sagte William.

Reichenbach wurde nachdenklich. »Wie Ihr Bruder sagte, sollen Sie über die Verwandten der Auswanderer berichten. Besuchen Sie die Vorstädte, etwa die Rosenthaler Vorstadt.«

Er orientierte sich auf der Karte.

»Hinter dem Oranienburger Tor liegt das Areal der Firma Borsig, die ich bereits erwähnte.« Wieder tippte Reichenbach auf die Karte. »Sie können da entlang der Stadtmauer gehen, vorbei am Hamburger Tor und weiter bis zum Rosenthaler Tor. Manchem gereicht ein Bretterverschlag als Unterkunft, viele wohnen in den Familienhäusern gleich Bienen in ihrem Wabenstock. Ich kann Ihnen ein Buch empfehlen, wo die dortigen Verhältnisse explizit beschrieben sind.«

»Gerne«, gab William zur Antwort.

»Fein, dann lasse ich Ihnen das Buch auf Ihr Zimmer bringen. Bitte vermeiden Sie, meiner Gattin gegenüber davon zu sprechen. Sie regt das ganze Gehabe um die Vorstädte und deren Bewohner immer auf.«

Ruhn trat ein und brachte Kaffee auf einem Tablett.

»Und jetzt, Herr Euskirchen, müssen Sie mir von Amerika erzählen«, bat ihn Reichenbach.

***

Am Abend saß William in seinem Zimmer. Die Öllampe brannte und im Ofen loderte ein Feuer. Satte Wärme drang in seine Glieder. Er setzte sich auf das Bett und zog seine Seekiste heran, öffnete sie und nahm die Wäschebündel nacheinander heraus. Darunter erschien eine lederne Abdeckung, unter der sich ein wenige Zentimeter hoher Zwischenraum befand. Mit seinem Taschenmesser fuhr er in die Ritzen und hob das Leder an. Da lagen mehrere Münzgeldrollen, die ihm Singer, sein Verleger, übergeben hatte. Genug für ein paar Monate. Vielleicht würde es ihm gelingen, ein wenig hinzuzuverdienen. Trotz der Zensur.

William rückte näher an die Lampe heran, nahm den Brief, der bei den Münzrollen lag, und las ihn zum wiederholten Male.

*Lieber William,*

*helfen Sie der Wahrheit auf die Sprünge und fischen Sie Geschichten, die unsere Leser rühren.*

*Ihr Samuel Singer*

William legte den Brief zurück und nahm eine der Münzrollen. Sie wog schwer in seiner Hand. Er legte sie auf die Decke, riss an dem Papier, bis Münzen herauskullerten. Preußische Taler, Silbergroschen und Pfennige. Er musste an die Landkarte Deutschlands denken, die er in Bremerhaven gesehen hatte. Singer hatte ihm erklärt, was er alles an Wechselgeld zu erwarten habe. Karolins, Heller, Groschen, Batzen, Mark und Schillinge. Alles Silber- oder Kupfergeld. Sechsunddreißig Fürsten regierten im Land und jeder brachte eigene

Münzen heraus. Im Norden, unter preußischem Einfluss, galt der Taler als bevorzugtes Zahlungsmittel. Im Süden der Gulden.

William betrachtete die Münzen, nahm eine in die Hand und trat an das hohe Fenster. Unten ratterte eine Kutsche vorbei. Gaslicht erleuchtete matt die Straße. William hob die Münze hoch.

»GOTT MIT UNS« stand auf dem Rand eingeprägt.

Er räumte das Geld zurück in den Zwischenboden, passte das Leder wieder ein und legte die Wäsche obenauf. Dann trat er an den Schrank, griff in die Tasche seines Mantels und fischte das Geldstück heraus, das er in Bremerhaven dem Wirt abgekauft hatte. *Eine seltsame Münze,* dachte er wieder. Er betrachtete sie eine Weile. Sie sah aus wie alle Silbergroschen, nur dass sie eben zwei gleiche Seiten aufwies.

Später saß er am Schreibtisch, tauchte die Schreibfeder in das Tintenfässchen und schrieb. Dem neuen Artikel gab er die Überschrift »In einem feinen Haus«. Darin berichtete er von den Gepflogenheiten seiner Gastgeber, seiner ersten Fahrt durch Berlin. Am Ende legte er diesen Bericht in eine Mappe zu den anderen, die er bereits geschrieben hatte, über seine Ankunft in Bremerhaven, über sein erstes Zusammentreffen mit der Obrigkeit.

Sein Blick fiel auf das Buch, von dem ihm Herr Reichenbach erzählt hatte und das auf dem Schreibtisch auf ihn wartete.

»Lesen Sie den Anhang«, stand auf einem beigelegten Zettel. William blätterte das Buch durch, bis er zu der angegebenen Stelle kam.

*Erfahrungen eines jungen Schweizers im Vogtlande,* lautete die Überschrift des Anhangs. Und weiter: *Der Vater webet zu Bett und Hemden und Hosen und Jacke das Zeug und wirkt Strümpfe, doch hat er selber kein Hemd. Barfuß geht er und in Lumpen gehüllt!*

William las die halbe Nacht.

# Wundersame Tauben

Stuttgart, Februar 1848

Den Tag über hatte es in Stuttgart geregnet. Das Pflaster glänzte feucht. Eleonore trat auf die Straße, schloss die Haustür und ging los, ohne sich umzusehen. Sie hatte von Engels Burschen schon vom Fenster aus entdeckt. Seine Nase lugte ab und zu hinter dem Brennholzstapel hervor.

Vor zwei Wochen war ihr aufgefallen, dass er sie verfolgte. Anfangs hatte sie noch gedacht, der Junge schwärme für sie. Doch dann hatte sie den Spieß umgedreht, war ihm gefolgt und hatte gesehen, wie er schnurstracks zu von Engel gelaufen war. Sie konnte nicht sagen, wie lange das bereits ging. Was dachte sich August von Engel? Wozu ließ er sie bespitzeln? Hatte er Angst, dass es einen Nebenbuhler gab?

Der Bursche würde ihr wieder folgen, das war ihr klar. Eleonore trug ein schlichtes Kleid, passend zu der doch eher ärmlichen Gegend, in die sie wollte. In den Händen hielt sie einen Weidenkorb. Ein Tuch verbarg den Inhalt. Heinrich Vogt würde Augen machen.

Der Weg zu ihm führte durch die halbe Stadt. Sie ging den Hang hinunter und erreichte nach einigen Minuten den Bahnhof. Dicker Rauch stieg hinter den Mauern hoch. Eleonore hörte ein lautes Zischen, als triebe hinter der hohen Fassade ein feuerspeiender Drache sein Unwesen. Erst gestern war sie mit ihrem Vater von Plochingen her mit dem Zug gekommen. Wie schnell waren die Städte, Dörfer vorbeigeflogen und wie sanft waren sie dahingeglitten. Welcher Tortur waren sie dagegen in den schaukelnden Kutschen ausgesetzt gewesen, die sie von Tübingen nach Plochingen gebracht hatte. In alle Richtungen wuchsen die Schienenstrecken. Wenn sie so alt wie ihr Vater sein würde, konnte man bestimmt in jede größere Stadt des Landes mit der Bahn fahren. *Die Zeit steht nicht still.* Hier passte Vaters Spruch.

Am Ende der Bahnhofstraße blieb sie stehen, tat so, als würde ihr Fuß schmerzen, und massierte ihn. Sie sah zurück zum Bahnhofsgebäude. Dort, an einer der Säulen, lehnte von Engels Bursche. Eleonore ärgerte sich über den Leutnant. Sie würde ihn zur Rede stellen. Noch gehörte sie ihm nicht. Der Junge, der ihr da folgte, tat ihr ein bisschen leid. Heute würde er seine Mission nicht erfüllen.

Auf der Königstraße reihte sich Eleonore ein in die Flut an Leibern und achtete darauf, nicht irgendeiner Kutsche in den Weg zu geraten. Diagonal lief sie auf den Durchgang zu, der hin zum Alten Schlossplatz führte, wo Markt abgehalten wurde. Der Schatten des Torweges nahm sie gefangen. Eilig lief sie weiter, löste den Knoten des Kopftuches und nahm dieses ab. Nach einigen Metern gelangte sie ins Freie. Eleonore reihte sich in das Treiben ein. An zahlreichen Ständen wurden allerlei Waren angeboten. Unzählige Mägde liefen mit Körben umher. Alle trugen sie Kopftücher. Darauf beruhte ihr Plan.

Eleonore ging weiter bis zum Alten Schloss und blickte zum Torbogen zurück. Von Engels Bursche trat aus dem Durchgang, blieb stehen und suchte den Platz ab.

Unsicher folgte er erst der einen, dann einer anderen Magd. Sie unterdrückte ein Lachen, wartete, bis ihr der Junge den Rücken zuwandte, und ging rechts vorbei am Alten Schloss.

In Höhe des Waisenhauses hörte Eleonore Kinder im Chor singen. Sie verlangsamte automatisch ihren Schritt, lauschte dem Gesang, erkannte das Lied aber nicht.

»Nicht trödeln da vorne.« Die Stimme eines Mannes beendete ihre Überlegungen. Eine Kindergruppe war eben aus dem Waisenhaus getreten. Ihr Aufseher behielt sie im Auge.

Sie nickte den Kindern freundlich zu. Die sahen sie mit großen Augen an. Der Mann beachtete Eleonore kaum.

*Wie klein wogen ihre Sorgen,* dachte sie, *im Vergleich zu denen der Kinder, die ohne Eltern aufwachsen mussten.*

Sie überquerte die *Hauptstätter Straße.* Nun begann der Teil der Stadt, der *Bohnenviertel* genannt wurde. Dort wohnten Weinbauern und Handwerker. In ihren Gärten bauten sie Bohnen für den eigenen Bedarf an. Offiziell hieß die Gegend Esslinger Vorstadt.

Die Turmuhr der *Leonhardskirche* schlug die volle Stunde.

Eleonore bog vor dem Gotteshaus in die Pfarrstraße hinein. Der Korb wog schwer in ihren Händen. Seit sie gestern Abend mit ihrem Vater aus Tübingen zurückgekehrt war, freute sie sich darauf, Vogt zu besuchen.

Gleichzeitig hatte sie Angst, etwas falsch gemacht zu haben.

Sie erreichte Vogts Haus. Zweimal schlug sie mit dem eisernen Klöppel gegen die Tür.

»Fräulein Herbst«, begrüßte sie der Böttcher freundlich, als er ihr die Tür öffnete.

»Ist sie angekommen?«, platzte Eleonore heraus und trat ein.

Holzbretter in allen Größen bedeckten den Großteil des Fußbodens. Auf dem Tisch lagen die verschiedensten Werkzeuge. In einen Schraubstock war ein Stück Holz eingespannt. Eleonore roch die Holzspäne.

Vogt klopfte den Staub von seiner Schürze. Er deutete ihr geheimnisvoll mitzukommen. Eleonore stellte ihren Korb ab und folgte ihm. Hinter dem Haus lag ein kleiner Garten. Auf einem Feld ragten leere Bohnenstöcke in die Höhe. An die Hauswand gelehnt standen Käfige, geschützt durch eine Bretterwand. Sie trat näher heran. Je ein Taubenpaar belegte einen Käfig.

»Die sehen alle gleich aus«, sagte sie und blickte unsicher die Reihe entlang. Welches war das Tier, das sie dabeigehabt hatte? Sah dessen Gefieder zerzauster aus? Zwanzig Tauben flatterten in ihren winzigen Abteilen. »Ich kann nicht einmal unterscheiden, ob es ein Er oder eine Sie ist.«

Vogt lachte. »Hauptsache, die Tiere können das. Manche der Herren haben eine etwas dickere Nase.« Er trat neben sie.

»Wenn Sie ein Stück zur Seite gehen wollen«, bat der Böttcher. »Es ist Zeit für die Tiere, dass sie ihre Runden drehen.«

Vogt öffnete die Türen der Käfige. Sofort hüpften die Tiere an den Rand und lugten neugierig umher. Schon flatterten die ersten los. Eleonore sah ihnen nach. Die Tiere flogen in einem großen Bogen davon, gewannen stetig an Höhe, wurden zu immer kleineren Punkten und verschwanden dann ganz aus ihrem Blick.

»Haben Sie denn keine Angst, dass eine nicht zurückkommt?«, fragte sie.

»Die kommen alle wieder«, sagte Vogt. »Es sei denn, es holt sie der Habicht.«

»Gibt es denn Raubvögel in Stuttgart?«

Der Böttcher nickte. »Ab und zu kreist einer herum. Aber Gott sei Dank findet er offenbar auch so ausreichend Nahrung.«

»Wann kam die Taube denn heute an?«

Vogt schüttelte den Kopf. »Was heißt heute? Sie kam gestern angeflattert. Gestern Mittag.«

Eleonore sah ihn ungläubig an. »Das kann nicht sein.«

»Wenn ich es doch sage.«

»Aber … aber ich ließ sie erst kurz vor unserer Abfahrt fliegen.«

Der Böttcher legte ihr eine Hand auf den Arm. »Eine Taube kann schnell sein. Länger als zwei Stunden braucht die von Tübingen bis hierher nicht.«

»Zwei Stunden.« Das war ungeheuerlich! Eleonore und ihr Vater waren bis Plochingen unzählige Stunden in der Kutsche herumgeschleudert worden, hatten den Staub der Straßen geschluckt, dabei sämtliche Knochen gespürt. Und die schnellste Kutschenverbindung nach Tübingen benötigte vier Stunden.

Hinter Eleonore regte sich etwas im Käfig.

»Warum fliegen nicht alle?«

»Weil sie Eier ausbrüten.«

»Was?« Eleonore hob ihr Kleid an, ging in die Hocke und begutachtete die Tiere, die noch da waren.

»Es sind vier Tiere, die Nachwuchs erwarten. Jede Taube hat zwei Eier gelegt.«

»Acht Junge! Dann müssen Sie ja anbauen«, mutmaßte Eleonore.

Vogt schüttelte seinen Kopf. »Ich werde sie abgeben«, sagte er. »Aber lassen Sie uns hineingehen, bevor Sie sich erkälten.«

Im Haus ging Vogt zu einem Schrank und holte aus einer Schublade etwas heraus.

»Eure Botschaft«, sagte er und reichte ihr ein Stück Seidenpapier.

»Gruß aus Tübingen«, las sie. Eleonore selbst hatte den Satz gestern geschrieben.

Sie nahm den Korb hoch.

»Das ist für Ihre Tauben.«

Vogt nahm ihn entgegen, lüftete das Tuch. Tadelnd sah er zu Eleonore.

»Die Tauben essen keine Wurst. Und kein Brot.«

»Die ist ja auch für Sie«, lachte Eleonore. »Das Futter liegt darunter.«

»Danke«, sagte der Böttcher leise.

Vogt gehörte zu den Menschen, denen ihre Mutter immer unter die Arme gegriffen hatte. So war im Hause Herbst vom Butterfass bis hin zum Weinfass alles zahlreich vorhanden. Dass Vogt Brieftauben besaß, hatte Eleonore erst vor Wochen zufällig erfahren.

In Vaters Lexikon stand nur wenig über Brieftauben, aber genug, um sie neugierig zu machen. Ihr Interesse war erst recht geweckt, als ihr Vogt von seiner Schwester erzählt hatte. Die wohnte in Marbach. Jedes Mal, wenn sie ihn besuchte, nahm sie eine der Tauben mit und ließ diese fliegen, wenn sie zurück in Marbach waren. So wusste ihr Bruder, dass sie gut nach Hause gekommen war. So war Eleonore auf die Idee gekommen, eine der Tauben nach Tübingen mitzunehmen.

»Was sollen wir denn mit dem mageren Federvieh?«, hatte dort Uhlands Frau gefragt. »Ich habe uns eine Ente besorgt.«

»Das ist eine Brieftaube«, hatte Eleonore ihr erklärt. »Die isst man nicht.«

Sofort war sie mit Frau Uhland in ein Gespräch über die Pflege der Taube verwickelt gewesen, während die beiden Männer lächelnd davongingen.

»Können alle Ihre Tauben so weit fliegen?«, fragte Eleonore den Böttcher.

»Noch viel weiter«, antwortete Vogt.

»Wie finden die nur zurück?« Eleonore hatte selbst in Vaters Bücher keine Antwort darauf gefunden.

»So genau weiß man das nicht«, sagte der Böttcher. »Es wird vermutet, dass es mit dem Erdmagnetfeld zu tun hat.«

»Wie sind Sie zu den Tauben gekommen?«, fragte Eleonore. »Die sind doch bestimmt teuer.«

»Ein Winzer konnte seine Rechnung nicht bezahlen und gab mir stattdessen die Tauben. Zuerst war ich nicht erfreut, jetzt möchte ich sie nicht mehr missen.«

*Für den Menschen waren selbst kleine Reisen beschwerliche Unternehmungen. Die Tiere dagegen flogen wie ein Blitz zurück zu ihrem Verschlag, als sei es das normalste der Welt,* dachte Eleonore.

»Zu schade, dass Ihr Schwager keine Brieftauben hat. Dann könnten Sie die Tiere hin- und herschicken.«

»Das ginge. Mein Schwager müsste ein paar Tauben längere Zeit bei sich behalten. Man kann die Tiere umgewöhnen. Das heißt, sie akzeptieren dann sein Haus als ihren Schlag.«

»Das ist ja interessant«, murmelte Eleonore. Ihr kam eine Idee. »Warum geben Sie Ihrer Schwester nicht die jungen Tauben, wenn diese geschlüpft sind? Ihr Schwager könnte einen Käfig bauen.«

»Ich glaube nicht, dass ihm das gefallen würde.«

Eleonores Gedanken rasten. Eine weitere Idee kam ihr in den Sinn, noch vage, und doch wurde ihr heiß.

»Würden Sie mir wieder eines Ihrer Tiere anvertrauen?«, fragte sie.

Er sah sie verwundert an. »Wollen Sie denn wieder verreisen?«

»Nein«, lachte Eleonore. »Wir sind ja erst heimgekommen. Aber irgendwann vielleicht.«

Heinrich Vogt nickte. »Sie lieben Tiere, nicht wahr?«

»Ja«, antwortete Eleonore.

»Ihnen vertraue ich gern meine Liebsten an.«

# Schöne Aussichten

Berlin, Februar 1848

William trat auf die Straße hinaus. Eisiger Wind schlug ihm entgegen. Schnell schlüpfte er in die Handschuhe, kontrollierte dann den Sitz seines Schals und zog die Mütze fest. Mit vor der Brust verschränkten Armen ging er los.

Heute wollte er den einzigen Brief mit einer Berliner Adresse zustellen. Die anderen Briefe, die er ebenfalls aus den Staaten mitgebracht hatte, waren an Adressaten im übrigen Deutschland gerichtet. Er hatte sie auf die Post gebracht, da er nicht abschätzen konnte, wann er weiterreisen würde. Auf keinen Fall, bevor er Friedrich getroffen hatte.

William las die Adresse auf dem Umschlag: »Julius Fröbel, Neuer Markt, Kirchendiener der Marienkirche.« Auf dem Stadtplan Reichenbachs hatte er den *Neuen Markt* gefunden, der nur drei Daumenbreiten vom Schloss entfernt lag. Gleich dahinter, nur durch eine Häuserzeile getrennt, stand die Marienkirche.

William überquerte die Spree und erreichte bald darauf den Markt. Händler boten trotz der Kälte ihre Waren an. Auf Höhe eines Standes, wo es heiße Maronen gab, blieb er stehen und orientierte sich. Gegenüber ragte der Turm der Marienkirche über die Häuser.

»Verzeihen Sie«, fragte William den Mann am Maronenstand. »Kennen Sie einen Herrn Fröbel?«

»Nicht, wenn ich ihm Ärger bringe.«

»Ich habe Nachrichten für ihn. Aus Amerika.«

»Det is'n Ding«, sagte der Mann und kratzte sich am Hinterkopf. »Gleich dort drüben, im Haus der Papierhandlung, unterm Dach.«

William bedankte sich und ging in die angewiesene Richtung, kehrte aber noch einmal um.

»Bitte zweimal«, bestellte er.

Mit den beiden heißen Papiertüten in seinen Manteltaschen ging er weiter. Im Treppenhaus des angewiesenen Hauses herrschte Zwielicht. Die Stufen knarrten bei jedem Schritt. Ganz oben gab es nur noch eine dunkle Tür zur Linken. Licht schimmerte durch die Ritzen. Auf einem Messingschild stand der Name *J. Fröbel.* William zog an der Kordel, die herabhing. Innen erklang eine Glocke.

»Ja, bitte?«, fragte eine Stimme. Er konnte einen Schatten sehen.

»Ich habe Nachrichten von Ihrem Sohn«, sagte William.

Sofort riss der Mann die Tür auf. Er war von schmächtiger Statur.

»Treten Sie ein«, bat er.

Der Mann ging voraus und William folgte.

»Nachrichten von unserem Sohn«, rief der Mann. Zitterte seine Stimme? Aus der Küche vermeinte William einen Seufzer zu hören. Da trat ihm eine Frau entgegen.

»Bitte, nehmen Sie Platz«, bat sie und wies auf einen Sessel, der in der Ecke stand. In der Mitte saß ein Junge über ein Schreibheft gebeugt an einem Esstisch. Er trug einen Schal und Halbhandschuhe. Daneben stand ein Ofen. Kalt.

»Ich habe etwas mitgebracht«, sagte William und übergab der Frau die Maronen. Die blickte unschlüssig zu ihrem Mann.

»Soll ich schnell ein Feuer anschüren?«, fragte sie. »Möchten Sie eine Tasse Zichorien-Kaffee?«

»Ich möchte, dass wir die Maronen gleich essen«, sagte William. »Sie sind noch warm. Wenn Ihr Sohn so lang seine Arbeit unterbrechen darf.«

Der Junge blickte auf, sah ihn mit großen Augen an und steckte seine Nase sogleich wieder in sein Schreibheft.

»Das lässt sich machen«, sagte Julius Fröbel.

Die Frau schüttete eine der Tüten auf einen Teller. Der Junge legte seine Schreibfeder zur Seite, griff nach einer Marone und steckte sie in den Mund. Ungläubig starrte er auf den Tisch. William griff ebenfalls zu, da nahm der Junge die nächste Frucht.

William stand immer noch.

»Das wollte ich Ihnen überreichen.« Aus seinem Mantel holte er den Brief hervor und gab ihn dem Kirchendiener. Der öffnete den Brief und begann stumm zu lesen. Gebannt blickte die Frau auf ihren Mann, als könne sie seiner Miene entnehmen, was er las. Der Junge hielt mit Kauen inne, blickte ebenfalls zu seinem Vater.

Nach einer Weile hob Fröbel den Kopf. »Es geht allen gut«, sagte er.

»Gott sei Dank!«, seufzte die Frau.

Ein Lächeln huschte über das Gesicht des Jungen.

»Er fragt, wie es der kleinen Lisa geht«, sagte Fröbel mit erstickter Stimme. »Wir sollen nachkommen. Er würde Sorge für uns tragen, und das Klima würde Lisa schnell gesunden lassen.« Die Frau ergriff die Hand ihres Mannes.

Vor zwei Jahren sei ihr Sohn ausgewandert, berichteten die Eheleute William. Die arme Lisa sei bald darauf an Schwindsucht gestorben. Sie brachten es nicht übers Herz, ihm davon zu schreiben.

»Er soll nicht von den Schatten der Vergangenheit geplagt werden«, sagte Fröbel.

»Wir haben ein bescheidenes Auskommen. Der Junge ist ein fleißiger Schüler, und wir hoffen, ihn bald bei einem Kaufmann in die Lehre geben zu können. Drüben hieße es, alles neu aufzubauen.«

William kramte in seiner Manteltasche nach Geld. Er legte fünf Taler auf den Tisch. »Das ist von Ihrem Sohn.«

Der Junge sprang auf. Den Eheleuten hatte es die Sprache verschlagen.

»Ich gehe jetzt«, sagte William und reichte den beiden Eheleuten die Hand. Dem Kind nickte er zu. Der Junge widmete seine Aufmerksamkeit wieder den Maronen und stopfte gerade zwei auf einmal in seinen Mund.

»Ich werde in ein paar Tagen vorbeischauen. Wenn Sie einen Brief an Ihren Sohn schreiben möchten, kann ich diesen gerne mitnehmen. Ich sende regelmäßig Post in die Staaten.«

»Wir haben lange nichts von ihm gehört«, sagte die Frau, die immer noch das Geld anstarrte. »Da ist immer diese Angst, ihm könne etwas zugestoßen sein.«

»Bevor Sie gehen, möchte ich Ihren Dienst vergüten«, sagte Fröbel mit leuchtenden Augen.

»Sie müssen mir nichts geben«, sagte William.

»Er will Ihnen was zeigen«, sagte die Frau. Sie lächelte.

Ihr Mann verschwand in einem Nebenraum. Als er zurückkam, trug er Mantel und Schal. In der Hand hielt er einen Eisenring mit mehreren großen Schlüsseln daran.

»Kommen Sie mit«, bat er. Dann wandte er sich an seine Frau: »Und du schürst ein Feuer. Der Junge soll ein paar Kohlen kaufen.«

William folgte Fröbel irritiert auf die Straße. Der bog um die Ecke. Schon ragte vor ihnen der Kirchturm majestätisch in die Höhe. Fröbel schloss eine Tür auf und sie betraten einen Vorraum. Links führte eine aus Backsteinen gemauerte Wendeltreppe nach oben. William folgte Fröbel, der leichtfüßig die Stufen erklomm. Immer wieder legte der eine Pause ein, wartete geduldig, bis er nachkam. Weiter ging es grob gehauene Holzstufen hinauf. Die Balken knarrten.

»Der Rest ist nichts für Ungeübte.« Fröbel deutete auf den Fuß einer steilen Holzleiter. »Die erspare ich Ihnen.«

William, der schwer atmete, war froh darüber, dass es nicht weiter hochging. Sie erreichten eine Tür, die der Kirchendiener mit einem weiteren Schlüssel öffnete. William folgte ihm nach draußen, wo ihnen kalter Wind entgegenschlug.

Das Treiben auf dem Markt breitete sich vor William aus, nur zum Teil verdeckt durch die Dächer der angrenzenden Häuser. Er vermeinte den Jungen der Fröbels zu erkennen, wie dieser einen Blecheimer schwenkend über den Markt lief. Doch war er zu klein, als dass er sich sicher sein konnte.

Wenige Hundert Meter entfernt wuchs wuchtig das Schloss in die Höhe, dahinter sah er die beiden Türme am Gendarmenmarkt. In der Ferne entdeckte er einen winzig anmutenden Zug, der qualmend seine Bahn zog.

»Der Turm ist das höchste Bauwerk der Stadt«, erklärte Fröbel. »Die Kirche selbst stammt aus dem dreizehnten Jahrhundert. Da war Berlin fast noch ein Dorf.«

William achtete kaum auf die Ausführungen Fröbels. Berlin lag zu seinen Füßen. Zahlreiche Kutschen und Frachtwagen fuhren die Straßen entlang. In der Allee *Unter den Linden* muteten sie wie Käfer an. Er ging die Balustrade weiter. Vereinzelt ragten Kirchtürme aus dem Häusermeer.

Als er einmal herum war, stand er auf der Höhe einer Reihe Schornsteine, die Zigarren gleich in die Höhe wuchsen. Nur vereinzelt quoll dunkler Rauch aus ihnen empor. Hatte Reichenbach nicht gesagt, dass die Geschäfte schlecht gingen? Rechts der Schornsteine standen nur wenige Häuser, noch weiter draußen schienen es mehr Baracken zu sein, bis schließlich Äcker und Wiesen kamen.

Der Kirchendiener in seinem Rücken musste eben heftig niesen und schnäuzte in ein Taschentuch. William tränten die Augen.

»Zeit zu gehen«, sagte er an Fröbel gewandt, »bevor wir uns hier oben eine Lungenentzündung holen.«

Sie stiegen schweigend hinunter.

»Sie dürfen jederzeit kommen, wenn Sie wieder hochmöchten«, sagte Fröbel, als sie unten anlangten.

»Vielen Dank!«, entgegnete William. »Ich werde in meinen Berichten diesen unvergesslichen Anblick schildern.« Er reichte Fröbel zum Abschied seine Hand.

In Gedanken versunken schlenderte William zurück Richtung Jägerstraße. Erst vor dem Schloss blieb er stehen, betrachtete es ausgiebig.

»So was habt Ihr nicht in den Staaten?«, fragte jemand hinter ihm.

Es war das rothaarige Dienstmädchen der Reichenbachs. In den Händen hielt sie einen Korb mit Kartoffeln.

»Nein, Schlösser habe ich in den Staaten nicht gesehen.«

»Ist es wirklich wahr, dass es bei euch keinen König gibt?«, fragte sie, als sie weitergingen.

»Das ist wahr«, sagte William. »Und keinen Grafen oder dergleichen. Niemand verbeugt sich vor jemandem.«

»Das glaube ich nicht!«, zweifelte sie.

»Dennoch ist es so. Wobei ...« Er blieb stehen und kratzte theatralisch sein Kinn.

»Wusste ich es doch!«, triumphierte das Mädchen.

Er fuhr fort: »In den Vereinigten Staaten wählen alle erwachsenen Männer einen Präsidenten. Der regiert dann fünf Jahre, und wenn er seine Arbeit gut macht, dann wird er für weitere fünf Jahre gewählt. Danach darf ein anderer sein Geschick unter Beweis stellen. Jeder kann Präsident werden. Sogar ein, ein ... ein Dienstbote.«

Sie lachte lauthals los. Die Passanten sahen sie an.

»Wie heißt du?«, fragte er. Die vertrauliche Ansprache

schien ihm gerechtfertigt. Im Umgang mit dem Dienstmädchen fühlte er sich wohler als bei den Reichenbachs am Esstisch.

»Clara«, antwortete sie, immer noch glucksend.

»Ein Dienstmädchen muss nicht ein Dienstmädchen bleiben. Jeder kann etwas aus seinem Leben machen. Man muss es nur wollen«, beharrte William.

»Och, wollen täte ich schon«, sagte Clara. »Jedoch, das ist gegen jede Ordnung! Wer soll dann dienen? Es muss ein Oben und Unten geben. Nee! Ich werde einen Handwerksmann heiraten, Kinder großziehen, aber immer jemandem zu Diensten sein.«

»Ich will den Menschen die Wahrheit nahebringen«, sagte er.

Sie nickte. »Ich lese kaum Zeitung, weil da nichts über unsereiner drinsteht. Außer jemand hat geraubt oder gemordet.«

»In den Staaten kommen alle zu Wort. Natürlich ist es kein Paradies, denn noch gibt es die Sklaverei.«

»Ich habe mal ein Bild eines Sklavenschiffs gesehen«, sagte Clara. »Da lagen die Schwarzen wie Vieh aneinander gekettet.«

»Es gibt viele, die Sklaverei für Unrecht halten. So wie ich. Leider gibt es beinahe ebenso viele, die das anders sehen.«

»Unsereiner liegt zumindest nicht in Ketten«, sagte Clara.

»Wie kommst du nach Berlin?«, fragte er. Ihm war aufgefallen, dass sie kein Berlinerisch sprach.

»Mein Vater ist mit Herrn Reichenbach bekannt. Als er ihn fragte, ob er mich nicht in Dienst nehmen könne, tat er das gern. So bin ich in Berlin, und nicht mehr in meinem kleinen Heimatdorf. Nächsten Monat werde ich achtzehn.«

Sie gingen weiter.

»Darf ich den Korb tragen?«, fragte William.

»Nee, das können wir nicht machen«, lehnte sie sein Angebot ab.

Sie erreichten den weitläufigen Gendarmenmarkt. Auf Höhe des Theaters blieb Clara stehen. William folgte ihrem Blick und sah einen Mann, der ein Plakat an eine Hauswand klebte. Immer wieder blickte er über die Schulter. So entdeckte er rechtzeitig die beiden Gendarmen, die um die Ecke bogen.

»Halt!«, rief der eine.

»Gleich haben sie ihn«, mutmaßte Clara.

Der Mann ließ eine Dose fallen, die scheppernd auf das Pflaster fiel. Ein kleiner Pinsel ragte heraus. Der Flüchtende stieß die Passanten zur Seite, kam direkt auf sie zu, die beiden Beamten im Nacken. Kurz bevor er sie erreichte, verlor der Mann seine Mütze und ein Papier. William schob Clara zur Seite, öffnete eine Gasse und verschloss diese, kaum dass der Mann durch war, indem er sich beugte und Papier und Mütze aufhob. Damit verstellte er den Beamten den Weg. Der eine streifte ihn an der Schulter, der andere lief von hinten auf seinen Partner auf. Sie verloren den Plakatkleber aus den Augen. Einer der Beamten funkelte William böse an. Der zuckte mit den Schultern. Papier und Mütze hatte er unter seiner Jacke verborgen.

Die Beamten gingen zurück an die Hauswand und rissen dort das Plakat herunter.

»Das ging noch einmal gut«, murmelte Clara.
William zog das Papier heraus und las:

***Diese Woche im Arbeitshaus verhungert***

| | |
|---|---|
| ***Jan F.*** | ***7 Jahre alt*** |
| ***Sophie M.*** | ***26 Jahre alt*** |
| ***Charlotte B.*** | ***64 Jahre alt*** |

***Wir danken Seiner Majestät***

»Ich habe es mir anders überlegt«, sagte er zu Clara. »Frau Reichenbach wird ohne meine Gesellschaft auskommen. Ich will mir die Familienhäuser anschauen.«
Er dachte an das Buch, das ihm Reichenbach gegeben hatte. Heute musste es dort bestimmt besser sein.
»Da gibt es reichlich Gesindel«, sagte Clara.
»Und vielleicht die, die das hier geschrieben haben.« Er tippte auf das Papier.
»In jeder Spelunke stecken sie ihre Köpfe zusammen und debattieren«, erzählte Clara. »Alle träumen von der großen Revolution. Sogar ...«
»Sogar ...?«, fragte William.
»Ich muss weiter, bevor die Dame mich vermisst«, wich sie aus.
»Ob ich da etwas zum Essen bekomme?«
Clara blickte auf seine Narbe.
»Ich war mal im *Bierkeller*. In der Ackerstraße. Da verkehren hauptsächlich Maschinenarbeiter. Raufereien sind dir nicht fremd, du wirst dich zu wehren wissen.«

***

William überquerte erneut die Spree und bog nach links ab. Die Häuser verloren mehr und mehr an Glanz, die

Auslagen der Schaufenster wurden schlichter. Vor einer Toreinfahrt saß ein älterer Mann auf einem Schemel, vor ihm stand ein hölzernes Gestell. Er nickte William zu.

»Saubere Schuhe, der Herr?«

»Warum nicht.«

»So zeigen Se mal her, wat Se haben.«

William stellte einen Fuß auf das Gestell.

»Das sind prächtige Stiefel«, lobte der Mann. »Ick mach die fein.«

Der Mann schrubbte und polierte erst den einen, dann den anderen Stiefel.

»So, jetzt brauchen Se keinen Spiegel mehr«, lobte der Schuhputzer selbst seine Arbeit.

Er gab ihm ein paar Münzen.

»Danke, herzlichen Dank«, rief ihm der Mann hinterher.

Kaum, dass er weiterging, traf William auf einen Zeitungsjungen. Er winkte ihn heran und gab ihm ebenfalls ein paar Münzen.

»Wollen Sie zwei Exemplare?«, fragte der.

»Nein, der Rest ist für dich.«

Mit einer Ausgabe der *Königlich privilegierten Berlinischen Zeitung* unter dem Arm ging er weiter. Einem entgegenkommenden Lumpensammler wich er aus. Dessen Leiterwagen rumpelte über die Schlaglöcher der Straße. Der Mann trug nur Lumpen. Hier führte keine feine Dame ihren Sonnenschirm aus. Herrenlose Hunde streunten umher und beschnüffelten den Unrat an den Rändern. Männer saßen vor Hauseingängen und glotzten ihn stumm an. Andere saßen zusammen mit Frauen, lachten oder stritten.

Er erreichte das Hamburger Tor. Dahinter, so meinte William, roch es anders. Das mochte an den Schornsteinen der Eisengiesserien liegen, die dort dunkle Schwaden in den Himmel bliesen. Gleich zur Linken stand ein lang gestrecktes Gebäude. Das musste eines der Familienhäuser sein, von denen er im Königsbuch der Bettina von Arnim gelesen hatte. Dort hausten Familien in kleinen, etwa zwanzig Quadratmeter großen Kammern.

William knurrte der Magen. Er suchte jemanden, den er nach dem *Bierkeller* fragen konnte. Da trat ein Mann in einfacher Kleidung aus dem Haus.

»Verzeihen Sie«, sprach William ihn an. »Kennen Sie den *Bierkeller*?«

Der Mann musterte ihn argwöhnisch.

»Haben Se Durst oder wat?«

»Spielt das eine Rolle?«

Der Mann zuckte mit den Schultern. »Ick hab Durst. Kommen Se mit!«

Sie gingen nebeneinander schweigend die Straße entlang und passierten eine andere Schankwirtschaft. Eine Frau stand davor und gerade als William auf ihrer Höhe ankam, öffnete sie ihren Mantel. Darunter trug sie eine fleckige Bluse mit tiefem Ausschnitt.

»Willste mit mir nach oben gehen?«, fragte sie mit rauchiger Stimme.

Er verneinte und eilte dem Mann nach, der weitergegangen war. Der bog nach rechts ab und blieb nach wenigen Metern stehen.

»Lassen Se mir einen Vorsprung«, bestimmte der Mann vor dem Eingang zum *Bierkeller*. »Ich kenne Sie nicht und will keine Scherereien, sollten Sie welche machen.«

Bevor der Mann eintrat, blickte er sich um. William schien, als ob er einem Mann, der gegenüber an eine Hauswand gelehnt stand, zunickte. Der Fremde trug eine schwarz-weiß karierte Schirmmütze. Als er sich wieder umdrehte, war sein Führer bereits verschwunden.

William folgte. In der Gaststube blieb er einen Moment stehen, um sich an das Zwielicht zu gewöhnen. Durch die schmalen, länglichen Fenster drang wenig Tageslicht herein. Links und rechts standen ein paar Tische. Am entgegengesetzten Ende füllte ein Mann hinter einer Theke Bierkrüge. Neben der Theke gab es eine zweite Tür. Die meisten Tische waren besetzt. Stimmen erfüllten den niedrigen Raum. Der Mann, dem William gefolgt war, saß neben einem blonden Mann an einem lang gestreckten Tisch und flüsterte diesem etwas zu. Neben ihnen saßen weitere Männer. William nahm am anderen Ende Platz und schlug die Zeitung auf.

»Was darf es sein?«, fragte ihn ein junges Mädchen. Sie hatte eine weiße Schürze umgebunden.

»Ein Bier und etwas zu essen.«

»Bohneneintopf oder Brühe mit Schwarzbrot?«

Er bestellte Brühe. William überflog die Schlagzeilen. Seine Majestät, der König, habe allergnädigst geruht, dem verdienten Richter sowieso einen Orden zu verleihen. Seine Königliche Hoheit, der Prinz von Preußen, sei nach Weimar abgereist. Er blätterte bis zu den Anzeigen weiter. Da zeigte ein Vater glücklich die Entbindung seiner Frau an, eine Anzeige warb für ein neu erfundenes Frostheilwasser. Er legte die Zeitung beiseite.

Ein weiterer Gast betrat die Wirtsstube und setzte sich zwei Plätze von ihm entfernt hin. Ihm folgte der Mann mit der schwarz-weiß karierten Schirmmütze, der ihm vorher aufgefallen war. Der ging schnurstracks auf den Blonden zu und flüsterte dem etwas ins Ohr. Der Blonde musterte abwechselnd William und den neuen Gast.

William sah aus den Augenwinkeln heraus das Mädchen zurückkommen. Sie stolperte und schrie erschrocken auf. Bier schwappte aus den Krügen, die sie in den Händen hielt, und spritzte auf den Fußboden.

»Herrgott, Judith, das wirst du mir bezahlen«, rief der Wirt grob hinter der Theke. Das Mädchen stellte zitternd einen Krug vor William auf den Tisch, ohne ihn anzusehen, und ging in Richtung des Wirtes. William blickte ihr nach. Der Wirt trat vor und erwartete sie mit erhobener Hand. Die Konturen des Wirtes verwandelten sich in Williams Wahrnehmung zu Blackburn, dem Aufseher im Waisenhaus. Wie der ihn anstarrte, nachdem ihm der Teller mit dem wässrigen Erbsenbrei aus der Hand gerutscht war. »Das wirst du mir büßen!«, hatte Blackburn geknurrt und war mit einem Rohrstock auf ihn zugekommen. William vertrieb die Schatten der Vergangenheit und sprang zwischen Wirt und Mädchen. Die Gespräche ringsherum verstummten.

»Es ist alles in Ordnung«, sagte William mit Bestimmtheit.

Der Wirt blickte ihn streitlustig an und lächelte verächtlich.

»Was willst du halbe …« Er hielt abrupt inne, als William seine Locke zur Seite wischte.

»Wenn Sie zuschlagen, wird es ein kurzer Kampf«,

sagte William. Geht das wieder los mit der Gewalt? Konnte er nicht friedlich auskommen? Seine Nasenflügel bebten.

»Schon gut«, murmelte der Wirt, wich ein Stück zurück, sah zu seinem Schankmädchen und trat hinter die Theke.

William senkte seine Hand und ging zurück in Richtung seines Platzes.

»Donnerwetter«, sagte der blonde Mann. Er war aufgestanden, trat ihm entgegen und reichte ihm die Hand. Er überragte William um einen Kopf.

»Willst du nicht näher zu uns rücken?« Er deutete auf einen Stuhl neben seinem Platz. »Rück zur Seite«, knurrte er den an, der noch dasaß.

»Mein Name ist Rudolf Danner«, nannte der Hüne seinen Namen. »Ehemals Gießer bei Borsig. Die anderen Männer sind Leidensgenossen aus anderen Fabriken. Johann haben sie ebenso gekündigt wie Paul, Christopher und Heinrich.«

William nahm Platz. Das Mädchen brachte sein Essen und holte ihm auch seinen Bierkrug. Dabei warf sie ihm heimlich dankbare Blicke zu. Das mahnte William daran, dass er mit dem Wirt reden musste. Nicht dass der auf die Idee kam, seine Wut später an ihr auszulassen.

»Mir hat die Eisenbahn die Arbeit gestohlen«, sagte einer der Männer. Er trug eine blaue, uniformähnliche Jacke. »Ich arbeitete als Fuhrmann. Seitdem die Eisenbahn nach Potsdam fährt, hänge ich hier rum.«

»Er übertreibt etwas«, warf Danner ein. »Da würde er seit Jahren herumsitzen. Er war zuletzt Werksfahrer und transportierte Teile in der Fabrik von einer Halle zur anderen. Nachdem weniger produziert wird, brauchen die feinen Herren seine Dienste nicht mehr. Wir lassen uns das nicht länger bieten.«

William sah die Männer der Reihe nach an.

»Du scheinst mir ein rechter Kerl zu sein«, fuhr Danner fort. »So wie du dich für Judith eingesetzt hast. Ich dachte erst, du seist ein Spitzel.«

»Wie kommst du da drauf?«, fragte William.

»Weil der da dir gefolgt ist.« Er deutete auf den Gast, der sich zu ihm gesetzt hatte. Der las in seiner Zeitung.

Danner stand auf, ging schnurstracks auf den Mann zu und riss ihm die Zeitung aus der Hand.

»Du elender Spitzel«, dröhnte der Blonde.

»Ich bin kein …«

»Raus!«, brüllte Danner und stieß ihn zu Boden.

Der Mann stand auf, hob seine Mütze auf und eilte hinaus.

Der Blonde kam zurück. »Er ist dir gefolgt, Schach hat es gesehen.« Dabei deutete er auf den Mann mit der karierten Schirmmütze.

»Hast du einen Namen?«, fragte er William, als er wieder Platz nahm.

»Ich heiße William Garrison Euskirchen.«

»Hast 'nen komischen Namen«, meinte einer. »Arbeitest du hier?«

»Ich habe ein paar Jahre drüben in Amerika gelebt.«

Die Erwähnung Amerikas löste bei den Männern ein Raunen aus. Sie rückten näher.

»Gibt es drüben anständigen Lohn?«, fragte einer. Weitere Fragen prasselten auf William ein. Stimmte das mit dem Essen? Gab es wirklich jeden Tag ein saftiges Stück Fleisch? Auch für Arbeiter? Konnte man heiraten, wen und wann man wollte? William beantwortete geduldig Frage um Frage, währenddessen er seine Brühe aß.

Danner presste seine Lippen zusammen.

»Herrgott noch mal!«, brach es aus ihm heraus. »Ich habe euch alles über Amerika erzählt. Was glotzt ihr alle auf unseren neuen Freund?«

»Er war wirklich drüben«, sagte der ehemalige Kutscher. »Du kennst das Land nur vom Hörensagen.«

Danner lief rot an. »Unsereinem geht es überall besser. In Preußen nähren wir die Pfaffen, Fürsten und Fabrikbesitzer. Sie werden fetter und fetter.«

Vielstimmiges Gemurmel antwortete ihm.

Danner hob die Hände. »Ich sage euch, es dauert nicht mehr lange und wir holen, was uns zusteht.«

»Wie?«, fragte der, den Danner als Jan vorgestellt hatte. »Sobald wir aufmucken, kommen sie mit dem Bajonett.«

»Wenn du meinen Plan kennen würdest, wärst du zuversichtlicher«, antwortete Danner.

»Wir taugen nicht zum Kämpfen. Du hast gedient«, wandte ein anderer ein.

Der Blonde packte den Redner am Kragen.

»Erwähne nie wieder, dass ich gedient habe. Das ist vorbei!«, knurrte er ihn an. Dann ließ er ihn los und schlug mit der Faust auf den Tisch. »Waschweiber!«, dröhnte er. »Wartet ab! Bald erfahrt ihr, was ich vorhabe. Ihr werdet staunen.«

William hätte Danner nur zu gerne nach seinem Plan gefragt. Aber dieser hielt offenbar nichts davon, andere einzuweihen.

»Nach dem, was ich bisher gesehen habe, geht es den

meisten in den Vereinigten Staaten besser«, begann William. »Aber gebratene Tauben fliegen einem dort ebenso wenig in den Mund.« Die Männer brachen in schallendes Gelächter aus.

»Du bist wohl ein Schlauer«, sagte Danner. »Ich kann lesen.«

»Er bestimmt auch.«

William fuhr herum. Da stand Clara am Tisch, direkt neben ihr ein junger, bleichgesichtiger Mann in Arbeitskleidung. Er hatte die beiden nicht kommen sehen.

»Er ist Journalist.«

»Hört, hört«, sagte Danner. »Und wer bist du?«

»Ein einfaches Dienstmädchen«, antwortete Clara. Sie ging mit ihrem Begleiter an das Ende des Tisches und nahm dort Platz.

Danner wandte sich wieder an William. »Was spült dich hier herein? Und wie kommst du zu deinem Namen?«

»Ich soll berichten, wie es den Menschen hier geht. Früher hieß ich Wilhelm Euskirchen.«

Er sah wieder das Plakat vor sich, wo für den Auftritt William Lloyd Garrisons geworben wurde. An diesem Abend hatte alles angefangen.

»Garrison hat mich dazu gebracht, für die Freiheit der Sklaven einzutreten. Ihm zu Ehren trage ich den Namen«, fuhr William fort.

»Muss ein beeindruckender Mensch sein«, sagte einer der Männer. »Und ein gebildeter.«

»Er war Schriftsetzer«, erklärte William. »Heute ist er Herausgeber einer Zeitschrift und einer der bekanntesten Gegner der Sklaverei.«

»Ich bin Schriftsetzer«, platzte der Junge heraus, der

in Claras Begleitung gekommen war und sprang auf. Das Dienstmädchen wollte ihn zurückhalten.

Robert Danner blickte erst zu William, dann zu dem Jungen.

»Hast du einen Namen?«, fragte er diesen.

»Eduard«, antwortete Claras Begleiter.

»Willkommen im Klub«, begrüßte ihn Danner. Dann rückte er näher an William heran. »Ich kann dir zeigen, wie es um uns einfache Arbeiter steht. Vielleicht willst du dann auf unserer Seite kämpfen.«

»Meine Waffen sind Wörter«, sagte William. »Ich kann helfen, auf eure Not aufmerksam zu machen.«

»Die Zeitungen drucken nur, was denen da oben genehm ist«, zweifelte Danner.

»Für Flugblätter gibt es keine Zensur«, erwiderte William.

»Dafür sperren sie einen ein«, erwiderte Danner düster.

Sie sprachen noch eine Weile und verabredeten sich für den kommenden Abend. William stand auf, drückte dem Blonden die Hand und nickte den anderen zu. Clara und Eduard standen ebenfalls auf und traten neben ihn.

»Wir gehen auch«, sagte sie.

William suchte nach dem Wirt und entdeckte ihn am Nebentisch sitzend.

»Ich werde öfters vorbeikommen«, sagte er in seine Richtung.

Draußen wandte er sich an Clara. »Warst du in Sorge um mich?«, fragte er.

Sie deutete auf Eduard. »Er hat mir erzählt, dass sich

neuerdings üble Gesellen im *Bierkeller* herumtreiben.«

»Ich danke euch beiden«, sagte William. »Aber um mich braucht ihr keine Angst zu haben.« Er zwinkerte Clara zu. »In den Staaten gibt es viel derbere Gesellen.«

# Ein Besuch und eine Überraschung

Stuttgart, Februar 1848

August von Engel lief mit auf dem Rücken verschränkten Händen vor dem Eingang des *Hoppenlaufriedhofes* hin und her. Seine Handschuhe hatte er ausgezogen und schlug sie im Takt seiner Schritte gegen seinen Rücken.

Bei jeder Kehrtwende blieb er kurz stehen und blickte in Richtung der Straße. Wo blieb der Bursche? Es hatte längst fünf Uhr geschlagen.

Noch einmal lief er fünf Meter hin und zurück. Da sah er eine Gestalt die Straße hochkommen.

»Wird langsam Zeit«, knurrte August. Das Gesicht seines Burschen glänzte nass. Schwer atmend trat der ihm entgegen.

»In wie vielen Häusern war sie?«, fragte August.

»In sieben«, gab der zur Antwort. »Sie kam stets gut gelaunt heraus.«

Er strafte den Burschen mit einem bösen Blick.

»Du sollst nicht beurteilen, nur beobachten«, fuhr er ihn an.

Dass Eleonore Herbst gerne den Samariter spielte, wusste er. Aber so häufig? Das war ungeheuerlich!

»Andere Häuser als gestern?«, fragte er.

»Ja«, antwortete sein Bursche einsilbig. Ein Anschnauzen reichte ihm wohl, was ihm nur recht war.

»Was hat sie getragen?«

»Ein schlichtes blaues Kleid. Wie eine Dienstmagd.«

»Du kannst gehen«, sagte August, machte kehrt und ging die Straße voran.

*Das musste ein Ende finden,* überlegte er. So verteilte sie ihr Vermögen unters Volk. Kannte sie keine Standesunterschiede? Ganz ihre Mutter. Die war ebenfalls aus der Reihe getanzt.

Die Schuld lag bei Konrad Herbst. Er hatte seine Frau gewähren lassen, nun ließ er Eleonore freie Hand. Wobei er die Möglichkeit in Betracht ziehen musste, dass der Anwalt nichts wusste vom Treiben seiner Tochter. Die schlich jedes Mal davon, wenn der nicht zu Hause war. Sollte er ihn einweihen? Was würde das bringen? Es konnte gewaltig schiefgehen. Im Geiste sah er den Anwalt milde lächeln. Besser er selbst unternahm etwas. Das musste aufhören.

In Gedanken war er in Richtung des *Katharinenhospitals* gegangen, in die Richtung, in der Eleonore wohnte. Wenn er sie gleich besuchen würde, träfe er sie vielleicht noch in den Kleidern einer Magd an. Das konnte er dann nicht ignorieren und sie musste ihm Rede und Antwort stehen. Ja, das wollte er tun.

Mit energischen Schritten eilte er weiter. Irgendwann würde sie ihm gehören und dann musste sie seinen Anweisungen folgen. Am Eingang schlug er den Türklöppel zweimal kräftig gegen die Tür. Er trat von einem Fuß auf den anderen.

»Der Herr Anwalt isch ned dahoim«, sagte ihm die dicke Haushälterin, als sie die Tür öffnete.

Trotzdem trat August einen Schritt vor.

»Wer ist es?«, hörte er Eleonores Stimme von oben.

Und gleich danach: »Der Herr Leutnant kann hochkommen. In den Salon.«

Die Haushälterin trat zurück. Polternd stieg er die Stufen hoch. Die Tür zum Salon stand offen und er trat ein. Eleonore wandte ihm den Rücken zu und blickte auf die Straße. Sie trug ein rotes Seidenkleid. Er unterdrückte den Impuls, ihr sofort eine Standpauke zu halten und hüstelte stattdessen. Endlich drehte sie sich ihm zu, kam ihm einen Schritt entgegen. Er schloss die Lücke, trat nahe an sie heran, nahm ihre Hand und hob diese an seinen Mund.

»Bei der Kälte machen Sie den weiten Weg?«, fragte sie.

»Kein Weg zu Ihnen ist mir zu weit.« Er hielt ihre Hand fest.

»Nehmen Sie Platz. Sie sind ja halb erfroren.« Eleonore lächelte. Immerhin schien sie sein Besuch zu freuen. Er ließ ihre Hand los.

»Es ist zu kalt für ausgedehnte Spaziergänge, wie Sie einen unternommen haben«, sagte er. Nachdenklich betrachtete er ihr Kleid. Das saß makellos. Nichts verriet, dass sie vor Kurzem die einfachen Kleider einer Dienstmagd getragen hatte.

Sie sah auf seine Hände.

»Haben Sie Ihre Handschuhe nur spazieren getragen? Ihr habt verfrorene Hände.«

»Mir ist nicht kalt«, sagte er. »Nicht kälter, als es Ihnen sein muss.«

»Da haben Sie mich ertappt«, sagte sie. »Oder besser Ihr Bursche.« Klang da Ironie mit? Hatten ihre Augenbrauen missbilligend gezuckt?

August von Engel räusperte sich. »Er sollte nur aufpassen. Es ist nicht ungefährlich, als junge Frau allein durch die Straßen zu gehen. Schon gar nicht in den Gegenden, wo Sie hingehen.«

Eleonore lachte von Herzen. »Wir Frauen sind keineswegs so hilflos, wie ihr Männer denkt. Sehen Sie, meine Mutter hat das all die Jahre überlebt.«

Er öffnete den Mund, da sprach sie bereits weiter.

»Sind Sie auch der Meinung, dass arme Menschen von Natur aus böse sind, dass sie nur danach trachten, die Besitzenden zu bestehlen?«

Worauf wollte sie hinaus?

»Ich bin nur um Ihr Wohl besorgt«, sagte er.

»Habt Dank für die Sorge, die Sie um mich hegen«, gab sie zur Antwort. Genauso gut hätte sie sagen können, es gehe ihn nichts an.

Er schluckte eine Bemerkung herunter. *Bald ist es vorbei mit diesen Besuchen,* dachte er. *Vorbei mit der Maskerade als Magd.*

»Gern geschehen.« Er rückte ein Stück an sie heran.

Eleonore wich zurück.

»Sie sind nur beleidigt, weil ich Sie nicht bat, mich zu begleiten«, sagte sie. »Wenn Sie wollen, können Sie morgen mit mir spazieren gehen.«

»Leider bin ich verhindert«, sagte er zerknirscht und beobachtete ihr Gesicht, achtete auf irgendwelche Regungen, auf ein Zeichen des Bedauerns.

Nichts.

»Der König reist nach Heilbronn, und ich habe die Ehre, zu seiner Eskorte zu gehören«, erklärte er.

»Oh, das wusste ich nicht. Dann holen wir den Spaziergang nach, wenn Sie zurück sind«, sagte Eleonore.

Ihre Stimme klang teilnahmslos, als spräche sie über das Wetter. Da kam ihm ein Gedanke. Konnte es sein, dass sie von seiner bevorstehenden Abreise erfahren hatte? Der König stand ja in Kontakt mit Konrad Herbst. Zum Teufel mit dem herumlamentieren! Warum gehe ich die Sache nicht direkt an?

»Ihre verehrte Frau Mutter ist nun sechs Wochen tot. Eine lange Zeit.« Er stockte, nahm ihre Hände, hielt sie fest. »Ich bin immer für Sie da, und was Eure Zukunft angeht, Fräulein Eleonore ...« Erneut hielt er inne, spürte, dass sie ihre Hände zurückziehen wollte. *Wie ein Aal,* dachte er. Ein Katz-und-Maus-Spiel. Wenn er einen Schritt auf sie zuging, wich sie zurück. Ihre Lippen blieben verschlossen.

Von unten erklangen aufgeregte Stimmen. Türen wurden auf- und zugeschlagen. Eleonore löste sich von ihm, stand auf und trat in den Flur hinaus.

»Was ist das für ein Tumult?«, rief sie. Klang ihre Stimme erleichtert? Er folgte ihr, trat direkt hinter sie, roch ihren lieblichen Duft und starrte den Flaum ihrer Nackenhaare an. Mit aller Anstrengung riss er sich zusammen. Das musste warten. Erst einmal musste er für klare Verhältnisse sorgen.

»Maria? Maria?«, hörte er unten Konrad Herbst rufen.

Er folgte Eleonore, die die Treppe hinunterging. Der Anwalt eilte von Tür zu Tür, riss jede auf und rief erneut nach der Haushälterin. Die Haustür stand offen.

»Ah! Du bist wenigstens zu Hause«, sprach er Eleonore an und strahlte. »Du musst packen, Liebes.«

Jetzt erschien die Haushälterin.

»Maria, wo stecken Sie?«, fragte Konrad Herbst. »Wir verreisen. Helfen Sie Eleonore beim Packen.«

Die Haushälterin wischte ihre Hände an der Schürze ab. »Des Essa isch gloi ferdich«, sagte sie ungerührt.

August von Engel hüstelte. Der Anwalt nahm von ihm Notiz, trat vor, reichte ihm die Hand und murmelte ein paar Worte.

»Morgen früh geht es los«, redete Konrad Herbst an Maria gewandt weiter, die jedoch längst in die Küche entschwunden war. Respekt kannte hier niemand.

»Begleiten Sie ebenfalls den König?«, fragte August den Anwalt.

»Nein.« Konrad Herbst schüttelte den Kopf. Eleonore stand ebenso überrumpelt da, drängte aber nicht und wartete geduldig.

»Es wird eine längere Reise«, fuhr Herbst fort und zwinkerte seiner Tochter zu. Was sollte das bedeuten? So aufgekratzt hatte er den Anwalt noch nie erlebt.

»Wir reisen nach Berlin«, sagte Konrad Herbst.

Eleonore hob erschrocken eine Hand vor den Mund. »Nach Berlin!«

»Oder möchtest du zu Hause bleiben? Du müsstest eine Weile ohne mich auskommen«, scherzte ihr Vater.

August sah abwechselnd zu Eleonore und ihrem Vater. Sie zeigte jetzt die Reaktion, die er zuvor erwünscht hatte, als er ihre gemeinsame Zukunft erwähnte. Ihre Augen strahlten unbändige Freude aus.

»Berlin.« Sie hauchte es beinahe.

»Bleiben Sie zum Essen, Herr von Engel?«, fragte der Anwalt. »Verzeihen Sie, Herr Leutnant, dass ich ein schlechter Gastgeber bin.«

»Nein, ich muss in die Kaserne«, antwortete er.

»Dann achtet mir gut auf Seine Majestät«, bat Eleonores Vater. »Ich verspreche Ihnen, gut auf Eleonore aufzupassen.«

Er schluckte. Seine Pläne schienen ihm auf Wochen hinaus verschoben. Zeit, die er nicht mehr hatte.

»Ich könnte Ihnen meinen Burschen mitgeben«, bot er an.

August sah, dass Eleonore den Atem anhielt und versuchte, mit ihrem Vater Blickkontakt aufzunehmen. Der wandte ihr die Seite zu. Er legte eine Hand auf seine Schulter.

»Danke, das wird nicht nötig sein«, sprach er ihn an. »Ihr Bursche könnte Maria ein wenig zur Hand gehen, vielleicht ein paar Botengänge übernehmen.«

Er kochte innerlich. Nun musste er seinem Burschen beibringen, dass er Hilfsdienste ausführen sollte. Wie konnte er ihm gegenüber sein Gesicht wahren? Sein Ärger wuchs weiter an, als er sah, wie Eleonore strahlte.

August zuckte zusammen, als ihm Eleonore eine Hand auf den Arm legte.

»Ich wünsche Ihnen eine gute Reise«, sagte sie.

»Essen isch ferdich«, rief die Haushälterin aus der Küche. Sie erschien in der Tür und sah ihn an.

»Bleibet Sie ned?«, fragte sie.

In Augusts Kopf brauste es

»Nein«, antwortete er lahm.

Der Anwalt reichte ihm die Hand. Aus den Augenwinkeln heraus sah er, dass Eleonore zur Haushälterin trat und ihr etwas ins Ohr tuschelte.

»Was gibt es für Geheimnisse?«, fragte Konrad Herbst. »Lasst uns essen, damit wir bald packen können.

Wir werden nur das Nötigste mitnehmen. Alles Weitere kaufen wir unterwegs. Die Sache duldet keinen Aufschub.«

August hätte gerne gewusst, was Eleonore da gesagt hatte. Und ihn interessierte, was den Anwalt nach Berlin trieb. Was keinen Aufschub duldete.

»Ich habe Maria nur instruiert, welche deiner Arzneien sie uns einpacken soll«, sagte Eleonore. *Eine billige Ausrede,* dachte er. Ihrem Vater reichte die Erklärung.

Der gab ihm flüchtig die Hand und eilte davon.

»Ich wollte …«, begann er. Eleonore legte einen Zeigefinger auf ihre Lippen.

»Ein andermal«, sagte sie.

Bevor sie ihm endgültig entglitt, gab er ihr zum Abschied seine Hand. Ihre schien ihm heiß, als habe sie plötzlich Fieber bekommen. Ihr strahlendes Gesicht passte nicht dazu.

»Auf bald«, sagte er. Im nächsten Moment stand er auf der Straße.

***

Eleonore aß nur wenige Bissen des Abendessens, obwohl gebratene Hühnerschlegel eine ihrer Leibspeisen war. Sie ignorierte den tadelnden Blick Marias, die noch ihre Schürze trug. *Ganz war die Aufregung an ihr nicht vorbeigegangen,* dachte Eleonore. Wo sie doch sonst darauf achtete, nicht ungepflegt am Tisch Platz zu nehmen.

Arme Maria. Obwohl sie ihre Vertraute war, konnte sie nicht ahnen, welcher Aufruhr in ihr tobte.

Berlin!

Eleonore schielte zu ihrem Vater. Was mochte in Berlin so dringend sein? Bestimmt ein Auftrag des Königs, das stand fest. Das erklärte die Eile. Königliche Angelegenheiten waren stets dringend.

Sie seufzte. Ihr konnte der Grund gleich sein. Es ging in die weite Welt hinaus, quer durch Deutschland. Wie lange fuhr man bis Berlin? Bestimmt gab es für einen Großteil der Strecke Züge.

Berlin!

Sie kannte Esslingen, Tübingen und Stuttgart. Weiter als bis Frankfurt war sie nie gekommen. Dörfer im Vergleich zur preußischen Hauptstadt.

Sie legte ihr Besteck zur Seite.

»Es ist viel zu tun«, sagte sie.

Ihr Vater nickte, Maria schüttelte den Kopf.

Eleonore rannte die Treppe hoch. In ihrem Zimmer fiel sie rücklings auf ihr Bett.

Berlin!

Würde sie Frau von Arnim treffen? Es musste ihr irgendwie gelingen. Vater würde bestimmt Besuche machen. Gab nicht Frau von Arnim einen Salon in Berlin? Auf alle Fälle würde sie die Wohnhäuser der Armen anschauen.

Eleonore sprang hoch und ging zu ihrem Kleiderschrank. Sie wählte ihr blaues Seidenkleid und nahm auch das Bündel, in dem sie ihr schlichtes Kleid verwahrte.

Bald lagen Kleider, Hüte und feine Schals wild durcheinander. Sie musste zwischendurch innehalten. Eleonore trat an die Kommode und lächelte ihr Spiegelbild an.

*Ich muss Maria fragen, ob sie das mit den Tauben verstanden hat.* Gut, dass sie daran gedacht hatte. Würde das wirklich gehen, würde es so sein, wie sie erhoffte? Ihre Haut glühte, als heizten ihre Gedanken ihren Körper auf.

Auf der Kommode stand ihr Waschwasser. Hatte ihr August heute einen Antrag machen wollen? Sie schlüpfte aus ihrem Kleid, ließ es zu Boden sinken.

Sie atmete ein paarmal tief durch, sah ihre Brust jedes Mal anwachsen unter dem Mieder. Eleonore nahm den Waschlappen, tränkte ihn in der Waschschüssel und blickte ihr Spiegelbild an. *Habe ich zu große Brüste,* überlegte sie kritisch? Oder waren sie zu klein? Marias Busen stellte den ihren auf jeden Fall in den Schatten.

Mit einem Mal wurde sie ernst. In Berlin traf sie bestimmt auf junge Männer, die ihr den Hof machen würden. Von Engel war weit weg. Gott sei Dank hatte Vater dessen Burschen als Begleitung abgelehnt.

Eleonore wischte über ihre Wangen, den Hals, tränkte den Lappen erneut im Wasser und fuhr ihre nackten Schultern entlang. Das kühle Wasser tat gut. Sie legte den Lappen zur Seite, löste das Mieder und nahm ihn wieder auf. Langsam fuhr sie in ihren Ausschnitt, rutschte tiefer und spürte, wie ihre Brustwarzen hart wurden. Sie schloss die Augen. Wenn das die Hand eines geliebten Mannes wäre. Ein vages Bild entstand in ihrem Kopf. Es war nicht das Gesicht August von Engels …

# So lang das Übel zu ertragen ist

Berlin und Nordfrankreich, Februar 1848

William saß in der Bibliothek der Reichenbachs, als Clara eintrat, einen Staubwedel in den Händen.

»Heute ist Mittwoch, da rücken wir dem Staub zu Leibe«, sagte sie.

Vor ihm auf dem Tisch lag das Buch der Bettina von Arnim.

»Lass dich nicht stören«, murmelte William, ganz in Gedanken.

Clara wandte ihm den Rücken zu und bearbeitete Regal um Regal. Kannte sie die Verhältnisse in den Vorstädten? Er formulierte eine Frage, als ihm ein anderer Gedanke kam.

»Kennst du meinen Bruder?«

Sie hielt kurz inne.

»Klar. Der geht bei den Reichenbachs ein und aus.«

Das nächste Regal kam dran.

»Wie ist er so?«

»Aussehen tut er wie du. Man könnte euch glatt verwechseln.«

»Und als Mensch?«, fragte William.

»Er ist stets freundlich.« Clara gluckste auf, wandte sich um. »Besonders zu Frauen.«

William versuchte, sich an den Friedrich zu erinnern, den er von Stuttgart her kannte. Es blieb ein vages, verschwommenes Bild.

»So, ich gehe besser, bevor ich zu viel tratsche.«

Wieder allein, grübelte er nach. Friedrich ein Weiberheld? Zumindest deutete Claras Aussage in diese Richtung. Kam Friedrich nicht schon damals, im elterlichen Gasthaus, gut mit den weiblichen Gästen aus?

Da hatte es eine Dachkammer gegeben, in der sie leere Kisten und zurückgelassene Sachen der Gäste aufbewahrten. Dorthin war Friedrich mit manchen Frauen verschwunden, um sie mit Bleistift zu zeichnen. Er, der kleine Bruder, hatte mehr als einmal Schmiere gestanden.

Die Portraits gefielen, und bald kamen Gäste eigens, um sich vom Sohn des Hauses zeichnen zu lassen. Das konnte Friedrich auf Dauer nicht verheimlichen, und als ihr Vater dahinterkam, tobte er. Während Friedrich malte, konnte er weder in der Gaststube noch im Stall helfen. Aber die Malkünste brachten Geld. Bald tolerierte ihr Vater die Malerei, trieb Friedrich sogar an, warb bei allen Gästen mit dessen Talent und verdonnerte William, umso mehr zu arbeiten. Wie er das gehasst hatte. Trotz seines Grolles musste er sich eingestehen, stolz auf Friedrichs Leistung zu sein.

Umso unerklärlicher war es William, als sein Bruder eines Tages verschwand und Vater ihm mit bebender Stimme erklärte, er habe nur noch einen Sohn, und das sei er.

In den nächsten Monaten sprach niemand von Friedrich, als habe es ihn nie gegeben. Erst wieder in Le Havre, als sie an Bord des Auswandererseglers gingen.

»Wir können Friedrich doch nicht zurücklassen«, hatte William aufbegehrt.

»Der ist gestorben«, hatten seine Eltern gelogen.

Aber Friedrich lebte.

Warum war es zum Bruch mit ihren Eltern gekommen?

***

Für den Nachmittag war William mit Danner verabredet. Der erwartete ihn am Hamburger Tor.

»Wenn es beliebt, wollen wir gleich mal ins *Lange Haus*«, grüßte ihn der Blonde.

William, der mit Reichenbach über die Familienhäuser gesprochen hatte, wusste von diesem, dass das größte von ihnen auch das *Lange Haus* genannt wurde. Danner ging voraus. Was würde er ihm zeigen? Stand es um die Bewohner besser, als er es in Bettina von Arnims Buch gelesen hatte? Die Berichte lagen vier Jahre zurück. Es musste doch besser geworden sein. Nach wenigen Metern standen sie vor dem Eingang.

»Hier residieren die Armen, zu Tausenden vereint«, schwadronierte Danner.

William blickte die Fensterreihen entlang.

Im Treppenhaus roch es nach Kohlsuppe, Zwiebeln und Fisch. Links und rechts führten schmale Korridore an den einzelnen Stuben vorbei.

Danner trat scheinbar ohne festes Ziel mal an diese, mal an jene Tür, klopfte an und lauschte. Blieb die Tür verschlossen, zuckte er die Schultern und ging weiter. Der arbeitslose Arbeiter Just war dann der Erste, der ihnen öffnete.

Fast blind, blickte der mit glasigen Augen in Williams Richtung.

»Ist aber niemand von der Armendirektion«, knurrte der Mann.

»Ein Journalist aus Amerika«, sagte Danner laut.

Hinter Just stand seine Frau, die hielt eine Schar Kinder zurück, die neugierig nach vorne drängten. Er nickte ihr zu.

»Gibt es denn Hilfe von der Armendirektion?«, fragte er.

»Du musst lauter sprechen«, ermahnte ihn Danner. »Der arme Just ist beinahe taub.«

William wiederholte seine Frage.

»Wir sind keine Bittsteller, wir sind auch wer«, sagte der Arbeiter und zeigte auf seine Kinder. »Die nimmt er gerne, unser König, wenn es gilt, Krieg zu führen. Wenn sie nicht vorher alle verhungern.«

William holte ein paar Münzen und reichte sie der Frau. »Für ein anständiges Essen«, sagte er.

Ein paar Wohnungen weiter trafen sie auf den Schneider Brinke. Der saß direkt unter den Fenstern und nähte an einem Hemd. Ihm zu Füßen saßen drei Kinder und polierten Messingknöpfe. Immer wieder hielt der Mann mit seiner Arbeit inne und hustete krampfhaft. Bevor er weitermachte, wischte er mit einem Stofftaschentuch über seinen Mund. Dunkle Schlieren blieben zurück.

»Wie kommst du voran?«, fragte Danner.

Der Schneider brummte nur als Antwort.

»Sie haben also Arbeit?«, mutmaßte William.

Der Schneider sah ihn an und grinste breit. Dunkel verfärbte Zähne traten hervor.

»Macht der mit?«, fragte er Danner.

»Ja, er ist dabei. Er hilft uns mit Worten.«

Der Schneider verzog sein Gesicht zu einer Grimasse, wollte etwas sagen, aber ein erneuter Hustenanfall kam dazwischen.

»Er arbeitet für mich«, sagte stattdessen der Blonde.

William kramte auch hier nach Münzen. Dabei blickte er sich in der Wohnung um. Überall lagen Kleidungsstücke herum. Eine Hose auf dem Bett erinnerte ihn an eine Uniformhose. Er reichte dem Mann das Geld.

Sie verließen den Schneider und gingen zurück zum Treppenhaus.

»Der macht bald Platz für neue Mieter.«

»So hat sich also nichts geändert«, mutmaßte William.

»Was soll sich denn geändert haben?«

William sah ihn an. »Ich dachte, das sogenannte *Königsbuch* hätte etwas bewegt.«

»Wörter, nutzlose Wörter«, blaffte Danner. »Bleib mir mit der heiligen von Arnim weg. Die wohnt immer noch fein, bettet ihr Haupt des Nachts auf Daunen. Aber ich zeige dir einen Hoffnungsschimmer«, fuhr er fort.

Sie gingen die Treppen hinunter. Auf Höhe der ersten Etage mussten sie eine entgegenkommende Frau abwarten. Die war so dick, dass sie auf den Flur ausweichen mussten, um ihr Platz zu machen.

»Denk nicht, die wär' so fett vom Fressen. Die gute Berta ist schwanger. Muss das achte oder neunte Kind sein.«

Gerade als sie weitergehen wollten, kam ihnen ein junger Mann mit strohblondem Haar entgegen. Ihm folgten drei Damen in feinen Kleidern. Der Mann nickte

Danner zu, der zum Gruß an seine Stirn tippte. Die Frauen blickten zur Seite. Eine hielt ein seidenes Taschentuch vor die Nase. William glaubte, darauf Initialen zu erkennen.

»Für die feinen Herrschaften ist das hier ein Zoo. Anstatt Tiere kann man eben arme Menschen angaffen. Das hat Frau von Arnim mit ihrem Buch bewirkt. So viel zu der Kraft der Wörter. Außer ein paar Groschen, die die feinen Damen ab und an spenden, ist alles wie eh und je.«

William folgte wie betäubt. Konnte das alles wahr sein? Das dürften traurige Berichte werden, die er da in die Staaten senden würde. Sollte er nicht hier gegen das Elend schreiben? Aber wie? Konnte da ein Flugblatt helfen?

Als sie im Kellergeschoss ankamen, war es noch eine Spur dunkler. Zu seiner Überraschung ging Danner gezielt auf eine Tür zu und öffnete diese, ohne zuvor anzuklopfen.

»Ich muss ja auch wo ein Bett haben«, sagte er leichthin.

Die Wohnung glich in den Abmessungen den anderen, doch gab es hier keine Kinder. Auf dem Boden lagen unterhalb der Fenster zwei Strohmatten.

»Da schlafen ab und zu welche für ein paar Groschen. Ansonsten wohne ich allein. Ich glaube, ich bin der Einzige hier im Haus, der keine Bälger verköstigen muss.«

Zur Linken stand ein breites Bett, darunter lagen ein paar Kartons. Im Zwielicht konnte William nicht erkennen, was sich darin befand. Ein klobiger Tisch stand in der Mitte. Darauf lagen leere Flaschen, ein Holzteller und etliche Papiere herum.

Danner reichte ihm ein Papier.

»Das Hungerlied«, las William. Und weiter:

*Verehrter Herr und König,*
*kennst du die schlimme Geschicht'?*
*Am Montag aßen wir wenig,*
*und am Dienstag aßen wir nicht.*

*Und am Mittwoch mussten wir darben,*
*und am Donnerstag litten wir Not,*
*und ach, am Freitag starben*
*wir fast den Hungertod!*

*Drum lass am Samstag backen*
*das Brot fein säuberlich –*
*sonst werden wir sonntags packen*
*und fressen, o König, dich!*

*Georg Weerth, geschrieben 1844*

»Die Schrift ist natürlich verboten, wie alles, was der Wahrheit entspricht. Aber die Besitzenden ahnen, dass sich da etwas zusammenbraut. Sie sind nicht völlig blind, nicht völlig taub. Deshalb schüchtern sie uns mit noch mehr bunten Röcken ein. Mehr Soldaten, mehr Gendarmen. Alles vergebens. Bevor wir einander auffressen, holen wir unser Brot von denen, die es im Überfluss haben.«

*So lang das Übel noch zu ertragen ist.*

Warum kam William gerade dieser Satz aus der amerikanischen Unabhängigkeitserklärung in den Sinn? Mit einem Male war er beim Flugblatt und bei dem Gedanken, dass es galt, die Finger in die Wunde zu legen.

So wie er es bereits in Boston getan hatte. »Wörter haben durchaus Kraft«, sagte er bestimmt.

»Und wir werden vorbereitet sein, wenn es gilt, loszuschlagen.«

»Gegen all die Soldaten in der Stadt seid ihr machtlos.«

»Nicht unbedingt. Nicht unbedingt«, sagte Danner düster.

William hatte das Gefühl, dass das nicht nur leere Worte waren. Irgendetwas schien Danner im Schilde zu führen. Er betrachtete nachdenklich den Blonden. Einer Arbeit ging der nicht nach, und doch ging es ihm leidlich. Der Schneider arbeitete sogar für ihn, wie er gesagt hatte.

»Woher bekommst du dein Geld?«, fragte er.

Danner sah ihn stolz an. »Ich habe Freunde, die meine Dienste zu schätzen wissen.«

Sie verließen die Wohnung, gingen die Treppen hinauf und traten auf die Straße.

»Lass uns zum *Bierkeller* gehen«, sagte Danner. »Ich habe Durst und dort können wir über das Flugblatt reden.«

Sie gingen schweigend nebeneinanderher. William überlegte dabei, was er tun konnte, um die Not zu lindern. Er könnte, wie der heilige Sankt Martin, seinen Mantel teilen, seinen Schal und seine Handschuhe hergeben. Wenn er nur sparsam genug lebte, konnte er auch von Singers Geld etwas nehmen. Aber alles schien ihm zu wenig. Als wollte man ein brennendes Haus mit einem einzigen Eimer Wasser löschen.

Oder selbst Geld hinzuverdienen. Dem stand die Zensur im Weg. Das Flugblatt konnte nur ein erster Schritt sein. Ein kleiner, aber wohl auch ein gefährlicher. Er wollte einen Weg finden, der sie nicht in die Hände von Gendarmen spielte.

***

Friedrich Euskirchen rieb sein Rückgrat. Stundenlang war er in einer Kutsche auf das Übelste hin- und hergeworfen worden und nun saß er in einem heruntergekommenen Gasthof irgendwo in der Provinz.

Die Frau des Wirtes, eine dralle, unansehnliche Person, lugte in seinen Bierkrug.

»Noch was zum Trinken?«, fragte sie barsch.

»Eine Karaffe Wasser«, bat er.

Sie brabbelte etwas vor sich hin und zog weiter. Friedrich brannte darauf, endlich Nachrichten zu erhalten. Gleichzeitig wollte er so schnell wie möglich zurück nach Paris. Er seufzte. Seit geraumer Zeit spielte er mit einem Geldstück in seiner Jackentasche. Er legte es auf den Tisch.

»He, Wirtin«, rief er in das Zwielicht hinein.

»Ich bringe ja schon Euer Wasser«, schimpfte sie. Dann sah sie das Geld.

»Das bekommt Ihr, wenn Ihr noch etwas Anständiges zu Essen für mich auftreibt. Aber kein Brei, nicht das billige Zeug, das Ihr sonst anbietet. Kalten Braten, etwas Käse, und bringt mir noch eine Karaffe Wein.«

Die Frau rieb ihre Hände an der fleckigen Schürze ab und nahm die Münze.

»Oh, dafür könnt Ihr das Paradies auf Erden bekommen«, sagte sie.

»Erst das Essen, dann das Geld. Und dass mir auch für die Pferde gesorgt wird. Ich werde heute noch zurückfahren.«

»Sehr wohl, der Herr.«

So war die Wartezeit wenigstens sinnvoll genutzt. In Paris gärte es in den Vorstädten, dort, wo die Arbeiter wohnten. Aber auch im gehobenen Bürgertum murrten sie über das Königshaus. Deren Oberhaupt, der Bürgerkönig Louis, zeigte sich tatenlos und schwach. Waren in Berlin nicht auch schon erste Zeichen von Unruhe aufgetaucht, noch bevor er abgereist war? Er dürstete nach Nachrichten aus Berlin, Informationen aus erster Hand. Und über Wilhelm, der sich jetzt William nannte.

Wo blieb nur Blasius, sein Mann fürs Besondere? Er sollte doch in der Lage sein, einen Treffpunkt zur vereinbarten Zeit zu erreichen. Nach einer weiteren halben Stunde kam die Wirtin zurück, eine junge Frau im Schlepptau. Sie brachten ein Tablett mit Käse und Braten, dazu eine Karaffe Rotwein. Die junge Frau schenkte ihm ein Glas ein. Ihre Haut war hell, fast weiß und makellos.

Friedrich beobachtete sie und überlegte, ob er nicht doch eine Nacht hier einlegen konnte. Er verwarf den Gedanken wieder. In so einem Haus war er nicht sicher. In seine Überlegungen hinein platzte ein neuer Gast. Dessen kleine, gedrungene Gestalt hob sich dunkel gegen den Hintergrund der geöffneten Tür ab.

»Noch ein Gedeck«, seufzte Friedrich. Es sah Blasius ähnlich, dass er sich verspätete, aber rechtzeitig zum Essen erschien.

Der Mann trat näher, nahm seinen Hut ab und zwängte sich auf die Bank ihm gegenüber. Seit drei Jahren arbeitete er nun schon für ihn, und Friedrich war sich immer noch nicht sicher, ob er wirklich Blasius hieß. Der Mann war wie ein Chamäleon, stets bereit, seine Identität zu wechseln.

»In welchen Geschäften sind Sie unterwegs?«, fragte Friedrich.

»Weinhändler. Heute bin ich Weinhändler.« Seine listigen Augen blitzten auf.

»Und was haben Sie mir aus Berlin zu berichten?«

Blasius betrachtete die Speisen und den Rotwein. Noch vor Friedrich lud er von dem Braten auf seinen Teller.

»Ihr Bruder lebt sich dort ein.« Er schnitt ein großes Stück vom Fleisch ab, spießte es mit der Gabel auf und schob es in seinen Mund. Bratensaft lief sein Kinn hinab.

Friedrich aß immer noch nichts. Er beugte sich vor.

»Weiter?« Er flüsterte fast, und Blasius verstand, wischte sein Gesicht ab und setzte sich gerade auf.

»Jeden Tag verlässt er früh das Haus, durchstreift die Straßen. Einen Brief hat er zugestellt. Der Empfänger ist harmlos. Mit einem der Hausmädchen hat er sich offenbar angefreundet.«

Friedrich horchte auf. »Wissen Sie ihren Namen?«

»Clara. Eine Rothaarige.«

Friedrich entspannte etwas. Also nicht Ysette, seine Ysette. Clara war eine von der aufgeweckten Art und hatte, wie er wusste, selbst einen Freund. Sollte das alles sein?

»Trifft er irgendwelche Leute öfters?«

»Das kann man wohl sagen.«

»Dann sagt endlich!«

Blasius kaute gerade ein besonders großes Stück und leerte sein Weinglas bereits zum zweiten Mal.

»Er hat in einem Lokal wohl ein paar Arbeiter beeindruckt, indem er einer Magd zur Hilfe eilte. Seitdem steckt er immer wieder mit ihnen die Köpfe zusammen. Leider gab es bereits ein Missgeschick.«

»Was?« Friedrich hob seine Stimme. »Sind Sie ihm etwa begegnet?«

»Oh nein«, beschwichtigte Blasius. »Mich würde er ja sofort erkennen. Nein, aber einer, der ihn beobachten sollte, wurde als Spitzel entlarvt. So ein blonder Hüne hat ihn aus dem Lokal geworfen. Jetzt setze ich weniger auffällige Menschen auf ihn an. Vor allem unterschiedliche.« Blasius rollte mit den Augen.

»Ich weiß, das kostet. Geld sollt Ihr gleich bekommen. Was habt Ihr über diese Treffen herausbekommen?«

»Sie arbeiten an einem Flugblatt. Zur Gruppe gehören zwar nur eine Handvoll Leute, aber die stehen offenbar im Kontakt mit anderen Gruppen.«

»Wie kommt Ihr darauf?«

»Da wandern immer wieder Pakete hin und her. Alle etwa gleich groß.«

»Waffen?« Friedrich rückte näher.

»Das weiß ich noch nicht. Wenn Ihr wünscht, würde ich einen der Paketboten niederschlagen lassen und ihm seine Ware entwenden.«

Friedrich dachte nach. Offenbar lief es so, wie er es sich vorgestellt hatte. William war in eines der Nester aufmüpfiger Demokraten geraten.

»Nein, das ist zu riskant«, beschied er. »Behaltet die Gruppe im Auge, verfolgt auch die, die nur sporadisch auftauchen.«

»Sie nähen irgendetwas ein«, fuhr Blasius fort. »Das konnte einer meiner Männer schon prüfen.«

Waffen hatten eine leicht erkennbare Form. In Stoff eingewickelt oder gar eingenäht, konnten sie besser verborgen werden.

Blasius reichte ihm einen Umschlag. »Hier sind alle Berichte, die mir bis vor der Abfahrt vorlagen.«

»Frau Wirtin«, rief Friedrich.

Die dicke Frau kam herangewatschelt.

»Hier ist das Geld. Kümmert Euch bitte um diesen Gast. Er wird ebenfalls bald weiterreisen wollen. Und lasst meinen Wagen vorspannen. Der Kutscher ...«

»Liegt im Stroh und schläft.«

»Dann weckt ihn auf. Packt uns Brote, Käse und Wein ein.«

Friedrich stand auf und wandte sich an Blasius. »Ihr könnt zu Ende essen, aber seht zu, dass ihr nach Berlin zurückkehrt. Haltet die Augen auf.«

Damit verließ er das Lokal. Vor dem Gasthaus stand bereits seine Kutsche. Er öffnete den Wagen und setzte einen Fuß auf die Einstiegsleiter. Da eilte die junge Frau von eben heran, ein Paket unter ihrem Arm.

»Das dürft ihr mir übergeben«, sagte Friedrich, nahm ihr das Paket ab und blickte hinein. Es enthielt eine Schwarzwurst, Brot und Käse sowie einen Weinschlauch.

Friedrich streifte ihren Arm. Sie duftete wie frisch gebadet.

»Ob ich Euch wohl antreffe, wenn ich wiederkomme?«, fragte er. Ohne auf eine Antwort zu warten, stieg er ein. »Dies lasse ich als Erinnerung zurück«, sagte er leichthin, und reichte ihr sein Taschentuch.

Die Frau trat zurück, sah ihn mit ihren großen Augen an.

»Auf bald«, rief Friedrich.

# Was für ein Glück

Berlin und Stuttgart, März 1848

Die Eisenbahn zog mit ratternden Rädern durch die Landschaft. Eleonores Vater erwachte, reckte die Arme und gähnte. Er hatte die halbe Fahrt verschlafen, sie mit ihren Gedanken alleingelassen. Außer ihnen saß niemand im Abteil.

»Wusstest du, dass die alten Ägypter mithilfe von Brieftauben Nachrichten versendet haben?«, fragte ihn Eleonore.

»Ich bin gespannt, wie Otto darauf reagiert«, brummte ihr Vater.

»Es wird ihn freuen.« Eleonore beugte sich zu ihrem Vater vor und legte ihm beide Hände auf die Knie. »Was ist das immer für eine Aufregung, wenn du einen Brief von Onkel Otto erhalten hast? Man sieht dich dann stundenlang nicht.«

»Du weißt doch, mein Kind, in Frankfurt tagen die Vertreter aller deutschen Staaten, beraten und entscheiden wichtige Angelegenheiten.«

»Die auch Württemberg betreffen«, ergänzte Eleonore. »Darum führt dich dein erster Weg stets zum König, wenn du Ottos Briefe gelesen hast. Wie lange werden wir in Berlin bleiben?«, fragte sie und wechselte das Thema.

»Das wird sich weisen. Wir werden dir auf alle Fälle ein paar Kleider kaufen müssen.«

Eleonore dachte an die Tauben, die im Gepäckwagen mitfuhren.

»Auf der Rückreise nehmen wir die jungen Tauben mit. Die haben dann Ottos Haus als ihre Heimat angenommen, sodass, wenn wir sie in Stuttgart fliegen lassen, sie schnurstracks zu ihm fliegen.«

»Und die älteren Tauben, die Otto behält, fliegen nach Stuttgart, wenn er sie freilässt. Ich bin gespannt, ob das klappt.«

Eleonore beeindruckten die Zweifel ihres Vaters nicht. »Du kannst Otto mit jeder Taube eine Frage zukommen lassen. Acht Tiere, acht Fragen?«

»Hmmh«, machte ihr Vater und räusperte sich zweimal.

»Du hast dich bestimmt gefragt, was mich nach Berlin treibt?«, wechselte ihr Vater seinerseits das Thema.

»Eine Mission«, mutmaßte Eleonore. Sie lehnte sich zurück. »Der König kann sich glücklich schätzen, in dir einen Vertrauten zu haben.«

Ein Lächeln huschte über sein Gesicht, dann blickte er wieder ernst.

»Die zwei Hohenzollernschen Fürsten sind amtsmüde. Angeblich streckt der badische Großherzog seine Finger aus und will ihre Länder haben. Sie mögen zwar klein sein, haben zusammen nicht halb so viel Einwohner wie Stuttgart, dennoch würde das unserem König nicht gefallen.«

»Will er die beiden Fürstentümer für Württemberg?«, fragte Eleonore. »Und du sollst in Berlin erkunden, was die Preußen davon halten? In Sigmaringen steht doch ihre Stammburg. Sind sie nicht mit den Fürsten verwandt?«

»Offiziell bin ich in Bankangelegenheiten des Königs

unterwegs«, erzählte ihr Vater weiter. »Von all dem hast du natürlich keine Ahnung.«

Sie nickte.

»Wäre es nicht von Vorteil, wir würden die Tauben bis Berlin mitnehmen?«, fragte Eleonore. »So würde der König schnell erfahren, was du erkundet hast.«

Ihr Vater hob seine Augenbrauen.

»Wusstest du, dass die Sportler bei den antiken Spielen in Olympia bereits Brieftauben mitnahmen? Gewannen sie einen Lauf, dann sandten sie mithilfe der Tauben einen Teil des Zielbandes als Zeichen ihres Sieges zurück in ihren Heimatort.«

»Woher weißt du das alles?«, fragte ihr Vater, setzte aber gleich hinterher: »Natürlich, die Bücher.«

Sie ereiferte sich: »Du wirst sehen, die Brieftaubenverbindung ist ideal. Du müsstest nicht mehr selbst nach Frankfurt fahren. Die Tauben können freilich nicht Ottos dicke Briefe transportieren, ein paar Schlagzeilen, auf Seidenpapier geschrieben und ihnen ans Bein gebunden, das wird gehen.«

»Du hast Ideen«, wunderte ihr Vater sich.

»Es würde obendrein gut für deine Gesundheit sein, wenn du weniger reisen würdest«, sagte Eleonore. »Und wer weiß, vielleicht adelt dich der König wegen der Tauben und der Dienste, die sie ihm bringen.«

Er lächelte. »Adeln wollte er mich schon lange.«

»Weil er große Stücke auf dich hält«, sagte Eleonore, »und weil du ihm das Leben gerettet hast.«

»Lassen wir die alten Geschichten ruhen«, entgegnete ihr Vater.

Eleonore nickte. Das Band, das sie mit ihrem Vater

verband, war stärker geworden. Er sprach mit ihr über Politik, hörte ihr geduldig zu. Er akzeptierte sie, sprach mit ihr wie mit anderen Männern. Sie sah wohl, wie er zuweilen über sie staunte. Sie dachte an Mutter. *Ich kann die Lücke ein wenig ausgleichen, die sie hinterlassen hat.*

»Ich bin froh, dir das Lesen meiner Bücher erlaubt zu haben«, stellte er sachlich fest. »Es hat dir zumindest nicht geschadet.«

Wie nah er wieder ihren Gedanken kam. Sie wollte etwas erwidern, aber dann versagte ihr die Stimme. Stattdessen täuschte sie ein Gähnen vor

***

In Frankfurt kamen sie am Mittag an. Die Stunden flogen dahin. Erst unterwies Eleonore Onkel Otto in der Pflege der Tauben. Die Tiere schienen die Strapazen der Reise bisher gut zu vertragen. Ihr Onkel staunte, als sie ihm von der Taube und ihrem Flug von Tübingen nach Stuttgart erzählte. Er freute sich über die Tiere, doch wurde sein Gesicht ein wenig länger, als sie ihm die vielseitigen Anweisungen Vogts überreichte. Gemeinsam suchten sie einen Platz für den Käfig. Eleonore warf den Tauben noch eine Kusshand zu.

Am Abend sprachen die Männer ausgiebig über Politik. Eleonore saß abseits mit ihrer Stickerei und lauschte.

Früh am nächsten Morgen brachen sie auf. Immer wieder wechselten sie von einer Kutsche zu einer Eisenbahn und andersherum.

»Du wirst es erleben«, sagte ihr Vater, »dass Züge alle Städte miteinander verbinden.«

Meist schwieg er und hing ebenso wie sie seinen Gedanken nach. Endlich saßen sie in einem Zug, der sie vollends nach Berlin bringen würde. Eleonore blickte aus dem Fenster. Lange war nichts von Häusern zu sehen, geschweige denn von einer großen Stadt. Wiesen und Felder, dahinter ausufernde Wälder, säumten ihren Weg. *Und doch bin ich bald Bettina von Arnim nahe.*

Eleonore wurde der Mund trocken. Ein paar ihrer Notizen hatte sie eingesteckt. Es gab so vieles, was sie unbedingt Frau von Arnim zeigen, worüber sie mit ihr reden wollte. Über die Armut und die Gleichberechtigung für Frauen. Es musste ihr irgendwie gelingen, Frau von Arnim zu treffen. In der Eile des Aufbruchs hatte sie ihr nur ein paar Zeilen schreiben können: »Denken Sie nur, ich komme nach Berlin.« Würde der Brief überhaupt vor ihnen eintreffen? Über diesen Gedanken schlief sie ein.

»Kindchen, du musst aufwachen«, weckte sie die Stimme ihres Vaters.

Der Zug stand. Sie blickte verschlafen aus dem Fenster, an dem Passanten vorbeischlenderten, und erschrak.

»Sind wir da?«, fragte sie.

»Eben angekommen«, antwortete ihr Vater. »Ich habe bereits einen Gepäckträger beauftragt, uns einen Wagen zu holen. Komm!«

Eleonore reichte ihrem Vater die Hand. Auf dem Bahnsteig blickte sie umher. Überall wuselten Reisende, Gepäckträger und Eisenbahnmitarbeiter in Uniformen herum. Schnaubend und zischend fuhr ein Zug aus der großen Halle. Dampfwolken wälzten sich unterhalb des hohen Daches.

Sie gingen nebeneinander in Richtung des Ausgangs. Warme Sonnenstrahlen nahmen sie in Empfang.

Ein Gepäckträger winkte ihnen zu. Hinter ihm stand eine Kutsche.

»Sie wird uns ins Hotel bringen«, sagte ihr Vater. »Das liegt an der Straße *Unter den Linden,* der Prachtpromenade der Stadt.«

Sie konnte nur nicken. Der Kutscher half ihr beim Einsteigen. Ihr Vater bezahlte den Gepäckträger und folgte ihr.

»Es ist lange her, dass ich in Berlin war«, erzählte ihr Vater. »Ich kann mich gut an meine Eindrücke beim ersten Mal erinnern. Ich habe den Kutscher gebeten, für dich einen kleinen Umweg zu fahren.«

Eleonore saß mit nach vorne gebeugtem Oberkörper am Fenster und sah hinaus. Ihre Kutsche fuhr schnell, überholte andere Wagen. Zwischendurch musste sie stehen bleiben, weil andere Fuhrwerke die Straße blockierten.

»Gleich fahren wir durch das Brandenburger Tor«, sagte ihr Vater.

Eleonore öffnete das Fenster und streckte ihren Kopf hinaus. Da sah sie die hohen Aufbauten des Tores. Oben thronte die Figur der Viktoria in ihrer Quadriga. Sie kannte den Anblick bisher nur aus Büchern. Als sie durch das Tor fuhren, legte sie ihren Kopf in den Nacken. Die Hufschläge der Pferde hallten wider.

Nach der Durchfahrt blickte sie zurück.

»Ich habe gelesen, dass der Siegeswagen 1806 von den Franzosen geraubt wurde. Nach der Niederlage Napoleons fanden preußische Soldaten die Skulptur unversehrt in Paris und so gelangte sie 1814 zurück an ihren angestammten Platz.«

»Manche Schätze wechseln in Kriegszeiten ihren Besitzer«, stimmte ihr Vater zu.

»Warum hassen die Deutschen die Franzosen?«, fragte Eleonore.

»Ich denke, die Franzosen haben zu viele Kriege geführt. Wie du weißt, haben sie Stuttgart mehrfach eingenommen und sich nicht immer als gute Gäste erwiesen.«

Eleonore blickte nach vorne. Die Kutsche war rechts abgebogen. Die Strahlen der Sonne brachten die Schneereste zum Schmelzen. Rinnsale zogen quer über die Straße. Kein Zweifel, der Frühling nahte. Eleonore lockerte ihren Schal. Sie sah auf der linken Seite Dampf aus den Rinnsteinen hochsteigen. Was mochte der Grund dafür sein? Entlang der Häuser verlief ein Kanal, den starke Bohlenbretter vor den Eingängen bedeckten. Von dort floss in beide Richtungen eine rötliche, dampfende Brühe. Auf einem Schild pries ein Schlachter seine Waren an.

Mit einem Mal umfing sie ein ätzender Gestank, kroch ihre Nase hinauf. Schnell schloss sie das Fenster. Zu spät. Ihr Vater brummte, sagte aber nichts. Erst nach etlichen Metern wagte es Eleonore, das Fenster wieder zu öffnen. Die frische Luft tat gut.

Mehrgeschossige Häuser säumten die Straßen. Markisen zierten die Fenster. Links und rechts der Fahrwege lagen breite, mit Granitplatten ausgelegte Fußwege. Paare spazierten umher, die Männer mit Gehstock und Zylinder, die Frauen mit Sonnenschirmen. Sie trugen farbenprächtige Kleider. Eleonore kam aus dem Staunen nicht mehr heraus.

Cafés und Hotels lockten Gäste, Schuhmacher, Schneider und Hutmacher priesen in Schaufenstern ihre Waren an. Viele warben damit, Lieferant eines Prinzen oder einer Prinzessin zu sein, oder nannten sich einfach Hoflieferant. Halb Berlin trieb offenbar mit dem Königshaus Handel.

Die Großstadt entfaltete ihr Treiben. Sie überholten Frachtwagen, die rumpelnd ihres Weges zogen, sahen Dienstboten mit Körben vorbeieilen und Kinder, die umherrannten. Der Chor an menschlichen Stimmen beeindruckte Eleonore besonders. Als sei sie in einen Bienenschwarm geraten. So viele Menschen kannte sie von Stuttgart nur an besonderen Markttagen, etwa dem Weihnachtsmarkt.

Es ging noch einmal linksherum, dann blieb die Kutsche vor einem mehrstöckigen Gebäude stehen. *Hotel de Russie*, las Eleonore.

»Wir sind da«, sagte ihr Vater. Aus dem Hotel traten Pagen. Sie luden ihr Gepäck auf eine Handkarre.

Eleonore sah die Straße entlang. Eine Soldatenkolonne marschierte heran. Ein sie begleitender Offizier gab laute Kommandos, die beinahe im monotonen Stampfen der Stiefel untergingen. August von Engel hätte seine Freude gehabt. Die Soldaten passierten die Kutsche und liefen weiter in Richtung Schloss. Eleonore blickte ihnen nach. Viele neue Eindrücke waren auf sie hereingeprasselt, seit sie den Zug verlassen hatten, und sie ahnte, dass die nächsten Tage weitere neue Erfahrungen für sie parat hielten. *So fühlt sich das Leben an*, ging es ihr durch den Kopf. Sie atmete befreit auf, wandte sich an ihren Vater.

»Ich danke dir für die Reise.«

***

August zog seine Schultern hoch, reckte seinen Oberkörper über den Tisch, angriffslustig wie ein Stier, und fixierte den Weinhändler. Die Konturen der übrigen Gäste, die um den Tisch herumstanden, sowie die der anderen Mitspieler, verschwammen vor seinen Augen.

»Wer nicht wagt, der nicht gewinnt«, sagte August und legte den kümmerlichen Rest seines Geldes auf den Tisch.

Sein Gegenüber wich zurück. August hasste ihn in diesem Moment, hasste ihn, weil er für ihn die neureichen Bürger verkörperte. Für einen Moment kehrten seine Gedanken an den Morgen zurück. An die Demütigung. Wie ein Aasgeier war der Fabrikant durch das elterliche Haus gegangen, hatte mit ihm um die Preise für die Möbel gefeilscht. Wohl wissend, dass er auf das Geld angewiesen war. Nun standen etliche Räume leer und seine Kasse war wieder ein wenig mehr gefüllt. Wie lange würde das vorhalten? Diese Großbürger und Fabrikanten wurden reicher und reicher. Im Gegensatz zu ihm. Das musste nicht so bleiben. Das durfte nicht so bleiben.

Er grinste böse, fletschte seine Zähne. Der Weinhändler runzelte die Stirn. *Der denkt wohl, ich habe ein gutes Blatt. Denk, was du willst. Ich werde dich kleinkriegen.*

Es war kein gutes Blatt.

Es war kein guter Abend.

Aber er durfte dieses Spiel nicht verlieren. *Lass ihn aufgeben,* betete von Engel.

Der schmächtige Junge, der dem Wirt zur Hand ging, huschte vorbei.

»He, komm her und schenk nach«, schnauzte er ihn an und setzte sich wieder aufrecht. Der Junge blieb stehen, wandte sich um und trat an den Tisch. Mit zitternden Händen goss er Rotwein in seinen Becher, starrte dabei gebannt auf das Geld, das in der Mitte des Tisches lag.

»Glotz nicht so blöde«, fuhr ihn August an und nahm einen kräftigen Schluck. »Schenk lieber nach.« Verstohlen schielte er zu dem Weinhändler.

Dessen Mundwinkel zuckten.

»Ich steige aus«, grunzte der und schmiss seine Karten hin.

August verzog keine Miene. Das war knapp gewesen. Der Weinbauer stand auf und brabbelte im Davongehen ein paar Flüche. Die klangen wie Musik in seinen Ohren.

»Ich will die Karten sehen«, forderte der Metzgermeister, der links von ihm saß.

»Das Spiel ist aus«, knurrte August. Er warf seine Karten auf die des Weinhändlers und vermischte sie sogleich.

Der Metzger stand auf, schüttelte seinen Kopf und schlurfte davon. Die anderen Zuschauer gingen zurück an ihre Plätze. Nur Leutnant Mühlitz blieb stehen, trat sogar näher und setzte sich zu ihm.

»Heute mal gewonnen?«, sagte er in einem Ton, der August nicht gefiel.

»Ach sei ruhig«, fuhr er ihn an.

Aus seiner Innentasche fischte er seine Börse hervor, öffnete sie und wischte die Münzen hinein. Eine holte er zurück und legte sie vor sich.

»Junge, die Flasche! Ich will die ganze Flasche«, rief er über seine Schulter in den Schankraum.

Er sah, wie der Wirt näherkam, nervös an seiner Schürze herumspielte.

»Hier«, sagte August und reichte dem Mann die Münze. »Das wird wohl reichen.«

»Los, los, bediene den Herrn Leutnant«, rief der Wirt sogleich zu dem Jungen. Der eilte herbei und stellte eine halb volle Weinflasche ab.

»An deiner Stelle wäre ich freundlicher«, sagte Mühlitz. »Wie wäre es, wenn du einen Teil deiner Schulden abbezahlen würdest?«

August kniff seine Lippen zusammen. Er hasste diesen bürgerlichen Offizier. Die Welt geriet aus den Fugen. Der Adel verlor seine Privilegien. Auf dem Land zogen die Bauern mit Dreschflegeln bewaffnet vor die Schlösser und forderten die Befreiung von allen Lasten und freie Wahlen der Gemeinderäte. Manche Adelsfamilie war in den letzten Tagen und Wochen nach Stuttgart umgezogen. Dort sorgte das Militär für Ruhe und Ordnung. Aber wie lange noch? Die Armee sollte demnächst auf die Verfassung vereidigt werden, nicht mehr auf den König. Was mochte als Nächstes kommen?

»Ja, ja, du bekommst dein Geld«, beruhigte er ihn. »Ich werde heiraten«, brach es dann aus ihm heraus. »Hörst du!«

»Die angedachte Braut soll sich zieren, wie man hört.«

August sprang auf. Sein Stuhl krachte polternd auf den Boden. Die Gäste hoben ihre Köpfe. Mühlitz stand ebenfalls auf. Sein Stuhl blieb stehen. Er sah ihn mitleidig an.

»Ich werde mich nicht mit dir duellieren. Ich will mein Patent behalten.«, sagte Mühlitz.

August hob den Stuhl auf, nahm wieder Platz. Sein Kamerad tat es ihm gleich.

»Die Mutter hat schon ihren eigenen Kopf gehabt«, fuhr sein Gegenüber in versöhnlichem Ton fort. »Ständig war sie wohltätig unterwegs.«

»Wenn sie erst einmal meine Frau ist, werde ich sie lehren, was sie darf.«

»Worauf wartest du?«

»Ihr Vater ist einverstanden, aber sie sagt, sie sei noch zu jung.« Von Engel verschwieg einen weiteren Grund, den Eleonore genannt hatte. »Viele möchten heiraten und erhalten keine Genehmigung, weil kein Geld da ist.«

»Das ist nur zu ihrem Wohle«, hatte er entgegnet. »Das verhindert die Ausbreitung von Elend.«

»Und so werden immer mehr uneheliche Kinder geboren, die in unsicheren Verhältnissen aufwachsen, ausgesetzt werden und am Ende im Waisenhaus landen.«

Was für verwerfliche Ansichten! Was für unschickliche Aussagen aus dem Munde einer Frau.

»Dann musst du sie zu ihrem Glück zwingen«, sagte Mühlitz in seine Gedanken hinein. »Mach ihr ein Kind.«

August von Engel hob die Augenbrauen. »Da müsste ich zuvor ihren Vater erschlagen.«

»Ist ein Küken erst einmal aus dem Nest gefallen, dann gehört es dem Stärkeren«, sagte Mühlitz, stand auf und verabschiedete sich.

August blieb sitzen, leerte den Becher in einem Zug und schenkte nach. Wein schwappte auf den Tisch. Was wollte sein Kamerad andeuten, mit diesem *»aus dem Nest gefallen«*? Er ballte eine Faust und brütete weiter. *Ich werde sie bändigen.* Wenn sie nur erst wieder aus Berlin zurückkam. Drei Briefe hatte er Eleonore Herbst geschrieben, hatte ihr versichert, wie sehr er sie vermisste. Nur einen Brief hatte er als Antwort erhalten. Sie schrieb nichts davon, dass sie ihn vermisste. Wieder war der Becher leer. Er hob erneut die Flasche. Die war ebenso leer. Mit glasigen Augen suchte er nach dem Jungen.

# Briefe schreiben ist schwer

Berlin, März 1848

Eleonore legte die Schreibfeder beiseite, zerknüllte das Papier und warf es im hohen Bogen zu den anderen, die bereits am Boden lagen.

»Verehrte Frau von Arnim … Hochverehrte Frau von Arnim … Allergnädigste …« Ihre Verzweiflung wuchs. Sie scheiterte bereits bei der Anrede. Bisher hatte sie immer »Liebe Frau von Arnim« geschrieben. Jetzt, wo sie ihr so nahe war, schien ihr das zu banal.

Wie sollte sie es anstellen, dass Bettina von Arnim sie einlud? Oder konnte sie sie einladen, ins Hotel, in ein Café? Wann und wo hatte ihre Mutter Frau von Arnim kennengelernt? Wie hatte sie es angestellt? Fragen über Fragen, die sie zu ersticken drohten.

Eleonore verschloss das Tintenfässchen und stand auf. Heute würde das nichts werden. Sie trat an ihren Schrank. Dort lagen zusammengelegt ihr schlichtes Baumwollkleid, ihre alte Weste und ihr blaues Kopftuch. Ihre Utensilien für Hausbesuche bei den weniger Begüterten in Stuttgart. Sie hatte die Sachen eingepackt, um sie für ihren Besuch in den Berliner Armenvierteln anzuziehen. Warum nicht heute?

Vater besuchte irgendeinen Minister oder andere wichtige Leute und würde erst am späten Nachmittag ins Hotel zurückkehren. Allein der Gedanke, die Familienhäuser zu besuchen, von denen Bettina von Arnim berichtet hatte, beschleunigte ihren Atem. Schnell zog sie ihr feines Kleid und die weißen Seidenstrümpfe aus.

Alles flog auf das Bett. Sie schlüpfte in das Baumwollkleid, trat vor den Spiegel und zupfte es zurecht. Dann band sie sich das Kopftuch um. Zuletzt zog sie ihre Wollweste an und steckte ihre kleine Geldbörse ein.

Der Empfangschef staunte, als sie so die Treppe herunterkam. Eleonore lächelte ihn an und schon stand sie auf der Straße. Für einen Moment blieb sie stehen und bewunderte das königliche Schloss, das schräg gegenüber hinter einer Häuserzeile in die Höhe wuchs. In der Nacht hatte es geregnet, jetzt sandte die Sonne warme Strahlen. Der Frühling nahte.

Eleonore ging schnellen Schrittes die Straße entlang. Was Vater dazu sagen würde, wenn er sie so sehen könnte? Würde er bereuen, ohne eine Anstandsdame nach Berlin gereist zu sein? Ihre Eltern hatten sie ohne Zwänge erzogen und den Part der Aufpasserin selbst übernommen oder Maria damit beauftragt, ein Auge auf sie zu werfen. Die gute Maria. Ihre erste Komplizin.

Eleonore blieb mehrmals stehen, um sich zu orientieren. Auf der langen Reise hatte sie stundenlang einen Berliner Stadtplan studiert. Die Armenviertel lagen gar nicht so weit vom Schloss entfernt. Linker Hand lag der sogenannte Lustgarten, eine parkähnliche Anlage, die sehr an den Stuttgarter Schlossplatz erinnerte. Doch die Straßen kamen ihr viel weitläufiger vor. Und deutlich lebhafter. Alle paar Meter musste sie anderen Passanten ausweichen oder stehen bleiben, weil ein Fahrzeug ihren Weg kreuzte. Sie überquerte die Spree und hielt sich links. Die Häuserfronten rückten näher zusammen.

Vor einem Haus saß ein Mann auf einer Bank, zwischen seinen Oberschenkeln ein Gefäß eingeklemmt.

Mit einem Hammer schlug er auf das Teil ein, wendete und drehte es dabei.

»Kesselschmied Frasunkewic«, stand auf einem windschiefen Schild über dem Eingang. Das »Klang, klang, klang« begleitete Eleonore ein ganzes Stück. Dann versperrte ihr ein Holzstamm den Weg. Der lag auf zwei Balken quer zur Straße. An seinem linken Ende sägten zwei Männer ein Stück ab. Ihre Ärmel hatten sie hochgekrempelt. Wie Eugen, wenn er zu Hause Brennholz sägte. Eleonore wich auf die Straße aus. Sägemehl knirschte unter ihren Stiefeln, als sie die beiden passierte.

Sie erreichte das Hamburger Tor. Im Grunde war es kein Tor. Zwei Obelisken ragten links und rechts in die Höhe. Ab da begann die Gartenstraße. Eleonore blieb stehen und hob den Kopf. Dort standen die Familienhäuser, von denen Bettina in ihrem Armenbuch geschrieben hatte.

Kinder spielten vor einem mehrgeschossigen, lang gestreckten Haus. Langsam ging sie weiter. Die Straße wurde uneben, und anstatt fest gemauerter Häuser standen da Bretterbuden, die stützend aneinander lehnten. Vereinzelt gab es Freiflächen. Das matte Grün des Grases malte ein wenig Farbtupfer in die ansonsten triste Umgebung.

Sie ging weiter, passierte eine Destillation, vor der ein paar Männer standen und laut miteinander sprachen, blieb dann an der nächsten Querstraße stehen und blickte zurück. Die Familienhäuser ragten wuchtig hervor. Fast so wie das Schloss, überlegte sie. Und doch war es etwas völlig anderes. Eleonore schluckte. Sie überquerte die Straße und ging die andere Seite zurück. Ihr

Herz pochte mehr und mehr, je näher sie dem Familienhaus kam.

Direkt vor dem Eingang saß ein Junge. Mit einem Stecken stocherte er im Unrat der Straße. Sie starrte für einen Moment auf sein linkes Bein. Eine Lederkappe stak auf dem Knie, der Fuß fehlte. Sie wollte in ihre Geldbörse greifen, dem Jungen ein paar Münzen geben, als der seinen Kopf hob und sie ansah. Eleonore senkte ihren Blick und hastete an ihm vorbei in das Haus.

Der Geruch nach Essig und billigem Wein nahm sie in Empfang. Finstere Korridore führten nach links und rechts, ein Treppenhaus verlor sich im Dunkeln. Aus den Wohnungen hörte sie gedämpft Stimmen.

»In ihren angenehmen Gesichtszügen liegt viel Kummervolles.« Eleonore fiel diese Passage aus Frau von Arnims Armenbuch ein. *Gartenstraße 92 a, Stube 71.* Wo sollte sie anfangen, wo aufhören?

In Bettina von Arnims Buch stand eine Aufstellung, wonach vier Personen für ihr Essen, Brennholz und ein bisschen Tabak täglich sechs Silbergroschen benötigten. Sie wollte ein paar der Familien aufsuchen und ihnen zehn Silbergroschen geben. Ihnen einen sorgenlosen Tag schenken.

Einen Tag.

Sie wollte keine Almosen verteilen. Darum hatte sie dem Jungen kein Geld zugesteckt. Sie hatte einen Plan. Langsam ging sie den Flur entlang, der von einer öligen Funzel schwach erleuchtet wurde, und las die Namen auf den Türschildern. Würde sie auf die treffen, von deren Schicksal sie gelesen hatte? ›Schneidermeister Jablonski‹ stand auf einem Schild. Eleonore blieb stehen, holte noch einmal Luft. *Es ist egal, wo ich beginne,* dachte sie und klopfte an. Sie musste ein zweites Mal klopfen, bis jemand die Tür einen Spalt öffnete.

»Wer da?«, fragte eine krächzende Stimme.

»Mich schickt meine Herrin«, log Eleonore. Die Menschen sprachen eher mit ihr, wenn sie sie auf der gleichen gesellschaftlichen Stufe wähnten. So ihr Gedanke.

Ein buckliger Mann mit schütterem Haar trat in den Flur. Linkisch sah er schnell nach links und nach rechts.

»Kommen Sie herein«, bat er dann. Und fügte hinzu: »Ich dachte, es sei der Hausverwalter wegen der Miete.«

Eleonore betrat die Wohnung. Durch ein schmales Fenster fiel Licht herein. Sie musste blinzeln. Zur Linken, in einem großen Bett, lag eine Frau. Die starrte mit fiebrigen Augen zu ihr. Zwei Mädchen, halb nackt, saßen am Fußende.

»Was will Ihre Dame?«, fragte der Mann.

Eleonore konnte nicht antworten, trat an das Bett und reichte der Kranken die Hand. Heiß und kalt zugleich. Sie riss sich zusammen, ließ die Hand los und drehte sich um.

»Meine Herrin möchte ein paar Sachen von Ihnen geschneidert haben«, sagte sie.

Jablonski kratzte sich am Kopf. »Wie kommt Ihre Dame auf mich?«, fragte er.

»Eine Empfehlung«, antwortete sie. Mit zittrigen Fingern holte sie ihre Geldbörse hervor und entnahm ihr ein paar Geldstücke. »Wenn Sie bereit sind, soll ich Ihnen gleich einen Vorschuss geben«, führte sie ihre Lügengeschichte weiter.

Jablonski nahm zögernd das Geld.

»Sie dürfen das Geld ausgeben«, sagte Eleonore. »Ich

werde morgen wiederkommen und Ihnen die Arbeit bringen.«

Sie brachte ein verkrampftes Lächeln zustande, nickte der Frau und den Kindern zu und reichte dem Schneidermeister die Hand. Im Flur liefen ihr Tränen übers Gesicht. In ihrer Hand spürte sie noch die Hand der Frau. Nur eine flüchtige Berührung, doch ausreichend, um ihr zu zeigen, dass für die Kranke wenig Hoffnung bestand. Und sie konnte nichts dagegen unternehmen. Wie in Trance ging sie zum Ausgang. Ein weiteres Schicksal konnte sie heute nicht mehr ertragen.

Vor dem Haus saß immer noch der Junge. Vor sich auf seinem Schoß lag ein Stück Kartonpappe.

»Möchte die Gnädigste gezeichnet werden?«, fragte er, zu ihr aufblickend und den Kopf ganz in den Nacken gelegt.

Eleonore sah ihn ungläubig an.

»Womit willst du mich zeichnen?«, fragte sie.

Als Antwort zog der Junge ein Papier hervor und legte es auf die Pappe. Mit der anderen Hand hielt er ihr einen dunklen Keil entgegen. Erst bei genauerem Hinsehen erkannte Eleonore, dass es ein Stückchen Kohle war.

»Ick könnte dir ein Lächeln ins Gesicht malen.«

»Das bekomme ich selbst hin«, sagte sie. Mit den Handrücken wischte sie die Tränen von ihren Wangen. »Ich soll dir also Modell stehen?«, fragte sie. »Wie viel kostet das?«

»Was de entbehren kannst.«

»Na gut.« Sie lehnte sich mit dem Rücken an die Hauswand.

Der Junge, er mochte zwölf oder dreizehn Jahre alt

sein, musterte sie eingehend und machte dann die ersten Striche.

Eleonore dachte nach. Mit dem Schneider Jablonski hatte sie einen Anfang gemacht. Dem würde sie morgen eines ihrer Kleider vorbeibringen. Sie würde ihm einen Lohn zahlen, kein Almosen. Und er würde das Geld ausgeben. Das war ihr Plan, Geld in Umlauf zu bringen. *Lass den Menschen ihren Stolz,* so die Losung ihrer Mutter. Die Erinnerung an Mutter trieb ihr beinahe erneut Tränen in die Augen.

»Fertig«, unterbrach der Junge ihre sentimentalen Gedanken und hob ihr das Papier entgegen. Sie nahm es.

Konnte das sein? Als blicke sie in einem dämmrigen Raum in den Spiegel. »Fein«, brachte sie endlich hervor, griff in ihre Geldbörse und fischte ein paar Münzen heraus.

»Ist das genug?«, fragte sie.

Der Junge starrte auf ihre Handfläche und pfiff. Dann blickte er sie an. »Leg es mir in die Hand«, wies er sie an. »Oder willste schwarze Pfoten wie icke.«

Eleonore lächelte. Die Hände des Kindes waren schwarz von der Kohle.

»Ich danke dir«, sagte sie zum Abschied.

*Es ist doch was anderes, Elend zu sehen, als davon zu lesen,* dachte sie. Beim Weitergehen kam ihr der unvollendete Brief an Frau von Arnim wieder in den Sinn. Wie sollte sie es anstellen, mit ihr Kontakt aufzunehmen? Gerne hätte sie ihren Vater gefragt, doch den würde ihr Interesse an Frau von Arnim wundern. Nach wenigen Schritten blieb sie abrupt stehen. Da gab es eine Möglichkeit. Ihr wurde heiß. Konnte das gut gehen? Sie überdachte das Für und Wider, gab sich endlich einen Ruck und ging zurück.

Der Junge bemerkte sie erst gar nicht. Eine Schar Kinder lungerte um ihn herum und bestaunte die Münzen, die er immer noch in der Hand hielt.

»Kannst du auch Häuser malen?«, fragte Eleonore den Zeichner.

»Klar.«

»Dann mal mir das hier.« Eleonore zeigte auf das Familienhaus.

»Det Papier ist alle«, sagte er.

»Mal es auf die Rückseite«, bat Eleonore. »Ich gebe dir noch mal so viel wie eben.«

Wieder pfiff der Junge. Die anderen wichen ein Stück zurück, als er wieder die Pappe als Unterlage ausbreitete. Sie reichte ihm das Papier.

Sofort ging der Junge ans Werk. Die anderen Kinder bestaunten, wie auf dem Blatt ein Haus entstand. Eleonore blickte ebenfalls gebannt auf die Hand des Jungen, die flink hin und her fuhr. Ein wahres Talent.

Eleonore zählte schnell die Münzen und gab sie dem Jungen, als der ihr das fertige Werk reichte.

»Hat einer von euch einen Stift?«, fragte sie.

Der Junge griff in seine Jacke und fischte einen winzigen Stummel eines Bleistifts hervor.

»Hat jemand weggeworfen.« Er reichte ihn Eleonore.

Sie schrieb auf den unteren Rand: »Dies Bild zeigt nur die Fassade, Ihr habt uns einen Einblick gewährt, der uns mahnt, nicht untätig zu sein.« Darunter setzte sie ihren sowie den Namen ihres Hotels.

Sie blickte um sich.

»Jetzt brauche ich noch einen Boten.«

»Icke«, rief ein Kind. »Jaaa«, ein anderes. Alle traten ihr näher.

Der Zeichner hob eine Hand. »Den sollste haben«, sagte der Junge, steckte zwei Finger in seinen Mund. Ein durchdringender Pfiff ertönte. Gleich danach kam ein blondhaariger Junge aus dem Haus geeilt.

»Lasst ihn in Ruhe«, knurrte er und stellte sich schützend vor den Maler.

»Ist das dein Wachhund?«, fragte Eleonore.

»Keine Gefahr«, erklärte der Zeichner seinem Freund. »Die Magd hier benötigt einen Boten.«

»Bist du flink?«, fragte Eleonore den Blondschopf.

»Klar«, sagte der. »Wohin soll's denn gehen?«

Eleonore nannte ihm die Adresse der Frau von Arnim. »Kannst du ihr das Bild bringen?«

»Das ist aber 'ne Ecke weg«, klagte er. »Und icke will ihn«, er deutete auf den Zeichner, »nicht alleene lassen.«

»Ist es für einen Silbergroschen möglich?«, fragte sie. »Ich werde inzwischen deinem Freund Gesellschaft leisten.«

»Bin schon unterwegs«, sagte der Junge, nahm die Münze, die sie ihm entgegenhielt, und flitzte los.

Sie sah ihm nach, straffte ihren Rücken. Würde Frau von Arnim die Nachricht entgegennehmen? Würde sie antworten? Ein Versuch war es wert.

Sie blickte zu dem Zeichner. »Wo hast du malen gelernt?«, fragte sie.

»Ick kann es eben«, gab er eine knappe Antwort.

»Fritze ist ein Naturtalent«, sagte ein anderer.

»Wenn wir jetzt Papier hätten, dann würde ich euch alle zeichnen lassen«, sagte Eleonore.

»Kriegste da keinen Ärger, wenn du das ganze Geld deiner Herrschaft ausgibst?«, fragte ein anderes Kind.

»Die haben genug«, sagte Eleonore. »Die merken das gar nicht.« In das Lachen der Kinder hinein blickte sie die Straße hinunter. Ihr Bote war längst verschwunden.

# Nachrichten aus Paris

Berlin, Februar 1848

Seit William in Berlin weilte, war alle paar Tage ein Brief Friedrichs gekommen. Anfangs noch an die Reichenbachs adressiert, zuletzt direkt an ihn. Sein Bruder berichtete von seinen Aufträgen, die ihn in zahlreiche Schlösser und Landsitze rund um Paris führten. *Sie hatten ihre Revolutionen, doch die Schlösser haben die Stürme überdauert,* schrieb er einmal. Offenbar zogen neue Unruhen in Paris herauf, las William in den Zeitungen. Der Unmut der Pariser Bevölkerung mit ihrem König, der selbst erst nach einer Revolution im Jahre 1830 an die Macht gekommen war, nahm zu. Friedrichs letzter Brief lag bereits über eine Woche zurück.

War es wirklich die Portraitmalerei, die seinen Bruder in Paris festhielt? Oder war er krank geworden, lag irgendwo hilflos in einer billigen Pension? Die Reichenbachs blieben gelassen. Friedrich sei häufig auf Reisen und jedes Mal unversehrt zurückgekommen. Paris sei immer schon ein Ort der Unruhe gewesen, so Jakob Reichenbach, und das hätte nichts zu bedeuten. Eine andere Frage drängte sich William auf. Wenn dem so war, so schien es seinem Bruder wirklich gut zu gehen.

William hatte sich seinen Alltag eingerichtet. Gleich morgens verließ er das Haus und ging zu Fuß in die Vorstädte hinaus. Das Viertel ab dem Oranienburger Tor bis hin zum Rosenthaler Tor kannte er bereits ganz gut. Manchmal ging er noch weiter hinaus, bis die Bebauung immer spärlicher wurde und am Ende ganz verschwand, bis nur noch verstaubte Chausseen oder Bahngleise zu sehen waren, die gleich den Armen eines Kraken in allen Richtungen aus der Stadt führten.

Abends übertrug er seine Notizen in seine Reportagen. Einmal die Woche brachte er sie auf die Post. Eine Antwort aus den Staaten stand noch aus. Mehr als einmal hatte er ausgerechnet, wie viele Tage die Sendungen bis nach Amerika unterwegs sein würden, und wie lange dann eine Antwort von dort zu ihm benötigen würde. Immer wieder ertappte er sich bei düsteren Gedanken, wo er seine Briefe unbeachtet herumliegen sah und sie langsam von Staub zugedeckt wurden. Da half alles nichts. Er musste warten.

William war dazu übergegangen, seinen Artikeln kleine Charakterskizzen beizufügen, die er über die Arbeiter und andere einfache Leute schrieb, die er getroffen hatte. So etwa über die Familie des Küsters. Sein Versprechen, Briefe weiterzuleiten, hatte er erfüllt. Die Idee zu den Skizzen war ihm gekommen, als er die Portraits der Reichenbachs gemustert hatte. Sie, so fand er, waren von Friedrich gut getroffen worden. *Warum nicht schriftliche Portraits anfertigen,* so seine Überlegung. Mit dem Bleistift das tun, was sein Bruder mit dem Pinsel tat.

In den Mittagsstunden ging er meist in den *Bierkeller.* Dort traf er dann auf Danner und dessen Kameraden. Es wurden immer mehr, wie es ihm schien. Mehr, die keine Arbeit hatten. Ebenso wuchs die Zahl der Schornsteine, die keinen Rauch in den Himmel stießen. Die Not wurde größer, die Präsenz des Militärs stärker.

Lief es auf die Konfrontation hinaus, die Danner prophezeite? Es ging den Daheimgebliebenen nicht gut. Die Armut hielt sie in ihren Klauen. Überall dort, wo er sich als Amerikaner zu erkennen gab, bedrängten sie ihn mit Fragen. Sie würden ja gerne auswandern, sagten viele, doch mangelte es ihnen am nötigen Geld.

In den Vorstädten gab es zahlreiche Bierstuben oder Destillationen, wie sie genannt wurden. Da half reichlich Schnaps und Bier, die Sorgen zu vergessen. Er aß dort ab und zu einfach zusammengekochte Gerichte, meist irgendeinen Brei. Ihm schien es, als ob in der Nähe dieser Spelunken immer jemand herumstand und eine Art Wachdienst versah. So wie Schach, der Mann mit der karierten Mütze, es tat. Wozu sollte das dienen? Als lauerten die Arbeiter und die Gendarmen wie wilde Tiere aufeinander.

Bei einer Sache war er sich sicher. Er wurde beobachtet.

Es war Freitag und William auf dem Weg in die Kneipe. Immer wieder blieb er vor einem Schaufenster stehen, tat so, als ob er die Auslagen betrachtete, achtete aber in Wirklichkeit darauf, ob ihn der Mann mit der hellblauen Weste wirklich verfolgte. Der war ihm die letzten Tage ein paarmal aufgefallen. In den *Bierkeller* oder eine andere Wirtschaft war er ihm bisher nie gefolgt. William sah keinen Sinn dahinter, bespitzelt zu werden. Mehr und mehr misstrauten die Regierenden ihren Untertanen. Hielten sie ihn für einen Unruhestifter? Er wollte der Sache auf den Grund gehen.

William ging weiter. Ein frischer Wind kam auf, brachte dunkle Wolken und mit einem Mal begann es zu schneien. Dicke Flocken wirbelten in der Luft. Er zog seinen Kragen hoch, prüfte den Sitz seines Schals und steckte seine Hände in die Jacke. Wer konnte, blieb in den Häusern. Den fremden Mann hatte er aus den Augen verloren.

Vor ihm tauchte die Sophienkirche auf. Ihr Kirchturm glich dem der Marienkirche. Die Schneeflocken sorgten schnell für eine geschlossene, dünne Schneedecke. Er stapfte voran, ging langsam um den Kirchenbau herum, bis er wieder auf seine eigene Spur traf. Er blieb stehen. Wie Robinson Crusoe auf seiner einsamen Insel, der verzweifelt nach Spuren anderer Menschen Ausschau hielt, prüfte William die Abdrücke im Schnee.

Ha! Anders als Robinson Crusoe, der nur auf seine eigenen Spuren traf, gab es hier die Abdrücke eines anderen, der ihm im Kielwasser gefolgt war. Ein bemerkenswerter Zufall? William machte kehrt und ging den gleichen Weg zurück. Da entdeckte er den Mann. Seine blaue Weste ragte hinter einem Mauervorsprung hervor, und als ihn der Fremde sah, drehte er ab und rannte die Straße hinunter. William eilte ihm hinterher, kam ihm Stück für Stück näher, doch dann schlitterte er über eine besonders glatte Stelle und schlug heftig auf den Boden.

Fluchend stand er auf, klopfte den Schnee von seinen Kleidern und ging langsam weiter. Seine Knie taten weh, aber mehr als ein paar blaue Flecken gab es wohl nicht.

*Warum werde ich verfolgt?*

Wer konnte ein Interesse haben, ihn zu bespitzeln? Die Polizei? Oder Danner? Der Schneefall hörte auf und zaghaft lugte die Sonne hinter den Wolken hervor.

Ende Februar, da würde es nicht mehr lange dauern, bis das Frühjahr kam.

Zu seiner Überraschung saß Rudolf Danner alleine an einem Tisch, als er den *Bierkeller* betrat. Eine trübe Öllampe flackerte vor ihm. William nahm einen Stuhl und setzte sich ihm gegenüber. Die blonden Haare hingen dem Arbeiter wirr ins Gesicht. Vor ihm stand ein halb volles Glas Bier. *Nicht sein erstes,* überlegte William.

»Heute allein?«, fragte William.

»Die anderen machen Hausbesuche.«

»Oder schnüffeln mir nach«, erwiderte William.

Danner sah ihn blöde an. »Spinnste?«

Der Blonde blickte umher. Aber keiner der anderen Gäste beachtete sie, niemand saß in Hörweite.

»Warum sollte jemand von meinen Freunden dir nachschnüffeln? Du stehst doch auf unserer Seite.«

»Weil du es ihnen gesagt hast.«

Danner schüttelte den Kopf.

»Mir ist auf jeden Fall heute einer gefolgt. Das steht fest.« William erzählte von dem Mann in der blauen Weste.

»Den kenne ich nicht. Aber ich sagte dir ja bereits, dass sie immer nervöser werden. Sie haben Angst, dass wir es ihnen heimzahlen«, teilte Danner düster mit.

»Was soll das heißen, sie machen Hausbesuche?«, fragte William, der nicht so recht wusste, ob er Danners Erläuterungen glauben sollte.

Der sah erneut in die Runde, holte ein zerknittertes Papier hervor und reichte es ihm.

Es war eine Anleitung zum Bau einer Barrikade.

»Aus Frankreich«, flüsterte Danner.

»In einem offenen Kampf habt ihr keine Chancen«,

sagte William und dachte wieder an Friedrich. »Ihr müsst in friedlicher Art auf euch aufmerksam machen, damit die Stadtverwaltung, die Fabrikanten und alle ein Einsehen haben und eure Not erkennen.«

»Womit wir wieder beim Flugblatt wären«, sagte Danner. »Ich will ein- oder zweihundert Exemplare davon drucken und verteilen.«

»Dazu müssen wir es erst einmal verfassen«, sagte William, holte sein Notizbuch aus der Innentasche seines Mantels und blätterte darin herum.

Danner kratzte an seinem Kinn. »Für die richtigen Worte fehlt mir heute der Sinn. Das Schreiben überlasse ich dir. Und das Drucken.«

»Ich habe mit Eduard gesprochen, er wird uns helfen«, sagte William. Er steckte sein Notizbuch wieder ein. »Ich komme am Freitag wieder. Bis dahin sollte ich den Text hinbekommen.« Er stand auf und ging zum Ausgang.

»Ein Bier«, hörte er noch den Arbeiter rufen.

William trat auf die Straße und ging zurück in Richtung Innenstadt. Der Schnee war wieder geschmolzen. Unweit des Neuen Marktes befand sich ein kleines Café, in dem einfache Bürger verkehrten. Hier nahm er einen Fensterplatz ein und erwartete Clara. Er hatte das Dienstmädchen lieb gewonnen. Sie war fest mit ihrem Eduard verbunden und für ihn unnahbar wie Sarah. Er hatte sich angewöhnt, sie hin und wieder zu einer heißen Schokolade einzuladen. Sarah verbrachte jenseits des Atlantiks ihr Leben. Ohne ihn. Bereute sie ihr Ultimatum? Sie zu gewinnen hätte bedeutet, dem Journalismus Lebewohl zu sagen und in der Firma ihres Vaters eine Stellung anzunehmen. William schüttelte es, wenn er daran dachte. Er und Geschäftsberichte prüfen.

Das Vergangene umhüllte ein Schatten, das Kommende lag hinter einer Nebelwand verborgen. Da entdeckte er Clara, die quer über die Straße auf das Café zukam. Sie trug ein kleines Päckchen. William fragte sie nicht mehr, ob er ihr tragen helfen dürfte.

Sie trat ein und setzte sich zu ihm.

»Heute ist der Tag fürs Polieren?«, fragte William.

»Und Madame ist nicht im Haus«, ergänzte Clara und schob dabei das Päckchen unter den Tisch. Sie lachten beide.

»Das Tafelsilber muss bald durchgewetzt sein, wenn es jeden Freitag poliert wird«, schmunzelte William.

»So dolle polieren wir das nicht.« Clara zwinkerte ihm zu. »Es ist unser schönster Tag. Wenn Frau Reichenbach beim Friseur sitzt, da haben wir unsere Ruhe. Da ist das bisschen Polieren nicht schlimm. Und niemand achtet darauf, wann wir von unseren Besorgungen heimkehren.«

Clara hatte ihm ihren Wochenplan geschildert, und beide machten gerne ihre Scherze darüber. Hedwig Reichenbach gab ihrem Personal ein strenges Reglement vor. Montags stand große Wäsche auf dem Dienstplan, dienstags wurden die Polstermöbel feucht abgewischt und freitags das Tafelsilber poliert. Dazu natürlich die geschliffenen Gläser, die später unbenutzt in die Vitrinen zurückgestellt wurden.

William bestellte einen Zichorienkaffee und heiße Schokolade für Clara. Die Getränke wurden bald gebracht. Während er an seinem Kaffee nippte, nahm sie gleich einen großen Schluck. Hinterher zierte ein braunen Streifen ihre Oberlippe. Sie wischte ihn mit einer Papierserviette weg.

»Ich habe Rudolf Danner getroffen«, erzählte William.

Clara verzog ihr Gesicht. »Ich mag ihn nicht«, sagte sie. »Du passt mir auf, dass mein Eduard keine Dummheiten anstellt wegen ihm.«

»Versprochen.« *Eduard wird uns helfen,* hatte er Danner gesagt und dabei gelogen. Er hegte den Verdacht, dass der seinen Plan nicht für gut halten würde. Clara einzuweihen, hätte sie bestimmt beruhigt, aber je weniger darüber Bescheid wussten, umso besser schien es ihm.

»Wie ich gelesen habe, gab es voriges Jahr eine Kartoffelrevolution«, wechselte William das Thema. »Was passierte da genau?«

»Oh, das waren Krawalle wegen der Kartoffelpreise«, erzählte Clara. »Eine der Marktfrauen am Gendarmenmarkt erhöhte den Preis für eine Metze Kartoffeln von drei auf vier Silbergroschen. Da war es um die Ruhe der Käuferinnen geschehen. Die wussten nicht, von was sie die hungrigen Mäuler ihrer Kinder zu Hause stopfen sollten. Es ging Schlag auf Schlag. Säcke mit Kartoffeln wurden aufgeschlitzt, Stände umgeworfen. Alle griffen zu und nahmen, so viel sie zum Tragen imstande waren. Bald gab es auf allen Märkten ähnliche Tumulte. Als Nächstes kamen die Bäcker- und Fleischerläden dran. Überall schlugen sie die Scheiben ein.«

»Und wie wurde das Volk beruhigt?«

»Am Tag danach riefen zwar alle ›Auf, geht mit, wir wollen zur Revolution‹, doch bald stand an jeder Ecke eine Kompanie bunter Röcke. Bei so viel Militär beruhigt sich manches Gemüt von allein. Die schlimmsten Krawallmacher hat man in das Staatsgefängnis verfrachtet.«

»In Amerika gibt es ab und zu Tumulte. Das sind mehr harmlose Raufereien. Eingesperrt wird man deswegen nicht«, erzählte William. »Jeder kann offen und frei heraus seine Meinung kundtun.«

»Hier kommt man für seine freie Meinung in die Hausvogtei.«

Das Stadtgefängnis schien in aller Munde. Es war ebenso bekannt wie gefürchtet. *Hausvogtei, Arbeitshaus, Stätten der Wohlfahrt,* dachte William bitter.

»Was macht ihr mit den Essensresten bei den Reichenbachs?«

Clara lachte auf. »Ich habe gesehen, wie du große Augen gemacht hast. Gleich am ersten Tag, als du ins Haus kamst.«

»Ich musste an ein spärlicheres Mahl denken.«

Sie wurde ernst.

»Manchmal stecke ich Eduard etwas zu. Der kann essen!« Sie sah ihn an. »Du verrätst mich doch nicht?«

Er schüttelte den Kopf.

»Ab und zu bringe ich Babette ein wenig. Sie ist meine Freundin. Sie arbeitet als Näherin. Da bekommt sie einen Taler die Woche. Von dem bisschen Geld muss sie das Öl für die Lampe bezahlen. Sie arbeitet bis in die Nacht. Im Winter ist es kalt und das Essen reicht kaum, um nicht zu verhungern. Die Miete stundet sie, und um überhaupt etwas abzahlen zu können, damit sie nicht aus ihrer Kammer geschmissen wird, prostituiert sie sich.«

William sah Clara von der Seite an.

»Nee, das mit Eduard ist anders. Den werde ich mal heiraten, wenn er seine Lehre abgeschlossen hat.«

»Ich habe nichts Verwerfliches gedacht«, beschwichtigte William.

»Einen dicken Bauch kann ich mir nicht leisten. Alle würden den Herrn des Hauses schräg angucken, und die Dame würde puterrot anlaufen. Nee, damit wäre alles aus. Da heißt es ab ins Armenhaus, oder am besten gleich raus aus der Stadt.« Clara atmete tief durch und nahm die Erzählung über Babette wieder auf. »Dabei ist sie doof. Anstatt wildfremde Männer ranzulassen, könnte sie gleich ihrem Vermieter schöntun. Der hat ein Auge auf sie geworfen. Bezahlt ist bezahlt.«

William legte ein paar Münzen auf den Tisch. Clara wartete an der Tür auf ihn. Er holte ihr Päckchen unter dem Tisch, trat zu dem Dienstmädchen.

»Du meine Güte!«, entfuhr es Clara. »Beinahe hätte ich das neue Seidenhemd der Gnädigen vergessen!«

»In Amerika würde es kein Mann zulassen, dass eine Frau schwere Last trägt«, sinnierte William, als sie auf die Straße traten.

Clare lächelte. »Nee, das mit dem Tragen ist in Ordnung. Im Grunde geht es mir nicht übel. Mit den Reichenbachs habe ich ein Glückslos gezogen. Ich habe freie Kost und Logis, kann ein bisschen Geld abzwacken und nach Hause senden.«

»Wo liegt denn dein Zuhause?«, fragte er.

»Ein kleines Dorf in der Nähe von Grabow«, sagte Clara.

Eine Zeit lang gingen sie schweigend weiter. Sie hatten bereits das Schloss passiert und kamen auf den Gendarmenmarkt zu. Vor der *Konditorei Stehely* stand eine Menschentraube. Offenbar war etwas vorgefallen, denn die Leute diskutierten heftig. William sah, wie Einzelne immer wieder ihren Hals reckten und zum Eingang des Cafés blickten, als wäre da etwas zu entdecken. Sie kamen näher.

Gerade trat ein Mann aus dem Lokal.

»Der König ist geflohen«, rief er aufgeregt. Ein vielstimmiges Murmeln der Passanten antwortete ihm.

Clara ergriff Williams Hand.

»Was, der König?«, sagte sie ungläubig. »Warum?«

»Ach wo«, erklärte ein Fuhrmann, der dicht bei ihnen stand. »Nicht unser König. Der ist in Paris. Dort ist eine Revolution ausgebrochen.« Er schaute linkisch umher. »Unserer kommt bald dran.«

»Jetzt kommt die große Revolution«, murmelte Clara.

William schnappte hier und da ein paar Fakten auf. Alles ergab kein Bild. Er drängte Clara zur Heimkehr. Vielleicht wusste Jakob Reichenbach mehr. Im Laufschritt gingen sie die Jägerstraße entlang.

William dachte an Friedrich in Paris. Wie mochte es ihm gehen? Unterwegs standen überall Grüppchen diskutierender Passanten. William schnappte wieder nur Bruchstücke auf. Da war die Rede von Straßenkämpfen, brennenden Häusern, von Toten und zahlreichen Verletzten. All das trieb ihn zur Eile.

Vor dem Haus der Reichenbachs stand eine staubige Kutsche. William beachtete sie kaum. Clara verschwand im Dienstbotenaufgang, von ihrer Hatz außer Atem.

William klopfte gegen die Wohnungstür. Jakob Reichenbach öffnete ihm und trat ihm ernst entgegen.

»Da haben die Franzosen einmal mehr ihren König

verjagt«, sagte er. »Ich hoffe, sie lassen uns in Ruhe und gebären keinen zweiten Napoleon.« Weiter erzählte er, dass es in der Tat blutige Unruhen in Paris gegeben habe. Unversehens strahlte er William an.

»Um Ihren Bruder braucht es Ihnen nicht bange zu sein. Er ist in Sicherheit.«

William sah über Reichenbach hinweg. Ihm stockte der Atem.

»Ihr Bruder ist heimgekehrt!« Reichenbach trat zur Seite.

William schluckte. Ein Mann in einem staubigen Mantel trat vor. Da stand sein Bruder, den er vierzehn Jahre nicht mehr gesehen hatte. Offenbar fehlten ihm die Worte, denn Friedrich musterte ihn stumm vom Kopf bis zum Fuß. Als könne er nicht glauben, dass sie einander gegenüberstanden.

William ging auf seinen Bruder zu.

»Was lange währt«, sagte er.

Friedrich klopfte ihm auf die Schulter. William sah Hedwig Reichenbach, die zu ihnen trat und gerührt das Wiedersehen beobachtete. Tränen standen ihr in den Augen.

William erschrak, als er Friedrichs leeren linken Ärmel erblickte.

»Ich habe nur einen Arm verloren, nicht mein Leben«, sagte Friedrich. »Und das schon vor Jahren, sodass ich mich gar nicht erinnern kann, einmal zwei davon besessen zu haben.«

»Bei deinem Selbstportrait ist mir das gar nicht aufgefallen«, sagte William. Tausend Fragen schwirrten in seinem Kopf herum.

»Das ist ein Privileg der Maler. Sie können der Wirklichkeit ein Schnippchen schlagen«, sagte Friedrich.

William umarmte seinen Bruder.

»Endlich, endlich«, presste er hervor.

# Kleider machen Leute

Berlin, März 1848

Friedrich trat zur Seite, um Platz zu schaffen für die Bediensteten, die seine Koffer ins Haus brachten. William stand ihm gegenüber. *Wie ähnlich er mir sieht*, ging es ihm durch den Kopf. *Dabei bin ich etliche Jahre älter*. Er wirkte so ernst, in sich gekehrt.

Durch eine Tür schlüpfte Clara herein und stellte sich neben seinen Bruder. Ihre Vertrautheit war für Friedrich offensichtlich.

Frau Reichenbach strahlte ihn an.

»Schön, dass Sie wieder das Haus bereichern«, sagte sie. »Und sich ein wenig um Ihren Bruder kümmern können.«

Friedrich lächelte in sich hinein. William trug eine grob geschneiderte Segeltuchhose und eine einfache Wollweste. Das ließ sich ändern. Nein, Frau Reichenbach würde sagen, das müsse sich ändern.

Ein weiteres Dienstmädchen erschien. Ysette.

Sie sammelte nacheinander Williams und seinen Mantel ein. Ihre Augen blitzen dabei kurz auf. Nur für ihn.

Friedrich unterdrückte ein Gähnen und rieb seinen Nacken.

»Überlassen wir den beiden den Salon«, sagte Jakob Reichenbach.

Friedrich ging voran. Er konzentrierte sich. Es galt, höllisch aufzupassen, gegenüber seinem Bruder nichts zu erwähnen, was er offiziell gar nicht wissen konnte, was er aber durch Blasius, alias Blasius, erfahren hatte. Etwa, dass sich sein Bruder jetzt William nannte, nicht mehr Wilhelm. Sie nahmen Platz.

Clara brachte Kaffee auf einem Tablett, dann waren sie alleine.

»Erzähl, lieber Wilhelm, wie es dir all die Jahre ergangen ist«, begann Friedrich. Er nippte am Kaffee.

»Mir wäre es lieber, wenn du mich William nennen würdest«, sagte sein Bruder.

Er tat überrascht und schüttelte den Kopf. »Als ich dich das letzte Mal sah, lautete dein Name Wilhelm. Dabei will ich es belassen, der alten Zeiten wegen und bis ich den William, der du heute bist, ein wenig besser kennengelernt habe.«

»Warum hat Vater dich für tot erklärt?«, platzte es aus William heraus.

Gerade auf diese Frage war Friedrich vorbereitet, dennoch überraschte ihn die Direktheit seines Bruders. Die Antwort wollte er später geben. Eine Lüge. Untermauert mit Bildern.

»Ich habe euch im Sommer 1833 verlassen, ein Jahr später seid ihr ausgewandert«, sagte Friedrich. »Als es dann hieß, ihr wärt alle auf der Überfahrt gestorben, habe ich nicht nachgeforscht.«

»Auf dem Schiff hielt die Cholera reichlich Ernte. Zweihundert arme Seelen, eingepfercht wie Vieh, leidend, wehklagend, voller Hoffnung auf eine bessere Zukunft.« William schloss einen Moment die Augen. »Mutter gehörte zu den ersten Opfern.« Er schluckte. »Sie warfen die Toten gleich über Bord, um Seuchen zu vermeiden. An Bord gab es keinen Arzt.«

»Und Vater?«

»Der blieb eines Tages einfach auf der Koje liegen, zu schwach, um aufzustehen. So ein Viereck misst zwei auf zwei Meter. Anfangs drängten sich fünf oder sechs Personen darauf. Die Cholera schaffte Platz. Der Bootsmann unternahm Kontrollgänge, leuchtete mit seiner Öllampe in die Gesichter der ausgezehrten Passagiere. Fand er eine leblose Gestalt, malte er ein rotes Kreuz auf den Balken. Seine Gehilfen wussten dann, dass dort jemand lag, den sie hinausschaffen mussten.«

»Wie starb er?« Friedrich senkte seine Stimme.

»Er kämpfte zwei Tage, länger als manch anderer. Ich hielt seine Hand, spürte sein Fieber, fühlte, wie er schwächer wurde. Es gab nichts, was ich tun konnte. Er mahnte mich, ich solle etwas aus meinem Leben machen. Zuletzt nannte er deinen Namen.«

Friedrich horchte auf.

»Immer wieder. Am Schluss erzitterte sein abgemagerter Körper, seine Hand entglitt mir, seine Augen brachen, starrten leer an die Decke.«

Friedrich bedrückten seine eigenen Erinnerungen. Vor allem an jenen letzten Tag, als ihn der Vater verstieß. Weil er Recht und Ordnung verletzt habe. Das Gegenteil war der Fall gewesen. Damals konnte er dem Vater nicht die Wahrheit erzählen. Genauso wenig, wie er es gegenüber William konnte, wollte er nicht sein Geheimnis preisgeben.

»Das muss schrecklich gewesen sein«, murmelte er.

»Der Anfang einer langen Leidensperiode. Sie brachten mich in New York in ein Waisenhaus. Eine Hölle auf Erden.«

Friedrich legte eine Hand auf Williams Knie.

»Du lebst, und mir scheint, dass du Vaters Bitte beherzigt hast. Sie halten etwas auf dich, wenn sie dich als Korrespondenten nach Deutschland senden.«

William schwieg. Es klopfte an der Tür.

»Herein«, sagte er.

Die Tür ging einen Spalt auf. Clara blickte herein. »Eure Wohnung ist bereit, euch zu empfangen.«

Friedrich lächelte das Dienstmädchen an. Ihm entging nicht, wie sie mit William Blicke austauschte. Dann verschwand sie.

»Lass uns mein Reich betreten. Du wirst sehen, dass es mir gut geht, wenn du das nicht schon weißt«, sagte er zu William. Der stand auf und folgte ihm.

»Wie ist das mit deinem Arm passiert?«, fragte William.

»Ich hatte einen Reitunfall, zu der Zeit, als du nach New York kamst. Seither bin ich ein Krüppel.« Friedrich lächelte. »Der liebe Gott hat mir meine rechte Hand gelassen. Meine Malhand. Es ist das einzige Drama, mit dem ich aufwarten kann.«

Als sie oben in Friedrichs Wohnung anlangten, liefen dienstbare Geister herum, öffneten die Fenster und entfernten große weiße Laken, die die Möbel vor Staub geschützt hatten.

»Lass dich ein wenig herumführen«, sagte Friedrich. »Du siehst, ich habe eine kleine Galerie aus ihr gemacht.«

Gleich nach dem Eingang empfing sie ein Portrait Friedrich des Großen.

»Eine Erinnerung an Vater. Weißt du noch, dass er den Alten Fritz bewunderte? Mein Vorname kommt nicht von ungefähr. Ebenso wenig wie deiner.«

William folgte ihm. Im lindgrün gestrichenen Schlafzimmer trafen sie auf zwei Diener, die neben einem wuchtigen, mit einem Baldachin versehenen Bett ein weiteres aufstellten.

»Es ist dein Bett. Ich habe die Reichenbachs gebeten, es hier oben aufstellen zu lassen. So können wir uns weiter unterhalten, wenn wir später im Bett liegen. Du schnarchst doch nicht?«

»Nein, nicht dass ich wüsste. Ich will dir nicht zur Last fallen. Irgendwann will ich weiter. Ich soll nicht nur aus Berlin berichten, wie es den Daheimgebliebenen ergeht. Bestimmt werde ich in unsere alte Heimat, nach Stuttgart fahren.«

»Du wirst kaum auf Spuren von uns treffen«, sagte Friedrich. »Vielleicht begleite ich dich. So schnell müssen wir uns nicht trennen. Du fällst weder mir noch den Reichenbachs zur Last. Die bestehen darauf, dass du unten deine Mahlzeiten einnimmst. Ich werde des Öfteren außer Haus sein.«

»Willst du wieder verreisen?«, fragte William.

»Nein, aber ich bin wie eine Katze. Mir gefällt es vor dem Kamin ebenso wie draußen in der freien Natur. Ich werde dir einmal Potsdam zeigen, ein kleines, reizendes Städtchen nahe Berlin.«

Im nächsten Raum standen ein runder Nussbaumtisch und vier hellgrüne bespannte Stühle, in der Ecke ein großer Sekretär mit zahlreichen Schubladen. Zwei hohe Fenster ließen das Tageslicht herein. Die Wände waren mit roten Tapeten bezogen.

»Hier kannst du schreiben, wenn du möchtest. Nebenan ist mein Arbeitszimmer.«

Friedrich trat an den Sekretär, drehte an einem verborgenen Knopf, sodass eine kleine Schublade aufging. Ihr entnahm er einen Schlüssel.

»Ich hoffe, du erschreckst nicht«, sagte er und schloss die Tür auf.

Der Raum war kleiner. Ein raumhohes Fenster sorgte dafür, dass jeder Winkel von der Sonne erleuchtet wurde. Eine Staffelei stand in der Mitte, davor ein hoher Hocker. An der Seite der Tür stand ein blaues Sofa. In einem Regal daneben lagerten Farbtöpfe, Pinsel und Papierrollen. Es roch nach Farbe und Lösungsmittel.

Friedrich blieb an der Tür stehen und beobachtete seinen Bruder. An den Wänden hingen unzählige Akte, Bleistiftskizzen sowie in Öl gemalte Bilder. Auf der Staffelei zeigte der eingespannte Bogen Papier ebenfalls ein Aktmotiv. Die Zeichnung war unvollendet. Die darauf abgebildete junge Frau posierte auf dem blauen Sofa.

»Meine heimliche Leidenschaft«, sagte Friedrich ein wenig amüsiert und zugleich erregt. Er kannte diesen Körper, wusste, wie weich die Haut sich anfühlte, wie sie duftete.

William errötete. Es hatte ihm die Sprache verschlagen.

»Die Frauen …«, begann er nach einer Weile, stockte aber sogleich. »Sind alle Bilder hier entstanden?«, brachte er schließlich heraus.

»Ausnahmslos«, gab Friedrich zur Antwort.

William sah auf die Staffelei. »Ist das nicht …?«

»Ysette«, ergänzte Friedrich.

William blickte umher, als suche er etwas.

»Ein Bild Claras wirst du nicht finden«, sagte Friedrich. »Sie konnte ich noch nicht überzeugen.«

William schwieg gedankenverloren. »Du hattest bereits in Stuttgart ein Faible für das weibliche Geschlecht. Aber an Aktbilder kann ich mich nicht erinnern.«

»Da irrst du, mein Bruder. Die Frauen lassen gerne ihre Schönheit einfangen, solange sie jung sind. Das erklärt das Zerwürfnis mit unserem Vater.«

»Ich will dich nicht bedrängen«, sagte William, hörte aber gebannt zu.

»Der Grund ist längst nicht mehr von Interesse«, begann Friedrich. »Ich male die Frauen gerne, wie sie Gott erschuf. Die jungen Damen kamen zu uns nach Hause, ich malte die Portraits, und wenn es gewünscht wurde, Aktbilder. Heimlich natürlich.«

»Und Vater entdeckte das«, mutmaßte William.

»Wenn nicht eines der Mädchen behauptet hätte, ich hätte sie erst gemalt und mich dann an ihr vergangen, wäre es ein Geheimnis geblieben. Ich schwöre, ich habe kein Mädchen angelangt. Nicht damals. Wie dem auch sei. Der Vater des Mädchens suchte erbost unseren Vater auf. Der hätte mich totgeschlagen, wenn Mutter nicht dazwischengegangen wäre. Er könne mich nicht länger unter seinem Dache dulden, beschied mir Vater, und ich zog los.«

»Ich habe von alldem nichts mitbekommen«, sinnierte William.

»Du warst erst acht Jahre alt.«

»Sie haben gesagt, du wärst in der Fremde gestorben.«

Friedrich deutete auf seinen leeren Ärmel. »Viel hat nicht gefehlt. Das Pferd ist durchgegangen.« Er hielt inne. »Für Vater war ich wohl gestorben«, bekannte er betrübt, hob aber sogleich seine Stimme wieder an: »Am Ende hat es mir nicht geschadet. Ich verkehre beim Preußischen Hof, bin gern gesehen in den Salons und male, male, male. Vater wäre stolz auf mich.«

»Gibt es eine Frau ... ich meine jemanden, mit dem du zusammen bist?«, fragte William.

Friedrich lachte und zwinkerte ihm zu. »Ich bin weder verheiratet noch fest liiert, wenn du das meinst. Das besagt nichts. Berlin ist eine Stadt des Lasters. An Angeboten besteht kein Mangel. Bei den Damen, die du hier siehst, war ich nicht immer zurückhaltend. Wer weiß, vielleicht begegnet mir eines Tages die große Liebe.«

William schwieg peinlich berührt.

Friedrich war mit sich zufrieden. Williams Fragen hatte er beantwortet. Er wechselte das Thema und erzählte von Paris. Er habe weit außerhalb der Stadt gewohnt und von den Unruhen nichts mitbekommen.

»Politik ist nicht mein Metier. Erst auf der Rückreise, als ich durch Paris fuhr, sah ich deutlich die Spuren heftigster Kämpfe. Da erfuhr ich von der Flucht des Königs, der nicht ein ähnliches Schicksal wie seine Vorfahren auf dem Thron erleiden wollte. So weit ist es, Gott sei Dank, nicht gekommen.«

Dabei war er mittendrin gewesen, bis zum bitteren Schluss. Er hatte die Kutsche gesehen, in der der König floh, und hatte miterlebt, wie der Mob in den Tuilerien-Palast einbrach. Eine Welle der Zerstörung, die ihn mit hineingezogen hatte. Sie warfen Vasen um, die scheppernd zu Bruch gingen, rissen Gemälde von den Wänden, zerrten an den Gobelinvorhängen, bis diese rauschend herabsanken. Und sie plünderten den Weinkeller. Bald war es nur noch eine Horde feixender Menschen, die die festlichen Kleider anzogen, derer sie habhaft geworden waren, und die tranken und tranken. Er hatte dem Treiben eine Zeit lang wie betäubt zugesehen. Als er erwachte, war er in sein Quartier geeilt, hatte eine Kutsche geordert und war abgereist. In Berlin durfte es nicht so weit kommen. Noch konnten Unruhen im Keim erstickt werden. Er wollte dazu beitragen.

»Hätte das mein Verleger geahnt, hätte er mich nach Paris gesandt«, sinnierte William.

»In Berlin wird es ruhig bleiben. Der Preuße ist kein Hitzkopf wie der Franzose«, entgegnete Friedrich.

»Wenn die Not der einfachen Menschen wahrgenommen wird, wenn ihm geholfen wird, dann kann es friedlich bleiben«, sagte William. »Dazu müssten grundlegende Dinge verändert werden.«

»Veränderungen?« Friedrich hob seine Stimme.

»Ich habe gelernt, was Worte auszurichten in der Lage sind«, sagte William. »Zuallererst braucht es die Pressefreiheit.«

»Die Pressefreiheit ist kein Garant für ein besseres Leben. Was hierzulande die Zensur regelt, übernimmt andernorts das Geld. Ist es nicht so?«

»In den Vereinigten Staaten hat jede Meinung eine eigene Plattform. Die Befürworter der Sklaverei sowie deren entschiedene Gegner. Geld haben beide. Journalismus kann aufklären, entscheiden müssen die gewählten Regierungen.«

»Oder die gekrönten Häupter mit ihren Ministern«, sagte Friedrich gespielt streng.

William lächelte. »Die Königstreue unseres Vaters ist dir in Fleisch und Blut übergegangen.«

»Du weißt, er hat sich freiwillig zum Kampf gegen Napoleon gemeldet und für den preußischen König gekämpft.«

»Keine Angst, ich bin nicht gekommen, um deinen König zu stürzen. Oder ihm Schaden zuzufügen«, beschwichtigte William.

»Das wäre bestimmt nicht in Vaters Sinn.«

»Gleichwohl sehe ich nicht, warum man in Europa am alten System festhalten soll«, fuhr William fort. »Taugt in den Vereinigten Staaten ein Politiker nichts, wählen wir ihn ab, ohne eine Revolution zu entfachen.«

»Woher stammt deine Narbe? Bestimmt nicht vom Debattieren.«

»Ich hatte eine Auseinandersetzung mit einem Sklavenjäger«, sagte William ungerührt.

*Die für diesen vermutlich tödlich endete,* ging es Friedrich durch den Kopf. So die Informationen seines Spitzels, den William nur als Händler und Bordgefährten kannte. Die Investition in dessen Reise hatte sich als richtig erwiesen. William verschwieg ihm dieses Detail.

Sie sprachen noch lange miteinander, tauschten weiter ihr Leben aus, selbst als sie bereits im Bett lagen. William schien ihm tatkräftig, ein wenig naiv, aber auch vorsichtig. Über diesen Gedanken schlief Friedrich ein.

***

Als William am nächsten Morgen aufwachte, benötigte er einen Augenblick, um sich zurechtzufinden. Dann kam ihm Friedrich in den Sinn. Schlagartig richtete er sich auf. Das Bett nebenan war verwaist. Hastig stand er auf und schlüpfte in seine Kleider.

Er fand Friedrich unten bei den Reichenbachs allein am Frühstückstisch sitzen.

»Schön, dass du aufgewacht bist«, begrüßte ihn Friedrich.

William war froh, mit seinem Bruder allein zu sein. In der Eile hatte er sich weder rasiert noch gekämmt. Gleichwohl musterte ihn sein Bruder sehr genau. Der trug einen hellbraunen Anzug, um den Hals ein rotes Seidentuch und war frisch rasiert.

»So ähnlich wir uns sehen, so verschieden sind unsere Kleider«, sagte Friedrich. »Das werden wir ändern.«

Keine Stunde später musste William bei einem Schneider zum Maßnehmen geradestehen. Der zerrte und zupfte an ihm herum, als sei er eine Puppe. Zu allem Überfluss behängte er ihn mit allerlei Stoffen und bespickte ihn mit Nadeln. Manche trafen auf seine Haut. Friedrich sprach mit dem Schneider über die Vorzüge der verschiedenen Stoffe und darüber, was gegenwärtig Mode sei.

Als es weiterging, wurde nichts besser. Nur die Rollen seiner Peiniger wechselten. Sie besuchten nacheinander einen Hutmacher, einen Handschuhladen und am Ende einen Schuhmacher. Als Dreingabe gab es einen Spazierstock mit einem Mahagonigriff sowie mehrere Seidentücher, die fortan seinen Wollschal ersetzen sollten. Auf seinen Einwand hin, das könne er unmöglich alles in seiner Seekiste unterbringen, meinte Friedrich lapidar, dann müsse er eben eine größere kaufen.

Angetrieben durch Friedrich lieferten die Händler alles nach wenigen Tagen. Zwei Fracks mit kurzen Schößen, dazu enge Hosen in Braun und Grau, eine mit kariertem Muster, schwarze Halbschuhe aus bestem Leder, dazu passende Handschuhe und jede Menge Halsbinden und Seidentücher. Friedrich genoss offenbar zu sehen, wie die neuen Sachen ihn plagten, als er sie nach der Anlieferung anprobieren musste.

»Jetzt steht dem nichts mehr im Wege, dass ich dich in den einen oder anderen Salon mitnehme«, frohlockte Friedrich. »Vorbei sind die Zeiten der Segeltuchhosen, der Leinenhemden und der Mütze. Das kannst du tragen, wenn du mit Clara unterwegs bist.« Sein Bruder zwinkerte ihm zu.

»Mit Clara ist nichts«, protestierte William.

»Aber sie gefällt dir, lieber Bruder. Ist ein hübsches, aufgewecktes Mädchen.«

»Als Kontrast zu den Armenvierteln bin ich gespannt, wie es den besseren Kreisen ergeht«, wechselte er das Thema.

»Höre ich da Gesellschaftskritik?«, fragte Friedrich.

»Ich habe mich der Wahrheit verschrieben«, antwortete er. »Urteilen sollen andere.«

# Im Salon der Bettina von Arnim

Berlin, März 1848

Eleonore saß mit ihrem Vater beim Mittagessen.

»Du musst entschuldigen, dass ich auch heute kaum Zeit für dich haben werde«, sagte er. »Ich hoffe, du langweilst dich nicht zu Tode.«

»Ich entdecke jeden Tag Neues«, sagte sie, darum bemüht, so belanglos wie möglich zu klingen. Dabei rasten ihre Gedanken. Sie würde in das Familienhaus gehen und nach dem zeichnenden Jungen suchen. Konnte sie ihm ebenso beistehen wie Jablonski? Der hatte ihr zwei Blusen umgenäht und mit dem Geld, das sie ihm dafür gegeben hatte, seine Schulden bei anderen bezahlen können. Ebenso war sie mit einem Schuhmacher verfahren. So brachte sie Geld in Umlauf.

Sie blickte auf und sah seinen besorgten Gesichtsausdruck, der sie mahnte, auch an ihn zu denken. Bisher hatte Vater kaum von seinen Geschäften gesprochen und sie hatte auch nicht nachgefragt.

»Sind die Verhandlungen schwierig? Was wird denn nun aus den beiden Hohenzollernschen Ländereien?«, fragte sie.

Er sah sie streng an, eine Abwehrhaltung, die sie gut kannte und die bei ihm immer zum Tragen kam, wenn es um Politik ging.

»Offiziell bin ich in Bankangelegenheiten des württembergischen Königs unterwegs.« Seine harten

Gesichtszüge zuckten ein wenig, und schon öffnete er seine verkniffenen Lippen. Ein langer Seufzer brach endgültig das Eis.

»Das ist eine komplizierte Angelegenheit. Die Fürsten wollen ihren Herrschaftsverzicht fürstlich entlohnt haben. Die Preußen haben im Grunde kein Interesse daran, fernab ihrer Stammlande eine Enklave zu übernehmen. Andererseits sehen sie ihre Stammburg ungern in den Händen eines anderen. Obwohl die eine Ruine ist. Der badische Großherzog zeigt ebenfalls Interesse, vielleicht damit Württemberg leer ausgeht. Niemand will sein Gesicht verlieren.«

»Die Bevölkerung fragt man nicht«, gab Eleonore zu bedenken.

»Das wäre revolutionär«, sagte ihr Vater. »Die große Politik spielt eine Rolle. Jetzt, da in Frankreich eine Republik ausgerufen wurde. Schlage irgendeine Zeitung auf, und du kannst lesen, dass überall Unruhe herrscht.«

Eleonore nickte, sah ihren Vater an und nahm allen Mut zusammen. »Was sagst du zu den Märzforderungen, die überall erhoben werden?«

»Von der Volksbewaffnung halte ich nichts«, gab er offen zu. »Frage einmal August von Engel, was er von der Forderung hält, die Offiziere sollten gewählt werden.«

Eleonore schmunzelte. August von Engel tobte bestimmt. Schuldbewusst fielen ihr seine Briefe ein, die ungeöffnet auf der Kommode lagen.

»Und die Pressefreiheit?«, fragte sie weiter.

»Die hat unser König für Württemberg gewährt. Ich würde es begrüßen, wenn Preußen und die anderen Staaten ebenso entschieden. Ich begrüße ein gesamtdeutsches Parlament. Heute tagt der Bundestag in Frankfurt mit von Fürsten gesandten Vertretern. Ein gewähltes Parlament würde mehr Anerkennung finden.«

Eleonore nickte. Sie wollte ihren Vater nicht bedrängen. Der aß schweigend weiter, ganz in Gedanken versunken. Täuschte sie sich, oder war er noch blasser geworden? Wenn sie ihm doch helfen könnte.

Sie dachte an Fritz, den Zeichner, und wie sie auf die Rückkehr des Jungen gewartet hatte. Dem Kind war sie eine schlechte Gesellschafterin gewesen. Immer wieder hatte sie die Straße hinuntergeblickt, als könne sie damit die Rückkehr des Boten beschleunigen. Endlich erschien er.

»Hast du deinen Auftrag erfüllt?«, hatte sie atemlos gefragt.

»Klar«, gab der Junge zur Antwort. »Ein Diener hat das Papier entgegengenommen.«

»Hast du Frau von Arnim gesehen?«, hatte sie nachgebohrt.

Ein Kopfschütteln war die Antwort gewesen.

»Was hat der Diener gesagt?« Der Junge hatte mit den Schultern gezuckt.

Seit zwei Tagen wartete sie auf eine Reaktion der Frau von Arnim. Hatte diese ihre Nachricht wirklich erhalten? Oh, dieses lähmende Warten!

Ihr Vater wischte mit einer Serviette über seinen Mund, legte sie auf den Teller und sah Eleonore an. Mit einem Male blitzten seine Augen.

»Ob deine Ausstattung wohl für einen gesellschaftlichen Termin ausreicht?«

Sie sah ihn fragend an.

Er holte eine Karte aus seiner Tasche. »Die wurde gestern im Hotel abgegeben. Verzeih bitte, dass ich erst jetzt damit herausrücke.«

Eleonore nahm sie und klappte die Karte auf. Sie las den Text und sofort wurde ihr heiß und kalt. Noch einmal las sie:

»Frau Bettina von Arnim lädt Herrn Konrad Herbst und seine Tochter Eleonore für den 9. März, vier Uhr nachmittags, in ihren Salon.«

»Das … das … so.« Sie stockte, hielt die Einladung an ihre Brust.

»Ich weiß, es ist sehr kurzfristig, aber ein guter Schneider kann dir sicherlich helfen, sollte dir etwas fehlen«, sagte ihr Vater zerknirscht.

Sie schüttelte ihren Kopf, spürte ihr Herz pochen und fand keine Worte.

»Frau von Arnim ist eine sehr interessante Person«, sagte ihr Vater. »Sie kennt keine Standesunterschiede. Darin ähnelt sie sehr deiner Mutter. Du musst also nicht in Staatsrobe erscheinen.«

Ihre Gedanken rasten. Morgen würde sie Frau von Arnim persönlich kennenlernen. War es ihre Botschaft gewesen, die zu der Einladung geführt hatte? Ihr Vater setzte gerade zu einer weiteren Entschuldigung an.

Sie legte ihm eine Hand auf seinen Arm.

»Ich habe alles«, sagte sie endlich und stand auf. Er tat es ihr gleich.

Sie trat zu ihm, strahlte ihn an und umarmte ihn.

»Ich freue mich«, sagte sie und wischte die Tränen weg, die ihr gekommen waren und die er nicht sehen konnte, nicht sehen sollte. Es waren Glückstränen.

***

In der Nacht schlief Eleonore unruhig. Sie dachte an das Treffen mit Frau von Arnim. Sie kannte Bilder, auf denen sie abgebildet war, konnte aber nicht sagen, inwieweit sie der Realität entsprachen. Als sie am Morgen in das Zimmer ihres Vaters ging, zerschlagen und irgendwie aufgekratzt, war er fort. Sie frühstückte allein.

Später ging sie zu ihrem Kleiderschrank. Sie wählte das hellblaue, schulterfreie Seidenkleid. Jablonski hatte ihr dazu einen blauen, weiten Schal geschneidert. Den würde sie um ihre Schultern legen.

Zu Mittag aß sie nur eine Suppe. Während des Essens brachte ein Bote eine Nachricht ihres Vaters. Er wurde aufgehalten, aber er würde ihr rechtzeitig eine Droschke senden, damit sie pünktlich zu Frau von Arnim kam. Er selbst würde nachkommen.

Wieder in ihrem Zimmer, prüfte sie vor dem mannshohen Spiegel ihr Aussehen. Durch das geöffnete Fenster zur Linken blies eine leichte Brise und bauschte die Vorhänge auf. Mit der Bürste fuhr sie durch ihre Haare und richtete danach ihre Locken aus. *Wie gemalt,* dachte sie. Und doch plagten sie Selbstzweifel. *Bin ich schön, bin ich begehrenswert?* Sie riss sich zusammen. Für ihr Treffen mit Bettina von Arnim spielte das keine Rolle.

Sie trat an das Fenster und blickte hinunter auf die Straße. Das Geklapper der Hufe und vielfaches Stimmengewirr sandten ihr einen Gruß. Wie sollte sie die Stunden der Wartezeit überbrücken? Gerade fuhr ein Wagen vor. Niemand stieg aus, aber dem herbeigeeilten Pagen des Hotels reichte jemand ein Kuvert. Eleonore ging zurück ins Zimmer. Eine ganze Zeit stand sie unentschlossen da, als jemand an die Tür klopfte.

»Herein«, bat sie.

»Das wurde soeben für gnädige Frau abgegeben«, sagte ein Diener und reichte ihr ein Kuvert. »Die Dame wartet auf Antwort.«

Sie öffnete den Brief und las.

»Du meine Güte!«, entfuhr es ihr. Dann riss sie sich zusammen.

»Sagen Sie der Dame, dass ich mich freue und dass …« Sie stockte. »Ach was! Sagen Sie einfach, dass ich komme.«

Der Diener ging. Sie sprang zum Fenster zurück. Unten stand immer noch der Wagen. Und darin wartete Frau von Arnim, die sie persönlich abholte. Eleonore raffte ihren Mantel und Schal, prüfte ihr Aussehen ein letztes Mal im Spiegel, und schon eilte sie die Treppen des Hotels hinunter. Im Foyer trat ihr ein Page entgegen.

»Frau von Arnim erwartet mich«, sagte sie ihm.

Der Page ging voraus. Auf der Straße öffnete er den Wagen und sie stieg ein.

Eine Dame in einem dunkelblauen, fast schwarzen Kleid strahlte sie an.

»Ganz das Bild«, sagte sie mit einer klaren Stimme. »Ich freue mich, dich persönlich kennenzulernen.«

Eleonore schluckte. »Frau von Arnim«, krächzte sie.

»Na, na«, wehrte die Angesprochene ab. »Kein Aufsehen. Ich bin inkognito hier.« Bettina von Arnim beugte sich ein Stück aus dem Fenster. »Robert, du kannst losfahren.«

»Ist es nicht sehr früh?«, fragte Eleonore. Ihr fiel ihr Vater ein und dass dieser ihr eine Droschke senden wollte.

»Ich muss Vater noch eine Nachricht hinterlassen.«

Bettina von Arnim legte ihr eine Hand auf den Schoss. »Ich bin deines Vaters wegen hier. Er bat mich, dich abzuholen. Und wer sagt denn, dass wir gleich zu mir fahren?«

»Sie kennen meinen Vater?«

»Nicht so förmlich, mein Kind.« Bettina von Arnim sah sie lächelnd an. »Ich war mit deiner Mutter befreundet. Ich möchte dir ebenso freundschaftlich verbunden sein. Nenne mich bitte Bettina. Ich darf Eleonore zu dir sagen?«

Sie nickte.

»Ich danke dir für das gesandte Bild und die lieben Worte«, sagte Bettina und nahm ihre beiden Hände.

»Ich danke Ihnen … ich meine dir«, hauchte Eleonore und fühlte die warmen Hände der Frau.

Frau von Arnim sah sie an. »Ich könnte deine Großmutter sein. Es ist schön, dass wir uns treffen. Und ich will dir etwas zeigen.« Ihre Augen blitzten fröhlich auf.

Eleonore blickte sie mit offenem Mund an. Ihre Gedanken rasten, ließen sich nicht fassen. Wohin mochte sie Frau von Arnim führen?

»Du wirst später einige Menschen kennenlernen«, sagte Frau von Arnim. »Meine Besucher sind ein buntes Publikum. Studenten, Mitglieder der Königsfamilie, auch wenn diese weniger erscheinen, Maler, Musiker und Philosophen. Aber lass uns zunächst von dir reden.«

»Ich will, dass es allen gut geht. Ich will, dass jeder selbst über sein Leben bestimmen kann«, sprudelte es aus ihr heraus. Dann stockte sie.

»Ihr … verzeih, dein Königsbuch hat mich beeindruckt«, sagte sie entschuldigend.

»Du musst dich nicht entschuldigen. Es freut mich, wenn ich dein Herz erreicht habe.«

»Besonders die Schilderung der Familienhäuser. Ich habe eines besucht. Die Zustände sind schrecklich«, sagte Eleonore.

Bettina von Arnim nickte.

»Es ist ein Privileg der Jugend, dass sie nichts fürchtet. Ich hatte einen Gehilfen, der die Armenhäuser aufsuchte.« Sie wurde ernster. »Pass mir auf, die Gegend ist nicht ungefährlich. Viele sind verbittert.«

Jetzt lächelte Eleonore.

»Damit kenne ich mich aus. Ich habe einfache Kleider. So mache ich es in Stuttgart.« Wieder sprudelte es aus ihr heraus. Sie erzählte, dass niemand in den Familienhäusern sie als reiche Dame ansehen oder als solche erkennen konnte. Sie hielt inne.

Bettina von Arnim nickte ihr aufmunternd zu.

»Ich will, dass sie Kraft finden, sich selbst zu helfen«, fuhr Eleonore fort. »Ich habe den Schneidermeister Jablonski Sachen nähen lassen. Ich weiß, dass er mit dem Geld einen Teil seiner Schulden zurückgezahlt hat. Bei Nachbarn, die selbst nichts besitzen. Die konnten wiederum beim Schuhmacher im Hause Reparaturen in Auftrag geben.«

»Familienväter schmeißt man in Gefängnisse, statt die Hungrigen zu speisen, die Durstigen zu tränken, die Kranken zu pflegen und die Unschuldigen zu schützen«, sagte Bettina von Arnim.

Eleonore rutschte auf ihrem Sitz herum. »Jeder, der viel hat, sollte eine Patenschaft für einen armen Menschen übernehmen. Ich will sie zusammenbringen, die Reichen und die Armen.«

»Du hast gute Ideen«, sagte Bettina. »Das ist schön. Man redet viel über die Armen, aber viel zu wenig mit ihnen. Aber sag mir, wo hast du die Zeichnung her, die du mir gesendet hast?«

Eleonore erzählte von dem Jungen, der nur ein Bein hatte, der aber ein talentierter Maler sei.

»Was der Herr einem an der einen Stelle nimmt, das gibt er uns dafür mehr an anderer Stelle«, sinnierte Bettina von Arnim. »Ich erwarte später einen bekannten Portraitmaler. Vielleicht weiß der uns einen Rat, wie wir dem Jungen helfen können.«

*Uns,* hatte sie gesagt. Eleonore hätte am liebsten ihr unfassbares Glück in die Welt hinausgebrüllt. *Uns!*

Eleonores Wangen glühten.

»Oder er übernimmt die Patenschaft für ihn«, sagte sie atemlos.

Die Kutsche hielt an. Eben hatten sie das Brandenburger Tor passiert.

»Ich wohne nicht weit von hier«, erzählte Bettina, nachdem sie ausgestiegen waren.

Sie standen auf einem Parkweg. Sie waren nicht allein. Studenten, Arbeiter, vornehme Herren und Damen, mal zu zweit, mal in ganzen Gruppen, gingen an ihnen vorbei.

»Und so nahe ist mir das Leben gekommen«, fuhr Bettina fort. »Alles strömt hinaus zur Gartenwirtschaft *In den Zelten.* Alle wollen mitreden.«

Eleonore hatte davon gehört, dass dort die Berliner zusammenkamen und über die neuesten Entwicklungen sprachen. Jeden Tag wurden es mehr. Sie reihten sich, die Arme ineinander verhakt, in den Strom ein. Sie kamen nicht bis zu den Gebäuden der Wirtschaft durch.

Zu Hunderten drängten sich die Passanten vor mehreren behelfsmäßig eingerichteten Rednertribünen.

Sie blieben im Schutz eines Baumes stehen und versuchten, der Rede einer Frau zu folgen. Die zahlreichen Zwischenrufe und Pfiffe erschwerten das sehr.

Die Frau untermalte ihre Worte mit ausufernden Gesten. Eleonore schnappte nur Versatzstücke auf wie »die Freiheit der Frau« und »die Gleichheit der Geschlechter.«

»Lass uns ein Stück weitergehen«, bat Bettina. »Mir scheint die Frau ein kluges Köpfchen zu sein, allein sie findet kein Gehör.«

»Die Lunte ist gelegt, das Pulverfass gut gefüllt«, rief ein Redner, der auf einem abgestellten Wagen stand.

»Hört, hört«, antwortete die Menge.

Eleonore sog das alles auf wie ein trockener Schwamm das Wasser. »Überall herrscht Unruhe«, hatte Vater erst gestern gesagt. Es passierte so viel, sodass sie gar nicht mehr wusste, wann sie das alles zu Papier bringen sollte.

Immer wieder wurden sie von Fremden angerempelt. Weitere Zuhörer strömten aus der Stadt, andere zurück. Ein wahres Meer an Leibern, und sie wurden von Woge zu Woge mitgerissen.

Eleonore musste niesen.

»Kindchen, Kindchen«, sagte Bettina. »Komm, lass uns zu mir gehen, bevor wir uns eine Erkältung holen. Ich habe genug gesehen und gehört.«

»Ich danke dir für deine Zeit«, sagte Eleonore.

»Ich habe zu danken. Wir müssen uns wieder verabreden, nur wir beide«, sagte Bettina von Arnim.

Eleonore nickte. »Nur wir beide.«

***

Friedrich reichte dem Diener Mantel und Zylinder. William tat es ihm gleich. Ständig trafen weitere Gäste ein. Er kannte ein paar vom Sehen, nickte ihnen zu.

»Frau von Arnim begrüßt stets eine bunte Gesellschaft«, erklärte er William. »Du kannst dich hier vortrefflich über Politik unterhalten, aber natürlich ebenso über Kunst und Geschäfte.«

William zupfte an seinem Kragen herum. »Wenn ich nicht zuvor ersticke.«

»Am besten bleibst du in meiner Nähe.« Friedrich schmunzelte.

Er schritt voraus. In jeder Ecke unterhielten sich Gäste angeregt. Sie betraten den nächsten Raum. Zur Rechten stand eine Goethebüste auf einem Regal. Daneben lagen mehrere Bücherstapel. *Frau von Arnim und Goethe, Frau von Arnim und der König,* dachte Friedrich. Erstaunlich, mit wem sie alles Kontakte pflegte. Wenn ihr William näherkam, so konnte ihm das nur recht sein. William würde sie vielleicht Dinge erzählen, die sie ihm verschwieg. Irgendetwas musste er finden, mit dem er sie beim König in Misskredit bringen konnte.

Durch raumhohe Fenster schien die Sonne herein. Friedrich blieb vor einem runden Tisch stehen. Dort standen Erfrischungsgetränke und auf silbernen Tabletts lagen Kekse. Studenten griffen reichlich zu. Die Mützen saßen ihnen schief auf ihren Köpfen, Krümel zierten ihre Hemden.

»Ich habe unsere Gastgeberin noch nicht entdecken können«, sagte er zu William.

Stimmengemurmel hallte von den Wänden. Da wurde es vom Flur her lauter. Gelächter erklang. Gleich darauf betrat Frau von Arnim den Salon, in dem Friedrich mit William stand. Graue Strähnen lugten unter einer Haube hervor. Ihre Gastgeberin geleitete eine junge Frau im blauen Kleid herein. Friedrich kannte sie nicht. Sie schritt anmutig daher, lächelte in alle Richtungen und kurz, wie ein Hauch, streifte ihn ihr Blick. Ihre Haut schimmerte hell. Er konnte die Augen von ihr nicht lassen.

William neben ihm war offenbar ebenso von der jungen Dame angetan. Immer wieder nestelte er an seinem Kragen herum. Frau von Arnim erkannte Friedrich und kam ihnen zusammen mit ihrer Begleitung entgegen. Ein weiterer Gast trat gerade ein. Ein älterer Herr, schlank, groß gewachsen. Er holte die beiden Frauen ein.

»Da bist du ja, meine Liebe«, begrüßte der Mann die junge Frau.

Bettina von Arnim löste sich von der Angesprochenen.

»Mein verehrter Konrad Herbst«, begrüßte sie den Neuankömmling. »Ich danke dir für deine Tochter. Wir haben uns angeregt unterhalten.« Friedrich sah, wie sie der jungen Frau zuzwinkerte.

»Ich muss euch unbedingt zwei meiner Gäste vorstellen«, fuhr Bettina von Arnim fort und deutete auf ihn und William. »Sie sind von der Geburt her Landsleute aus Württemberg. Herr Friedrich Euskirchen und sein Bruder William. Sie sind in Stuttgart aufgewachsen. Während der eine längst zum Berliner geworden ist, kommt der andere, ein Journalist, frisch aus den Vereinigten Staaten.«

»Sehr erfreut«, sagte Konrad Herbst. Er reichte beiden die Hand.

»Darf ich Ihnen meine Tochter Eleonore vorstellen.«

»Ich bin der Berliner«, sagte Friedrich. »Gestatten, Friedrich Euskirchen. Wenn Sie einmal portraitiert werden wollen, sind Sie bei mir an der richtigen Adresse.«

Er gab ihr einen Handkuss.

An Frau von Arnim gewandt, sagte er: »Dies hier ist Wilhelm, mein jüngerer Bruder.«

»Gnädige Frau«, sagte der. Und mit einem Seitenblick auf ihn: »Nennen Sie mich bitte William.«

»Darf ich fragen, worüber Sie schreiben?«, fragte Bettina von Arnim.

»Ich berichte nach Amerika, wie es denen ergeht, die nicht ausgewandert sind«, antwortete William seiner Gastgeberin, hatte dabei aber nur Augen für Eleonore Herbst.

»Glauben Sie mir, mein lieber William, die Missstände schreien nach Öffentlichkeit. Ihr müsst hier Eure Artikel veröffentlichen. So entsteht Veränderung.«

»Da haben Sie recht«, antwortete der. »Meine Texte würden allerdings kaum die örtliche Zensur überstehen.«

Immer noch ruhte sein Blick auf Eleonore. Die hörte aufmerksam zu. Wie alt mochte sie sein? Höchstens zwanzig. Ihr Blick glitt zwischen ihm und William hin und her und verweilte dann bei seinem Bruder.

»Wie sehr Sie einander ähneln«, sagte sie.

»Ich bin ein wenig älter«, sagte Friedrich.

William zupfte an der Halsbinde.

»Und Sie zerren ständig an Ihrem Kragen«, sagte Eleonore an diesen gewandt.

Der hielt mitten in der Bewegung inne.

»Verzeiht, ich wollte Sie nicht kränken«, sagte sie entschuldigend.

»Dazu gehört mehr als albernes Gerede«, brummte William.

Das saß. Eleonore lief rot an. Friedrich trat schnell vor und hielt ihr einen Arm entgegen.

»Sie würden mir eine große Freude machen, wenn Sie mir von Stuttgart erzählten«, bat er. Sie hakte sich ein.

»Ich trage die Erinnerung an meine alte Heimat tief in meinem Herzen.«

Er führte Eleonore fort, die noch einmal zu William blickte, der nun mit ihrem Vater sprach. Sie hatte seinen Bruder verletzt, ging es Friedrich durch den Kopf. Und der hatte ihr eine brüske Antwort gegeben, obwohl sie auch ihm gefiel. Vor einer möglichen Entschuldigung war er dazwischengegangen. So hatte er das Feld für sich. William als Kontrahenten anzusehen, gefiel ihm. Bei Frauen tat sich dieser offenbar schwer, die richtigen Worte zu finden.

»Haben Sie die Dame des Hauses portraitiert?«, fragte Eleonore Friedrich.

»Ich habe nahezu jeden in Berlin gemalt, der etwas darstellt. Ihre Schönheit würde ich sehr gerne festhalten«, sagte Friedrich galant.

Sie runzelte ihre Stirn und sofort sah er betroffen drein.

»Verzeihen Sie. Ich verkehre zu viel am Hof. Schmeicheleien sind da äußerst beliebt.«

»Ich liebe die Wahrheit.«

»Oh«, sagte er. »Ich habe eben nicht gelogen.«

»Ich danke Ihnen«, gab sie zur Antwort.

»Waren Sie schon einmal in Berlin?«, fragte Friedrich.

»Nein.«

»Werden Sie länger bleiben?«

Sie zuckte mit den Schultern. »Das hängt von Vaters Geschäften ab.«

»Berlin ist großartig. Ich kenne keine schönere Stadt. Kein Winkel ist mir fremd.«

»Dann kennen Sie auch die Elendsviertel?« Sie blickte ihn gespannt an.

Er überlegte. »Ich komme selten hin. Die Menschen dort haben bestimmt andere Sorgen, als sich portraitieren zu lassen.«

»Ich traf dort einen sehr talentierten jungen Kollegen von Ihnen«, sagte sie. »Er heißt wie Sie, wird aber Fritze genannt.«

Er blickte sie irritiert an.

»Dazu später vielleicht mehr«, sagte sie.

Sie blieben bei einer Gruppe stehen.

»Wie ich hörte, strömen jeden Tag mehr Menschen hinaus in den Tiergarten«, erzählte gerade ein Mann in einem braunen Anzug.

Friedrich horchte auf und sah, dass auch Eleonore aufmerksam zuhörte.

»Die Menschen sind begierig auf neue Nachrichten. Ich weiß gar nicht, was sie erwarten«, sagte ein anderer Mann.

»Sie dürsten nicht nur nach Nachrichten. Sie wollen

ihr eigenes Schicksal in den Mittelpunkt rücken, erheben Forderungen«, sagte der mit dem braunen Anzug. »Sie wollen ein Auskommen mit ihrem Einkommen.«

»Ach wo«, antwortete ein Offizier. »Wenn man den Armen doppelten Lohn gäbe, ihnen alles zum halben Preis verkaufen würde, kämen sie nicht damit aus. Sie können mit Geld nicht umgehen.«

Eleonore öffnete ihren Mund.

»Mir scheint eher, ihr zürnt ihnen ihre Armut, werter Herr Hauptmann«, sagte Bettina von Arnim, die plötzlich bei ihnen stand.

»Um mit etwas umgehen zu können, muss ich es besitzen«, sagte Eleonore. »Haben die Leute denn Geld?«

Die Umherstehenden lachten. Der Offizier seufzte und ging weiter.

Friedrich suchte nach William und sah diesen immer noch mit Eleonores Vater im Gespräch. Die unterhielt sich angeregt über die Familienhäuser. *Eine seltsame junge Dame,* dachte er. Die bestimmt bestens mit William zurechtkommen würde, wäre da nicht dieser kleine Affront gewesen.

Die Zeit verging rasend schnell. Ihm gelang es, stets in Eleonores Nähe zu bleiben. Manchmal kam er ihr so nahe, dass er ihren Duft wahrnehmen konnte. Frau von Arnim ging von einer Gruppe zur nächsten.

»Meinen Sie, die Menschen hören einem wirklich zu, wenn man ihnen von der Not anderer berichtet?«, fragte Eleonore ihn, als sie einen Moment allein waren.

»Ich höre Ihnen zu«, antwortete er und sah sofort, dass er damit bei ihr einen Punkt gemacht hatte.

Wieder waren sie Teil einer Gruppe.

»Herr Euskirchen, wie steht es um die Malerei?«, fragte einer der Gäste. »Können Sie die Wünsche der Frauen stets erfüllen?«

»Frauen lieben es, wenn ich ihnen schöne Worte mache«, antwortete Friedrich. »Sie sind vollends Wachs in meinen Händen, wenn ich ihnen zehn Jahre ihres Lebens beim Portraitieren abnehme.«

»Wie das?«, fragte ein älterer Herr.

»Frau von Sowieso möchte nicht die Falten sehen müssen, die ihr der Spiegel entgegenwirft. Also male ich diese erst gar nicht.«

Alle lachten.

»Bei mir wäre das gefährlich. Das gäbe ein Kinderbild«, sagte Eleonore. Wieder lachten die Umstehenden.

»Ihnen würde ich zehn Jahre dazu malen, Ihrer Schönheit täte das keinen Abbruch.«

Die Frauen in der Runde quittierten Friedrichs Schmeichelei mit »Ah« und »Oh«.

Da erschien Eleonores Vater. »Zeit zu gehen«, sagte er an seine Tochter gewandt. William stand hinter Herbst.

»Ich würde mich glücklich schätzen, Sie wieder einmal treffen zu dürfen«, sagte Friedrich.

»Zeigt mir die Winkel Berlins«, sagte Eleonore.

Ihr Vater schaute irritiert.

»Ich habe ein klein wenig übertrieben. Ich erzählte Ihrer Tochter, ich würde jeden Stein kennen«, sagte Friedrich.

»Ach so!« Eleonores Vater schmunzelte. »Wenn Sie mit ihr spazieren gehen wollen, haben Sie mein Einverständnis.« Zu ihr sagte er: »Gleich morgen böte sich eine Gelegenheit.«

»Das wäre fein«, sagte Eleonore zu Friedrich. »Dabei kann ich von Stuttgart erzählen. Und Ihnen das junge Talent vorstellen, von dem ich sprach.«

»Dann ist es abgemacht«, entgegnete Friedrich.

Friedrich gab Eleonore zum Abschied erneut einen Handkuss. Dabei hielt er ihre Hand einen Moment länger als nötig fest, sah ihr in die Augen.

William trat vor und reichte Eleonores Vater die Hand. Seine Tochter beachtete er nicht.

***

»Hast du den Besuch genossen?«, fragte ihr Vater, als sie in der Kutsche saßen.

Eleonore holte tief Luft. Wo sollte sie anfangen?

»Mit Bettina von Arnim hast du dich auf jeden Fall ganz gut verstanden«, ergänzte er.

»Ich wusste gar nicht, dass du sie persönlich kennst«, sagte sie.

»Das ist eine lange Geschichte. Wie du weißt, bin ich nicht das erste Mal in Berlin. Und ähnlich wie dir ist es Mutter ergangen. Ich hatte selten Zeit für sie. Sie fand aber schnell Anschluss.«

Konnte sie ihm von dem gemeinsamen Ausflug mit Bettina erzählen? Sie grübelte eine Weile darüber nach, entschied sich dann aber dagegen.

»Der Maler weiß allerhand zu erzählen«, sagte sie stattdessen.

»Sein Bruder nicht weniger. Er hat in den Vereinigten Staaten entflohenen Sklaven geholfen. Aufgewachsen ist er in einem Waisenhaus.«

»Das hat er dir alles erzählt?« Sie sah ihn erstaunt an.

Ihr Vater seufzte. »Ich denke, er wollte dich nicht kränken.«

»Und ich wollte ihn nicht bloßstellen.« Sie blickte auf die Straße hinaus. »Sein Bruder möchte mich malen.«

»Ich ziehe vor, mich im Spiegel zu betrachten«, sagte ihr Vater. »Aber über ein Bild von dir würde ich mich freuen.«

Die Kutsche hielt vor dem Hotel.

»Ich danke dir für alles«, sagte sie.

»Ich werde noch ein paar Briefe lesen.« Er hielt inne. »Wie mag es in Stuttgart aussehen? Ich würde gerne abreisen, aber meine Mission ist noch nicht erfüllt. Genieße die Tage, mein Kind, und achte auf dich.«

»In Stuttgart ist bestimmt alles friedlich«, beschwichtigte sie ihn. Dann fielen ihr die Briefe Augusts ein, die noch ungeöffnet oben lagen. Sie würde sie auch heute nicht öffnen.

***

Am nächsten Tag war sie wieder unterwegs zu den Familienhäusern. Bald nachdem sie das Hamburger Tor passiert hatte, entdeckte sie Fritz. Er hatte ihr den Rücken zugewandt und saß mit nach vorne geneigtem Oberkörper nahe dem Hauseingang des langen Hauses. Sie trat hinter ihn und blickte über seine Schulter. Er zeichnete mit einem Stock Linien in den schlammigen Straßenüberzug.

»Ein Spiel?«, fragte sie.

Er erkannte sie und sein erschreckter Blick wich einer Teilnahmslosigkeit. Sie blieb bei ihm stehen.

»Willste noch eens?«, fragte er.

Sie betrachtete die Linien auf dem Boden genauer. »Eine Windmühle?«, fragte sie.

Er richtete sich auf. »Dette kannste erkennen?«

»Aber ja, du hast es doch deutlich gezeichnet!«

Sein Mund stand ihm offen.

»Nur schade, dass es der nächste Regen wegspült«, fuhr sie fort.

Er legte seinen Kopf in den Nacken. »Heute pladdert es nich mehr.«

»Auf Papier gebannt wäre dein Bild beständiger.«

»Ick hab keen Papier«, antwortete er gereizt.

Das war es! Wieso hatte sie nicht längst daran gedacht. »Warte bitte, ich bin gleich wieder da.« Sie wandte sich um und rannte mit hochgezogenem Kleid zurück stadteinwärts. Sie blickte links und rechts in die Schaufenster, las die Werbetafeln der Geschäfte.

Da war es! ›Papierhandlung Salzmann‹, las sie ein Schild. Sie betrat den Laden.

»Sie wünschen?«, fragte sie ein älterer Herr.

»Ich möchte Papier kaufen. Zeichenpapier. Zwanzig, nein, dreißig Bögen. Dazu eine stabile Mappe. Und zwei Bleistifte.«

Der Mann zeigte ihr ein paar Muster, aber sie überlegte nicht lange, nahm stets das erste Angebot. Ungeduldig sah sie zu, wie er alles in Packpapier einband. Auch darauf ließ sich bestimmt malen. Sie bezahlte ihn. Ein paar Münzen kullerten auf den Boden. Eine war unter einem Regal verschwunden.

»Lassen Sie nur, die hole ich später ab.«

Mit dem Päckchen unter dem Arm eilte sie zurück zum Familienhaus. Fritze war noch da, saß vor dem Haus und sah ihr entgegen.

»Hier hast du Papier und Bleistifte.« Sie reichte ihm das Paket.

Er riss die Pappe auf und sah hinein.

»Für jedes Bild, das mir gefällt, bekommst du einen Silbergroschen.«

Er sah sie mit großen Augen an.

»Keine Angst, bisher haben mir deine Bilder gefallen.«

Er nickte. »Wat soll ick denn malen?«

Sie breitete ihre Arme aus. »Das hier. Dein Leben. Alles!«

# Ein Flugblatt entsteht

Tage später saß William mit seinem Bruder in einer Kutsche. Sie hatten den Salon der Hedwig von Olfers besucht. Der wievielte Salon war es gewesen? Er hatte aufgehört zu zählen. Überall war er neugierig begrüßt worden.

»Amerikanische Staatsbürger sind selten zu Gast, musst du wissen«, sagte Friedrich.

»Die meisten Besucher der Salons werden mir fremd bleiben«, sagte William.

»Wohingegen du dich in den Arbeitervierteln offenbar heimisch fühlst«, antwortete sein Bruder. »Ich weiß, es ist für deine Recherchen. Achte darauf, dass du nicht als einer von ihnen betrachtet wirst.«

»Wie meinst du das?«

»Die Arbeiter, insbesondere die der Eisenfabriken, gelten als leicht erregbar. Sie bilden Vereine, stellen Forderungen, hinterfragen die Obrigkeit. Und die wird zuschlagen, bevor es zu Schlimmerem kommt. In den Haftanstalten wurde schon das ein oder andere Gemüt beruhigt.«

»Ich sehe keinen Grund, Arbeiter einzusperren. Wenn sie anständig bezahlt werden, damit sie für ihre Familien ein Auskommen haben, sind es treue Untertanen. Sie wollen gehört werden, wollen, dass man sie nicht im Elend alleine lässt. Geschieht dies nicht, ist es natürlich, dass sie sich anderweitig Gehör verschaffen wollen.«

Friedrich sah ihn an und hob seine Stimme: »Lass dich nicht blenden. Am Ende wollen deine Freunde den Sturz der Regierenden, wollen sie selbst reich sein. Mit Freiheit können sie nichts anfangen. Es wird in Saufgelagen enden, im Chaos. In Gewalt.«

»Keine Sorge. Ich will nicht kämpfen. Ich will ihnen helfen, dass ihre Armut wahrgenommen wird. Meine Waffen sind Worte.«

»Wollen wir hoffen, dass deine Vernunft die ihre ist«, fuhr Friedrich versöhnlicher fort. »Immerhin scheinst du dich mit dem Anwalt Konrad Herbst angefreundet zu haben.«

William war froh, den Anwalt kennengelernt zu haben. Er hatte ihn in den meisten der Salons angetroffen. Sie sprachen über die Sklaverei in den Vereinigten Staaten und die Pressefreiheit, wobei Konrad Herbst ihn mit klaren Gedanken und seiner Besonnenheit beeindruckte. Seine Tochter, Eleonore, begleitete ihn stets. Außer flüchtigen Begrüßungsfloskeln wechselten sie kaum ein Wort. Sie trug ihm wohl seine schroffe Antwort nach.

»Du hast dich gut mit seiner Tochter angefreundet«, sagte William.

Friedrich lächelte. »Sie ist eine hübsche junge Dame, gebildet obendrein. Davon konnte ich mich bei gemeinsamen Spaziergängen überzeugen.«

William war dabei gewesen, als ihr Vater Friedrich gebeten hatte, Eleonore ein wenig Berlin zu zeigen. Sie sei das erste Mal in der Stadt.

»Ein weiteres Aktmodell?«, fragte William und unterdrückte seinen Groll.

»Nein. Ihre Gegenwart ist erfrischend. Sie ist mehr

fürs Herz, weniger für den Pinsel. Obwohl sie ein lohnendes Motiv wäre. Mit ihrer hell schimmernden Haut, den braunen Locken. Dazu wäre es spannend, ihr Wesen auf Leinwand zu bannen.

»Ich hörte euch miteinander lachen«, warf William ein. Er blickte zu Friedrich. Sah er in ihr seine große Liebe? Sein Bruder warb offen um ihre Gunst und traf nicht auf Ablehnung. Ihr Vater schien das zu begrüßen. Ihm selbst wollte es nicht gelingen, ihr näherzukommen, und dies, so musste er sich eingestehen, galt auch für Friedrich. Der blieb ihm fremd, distanziert.

Zurück in der Wohnung, standen zwei Koffer im Flur.

»Willst du wieder verreisen?«, fragte William.

»Ein paar Tage nach Potsdam«, erklärte Friedrich.

»Ich werde bald weiterreisen«, sagte William. »In Berlin habe ich genug gesehen.« *Den Arbeitern werde ich noch bei ihrem Flugblatt helfen,* dachte er weiter.

»Vielleicht begleite ich dich«, sagte Friedrich. »Oder hast du genug von mir?«

»Nein. Warum nicht. Ich denke, du warst seit jenen Tagen nicht mehr in Stuttgart.«

»Da wird nahezu nichts mehr an uns erinnern. Aber wir könnten den Herbsts einen Gegenbesuch abstatten.«

»Reisen sie denn zurück?«, fragte William. Davon hatte der Anwalt nicht gesprochen. Wusste Friedrich mehr? Von Eleonore?

***

Am nächsten Tag stand William früh auf. Heute trug er

seine Segeltuchhose, ein baumwollenes Hemd und seine dicke Winterjacke. Anstelle eines Zylinders trug er eine Schirmmütze. Den Spazierstock hatte er ebenso im Schrank gelassen wie den Anzug.

»Du gleichst Friedrich wie ein Ei dem anderen«, hatte Clara gesagt. »Aber in deinen alten Kleidern bist du echt.«

Er ging in eines der billigeren, abseits gelegenen Cafés und überflog seine Texte für das Flugblatt. Heute wollte er mit Danner und den anderen darüber sprechen. Er fand wenig zu korrigieren. Ihn würde interessieren, was Konrad Herbst von seinen Texten hielt. Fand er sie zu radikal? Um das herauszufinden, musste er ihn fragen. Warum nicht gleich heute?

William stand auf, zahlte seine Rechnung und verließ das Café. Zum Hotel, wo die Herbsts wohnten, waren es nur wenige Minuten. Mit jedem Schritt wuchs die Vorfreude auf ein Treffen mit dem Anwalt. Und er hoffte, Eleonore wiederzusehen. Er wollte sein Verhalten bei Frau von Arnim entschuldigen. *Das hätte ich schon längst machen müssen,* warf er sich vor.

William trat im Hotel an die Rezeption. »Ich würde gerne Herrn Herbst meine Aufwartung machen«, sprach er den Portier an.

»Bedaure«, antwortete dieser. »Herr Herbst ist für zwei Tage nach Potsdam gefahren.«

»Und Fräulein Herbst?«

Der Portier hob eine Augenbraue. »Sie begleitet ihren Vater.«

William unterdrückte eine weitere Frage. Konnte es sein, dass sie in Friedrichs Gesellschaft waren? Der Portier würde ihm das kaum sagen.

»Soll ich eine Nachricht hinterlassen?«, fragte der.

»Nein, nicht nötig.«

Unverrichteter Dinge ging er.

William erreichte das Oranienburger Tor. Ein Schornstein der Gießerei Borsig blies dunklen Rauch in den grauen Himmel. Gedämpft durch die Ziegelmauern hörte er Hammerschläge und brummende Maschinen. Dahinter schwitzten die, die Arbeit hatten, von frühmorgens bis spätabends und brachten doch nur gerade so viel Geld nach Hause, dass es zum Überleben reichte. Gerade zog über das freie Feld vor einem der Gebäude ein Pferdegespann einen Wagen, auf dem eine halb fertige Lokomotive festgezurrt war. Ein Mann lief nebenher, rief Kommandos und knallte ab und zu mit einer Peitsche. An den Wänden lagerten Bretter. Zwei Männer bugsierten mithilfe eines Kranes ein großes Holzfass.

Eine Weile sah er zu. Später traf er im *Bierkeller* Rudolf Danner an. Den umgab eine Gruppe Arbeiter. Der Blonde wies einen von ihnen an, für William Platz zu machen.

»Schön, dass du dich wieder mal blicken lässt«, begrüßte ihn Danner. »Was ist nun mit unserem Flugblatt?«

William nickte den Männern zu. »Ich habe den Text fertig.« Aus seiner Jacke holte er ein Papier und glättete es.

»Bist du der Amerikaner?«, fragte einer der Männer.

»Ja«, gab William zur Antwort.

»Bier für alle«, rief Danner in Richtung der Theke. »Heute bezahle ich die Zeche.«

Judith brachte Bierkrüge.

Mehr Gäste kamen. Aus der Küche waberte der Geruch von Sauerkraut. Geschirr klapperte. Am Nebentisch saßen zwei Männer und spielten mit Würfeln. Immer wieder schlug der Becher hart auf das Holz.

»Ich habe einen Teil der Unabhängigkeitserklärung der Vereinigten Staaten abgeschrieben«, begann William.

»Hört, hört«, sagte einer der Arbeiter.

»Dazu ein Gedicht, das den Titel *Hungerlied* trägt.« William sah dem Blonden in die Augen. Der nickte ihm zu.

»Lies einfach vor«, bat Danner. »Wir sind heute spitzelfrei.«

Die Männer lachten.

William begann: »Alle Menschen wurden gleich erschaffen …«

Er las mit lauter Stimme, und bald unterbrachen die Männer am Nebentisch ihr Würfelspiel, traten heran und hörten zu.

»Ich könnte ein halbes Dutzend Flugblätter vollbekommen«, fuhr er fort, als er fertig war. »Es ist ein langer Weg hin zu mehr Freiheit und Gerechtigkeit.«

»Wenn sich nicht bald was tut, dann schlagen wir los«, sagte Danner. »Wie die in Paris. Unsere Geduld ist zu Ende. Gut, dass du den Text fertig hast. Aber wann können wir in die Druckerei dieses Eduards einbrechen?«

Nachdenklich blickte William in die Runde. Rudolf Danner war ein Heißsporn und liebte seine Rolle als Anführer. Und offenbar war er bereit, Gewalt einzusetzen, noch bevor es zu offenen Auseinandersetzungen kam. Ein Irrweg, aber die anderen waren bereit, ihm in ihr Verderben zu folgen. Die Idee, in die Druckerei einzubrechen, wo Eduard arbeitete, hatte ihm der Blonde vor wenigen Tagen eröffnet. »Wir werden sehen«, hatte er ihm geantwortet.

»Wo ist die Druckerei?«, fragte Danner.

»Das erfahrt ihr alle morgen Abend. Kommt um sechs Uhr an die Ecke *Alexanderplatz, Neue Königstraße.* Ich werde euch erwarten.«

»Meinetwegen«, brummte Danner. »Das Flugblatt verteilen wir tags darauf in den Zelten. Da wird uns niemand in der Menge belangen.«

Auf dem Nachhauseweg grübelte William über Danners Idee nach. *War es so ungefährlich, wie er dachte?* Immerhin, für den Druck hatte er eine Lösung gefunden, die für niemanden eine Bedrohung darstellte. Auch nicht für Eduard, Claras Freund. William hatte eine Druckerei angemietet, was ihn nur den Verkauf ein paar seiner neuen Seidentücher gekostet hatte. Verluste, die er verkraften konnte.

Er zog den Kragen seiner Jacke hoch, um den kräftigen Wind abzuwehren. Direkt vor seiner Nase tanzte ein Papierfetzen in der Luft herum. Er packte spielerisch danach, hielt aber mitten in der Bewegung inne. Das Papier flog weiter und bald konnte er es nicht mehr sehen.

Mit einem Mal ging er beschwingt weiter. *Es ist so einfach!*

***

Am nächsten Tag wartete William am vereinbarten Treffpunkt zur ausgemachten Zeit. Die Kirchturmglocken läuteten sechs Uhr abends, als er Danner erkannte. Im Schlepptau hatte er den Fuhrmann, der Paul mit Vornamen hieß, sowie Schach und zwei weitere Männer, die William vom Sehen her kannte.

»Ihr geht die Straße entlang, bis euch Clara begegnet. Die weist euch den Weg«, erklärte William. »Zerstreut euch, geht nicht im Pulk. Sonst erweckt ihr Aufsehen. Die Druckerei liegt in einem Hinterhof.«

Danner missfiel offensichtlich, dass William das Kommando gab.

»Warum hat uns Eduard nicht einfach die Adresse genannt?«, klagte er.

»Je weniger wissen, wo wir sind und was wir treiben, desto besser.«

»Bleibt es bei fünfzig Bögen für jeden?«, fragte Danner.

William schüttelte den Kopf. »Nein, jeder nimmt sechzig Blatt. Eduard und Clara verteilen nichts. Und los.« In langen Diskussionen hatten sie sich darauf geeinigt, von den Flugblättern dreihundert Exemplare zu drucken und sie untereinander aufzuteilen.

William wartete, bis die Männer verschwanden, und lief selbst los. Da er den Weg kannte, langte er vor ihnen in der Druckerei an. Eduard war bereits zugange.

»Hier würde ich gerne arbeiten«, sagte Claras Freund. »Beste Ausstattung.« Er stand an einem lang gestreckten Tisch in der Mitte der Druckerei. An der Wand, in einem großen Setzkasten, lagen die Lettern in den unterschiedlichsten Größen und Formen. Eduard nahm sie einzeln heraus und legte sie in das Winkeleisen, das er in der Hand hielt.

»So eine Auswahl hat mein Meister nicht«, sagte er.

»Lass Danner nicht hören, dass wir nicht in deiner Druckerei sind«, mahnte William. »Er denkt, wir seien eingebrochen. Ich habe Miete bezahlt, ebenso das Papier.«

Eduard lächelte. »Mit Setzen bin ich bald fertig.«

William gefiel, wie er Danner ausgetrickst und Clara ihre größte Sorge genommen hatte. Paul, der Fuhrmann, erschien. Er glotzte mit großen Augen herum. Offenbar war er zum ersten Mal in einer Druckerei. Danner folgte ihm auf den Fuß. Obwohl zwei Öllampen von der Decke hingen, herrschte Zwielicht. Nur am Tisch, wo Eduard arbeitete, sorgten extra aufgestellte Lampen für mehr Helligkeit.

Im Hintergrund stand die Druckmaschine. Eine Columbia-Presse. Sie erinnerte William an seine Erfahrungen, die er mit Drucken gemacht hatte. Das lag Jahre zurück, und er war froh, mit Eduard einen Fachmann dabeizuhaben. Neben der Presse, auf einem weiteren Tisch, lagen dreihundert Blatt dünnes Papier.

Die Tür ging ein weiteres Mal auf. Clara brachte die restlichen drei Arbeiter herein. Schach führte sie an. Die kühle Abendluft tat gut und milderte den Geruch nach Druckerfarbe.

»Zwei können gleich wieder gehen und Wache schieben«, empfing er sie.

Sie sahen ihn verständnislos an.

»Wenn uns wer blöd kommt, dann schlagen wir ihn zusammen«, sagte Danner.

»Das werden wir nicht tun. Ihr müsst schauen, ob Gendarmen kommen. Dann lasst ihr die Bierflaschen fallen, dass sie auf der Straße zerspringen. Das ist unser Alarmzeichen.«

»Woher bekommen wir die Flaschen?«, fragte Schach mürrisch. Ihm gefiel offenbar die Aussicht nicht, hinaus in die Kälte zu müssen.

Clara, die im hinteren Teil der Druckerei verschwunden war, kam zurück und stellte zwei volle Bierflaschen auf den Tisch. Die finsteren Mienen der Männer hellten sich auf. Schach legte ein Paket auf den Tisch, das in braunes Packpapier eingeschlagen war.

»Das kann ich ja erst mal hierlassen.«

Sie griffen nach den Bierflaschen und gingen hinaus.

Danner und Paul leckten ihre Lippen. »Und wir?«

Clara sah zu William. Der nickte. Das alles gehörte zu seinem Plan. Das Dienstmädchen brachte weitere Flaschen und stellte sie ab. Danner griff als Erster zu. *Alles geht seinen Gang,* dachte William. Später galt es, Clara und Eduard ebenfalls zu täuschen.

William trat an eines der Fenster und starrte in die dunkle Nacht. Würde ihn Friedrich begleiten, wenn er weiterreiste? Gelang es ihm dann, seinem Bruder näherzukommen? William bewunderte die Malkunst seines Bruders. Doch was hielt Friedrich von seinen Artikeln?

Er wischte die Gedanken an seinen Bruder beiseite. Danner und der Fuhrmann saßen in der Nähe auf dem Boden. Er hörte es gluckern, wenn sie einen Schluck nahmen. Das Bier würde ihre Aufmerksamkeit mindern, aber er musste aufpassen, dass sie es nicht übertrieben.

Er ging zu dem Tisch, wo Schachs Paket lag. Es erinnerte William an das, was Clara neulich im Café dabeihatte. Und ähnliche Pakete hatte er bereits im

Familienhaus gesehen, bei dem Schneider, der für Danner arbeitete. Vorsichtig hob er es auf. Es war leicht. Er fuhr mit seinen Fingern darüber. Weich. Was mochte drin sein? Das Paket war verschnürt. Er zog an der Kordel. Die Schlaufe ging auf. Er hob das Papier an einer Seite an. Darunter erkannte er einen blauen Stoff mit roten Absätzen. Er lüftete das Papier noch ein Stück weiter. Da erkannte er Messingknöpfe. Das war eine Uniform.

Clara rief: »Wir beginnen zu drucken.«

Danner und Paul standen bei der Maschine. William packte schnell das Paket wieder ein, verschnürte es und legte es zurück. Was wollte Schach mit einer Uniform? Kam die von Danner und wenn ja, was führte der im Schilde?

William stellte sich zu den anderen. Eduard nahm gerade eine der Lampen vom Tisch und hängte sie über die Druckerpresse, deren Metallteile glänzten. Als Nächstes legte er die Druckform auf den Wagen, der später unter die Presse geschoben werden musste. Clara bestrich mit einer Walze die Lettern gleichmäßig mit schwarzer Farbe, dann klappte sie den Deckel um, in die ein Bogen Papier eingespannt war, und fixierte das Ganze. Eduard schob den Wagen vor, überprüfte alles, und betätigte dann den Hebel der Presse. Die Maschine quietschte und ächzte. Eduard zog den Wagen hervor, löste das Blatt und reichte es William. Alle sahen ihm über die Schulter.

»Was steht da?«, fragte Paul. »Ich kann das kaum lesen. Ist so klein.«

William vermutete, dass Paul überhaupt nicht lesen konnte.

»Ich lese es euch vor.«

»Gute Idee«, sagte Paul. Die anderen nickten zustimmend.

»Alle Menschen wurden gleich erschaffen und allen gehören unveräußerliche Rechte wie das auf Leben, Freiheit und das Streben nach Glückseligkeit. Sobald eine Regierungsform diesen Rechten verderblich entgegensteht, hat das Volk das Recht, sie zu verändern und abzuschaffen.«

Der Fuhrmann kratzte sein Kinn. »Wo haste das denn her?«

William schmunzelte. »Es ist ein Auszug aus der amerikanischen Unabhängigkeitserklärung von 1776.«

»Gut« sagte Danner. »Ich habe mal gelesen, dass sie zuerst auf Deutsch gedruckt wurde.«

»Donnerwetter!«, sagte Paul.

William las als nächstes das „Hungerlied" von Georg Weerth vor, das mit den Worten endete: *Sonst werden wir sonntags packen und fressen, o König, dich!*

»Der König würde mir schwer im Magen liegen«, sagte Danner. »Gut, dass du den Text verwendest.«

»Die am 22. Februar in Paris erfolgte glückliche Entbindung des französischen Volkes von einer lieblichen Tochter, auf den Namen Republik getauft, zeigen überglücklich an, ihre Großeltern Freiheit, Gleichheit und Brüderlichkeit. Mögen ihr bald Geschwister in allen Ländern Europas folgen«, las William weiter.

»Eine Republik, geht das denn?« Clara blickte um sich.

»Wer braucht schon einen König oder Prinzen«, sagte Eduard grimmig.

»Lese das vor.« Danner tippte auf einen Abschnitt.

»Sagt es ihm keiner? Weiß der Herr König, dass viele seiner Untertanen unverschuldet Not leiden? Weiß der Herr König, dass leere Mägen und volle Köpfe, unweigerlich zu Aufruhr führen?« William blickte auf. »Zufrieden?«

Alle nickten und murmelten ihre Zustimmung.

Danner trat vor, nahm den Bogen und legte ihn auf einen Tisch. Aus seiner Hose kramte er einen Stempel und ein Stempelkissen. Danner drückte den Stempel ein paarmal in das Kissen und schlug ihn dann rechts oben auf das Flugblatt.

»Sie sollen wissen, dass es von uns ist«, sagte Danner.

Ein rotes Symbol, ein Zahnrad mit Hammer und Schraubschlüssel, zierte nun das Papier. »Wir werden jedes Exemplar damit abstempeln.«

»In Ordnung«, sagte William.

Clara und Eduard druckten weiter, Bogen um Bogen wanderte in die Presse. Die beiden arbeiteten flink. Er hörte, wie Eduard ab und zu Clara Anweisungen gab. Die Druckmaschine quietschte in einem fort. Die fertigen Exemplare legten die beiden auf den Packtisch. William hatte sich angeboten, das Verpacken zu erledigen. Er musste warten, bis die Bögen trocken waren, erst dann legte er sie vorsichtig übereinander. Danner und Paul nahmen ihren alten Platz ein und tranken Bier.

Nach einer guten Stunde legte Clara den letzten Bogen auf den Tisch.

»Geschafft«, sagte sie. Mit der rechten Hand massierte sie ihren Rücken. Eduard wischte sich den Schweiß von der Stirn.

»Ich komme allein zurecht, ihr könnt die Presse reinigen und alles wieder verstauen«, sagte William.

Clara wies in die Ecke, wo Danner und Paul mittlerweile schnarchten. »Und die?«

»Sollen uns nicht stören«, sagte William. Dann wandte er den beiden den Rücken zu. Er bündelte die Ausdrucke zu jeweils sechzig Exemplaren und schlug die Stapel mit braunem Packpapier ein. Ein Blick verriet ihm, dass Clara und ihr Freund völlig in ihrer Arbeit aufgingen. Er verstaute die Pakete unter dem Tisch in einer Kiste und tauschte sie gegen identische Packen aus, die er heute Mittag dort verstaut hatte.

»Wir sind fertig«, sagte Clara.

Rudolf Danner erwachte und stand geräuschvoll auf.

»Aufstehen, Paule, wir sind so weit«, weckte er den Fuhrmann.

»Du nimmst die Pakete der anderen mit«, sagte William an Danner gewandt. »Und schärfe allen ein, dass sie es verpackt lassen sollen, bis zu dem Moment, an dem wir sie verteilen wollen.«

»Ich werde das Zeichen geben«, sagte Danner mit Zungenschlag.

»In Ordnung«, sagte William.

Sie verließen wieder getrennt die Druckerei. Eduard begleitete sie ein Stück, dann war William mit Clara allein. Sie ging stumm neben ihm her.

»Warum so still?«, fragte er.

»Es ist wegen dieses Hitzkopfes«, sagte sie. »Er stachelt alle auf.«

»Umso besser, dass wir nicht in Eduards Arbeitsstätte eingebrochen sind, was Danner vorschlug«, sagte William.

»Danke dafür, dass es nicht dazu gekommen ist.« Sie

seufzte. »Und jetzt noch das Flugblatt. Wenn sie uns dabei erwischen, steht es schlimm um uns.«

»Es wird gut gehen«, sagte William.

»Jemand sollte Danner bändigen«, beharrte Clara.

# Potsdam

## Potsdam, März 1848

Eleonore saß mit ihrem Vater und Friedrich Euskirchen zusammen auf der Terrasse ihres Hotels in Potsdam. Vor ihnen standen Tee und Gebäck auf runden Tischen. Sie musterte Friedrich verstohlen. *Wie konnte sie es anstellen, ihn mit Fritze zusammenzubringen?*

Ein Blick zu ihrem Vater beruhigte ihr Gemüt. Ihm hatte der Ausflug nach Potsdam gutgetan. Farbe war in sein Gesicht zurückgekehrt. Die Ränkeschmiede der letzten Tage hatten ihm zugesetzt. Württemberg würde nicht die beiden Hohenzollernschen Fürstentümer einverleiben können, ebenso leer ging das Großherzogtum Baden aus, das auch seine Fühler ausgestreckt hatte. Alles lief darauf hinaus, dass Preußen selbst die beiden Länder übernahm. Und sei es nur aus nostalgischen Gründen, denn Sigmaringen mit dem Schloss und Hechingen mit der Burg Hohenzollern waren die Keimzellen der preußischen Dynastie.

»Wenn wir zurück in Berlin sind, werden wir bald abreisen«, sagte ihr Vater.

»Erst wenn du bei vollen Kräften bist«, wandte sie ein.

Die Nachrichten aus Württemberg verhießen nichts Gutes. Insbesondere in ländlichen Gegenden, wo Frondienste die Jahrhunderte überdauert hatten, gab es Unruhen. Die Bauern forderten die Abschaffung alter Privilegien des Adels.

Der Gedanke, Berlin zu verlassen, trübte ihre Freude. Das hieß Abschied nehmen von Bettina, von dem Jungen. Und sie würde Friedrich Lebewohl sagen müssen, ihm und seinem seltsamen Bruder. August von Engel würde sich freuen. Was gab es für sie? Auf die Tauben war sie gespannt. Waren die in Frankfurt heimisch geworden? Und natürlich wartete in Stuttgart Maria, ihre treue Seele.

Ihr Vater hüstelte. Friedrich Euskirchen, der ihr gegenübersaß, musste sie etwas gefragt haben. Er sah sie erwartungsvoll an, und dann, so schien ihr, ging ihm auf, dass sie ihm nicht zugehört hatte. Sie riss sich zusammen.

»Ich kann mich nur wiederholen, ein idealer Ort, um Sie zu malen«, bekräftigte er.

»Es gibt viele, die gemalt werden wollen«, antwortete sie. »Würde es Sie nicht reizen, einmal Männer in Lumpen zu portraitieren? Frauen mit schmutzigen Gesichtern, ohne Puder?«

»Bedränge den armen Herrn Euskirchen nicht«, bat ihr Vater.

Sie versuchte, ihre Gedanken zu ordnen. War sie zu weit gegangen?

»Keine Sorge«, beschwichtigte er.

»Trotz all ihrer Not zeigen viele Lebensmut, lachen und scherzen«, fuhr sie fort, gespannt auf Friedrichs Reaktion. Der schien ein wenig irritiert. Sie sah wieder den Jungen. Für ihn wollte sie kämpfen.

Sie senkte ihre Stimme. »Die Schreckensbilder verblassen zuweilen und ich muss mich anstrengen, mir die Not ins Gedächtnis zu rufen.«

»Wir verdrängen allzu viel«, stimmte Friedrich zu.

Sein Blick ruhte auf ihr. *Er zeigt wirklich Interesse,* ging es ihr durch den Kopf. Sie nahm ihren Mut zusammen.

»Würden Sie mich einmal zu den Familienhäusern begleiten, dort Eindrücke auf Papier bringen?« War das nicht die Chance, Öffentlichkeit zu schaffen? *Es lesen zu wenige,* hatte Bettina geklagt. Konnten Bilder mehr bewirken?

»Jetzt gehst du zu weit, liebe Tochter«, sagte Vater und sah zu Friedrich, erwartete von diesem Beistand. Doch der nickte.

»Gerne«, sagte Friedrich leichthin.

»Oh, das würde mich freuen«, sagte sie und überlegte, wie sie es anstellen konnte, dass sie den jungen Maler antrafen.

»Darf ich um eine Gunst bitten?«, fragte er und sah sie schelmisch an.

»Wenn es den Sitten und dem Anstand keinen Abbruch tut«, wandte ihr Vater ein.

»Und die wäre?«, fragte sie gebannt.

»Ich möchte Sie zeichnen. Ein paar Studien, um später Ihre Schönheit auf Öl bannen zu können.«

Sie schwieg, dachte nach. Ihr entging nicht, dass es in ihrem Vater arbeitete. Immer wieder öffnete er seinen Mund, brachte aber nichts heraus.

»Wenn es Ihnen so viel bedeutet«, durchbrach sie das Schweigen. »Dafür versprechen Sie mir, mit ins Vogtland zu kommen.«

»Versprochen«, sagte er. »Wenn Ihr Vater keine Einwände hat.«

»Die wird er nicht haben«, sagte Eleonore. »Nicht

wahr, Vater?« Sie nahm seine Hände in die ihren.

»Das ist, als wolle man scheuende Pferde aufhalten«, resignierte er.

***

Friedrich Euskirchen schlenderte leichten Schrittes durch den Park. Eleonore dicht neben ihm. Ihr Kleid raschelte im Takt, er hörte ihren Atem. Für eine Stunde waren sie allein. In der Ferne tauchten die Flügel der Windmühle auf. Dort würde er Eleonore zeichnen. Er blieb stehen und Eleonore tat es ihm gleich.

»Das ist unser Ziel«, sagte er und deutete nach vorn.

Sie schirmte mit einer Hand ihre Augen ab und blickte in die angewiesene Richtung.

»Herrlich«, entfuhr es ihr.

Langsam gingen sie weiter.

Unterhalb der Windmühle stand ein lang gestrecktes Haus. Männer wuchteten Säcke auf einen Planwagen. Sie passierten die Arbeiter und blieben bei der Windmühle stehen. Deren stillstehende Flügel ragten in die Höhe. Schräg gegenüber führte eine Auffahrt, an deren Ende zwei Soldaten ein schmiedeeisernes Tor bewachten, zum Schloss Sanssouci. Das hatte einst Friedrich II. erbauen lassen. Der, nach dem ihn sein Vater auf den Namen Friedrich getauft hatte.

Er führte Eleonore die Auffahrt hinauf und blieb zwanzig Meter von den Soldaten entfernt stehen. Zur Linken ragte ein Baumstumpf aus der Wiese.

»Hier wäre es ideal, Fräulein Eleonore«, sagte er. »Die Windmühle in Ihrem Rücken soll ein bescheidener Hintergrund Ihrer Schönheit werden.« Er hob die Zeichenmappe hoch, die er unter den Arm geklemmt hatte.

Eleonore musterte den Baumstumpf.

»Sie bekommen meine Jacke als Unterlage. So schützen wir Ihr Kleid«, sagte er schnell.

»Das ist nicht nötig.« Eleonore schmunzelte.

Sie trat auf die Wiese und einen Moment senkte sie ihren Sonnenschirm. Die Sonne strahlte sie an.

Er beobachtete sie gebannt. Für sich wählte er einen Felsbrocken als Platz, der auf der anderen Seite des Weges unter einem Baum und Eleonore gegenüberlag. Auf seine angewinkelten Oberschenkel legte er seine Zeichenmappe, entnahm ihr ein Blatt Papier und legte es obenauf.

»Muss ich stillhalten?«, fragte sie. »Soll ich nach links oder rechts blicken?«

Er hob seine Hand. »So ist es gut. Es wird nicht lange dauern.«

Eleonore verharrte in der eingenommenen Stellung. Sie sah in Richtung von Schloss Sanssouci. *Ohne Sorgen* hieß das Schloss übersetzt. Nie war er so ohne Sorgen gewesen wie jetzt. Seine Hand flog über das Papier und er führte den Stift wie in Trance. Die Welt um ihn herum verengte sich zu einem Tunnel, Eleonore und er bildeten die beiden Enden.

Die Rundungen ihrer Augen, die Linien ihrer Nase und die Fülle ihrer Lippen, all das bannte er auf das Papier. Er widerstand der Versuchung, den imaginären Mund zu küssen, zeichnete weiter. Ihre helle Haut reflektierte das Sonnenlicht, strahlte makellos.

Schon zeichnete er ihre Hand, die schlanken Finger. Er würde sie nachher ergreifen, ihren lieblichen Duft aufnehmen und sie küssen. Weich, zart, verlockend.

Ohne Sorgen.

Der Stift ruhte. Er sah eine Weile zu Eleonore. Dann steckte er den Stift ein, stand auf und ging in ihre Richtung.

»Sind Sie fertig?«, fragte sie. Sie klang überrascht.

»Selten weisen meine Modelle Geduld auf. Sie haben fein stillgehalten.«

»Lassen Sie sehen«, forderte sie, stand auf und griff nach dem Papier.

Er blickte erwartungsvoll in ihr Gesicht. Sie betrachtete konzentriert sein Werk. Mit einem Male strahlte sie, als leuchte die Sonne noch in ihr Antlitz. Dabei stand sie jetzt in seinem Schatten.

»Sie haben Talent«, sagte sie und sah ihn mit ihren großen Augen an.

Friedrich unterdrückte den Impuls, sie in die Arme zu nehmen, sie zu küssen. *Du bist doch sonst nicht zimperlich,* dachte er. Instinktiv wusste er, dass er bei Eleonore weniger stürmisch vorgehen musste, wollte er sie für sich einnehmen.

Ohne Sorgen.

»Sie haben mich angeschwindelt. Die Mühle ist mit keinem Strich vertreten«, sagte Eleonore. »Mein Sonnenschirm fehlt ebenso. Sie haben nur mich gezeichnet.«

Er blickte auf das Papier, staunte. Sie hatte recht.

»Ich gehöre nur mir«, sagte sie auf einmal. Mit ihrer sanften Stimme und dem trotzigen Unterton, der ihm schon ein paarmal aufgefallen war. Sie faltete das Bild und hielt es an ihren Oberkörper.

Auf der Straße schaukelte eine Kutsche heran. Der

Kutscher knallte die Peitsche, die Hufe der Pferde schlugen wild auf das Pflaster. Friedrich zog Eleonore ein Stück nach hinten und unterdrückte einen Fluch. Der Wagen hielt wenige Meter weiter an. Friedrich erkannte Nepomuk Blasius, seinen besten Spitzel. Normalerweise gab er vor, wo und wann sie einander trafen. Friedrich wollte nicht mit ihm in der Öffentlichkeit gesehen werden. Jetzt passte es ihm nicht. Andererseits musste es eine wichtige Sache sein.

Blasius stieg ungelenk aus und klopfte sich den Staub von der Jacke.

»Herr Euskirchen«, japste er. »Eine wichtige Nachricht aus Berlin.«

Friedrich trat ihm entgegen.

»Sie entschuldigen«, wandte er sich an Eleonore.

Friedrich nahm das Kuvert, das ihm sein Spitzel reichte, und öffnete es. Nur wenige Zeilen standen auf einer Karte. Sein Ärger wich. Er las die Nachricht ein zweites Mal, wendete das Papier und klemmte es zwischen seine Beine. Nach vorne gebeugt, kritzelte er auf die leere Rückseite ein paar Worte. Mit dem gleichen Stift, mit dem er eben Eleonore gezeichnet hatte. Dann schrieb er auf den Umschlag eine Adresse. Blasius sah ihm zu. Eleonore blieb im Hintergrund.

»Wenn Sie die Güte hätten, das zurückzubringen«, bat er.

Blasius' Schweinsäuglein blitzten auf.

»Aber …«, begann er. Sein Blick ruhte auf der Adresse.

»Es reicht, wenn es heute Abend den Empfänger erreicht«, sagte Friedrich. Nun wusste sein Spitzel, dass es keinen Aufschub duldete. Im Verbund mit dem Polizeipräsidenten als Adressaten, musste ihm die Bedeutung klar sein. Blasius holte tief Luft und stieg zurück in die Kutsche.

»Nach Berlin«, wies er den Kutscher schroff an.

»Verzeiht«, bat Friedrich noch einmal Eleonore.

Die blickte dem Wagen nach. »Hoffentlich keine schlechten Nachrichten?«, fragte sie.

»Nein, nein«, beschwichtigte er, darum bemüht, mit seiner Stimme nicht zu verraten, wie aufgewühlt er war.

Bald würde das Nest ausgehoben, auf dessen Spur ihn William gebracht hatte, Danner und seinen Kameraden das Handwerk gelegt. Ein Unruheherd weniger. *Ich habe Prinz Wilhelm nicht zu viel versprochen,* dachte er.

Ihre Kutsche fuhr vor. Der Kutscher stieg herunter, um Eleonore die Tür zu öffnen.

»Lasst nur«, wandte Friedrich ein. »Ich helfe der Dame.«

Friedrich blickte Eleonore an. Die Gedanken an morgen verblassten. Die Rückfahrt wollte er auskosten. Von der ersten Minute an. Allein mit ihr. Er hatte sie gezeichnet, und auch wenn sie das Bild an sich genommen hatte, er würde es jederzeit reproduzieren können.

Ohne Sorgen.

# Sogar dem König

## Berlin, März 1848

William überprüfte ein letztes Mal die Schnur, mit der er unter seinem Hemd den Packen Papier fixiert hatte. Zufrieden zog er seine Jacke an und verließ das Haus. Er ging die Straßen entlang. Sie hatten sich für vier Uhr nachmittags bei den *Zelten* verabredet. Jeder sollte seinen Packen Flugblätter mitbringen, aber diese bis zuletzt verbergen. Danner und seine Freunde würden staunen, wenn sie unbedruckte Blätter in den Händen hielten.

William bog in die Allee *Unter den Linden*. In der Ferne sah er das Brandenburger Tor. Auch heute zogen die Berliner in Scharen hinaus und er reihte sich in ihren Strom ein. Daran hatten die zahlreichen Aufrufe an den Wänden der Häuser nichts geändert, die zur Ruhe aufforderten oder Strafen androhten für diejenigen, die trotz Versammlungsverbot an Kundgebungen teilnahmen. Die Staatsmacht vertraute nicht auf Worte allein und ließ in den Seitenstraßen Soldaten aufziehen. Links gab es eine Schwadron zu Pferd, dort eine Kolonne zu Fuß. Boten ritten vorbei, Uniformknöpfe blitzten in der Sonne. Spannung lag in der Luft. Während die Zivilisten munter miteinander schwatzten, bauten die Soldaten mit ihren Stiefeln stampfend Formationen auf. Alles blieb indes friedlich, wozu sicherlich die herrliche Frühjahrssonne beitrug. Er schwitzte in seiner Jacke.

Am Rande der Gartenwirtschaft warteten Clara und Eduard.

»Warum haben wir keine Flugblätter?«, fragte ihn Claras Freund.

Sie rollte ihre Augen. »Er will immer mittendrin sein.«

»Weil jeder von uns verhaftet werden könnte«, erklärte William. »Einfache Arbeiter wie Danner sind leichter zu ersetzen als junge Männer, die etwas vom Druckerhandwerk verstehen.«

»In Wien soll es Tote gegeben haben«, sagte Clara düster. Sie hielt Eduards Hand fest.

»Ich bin bereit zu kämpfen«, sagte Eduard trotzig.

William hielt nach Danner Ausschau und entdeckte Schach, der an einen Baum gelehnt stand.

»Kommt mit«, bat er die anderen.

Sie gingen zu Schach, der sie zum Eingang des Saals führte. Etliche Meter davor gab es kein Durchkommen. Hier wartete Danner mit den anderen.

»Seid gegrüßt«, empfing sie der Blonde theatralisch. Seine Augen glänzten feucht. »Lasst uns ein paar Meter miteinander gehen«, sagte er weiter.

Mehrere Behelfsbühnen boten Rednern eine Plattform. Da gab es den Handwerker, der von seiner Not erzählte, den Professor, der mit einem Monokel am Auge feierliche Reden hielt. Viele forderten die Pressefreiheit, Volksbewaffnung und die Bildung eines freien Parlamentes.

Zwischen den Rednertribünen wurden in Buden Erfrischungsgetränke und Bouletten angeboten. Das Ganze hatte den Charakter eines Volksfestes. Vereinzelt stachen Uniformierte aus der Masse heraus und bestimmt wimmelte es von Spitzeln. William selbst war zuletzt niemand mehr aufgefallen, der ihn beobachtete.

Das Gartenlokal lag außerhalb der Stadt, und die Menschen nahmen sich Freiheiten heraus, die ihnen innerhalb der Tore strengstens verboten waren. Ohne Scheu wurde in der Öffentlichkeit geraucht, was bei Strafe von zwei Talern verboten war.

Danner blieb bei einer Bühne stehen. Ein Mann in einem feinen Anzug sprach mit erhobener Stimme. Er redete von Besonnenheit und Vernunft, was die obersten Gebote seien.

»Bestehende Gesetze müssen wir achten. Wer von heute auf morgen alles umstürzen will, riskiert Totalität«, rief der Mann in die Menge. Pfiffe und Murren waren die Antwort der Umstehenden. Der Redner tupfte mit einem Taschentuch seine Stirn ab.

»Lasst uns endlich eine deutsche Flotte ins Leben rufen, um den deutschen Handel gedeihen zu lassen. Britannia ist groß geworden, weil es eine starke Flotte hat!«

Dafür erntete er Beifall.

»Bah! Eine Flotte macht uns nicht satt!«, raunte Danner William zu. »Da werden wir deutlicher.« Er klopfte auf seinen heute dickeren Bauch und lachte.

Ein Raunen in der Menge ließ sie umdrehen.

»Der Polizeipräsident«, rief jemand.

Den Namen Julius von Minutoli, so hieß der Polizeipräsident, hatte William in den letzten Tagen oft von Reichenbach gehört. Der sei ein vernünftiger Mann und würde dafür sorgen, dass es friedlich bliebe.

Minutoli kam direkt bei ihnen vorbei. William sah sein ernstes Gesicht. Immer wieder blieb der Polizeipräsident stehen und redete mit ein paar Männern.

Einer von ihnen rief laut: »Alles ist gut. Niemand

braucht eine Verhaftung zu fürchten, wenn es ruhig bleibt.« Vereinzelt erklangen Hochrufe auf den Polizeipräsidenten.

Danner spuckte auf den Boden. »Lasst uns hier treffen, wenn die Dämmerung hereinbricht«, sagte er. »Bis dahin will ich zusehen, meinen Durst zu stillen.«

Clara jauchzte auf. Ihr gefiel der Aufschub. Sie zog ihren Eduard fort. Die anderen suchten nach einem Bierausschank. William sah sich um. Ein Querschnitt Berlins hatte sich eingefunden. Zahlreich waren Studenten vertreten. Die trugen verwegen ihre Mützen schräg auf den Köpfen. Für sie schien es ein willkommenes Schauspiel. Und doch war es ein Tanz auf dem heißen Vulkan.

William schlenderte durch die Anlage. Die Zeit bis zum vereinbarten Zeitpunkt verging schnell. Der Polizeipräsident war längst verschwunden, mit ihm Tausende Bürger. Gleichzeitig strömten neue Besucher aus der Stadt heran. Auch die Zahl der Uniformierten wuchs an. Um eine ernstere Konfrontation zu vermeiden, ertönten Rufe, man solle friedlich nach Hause gehen.

Am Treffpunkt warteten alle bereits. Clara hielt ihm eine Papiertüte mit Bonbons entgegen.

»Die hat mir Eduard gekauft«, sagte sie.

William lehnte dankend ab. Danners Gesicht erschien ihm rötlich. Offenbar hatte er großen Durst gehabt. Schach standen Schweißperlen auf der Stirn. Er hielt sich den Magen.

»Mir ist schlecht«, klagte er.

»Ich kann seine Flugblätter übernehmen«, sagte Eduard eifrig.

»Nee«, protestierte Clara.

Ihre Einsprüche halfen nichts. Gedeckt durch die Körper der anderen reichte Schach sein Paket an Eduard, der es sichtlich stolz entgegennahm. Clara sah mit geweiteten Augen zu. William hätte ihr gerne die Angst genommen, ihr gerne gesagt, dass nichts passieren konnte. Doch damit würde er seinen Plan gefährden.

»Wir machen es so«, begann Danner und senkte seine Stimme. Unmittelbar vor dem Brandenburger Tor sollten sie die Blätter hervorholen, auspacken und in die Luft werfen. Aber erst, wenn er das Kommando gab.

»Ich rufe: ›Platz da!‹«

Sie reihten sich ein in die Passanten, die zurück in die Stadt gingen. Bald wurden sie in der Masse getrennt. Danner war ein paar Meter vor ihm und Eduard war stets bemüht, in dessen Nähe zu bleiben. Clara fiel zurück und lief neben William her.

»Wenn das nur gut geht«, murmelte sie.

Das Brandenburger Tor kam in Sichtweite. Immer wieder stockte die Menge, und je näher sie dem Tor kamen, desto langsamer ging es voran.

»Platz da!«, hörte er Danner die Parole rufen.

William suchte nach dem Blonden. Er entdeckte ihn und sah, wie der unter seine Jacke griff und sein Paket hervorholte. Wie aus dem Nichts umdrängten Danner mehrere Männer, darunter ein Gendarm.

»Aus ist es mit der Aufwiegelei!«, sagte der Polizist, hob drohend seinen Stock und griff nach Danners Paket. Dieses platzte auf und eine Papierflut regnete auf den Boden. Mehr Polizisten erschienen und drängten die Leute zurück, sodass eine kleine Freifläche entstand. Eduard und Danner, die von jeweils zwei Männern festgehalten wurden, glotzten auf die Blätter zu ihren Füßen. William und Clara wurden weiter zur Seite gedrängt. Von den anderen sah William nichts.

Ein Passant hob eines der Blätter auf, betrachtete es stirnrunzelnd und wendete es mehrmals. Dann begann er, lauthals zu lachen, und trat an die Gendarmen heran, die Danner in ihre Mitte genommen hatten.

»Den können Sie getrost ziehen lassen«, sagte er, mühsam sein Lachen unterdrückend. »Ich wüsste nicht, dass leeres Papier strafbar wäre.«

Andere Passanten hoben weitere Papiere auf. Überall begannen sie zu lachen. Danner und Eduard standen der Mund offen. Das Lachen um sie herum schwoll weiter an. Allgemeines Kopfschütteln breitete sich aus.

»Das gibt es nicht«, stammelte Clara.

Die Gendarmen ließen Danner und Eduard los. Bewegung kam in die Menge. William und Clara gerieten in einen Sog, der sie durchs Brandenburger Tor trieb. Er hakte seinen Arm bei ihr ein, um sie nicht zu verlieren. Clara blickte zurück.

»Lass uns weitergehen«, sagte William.

Hinter dem Tor standen Uniformierte Spalier. Den Zugang zu den Nebenstraßen versperrten berittene Soldaten. Rings um sie herum buhten, zischten und pfiffen die Leute in Richtung der Soldaten. Hilflos, wie Blätter im Sturm, trieben die Leiber William und Clara weiter. In Sichtweite des Schlosses verharrte die Menge. Nichts ging mehr vor oder zurück.

»Wir müssen Richtung Alexanderplatz kommen«, sagte William. »Noch sind wir nicht fertig.«

Sie sah ihn fragend an, aber ihm blieb keine Zeit für eine Erklärung.

Über die Köpfe der anderen sah er Säbel, die in die Höhe gehoben wurden. Der Boden erbebte von hundertfachem Hufgetrappel. Die Scheiben der Häuser erzitterten. Die Menge wich zurück. Sie wurden näher an die Häuserzeile gedrängt. Rechts bot sich eine Lücke und William zog Clara hinein. Ein Offizier ordnete seine Soldaten. Sie schlüpften durch, bevor auch diese Seitenstraße versperrt war.

»Wollen die denn alle verhaften?«, fragte Clara.

Er beschleunigte seinen Schritt. Auf dem Gendarmenmarkt zogen ebenfalls Truppen auf. Sie wichen nach rechts aus. Erst nachdem weit und breit kein Soldat mehr zu sehen war, hielt er inne. Claras Atem ging schwer. Sie plumpste auf einen Baumstamm, der am Straßenrand lag.

»Wenn nur Eduard nichts zustößt.«

»Er wird auf sich aufpassen. Zurück können wir nicht.«

»Ist das die Revolution?« fragte Clara.

William schüttelte den Kopf. »Noch wurde nicht geschossen. Aber es fehlt nur der berühmte Tropfen, um das Fass zum Überlaufen zu bringen.«

Er sah sich um. Sie waren an den Holzlagerplätzen angelangt, die unmittelbar an die Spree reichten. Dunkel hoben sich vor ihnen unzählige Stapel Holz ab. Nicht mehr lange und es würde vollends dunkel sein. Niemand schien hier zu sein.

»Lass uns zum Fluss gehen.«

Clara stand auf und richtete sich kerzengerade auf.

»Ich verstehe das nicht«, sagte sie. »Wieso waren die Blätter alle leer?«

William lächelte. An der Spree, wenige Meter von ihnen entfernt, lagen Boote im Wasser.

»Zeit für eine Bootsfahrt«, sagte er, trat zu einem der Boote und löste das Tau.

Er half Clara beim Einsteigen, stieß das Boot von der moosgrünen Ufermauer ab, nahm Platz und begann zu rudern. Die nächstgelegenen Brücken links und rechts von ihnen waren dunkle Bänder, die das schwarze Wasser überspannten. Vereinzelt stach ein Lichtpunkt hervor. Das gegenüberliegende Ufer wies kaum Bebauung auf. Auch hier lagerte Bauholz.

William steuerte eine verwaschene Treppe an, band das Boot an einem Holzpoller fest und half Clara beim Aussteigen.

Sie gingen nach links. Nach wenigen Minuten erreichten sie den Neuen Markt und das Haus, in dem Fröbel wohnte. Er musste mehrmals klopfen, bevor der Kirchendiener öffnete. William deutete auf Clara.

»Ich würde meiner Freundin gerne einen besonderen Blick auf Berlin zeigen.«

»Ihr jungen Leute.« Fröbel schüttelte den Kopf. Er holte den Schlüssel und brachte ihnen dazu eine kleine Laterne mit einer Kerze darin. Mit einem Kienspan zündete er sie an. »Was tut man nicht alles wegen der Liebe?«

Clara war ein wenig rot geworden und folgte William zögerlich, als sie um die Ecke bogen und auf die Marienkirche zugingen. Sie traten ein.

»Ist das nicht verboten?«, fragte sie.

»Ach was«, entgegnete er.

Gemeinsam stiegen sie die steinernen Stufen empor.

Vor der Holztreppe legten sie eine kurze Rast ein, bevor sie weitergingen. Die Dielen knarrten laut.

»Müssen wir da hinauf?«, fragte sie ängstlich im Angesicht der steilen Holzleiter, die weiter hoch führte und im flackernden Kerzenlicht vor ihnen erschien.

»Nein«, entgegnete er.

Für seine Zwecke reichte es aus, bis oberhalb der Turmuhr gelangt zu sein. Knarrend öffnete er eine Tür und trat ins Freie. Ein Windzug löschte die Kerze.

»Da gehen wir später im Dunkeln hinunter. Jetzt kennst du den Weg«, sagte William leichthin.

Clara folgte zögernd. Im nächsten Augenblick stand sie da und staunte. Sie war sprachlos ob der schönen Aussicht. Über ihnen leuchteten zwischen vereinzelten Wolken die Sterne am Himmel. Der Halbmond lag verborgen. Die Umrisse der Häuser waren schwarze Schatten. Hier und da sah man das Licht einer Straßenlaterne oder ein beleuchtetes Fenster. Bei Vollmond würden keine Laternen brennen. So sparte die Stadt Geld. Der Wind pfiff um sie herum. Ansonsten war es ruhig.

William ging einmal rundherum und blickte dabei nach unten. Er sah nur wenige Menschen. Niemand hatte von ihnen Notiz genommen. Er griff unter sein Hemd, löste die Schnur und holte sein Paket hervor.

»Leeres Papier«, klagte Clara.

»Mitnichten«, widersprach er.

Ihre Augen wurden groß, als sie das erste bedruckte Flugblatt sah. William trat an die Balustrade heran und streckte prüfend seinen Kopf hinaus. »Das wird gehen.«

Clara sah ihm verständnislos zu, wie er einen Packen der Flugblätter auf das Geländer legte. Da kam ein

Windstoß und wirbelte die Papiere auf. Flatternd stoben sie auseinander und verschwanden alsbald im nächtlichen Himmel. Wenige landeten auf den Dächern in der Nähe.

Er packte den nächsten Stoß aus. William reichte Clara ein weiteres Päckchen. Wie in Trance tat sie es ihm gleich. Bald lagen ringsherum Flugblätter auf den Simsen. Den Rest besorgte der Wind. Knisternd trug er sie in alle Richtungen davon.

»Sieh!«, rief Clara. Sie deutete in Richtung Schloss. Deutlich erkannte er weiße Punkte im Schwarz der Nacht. »So bekommt der König ein eigenes Exemplar.«

»Wir müssen hinunter«, sagte William.

Der Halbmond brach durch die Wolken. Niemand hatte sie entdeckt.

***

Am Mittag des nächsten Tages saß William allein am Sekretär und sah zum Fenster hinaus. Es war ruhig.

Friedrich, der erst am Morgen aus Potsdam zurückgekehrt war, war zum Schloss gegangen. Darin, so erfuhr William, wohnte nicht nur der König. Es gab eine Reihe von Wohnungen. Irgendein hoher Beamter wollte, dass Friedrich seine Tochter portraitierte.

Auf dem Schreibpult lag sein neuester Bericht, dazu ein Exemplar seines Flugblattes. Er wollte dies zusammen mit anderen Flugschriften, die er gesammelt hatte, nach New York senden. Im Bericht hatte er geschildert, auf welche Weise das Flugblatt unters Volk gekommen war. Heute Morgen hatte ihm Reichenbach schmunzelnd davon erzählt, nichtsahnend, dass er der Urheber war.

William wollte heute Konrad Herbst besuchen, um ihn zu fragen, wie er die Lage einschätzte. Würde er auf Eleonore treffen?

Wenn er eine erste Bilanz seiner Arbeit zog, konnte er zufrieden sein, zumindest was deren Umfang anbelangte. Morgen würde er weitere Berichte in die Staaten verschicken. Ungewohnt war, dass er keinen direkten Widerhall auf seine Artikel bekam. Nicht wie in Boston, wo sie ihm in der Nacht die Scheibe eingeworfen und gedroht hatten, sollte er weiter über das Elend entflohener Sklaven schreiben.

Sollte es in Berlin zu ernsten Auseinandersetzungen kommen, würde die Nachricht in den Staaten wie eine Bombe einschlagen. Wie auch immer alles weiterging, William hegte die Befürchtung, dass es kein gutes Ende nehmen würde. Zwei Lager standen einander gegenüber. Auf der einen Seite stand das Königshaus mit dem Adel, unterstützt vom Militär, das eine klare Struktur besaß, wohingegen die andere Seite ein zersplittertes Bild bot. Die Bevölkerung setzte sich zusammen aus Unternehmern, Handwerksmeistern, Geistlichen sowie aus einfachen Arbeitern, Gesellen, Lohndienern und Dienstboten. Dic würden niemals eine gemeinsame Linie finden.

Ein leises Klopfen an der Tür riss ihn aus seinen Gedanken. Es klang mehr wie ein Kratzen. William stand auf, trat an die Tür heran und öffnete sie. Clara stand da. Ihr Gesicht glänzte nass. Sie hatte offenbar geweint.

»Können wir reden?«, fragte sie flüsternd.

»Natürlich«, gab er zur Antwort und deutete auf den Stuhl. Sie nahm Platz und er lehnte sich an den Sekretär. Eine Weile saß sie stumm da.

»Heraus mit der Sprache«, ermunterte er sie schließlich.

»Das mit dem Flugblatt …« Sie stockte. »Rudolf Danner ist verärgert. Er macht Eduard Vorwürfe.«

»Ich werde ihm morgen sagen, dass ich es war, der ihn überlistet hat«, sagte William.

Das Dienstmädchen sah ihn an. »Ich wünschte mir, sie hätten Danner verhaftet. Eduard ist so …« Sie rang nach den richtigen Worten. »Danner blendet ihn.«

»Der ist ein Hitzkopf, ohne Frage. Es wird ihm eine Lehre sein, was bei den *Zelten* passierte«, beruhigte William sie.

Gleichzeitig musste er daran denken, wie zielsicher die Polizisten auf Danner zugegangen waren. Irgendjemand musste ihnen von der geplanten Flugblattverteilung erzählt haben. Gab es Verräter unter ihnen? Hatte sie jemand beobachtet?

Da war noch etwas.

»Weißt du, ob Danner Uniformen verteilt?«

Clara sah ihn mit großen Augen an. »Nein. Er hat aber von Uniformen geredet, und dass ihn dabei niemand hintergehen würde. Ich habe das nicht verstanden.«

William konnte sich keinen Reim darauf machen.

»Ich werde aufpassen, dass Danner keine Dummheiten macht«, versprach er.

»Danke«, sagte sie und stand auf.

Nachdenklich blieb er zurück. War es nicht besser, er würde noch heute mit Danner reden?

# Eleonore in Not

Berlin, März 1848

Eleonore hatte vergessen, wie es war, wenn ihr ein Mann den Hof machte. Friedrich Euskirchen, das stand fest, hatte dies in Potsdam getan und würde es hier in Berlin weiter tun.

Er stand zum preußischen König ebenso treu wie ihr Vater zum württembergischen König. Die beiden Letzteren verband ein Geheimnis. Verhielt es sich bei Friedrich ebenso? Mehr als einmal hatte Friedrich den preußischen König verteidigt.

»Er ist stets um Ausgleich bemüht. Er weiß um die Nöte seines Adels, der Bürgerschaft, der Gelehrten und der Fabrikbetreiber«, hatte er gesagt, als sie ihm von dem Elend in den Familienwohnhäusern erzählte.

»Die Begüterten haben Geld«, hatte sie eingewandt. »Bekümmert ihn die Not der einfachen Leute?«

»Jeder soll glücklich sein Leben gestalten können. Von Gleichmacherei hält er nichts. Wo er kann, unterstützt der König wohlmeinende Einrichtungen.«

Er ging im Schloss ein und aus, als sei es das Normalste der Welt. Malte irgendwelche Hofbeamten, Mitglieder des Königshauses, ja sogar den König selbst hatte er portraitiert. Seiner Majestät habe sein Bild nicht gefallen, hatte Friedrich erzählt und sie damit zum Lachen gebracht. Bald würde er sie ins Schloss einladen, so sein Versprechen zum Abschied in Potsdam.

Wie seltsam, dass sie mit Friedrich so gut auskam, sein Bruder dagegen ihr fremd blieb. Zürnte er ihr noch ihre leichtfertige Bemerkung? Mit Vater kam er prächtig aus. Der war voll des Lobes.

»Ein Mann, der über den Horizont hinausdenkt«, hatte er über den Journalisten gesagt.

Sie war auf dem Weg ins Armenviertel. Heute war sie die Friedrichstraße entlanggegangen. Eben hatte sie das Oranienburger Tor passiert. Ein herrenloser, struppiger Hund streunte umher und beschnupperte jeden Abfall, der irgendwie nach Essen aussah.

Eleonore trug ein langes Kleid und eine wollene Weste. Ein Schal und selbst gestrickte Handschuhe hielten die Kälte ab. Den gleichen Zweck erfüllte das weiße Kopftuch, das sie fest umgebunden hatte.

Sie erreichte eines der lang gestreckten Mietshäuser und betrachtete die Hausfront. Der junge Zeichner hatte es gut getroffen. Sie hielt nach ihm Ausschau, konnte ihn aber nirgends sehen. Sie wollte ihn bald Friedrich vorstellen.

Sie ging die Fensterfront entlang. Der Himmel drückte in verschiedenen Grautönen herab. In den Wohnungen musste es heute finster sein, überlegte Eleonore. An der Haustür prüfte sie den Sitz ihrer Geldbörse, die sie mit einem ledernen Riemen um ihre Taille festgebunden hatte.

Dieses Mal ging sie in die zweite Etage. Sie lief den Flur entlang. Im Halbdunkel konnte sie kaum die Namen lesen, die an den Türen standen. Was mochte ihr heute an Elend begegnen? Sie dachte an William Euskirchen. Sollte er nicht berichten, wie es den Daheimgebliebenen ergeht? *Sie verrecken,* dachte sie bitter. Ihn sollte sie ebenfalls herführen.

Vor einer Tür hielt sie inne und horchte. Lachte da

jemand? Zaghaft klopfte sie an. Eine Frau öffnete die Tür. Eleonore schätzte sie auf Mitte dreißig. Im Hintergrund schrie ein Mann, dann lachten Kinder.

»Sie wünschen?«, fragte die Frau. Auf dem Arm trug sie ein Baby.

»Ich wollte sehen, ob Sie Hilfe benötigen.«

»Ist es der Mann der Armendirektion?«, rief eine Männerstimme von hinten. Halb lachend, halb grollend.

»Nein«, sagte die Frau und ließ sie eintreten. Drinnen sah es deutlich aufgeräumter aus als bei Jablonski. Ihr fiel sofort auf, dass es kein Bett gab. Kisten ersetzten einen Tisch, zwei Schemel standen daneben. Strohsäcke lagen in der Mitte des Raumes. Zwei Buben hüpften darauf herum. Strohhalme steckten in ihren zerzausten Haaren. Ein Mann jagte sie zum Spaß, knurrte wie ein Wolf und griff stets ins Leere. Die Kinder jauchzten.

»Mein Mann«, stellte ihn die Frau vor.

Der stand auf und klopfte Stroh von seinem Anzug. Der schlotterte an seinem Körper herunter.

»Keine Angst«, sagte der Mann. »Ich habe den Anzug gebraucht gekauft. Der Vorbesitzer muss dicker gewesen sein. Gestatten, Heinrich Sommer.«

Eleonore schmunzelte. »Ich heiße Eleonore Herbst.«

»Das nenne ich ein Ding«, sagte der Mann, »da hätten wir den Sommer und den Herbst beisammen. Fehlt uns ein Herr oder eine Frau Winter. Jemanden, der Frühling heißt, werden wir kaum finden.«

Sie mussten alle lachen.

»Sommer und Herbst, Sommer und Herbst«, riefen die Kinder im Chor und hüpften weiter auf den Strohsäcken herum. Staub wirbelte auf.

Das Baby sah Eleonore mit großen Augen an.

»Aus Liebe zu meinen Kindern würde ich betteln gehen«, sagte die Frau. »Aber das ist bei Strafe verboten.«

»Beim ersten Mal kommt man für vier Wochen ins Arbeitshaus«, erklärte ihr Mann. »Wird man zum zweiten Mal erwischt, sind es acht Wochen. Und wer Pech hat und zum dritten Mal erwischt wird, der kommt ein Jahr in Arrest. Das droht mir.«

»Haben Sie denn keine Arbeit?«, fragte Eleonore. Der Mann sah gesund aus. Und kräftig.

»Leider nicht. Der König müsste ein neues Schloss bauen, dann hätte ich zu tun. Ich bin Maurer. Ich wollte als Hausierer rumgehen, doch ist das leider nicht möglich.«

»Warum nicht?«

»Ich benötige dafür ein Patent. Das kostet zwölf Taler.«

»Zur Armendirektion will unsereiner nicht mehr gehen«, fuhr die Frau fort. »Sie gaben uns zuletzt, als das Kind krank war, zwei Taler und sagten, das müsse ein für alle Mal genügen. Da hungern wir lieber, als uns Faulheit und Leichtsinn vorwerfen zu lassen.«

»Leichtsinn?«

Die Frau liebkoste das Baby. »Im Herbst kommt das vierte Kind.«

Eleonore fiel eine Passage aus Bettinas Königsbuch ein.

*Ihr Frohsinn wird den Armen häufig zum Vorwurf gemacht. Der braucht nichts, dem geht es gut genug,* hieß es darin.

»Ich danke Ihnen für Ihre offenen Worte«, sagte

Eleonore.« *Keine Almosen,* dachte sie. Aber war es besser, sie Hunger leiden zu lassen? Sie griff in das Ledersäckchen und gab dem Mann eine Münze. »Davon kaufen Sie ein anständiges Essen.« Dann gab sie der Frau ebenfalls eine Münze. »Und das ist für Sie. Das Baby isst mit.«

Eines der Kinder trat heran. »Napoleon hat bei seinen Feldzügen auf Stroh geschlafen«, erzählte es Eleonore. »Das Stroh muss tüchtig durchgeschüttelt werden, dann ist es besser als jedes Federbett.« Der Mann zwinkerte ihr zu.

»Ja, wenn das der große Kaiser der Franzosen gesagt hat«, antwortete Eleonore.

»Komm, spiel mit uns«, bat das Kind.

Ohne ihre Antwort abzuwarten, zogen sie die Kinder zum Strohlager. Nach etlichen Runden, in denen die Kinder versuchten, sie zu fangen, plumpste Eleonore auf einen der Schemel.

»Mir schien vorhin, als hegen sie gegen die Armendirektion einen Groll«, sagte Eleonore nach Atem ringend.

»Das kann man so sagen.«

»Haben Sie denn nicht ein Anrecht auf Unterstützung?«

Sommer lachte bitter auf. »Wo kann unsereiner das einklagen?«

»Was mein Mann sagen will, ist, dass wir gar nichts mehr bekommen, wenn wir aufbegehren.«

Eleonore schüttelte den Kopf.

Jemand klopfte an die Tür. Sommer öffnete.

»Ah, der Leierkastenmann«, begrüßte er einen Gast.

Die Kinder sprangen auf und umringten den Mann, der an ihrem Vater vorbei eintrat.

Ein Leierkastenmann. Eleonore musterte den Neuankömmling.

»Kinder, Kinder«, rief er, »so lasst mich erst einmal die Strohmatte hereinholen.«

»Unser neuer Untermieter«, erklärte der Maurer. »So ist es für alle billiger.«

Zwei Taler betrug die monatliche Miete, erzählte er weiter. Wer nicht zahlen konnte, wer in Rückstand geriet, dem saß der Hausverwalter im Nacken. In letzter Konsequenz drohte der Weg ins Arbeitshaus oder gar auf die Straße.

»Wo ist denn Ihr Leierkasten?«, fragte Eleonore. Der Mann wuchtete eine Strohmatte herein und legte sie vor den Fenstern ab.

»Schläfst du bei uns?«, riefen die Kinder.

»Wartet erst mal ab, bis ich schnarche«, antwortete der Mann. An Eleonore gewandt, fuhr er fort: »Den Leierkasten bekomme ich geliehen.«

»Und das Geld, das Sie verdienen?«

»Gehört mir zur Hälfte. Wenn ich mal Glück in der Lotterie habe«, fuhr der Leierkastenmann fort, »dann wandere ich aus. Gestatten, mein Name ist Schaller.«

»Mein Name ist Eleonore Herbst.«

Sommer wandte sich an Schaller.

»Solange du Schulden hast, darfst du nicht auswandern. Die Obrigkeit lässt unsereinen erst in Frieden, wenn uns der Herrgott gerufen hat.«

»So was darfst du nicht sagen«, schimpfte Sommers Frau.

Eleonore gab dem Leierkastenmann eine Münze.

»Dafür spielt ihr das nächste Mal vor dem Haus der Bettina von Arnim.« Eleonore nannte ihm die Adresse. »Schummelt mir nicht. Ich werde sie fragen.«

Schaller tippte sich mit der Hand an seine Stirn. »Zu Befehl, Gnädigste.«

Im Hausflur war es finster. An der Wand entlang ging sie zu den Treppen. Seit 1844, dem Jahr, in dem Bettina von Arnim auf die schrecklichen Zustände hingewiesen hatte, war nichts geschehen. Das erfüllte Eleonore mit Wut. Auf wen sollte sie wütend sein? Den König? Die Stadtregierung? *Die Menschen sind gleichgültig gegenüber ihren Nachbarn, solange es ihnen gut geht.* Neben der Wut empfand sie Trauer für die Menschen, die nicht mehr ein und aus wussten.

Ein Wimmern ließ sie aufhorchen. Jetzt schniefte laut vernehmlich ein Kind. Sie ging ein paar Schritte in die Richtung, da erkannte sie Fritz. Er saß neben einer Wohnung. Sie kniete neben ihm nieder.

»Was ist geschehen?«, fragte sie ihn.

Der Junge sah sie an. »Vater hat det Papier verkooft und versoffen.«

»Er hat was?«

Fritze deutete zum Eingang.

Eleonore stand auf, trat an die Tür und schlug mit der Faust dagegen.

»Was'n los?«, krächzte eine Stimme.

»Macht auf!«, schrie Eleonore. Wut ließ ihre Stimme erzittern.

Fritzes Vater öffnete die Tür nur einen Spalt. Sie wuchtete sich mit ihrem Körper dagegen, schob ihn in die Wohnung und folgte ihm.

»Warum verkaufen Sie das Papier, das ich Ihrem Sohn gegeben habe?«

»Geht dich nichts an«, lallte der Mann. Er sah sie aus glasigen Augen an. »Was meenem Sohn ist, ist meens.«

Seine Hose wies im Schritt dunkle Flecken auf. Ein unregelmäßiger Bart bedeckte seine Wangen und sein Kinn. Wann hatte er sich zuletzt rasiert? Wann gewaschen? Ihre Wut brach zusammen wie ein Kartenhaus.

»Es ist doch nur zum Wohl Ihres Sohnes. Wollen Sie denn, dass er ewig in der Gosse lebt? Er geht nicht einmal in die Schule.«

»Für wat soll det jut sein? Er kann ja nicht lofen. Zum Betteln braucht er das ABC nicht. Wat er macht, det bestimme icke!« Er begann zu schreien: »Meen Sohn, meen Sohn!«

Das brachte alles nichts. Eleonore dachte nach, konnte aber keinen klaren Gedanken fassen. Sie ging einen Schritt auf ihn zu.

»Was bist du doch für ein elendes Geschöpf«, sagte sie und biss sich sofort auf die Lippen. Wie konnte sie sich so gehen lassen?

»Ick bin Pferdeknecht«, lallte er.

Sie seufzte. »Ich kaufe deinem Jungen noch einmal Papier. Macht es nicht zu Schnaps!«

Damit wandte sie ihm den Rücken zu und verließ die Wohnung.

Fritze saß noch da, wo sie ihn verlassen hatte.

»Es wird alles gut werden«, sagte sie. »Du bekommst neues Papier.« Sie hielt inne. »War dein Vater wirklich Pferdeknecht?«

Er nickte. »Mutter ist gestorben.«

Sie verstand nicht.

»Sie führte den Haushalt der Herrschaft, Vater versorgte die Pferde. Nach ihrem Tod haben se uns rausgeschmissen. Sie benötigen nicht nur einen Pferdeknecht, haben se gesagt, sie wollen auch eine Köchin dazu.«

»Ich komme bald wieder«, versprach sie ihm.

Sie ging die Treppe hinunter, trat auf die verlassene Straße und eilte zurück in die Stadt. In der Ferne bellte ein Hund, irgendwoher vernahm sie Kinderheulen. Die Abenddämmerung hatte eingesetzt, und da die Sonne wieder hinter Wolken verschwunden war, wurde es zusehends dunkler. Hinter dem Hamburger Tor verlangsamte sie ihren Schritt. In weiten Abständen brannten hier Straßenlaternen. Sie ging von Lichtkegel zu Lichtkegel, zog den Schal fester und verfluchte ihren Stolz, der sie die Zeit hatte vergessen lassen. Es konnte gut sein, dass Vater im Hotel auf sie wartete. Was würde er zu ihren Ausflügen sagen?

Weiter vorne, nahe einer Laterne, lungerten zwei Männer herum. Ihre dunklen Umrisse stachen hervor. Warum standen die draußen in der Kälte? Die beiden hatten sie entdeckt und blickten ihr entgegen. Sie erwog, die Straßenseite zu wechseln, aber das würde noch mehr Aufmerksamkeit auf sie lenken. Sie nahm all ihren Mut zusammen und ging auf die Männer zu.

Sie kam näher, und aus den Schatten wuchsen Gesichter. Einer trug einen Schnauzbart, der andere war vollbärtig.

»Wohin, meine Schöne?«, fragte der Vollbärtige und versperrte ihr den Weg.

»Geht bitte zur Seite«, bat sie.

Der mit dem Schnauzbart stand hinter seinem Kameraden. Eleonore wich zur Seite aus. Dann gab es einen Knall und mit einem Male war es stockfinster. Er musste die Laterne ausgeschlagen haben. Im nächsten Moment krallte eine Hand nach ihrem Arm. Sie vermochte nicht zu sagen, wer von beiden sie festhielt.

»Lasst los«, sagte sie.

»Komm mit«, hauchte einer der Männer. »Du willst sicher Spaß haben.«

Sie roch seinen Schnapsatem und erkannte, dass es der Vollbärtige war.

Der Mann stieß einen Pfiff aus. »Das ist die Samariterin, die Geld an Bedürftige verteilt.«

»Welche Samariterin?«, fragte der andere.

»Na die, die seit Tagen in den Familienhäusern auftaucht.«

Sein Gesicht kam ihr näher. Er hielt sie weiter fest.

»Wenn du uns dein Geld jibst, dann darfste vorbei«, sagte er.

»Lasst mich gehen«, forderte Eleonore und hoffte, dass man ihr die Angst nicht anmerkte. Sie machte einen Schritt vor, wollte vorbeidrängen, da trat der Schnauzbärtige hinter sie und griff nach ihrer Taille.

»Du bleibst«, knurrt er hinter ihrem Rücken. »Sonst …«

»Was sonst?« Die Frechheit der Männer ärgerte Eleonore. Wäre ich doch nur ein Mann! Sie holte tief Atem, sah die Straße entlang. Da war niemand, der ihr beistehen könnte. Gab es denn keine Gendarmen? Sollte sie um Hilfe schreien? Das Zerschlagen der Laterne hatte offenbar keinen herausgelockt.

Die Straße blieb leer.

Der Mann hinter ihr keuchte. Ein Messer blitzte direkt vor ihren Augen auf.

»Du hast ein schönes Gesicht.«

Eleonores Herz pochte.

Da hörte sie einen dumpfen Schlag, dem ein Ächzen folgte. Der Schnauzbärtige ließ von ihr. Eleonore drehte sich um.

***

Die Uniformen ließen William keine Ruhe. Bald nach Claras Besuch ging er hinaus zum *Bierkeller*. Danner blickte ihn finster an. Die Männer, die um ihn herumsaßen, waren ebenso feindselig gestimmt. Niemand machte Anstalten, ihm einen Platz anzubieten. Er tippte Schach auf die Schulter.

»Wenn ich mich setzen dürfte«, sprach er ihn an.

Der rührte sich nicht.

»Es geschah zu unserer aller Wohl«, sagte William an alle gewandt.

»Es war anders vereinbart«, knurrte Danner.

»Wenn wir beim Plan geblieben wären, so säßest du jetzt im Gefängnis. Das Flugblatt kam auch so unter die Leute und du hattest die Lacher auf deiner Seite.«

Der Blonde machte eine abfällige Handbewegung.

»Warum haben sie nur mich gekrallt? Ist das nicht seltsam?«

»Es muss unter euch jemanden geben, der die Sache verraten hat«, sagte William.

Die Männer sprangen von ihren Stühlen und schrien durcheinander.

»Ruhe!«, blaffte Danner. »So falsch liegt Will da nicht.

Vielleicht ist er selbst der Verräter?«

Die Männer bedrängten William.

»Ich war selbst in allergrößter Gefahr, denn ich trug die bedruckten Flugblätter bei mir.«

»Das stimmt abermals«, pflichtete ihm Danner bei.

Die Männer nahmen wieder Platz und ließen ihm eine Lücke. Er setzte sich dem Blonden gegenüber hin.

»Was willst du damit erreichen, Uniformen an die Männer zu verteilen?«, fragte William.

Der Gefragte kniff die Augen zusammen. »Woher weißt du von den Uniformen?«

»Ich habe eine bei deinem Schneider gesehen und ich habe ein Päckchen mit einer Uniform bei Schach entdeckt.«

Der Erwähnte sprang auf.

»Du hast mir die Uniform gestohlen«, schrie Schach und reckte sein Kinn vor.

»Rede keinen Unsinn«, schimpfte Danner. »Dafür kann Will nichts. Die hast du selbst im Suff verloren.«

An William gewandt fuhr er fort: »Da wir deiner Meinung nach einen Spitzel unter uns haben und ich nicht weiß, wer es ist, werde ich den Teufel tun und reden. Nur so viel. Nachdem Schach seine Uniform verloren hat und nach der Geschichte mit den leeren Flugblättern trauen viele dir nicht mehr über den Weg. Sie haben alle ihre Uniformen zurückgegeben. Die sind an einem sicheren Platz, bis wir sie benötigen.«

»Wofür, fürs Sterben?«

»Das lass mal meine Sorge sein.«

William drang nicht weiter in den Arbeiter ein. Dass die anderen ihm nun misstrauten, hielt er für ein Gerücht. Vielmehr war Danner beleidigt, dass er ihn nicht eingeweiht hatte. Mit der Geheimniskrämerei um die Uniformen zahlte er es ihm heim. War er so naiv, nahm er wirklich an, Uniformen würden sie stark machen? Ein Heißsporn, ja, so war ihm der Blonde bisher vorgekommen. Aber dumm? Das passte nicht.

Zu gerne hätte er gewusst, was der im Schilde führte. Sollte er erneut eingreifen? Die Sorgen Claras schienen ihm nicht unbegründet.

Die Männer blickten auf ein Papier, das Danner eben vor ihnen ausgebreitet hatte. Einen Stadtplan Berlins.

»Hier, da und da sind Treffpunkte.« Mit seinem Zeigefinger tippte er auf den Plan. »Uns hat man den Alexanderplatz zugewiesen.«

Nun beschrieb er einen Kreis um das Schloss.

»Seine Majestät werden wir umringen. Dann wird sie uns zuhören müssen.«

»Ihr wollt kämpfen«, stellte William fest.

»Nicht unbedingt.« Danner grinste breit. »Wir wollen siegen.«

Eine Zeit lang blieb er bei den Männern, die Danners Ausführungen aufmerksam folgten. Der zog ein weiteres Papier heraus und referierte über den Bau von Barrikaden. Sie hingen an seinen Lippen, was der Blonde sichtlich genoss.

William stand auf, klopfte zum Abschied auf den Tisch, aber niemand achtete auf ihn. Vor der Tür traf er auf den Wirt.

»Kommt se jetzt, die große Revolution?«, fragte der.

»Wahrscheinlich«, antwortete William düster und ging weiter, den Kopf nach vorne geneigt und ganz in Gedanken versunken.

Das Militär war in den letzten Tagen beständig verstärkt worden und bestimmt gab es andere Lokale, wo Arbeiter ebenfalls Schlachtpläne ausheckten. Er seufzte, setzte seine Mütze auf und ging in Richtung Stadt. *Dummheit kennt keine Grenzen,* dachte er betrübt.

Es war dunkel geworden. Hinter ihm lag die Straße verlassen. Er überholte ein Paar, wechselte dazu die Seite und sah weiter vorne eine Magd, die mit schnellen Schritten voranging. Ihr weißes Kopftuch bildete einen Lichtpunkt. *Du sollst mein Leitstern sein,* dachte er.

Kurz vor dem Hamburger Tor verlor er die Magd aus den Augen. Bei den Familienhäusern blieb er stehen. Hinter manchen Fenstern flackerte ein Licht. Ob er bei Danners Schneider mehr über die Uniformen herausbekommen würde? Seine Neugier würde sicherlich dem Blonden zu Ohren kommen und so Öl in die Flammen dessen Misstrauens gießen.

Irgendwo in der Nähe gab es einen Knall. William meinte, splitterndes Glas gehört zu haben. In der unmittelbaren Umgebung entdeckte er nichts. Es musste weiter stadteinwärts gewesen sein. Langsam passierte er die beiden Obelisken des Hamburger Tors. Dahinter brannten in regelmäßigen Abständen Straßenlaternen. Hundert Schritte entfernt gab es eine Lücke und es war dort besonders finster. Da entdeckte er das helle Kopftuch der Magd. Zwei Gestalten umringten sie.

William rannte im Schatten der Häuserwände weiter und blieb dann hinter einem Vorsprung stehen. Sie hatten ihn bisher nicht bemerkt. Die beiden Männer bedrängten die Magd, so viel konnte er feststellen.

In seine Überlegung hinein, wie er der Frau beistehen

konnte, sah er ein Messer aufblitzen. William schnellte vor und schlug dem einen Mann die Faust auf den Kopf.

Stöhnend sank der auf die Knie. Das Messer rutschte ihm aus der Hand und fiel klirrend auf das Pflaster.

Die Magd drehte sich zu ihm um. Seine Aufmerksamkeit galt dem zweiten Mann, der kampfeslustig auf ihn zukam. William schlug ihm schnell nacheinander mit beiden Fäusten in den Magen und brachte ihn so zu Fall.

»Vorsicht!«, rief die Magd.

William drehte sich blitzschnell auf den Fersen und schlug dem, den er als Erstes niedergeschlagen hatte, eine Faust ins Gesicht. Mit blutiger Nase fiel der wie ein Sack Kartoffeln auf die Straße.

Er hob das Messer auf. »Das nehmen wir besser mit«, sagte er an die Magd gewandt und griff nach deren Hand.

»Wir sollten besser gehen«, sagte er weiter und zog sie fort.

Er spürte den Puls der Frau. Ein letztes Mal blickte er zurück. Die beiden Halunken rappelten sich gerade auf, machten aber keine Anstalten, ihnen zu folgen. Die Straßenlaternen wurden mehr und schufen eine beruhigende Helligkeit. William sah zur Seite und stockte. Die Magd blickte ihn ebenfalls an. Ein Erkennen huschte über ihr Gesicht.

»Was …?«, fragten sie gleichzeitig.

Er lächelte. »Bitte.«

»Was führt Sie in diese Gegend?«, fragte Eleonore Herbst.

»Ich recherchiere über das Leid der Menschen«, sagte er.

Sie nickte. »Ich will helfen. Es ist wenig, was ich tun kann. Nicht alle haben es verdient, dass man sie unterstützt.«

William schluckte. »Ich muss mich für meine Schroffheit entschuldigen, neulich bei Frau von Arnim.«

»Und ich wollte Sie wirklich nicht kränken«, antwortete sie.

Er musterte ihre Kleidung. »Wären wir uns so gekleidet begegnet, wäre es nie so weit gekommen.«

Sie gingen, immer noch Hand in Hand, langsam weiter.

»Dürfte ich Ihre Berichte lesen?«, fragte sie nach einer Weile.

»Gerne«, antwortete er.

»Wenn Sie so gut schreiben, wie Ihr Bruder malen kann, müssen das interessante Texte sein.«

»Oh, sie sind besser«, sagte er.

# Vor dem Schloss

## Berlin, 18. März 1848

Am Morgen des 18. März weckten Sonnenstrahlen Eleonore auf. Sie genoss einen Moment das Nichtstun, rekelte sich dann und setzte sich auf. Ihr Vater kam ihr in den Sinn. Mit einem Mal war sie hellwach. Auf der Kommode stand eine Waschschüssel mit frischem Wasser. Sie schlüpfte aus dem Nachtgewand und begann ihre Morgentoilette. Mit beiden Händen klatschte sie Wasser in ihr Gesicht, tupfte es hinterher mit einem Handtuch trocken und fuhr dann mit dem Waschlappen über ihren Oberkörper. Es tat gut, den Mief der Nacht wegzuwischen.

Vage konnte sie sich an einen Traum erinnern. Sie war mit Friedrich spazieren gewesen und auf William getroffen. Die Männer hatten sie in die Mitte genommen und so waren sie weitergegangen. Friedrich würde sie heute treffen, das stand fest. Er wollte ihr das Schloss zeigen, soweit er Zugang besaß. Eleonore war gespannt auf die Räume hinter der beeindruckenden Fassade.

Sie vertrieb die müßigen Gedanken und zog in aller Eile ihre Kleider an. Wie würde es Vater gehen? Gestern Abend hatte sie ihm alles beichten wollen. Von ihren Besuchen bei den Armen, von ihrem Buch. Dann hatte sie ihn fiebrig im Bett angetroffen und schnell einen Arzt kommen lassen. Ihre Sorge um ihn drängte alles andere in den Hintergrund. Nachdem er seine Untersuchung abgeschlossen hatte, beruhigte sie der Arzt.

Ein paar Tage Ruhe und leichte Kost würden Vater bald gesunden lassen.

Mit einem Blick in den Spiegel prüfte sie ihre Frisur, dann trat sie hinaus auf den Flur. Vater wohnte eine Tür weiter. Er saß aufrecht im Bett und studierte die Zeitung.

»Guten Morgen, meine Liebe«, empfing er sie und legte die Blätter zur Seite.

»Guten Morgen, Vater.« Sie trat an sein Bett. Auf einem Tablett stand ein halb volles Glas Milch, daneben ein Teller. Die Hälfte eines Brotes lag darauf.

»Hast du gefrühstückt?«, fragte sie.

»Es ist das Anrecht eines Kranken, im Bett frühstücken zu dürfen.« Er lächelte. Dann musste er husten. Eleonore erschrak über den röchelnden Nebenton.

»Es ist recht, dass du im Bett liegen bleibst. Die Welt dreht sich auch ohne dich.«

»Mach dir keine Sorgen. Ich werde viel schlafen. Der Arzt hinterließ gute Ratschläge und ein Mittel.« Vater reichte ihr eine braune Flasche, die er unter der Bettdecke hervorholte.

»Hast du die Medizin genommen?« Sie sah, dass die Flasche nahezu voll war.

»Wen es mir nicht schlechter geht, würde ich das bittere Zeug gerne meiden. Geh frühstücken, Kind. Vielleicht erfährst du Neuigkeiten, die du mir berichten kannst. Hast du nicht von Herrn Euskirchen eine Einladung ins Schloss?«

»Ich werde erst am Mittag hingehen. Warst du denn schon im Schloss?«

»Nur in einem der Innenhöfe. Zu mehr fehlt mir deine Schönheit.«

Er lächelte erneut, abermals unterbrach ihn ein Hustenanfall. Sie klingelte nach dem Personal und bestellte heißes Wasser sowie Tücher. Daraus machte sie ihm einen Brustumschlag. Später aß Eleonore ein wenig zum Frühstück. An den Tischen sprachen die übrigen Gäste leise miteinander, begleitet vom Rascheln der Zeitungen und dem Klappern von Geschirr. Zurück in Vaters Zimmer stellte sie fest, dass dieser schlief. Sie zog die Vorhänge zu.

In ihrem Zimmer nahm sie ihr Tagebuch zur Hand und blätterte darin. Die Eindrücke, die sie in Berlin gewonnen hatte, würden lange in ihr nachhallen. In einer Woche hatte Vater nach Stuttgart zurückreisen wollen, aber seine Erkrankung gebot, ein wenig zu warten. Sie dachte an Frankfurt und die Tauben. Wenn alles so eintraf, wie es Vogt vorausgesagt hatte, dann sahen die Jungtauben in Frankfurt ihren Heimatschlag. Sie konnten diese dann mitnehmen und Nachrichten von Stuttgart in die Mainstadt senden. Ein aufregender Gedanke.

Alle Stunde sah sie nach ihrem Vater. Der schlief tief. Einmal wusch sie mit einem kühlen Tuch sein Gesicht. Zum Mittagessen bestellte sie ein belegtes Brot und nahm neben dem Krankenlager Platz. Sie war fertig mit dem Essen, als ihr Vater erwachte. Sie ließ eine Fleischbrühe mit Nudeln bringen und überwachte, dass er reichlich davon aß.

»Ich habe dafür gesorgt, dass alle Stunde jemand nach dir sieht«, sagte sie. »Ich werde mich richten und dann zum Schloss gehen. Heute scheint die Sonne herrlich. Der Frühling kommt mit großen Schritten daher.«

»Mir gönnst du keine Sonne«, sagte er gespielt vorwurfsvoll.

Sie ging zu den Vorhängen und zog sie ein Stück auf. »Ich will nicht so sein.« Sie blieb am Fenster stehen und sah hinunter auf die Straße. Ihr schienen mehr Passanten als sonst unterwegs. Alle gingen in Richtung Schloss.

»Heute wollen sie eine Petition an den König geben«, sagte sie.

In den letzten Tagen hatte sie den Kopf darüber schütteln können, worüber debattiert worden war. Da stritten die Männer über Formalitäten. Wer durfte wann dem König eine Bittschrift übergeben? Wer durfte diese überhaupt verfassen? Der Stadtrat sprach dies den Bürgern ab, da sie dazu nicht befugt seien. Die gaben nicht nach.

»Das Volk stellt Forderungen, was ihm nicht zusteht«, hatte Friedrich kommentiert. William dagegen hatte gesagt: »Der König muss handeln, bevor es andere für ihn tun.«

Wie gegensätzlich die Brüder doch waren.

»Es wird besser sein, ich gehe früher los«, sagte sie an ihren Vater gewandt. »Nicht, dass ich kein Durchkommen mehr finde.«

»Pass auf dich auf.«

Sie gab ihm zum Abschied einen Kuss. Wenige Minuten später trat Eleonore auf die Straße, wo der Strom an Menschen weiter zugenommen hatte. Sie reihte sich ein. Die Frühlingssonne zauberte ein Lächeln auf die Gesichter der meisten. Die Leute sprachen entspannt miteinander.

»Der König hat Zugeständnisse gemacht«, sagte einer in Eleonores Hörweite. »Die sollen verkündet werden.«

Beim Opernhaus bog sie rechts ab und entging so dem Gedränge. Allerdings nur für kurze Zeit. Eine Kompanie

Soldaten versperrte den Großteil der Straße vor ihr. Sie ging mit mulmigem Gefühl darauf zu. Niemand nahm sonderlich Notiz von ihr. Neben den Angetretenen saß ein Offizier auf einem Pferd. Zum Gruß tippte er an seinen Tschako. Eleonore nickte und ging weiter. *Das könnte August von Engel sein,* ging es ihr durch den Kopf.

Sie erreichte die *Schleusenbrücke,* die geradewegs auf den Schlossplatz führte. Hier, so hatten sie verabredet, wollte Friedrich sie abholen. Es ging langsam voran. Vor ihr wogten die Leiber. Das Schwarz der Anzüge dominierte, dazwischen leuchteten in verschiedenen Farbtönen die Kleider der Frauen.

Wie sollte sie in der Menge Friedrich erkennen? Immer wieder stieß sie gegen eine fremde Schulter, wurde sie von hinten und der Seite gestoßen. Kinder rannten an ihr vorbei, wuselten zwischen den Beinen der Passanten. Ein kleines Mädchen, in Tränen aufgelöst, stand plötzlich vor Eleonore. Sie zog sie zum Schutz heran und suchte nach der Mutter. Da kam eine Frau, nicht weniger in Tränen aufgelöst, und nahm das Kind auf den Arm.

Endlich war die Brücke überquert. Eleonore wurde an das dem Schloss entgegengesetzte Ende des Platzes gedrängt. Vor ihr ein Meer an Leibern. Tausendfaches Stimmengemurmel umgab sie. Über Zylinder und Frauenhüte hinweg sah sie berittene Soldaten. Ihre Helme blitzten in der Sonne auf.

Alle blickten zu den Schlossbalkonen. Eleonore tat es ihnen gleich. Sie nahm von allen Seiten Gesprächsfetzen auf.

»Der König wird zum Volk sprechen«, mutmaßte einer.

»Er soll die Pressefreiheit verkündet haben«, ein anderer.

*Das ist Geschichte, die ich miterlebe,* dachte Eleonore. *Ich werde alles aufschreiben, aus meiner Sicht.* Würden Hoffnungen erfüllt werden?

Eleonore sah, wie das Glas der Balkontüren im Sonnenlicht reflektierte. Andere bemerkten dies ebenfalls. Noch mehr reckten die Menschen ihre Hälse. Da trat ein Mann in Uniform auf den Balkon, gefolgt von einem Herrn in Zivil.

»Hurra!«, riefen die Ersten, bald erscholl hundertfach »Hurra!«. Mützen und Zylinder flogen in die Luft. Die Menge jubelte.

»Ist das der König?«, fragte ein Junge, der seinem Vater auf den Schultern saß.

Eleonore wusste das selbst nicht zu sagen. Sie stand einfach zu weit weg.

»Ja«, raunzte ein Passant. »Oder denkste, wir jubeln dem Militär zu?«

Eleonore beneidete das Kind. Das sah von seinem erhöhten Platz besser. Sie musste sich auf ihre Zehenspitzen stellen, um bis zum Balkon sehen zu können. Der König hob beschwichtigend seine Hände. Gegen den Lärm kam er nicht an. In die Hurra-Rufe mischten sich Forderungen, die wild durcheinander erhoben wurden. Besonnene Männer versuchten vergebens, für Ruhe zu sorgen.

Der Mann in Zivilkleidung trat neben den König und ergriff mit lauter Stimme das Wort. Eleonore verstand nichts. Von vorne gaben sie das Gesagte nach hinten weiter. Weitere Hurra-Rufe kamen zusammen mit den Informationen näher. Das steigerte den Lärm.

Zwei Reihen vor Eleonore wandte sich ein Mann um. »Der König hat Pressefreiheit erlassen«, sagte er. Im allgemeinen Stimmengewirr ging das Weitere unter, sodass Eleonore nur Bruchstücke mitbekam.

»Preußen werde an der Spitze der Bewegung stehen … es wird Wahlen geben … der Landtag soll einberufen werden.«

Die Männer auf dem Balkon verschwanden im Schloss. Das animierte einige zu Pfiffen und Buhrufen. Wieder verlangten welche nach Pressefreiheit, Volksbewaffnung und freien Wahlen.

»Der König hat doch alles bewilligt«, versuchte jemand auf die Umstehenden beruhigend einzuwirken. Weitere Hochs auf den König ertönten. Beifall wurde allerorten geklatscht.

Die Menge wogte hin und her. Wieder traten Personen auf den Balkon. Eleonore meinte, jetzt auch den König in seiner Paradeuniform zu erkennen. Von Neuem brandete Jubel auf, was es dem König unmöglich machte, zum Volk zu sprechen. Er winkte mit einem Tuch und trat zur Seite. Ein Mann im schwarzen Anzug versuchte vergebens, den Lärm zu durchdringen. Eleonore war dankbar dafür, dass erneut das Gesagte weitergegeben wurde. Der König bedankte sich bei seinem ›braven Volke‹, das friedlich nach Hause gehen mochte.

»Extrablatt«, riefen Stimmen erst von der einen, dann von der anderen Seite. Die Aufmerksamkeit galt nun den Jungen, die Zeitungen verteilten. Eleonore konnte nicht bis zu einem von ihnen vordringen und blieb bei einem Mann stehen, der ein Exemplar in den Händen hielt. Sofort wurde er von den Umstehenden bedrängt.

Der Fremde begann, laut vorzulesen. Damit er für alle

verständlicher wurde, hoben ihn kurzerhand zwei Männer auf die Schulter eines weiteren Mannes. Eleonore konnte den Titel lesen. Es war eine Ausgabe der *Allgemeinen Preußischen Staatszeitung.*

*Ich muss zusehen, später ein Exemplar für Vater zu ergattern,* dachte sie bei sich.

Eleonore blickte zum Schlossbalkon, der mittlerweile leer war. Die Menge schob sich in Richtung Schlossportal.

»Militär zurück!«, rief jemand direkt neben ihr.

Zur Linken bedrängten Dragoner die Menge, hoben ihre Säbel in die Höhe. Die Hufe der Pferde stampften auf die Pflastersteine. Unter Eleonores Füßen bebte die Erde. Gleichzeitig ergoss sich eine Flut an Soldaten im Gleichschritt aus dem Schloss heraus.

»Das sind die Potsdamer«, rief jemand aufgebracht. »Die haben in den letzten Tagen auf uns eingedroschen.«

»Militär zurück! Militär zurück!«, forderten immer mehr der Umstehenden.

»Fort mit den Soldaten!«, skandierte die Menge.

»Pfui!«, riefen andere.

Eleonore wurde hin und her gestoßen.

»Wenn das mal gut geht«, murmelte sie.

Irgendwo schlugen sie die Trommeln. Eleonores Magen vibrierte.

Da bekam sie von hinten einen heftigen Stoß in den Rücken. Sie strauchelte und landete unsanft auf ihren Knien. Gott sei Dank halfen ihr zwei Männer beim Aufstehen.

»Vielen …« Eleonore brach mitten im Satz ab.

Ein Schuss hallte über den Platz, dem kurz darauf ein

zweiter folgte. Für einen Moment stand die Erde still. Erschrocken stand sie da. Um sie herum herrschte allgemeines Entsetzen, alle waren wie erstarrt.

»Der König lässt auf uns schießen!«, schrie eine überkippende Stimme in die Stille hinein.

»Verrat! Man hat uns verraten«, rief ein anderer.

»Verrat!« und »Zu den Waffen!«, schrien viele durcheinander.

Es kam zu keinen gleichlautenden Rufen mehr, denn nun stoben alle davon wie eine Schafherde, die von Hunden gejagt wurde. Aus dem Portal ergoss sich eine weitere Kolonne Soldaten und trat der Menge entgegen. Bajonette blitzten auf. Die Dragoner ihrerseits rückten von der Seite auf den Platz vor und trieben die Menschen vor sich her. Alle flohen in Panik. Eleonore hob ihr Kleid an und wich ebenfalls nach hinten aus, in Richtung der *Breiten Straße,* lief dort hinein. Sie blickte zurück und sah, wie Passanten einen Wagen anhielten. Dutzende Hände zerrten den Kutscher vom Bock, spannten die Pferde aus und warfen das Fahrzeug um. Ächzend krachte es auf das Pflaster. Die Hufe der Pferde schlugen nervös auf den Boden.

»Baut Barrikaden!«, rief einer.

Eleonore rannte weiter in die Straße hinein und blieb dann an einem Hauseingang stehen, um Atem zu schöpfen. Eine Locke hing ihr ins Gesicht, Schweiß rann ihr von der Stirn. Ihr Kleid war am rechten Ärmel eingerissen. Auf der Straße gab es nun zwei Ströme. Die einen flohen, die anderen rannten in Richtung Schloss. Aus den Häusern eilten Menschen herbei, um bei dem Bau der Barrikade mitzuhelfen. Sie trugen allerlei Gegenstände, die sie offenbar zur Hand hatten oder an denen sie vorbeigelaufen waren. Einer trug einen Nachttopf, ein anderer einen großen Bilderrahmen. Zwei Männer hatten miteinander einen Schrank in die Höhe gewuchtet und trugen ihn auf ihren Schultern. Die Barrikade nahm längst die Straßenbreite ein und wuchs rasant in die Höhe. Eleonore zuckte zusammen, als ein Mann mit einem Gewehr an ihr vorbeilief.

Wie sollte sie zurück zu *Unter den Linden* gelangen? Es gab für sie kein Durchkommen. Vater würde sich Sorgen machen. Oder er schlief und bekam von alldem nichts mit. Wie erging es Friedrich? Stand der nicht Todesängste im Schloss aus? Eleonore dachte an die Französische Revolution, an die Blutbäder, die angerichtet worden waren. Im letzten Jahrhundert, und erst vor wenigen Wochen. Und nun in Berlin? In ihrer Nähe?

Eleonore beschloss, erst einmal weiter aus der Stadtmitte herauszugehen, weg von den Barrikaden, die Unheil beschworen. Vielleicht würde es ihr gelingen, in einem großen Bogen zurückzukommen.

***

William musste sein Ohr nahe an Claras Lippen halten, um sie in dem Lärm verstehen zu können. Sie standen inmitten Tausender Berliner und eben hatte der König zu seinem Volk gesprochen.

»Hast du verstanden, was sie gesagt haben?«, fragte Clara.

William lächelte. »Ich denke, nicht alles, aber so viel ist gewiss, es gilt die Pressefreiheit.« Seine Gedanken rasten. Gestern schien es verlockend, nach Stuttgart und damit nach Württemberg zu reisen, weil es dort bereits die Pressefreiheit gab. Nun hatte der preußische König nachgezogen.

Sie waren einem der Schlossportale nahegekommen, und immer noch drängte die Masse voran.

»Extrablatt«, rief eine kindliche Stimme.

William sah einen schmächtigen Jungen, der einen Stapel Zeitungen in der Hand hielt. Den Ärmsten umringten Dutzende Passanten, unzählige Hände griffen nach ihm. Vergeblich wollte er ein Exemplar ergattern. Die, denen es gelungen war, wurden anstelle der Zeitungsjungen umringt. William trat zu einer Gruppe.

»Lest vor«, bat er den Mann.

Der begann mit zittriger Stimme zu lesen, doch sie war zu schwach, um gehört zu werden. Soldaten marschierten aus dem Portal. Ihre Schritte ergaben zusammen ein prächtiges Stampfen. William sah, dass der Innenhof von Soldaten wimmelte.

»Lass uns ein wenig zur Seite gehen«, sagte William an Clara gewandt. Sie hakte sich bei ihm ein. Ihr Mund stand offen.

»Militär zurück!«, schrien die Passanten. Bald riefen das Hunderte Stimmen. Trommelwirbel übertönte die Rufe. Die Scheiben im Schloss vibrierten unter dem Gleichschritt der Soldaten.

Schreie lenkten Williams Aufmerksamkeit nach links. Dragoner kamen näher und drängten die Passanten zurück. Er zog Clara nach rechts, hin zu der Brücke. Der Sog der Flüchtenden nahm sie auf.

»Das ist Irrsinn«, schrie er Clara zu. »Der König hat einige Forderungen erfüllt. Das Militär dagegen demonstriert Stärke.«

Ein Knall nahe dem Schloss ließ sie herumfahren. Da krachte ein zweiter Schuss.

»Sie schießen auf uns, flieht!«, rief jemand aufgeregt.

»Skandal!«

»Verrat!«

Die Menschen rannten davon, die Gesichter spiegelten Bestürzung und Wut.

»Zu den Waffen!«, schrie ein Erster.

William sah keinen der Soldaten sein Gewehr anlegen. Wo waren die Schüsse hergekommen? Wer hatte den Befehl dazu erteilt? Sie gingen weiter und überquerten die Spree. Auf der anderen Seite stob die Menge auseinander. Aus den umliegenden Häusern traten die Bewohner.

»Was ist denn los?«, wollte einer wissen.

»Der König lässt auf unbescholtene Bürger schießen«, riefen ihm gleich mehrere zu.

»Das ist Irrsinn!«, wiederholte William.

»Ich muss zu Eduard«, sagte Clara. »Ich muss unbedingt zu Eduard.«

»Es wird schwer werden, ihn zu finden.«

»Wir müssen zum Alexanderplatz«, sagte Clara. »Dorthin wollten sie, wenn es zum Kampf käme.«

William dachte an gestern Nachmittag im *Bierkeller*. Jetzt hatte Danner seinen Kampf.

Direkt vor ihnen hielten Männer eine Kutsche an.

»Runter vom Bock«, verjagten sie den Kutscher. »Dein Wagen wird eine Barrikade.«

Das Beispiel machte Schule. Ein Frachtwagen wurde aufgehalten und ebenso umgestürzt.

Sie erreichten eine Bäckerei. Der Inhaber stand mit

mehliger Schürze vor der Eingangstür und starrte sie an.

»Schlagt ihr wieder meine Scheiben ein?«, fragte er niemand bestimmten.

William blieb stehen, Clara plumpste auf eine Holzkiste, die vor dem Laden stand. Ihre Wangen schimmerten rot. Der Bäcker sah sie missbilligend an. Immer noch eilten Leute vorbei, die vom Schloss kamen. Andere drängten in Richtung der Residenz. Ein hagerer Mann mit einer Sense rannte vorbei.

»Auf dem Alexanderplatz bauen sie eine Barrikade«, rief er ihnen zu. »Kommt mit!«

Ihm folgten gleich mehrere Männer, die Bretter und andere sperrige Gegenstände trugen.

Der Bäcker schüttelte den Kopf, verschwand in seinem Geschäft und kam mit Holzlatten unter dem Arm zurück. William dachte im ersten Moment, damit wolle er auch zum Barrikadenbau. Ein Geselle, mit Hammer und Nägeln bewaffnet, begleitete ihn.

»Ich baue meine eigene Barrikade«, sagte der Geschäftsmann, wies seinen Gesellen an, ein Brett vor das Fenster zu halten, und befestigte es mit Nägeln.

»Du sorgst dich um Eduard?«, fragte William und trat zu Clara. Sie nickte.

»Dann lass uns nach deinem Freund suchen. Zum Alexanderplatz ist es nicht mehr weit.«

Clara sah ihn dankbar an.

Sie liefen weiter und mussten über halb fertige Barrikaden klettern, die überall entstanden. Durch die Straßen eilten Arbeitertrupps. Sie trugen Äxte, Hammer und Mistgabeln. Clara hielt nach Eduard Ausschau.

»Wenn wir Danner finden, dann finden wir auch Eduard«, sagte William.

Direkt vor ihnen krachten Dachziegel auf das Pflaster. Er zog Clara an die Hauswand zurück. Sie verharrten einen Moment. Sie wies nach oben. William blickte zu den Hausdächern. Großflächig hatten sie die Ziegel abgeräumt, sodass überall die Balken hervorlugten.

In der Ferne hörte er eine erste Gewehrsalve, was in ihm Erinnerungen an den Mexikokrieg weckte. Er hatte gehofft, das nie wieder erleben zu müssen. Neben ihm zuckte Clara zusammen. Ein dumpfes Wummern hallte durch die Straße. *Mit Dachziegeln und Mistgabeln gegen Kanonen,* dachte William. Das konnte nicht gut gehen.

# Heilig-Geist-Spital

Am Ende der *Breiten Straße* bog Eleonore nach links. Zur Rechten rissen Männer das Pflaster auf und luden Steine in bereitstehende Eimer und Weidenkörbe. Sie überquerte die Spree. Nach wenigen Metern tauchte vor ihr eine weitere Barrikade auf. Frauen und Männer liefen durcheinander und schafften allerlei Gegenstände heran. Einer hielt eine Haustür in den Händen. Eleonore kletterte über die Deichsel eines Frachtwagens, der einen Teil der Barrikade bildete.

Sie ging weiter. Abseits stand ein Fuhrmann. In den Händen hielt er die Zügel seiner Pferde. Blut tropfte aus einer Schramme auf seiner Stirn. Freiwillig hatte er seinen Wagen offenbar nicht preisgegeben. In dem Moment, als sie auf seiner Höhe anlangte, führte der Fuhrmann seine Tiere mit gesenktem Kopf fort. Die Hufe der Pferde schlugen auf das Pflaster.

Geradeaus versuchten andere, ebenfalls eine Barrikade zu bauen. Eleonore blieb stehen. Wohin sollte sie gehen? Sie versuchte, einen klaren Gedanken zu fassen.

»Platz da!«, schreckte sie eine Stimme auf.

In vollem Galopp jagte ein Soldat auf sie zu. Eleonore presste ihren Rücken an die Hausfront. Ein hervorstehender Sims bohrte schmerzhaft in ihre Schulter. Der Reiter preschte vorbei und jagte geradewegs auf die Barrikade zu. Sie sah sein wild entschlossenes Gesicht. Speichel lief dem Pferd aus dem Maul.

»Platz da!«, schrie der Reiter. Mit einem abenteuerlichen Satz übersprang er das Hindernis. Männer gestikulierten mit ihren Armen, riefen ihm Flüche hinterher. Nichts konnte den Reiter aufhalten. Von den umliegenden Dächern flogen ein paar Ziegel herunter. Sie verfehlten den Soldaten knapp und zerbarsten auf dem Pflaster in tausend Stücke. Eleonore sah Gestalten auf den Hausdächern, die dem Davonreitenden mit erhobenen Fäusten hinterherwinkten.

Sie blieb beim Weitergehen nahe den Fassaden. Irgendwo knallte ein Gewehrschuss. Eleonore zuckte zusammen und lauschte gebannt. Es blieb bei dem einen Schuss. Aus den Fenstern der Häuser blickten die Bewohner in alle Richtungen. Händler eilten auf die Straße und schlugen große Bretter vor die Schaufenster ihrer Geschäfte. Eine einzelne Glocke ertönte, der bald weitere folgten, bis daraus ein vielstimmiges Sturmläuten erwuchs.

Der Mittag hatte so friedlich angefangen. Wie hatte es so weit kommen können? Studenten rannten vorbei, schwangen ihre Mützen, grölten und pfiffen, als sei das alles ein großer Spaß. Eleonores Haare klebten ihr an der Stirn. Ihr fiel auf, dass sie ihren Hut verloren hatte. Sie raffte ihr Kleid und beschleunigte ihre Schritte. Das Schloss lag etliche Hundert Meter entfernt, das Hotel noch weiter.

Links kam eine Straße, die weder von Barrikaden noch von Militär versperrt war. Sie lief hinein. Bei der nächsten Querstraße bog sie erneut nach links. *Nur geradeaus,* ging es ihr durch den Kopf, *dann erreichst du das Schloss.*

Da wuchs eine weitere Barrikade vor ihr in die Höhe,

die bis an den ersten Stock der sie flankierenden Häuser reichte. Da gab es kein Durchkommen. Ein Pferde-Omnibus lag umgestürzt auf der Straße. Männer wuchteten zu zweit schwere Granitplatten herbei, die sie aus den Straßen gerissen hatten. Strohballen, Wollsäcke, etliche Fässer, gefüllte Schanzkörbe, all das bildete ein Bauwerk, wie es grotesker nicht hätte sein können.

Auf den Dächern wuselten unzählige Menschen herum, deckten die Ziegel ab und stapelten sie auf. Was mochte das für ein ungleicher Kampf werden? Mitten auf der Barrikade kletterte ein Mann im Frack in die Höhe. In der Hand hielt er einen langen Stecken, an dem eine schwarz-rot-goldene Fahne hing. Begleitet von Beifallsrufen und Klatschen steckte er das Gebilde fest. Er entdeckte Eleonore.

»Sie müssen weg«, rief er ihr zu und fuchtelte wild mit seinen Armen.

Eleonore wandte sich um. Ihr Mund wurde trocken. Soldaten rückten in breiter Front heran. Keine fünfzig Meter von ihr entfernt, nahe einer Holzbaracke, blieben sie stehen. Die erste Reihe ging in die Knie. Alle hoben ihre Gewehre und zielten. Eleonore wurde es heiß. Direkt an ihrem Kopf zischte ein Dachziegel vorbei. Scheppernd schlug er auf dem Pflaster auf und zerbarst. Splitter schlugen Eleonore gegen die Beine. Weitere Ziegel folgten. Einer streifte ihre Wange und prallte dann von ihrer Schulter ab. Sie schrie auf. Mit einer Hand wollte sie Staub aus ihrem Gesicht wischen, den sie dort wähnte. Da war es feucht. Ein stechender Schmerz durchzuckte sie. Ungläubig starrte sie ihre Finger an. Die glänzten rot. Von ihrem Blut. Eine weitere Gewehrsalve ließ sie zusammenfahren.

»In Gottes Namen, hier herein!«, schrie sie eine fremde Stimme an.

Ein Mann zog sie in einen Hauseingang.

»Schnell, hier entlang«, sagte er. Sie eilten ein paar Stufen in einem matten Hausflur hinunter, erreichten die rückwärtige Tür und traten ins Freie hinaus.

»Danke«, presste Eleonore heraus.

Der Mann musterte sie besorgt. »Sie sind ja verletzt.«

»Es geht schon«, murmelte sie.

Sie lief die Straße entlang. Hier wurde nicht gekämpft, aber Eleonore hörte Trommeln schlagen, wüste Schreie und Schüsse von den benachbarten Straßen. Rauchschwaden zogen über die Dächer. Eleonore irrte eine Weile umher, ohne recht zu wissen, wohin sie ging. Sie wollte irgendwie zurück. Der Lärm nahm beständig zu. Von überall her erschollen Gewehrschüsse, der Donner von Kanonen und Schreie. Sie bog um eine Ecke und blieb wie vom Schlag gerührt stehen. Das Ende der Straße versperrte eine haushohe Barrikade. Pflastersteine und Dachziegel regneten von den Dächern herab. Eleonore vermochte nicht zu sagen, ob es die gleiche Barrikade war, in deren Nähe sie der Ziegel gestreift hatte. Wenn ja, dann war sie irgendwie auf deren andere Seite gelangt.

An einem der Häuser stand eine Tür offen. Eleonore trat ein und stieg das Treppenhaus hinauf. An dessen Ende angelangt, stand eine weitere Tür offen. Zwei Stufen führten zum Dachboden hinauf. Sie trat ein. Sonnenlicht blendete sie, ein leichter Wind umwehte sie. Bis auf wenige Ausnahmen hatten sie das Dach abgedeckt. Mit einer Hand packte sie eine der Dachlatten, beugte sich vor und hielt Ausschau. Neben ihr kauerten Frauen und Männer. Alle hielten Dachziegel oder Pflastersteine in ihren Händen.

»Wollen Se ooch werfen?«, fragte sie jemand.

Sie schüttelte ihren Kopf.

Jenseits der Verschanzung brannte eine Holzbude. Sie hörte, wie das Feuer knisternd durchs Holz fuhr. Eleonore meinte, diese vorher gesehen zu haben. Dann war es die gleiche Barrikade. Rote Flammen züngelten in die Höhe, schwarzer Rauch stieg auf und vermischte sich mit dem Qualm der Gewehre und Kanonen.

Aus etlichen Fenstern schossen Zivilisten. Eine Detonation fuhr Eleonore in die Glieder. Salve um Salve erklang, die irgendwo jenseits der Barrikade abgegeben wurden. Hin und wieder hörte sie das tiefe Dröhnen einer abgefeuerten Kanone und das Jaulen der Kugeln. Sie konnte nicht erkennen, ob die Geschosse großen Schaden anrichteten. Der Qualm zog heran und reizte sie zum Husten, raubte ihr die Sicht. Mündungsfeuer blitzte rot im Grau auf. Ein Splitter schlug ins Holz. Hier konnte sie nicht bleiben.

Eleonore ging hinunter. Auf der Straße blieb sie einen Moment unschlüssig stehen, dann ging sie entschlossen in Richtung der Verschanzung. Je näher sie kam, desto mehr Details erkannte sie. Da kauerten Kinder auf dem Boden und schmolzen Blei in kleinen Gefäßen über einer Feuerstelle. Daneben saß ein Mann und fertigte Kugeln an. Frauen brachten Fensterscheiben, schlugen diese zusammen, um so an die Bleifassungen zu gelangen.

Zwei Männer trugen einen Verletzten nach hinten.

Sein linkes Bein war zerfetzt. Blut quoll durch einen notdürftig angebrachten Verband und färbte das Hosenbein dunkel. Der Mann zitterte. Die Männer legten ihn ab und eilten zurück. Eleonore trat zu dem Verwundeten. Wenn sie nur irgendwie helfen konnte. Sie erwartete, dass die Männer zurückkämen, einen neuen Verband brachten, aber sie blieben fort. Sie kniete neben dem Mann nieder und blickte ihn an. Seine Augen starrten blicklos in den Himmel. Sie hob eine Hand vor den Mund. Tränen traten ihr in die Augen.

Die Männer vorne an der Barrikade schossen. Beißender Qualm umfing sie und reizte sie wieder zum Husten. Zum Schutz hielt sie ein Taschentuch vor Mund und Nase. Ein scharfer Knall verriet, dass eine Kanone abgefeuert worden war. Der Barrikade, die an vielen Stellen mit Eisenplatten verstärkt worden war, konnte das nichts anhaben. Wie Hagelkörner prasselten Geschosse dagegen. *Sie schießen mit Kartätschen-Munition,* erkannte Eleonore. Kleine Eisenstückchen, die, wenn sie trafen, einen fürchterlichen Blutzoll forderten.

*Hier kann ich nicht bleiben,* dachte sie erneut und ging die Straße zurück. Das Gebrüll der Männer und der Soldaten verfolgte sie. Ein wirkliches Entkommen schien unmöglich. Überall wurde gekämpft. Vor ihr schwankte ein Mann vorwärts, ein Gewehr diente ihm als Stock. Jeden Moment drohte er umzukippen.

»Kann ich Ihnen helfen?«, fragte Eleonore.

Der Mann sah sie stumm an, brachte endlich ein Nicken zustande. Um seine Stirn war ein Tuch gebunden. Blut sickerte durch. Eleonore trat neben ihn, sodass er sich aufstützen konnte. Ein weiterer Passant kam ihnen zu Hilfe.

»Wir sollten ihn in das St.-Hedwig-Krankenhaus bringen. Es ist gleich da vorne.«

Eleonore ließ den Mann führen. Nach wenigen Minuten erreichten sie eine Seitenstraße.

Vor ihnen lagen Dutzende Verwundete, manche auf einfachen Bahren, manche auf dem nackten Pflaster. Dazwischen standen Männer mit Säbeln und Gewehren. Andere verarzteten die Geschundenen, so gut es ihnen gelingen mochte.

»Wir wollen Einlass«, rief einer von ihnen in Richtung einer verschlossenen Tür. »Helft unseren Kameraden.«

Eleonore und der Mann ließen den Verwundeten langsam auf den Boden sinken. »Wasser«, flehte einer.

Beißender Qualm hing in der Luft.

»Wenn wir mehr Verbandsmaterial hätten«, sagte eine Stimme hinter Eleonore. Sie fuhr herum. Da kniete William Euskirchen bei einem Verletzten, der kreidebleich am Boden saß und ein Tuch vor seinen Bauch presste. Blut quoll zwischen seinen Fingern hervor.

Eleonore wollte vor Freude aufschreien und dem Journalisten um den Hals fallen. Das Elend um sie herum verbot eine solche Handlung. Sie trat an William heran.

Der blickte auf. »Sie …?«

»Aufmachen, oder wir stürmen das Gebäude«, schrie jemand vor dem Eingang des Hospitals. Eine Frau in Ordenstracht war herausgetreten. Zahlreiche Männer bedrängten sie und redeten auf sie ein. Die ersten Gewehrkolben schlugen hart gegen die Türen.

Eleonore schüttelte den Kopf. Die Ordensschwestern

mussten helfen, allein aus ihrem Verständnis heraus. Natürlich hatten sie Angst. Wer half ihnen? William war in das Anlegen eines Verbandes vertieft. Einige der Verwundeten sahen hoffnungsvoll zum Haus, andere starrten stumm in die Gegend oder verzerrten vor Schmerzen ihr Gesicht.

Sie drängte vor, vorbei an den Männern, die die Ordensschwester umringten, und trat neben die Nonne.

»Wollt ihr euch denn an Hilflosen vergreifen?«, schrie Eleonore die Männer an. Hasserfüllte Blicke trafen sie. Niemand wich zurück.

Eleonore sah William herankommen. Der schob ein paar der Männer zur Seite und trat schützend vor sie.

Hinter ihnen wurde ein kleines Fenster geöffnet. Alle wandten ihre Köpfe. Eine ältere Frau blickte heraus.

»Mit wem haltet ihr es? Etwa mit dem Militär?«, schrie einer der Männer aufgebracht in ihre Richtung.

»Mit Gewalt erreicht ihr nichts«, rief William donnernd.

»Wir wollen nicht, dass unsere Kameraden verbluten«, rief einer aufgebracht.

Eleonore schluckte, hob ihr Kleid an und zerrte mit beiden Händen an ihrem Unterrock, bis es ihr gelang, einen Streifen des Stoffes abzureißen.

»Niemand muss verbluten, weil es an Verbandsmaterial fehlt«, rief sie. Ein paar Männer klatschten Beifall.

Ein Dienstmädchen kam aus der Menge heraus, blickte zu William und schüttelte den Kopf.

»Ich habe nach meinem Freund gesucht«, sagte sie an Eleonore gewandt. »Er ist Gott sei Dank nicht unter den Verwundeten.«

»Mit wem haltet ihr es?«, fragte ein anderer Mann die Ordensschwester und hob ihr drohend seine Jagdbüchse entgegen. William drückte den Lauf nach unten.

»Wir pflegen Eure Brüder und Schwestern. Wir halten es mit den Verletzten«, sagte sie mit milder Stimme, aber in Festigkeit gesprochenen Worten.

Sofort schlug die gereizte Stimmung um. Unter Hurrarufen wurden die Verletzten vom Pflaster gehoben und zum Eingang gebracht. Kaum, dass die Tür aufging, drängte die Menge wie ein Wasserfall in das Gebäude. Eleonore wurde mitgerissen. Dankbar nahm sie wahr, dass ihr William mit dem Dienstmädchen folgte.

»Wir haben draußen versucht zu helfen«, sagte er zu Eleonore. »Warum sollten wir drinnen nicht unser Werk fortführen?«

Eleonore reichte ihm ihre Hand. »Ich danke Ihnen erneut. Sie sind offenbar zu meinem Retter bestimmt.«

Das Dienstmädchen trat zu ihnen. »Das ist Clara«, stellte sie William vor.

»Ich bin Eleonore«, sagte sie. Das Mädchen lächelte gequält. Ihr Gesicht war blutverschmiert und dreckig.

Die Schwestern versuchten, so gut es ging, Ordnung in das Chaos zu bringen. Sie besahen jeden Verwundeten und wiesen dann an, wohin er gebracht werden sollte.

»Es sind so viele«, klagte die, die zuvor aus dem Fenster gesehen hatte.

Eleonore hob erneut ihr Kleid an und riss weitere Stoffbahnen herunter. Clara tat es ihr gleich.

»Egal ob Baumwolle oder feinste Seide, wenn es hilft«, sagte sie.

Der Mann mit der Jagdbüchse trat auf William zu. »Verzeiht, wenn ich Euch angeschrien habe. Mein Name ist Faber, Alfred Faber.« Er reichte William die Hand. »Ich bin ein einfacher Schulmeister. Es ist nicht recht, dass auf das Volk geschossen wird.«

»Ich bin William Euskirchen, Journalist aus den Vereinigten Staaten von Amerika. Und dies ist Clara.«

Eleonore sah ihn an.

»Und dies ist Fräulein Eleonore Herbst«, stellte sie William vor.

Sie schluckte. Zum ersten Mal hatte er ihren Vornamen ausgesprochen.

Faber nickte. »Jede Hilfe ist willkommen.«

»Habt ihr einen jungen Mann gesehen, groß, mit blonden Locken?«, fragte Clara. »Er heißt Eduard und ist Druckerlehrling.«

Faber zog eine Grimasse. »Da draußen kämpfen Hunderte, wenn nicht Tausende. Professoren genauso wie einfache Handwerker, Studenten. Wie soll ich da jemanden erkennen?«

Eleonore sah Claras Enttäuschung. Das Mädchen tat ihr leid. Von Vater musste sie nicht fürchten, dass er mitkämpfte. Da hellte sich die Miene Claras auf.

»Ist Ihnen ein Bursche mit blonden Haaren aufgefallen? Der spielt gerne den Anführer und ich fürchte, Eduard ist in dessen Nähe.«

Faber schüttelte den Kopf. »Blonde gibt es genug. Ich werde dennoch Ausschau halten, wenn ich eine Runde durch die Stadt unternehme.«

William reichte ihm die Hand. »Kommt gesund zurück. Wir werden hier mit anpacken.«

»Ich habe ein paar Männer als Ehrenbürgerwache vor

dem Haus aufgestellt«, sagte Faber. »Sie werden dafür sorgen, dass den Schwestern nichts geschieht.«

»Ich wollte zurück ins Hotel«, sagte Eleonore. »Zurück zu Vater. Es ging alles so schnell vor dem Schloss. Bestimmt ist er in großer Sorge.«

»Sie waren vor dem Schloss?«, fragte William.

»Ich habe alles gesehen.« Sie senkte ihre Stimme. »Ich wollte Friedrich treffen. Er wollte mir das Schloss zeigen.«

»Im Schloss ist er zumindest sicher«, sagte William mit bitterem Unterton.

»Nirgendwo ist ein Durchkommen«, sagte Eleonore.

Die Scheiben erzitterten vom Widerhall eines Kanonenschusses. Auch ohne den Krach hätten sie gewusst, dass die Kämpfe unvermindert anhielten. Ständig wurden neue Verwundete hereingebracht.

Eleonore half, wo sie konnte. Clara blieb dicht bei ihr. Sie reichten den Verletzten Wasser, wuschen ihre Gesichter und überprüften die Verbände. William hatte eine schreckliche Aufgabe übernommen. Zusammen mit ein paar anderen trug er die Toten nach draußen.

Männer stöhnten. Irgendjemand sprach mit brüchiger Stimme ein Gebet. Eleonore kniete neben einem der armseligen Geschöpfe, einem Studenten. Sein einstmals weißes Hemd war schwarz. Er griff mit seiner linken Hand nach ihr, richtete sich zitternd auf. Er wollte etwas sagen, doch statt Worten quoll Blut aus seinem Mund, lief ihm das Kinn hinunter. Seine Augen waren vor Schreck geweitet. Mit einem letzten Aufbäumen erbrach er Blut in ihren Schoss und kippte röchelnd zur Seite. Seine Hand entglitt ihr. Dann lag er mit gebrochenen Augen da.

Eleonore sah auf den leblosen Körper. Sie zitterte. Hilfesuchend blickte sie umher, entdeckte William und nahm mit ihm Blickkontakt auf. Er kam, sah den toten Studenten und rief einen anderen zur Hilfe. Bevor sie den Leichnam aufhoben, legte er eine Hand auf ihre Schulter. Sie hielt sie für einen Moment fest.

# Eine Tragödie

Berlin, in der Nacht zum 19. März 1848

Der König hielt Kriegsrat. General von Prittwitz, den der König auf Drängen des Kronprinzen zum Oberbefehlshaber der Truppen in Berlin ernannt hatte, stand neben Minutoli, dem Polizeichef der Stadt. Weitere hohe Offiziere und Prinzen vervollständigten die Gruppe. Einen Kontrast inmitten der prächtigen Uniformen boten wenige Zivilisten in ihren Anzügen. Friedrich war einer von ihnen und blieb im Hintergrund. Er stand am Fenster und blickte hinaus. Der Schlossplatz war zum Aufmarschgelände des Militärs geworden und dort, wo am Mittag Tausende ihrem König zugejubelt hatten, standen nun Kanonen und Pulverwagen. Er hatte alles verfolgt, die Ansprache des Königs, die ungehört blieb, die Hochrufe, die ersten Pfiffe, Buhrufe und dann die beiden Schüsse, die alles einstürzen ließen. Ein Versehen, so wusste man im Schloss mittlerweile, eine Unachtsamkeit einfacher Soldaten.

Überall in den Straßen waren Barrikaden entstanden und Waffenläden geplündert worden, gerade so, als habe die andere Seite nur auf ein Zeichen gewartet. Seit Stunden rang der Pöbel mit dem Militär. Es war lange nach Mitternacht und immer noch wurde geschossen. Die Fenster erzitterten vom Widerhall eines Kanonenschusses.

Ein Bote erschien in der Tür. Alle wandten ihm ihr

Gesicht zu. Er übergab einen Zettel, der schnell von Hand zu Hand gereicht wurde und endlich beim König landete, den alle gebannt beobachten. Der las, ohne eine Miene zu verziehen, knüllte das Papier zusammen und ließ es achtlos auf den Boden fallen.

*Blass sieht er aus,* dachte Friedrich. Hatte er die letzten Stunden geschlafen? Der Prinz von Preußen redete eindringlich auf seinen Bruder ein, der mehrmals den Kopf schüttelte. Warum blieb der König so zaghaft? Barrikade um Barrikade war eingenommen worden, das Gebiet rund um das Schloss herum fest in Soldatenhand. Warum zögerte er zu befehlen, die ganze Stadt unter ihre Kontrolle zu bringen? So gab er den Aufständischen nur eine Pause, in der sie sich sammeln konnten. Sollte alles zugrunde gehen? Das Militär stand auf ihrer Seite, treu und furchtlos. *Wie lange?*

Friedrich schluckte. Dieses Mal war ihm William nicht zuvorgekommen, hatte er ihn nicht wie beim Flugblatt überlistet. Wusste er von den Uniformen, die der Tunichtgut Danner gehortet hatte? Egal! Er hatte rechtzeitig davon erfahren und Maßnahmen eingeleitet. Der letzte entscheidende Hinweis war von einer Seite gekommen, von der er sie nicht erwartet hatte. Die Uniformen waren gleich zu Beginn der Kämpfe in ihrem Versteck, einer Baracke am Alexanderplatz, in Flammen aufgegangen. Egal, was Danner mit ihnen bezwecken wollte, sie richteten keinen Schaden mehr an.

Wieder blickte er hinaus. Wo mochte Eleonore heute Mittag gewesen sein? Er hatte vergebens versucht, sie in der Menge zu erspähen. Und William, wo war der? Kämpfte er auf der Seite Danners und dessen Gesellen?

Zuzutrauen wäre es ihm, zierte ihn doch die Narbe eines Kampfes. Mehrfach waren Aufrührer verhaftet und in das Schloss gebracht worden. Die Kellerräume, die als provisorisches Gefängnis dienten, platzten aus allen Nähten. Soldaten brachten weitere Horden, trieben sie mit ihren Gewehrkolben voran, ohne Rücksicht auf Verletzte zu nehmen. Friedrich hatte einige der Gefangenen Polnisch reden hören. Das schien zu beweisen, dass die Unruhen von außen in die Stadt getragen worden waren, wie manche behaupteten. Er wusste es allerdings besser.

»Zu warten bedeutet, Schlimmeres heraufzubeschwören«, sagte eben der Prinz von Preußen an den König gewandt. Seine Stimme füllte den Raum. »Die Soldaten sind bereit. Den Großteil der Stadt haben sie unter Kontrolle. Ist es nicht so, Herr General?«

Von Prittwitz räusperte sich lautstark. »Wir haben zwanzigtausend Mann zur Verfügung, Eure Hoheit.«

»Du bist Soldat, immerzu Soldat«, klagte der König, an seinen Bruder gewandt. »Es waren eingeschleuste Unruhestifter, die die Revolte angezettelt haben. Franzosen und Polen. Soll ich dafür meine geliebten Berliner bestrafen, ihre Häuser in Schutt und Asche legen, sie zusammenschießen lassen?«

»Haben Eure Majestät Befehle?«, fragte von Prittwitz.

Eine in der Ferne abgefeuerte Kanone ließ alle aufhorchen.

»Hört das denn nimmer mehr auf?«, murmelte der König.

»Du musst deine Zugeständnisse zurücknehmen. Wenn wir Pressefreiheit und -frechheit haben, dann steht kein Thron mehr lange.« Das Gesicht des Prinzen war rot angelaufen. »Wenn du die Truppen abziehst, wie manche Dummköpfe fordern, riskierst du den Fortbestand unserer Monarchie.«

Der König presste seine Lippen zusammen.

»Leider wurde versäumt, die Rädelsführer rechtzeitig dingfest zu machen«, fuhr der Prinz fort und sah ihn an. Friedrich verzog keine Miene. Nicht einmal, als der König zu ihm sah.

Aber es gab ihm die Gelegenheit auszusprechen, was er schon lange dachte.

»Es ist mehr denn je möglich, die Unruhestifter zu verhaften. Sie haben ihre Deckung verlassen. Wie reife Früchte können wir sie ernten.« Er wartete auf eine Reaktion. Der König sah ihn irritiert an. Aber der Prinz nickte zustimmend.

Unruhe an der Tür ließ alle dorthin blicken. Ein Meldeoffizier trat ein und eilte zu General von Prittwitz. Seine Stiefel schlugen hart auf den Parkettboden, sein Säbel klirrte im Geschirr. Er reichte seinem Vorgesetzten einen Zettel.

»Die Umzingelung der Stadt ist abgeschlossen. Ohne Genehmigung meinerseits verlässt niemand mehr die Stadt oder kommt in sie hinein«, sagte er, nachdem er die Nachricht gelesen hatte. »Haben Eure Hoheit jetzt Befehle?«, fragte er ein weiteres Mal.

Der König winkte ab und wandte allen den Rücken zu.

Der Prinz schnaubte auf. »Bisher habe ich wohl gewusst, dass du ein Schwätzer bist, aber nicht, dass du eine Memme bist. Dir kann man in Ehren nicht mehr dienen.«

Friedrich sah den König zusammenzucken. *Man könnte eine Nadel fallen hören,* dachte er. Das eisige Schweigen hielt lange an.

Der König deutete auf den Tisch. »Da liegt sie, meine Proklamation an mein Volk, an meine lieben Berliner. Sie wird gedruckt und überall angeschlagen werden.« Er blickte in die Runde. »Lassen Sie mich allein.«

Der Prinz eilte strammen Schrittes davon. Die anderen folgten. Friedrich bildete den Schluss. An der Tür sah er noch einmal zum König zurück. Der stand mit gebeugtem Kopf da, die Hände auf dem Rücken verschränkt. Hinter der Gestalt des Königs, durch die Fenster, sah er den Tag anbrechen. Wie weit es gekommen war! Ein Befehl, und es wäre vorbei mit der Revolte. Warum zögerte der König?

Hinter ihm schlossen Lakaien die Tür. Er ging den Flur entlang. Die Sorgen um Eleonore traten in den Vordergrund. War sie auf dem Schlossplatz gewesen, wie verabredet? Sein Ärger darüber, nicht an die Versammlung gedacht zu haben, wuchs an. Sie war nicht dumm, hatte bestimmt den Tumult gemieden. Doch wohin war sie hingegangen? Im Hotel hatte sie der Bote, den er ihr gesandt hatte, nicht angetroffen. Auch Stunden später nicht. Nur einen besorgten Vater. Irrte sie umher, war ihr am Ende etwas zugestoßen? Wenn irgendeine Aussicht bestehen würde, dass er sie finden könnte, er würde sie suchen.

Er wollte hinunter in den Keller gehen, nach den Gefangenen schauen. Vielleicht fand er William unter den Neuankömmlingen.

»Auf ein Wort«, sprach ihn der Adjutant des Prinzen an und riss ihn aus seinen Überlegungen. Er erwartete ihn am Ende der Treppe. Der Adjutant führte ihn einen Flur entlang und öffnete eine Tür. Friedrich trat ein und erkannte Prinz Wilhelm.

»Königliche Hoheit«, sagte Friedrich und erwartete gespannt, was der Bruder des Königs von ihm wollte.

»Ihr scheint mir ein Mann der Tat«, sagte der Prinz. »Ich will, dass ihr weiterhin den Pöbel observiert.«

»Nichts anderes hatte ich vor«, antwortete Friedrich fest. Ein Gefühl sagte ihm, dass noch mehr kam.

»Wir müssen eine Reaktion zeigen. Wir dürfen nicht müde werden, bis Ruhe und Ordnung herrschen. Es gibt viele, die dazu beitragen wollen. Wir müssen sie zueinander bringen. Könnt Ihr dafür Sorge tragen?« Der Prinz sah ihn fest an.

»Auch das wird mein Bestreben sein, Königliche Hoheit«, erwiderte Friedrich.

Der nickte befriedigt. »Ich danke Euch.«

Friedrich verneigte den Kopf und verließ das Zimmer. Stolz trieb ihn vorwärts. Der Prinz von Preußen, der ihm bisher stets reserviert gegenübergestanden hatte, zählte auf ihn. Hatte von »wir« gesprochen. Dann fiel ihm Eleonore ein, und das trübte seine Freude. Wo steckte sie?

***

Die Abenddämmerung brach herein und die Ordensschwestern verteilten Kerzen. Die beleuchteten das Elend nur unzulänglich. Eleonore arbeitete wie in Trance. Der Strom an Verwundeten war zum Erliegen gekommen. Ein Zeichen, dass die Kämpfe nachließen. Sie fiel auf einen Stuhl. Der Geruch von Urin, Erbrochenem und Blut lag in der Luft.

Eleonore musste an die friedvolle Versammlung vor dem Schloss denken. Bestrahlt von einer herrlichen Frühlingssonne. Die Menschen hatten dem König zugejubelt, hatten ihn hochleben lassen. Dann krachten die beiden Schüsse. War jemand getroffen worden? Sie wusste es nicht. Sie gaben das Signal zur Flucht und zum Aufruhr.

An der Tür erschien Alfred Faber. Erschöpft lehnte er sich an die Wand. William trat zu ihm. Sie ging hinüber, Clara folgte.

»Bei uns ist kein Durchkommen fürs Militär«, erzählte Faber stolz. »Andernorts wurden viele Barrikaden überrollt. Es hat viele Tote gegeben.«

»Der König hätte dem Militär Einhalt gebieten sollen«, sagte William.

»Ein sinnloses Blutvergießen«, klagte Eleonore. »Der König hat vieles bewilligt.« Sie sah zu William. »Etwa die Pressefreiheit.«

»Wenn die verdammten Soldaten nicht wären«, klagte Faber. Dann entdeckte er Clara. »Den Blonden habe ich nicht gesehen.«

Clara seufzte. »Wenn ich nur wüsste, dass es Eduard gut geht.«

Eleonore legte ihre Hand beruhigend auf die Schulter des Dienstmädchens. »Ich würde gerne zu meinem Vater. Der wird in höchster Sorge um mich sein. Du wirst sehen, noch heute liegen wir uns alle wieder in den Armen.«

»Ist denn ein Durchkommen möglich?«, fragte William Faber.

»Die Brücken sind besetzt«, antwortet der. »Da kommt nicht einmal eine Maus durch.«

»Wir könnten mit einem Boot über die Spree«, sagte Clara und sah William an.

Eleonore horchte auf und schluckte. Das erschien ihr ein Abenteuer. Doch was hatte sie heute nicht alles erlebt, an diesem denkwürdigen Tag.

William zwinkerte dem Dienstmädchen zu. »Eine weitere Bootsfahrt.«

Gab es mehr zwischen den beiden? Eleonore sah ihn erwartungsvoll an.

»Wenn Sie wollen, können Sie uns begleiten«, bot ihr William an. »Die Verwundeten sind versorgt und in besten Händen. Zeit, Ihrem Vater die Sorgen zu nehmen.«

Sie nickte stumm. *Vater! Wie mochte es ihm gehen?* Schuldbewusst gestand sie sich ein, dass sie ihn zeitweilig völlig vergessen hatte. William sprach mit einer der Ordensschwestern. Die reichte ihm ihre Hand zum Abschied.

Gemeinsam verließen sie das Hospital.

William ging ein paar Schritte vor ihnen. An jeder Hausecke blieb er stehen und sondierte die Umgebung. Eleonore hielt Claras Hand. Die Fassaden warfen dunkle Schatten. Am Himmel leuchtete der Mond und sorgte für eine matte Beleuchtung.

»Weiter«, flüsterte William vor ihnen.

Sie folgten. Viel lieber hätte sie mit William einen Spaziergang unternommen oder mit dem Dienstmädchen geplaudert. Die Leichtigkeit der letzten Tage war dahin.

Eleonore beobachtete William. Der zeigte keine Spur von Aufregung. Was mochte er wohl schon alles erlebt haben? Drüben in den Staaten oder in Deutschland, vor seiner Auswanderung. Er führte sie durch das nächtliche Berlin, als sei dies das Natürlichste der Welt. Friedrich sprach wenig von seinem Bruder. Sie dachte an ihren Vater. Der hatte sie eingehend zu Friedrich befragt. Sah er in ihm einen potenziellen Ehemann? Wie stand sie selbst zu Friedrich? Und was hielt Vater von William? Sah er in ihm mehr als einen interessanten Gesprächspartner?

Sie erreichten ein Holzlager. In Stapel aufgeschichtet lagen Balken und Bretter. Bauholz. Durch die Gassen zwischen den Lagerplätzen gingen sie weiter, bis vor ihnen ein dunkles, glitzerndes Band erschien. Die Spree. William bedeutete ihnen zu warten und verschwand im Dunkeln. In der Ferne leuchtete der Himmel an mehreren Stellen rot. Dort biwakierten Soldaten oder hatten Kämpfer an den Barrikaden ein Feuer gemacht. Vereinzelt hörte Eleonore Schüsse.

Aus dem Dunkel tauchte William wieder auf.

»Ein Boot liegt gleich dort vorne«, sagte er. »Es geht Steinstufen hinunter. Vorsicht, die sind glatt.«

Eleonore reichte ihm ihre Hand, Clara hielt die andere fest umschlossen. So gingen sie aneinander gekettet voran.

William zog das Boot heran, half Clara und ihr einsteigen und folgte ihnen nach. Er löste das Tau und stieß das Boot mit einem Fuß von der Uferwand ab. Clara nahm vorne Platz und sie an der gegenüberliegenden Seite. Er kam schwankend auf sie zu und setzte sich direkt neben sie. Eleonore atmete seinen Geruch ein.

Das Boot drehte in der Strömung. William brachte es mit dem Ruder auf Kurs. Dann kniete er vor ihr in der Mitte und paddelte wie in einem Kanu. Sorgenvoll betrachtete sie das gegenüberliegende Ufer. Dort lagerte ebenfalls Holz. Die nächsten Häuser lagen weit genug entfernt, ebenso zwei Brücken, die zu jeder Seite den Fluss überspannten. Sie konnte dort nichts entdecken und hoffte, dass sie unentdeckt blieben. Was würde sie erwarten? Gab es jenseits weitere Straßensperren?

Wenn William das Paddel eintauchte, klatschte das Wasser auf und gurgelte an der Bootswand entlang. Beides erschien ihr laut. Sie hielt den Atem an. Ihr Herz schlug pochend in ihrer Brust. Nach einer gefühlten Ewigkeit schrammte das Boot gegen das andere Ufer. Wolken verdeckten nun den Mond und die Sterne. Um sie herum herrschte finstere Nacht. Direkt vor ihnen meinte sie ein Geräusch zu hören. Sie konnte nichts sehen, da William ihr die Sicht versperrte. Clara stand im Bug, hatte ein Tau aufgenommen und suchte nach einer Befestigungsmöglichkeit.

»Halt, wer da?«, rief sie eine zittrige Stimme aus dem Dunkel an.

In der Nähe blitzte Mündungsfeuer auf. Der Knall ließ Eleonore einen Moment taub werden. William verlor das Gleichgewicht und fiel rücklings hin, gleichzeitig spritzte Wasser auf. Sie befürchtete, William sei getroffen worden, und entdeckte ein weißes Bündel, das im Wasser lag und von der Strömung mitgerissen wurde.

Das Dienstmädchen!

Der Journalist rappelte sich auf, entdeckte Clara und sprang hinterher. Das Boot schwankte wild, verharrte aber an der Stelle. Clara musste es gelungen sein, das Tau um einen Poller zu legen. Eleonore war allein.

Hatte der Schuss das Dienstmädchen getroffen oder

hatte sie, wie William, nur ihr Gleichgewicht verloren? Sie spähte angestrengt ins Dunkel hinaus. Vergebens. In ihren Ohren rauschte es, dann vernahm sie ein Platschen. Instinktiv hob sie das Paddel an der Stelle heraus, wo William verschwunden war. Seine Hand erschien, griff nach dem Holz.

»Zieh!«, forderte er sie auf. »Zieh!«

Fest umschloss sie das Paddel, zog, setzte ihr ganzes Gewicht ein. Ein Splitter fuhr in ihre Hand. Sie schrie auf, biss auf ihre Unterlippe, hielt das Paddel unvermindert fest. William gelang es, das Boot zu fassen, hangelte sich daran entlang und erreichte das Ufer. Clara zog er mit seiner anderen Hand hinterher. Eleonore ließ das Paddel fallen, sprang an Land und mit vereinten Kräften zogen sie das Dienstmädchen aus dem Wasser. Clara kam auf dem Rücken zu liegen. Der Mond brach durch die Wolken.

Eleonore blickte zu Clara und schrie erneut auf. Aus der linken Brust des Dienstmädchens quoll Blut und lief in Rinnsalen, vermischt mit Wasser, ihren Oberkörper herunter. Ihre Augen starrten gebrochen in den Himmel. William sackte auf seine Knie. Seine Schultern bebten. Wasser tropfte seine Haare herab.

»Nein!«, rief er. Sein Schrei hallte durch die Nacht. Eleonores Puls raste. Sie kniete neben William nieder und berührte Claras Arm. Der war noch warm.

»Nein!«, schrie William ein zweites Mal.

Bei Eleonore brachen sämtliche Dämme. Schluchzend legte sie ihre Wange an die des Mädchens. Ihre Lippen bebten. Kein Ton wollte ihr entweichen, ihre Kehle war zugeschnürt.

Sie hob den Kopf und sah, von Tränen verschleiert, einen schmächtigen Jungen, der hinter einem Holzstapel hervortrat. In den Händen hielt er ein Gewehr.

»Das habe ich nicht gewollt«, stammelte der Junge, warf die Waffe weg und rannte davon.

William hob eine Faust. »Du Schuft«, rief er dem Kind hinterher.

Sie nahm seinen Arm, spürte, wie angespannt der war, und hielt ihn zurück. Dann wich alle Kraft aus ihm. Er beugte seinen Oberkörper tief zu Clara und strich mit der Hand eine nasse Strähne aus ihrem Gesicht.

Alles Weitere erlebte sie wie in einem Traum. William nahm Clara in seine Arme, stand auf und durchschritt das Holzlager. Eleonore blieb dicht an seiner Seite. Sie erreichten die Straße und passierten die ersten Häuser. Nach wenigen Metern kam ihnen eine Soldatenpatrouille entgegen. Einer der Uniformierten hob ihnen eine Laterne entgegen.

»Halt!«, forderte er sie auf.

William ging unbeirrt weiter, sie nebenher. Claras Arme hingen herunter und schwankten im Takt seiner Schritte. Jemand richtete ein Gewehr auf sie und senkte es wieder. Die Soldaten bildeten ein Spalier und ließen sie durch. Einer machte ein Kreuzzeichen, ein Offizier nahm seinen Tschako ab und tippte an seine Stirn. Erschöpfte Gesichter starrten sie an.

Eleonore presste ihre Lippen zusammen, schmeckte Blut. Wie viele hatten ihr Leben gelassen?

# Der Prinz rasiert sich

Der Morgen des 20. März begann mit heiterem Wetter. Die Sonne ließ die weiße Tischdecke hell erleuchten und den Honig im Glas golden funkeln. William saß mit Jakob Reichenbach am Frühstückstisch und aß mit wenig Appetit. Vor seinem Gastgeber lag ein angebissenes Brötchen.

»Das Fuhrwerk wird jeden Augenblick eintreffen«, sagte Reichenbach. »Ich habe einen der Fabrikwagen präparieren lassen.«

Claras Tod hatte eine Schwere über den Haushalt der Reichenbachs gelegt und gleichzeitig rege Aktivitäten ausgelöst. Hedwig Reichenbach persönlich hatte die schwarzen Tücher aus der Vitrine geholt und sie zusammengenäht. Sie hingen als Flagge der Trauer aus einem der Fenster.

Bitter wie Galle schmeckte die Schuld. Clara hatte für seinen Leichtsinn gebüßt. Warum hatten sie nicht den Morgen abgewartet?

»Ich habe Claras Eltern einen Brief geschrieben und in das Kuvert ihren Monatslohn und ein bisschen mehr hineingetan«, sagte Reichenbach. »Für die Auslagen unterwegs erhalten Sie von mir das nötige Geld.«

»Das muss nicht sein«, sagte William.

»Lassen Sie nur. In Nauen und in Neustadt werden Sie jeweils eine Übernachtung einlegen müssen. Claras Eltern werden Sie in Quitzow erwarten, so denn sie mein Bote erreicht hat«, fuhr Reichenbach fort.

Vor dem Haus hörten sie einen Wagen vorfahren.

Beide standen sie auf und traten an das Fenster.

»Das ist Georg, einer meiner Fuhrleute. Der wird Sie begleiten.«

»Kennt er die Gegend?«, fragte William.

»Oh ja, er ist in Neustadt aufgewachsen.«

William ging in sein Zimmer. Gestern hatte er einen Seesack gepackt, unterbrochen von einem kurzen Gespräch mit Friedrich. Der erzählte, wie er die Kämpfe vom Schloss aus miterlebt hatte und welche Aufregung dort herrschte. Vor allem, da alle Soldaten auf Befehl des Königs in ihre Kasernen oder aus der Stadt marschiert waren. Prinzessinnen, Prinzen und andere Angehörige des Hofstaates waren nach Potsdam abgereist. Der König, erzählte Friedrich, blieb im Schloss zurück.

»Sie werden uns massakrieren«, soll die Königin gesagt haben. Sie war nach Potsdam gefahren. Der Prinz von Preußen hatte überstürzt die Stadt verlassen müssen, was einer Flucht gleichkam. Ihm warf man vor, der Armee das gewalttätige Vorgehen befohlen zu haben.

Friedrich bedauerte Claras Tod.

»Es ist so ruhig und friedlich auf den Straßen, als sei nichts geschehen. Die Berliner betrachten beschämt, was sie angerichtet haben, beklagen die vielen Opfer«, hatte er gesagt. »Kein Triumphgeschrei wie in Paris hallt durch die Straßen, nirgends wird geplündert oder werden alte Rechnungen beglichen. Ich hoffe, dass es so bleibt.«

In diesen Stunden waren sie unterschiedliche Wege gegangen. Während er vom Sog der Straßenkämpfe fortgetragen worden war, hatte Friedrich die Zeit im Schloss und in relativer Sicherheit verbracht, hatte den

Angstschweiß der gekrönten Häupter gerochen, nicht das Blut der Opfer.

Am Nachmittag war er Danner begegnet, der unter Triumphgeschrei mit Hunderten weiteren Gefangenen aus dem Schloss entlassen worden war. Der König hatte allen Kämpfern, die er jetzt »meine lieben Berliner« nannte, Generalamnestie gewährt. Als er ihn entdeckte, war Danner verstummt.

Er berichtete William von den Kämpfen im *Cöllnischen Rathaus.* Lange hatten sie die angreifenden Soldaten in Schach halten können, am Ende sei deren Übermacht jedoch zu groß geworden. Eduard, Claras Freund, habe neben ihm gekämpft. Stockwerk um Stockwerk hatten die Uniformierten das Rathaus erobert, die Aufständischen vor sich hergetrieben und alle niedergemacht, die ihnen begegnet waren. Rasend vor Wut, die Bajonette voraus, waren sie auf sie zugestürmt. Ihm selbst war es im letzten Moment gelungen, aus einem Fenster heraus auf das Dach eines Nebengebäudes zu springen. Unbewaffnet sei er anderen Soldaten in die Hände gefallen. Sie verschonten sein Leben. Auf Eduard, der am Fenster stand, stachen sie wie von Sinnen ein. Anschließend hatten sie dessen blutüberströmten Körper hinuntergeworfen. Wie ein Mehlsack sei der auf das Pflaster aufgeschlagen.

*Eduard muss nicht um Clara trauern,* dachte William bitter. Ein geringer Trost.

»Wäre mein Plan aufgegangen, hätte es weniger Tote gegeben«, hatte Danner noch gesagt.

»Ihr wolltet kämpfen, wolltet es denen da oben zeigen«, hatte er geantwortet.

Danners Gesicht war düster geworden. »Du hattest recht. Es muss einen Verräter unter uns geben. Jemand hat das Versteck der Uniformen verraten, sodass sie diese gleich zu Beginn der Kämpfe verbrannt haben.«

»Wegen ein paar Uniformen wären nicht weniger gestorben.«

»Doch«, hatte Danner beharrt. »Wir hätten sie getragen, überall an den Barrikaden, hätten uns den angreifenden Soldaten gezeigt. Auf Kameraden schießen sie nicht. Die hätten sich mit uns verbrüdert.«

William war wortlos weitergegangen. Das alles hätte die Kämpfe im Keim ersticken können. Und sie wären friedlich über die Spree gelangt, Clara noch am Leben.

Er nahm seinen Seesack und ging hinunter. Auf der Straße wartete das Fuhrwerk. Zwei Pferde waren vorgespannt. Zwei Männer schoben Claras Sarg auf zwei Balken, die quer auf die offene Ladefläche montiert worden waren. Frau Reichenbach und ein Dienstmädchen breiteten eine schwarz-rot-goldene Fahne über den Sarg. Beide schluchzten. Um den Sarg herum schichteten sie Tannenzweige auf, die Diener aus dem Haus brachten. Jakob Reichenbach kam heraus und reichte ihm einen Brief sowie eine kleine Geldbörse. Das Gewicht des Umschlages bestärkte William in der Vermutung, dass Reichenbach das »ein bisschen mehr« großzügig auslegte.

William gab dem Kaufmann die Hand. Der Fahrer, ein kräftiger Bursche, nahm ihm den Seesack ab und verstaute ihn hinter dem Kutschbock, wo Claras Truhe mit ihren wenigen Habseligkeiten stand. Der Mann trug einen dunklen, einfachen Anzug. Blonde Locken ragten unter seiner Schirmmütze hervor.

»Ich bin Georg«, stellte er sich vor und reichte ihm die Hand.

William nannte seinen Namen.

Mit einem Nicken bedeutete ihm Georg, er solle neben ihm Platz nehmen. Kartoffelsäcke fungierten als Kissen.

»Die mildern ab.« Georg schnalzte mit der Zunge und schlug mit einer langen Peitsche in die Luft. Sofort trabten die Pferde los. Laut schlugen ihre Hufe auf das Pflaster.

»Halt!«, rief William. Wenige Meter vor ihnen sah er eine Frau in einem blauen Kleid um die Ecke biegen. Sie hatte einen Umhang über die Schultern gelegt. Es war Eleonore.

William stieg ab und ging ihr entgegen.

»Ich wollte Ihnen etwas mitgeben«, sagte sie. Ihre Brust hob und senkte sich bei jedem Atemzug. Ihre Augen lagen in tiefen Höhlen. Sie reichte ihm ein Kuvert. »Für Claras Eltern.«

William presste seine Lippen zusammen. »Wie kann ich ihnen entgegentreten, wo ich doch Schuld …«

»Nein! Das dürfen Sie nicht sagen, das dürfen Sie nicht einmal denken!« Eleonore griff nach seinem Arm. »Es war ein Unglück. Der arme Junge, der auf sie geschossen hat, war selbst ein Kind.«

»Danke«, presste er heraus.

»Ich bin froh, Sie angetroffen zu haben. Vater lässt Sie grüßen. Und Sie sollen uns besuchen, wenn Sie dann nach Stuttgart kommen. Er würde sich freuen.«

»Reisen Sie denn bald ab?«

Sie nickte.

»Und Sie? Würden Sie sich ebenso freuen?«, fragte William.

Kurz wich der traurige Ausdruck in ihrem Gesicht. »Natürlich!«

William reichte ihr die Hand. Sie trug seidene Handschuhe. Er spürte ihre Wärme durch den Stoff.

»Sagen Sie Ihrem Vater schöne Grüße und danken Sie ihm für die Einladung.«

Eine Träne lief ihre Wangen herunter. »Ich danke Ihnen.«

William stieg zu Georg hoch und der Wagen fuhr wieder an. Eleonore winkte ihnen nach. Er behielt sie lange im Auge.

Die schwarz-rot-goldene Flagge war ein Stückchen verrutscht. Die Farben stammten aus der Zeit der Befreiungskriege gegen Napoleon. Aus der Schwärze der Knechtschaft, durch blutrote Schlachten, ans goldene Licht der Freiheit. Seither galten sie als ein Symbol für ein geeintes, freies Deutschland, hatte ihm Reichenbach erklärt. Clara hatte nicht gekämpft, aber sie hätte sich gefreut über die neue Zeit, die hereinzubrechen schien.

Aus den Fenstern hingen zahlreiche schwarz-rot-goldene Fahnen, darunter schwarze Fahnen als Zeichen der Trauer. Auf den Straßen lagen zerbrochene Dachziegel. Verkohlte Reste von Barrikaden und hunderte Einschlagslöcher an den umliegenden Häusern verrieten, dass gekämpft worden war. Des Königs Proklamation »An meine lieben Berliner« war überall angeschlagen. Darin bedauerte er die vielen Opfer und klagte über zumeist fremde Bösewichter, die den Kampf, den er niemals haben wollte, angestachelt hatten. Man möge zum Frieden zurückzukehren und weiteres Unheil vermeiden.

Zu dieser Proklamation hatten sich weitere gesellt. Es gab nahezu keine Wände mehr, an denen nicht irgendwelche Verkündigungen und Aufrufe angeschlagen waren. Deren Verbreitung war nicht mehr verboten. William erinnerte sich an seine erste Fahrt durch Berlin zurück. Obwohl erst wenige Wochen seither vergangen waren, schienen Monate dazwischen zu liegen. Aus den Schaufenstern waren die Hinweise, Hoflieferant zu sein, gänzlich verschwunden. Wenn sie an Passanten vorbeikamen, hoben diese ihre mit schwarz-rot-goldenen Kokarden verzierten Hüte. Überall räumten sie auf. Von den Dächern her erklangen Hammerschläge sowie das Geräusch von Sägen. Zimmerer und Dachdecker besserten die Schäden aus.

»Das gibt einige Tage Arbeit für manche Handwerker«, sagte Georg. »Die Totengräber kommen ebenfalls zu ihrem Geschäft.« Er deutete nach vorne. Särge standen am Straßenrand aufgeschichtet. Ein Stück weiter passierten sie einen stattlichen Leichenwagen mit einem Baldachin, dessen Stützen mit Blattgold verziert waren. Frauen weinten in ihre Taschentücher.

»Offenbar hat es ebenso besser gestellte Personen getroffen«, sinnierte Georg. »Vielleicht einen Studenten aus gutem Haus oder einen Gardeoffizier. Egal, als Tote gelten alle gleich.«

William dachte an die Liste der Gefallenen, die überall herumgereicht wurde und auf der nahezu zweihundert Namen standen. Die meisten Opfer waren Handwerksburschen gewesen. Claras Name fehlte auf der Liste. Ebenso die Namen derer, die nicht identifiziert werden konnten. Wie viele Namen mochten fehlen? In zwei Tagen sollte es eine große Trauerfeier geben. Die Opfer sollten am Schloss vorbei zum Friedrichshain getragen werden, wo in aller Schnelle eigens ein Friedhof eingerichtet wurde.

In der Allee *Unter den Linden* fuhren sie am Palais des Prinzen von Preußen vorbei. Eine Bürgerwache stand vor dem Gebäude. Jemand hatte »Volkseigentum« auf ein Plakat geschrieben. Auffällig war das Fehlen jeglicher Soldaten. Nicht einmal am Brandenburger Tor stand eine militärische Wache. Die Schilderhäuser der Wachen waren anstelle des preußischen Schwarz-Weiß in Schwarz-Rot-Gold gestrichen. Männer der neu formierten Bürgerwehr hielten Wache. Als sie vorbeifuhren, hoben sie ihre Mützen und grüßten.

Sie passierten das Tor. Die Straße wurde breiter. Georg trieb die Pferde zu höherer Gangart an.

Würde es ruhig und friedlich bleiben? William war in Sorge. Bei den Reichenbachs lagen etliche Zeitungen mit Berichten der Straßenkämpfe. Die wollte er alle in die Staaten senden, ebenso die Proklamation des Königs.

Hinter dem Brandenburger Tor trieb Georg die Pferde zum Trab an. Zur Linken und zur Rechten tauchten Zelte auf. Da biwakierten Soldaten. Sammelten sich diese zum Sturm? Sie fuhren auf eine Straßensperre zu. Ein missgelaunter Sergeant führte das Kommando, ließ sie anhalten und absteigen. Seine Männer durchsuchten den Wagen.

»Was ist da drin?«, fragte er und deutete auf den Sarg.

»Wonach sieht es denn aus?« entgegnete William.

»Aufbrechen!«, befahl der Offizier seinen Männern.

William ballte seine Fäuste. Er bereute in diesem Augenblick, nicht an den Barrikaden gekämpft und nur Verwundeten geholfen zu haben. *Wie schnell Hass in einem anwachsen kann,* ging es ihm durch den Kopf.

Zwei traten an den Wagen heran, zwei weitere Soldaten richteten ihre Gewehre auf sie. William wandte dem Sarg den Rücken zu. Er wollte Clara als lächelndes Mädchen in Erinnerung behalten. Er hörte, wie Holz knirschte und dann der Deckel zur Seite schrammte.

»Jesus Maria!«, entfuhr es einem der Soldaten.

»Zufrieden?«, fragte William den Sergeanten.

»Zumachen!«, befahl der.

»Können wir weiterfahren?«, fragte Georg.

Der Offizier fuhr mit einem Taschentuch über seine Stirn.

»Es hätten Gewehre drin sein können. Wir haben strikten Befehl …« Er brach ab.

William war einen Schritt auf ihn zugegangen.

»Ach was soll's«, resignierte der Sergeant. »Passieren lassen!«

Die weitere Fahrt blieben sie unbehelligt und nach zwei Tagen erreichten sie Perleberg. Kurz vor dem Ort sprang eine Speiche aus einem der Räder.

»Wir bleiben über Nacht und lassen das in Ordnung bringen«, sagte William.

Georg nickte. »Ich denke, die Pferde werden dankbar sein.«

Sie fuhren langsam weiter und hielten nach einem Gasthof Ausschau. Hie und da folgten ihnen neugierige Blicke. An einer Straßenecke spielten Kinder Barrikadenkämpfe.

»Du bist tot, du bist tot«, rief ein Junge mit schriller

Stimme. Das Kind sah den Sarg und verstummte.

Vor dem Gasthaus *Zum Fürsten Blücher* hielten sie an. William stieg mit steifen Beinen vom Wagen herunter. Georg folgte ihm.

»Ich bringe den Wagen in den Hof«, sagte er.

»Und ich werde ein Zimmer mieten.«

Später standen sie mit nacktem Oberkörper nebeneinander und wuschen sich. Die Schwämme zogen helle Bahnen in ihre Gesichter und einmal im Wasser der Schüssel ausgedrückt, war deren Boden nicht mehr zu erkennen.

»Das Rasieren heben wir uns für morgen auf«, sagte William. Dann würde er Claras Eltern gegenüberstehen, was ihm aufs Gemüt schlug. »Lass uns essen und einen Schlaftrunk nehmen.«

Sie betraten den Gastraum. An einem Tisch waren zwei Plätze frei. Sie setzten sich. Die Männer um sie herum diskutierten eifrig über die Revolution in Berlin. In der Mitte des Tisches lagen aufgeschlagene Zeitungen.

»Es sind wenige, die aus der Stadt herauskommen«, sagte einer an ihrem Tisch. »Alle erzählen von den wildesten Kämpfen.«

»Den König trifft keine Schuld.«

»Es ist sein Bruder, der Kronprinz.«

»Der ist ein richtiger Scharfmacher.«

Die Männer riefen von allen Seiten. Einer wühlte in den Zeitungsblättern herum, bis er fand, was er suchte. »Hier steht es«, sagte er, hob ein Blatt in die Höhe und fuchtelte damit vor Williams Gesicht herum.

Es war ein Fahndungsaufruf. Gesucht wurde der Prinz von Preußen, der befohlen habe, mit Kartätschen auf die Bürger zu schießen. Der Prinz sollte nach der Hauptstadt gebracht werden, wo man ihn zur Verantwortung heranziehen wolle. Unterschrieben war das Blatt mit *Berliner Volkskomitee.*

»Wenn es nach ihm gegangen wäre, würde Berlin brennen, und wir könnten es am Horizont leuchten sehen.«

»Wo mag er stecken, der feine Herr Prinz?«, fragte ein glatzköpfiger, groß gewachsener Mann, der am Nebentisch aufstand. »Da heißt es aufmerksam sein. Wer weiß, vielleicht kommt er hier durch. Passt auf, wenn ihr Fremden gewahr werdet.« Sein Blick wanderte die Männer entlang und verharrte bei William und Georg.

»Ich habe nicht das Vergnügen, ein Prinz zu sein«, sagte William müde.

»Das ist zurzeit kaum ein Vergnügen«, gab der Glatzköpfige zur Antwort. »Es mag andere gute Gründe geben, warum man der Hauptstadt den Rücken kehren muss.«

William sprang auf. Sein Stuhl kippte und schlug krachend auf den Boden. Georg stand ebenfalls auf.

Der Wirt eilte herbei. »Streitet nicht«, beschwichtigte er. »Den Herren gehört der Wagen mit dem Sarg, der im Hof steht. Wenn ihr nach Hause geht, dann neigt eure Köpfe.«

»Nichts für ungut!«, lenkte der Glatzköpfige ein. »Lasst uns hören, was ihr erlebt habt.«

William nahm wieder Platz.

Es wurde spät.

***

Die äußere Verwandlung war bis auf eine Maßnahme

abgeschlossen. Wilhelm, Prinz von Preußen, blickte sein Spiegelbild an. Jacke und Hemd hatte er ausgezogen. Der Rasierschaum stand angerührt auf der Kommode, das Messer lag daneben auf einem weißen Tuch. Er beugte sich vor und begann, mit einer Schere den Bart zu stutzen. Im matten Spiegel sah er, wie die Bartteile herunterfielen. Als er der Meinung war, genug vorgearbeitet zu haben, legte er die Schere beiseite und nahm den Pinsel zur Hand. Bald war der Bart, oder besser das, was davon übriggeblieben war, mit Schaum bedeckt.

Seine Miene wurde finsterer, je weiter er mit dem Messer über seine Wangen fuhr und blanke Haut zum Vorschein kam. Zwischendurch wusch er das Messer in der Waschschüssel aus. Schaumbällchen und Barthaare schwammen im Wasser. Bahn um Bahn zog er durch sein Gesicht. Nach getaner Arbeit legte er das Messer zur Seite, nahm ein Tuch und trocknete sich ab. Widerwillig betrachtete er sein Spiegelbild. Der Bart war also ab. Was für eine lächerliche Maskerade!

Der Prinz trat an das Bett heran. Da lag der dunkle Anzug. Er, dem der Soldatenrock zur zweiten Haut geworden war, schlich feige davon. Um das Volk zu beschwichtigen. Er habe das Militär angestachelt, warfen sie ihm vor. Dabei hatte er kein Kommando innegehabt. Gestern in Spandau hatte es geheißen, aufgebrachte Bürger jagten ihnen nach. Was würde geschehen, wenn ihn jemand erkannte? Die Geschichte kannte weiß Gott schauerliche Beispiele. Was für eine Demütigung! Er ballte die Hände zu Fäusten. Die Ungewissheit über die Lage in Berlin nagte an seinen Nerven. Würde Friedrich Wilhelm das Richtige tun? Oder würde er in seinem Zaudern verharren, bis es zu spät war? Wenn er anstelle seines Bruders König wäre, er wüsste zu handeln. Revolution! Schande denjenigen, die es so weit hatten kommen lassen. *Kein Pardon mit dem Pöbel!*

Der Prinz streifte das Hemd über und schlüpfte in die ungewohnte Kleidung. Wenigstens passte alles. Noch einmal musterte er sein Spiegelbild. War es nicht besser, in der Nähe der Hauptstadt zu bleiben, wo die Truppen standen? Wenn ein beherztes Eingreifen nötig sein würde, dann stünde er parat. Aber das hieße, gegen die Befehle des Königs zu handeln. »Du reist nach London, zu Königin Viktoria«, hatte der ihm auferlegt. »Wenn sich die Lage beruhigt hat, kehrst du zurück.«

Und wenn die Lage schlimmer wurde? Wenn es nichts mehr gab, wohin er als Prinz zurückkehren konnte?

Ihm blieb nichts anderes übrig, als auf Generalleutnant von Prittwitz zu vertrauen. Der war in Berlin geblieben und würde das Schlimmste zu verhindern wissen. Der kannte keine Scheu. Solche Männer waren vonnöten, um die Monarchie zu retten. War Friedrich Euskirchen einer dieses Schlags? Er konnte ihn nicht leiden, aber hatte ihn von der Leine gelassen in der Hoffnung, dass er ihm half, ein Netz der Aufrechten zu spinnen.

Leise öffnete Major von Olbrich die Tür und trat ein. Er hatte sich ebenfalls in einen Zivilisten verwandelt.

»Ich habe Euren Pass, Königliche Hoheit.« Der Major reichte ihm das Dokument und fuhr fort: »Wir reisen als Potsdamer Kaufleute. Ich unter meinem Namen. Und Ihr seid mein älterer Bruder Wilhelm.«

Er nahm das Papier entgegen, würdigte es keines Blickes und steckte es in die Innentasche seiner Jacke.

»Wir sollten uns …«, begann sein Adjutant und stockte. Offenbar fühlte er sich unwohl in seiner Haut. Er war nicht geneigt, Verständnis zu zeigen.

»Wir sollten was?«, fragte er und hob seine Augenbrauen an.

»Besser ist es, wir reden uns mit unseren Vornamen an, um Aufsehen zu vermeiden«, erklärte der Major.

»Lasst uns gleich damit anfangen, August«, knurrte er gallenbitter. Es tat ihm gut zu sehen, wie es seinem Adjutanten peinlich war, wenn er ihn mit Vornamen ansprach. Warum sollte nur er unter diesem Schauspiel leiden?

»Für den Fall, dass Verdacht geschöpft wird, will ich dir unsere Familie näherbringen«, sagte von Olbrich.

Er seufzte und begann, auf- und abzugehen. »Dann erzählen Sie mal«, forderte er den Oberst auf. Außer seinem Vornamen und dass er verheiratet war, wusste er nicht viel über seinen Adjutanten. Der erklärte das Wesentliche mit knappen Worten. Damit fertig, klopfte es an der Tür.

»Herein!«, rief von Olbrich.

Kammerdiener Krug trat ein. Kurz schien es ihm, als verwirrten Krug ihre neuen Kleider. Er sah ihn scharf an.

»Die Pferde sind vorgespannt, Königliche Hoheit«, meldete der Diener ungerührt.

Er trat zur Seite und ließ Major von Olbrich dem Kammerdiener die neuen Verhältnisse erklären. Nachdem das geschafft war, verließen sie das Zimmer. Sowohl der Kammerdiener als auch der Major wollten ihn vorlassen.

»Keine Umstände«, brummte er und ließ den Major,

jetzt sein Bruder, vorbei. Kammerdiener Krug bildete den Schluss und trug ihr Gepäck. Von ihnen hatte er die einfachste Rolle: sich selbst.

Bald saßen sie in einer Kutsche und fuhren schweigend hinaus ins Ungewisse.

# Die Mütze runter

Am nächsten Morgen betrat William mit Georg die Gaststube. Sie waren die einzigen Gäste. Der Wirt brachte ihnen Brot, Butter, Wurst und heißen Kaffee an den Tisch. Schweigend aßen sie ihr Frühstück. William blickte zum Fenster hinaus. Eine Reisekutsche hielt vor dem Haus. Auf dem Kutschbock saßen zwei Männer, zwei andere stiegen aus, klopften den Staub von ihren Anzügen und betraten das Gasthaus. Der Wirt empfing sie an der Tür. Die neuen Gäste wandten William den Rücken zu und sprachen mit dem Wirt. Der nickte und geleitete sie dann nach oben.

Durch eine Seitentür erschien ein schmächtiger Junge und begann, die Stube mit einem Besen auszufegen. Gleich darauf kam der Wirt die Treppe herunter, rief den Jungen zu sich und flüsterte ihm etwas ins Ohr. Das Kind stellte den Besen ab und flitzte hinaus.

»Oben in Vier sitzen zwei Herren, die zu frühstücken wünschen«, sprach der Wirt die Magd an, die aus der Küche lugte. »Bring ihnen Kaffee und Eier mit Speck.«

Er trat an ihren Tisch. »Ich hoffe, es ist alles zu Ihrer Zufriedenheit?«

»Ja«, gab William zur Antwort. »Bringt bitte die Rechnung.«

»Ihr könnt Euch ein wenig die Füße vertreten, solange ich die Pferde hole und anspanne«, schlug Georg vor.

»Das werde ich tun«, gab William zur Antwort.

Draußen sah er nach ihrem Wagen. Irgendjemand

hatte weitere Tannenzweige um den Sarg herum gelegt. William schluckte. Dem Tod zollten alle Respekt, das Leben dagegen wurde zu oft mit den Füßen getreten. Nachdenklich ging er die Straße hinunter. Der Junge, den er zuvor im Gasthof gesehen hatte, rannte in Richtung des Wirtshauses. Ein dicker Mann in Postuniform folgte ihm kurzatmig. Stirnrunzelnd blickte er den beiden nach.

Er ging weiter ein Stück in den Ort hinein und nahm auf einem Strohballen Platz, der am Straßenrand lag. Überall begann das kleinstädtische Treiben. Mägde trugen Körbe auf ihrem Kopf, Hausfrauen öffneten Fenster und schüttelten Bettwäsche aus. Die Sonne schien und es versprach, ein schöner Tag zu werden. Ein weiterer Tag, den Clara nicht erleben konnte.

Als er zum Gasthaus zurückkam, stand ihr Wagen vor dem Haus. Georg hatte die Pferde vorgespannt.

»Im Haus ist Unruhe«, begrüßte er ihn. »Sie halten den Nächsten«, und deutete auf den Reisewagen, der ohne Pferde dastand, »für den Prinz von Preußen.«

»Wie kommen die da drauf?«

»Verdächtige Initialen auf einem Koffer. Einer der Gäste ist los, wollte zu Fuß vorgehen. Ist er Ihnen nicht begegnet?«

William verneinte. »Und der andere?«

»Der wartete auf frische Pferde, ist aber dann seinem Gefährten hinterher. Zuvor haben sie ihn befragt. Den haben Sie nicht gesehen?«

»Nein. Lass uns losfahren.«

Georg nickte.

Sie waren nicht lange unterwegs, da kam ihnen ein

Mann entgegen. Er schenkte ihnen keinerlei Aufmerksamkeit und schien in Eile zu sein.

»War das nicht einer der Frühstücksgäste?«, fragte William. »Offenbar hat er seinen Reisegefährten nicht gefunden.«

»Seltsam«, sagte Georg.

Schweigend fuhren sie weiter. Nach zwanzig Minuten tauchte am Horizont ein Kirchturm auf. William tupfte sich den Schweiß von seiner Stirn. Georg lenkte das Fuhrwerk in einen schmalen Seitenweg, der zu beiden Seiten von einer Regenrinne und mannshohen Hecken begrenzt wurde.

Ein paar Meter vor ihnen brach ein Mann durch die Hecke. Sein Zylinder kullerte auf den Boden. Die Pferde scheuten und Georg riss an den Zügeln.

»Ruhig! Brav!«, rief er den Pferden zu.

Der Wagen brach nach links aus und kam in einer Staubwolke rumpelnd zum Stehen. Das linke Vorderrad rutschte mit dem letzten Schwung in den Graben. Der Wagen geriet in Schräglage.

William sah nach Claras Sarg. Der blieb ruhig liegen. Er sprang vom Kutschbock herunter und hob den Zylinder des Fremden auf, der auf den Weg gefallen war. Er hob ihn dem Mann entgegen und erkannte in ihm den anderen der morgendlichen Gäste. Dieser war so groß wie er selbst. Das glatt rasierte Gesicht war von Schlammspritzern übersät und wies blutige Kratzer auf. Schweißperlen glänzten auf seiner hohen Stirn. Sein Atem ging schnell. Er sah William an und ein Erkennen huschte über sein Gesicht.

»Ihr hier?«, fragte er, als William seine Haare aus der Stirn wischte und seine Narbe zum Vorschein kam.

»Ach nein, Ihr seid es nicht«, fuhr der Fremde sogleich fort.

»Das nächste Mal passt bitte auf«, schimpfte Georg von hinten. Er war ebenfalls abgestiegen und redete beruhigend auf die Pferde ein.

»Verzeiht«, gab der Herr zerknirscht zur Antwort. Dann sah er über Williams Schulter. Alle Farbe wich aus seinem Gesicht. William folgte seinem Blick und sah eine Staubwolke. Von Perleberg her kamen Reiter die Straße heran. Offenbar waren sie es, die ihn erschreckten.

»Ihr steckt in Schwierigkeiten?«, fragte William.

»Sie haben mich«, antwortete der. »Jetzt nimmt alles seinen Lauf.« Das klang keineswegs resigniert. Dazu straffte er mannhaft den Rücken.

William verstand nicht, aber zu langen Überlegungen war keine Zeit.

»Schnell«, sagte er zu dem Fremden und bedeutete ihm, unter Claras Sarg auf die Ladefläche zu kriechen.

William schob die Tannenzweige zur Seite, nahm dem Mann seinen Zylinder ab und half ihm, unter den Sarg zu kriechen. Zum Glück waren die beiden Balken, auf denen der ruhte, hoch genug. Die Reiter kamen rasch näher. Vorne rechts ragte das Haupt des Mannes hervor. William nahm die Kartoffelsäcke vom Kutschbock und drapierte sie über den Kopf des Versteckten. Anschließend breitete er die Tannenzweige darüber aus. Bei einer näheren Untersuchung würde der Mann unweigerlich entdeckt werden. Das wollte er verhindern. Er wusste nicht, wem er beistand. Das konnte später geklärt werden.

»Wird schon gut gehen«, sinnierte Georg.

William erschrak. Noch immer hielt er den Zylinder des Mannes in der Hand. Ihm kam eine Idee. Wie besessen wedelte er damit in der Luft.

»Holla, holla«, rief er den Reitern entgegen, die endgültig herangekommen waren und in einer Staubwolke anhielten. Den Pferden lief Speichel aus den Mäulern. Ihr Fell glänzte schweißnass. Ungeduldig schlugen ihre Hufe auf den Feldweg.

»Ihr kommt zur rechten Zeit«, redete sie William an. Er deutete auf den Wagen. »Mein dummer Fuhrmann«, hier boxte er Georg gegen die Schulter, »ist eingeschlafen.«

Georg grinste blöde und spielte den Einfältigen.

»So kurz vor unserem Ziel«, fuhr William fort und setzte wilde Flüche hinterher.

Georg machte ein zerknirschtes Gesicht dazu.

»Wäre es den Herrschaften möglich, uns beim Tragen des Sarges zu helfen? Es sind nur wenige Schritte.«

***

Eleonore saß am Tisch im Zimmer ihres Vaters. Der war erst aufgestanden und zog sich nebenan an. Sie griff nach einer Ausgabe der *Königlich privilegierten Berlinischen Zeitung*. Ein Exemplar vom 20. März.

»Extrablatt der Freude«, stand in großen Lettern als Überschrift. Taten des *höchsten Mutes* wurden gelobt, der Sieg des Volkes durch *seine beharrliche Tapferkeit* hervorgehoben. Besonders erwähnt wurde die Pressefreiheit. Sie mahne zu Besonnenheit, denn sie sei der Zügel, die den *feurigen Sporn des Fortschritts* richtig leiten könne.

Eleonore legte auch dieses Blatt zur Seite. Die Kämpfe waren vorbei, das Militär aus der Stadt gezogen, die Bürgerwehr sorgte für Ruhe und Ordnung. Würden die Armen nun Gehör erhalten?

Pressefreiheit. Sie dachte beklommen an William. Sie hätte ihn begleiten sollen auf seinem schweren Weg zu Claras Eltern.

»Prüfst du bitte mein Aussehen?«, bat sie ihr Vater, der ins Zimmer trat. Er trug seinen schwarzen Anzug.

Sie stand auf, zupfte ein wenig an seinem Hemdkragen und der Schleife.

»Willst du wirklich dabei sein?«, fragte sie. »Fühlst du dich stark genug?«

Heute war der Tag, an dem die Gefallenen der Kämpfe beerdigt werden sollten. Die Trauerfeier fand am Gendarmenmarkt und in den Kirchen statt, anschließend sollte der Trauerzug am Schloss vorbei zum Friedrichshain erfolgen, wo in aller Eile ein neuer Friedhof angelegt worden war. Sie wollten zum Schloss.

»Lass mich einmal teilhaben am Atem der Geschichte«, sagte er. Seine Stimme klang schwach. »Heute wird es friedlich bleiben.«

Sie hoffte inständig, dass er recht behielt. Wie schnell eine Stimmung umkippen konnte, das hatte ihr der 18. März gezeigt. Sollte es wieder Tumulte geben, Schüsse fallen? Waren nicht genug Unschuldige gestorben? In Wien war es vor Berlin zu Kämpfen gekommen. Aufgebrachte Arbeiter hatten Fabriken gestürmt, Maschinen zertrümmert und die Soldaten hatten in die Menge gefeuert. Heute Morgen hatten sie einen Brief aus Stuttgart erhalten. Maria schrieb, dass der König eine neue Regierung eingesetzt habe, aber alles sei friedlich.

Sie traten vor das Hotel. Die Massen strömten dem Schloss zu. Eleonore hakte ihren Arm bei ihrem Vater unter.

»Wir bleiben beieinander«, sagte sie.

Wie an jenem unheilvollen Tag gerieten sie in den Sog der Massen. Es ging langsam voran. Gleich nach der Brücke, hin zum Schloss, gab es kein Weiterkommen. Sie verharrten in der Menge. Die Balkone der Residenz waren in Sichtweite. Würde der König heraustreten?

Musik erklang zur Linken und alle Passanten reckten ihre Köpfe in die Richtung. Eleonore stellte sich auf die Zehenspitzen, um besser sehen zu können. Dort, wo eine Gasse freigehalten wurde, erschien die Spitze des Trauerzugs. Voran schritt eine Kapelle.

»Sie kommen«, rief eine Stimme.

Eleonore konnte den ersten Sarg erkennen, dem eine unendliche Anzahl weiterer folgten. Je sechs Männer trugen einen Sarg. Die waren mit Blumen und Girlanden geschmückt. Die Prozession kroch Richtung Schloss. Männer nahmen ihre Zylinder und Mützen ab. Frauen neigten ihre Köpfe und wischten mit Taschentüchern Tränen fort.

Der Gedanke, dass sie selbst einer der bedauernswerten Toten sein könnte, ließ sie erschauern. Nie war sie dem Tod so nah gekommen. Was, wenn der Junge sie getroffen hätte und nicht Clara? Sie blickte zu ihrem Vater. Der hätte ihren Tod nicht verkraftet. Und wenn es William getroffen hätte oder Friedrich? Sie war dem Maler seit den Kämpfen einmal kurz begegnet. Da war er ihr schweigsam erschienen. Die Leichtigkeit war ihm abhandengekommen. Trauerte er um die Toten, fürchtete er weiteres Unheil? Sie vermochte nicht in sein Inneres zu sehen.

Vor dem Schloss bog der Zug nach rechts, näherte sich dem Balkon, wo der König zu stehen pflegte.

»Wird der König erneut erscheinen?«, fragte sie ihren Vater.

»Wenn er einen Funken Verstand hat, tritt er heraus«, knurrte ein Mann neben ihr.

»Sieh«, sagte ihr Vater. Er wies zum Balkon.

Jemand stieß die Flügeltüren auf und Männer in Uniform traten heraus. Vorneweg der König. Weitere Fenster gingen auf. Zu jeder Seite wurden große, schwarze Fahnen herabgelassen. Ihnen folgte eine schwarz-rot-goldene Fahne, die in der Mitte des Balkons platziert wurde. Der Zug passierte den Balkon.

»Die Mütze vom Kopp«, rief da eine kräftige Stimme.

Eleonore hielt den Atem an.

»Die Mütze runter«, skandierte bald die Menge.

Wieder drängten die Menschen nach vorne. Eleonore zog ihren Vater näher an sich heran. Mehr als zwanzig Särge waren bereits vorbei. Sie blickte zum Balkon, wo der König stand. Der nahm seinen Helm ab und neigte den Kopf.

»Hurra!«, rief jetzt die Menge.

*Der König huldigt den Toten,* dachte Eleonore und der Gedanke an William gab ihr einen Stich. Wie mochte es ihm ergehen?

In jener unsäglichen Nacht, als der Mond durch die Wolken brach und er bei Claras Leichnam gekniet hatte, da war sie ihm nahe gewesen. In Gedanken litt sie mit ihm. Sie mussten Claras Heimatort erreicht haben. Gab er sich noch immer die Schuld an deren Tod? *Da bin ich nicht minder schuldig,* ging es ihr durch den Kopf. Sie wünschte, dass er bald nach Berlin kam, und hoffte, dass sie noch ein paar Tage bleiben konnte. Ihren Vater drängte es nach Stuttgart, doch der Arzt riet ihm von der Reise ab.

Es galt vieles zu tun. Hoffentlich war dem zeichnenden Jungen nichts geschehen. Seit den Kämpfen war sie über ihn im Ungewissen.

***

Im Anführer der Gruppe erkannte William den Glatzkopf von gestern Abend.

»Sucht Ihr noch nach Eurem Prinzen?«, fragte er.

»Sind Euch fremde Männer aufgefallen?« fragte der Glatzköpfige barsch.

»Außer uns selbst niemand«, gab William zur Antwort. »Und ein Prinz bin ich so wenig wie ich gestern einer war.«

»Zügelt Euren Humor. Es ist uns ernst.«

*Mir ebenso,* dachte William. Aus den Augenwinkeln heraus sah er, wie einer der Kartoffelsäcke verrutschte.

»Ihr könntet mehr Respekt einer Toten gegenüber zeigen«, sagte William schnell und deutete auf den Sarg. »Sie hat für die Freiheit gekämpft und ihr Leben gelassen. Wie steht es mit Eurer Hilfe?«

Der Mann räusperte sich lautstark, wischte Schweiß von seiner Stirn.

»Verzeiht, ich sah nicht, was Ihr da …« Seine Stimme verlor sich in Gemurmel. Er verneigte sich vor dem Sarg. Seine Männer taten es ihm nach.

»Bernhard, Oliver, kommt her und seht zu, wie Ihr

helfen könnt! Die anderen folgen mir«, rief er dann und gab seinem Pferd die Sporen.

Zwei Reiter blieben zurück. Sie stiegen herab und besahen sich das Schlammassel. Dann wanderten ihre Blicke zwischen der nahen Kirche, die gute hundert Meter entfernt stand, und dem Wagen hin und her. Nach einer kurzen Beratung traten sie an William heran.

»Wir werden den Wagen flottbekommen«, sagte der eine. »Es wird nicht nötig sein, den Sarg zu tragen.«

Georg atmete erleichtert aus. William hingegen ließ sich nichts anmerken, obwohl er innerlich frohlockte und genau das eingetreten war, was er erhofft hatte.

»Kräftig scheint Ihr Tölpel ja zu sein. Er soll hinten anschieben«, sagte der andere der Männer und deutete auf Georg. Der grinste dumm.

»Ich nehme die Zügel«, sagte William.

Gemeinsam schritten sie zur Tat. Die beiden Männer griffen in die Speichen.

»Und hoh!«, gab einer das Kommando.

Der Wagen federte vor, verharrte dann in seiner Lage.

»Noch mal!«, sagte einer der Männer.

William blickte nach hinten und erschrak. Ein Arm des Mannes ragte aus dem Versteck und offenbar gelang es ihm nicht, ihn zurückzuziehen. Die beiden Helfer hatten ihre Köpfe gesenkt, wie er es bei Ochsen gesehen hatte, die einen schweren Fuhrwagen zogen. Sie hatten keinen Blick für die Ladefläche. Noch nicht.

Georg entdeckte ebenfalls das Missgeschick und zog an der Flagge, sodass sie ein Stück verrutschte und den Arm verdeckte. Wieder federte der Wagen. Dieses Mal ging es ein Stück weiter vor und beim dritten Anlauf kamen sie endgültig aus dem Graben.

Die Männer rieben ihre Rücken. Georg kam vor und zog, von den anderen unbemerkt, ein weiteres Mal an der Flagge, die immer noch den Arm verdeckte.

»Ich danken Ihnen«, sagte William.

Die beiden Männer atmeten schwer und bestiegen schwerfällig ihre Pferde.

»Das ging ja noch mal gut. Ein gewagtes Spiel«, plapperte Georg drauflos und wischte sich die Stirn.

»Lasst uns weiterfahren«, sagte William.

Bald bogen sie auf den Kirchhof ein und hielten unweit des Eingangs. William kletterte auf die Ladefläche und bedeutete Georg, dass er näher an die Kirche heranfahren solle. Nach einem Rundblick räumte er die Zweige und Kartoffelsäcke zur Seite. Das Dorf lag abseits der Kirche, sodass sie neugierige Blicke nicht zu fürchten brauchten. Der Fremde kroch ebenso umständlich aus seinem Versteck, wie er hineingekrochen war. Als Erstes kamen seine rot glühenden Wangen zum Vorschein. Ein Zeichen dafür, dass es nicht so großartig mit dem Luftholen gestanden hatte. Er klopfte seinen Anzug ab. William reichte ihm erneut den Zylinder und betrachtete den Mann. Unterhalb der hohen Stirn hatte er ein langes Gesicht. Die breiten Nasenflügel blähten mit jedem Atemzug weit auf. Sein Kinn war vorgewölbt.

»Danke«, sagte der Mann und nahm seinen Zylinder entgegen.

Die Kirchentür hinter ihnen knarrte. Sie fuhren herum. Aus der Kirche trat ein Pfarrer. Dessen Gesichtszüge wechselten von Erkennen in Erschrecken. Beinahe fiel ihm das Gesangsbuch aus den Händen, das er in den Händen hielt. »Königliche Hoheit«, sprach er den Fremden an.

Der trat an William vorbei nach vorne. »Ja, ich bin der Prinz von Preußen«, sagte er.

»Potzdonner!« entfuhr es Georg.

»Ich befinde mich in einer Verlegenheit. Ist es Ihnen möglich, mich möglichst unbemerkt nach Grabow zu bringen?«, fuhr der Prinz ungerührt an den Pfarrer gewandt fort.

Der rieb nachdenklich an seiner Stirn. »Es wird das Beste sein, ich geleite Sie zum Förster in den Wald. Der hat einen Wagen und kann Euch auf Nebenwegen nach Grabow bringen. Der kennt die Gegend wie seine Westentasche.«

Sein Blick wanderte zu dem Sarg. »Bringt ihr die arme Clara?«, fragte er an William gewandt.

»Ja«, gab er zur Antwort.

Atemlos kam ein weiterer Fremder herangestolpert und trat erleichtert zum Prinzen.

»Da seid Ihr ja, Krug«, begrüßte der ihn. »Die beiden Herren waren so nett und haben mir geholfen.«

Georg stand mit offenem Mund da. Der Prinz trat zu ihm und reichte ihm die Hand.

»Ich danke Euch. Beinahe wäre es um mich geschehen gewesen.« Er reichte William ebenfalls die Hand.

»Wie ist es möglich, dass ein treues Volk auf solche Irrwege geleitet wird? Wie sie.« Er sah zum Sarg. »Eine Frau, sagtet ihr?«

»Sie hat Verwundeten geholfen, die von Soldaten zusammengeschossen worden waren«, sagte William. »Bis ein verängstigter Junge sie versehentlich erschoss.«

»Ihr sagtet den Männern, sie habe gekämpft«, wandte der Prinz ein.

»Eine Notlüge, um Euch zu helfen.«

Die Augen des Prinzen bohrten sich in Williams Gesicht. »Ihr seht jemandem ähnlich, den ich aus Berlin kenne.«

»Mein Name ist William Euskirchen und vielleicht kennt Ihr meinen Bruder, den Portraitmaler. Er verkehrt im Schloss. Ich bin ein amerikanischer Journalist und berichte in die Staaten, wie es den Verwandten der Auswanderer ergeht.«

Er sah dem Prinzen fest in die Augen. Das war Wilhelm, der Prinz von Preußen. Wusste der von der Not, die das Volk litt? Wollte er es überhaupt wissen?

»Viele hungern. Niemand schert ihre Not. Darum haben sie an Eure Tür angeklopft, um Gehör zu erlangen. Sie wollen ihr Leben selbst bestimmen.«

»Es nützt dem Wurm nichts, wenn man ihn zur Fliege erhebt. Fliegen kann er deswegen noch lange nicht«, antwortete der Prinz. »Journalist seid Ihr, und aus den Vereinigten Staaten. Bei Gelegenheit lohnt vielleicht eine Unterhaltung mit Euch. Allein heute ist nicht der richtige Zeitpunkt dafür.« Offenbar hatte sich der Prinz von seinem Schreck erholt und fand zu altem Hochmut zurück. Dann wurde seine Miene jedoch ernst und er trat an den Sarg heran, nahm den Zylinder ab und beugte seinen Kopf. So verharrte er eine Weile.

William blieb stumm hinter dem Prinzen stehen. Ohne dessen Identität zu kennen, hatte er diesem in höchster Not beigestanden. Grimmig sagte er sich, dass er die Vernunft bewies, die, rechtzeitig angewandt,

Clara gerettet hätte. Schlimmeres war verhindert worden. Die Geschichte kannte leider Beispiele, wo das Aufgreifen flüchtender Herrscher endgültig dem Chaos und der Anarchie den Weg geebnet hatten. Hitzköpfen wie dem Glatzköpfigen galt es, die Schranken der Vernunft zu weisen. Über diese Gedankengänge fand William sein inneres Gleichgewicht zurück.

Der Prinz drehte ab. »Nun denn«, sprach er den Pfarrer an, »lasst uns aufbrechen. Mein Adjutant erwartet mich in Grabow. Ich hoffe, ihm ist es gelungen, frische Pferde zu organisieren.«

Georg trat vor und erzählte stockend, wie sie diesem nach Perleberg zurückeilend begegnet seien. Dabei trat er verlegen von einem Fuß auf den anderen. Es war nicht seinesgleichen, mit dem er sprach.

Der Pfarrer trat näher. »Ich werde Claras Eltern benachrichtigen. Wartet bitte.«

Der Prinz nickte ihnen zu und folgte dann, begleitet von seinem Diener, dem Geistlichen. Sie verschwanden im Wald.

Georg trat an die Pferde heran und rieb ihnen mit einer Bürste über den Rücken. William stand neben dem Wagen, eine Hand auf dem Sarg. Clara hätte die Begegnung mit einem Prinzen gefallen. *Hätte!*

»Ein Prinz ist auch nur ein Mensch. Wenn es brenzlig wird, verlieren sie jede Farbe im Gesicht. Zu dumm, dass mir niemand die Geschichte glauben wird«, sinnierte Georg.

Für William stand fest, dass er dieses Treffen nicht ausschlachten konnte. Das würde die Sensationslust der Menschen befriedigen, aber niemandem helfen.

Seine Gedanken verflogen, als ein älteres Ehepaar vom Dorf herankam. Der Mann stützte die Frau. *Das sind Claras Eltern,* schoss es William durch den Kopf. Der Mann nickte ihm stumm zu und hatte Mühe, seine Frau aufrecht zu halten, die ein Taschentuch an ihren Mund presste. William wich vom Sarg zurück, Georg trat hinter ihn.

Langsam schritt das Paar an den Wagen heran. Die Frau legte beide Hände auf den Sarg. Im stummen Wehklagen bebten ihre Schultern. Der Mann tat es ihr gleich.

# Vorsorge

Berlin, im April 1848

Eleonore betrat mit bangem Herzen das Familienhaus und Friedrich, der sie begleitete, hielt ihr die Tür auf. Es war ihr erster Besuch seit den Kämpfen und sie wusste nicht, ob Fritze alles gut überstanden hatte. Mehrmals hatte sie die Listen der getöteten Kämpfer durchgesehen, immer in der Angst, sie könne einen Eintrag über den Jungen finden. Sie wusste nicht einmal seinen Nachnamen. Holler, Hoyler, irgendwie so hatte es auf dem Türschild gestanden.

Von alldem hatte sie dem Portraitmaler nichts erzählt. Friedrich fühlte sich nicht wohl in seiner Haut, das sah sie ihm an. Mehr als einmal rümpfte er seine Nase, riss sich aber sofort wieder zusammen. *William würde eher hierher passen,* überlegte sie, *besser als in die Salons der Stadt.*

Eleonore ging den dunklen Korridor entlang voraus zu der Tür, wo der Junge mit seinem Vater wohnte. Das Türschild war verschwunden. Ihre Hand wurde feucht und sie unterdrückte die Angst, die eiskalt nach ihr griff. Sie klopfte, lauschte, klopfte ein zweites Mal und lauschte erneut. Ihr Herz pochte. *Nun macht schon auf.* Friedrich trat vor und hob seinerseits die Hand. Endlich vernahm sie Schritte und die Tür wurde geöffnet. Ein buckliger Mann stand ihr gegenüber. Es war nicht Fritzes Vater.

»Ich suche den Jungen«, platzte Eleonore heraus.

Der Mann musterte sie feindselig. »Welchen der vier? Warum?«

»Ich meine Fritze, den Einbeinigen.«

»Mein Fritze hat noch beide Beene.«

»Aber … Wie lange wohnen Sie denn schon hier?«

»Drei Tage.«

»Und Ihre Vormieter. Wo …?«

»Da war niemand.« Der Mann schlug ihr die Tür vor der Nase zu.

»Kann es sein, dass wir in der falschen Etage sind?«, fragte Friedrich.

Sie schüttelte ihren Kopf. An der Wand waren die Schrammen, die ihr bereits beim ersten Besuch aufgefallen waren. Als habe jemand mit einem Gegenstand an der Wand entlanggescheuert.

»Ein Kind kann doch nicht so einfach verschwinden. Ich will zusehen, die anderen Kinder zu fragen. Er hatte so einen großen Blonden als Beschützer. Vielleicht finden wir den?«

Sie gingen zur Haustür. Von draußen drang der Klang einer Drehorgel herein. Eleonore beschleunigte ihren Schritt.

»Die Gedanken sind frei, wer kann sie erraten«, sang Schaller mit tiefer Stimme, als sie ins Freie trat. Dort verharrte sie. Friedrich blieb an ihrer Seite.

Den Leierkastenmann umzingelte eine Schar Kinder. Er erkannte sie, nickte erst ihr und dann Friedrich zu und sang weiter.

»Sie fliegen vorbei wie nächtliche Schatten. Kein Mensch kann sie wissen, kein Jäger erschießen. Es bleibet dabei: Die Gedanken sind frei.«

Ein Gendarm kam um die Ecke und ging kopfschüttelnd vorbei. Friedrich sah ihm mit offenem Mund nach.

Schaller, der geendet hatte, blinzelte Eleonore zu.

»Nu sind wir alle frei.« Er wies auf die mageren Kinder. »Satt macht uns das nicht.«

»Haben Sie Fritze gesehen?«, fragte Eleonore.

»Nein, schon länger nicht.«

»Irgendjemand muss doch wissen, wo er ist.«

Einer der Jungen schnitt eine Grimasse, legte seine Hände mit vorgestreckten Zeigefingern an seine Schläfen und senkte seinen Kopf, als wolle er auf sie losgehen. Friedrich stellte sich schützend vor sie.

»Meinste, sie sind im *Ochsenkopf*?«, fragte Schaller den Jungen.

Der nickte. Gleich darauf rannte er davon. Die übrigen Kinder folgten. Da Schaller nicht mehr spielte, war er uninteressant geworden.

»Ochsenkopf?«, fragte Eleonore.

»So nennen alle das Arbeitshaus, weil es ursprünglich Schlachter beherbergte.«

Eleonore dachte nach. Dort landeten die, die überhaupt nichts mehr besaßen.

»Fritze hat doch keine Schulden«, murmelte sie.

»Die schrecken nicht vor Sippenhaft zurück. Da sie seinen Vater eingesperrt haben, ist Fritze dabei.«

Eleonore wandte sich Schaller zu und sah ihn auffordernd an. »Wo finde ich das Arbeitshaus?«

»Sie werden doch nicht dorthin wollen?«, fragte Friedrich.

»Ich bin fest dazu entschlossen.«

Der Leierkastenmann zuckte mit den Schultern.

»Der Herr hat recht«, sagte er. »Aber vielleicht kann er Sie begleiten.«

Friedrich schürzte seine Lippen. »Ich muss leider zurück«, sagte er zerknirscht.

»Verzeiht, ich vergaß, dass Sie wenig Zeit haben.« Eleonore legte eine Hand auf seinen Arm. »Aber ich muss nach dem Jungen sehen. Kann das ein Geheimnis unter uns bleiben?«

Sie wartete keine Antwort ab, reichte ihm die Hand zum Abschied und sah ihm nach.

Dann ließ sie sich von Schaller den Weg zum Arbeitshaus erklären.

»Ich kann es Ihnen auch aufzeichnen«, bot er an.

»Nein, nein. Ich werde es schon finden. Habt Dank!«

Mit großen Schritten lief sie zurück in die Stadt. Bald erreichte sie den Alexanderplatz, wo das Arbeitshaus stand. Neben ihr ragte über mehrere Etagen das Königsstädtische Theater in die Höhe. Sie blickte um sich. Gegenüber erregte ein großer, düsterer Bau ihre Aufmerksamkeit. Dessen Fenster waren vergittert. Das musste es sein. Sie raffte ihr Kleid und überquerte den Platz, eilte vorbei an Frachtwagen, von Pferden gezogenen Omnibussen und offenen Kutschen.

»Passen Se doch auf«, schimpfte ein Fuhrmann.

Sie erreichte das Eingangstor. Ein Mann im schwarzen Anzug und mit schwarz-rot-goldener Armbinde stand Wache.

»Wo wollen Sie hin?«

»Ich muss wissen, ob ein Bekannter inhaftiert wurde.«

Der Mann lächelte. »Das ist kein Gefängnis. Wenn Sie

jemanden besuchen wollen, dann müssen Sie sich bei der Inspektion melden.« Er musterte sie eindringlich. »Oder Sie bitten um Aufnahme, dann kommen Sie auch rein. Sie sehen allerdings nicht bedürftig aus.«

Eleonore senkte ihre Stimme. »Meine Herrschaft schickt mich. Ich soll Erkundigungen einziehen«, log sie.

Der Mann kratzte sich am Kinn. »Besser ist es, Ihre Herrschaft kommt selbst.«

»Können Sie mir wenigstens sagen, ob ein einbeiniger Junge mit seinem Vater eingeliefert wurde?«

»Da sind so viele, und ich stehe ja nicht immer hier. Schauen sie, da kommen die nächsten Bewohner.«

Eleonore wandte sich um. Ein Gendarm führte eine Gruppe über den Platz heran. Männer in zerschlissenen Anzügen, Frauen in zerrissenen Kleidern und barfuß gehende Kinder kamen auf sie zu. Weitere Gendarmen flankierten den Zug und achteten darauf, dass niemand entweichen konnte.

Ein paar Gassenjungen sprangen umher und riefen der Gruppe allerlei Verwünschungen zu.

»Wenn Sie ein Stück beiseitetreten würden«, bat sie der Wachmann und machte sich daran, das Tor zu öffnen.

Sie versuchte hineinzuschauen, aber der Wachmann versperrte ihr die Sicht. Der Zug war herangekommen. Eleonore sah bleiche Gesichter und niedergeschlagene Augen. Sie ging zwei Schritte zurück, sah die Häuserfront entlang. *Wenn doch nur Fritze aus einem der Fenster blicken würde ...*

»Ich werde wiederkommen«, murmelte sie in Richtung des Wachmannes. Der hörte ihr nicht zu und war mit den Neuankömmlingen beschäftigt.

***

Friedrich blickte über die Staffelei hinweg zu seinem Modell, dem Landjunker Otto von Bismarck, und skizzierte dessen Gesicht.

»Ein Portrait in Uniform wäre mir bedeutend lieber gewesen. In diesen Tagen wird jeder schief angesehen, der den bunten Rock trägt«, klagte Bismarck.

»Was Sie nicht bekümmern sollte.«

»Ich benötige keinen Rat von Ihnen.« Die buschigen Augenbrauen des Landjunkers zuckten.

Friedrich tat zerknirscht. »Das ist mir bewusst. Verzeiht, wenn ich Ihnen zu nahe trete. Es ist das Vaterland, das Hilfe benötigt.«

Sein Modell brummte zustimmend.

»Seine Königliche Hoheit, der Prinz von Preußen«, fuhr Friedrich fort, »sprach kurz vor seiner Abreise davon. Das Land benötige aufrechte Männer, die zur Krone stehen.«

Bismarcks Wangenknochen traten hervor. Jedermann wusste, dass die Englandreise des Prinzen mehr eine Flucht als ein geplanter Besuch war.

»Was haben Sie mit dem Prinzen zu schaffen?«, fragte er.

»Ich habe ihn gemalt.«

Otto von Bismarck blickte ihn an. Seine Augen funkelten.

»Wohl auch die Prinzessin Augusta, seine Gemahlin?«

Friedrich nickte.

»Ich habe sie angefleht, ihr jedweden Beistand angeboten. Sie hat mich brüsk abgewiesen.«

Friedrich senkte seinen Kopf. Er wusste sehr gut, wann es angebracht war zu schweigen. *Du hast ihr weitaus mehr unterbreitet,* dachte er. *Du wolltest, dass sie ihren Mann dazu bewegt, die Macht an sich zu reißen.* Gut, dass er auch im höfischen Umfeld Ohren hatte. Hier eine Zofe, dort einen Diener.

»Eine Abfuhr darf uns nicht gleich verzagen lassen.« Friedrich gab sich alle Mühe, so unterwürfig wie möglich zu klingen. »Wer das Feld räumt, lässt es andere bestellen. Das ist Eurer nicht würdig.«

Er musste an das Flugblatt seines Bruders denken. Alles war so gut vorbereitet gewesen, und doch hatten die Gendarmen ins Leere gegriffen. Überall in Berlin war das Flugblatt aufgetaucht und er hatte keine Ahnung, wie William das bewerkstelligen konnte. Für ihn eine bittere Erfahrung. Nicht noch einmal wollte er die Kontrolle über seinen Bruder verlieren.

»Das sagen Sie so leicht«, brummte Bismarck, dessen Stimme an Schärfe verloren hatte.

»Es gilt, die aufrechten Köpfe zu einigen, auf dass sie ein starkes Band bilden«, setzte Friedrich nach. »Sie, lieber Herr von Bismarck, gehören allemal dazu. Sie verfügen über Einfluss auf dem Lande und sind in Berlin kein unbeschriebenes Blatt. Das Königshaus will dafür Sorge tragen, dass den sogenannten demokratischen Blättern, dieser Flut an Pamphleten, eine wertkonservative Stimme gegenübertritt. Es soll eine neue Zeitung geben.«

Bismarck rutschte auf seinem Stuhl hin und her.

»Diese unsägliche Pressefreiheit. Bleibt zu hoffen,

dass man hier bald zu vernünftigen Regelungen zurückfindet. Schon einmal hat man die Zensur gelockert und bald feststellen müssen, dass dies den Herren Journalisten nicht bekommt. Wie weit sind Sie mit der Malerei?«, fragte er.

»Ich fertige nur Skizzen an. Sie können jederzeit aufbrechen, wenn Sie es wünschen. Ich sehe, dass es Sie drängt zu handeln. Zu unser aller Wohl will ich dem nicht im Wege stehen.«

»Wenn ich nur eine Uniform trüge. Ich wirke darin entschlossener.«

»Das soll Sie nicht bekümmern. Ich kann Sie mit Uniform malen, ohne dass Ihr eine tragt.«

»Versteh einer euch Porträtisten.«

»Ein Bild ist eine festgehaltene Imagination. Ich überreichte neulich Seiner Majestät ein Bild der Hohenzollernschen Stammburg. Er war den Tränen nahe.«

»Die Burg ist eine Ruine«, wunderte sich Bismarck.

»Nicht auf meinem Bild. Da thront sie in alter Pracht. Beim Wiederaufbau half mir meine Fantasie. Alles, was zerstört ist, kann wiederaufgebaut werden. Eine Zeitung, die den richtigen Ton trifft, mag ebenso Altes neu erstehen lassen.«

»Wer leitet die neue Zeitung?«, fragte Bismarck.

»Herr Gerlach. Kennen Sie ihn? Er ist oft mit dem Prinzen von Preußen zusammen«, sagte Friedrich.

»Gerlach«, murmelte Bismarck. Seine Stirn lag in Falten. »Ein loyaler Untertan.«

Friedrich erriet die Gedankengänge des Landjunkers. Eine konservative Zeitung bot ihm eine Plattform. Dort konnte er die Trommel schlagen und für eine Rückkehr zur gottgegebenen Ordnung plädieren.

Mit einem Ruck stand sein Modell auf. »Genug! Das Bild kann warten, das Vaterland nicht.« Er lockerte seine Glieder.

»Ich danke Ihnen«, sagte Friedrich.

Bismarck schritt mit großen Schritten zur Tür, wandte sich noch einmal um, sah ihn an.

»Kleiden Sie mich in eine Galauniform, wenn Sie mich malen.«

Friedrich nickte. *Einer mehr, der uns beisteht,* dachte er. Sein Blick streifte die Zeichnung. Keine gute Arbeit, selbst als Studie nicht. Aber das war nicht der Grund gewesen, warum er Bismarck besucht hatte. Den hatte die Abfuhr bei der Prinzessin so mitgenommen, dass er sich in sein Schneckenhaus zurückgezogen hatte, schmollte und in Nichtstun verfallen war. Fortan würde er wieder agieren, nicht verzagt sein. Wie ein Jagdhund, den man von der Leine gelassen hatte, würde er nicht ruhen, bis er die Beute gestellt hatte.

***

Bettina von Arnim begrüßte Eleonore herzlich und geleitete sie in ihr Arbeitszimmer, das ihr so vertraut geworden war.

»Ich war so erschüttert, als ich deinen Brief las, wo du von der Beerdigung berichtest. Du findest die richtigen Worte.«

Sie nickte verlegen.

Bettina wurde mit einem Mal ernst. Eleonore erschrak, als eine Träne die Wange ihrer Freundin herunterlief. Sie nahm ihre Hände.

»Was ist dir?«

Bettina sah sie an. »Ich habe gesehen, wie sie dem König die Opfer der Kämpfe gezeigt haben. An der Spitze eines wahrlich schauerlichen Zuges trugen vier Männer eine Holztür, auf der eine Leiche lag. Ihnen folgte ein offener Möbelwagen mit siebzehn zugrunde gerichteten Leibern. Direkt unterhalb des Schlossbalkons hielten sie an. Ihnen folgte eine ungeheure Masse an Volk, die bald den ganzen Schlossplatz füllte. Alle gingen barhäuptig.

Sie forderten, der König solle heraustreten und ansehen, was seine Soldaten angerichtet hatten. Endlich gingen die Flügel des Balkons auf und der König erschien mit seinem Gefolge. Die Männer mit der Tür gingen ein paar Schritte weiter, und einer von ihnen, ein strohblonder junger Mann, blickte hinauf zum König. Alles war still.

*Den Helm runter!* rief da der junge Mann zum König.

Im Geiste sah ich bereits die Wachen heraustreten und den mutigen Jungen verhaften. Aber nichts dergleichen geschah. Stattdessen wiederholten andere die Aufforderung. Der König verharrte zunächst, nahm aber dann doch seinen Helm ab.«

Bettina wischte mit einem Taschentuch über ihre Augen, seufzte kurz und strahlte mit einem Mal Eleonore an.

»Es sind die jungen Menschen, die Mut beweisen. Wie du, mein liebes Kind. Euch gehört die Zukunft.«

Eleonore schluckte. »Ich habe dir von dem Jungen erzählt. Sie haben ihn und seinen Vater ins Arbeitshaus gebracht. Wenn ich ihm nur helfen könnte.«

Bettina streichelte ihre Hand.

»Du musst dir einen Verbündeten suchen, mein Kind. Erzähle alles deinem Vater. Du weißt selbst, dass er ein herzensguter Mensch ist.«

Sie nickte stumm.

»Er hat deine Geheimnistuerei nicht verdient. Lass die Männer Geheimnisse haben. Wir Frauen wollen aufrecht sein.«

Bettina von Arnim stand auf.

»Ich habe was für dich, mein Kind.« Damit verließ sie das Zimmer.

Eleonores Blick wanderte im Zimmer umher. Es gab ihr einen Stich, wenn sie daran dachte, dass der Abschied näherkam. Würde sie wieder nach Berlin kommen? Wann? Oder würde Bettina einmal nach Stuttgart reisen? Sie musste unbedingt daran denken, sie einzuladen.

Nach einer Weile stand sie auf, trat an das Fenster und sah hinaus. Hinter ihr quietschte die Tür. Eleonore drehte sich um.

Bettina von Arnim hielt eine braune Mappe aus Karton in ihren Händen.

»Komm, setz dich zu mir«, bat sie.

Sie nahmen nebeneinander auf dem Sofa Platz. Auf Bettinas Schoß lag die Mappe, die mit einer Schleife zugebunden war. Wollte sie ihre Bilder zeigen?

Ihre Freundin öffnete die Schlaufe und klappte die Mappe auf. Oben lag dann auch eine Zeichnung, doch die legte sie zur Seite. Darunter kamen eng beschriebene Blätter zum Vorschein. Sie erinnerten Eleonore an die Aufschriebe, die sie in einem Kontor gesehen hatte.

»Das, meine Liebe, sind Eingaben von braven Bürgern, die ihre Schicksale erzählen. Ich erhielt sie aus dem ganzen Land, nachdem mein Aufruf in etlichen Zeitungen erschienen war.«

»Du meinst den Aufruf für dein zweites Armenbuch?«

Bettina nickte und blätterte in den Unterlagen. Eleonore rückte näher.

»Freilich sind es nicht nur Tabellen. Manche haben mir ihre ganze Lebensgeschichte aufgeschrieben. Und hier ...«, sie wühlte ganz unten in der Mappe, »... hier sind meine Notizen. Ich stand kurz davor, sie zum Druck zu geben.« Wehmut klang in ihrer Stimme mit.

»Ist jetzt nicht die Zeit, damit an die Öffentlichkeit zu treten? Jetzt, wo es doch keine Zensur mehr gibt?«

Bettina lächelte. »Ich habe noch nie die Zensur gescheut.«

»Was ist es dann?«

»Mir ist daran gelegen, dass der König weiterhin meine Briefe liest, dass er weiterhin auf mich hört. Manches Unheil konnte ich so von Mitbürgern abwenden.«

»Das kann ich verstehen. Und doch ist es schade, dass niemand dies zu lesen bekommt. Es könnte den ein oder anderen dazu anregen zu helfen.«

»Da hast du recht. Darum habe ich mich dazu entschlossen, dir das zu übergeben. Verwende es für dein Buch.«

»Ich soll das an mich nehmen?« Eleonores Kehle wurde trocken.

Bettina tätschelte ihre Hand. »Ja, mein Kind.«

Eleonore öffnete den Mund, schloss ihn wieder und schluckte. Sie meinte, ihr Herz schlagen zu hören. Es dauerte eine Zeit lang, bis sie ihre Stimme wiederfand.

»Aber ich kann das unmöglich nach Hause schmuggeln.«

»Daran habe ich gedacht«, sagte Bettina. »Wenn es so weit ist und ihr abreist, dann lasse ich euch einen Korb mit Broten richten. So eine lange Fahrt macht hungrig. Du musst dann nur auf den Korb achten, als sei er dein Ein und Alles. Ich werde nämlich diese Mappe zuunterst hineinlegen.«

Auf dem Nachhauseweg hallte Bettinas Rat in ihr nach.

*Du musst dir einen Verbündeten suchen.*

Ihre Freundin hatte recht. Entschlossen, endlich ihren Vater einzuweihen, kam Eleonore am späten Nachmittag zurück ins Hotel. Ihr Vater war nicht da.

Sie lief mit zusammengefalteten Händen im Zimmer auf und ab, legte sich immer wieder neue Sätze zurecht. Ihr Blick streifte die Kommode. Dort lagen die Briefe von August von Engel. Einige waren ungeöffnet. Den Leutnant hatte sie ganz vergessen, als habe es ihn nie gegeben. Was würde der zu Friedrich sagen? Oder zu William? Auch über ihren Verehrer in Stuttgart wollte sie mit Vater sprechen.

Vor dem Hotel hielt eine Kutsche. Sie schob den Vorhang zur Seite und wartete gespannt. Ihr Vater stieg aus, aber er war nicht allein. Ihm folgte William Euskirchen. Eleonore ließ den Vorhang los und trat einen Schritt zurück. Vater verstand sich gut mit William. Die beiden redeten viel miteinander, wenn sie sich in einem der Salons trafen. Seit dem Tod Claras hatte sie dagegen mit ihm nur wenige Worte wechseln können.

In jener Nacht des Leides hatte sie sich ihm so verbunden gefühlt, hatte den Schmerz mit ihm geteilt. Sie sah ihn einträchtig neben ihrem Vater stehen und ihr wurde klar, dass sie ihm ebenso nahestehen wollte. Sie zitterte.

Schnell trat sie zum Spiegel und überprüfte ihr Aussehen, richtete mit der Bürste ihr Haar. Dann öffnete sie die oberste Schublade der Kommode und ließ Augusts Briefe darin verschwinden.

»Ich habe einen Gast mitgebracht«, begrüßte sie ihr Vater, als er eintrat.

»Gibt es denn etwas zu feiern?«, fragte sie.

»Wir werden heimkehren.«

Sie versuchte, ihre Enttäuschung nicht zu zeigen. Ihr Vater durchschaute sie.

»Keine Angst, Kind, wir reisen nicht schon morgen ab. Du kannst dich anständig von Bettina verabschieden.«

»Und von Ihnen, lieber William, und von Friedrich, Ihrem Bruder.«

»Das ist es ja«, platzte ihr Vater heraus und strahlte. »Die Brüder zieht es in ihre alte Heimat. Wir werden gemeinsam fahren und warten, bis in zwei Tagen der vielbeschäftigte Maler zurückkehrt. Er weilt wieder in Potsdam.«

Eleonores Gedanken rasten. Mit einem Male war der Gedanke an ihre Heimreise keine Qual mehr, denn die Brüder würden sie begleiten.

»Schön, Sie gesund anzutreffen«, sagte William.

»Ich habe einen Schutzengel.«

Es klopfte an der Tür.

»Ich habe uns etwas bestellt«, sagte ihr Vater und öffnete. Diener brachten Tabletts mit Broten, Käse und Rotwein in einer Karaffe. Der funkelte rot im Licht der Lampen. Sie sah William an.

»Die Bilder Ihres Bruders sind begehrt«, sagte Eleonore.

»Die Artikel dieses jungen Mannes sind in den Vereinigten Staaten nicht weniger begehrt«, sagte Vater.

William lächelte und blickte sie an. Ihr Vater redete weiter, aber sie hörte ihm nicht richtig zu, erwiderte den Blick des Journalisten.

»Ich habe Post erhalten«, berichtete William, nachdem ihr Vater geendet hatte. Dabei blitzten seine Augen auf. »Obwohl ich nichts Erfreuliches berichte, scheinen meine Artikel gerne gelesen zu werden.«

»Das ist schön. Lasst uns auf all das anstoßen«, sagte ihr Vater. »Auf unsere baldige Reise, auf Friedrichs Bilder und auf den Erfolg Ihrer Texte.«

Eleonore griff nach der Karaffe und berührte Williams Hand, der es ihr gleichtat. Einen Moment ruhte ihre Hand auf seiner, dann zog sie sie zurück. William schenkte die Gläser ein und reichte ihr das erste.

»Auf unser Wohl.«

Sie nippte am Wein und über den Rand ihres Glases behielt sie William im Auge.

»Hat Ihnen Friedrich seine Bilder gezeigt?«, fragte er.

»Leider nicht. Ich besitze nur die Zeichnung, die er von mir angefertigt hat«, antwortete Eleonore. Sie musste wieder an den Jungen denken. Ihr lief die Zeit davon. Zwei Tage, was konnte sie da für ihn erreichen?

»Sie waren noch nicht in seinem Atelier?«, fragte William.

Sie schüttelte den Kopf. Warum sah er sie erfreut an?

»Ich werde es Ihnen zeigen. Sicher hätte er nichts dagegen.«

»Oh.« Sie blickte zu ihrem Vater.

»Morgen früh würde passen«, sagte der. »Holen Sie Eleonore ab?«

»Mit Vergnügen«, antwortete William.

Irgendetwas mit den Bildern passte nicht, das spürte sie deutlich. Nahm sie William nur als Vorwand, um mit ihr allein sein zu können? Zum Glück neigte sie nicht dazu zu erröten. Ihr kam ein Gedanke und mit einem Male wurde ihr leicht zumute. William wusste bereits von ihren Besuchen in den Familienhäusern. *Du musst dir einen Verbündeten suchen.*

Sie nahmen Platz, aßen die Brote und tranken den Wein. Ihr Vater plauderte von den Bauarbeiten überall in der Stadt. Die Berliner beseitigten die Spuren der Kämpfe. Es herrschte Ordnung, obwohl sich das Militär in seine Kasernen zurückgezogen, ja auswärtige Truppen die Stadt ganz verlassen hatten. Bürger bewachten die Tore und andere öffentliche Gebäude.

Eleonore dachte an ihre Erlebnisse im Arbeitshaus. Verstohlen sah sie zu William. Mit ihm würde sie darüber frei reden können.

»In Stuttgart gab es Gott sei Dank keine Kämpfe. Da waren alle Seiten besonnener«, sagte ihr Vater.

»Ich freue mich auf meine alte Heimat, an die ich nur wenige Erinnerungen habe«, sagte William.

»Und ich bin glücklich, dass Sie und Ihr Bruder uns begleiten«, entgegnete sie.

# Der Wahrheit ins Auge schauen

Berlin, Mitte April 1848

Eleonore wartete bereits vor dem Hotel, als William erschien.

»Es ist nicht weit«, sagte er.

Sie hakte sich bei ihm ein.

»Sind Sie sicher, dass Ihr Bruder nichts dagegen hat?«, fragte sie und biss sich sogleich auf die Lippen.

»Bestimmt hat er keine Einwände. Er ist stolz auf seine Kunst.«

Sie überlegte, wie sie das Gespräch auf das Arbeitshaus leiten konnte.

Warum nicht hier? Warum nicht sofort?

»Waren Sie schon einmal im Arbeitshaus? Wäre es Ihnen möglich, mich dorthin zu begleiten? Frauen sind dort nicht gerne allein gesehen.« Sie musterte ihn von der Seite, betrachtete sein Gesicht, seine Narbe und hoffte, dass er ihr Anliegen nicht ablehnte.

»Warum nicht. Genau genommen wollte ich selbst noch dorthin, bevor wir abreisen. Ich kenne es bisher nur von Erzählungen.«

Eleonore nickte, genoss seine Nähe und strahlte.

»Jetzt aber die Bilder«, sagte sie.

Sie erreichten die Jägerstraße, William betrat das Haus und sie folgte. Sie begegneten niemandem, und als er die Wohnungstür aufschloss, hallte es im Treppenhaus. Eleonore blieb im Flur stehen und betrachtete die zahlreichen Portraits und Landschaftsbilder, die dort hingen. William öffnete ein paar Türen, sodass Sonnenlicht durch die Zimmer hereinströmte.

»Stammen die alle von Ihrem Bruder?«

»Sie erkennen Friedrichs Bilder immer an dem *FE* rechts unten. So wie es aussieht, duldet er keinen anderen Meister neben sich.«

Eleonore bewunderte das Farbenspiel auf den Bildern. Eines zeigte den Mond, der als leuchtende Kugel über dem Meer stand.

»Kommen Sie, hier geht es weiter.« William ging voran. Die Dielenbretter knarrten.

»Wohnt Ihr Bruder allein?«, fragte Eleonore.

»Mit mir zusammen. Er ist mit den Reichenbachs, eine Etage tiefer, sehr verbunden, teilt sich mit ihnen die Dienstboten und speist zuweilen mit ihnen.« Seine Stimme klang mit einem Male belegt. Eleonore musste an die aufgeweckte Clara denken. Ging es William ebenso? Oder grämte er sich, weil sie immerzu von Friedrich sprach?

»Verzeiht, wenn ich dauernd von Ihrem Bruder rede.« Sie musste sich zusammenreißen. Schon einmal hatte ihre Taktlosigkeit ihn verärgert, das wollte sie nicht ein zweites Mal riskieren.

»Er ist schon ein bemerkenswerter Mann«, beschwichtigte William. »Und hat es weit gebracht.«

Sie durchquerten das Wohnzimmer, wo William vor einer weiteren Tür stehen blieb und wartete.

»Hereinspaziert«, sagte er, drückte die Klinke herunter und trat zur Seite.

Eleonores Schulter streifte seinen Arm. Nach zwei Schritten blieb sie stehen und machte große Augen.

»Herrlich! Wunderschön!«, brachte sie endlich heraus und sah zu William.

Der stand da, blickte entgeistert, als habe er diese Bilder noch nie gesehen.

»Was haben Sie denn?« fragte sie. »Sie schauen aus, als ob Sie der Schlag getroffen hat.«

»Nichts«, krächzte William. »Es ist nichts.«

Eleonore wandte sich wieder den Bildern und Skizzen zu. Halb fertige Werke standen zum Teil auf dem Boden, auf Staffeleien oder lagen herum. Auch hier waren es Landschaftsmotive und jede Menge Portraits. Sie ging weiter und blieb vor einer Staffelei abrupt stehen. Nur mit Mühe konnte sie einen Aufschrei unterdrücken. Da lag eine Skizze, die eindeutig sie darstellte. Mit der Mühle im Hintergrund.

William trat neben sie und sah das Bild an.

»Das muss er aus dem Gedächtnis heraus gemalt haben«, sagte sie. »Die Zeichnung, die er von mir gemacht hatte, habe ich ihm abgenommen.«

Eleonore kam ein Gedanke.

»Verzeihen Sie mir, William«, sagte sie zerknirscht. »Jetzt haben wir genug Ihren Bruder bewundert. Sie haben wir dabei ganz hintenangestellt, dabei spricht mein Vater sehr viel von Ihnen.«

»Ihr Vater erinnert mich in vielem an einen anständigen Menschen, den ich in den Vereinigten Staaten kenne.«

»Das werde ich ihm sagen.« Sie lächelte. »Darf ich Sie fragen, wer dieser Mensch ist?«

»Er heißt William Lloyd Garrison und ist einer der bekanntesten Gegner der Sklaverei.«

»Zum Glück haben wir keine Sklaverei und die unsäglichen Frondienste verschwinden nach und nach.« Sie wandte den Gemälden ihren Rücken zu. »Gerne würde ich diesen Garrison näher kennenlernen, von ihm lesen. Und auch Ihre Artikel interessieren mich sehr. Sie müssen gut sein, wo Sie so großen Erfolg damit haben.«

»Es gibt immer Menschen, denen das Leid anderer nahegeht.«

»Es ist wenig, was ein Einzelner zu helfen vermag«, sagte sie. »Und als Frau fällt einem das besonders schwer.« Sie hielt inne. »Würden Sie mich zum Arbeitshaus begleiten?«

»Gleich jetzt?«

»Wir haben keine Zeit zu verlieren. Da gibt es einen Jungen, den sie mit seinem Vater zusammen eingesperrt haben. Ich will versuchen, ihm zu helfen, bevor wir abreisen.«

*Ich will ihn da rausholen,* dachte sie. Über das *Wie* hatte sie sich die halbe Nacht Gedanken gemacht. Am Ende war sie zu dem Schluss gelangt, dass es nur mit Geld gehen würde.

William sah sie nachdenklich an. »Dann lassen Sie uns keine Zeit verlieren.«

Sie verließen die Wohnung, gingen durch das Treppenhaus hinunter und traten auf die Straße. Dort winkte William nach einer Droschke.

Während der Fahrt berichtete sie alles, was sie über den Jungen und seinen Vater wusste.

»So einfach herausholen werden wir ihn nicht können. Aber lassen Sie uns erst einmal nachprüfen, ob er wirklich darin gelandet ist«, sagte William.

Sie hielten an der Ecke vor dem Arbeitshaus und stiegen aus. Eleonore fuhr zusammen, als sie anstelle der zivilen Wache einen Soldaten vor dem Eingang stehen sah.

»Das Militär ist in die Stadt zurückgekehrt«, murmelte sie.

»Das soll uns nicht weiter beeindrucken«, sagte William und trat auf den Wachposten zu. Sie blieb dicht hinter ihm.

»Mein Name ist William Euskirchen und ich bin Korrespondent der *Augsburger Allgemeinen Zeitung*«, sprach der diesen an. »Ob ich die Anstalt besuchen dürfte?«

»Das müssen Sie im Bureau nachfragen.« Der Soldat öffnete die schwere Tür und wies ihnen den Weg.

»Sie schreiben doch gar nicht für die Augsburger Zeitung«, flüsterte Eleonore.

»Doch, seit gestern«, widersprach William und tippte auf seine Brusttasche. »Hier ist der Brief.«

Wie nebenbei er das erwähnte. Er musste mächtig stolz sein, für eine der größten Zeitungen des Landes schreiben zu dürfen. Sie erinnerte sich daran, dass auch ihr Vater diese Zeitung las und das Blatt sehr schätzte. Hatte er am Ende William den Weg gebahnt?

Sie erreichten das Bureau. Dies war ein längliches Zimmer. Ein Bild des Königs hing an der Wand. Hinter einer hölzernen Schranke saßen mehrere Männer in grauen Leinenhosen und Jacken an Tischen und ordneten Papiere. Ein Mann in einem schwarzen Anzug schritt hinter ihnen die Reihe entlang und blickte ihnen über die Schultern. Dann wandte er sich an William und Eleonore.

»So, so, von der *Augsburger Allgemeinen*«, sagte der

Mann, nachdem sich William vorgestellt hatte. »Wir freuen uns über jeden, der an unserer Arbeit Anteil nimmt.« Er blickte zu Eleonore. »Wollen die Dame so lange warten?«

William griff in seine Hosentasche und holte ein paar Münzen heraus. »Das ist eine kleine Aufmerksamkeit«, sagte er. »Und die Dame, meine Schwester, möchte unbedingt dabei sein.«

»Hmmh«, machte der Mann. »Es ist keine schöne Umgebung für eine junge Frau. Aber ob sie später vom Elend liest oder es selbst sehen kann, was spielt das für eine Rolle.«

Er ging zu einer Kordel, die an der Wand herabhing, und zog daran. Eleonore meinte, eine Glocke zu hören. Gleich darauf trat ein hagerer Mann durch eine Tür. Unter dem Arm hatte er eine Akte geklemmt.

»Ah, der Herr Doktor. Wenn Sie die Güte hätten, unseren Besuch zu führen. Ein Mann der Zeitung.«

Der Arzt legte die Akte ab und nickte ihnen zu. »Wenn Sie mir folgen wollen.«

Sie traten in einen Flur. Bald ging es grobe Stufen hinunter.

»Im Keller lassen wir Strohmatten flechten. Das ist nur eine der vielfältigen Arbeiten, die wir im Hause verrichten.«

Durch die Kellerfenster drang spärlich das Tageslicht. Es reichte aus, um die in der Luft schwirrenden Staubpartikel und Strohreste flimmern zu sehen. Mit vorgebeugtem Oberkörper saßen Männer an den Tischen und flochten das Stroh. Niemand sah zu ihnen auf.

»Lassen Sie uns den gleichen Weg zurückgehen, so umgehen wir das Krankenrevier. Dort weiß man nie, ob nicht eine ansteckende Krankheit Eingang gefunden hat.«

Eleonore blieb dicht bei William.

»Die Insassen, wir nennen sie Häuslinge, sind in drei Klassen eingeteilt. Die erste Klasse sind Bettler, Obdachlose und Erwerbslose. Darunter auch solche, die freiwillig ins Haus kamen. Die zweite Klasse sind rückfällige Bettler und Herumtreiber. Die dritte Klasse sind die, die kriminell auffällig wurden. Taschendiebe, gefallene Mädchen. Sie erhalten an zwei Tagen keine Morgensuppe.«

»Sind alle Männer grau gekleidet?« fragte William.

»Nicht die Insassen der dritten Klasse. Die tragen braune Hosen und Jacken und sind dazu an den beiden gelben Streifen zu erkennen, die auf ihren Schultern angebracht sind.«

Wieder oben angelangt, traten sie in einen Hof. Eleonore holte tief Luft. Bisher hatte sie weder den Jungen noch seinen Vater gesehen.

»Wie lange arbeiten die Menschen?«, fragte sie.

Der Arzt wandte sich ihr zu. »Im Winter dreizehn, im Sommer vierzehn Stunden. Ihnen bleiben reichlich acht Stunden für den Schlaf.«

*Reichlich acht Stunden.* Galt das für Kinder ebenso? Eleonore schluckte.

Sie betraten ein weiteres Gebäude. Hier surrten mehrere Spinnmaschinen, an denen Frauen und Männer arbeiteten. Eleonore blickte die Reihen entlang, erkannte aber niemanden. William sah sie fragend an und sie schüttelte den Kopf. Es ging weiter und sie erreichten einen Schlafsaal. Dicht an dicht standen dort unzählige Betten.

»Wie viele schlafen hier?«, wollte William wissen.

»In diesem hier an die hundert Menschen«, antwortete der Arzt. »Im ganzen Gebäude sind es natürlich mehr. Das Haus platzt aus allen Nähten. Eine Zeit lang musste sogar der Kirchenraum als Speisesaal herhalten.«

Am Ende des Saals saßen zwei junge, leicht bekleidete Frauen auf einem Bett und musterten sie feindselig.

»Kommen Sie denen nicht zu nahe«, warnte ihr Führer. »Selbst hier drinnen dulden die gefallenen Weiber keine Konkurrenz.«

Es roch nach Urin, Erbrochenem und nach Kohlsuppe. *Wie viele Orte des Schreckens hat Berlin noch zu bieten?* überlegte Eleonore. Sie betraten einen weiteren Hof. Vor einem großen, hölzernen Laufrad blieb ihr Begleiter stehen. Nebeneinander traten darin mehrere Männer, wie es schien, auf der Stelle. Manche waren barfuß. Ein leises Quietschen untermalte ihr Tun. Am Wechsel der Holzbeplankung konnte Eleonore erkennen, dass sich das Rad drehte. Feiner Staub lag in der Luft. Die Männer im Rad trugen braune Kleider und wiesen die gelben Streifen auf, von denen der Arzt erzählt hatte. Sie nahmen keine Notiz von ihnen.

»Haben wir von England übernommen. Dort gehören Laufräder in den Arbeitshäusern dazu. Dieses hier treibt ein Mahlwerk an.«

Eleonore presste ihre Lippen zusammen. In einem der Männer erkannte sie Fritzes Vater. So war er mehr als nur ein einfacher Bettler. Er blickte stur geradeaus. Sie nickte William zu.

Der Arzt führte sie weiter. Eleonore wandte sich um. Hatte Fritzes Vater sie erkannt?

»Stimmt es, dass die Kinder der Bettler ebenso im Haus wohnen?«, fragte William.

»Natürlich. Sie werden unterrichtet und zu einfachen Arbeiten herangezogen.«

»Können wir sie sehen?«, fragte Eleonore. Ihr Herz pochte.

»Gleich, wenn Sie mir folgen möchten.«

Sie passierten ein hölzernes Gebäude. »Darin werden Unverbesserliche gezüchtigt«, erklärte der Arzt.

»Auch Kinder?«, wollte Eleonore wissen.

»Es geht den meisten hier herinnen besser als draußen. Seitdem ich hier beschäftigt bin, haben nur zwei Insassen verbotenerweise das Haus verlassen.«

Geradeaus, neben einer Tür, standen mehrere Holzsärge aufgestapelt.

»Der Tod hält reichlich Ernte im Haus. Viele, die zu uns kommen, hat das Leben schwer gezeichnet.«

Der Arzt hielt sich ein Taschentuch vor Mund und Nase und sie taten es ihm nach, dennoch nahm Eleonore den Leichengeruch wahr. William war jede Farbe aus dem Gesicht gewichen. Sie griff nach seiner Hand. Die war kalt.

»Was ist, William?«, fragte sie besorgt.

»Es erinnert mich an das Waisenhaus, in dem ich Jahre meiner Kindheit verbrachte«, presste er heraus.

Sie drückte fest seine Hand, bevor sie losließ und sie dem Arzt folgten. Der führte sie in einen weiteren Saal. Da saßen Kinder aller Altersgruppen an grob gezimmerten Tischen, ihre Oberkörper nach vorne geneigt und die Hände auf den Arbeitsplatten.

»Sie fertigen Pappschachteln an«, sagte ihr Führer.

Eleonore erkannte Fritze sofort. Er saß an einem Tisch

direkt neben dem Eingang. Seine Wangen waren eingefallen, seine Augen lagen in tiefen Löchern. Besorgt trat sie an ihn heran.

»Bekommst du ausreichend zu essen?«, fragte sie ihn.

Sie hatte William losgelassen. Der war mit dem Arzt weitergegangen.

Der Junge blickte sie stumm an. »Ick will dir zeichnen.«

Eine Träne kullerte ihm übers Gesicht.

Eleonore versuchte zu lächeln. »Das wirst du. Bald«, presste sie heraus.

»Sie dürfen nicht mit den Insassen reden«, rief von vorne jemand barsch. Ein Aufseher, der hinter einem Pult saß. In den Händen hielt er eine Rute.

Der Arzt winkte sie heran. »Lassen Sie uns weitergehen«, bat er.

»Wie kann man den armen Geschöpfen hier helfen?«, fragte sie. Ihre eigene Stimme kam ihr fremd vor.

»Deren Schulden bezahlen und nachweisen, dass sie eine Unterkunft haben.«

Eleonore holte ihre Geldbörse hervor.

»Wie viel?«

Der Arzt schüttelte seinen Kopf.

»Das kann ich nicht entscheiden. Sie müssen einen Antrag stellen.«

Eleonore nickte.

Auf dem Rückweg begegnete ihnen eine Gruppe. Ein Mann schritt vorneweg. Er trug einen Holzknüppel. Ein weiterer bildete den Schluss. Eleonore mutete die Gruppe wie eine Schafherde an. Nur blökten hier keine Tiere, sondern wehklagten Kinder und Frauen, torkelten offenbar betrunkene Männer.

»Nicht zu nahe«, warnte sie der Arzt. »Die gehen zum Entlausen.«

Sie nannten das ein Arbeitshaus. Ihr kam es vor wie eine Grabstätte.

William atmete tief durch, als sie wieder auf die Straße traten. Langsam gingen sie zurück in Richtung Schloss.

»Verzeiht, wenn der Besuch dunkle Erinnerungen in Ihnen geweckt haben sollte«, sagte sie zerknirscht.

»Halb so wild. Immerhin wissen wir jetzt, dass der Junge lebt.«

*Wir, er hatte »wir« gesagt.*

William runzelte seine Stirn. »Ziehen Sie Ihren Vater zu Rate. Der wird wissen, wie dem Jungen geholfen werden kann.«

***

»Sie haben mich als ihren Vertreter entsendet«, sagte Zimmermann Haber.

August von Engel sah ihn an, erwiderte jedoch nichts.

»Wir wollen eine gütliche Einigung herbeiführen und …«

»Wer ist *wir*?«, fiel er ihm ins Wort.

Haber spielte mit seinen Händen. Es waren große Hände, voller Schwielen, gegerbte Haut. Bauholz war bestimmt Spielzeug in seinen Händen.

»Der Metzger, der Euren letzten Geburtstag ausgerichtet hat, der Weinhändler …«

Wieder fiel er ihm ins Wort. »Der Weinhändler! Was fordert der?«

Der Zimmermann schluckte, griff in seine Jacke und

zog mehrere Papiere heraus. »Er sagt, Ihr schuldet ihm zwei Kisten Rotwein.«

»Billiger Fusel.«

»Wofür Sie quittiert haben.«

August starrte auf die Schuldscheine, die ihm der Mann entgegenhielt, wandte sich ab und trat an das Fenster. Die Vorhänge bauschten gerade auf, obwohl das Fenster geschlossen war. Es zog durch alle Ritzen. Irgendwann würde eines der Fenster auf die Straße stürzen. So wie es aussah, bestand keine Aussicht, dafür einen Handwerker zu finden. Alles zerfiel. Würden sie ihn verklagen? Feige Ratten.

»Wenn Sie uns einen Teil der Äcker und der Obstwiesen in Zahlung geben würden«, begann der Zimmermann wieder, »das wäre ein Anfang.«

August nickte, was seinem Besucher gleich ein wenig die Unsicherheit nahm. Was wusste der schon? Er besaß die Äcker längst nicht mehr. Und die Obstwiesen, die hatten zuerst dran glauben müssen.

Eleonore! Warum beantwortete sie seine Briefe nicht? Wäre sie nicht nach Berlin gefahren, wäre er längst mit ihr verlobt. Sie war der Schlüssel zu allem, sie und das Geld ihres Vaters. Dazu dessen exzellente Verbindung zum Königshaus.

Was aber konnte er dem Zimmermann mitgeben? Am liebsten einen Tritt in den Hintern. Das versprach jedoch nur einen kurzen Aufschub.

»Ich werde darüber nachdenken«, sagte er lahm.

»Die anderen wollen eine feste Zusage.«

August schwoll der Kamm. Was erlaubte sich dieses Pack! Er stand auf, ging auf den Zimmermann zu. Alles ging den Bach hinunter. In den Städten hatte das Bürgertum das Sagen übernommen, spielten sich Bürgerwehren als Militär auf. Auf dem Lande begehrten Bauern und Tagelöhner auf, sprachen von ihren Rechten. Welche Rechte? Er ging einen weiteren Schritt auf den Zimmermann zu. Da klopfte jemand an der Tür.

»Herein!«, rief er laut.

Solms, der ergraute Diener von Engels, trat ein. Auch er verfiel mehr und mehr.

»Ein Kurier, Herr Leutnant«, kündigte er an.

Ein Meldereiter folgte dem Diener, salutierte und reichte August einen Umschlag. »Ein Befehl des Hauptmannes, Herr Leutnant!«

Der Zimmermann wich offensichtlich beeindruckt zurück.

August brach das Siegel auf und las. Er sollte sich sofort in der Kaserne melden. Württemberg würde Baden beistehen im Kampf gegen revolutionäre Kräfte. Und er sollte daran teilnehmen.

Grimmig blickte er hoch. »Ich komme sofort.«

Der Soldat salutierte erneut und verließ den Raum mit klirrenden Schritten.

Haber sah August fragend an.

»Wir werden das Gespräch ein andermal weiterführen müssen«, sagte August. »Oder wollt Ihr mich daran hindern, einen königlichen Befehl auszuführen? Das da …«, dabei deutete er auf die Papiere, »… kann warten.«

»Aber …«

»Es geht nach Baden«, ließ sich August zu einer Erklärung herab. »Dort wird man mit Waffengewalt wieder für Ruhe und Ordnung sorgen. Richten Sie das meinen lieben Gläubigern aus. Sagen Sie ihnen auch, das soll ihnen eine Lehre sein. Weder in Baden noch in

Württemberg dulden wir Aufruhr, wie auch immer er geartet sein sollte.«

# August wütet in Baden

April 1848

Eleonore wartete vor dem Hotel auf ihren Vater und ging ungeduldig auf und ab. Etliche Kutschen hatte sie abgepasst und jedes Mal war sie enttäuscht in den Hintergrund getreten, wenn wieder eine ihr unbekannte Person auf das Pflaster getreten war.

Ein weiterer Wagen fuhr vor, die Pferde stampften mit ihren Hufen und die Wagentür quietschte laut. Endlich! Ihr Vater kam zurück.

»Meine Liebe, es ist doch nichts passiert?«, begrüßte er sie.

»Nein, nein.« Sie musterte ihn verstohlen. Lagen seine Augen tiefer in den Höhlen, traten seine Wangenknochen schärfer hervor? »Du gönnst dir zu wenig Ruhe.«

Er bezahlte den Kutscher und ging ein paar Schritte auf das Hotel zu.

Sie hielt ihn zurück. »Ich möchte dir eine Schokolade ausgeben.«

Er neigte seinen Kopf. »Du führst etwas im Schilde«, mutmaßte er.

»Ich muss ein Geständnis ablegen«, sagte sie und achtete darauf, leicht und unbeschwert zu klingen.

»Du hast dich verliebt? In Friedrich, in William?«

Sie musste lachen. »Das ist es nicht …« *Noch nicht,* dachte sie.

Er seufzte auf, rollte die Augen und hakte sich bei ihr ein.

»Dann lass uns gehen, liebes Kind. Ich bin gespannt.«

Arm in Arm schlenderten sie die Allee *Unter den Linden* entlang.

Sie bogen nach links und bald erreichten sie das Café Stehely. Etliche Plätze waren frei. Eleonore entdeckte einen abseitsstehenden Tisch und zeigte auf ihn. Ein Kellner trat auf sie zu. Ihr Vater wies auf den besagten Tisch und der Kellner führte sie dorthin.

»Zwei heiße Schokoladen«, bestellte ihr Vater.

»Sehr wohl, mein Herr.«

»Nun erzähle«, bat sie ihr Vater.

Eleonore, die um Lockerheit bemüht war, musste schlucken. *Du hast dir alles überlegt,* dachte sie. Mit den Familienhäusern wollte sie anfangen.

»Da gibt es diese schrecklichen Familienhäuser, die wie Kasernen anmuten und doch schlimmer sind. Ich war dort einige Male, allein, und ich habe versucht, ein wenig zu helfen.«

Ihr Vater hörte zu und schwieg. Sie fasste mehr Mut und erzählte alles, was sie bisher erlebt hatte. Fast alles. Das mit den beiden Männern, die sie bedrängt hatten und dass sie William getroffen hatte, sparte sie aus. Sie schilderte, wie sie Fritze begegnet war, berichtete, wie sie Geld in Umlauf gebracht hatte.

»Bettina von Arnim hat mich bestärkt in meinem Tun. Du darfst ihr nicht grollen.« Sie hielt inne. »Die Erinnerungen an Mama haben mich ebenfalls angetrieben.«

Der Kellner brachte die Schokolade.

Ihr Vater griff nach seiner Tasse, nippte daran und schien mit seinen Gedanken weit entrückt. Sie vermochte kaum zu atmen und suchte nach einer Reaktion in seinen Gesichtszügen. Da huschte ein Lächeln über sein Gesicht.

»Deine Mutter wäre stolz auf dich und ich sehe keine Veranlassung, es nicht ebenfalls zu sein.«

»Trotzdem, dass ich als Frau Dinge unternehme, die nicht gebührend sind?«

»Papperlapapp! Gerade Frauen haben ein Gespür dafür, wo es angebracht ist zu helfen. Sie fühlen mehr die Schatten der Armut, die uns Wohlhabenden nicht verborgen bleiben sollten.«

Sie wollte etwas sagen. Ihre Lippen bebten. Wieder nippte er an seiner Tasse, griff dann ihre Hände.

»Da ist mehr, was dich betrübt?«, fragte er.

Sie nickte.

»Heraus damit! Vergiss aber nicht deine Schokolade.«

»Dem Jungen, der gut zeichnen kann, fehlt es an allem. Er besitzt weder Papier noch Stifte.« Sie dachte an den betrunkenen Vater und wie sie ihn angegangen war.

»Das lässt sich machen«, meinte ihr Vater.

»Nicht, solange er in dieser Umgebung hausen muss. Da wird ihm alles genommen, was Geld für Schnaps bringt.«

»Seine Eltern?«

»Er hat einen Vater, einen Nichtsnutz.« Ihre Stimme bebte. »Sie wurden ins Arbeitshaus gesteckt, weil sie die Miete nicht bezahlen konnten. Dort ist er verloren.« Sie sah ihren Vater an. »Wenn wir abreisen, ist da niemand mehr, der ihm beisteht.«

»Wir werden das Kind nicht im Stich lassen!« Er tätschelte ihre Hand. »Meine Mission ist gescheitert. In Berlin denken sie nicht daran, Württemberg die Hohenzollernschen Fürstentümer zu überlassen. Einer badischen Übernahme stehen sie ebenso reserviert gegenüber. Sie kümmert nicht die kaum zwanzigtausend Untertanen, es ist ihr Stolz, der ihnen verbietet, den Stammsitz ihrer Familie in fremde Hände zu geben.«

Eleonore verstand nicht.

»Das hat mit dem Jungen nichts zu tun, meine Liebe. Aber ich habe bei meiner Mission ein paar einflussreiche Männer kennengelernt.«

»Ich danke dir.«

»Du hättest damit früher zu mir kommen müssen.«

Sie nickte. »Alle haben mir zugeredet, dich einzuweihen.«

»Alle?«

»Frau von Arnim und William. Er hat mich zum Arbeitshaus begleitet. Das wird bewacht, und eine einzelne Frau ist da nicht willkommen.«

Ihr Vater rutschte auf seinem Stuhl herum. »Es wird nicht einfach sein. Du hast ja deine Schokolade noch gar nicht angerührt.«

Sie betrachtete die Tasse. Der Schaum war bereits in sich zusammengefallen.

»Kalt schmeckt sie nicht mehr. Lass uns gehen.«

Er rief den Kellner und bezahlte.

*Ich hätte ihn früher einweihen sollen.* Und das Buch? Wann würde sie den Mut aufbringen, ihm davon zu berichten?

***

August stand schon über eine Woche in Baden, aber die 6. Kompanie des 6. Infanterieregiments, der er zugeteilt worden war, hatte bisher keinen Schuss abgefeuert.

Gekämpft hatten immer die anderen. Vor wenigen Tagen war bei Kandern Heckers eintausend Mann starker Freischärler-Zug von badischen und hessischen Truppen zerschlagen worden. Bald darauf hatten badische Truppen einem republikanischen Zug unter dem Kommando Gustav Struves das gleiche Schicksal erleiden lassen. Die Nachrichten darüber waren heute eingetroffen.

Wann ging es endlich in den Kampf, wann konnte er sich endlich auszeichnen, wie es ihm General von Miller in Stuttgart versprochen hatte?

Da gab es eine dritte Horde, die brandschatzend durchs Land zog und eine Republik erkämpfen wollte. Die war über den Rhein aus Frankreich herübergekommen und nannte sich selbst *Deutsche Legion*. Sie war an die sechshundert Mann stark, bestand größtenteils aus Bauern und einfachen Handwerkern, wurde aber von ehemaligen preußischen und österreichischen Offizieren befehligt. Ihr Oberkommandant war ein gewisser Georg Herwegh, der von seiner Frau Emma begleitet wurde. Sie war mehrfach durch ihr aufrührerisches Handeln aufgefallen. August bleckte die Zähne. Emma Herwegh erinnerte ihn an Eleonore Herbst. Beide waren sie jung und beide verkannten ihre Rolle. Er würde sie zur Vernunft bringen.

Die 6. Kompanie sollte nun diese dritte Horde aufspüren und zerschlagen, bevor sie sich in die Schweiz retten konnte. General von Miller hatte seine Truppen so verteilt, dass ihm diese *Deutsche Legion* nicht entwischen konnte.

Hauptmann Lipp, Augusts Vorgesetzter, hatte ihn mit

zwölf Mann abkommandiert, die Wälder links von ihrem Weg zu durchkämen, damit sie von dort nicht überraschend angegriffen wurden. Lipp befehligte etwas mehr als einhundert Mann. Sie waren zahlenmäßig weit unterlegen, was August nicht bekümmerte. Es ging gegen Bauern, die Soldat spielten.

August hieß seine Männer anhalten. Ihm war, als habe er etwas gehört. Er lauschte eine Weile, wollte gerade den Befehl zum Weitermarschieren geben, als deutlich Schüsse zu hören waren. Erst vereinzelt, dann ganze Salven.

»Auf Männer, vorwärts!«, trieb er seinen Trupp an.

Bis zum Ende des Waldes waren es noch mehrere Hundert Meter. Von da erklangen jetzt wilde Schreie und Trommelwirbel. Offenbar war Hauptmann Lipp mit dem Gros der Kompanie auf die *Deutsche Legion* getroffen.

August erreichte als Erster den Waldrand und hielt zum Luftholen inne. Vor ihm lag eine Hochebene, Ackerland, mit Steinhaufen durchsetzt. Die Einheimischen nannten sie Steinziegel. Sie bestanden aus zusammengelesenen Steinen aus den Feldern und waren mit Moos bewachsen. Hinter ihnen hatten sich die württembergischen Infanteristen verschanzt. Er sah ihre schwarzen Tschakos hervorragen. August hörte die Ladestöcke der Soldaten klappern und konnte innerlich die Handgriffe mitzählen. Schuss um Schuss fiel auf die Freischärler, die sich gerade zurückzogen in Richtung eines weiteren Waldes. Von dort erhielten sie Unterstützung. August sah immer wieder Qualm zwischen den Bäumen hervorwabern.

»Auf sie!«, schrie August und stürmte seinen Männern voran.

Auf dem Feld lagen bereits mehrere Tote und Verwundete. Nur Rebellen, soweit August erkennen konnte. Die Fliehenden entdeckten sie und änderten ihre Richtung. Einer blieb stehen und sank kurz darauf von einer Kugel getroffen nieder. Ein anderer stolperte, landete auf seinen Knien, und bevor er wieder aufstehen konnte, schlug ihm August mit dem Säbel auf die Schulter. Der Mann schrie auf und verstummte, als ihn ein Soldat, der August folgte, sein Bajonett in die Brust rammte. Das Feuer aus dem Wald konzentrierte sich nun auf sie. Kugeln schwirrten und pfiffen an ihnen vorbei, ohne Schaden anzurichten, und dann war es vorbei. Das Signal zum Sammeln erklang.

Ihr Kompaniechef, Hauptmann Lipp, saß auf einem Baumstumpf, August trat zu ihm und berichtete. Der Kompanie-Unterarzt stand daneben und verband die Hand des Hauptmanns. August sah, wie Blut durch das Leinen quoll.

»Die sind mit Sensen auf uns los«, berichtete Lipp.

Unweit von ihnen lag eine zusammengekrümmte Gestalt. Das Gesicht war nur noch ein blutiger Krater, die Brust rot vor Blut.

»Der da«, deutete der Hauptmann, »war ihr Anführer. Er hat mir mit seiner Sense beinahe die Hand abgehackt. Dann haben Bajonette sein Gesicht und seine Brust durchbohrt.«

»Ein Lump weniger«, sagte August.

Leutnant von Palm kam heran, salutierte und reichte dem Hauptmann einen Zettel. Der Leutnant trug einen

Verband an seiner linken Schulter, der ihn aber nicht weiter zu stören schien. Der Hauptmann überflog den Text.

»Dreißig Tote bei den Rebellen, dazu etwa doppelt so viele Verletzte. Auf unserer Seite keine Toten, nur zwei Verletzte.« Lipp hielt inne. »Nur Leutnant von Palm und meine Wenigkeit haben Blessuren abbekommen. Schießen können die nicht. Sehen Sie nur unsere Männer an. Getroffen, aber offenbar nur von matten Kugeln.«

August sah in der Tat auf den hellgrauen Feldmänteln und den weißen Lederriemen der Soldaten Schussspuren, die aber keinen Schaden angerichtet hatten.

»Die Entfernung war zu weit«, mutmaßte er.

»Schlechtes Pulver, falsche Kugeln. Es sind halt doch keine Soldaten«, ergänzte Lipp und verzog vor Schmerzen sein Gesicht, bevor er fortfuhr. »Ihre Männer sind ausgeruht, von Engel, nicht wahr?«

August salutierte.

»Den Fliehenden nachzujagen, überlassen wir den Ulanen. Sollen sie einen nach dem anderen aufspießen. Sie nehmen ihre zwölf Mann und durchsuchen einen abseitsstehenden Hof. Sie finden ihn gleich in Richtung des Dorfes Dossenbach auf einer Lichtung. Ich habe zwei Mann zur Beobachtung zurückgelassen. Da sollen die Rebellen vor einem Tag gehaust haben, hat uns ein Bauer berichtet. Vielleicht finden Sie da noch jemanden drin, der nur abwartet, bis wir abziehen. Halten Sie vor allem Ausschau nach diesem Herwegh und seinem Weib. Gerade ihr würde ich die Dreistigkeit zutrauen, sich unter unseren Augen verstecken zu wollen.«

Hauptmann Lipp zog ein Papier aus der Tasche und reichte es an ihn weiter. »Das hat eben ein Bote gebracht.«

August las. Es war ein Steckbrief, der in der Karlsruher Zeitung erschienen war. Auf diese Emma Herwegh war ein Kopfgeld von viertausend Gulden ausgesetzt.

*Haare blond, Gesichtsform oval, Gesichtsfarbe blühend, Stirn hoch, Augen schwarzbraun, Nase gebogen, Mund klein, Zähne weiß, Kinn spitz. Sie spricht Berliner Dialekt.*

»Durchbohren Sie jeden Heuhaufen, lassen Sie keinen Winkel aus«, fuhr der Hauptmann fort.

August fletschte seine Zähne und spie in den matschigen Boden. Das war ein Auftrag so ganz nach seinem Geschmack. Zu gern würde er die Herwegh aufspüren. Nicht nur wegen der ausgelobten Prämie.

»Keine Regung«, meldete ihm einer der Soldaten, als sie den einsam gelegenen Hof erreichten. »Aber da hat vor Kurzem jemand Feuer gemacht. Der Schornstein weist frische Spuren auf.«

Die Fensterläden des Haupthauses hingen schief und einige Dachziegel waren zerborsten. Auf der einen Seite stand eine windschiefe Scheune mit offenen Toren.

»Danke, Sie können abziehen. Ich übernehme mit meinen Männern.«

Der Soldat salutierte und zog weg.

»Ihr vier kümmert euch um die Scheune! Ihr vier durchsucht das Gelände«, teilte August seine Männer ein. »Der Rest folgt mir.«

Im Laufschritt überquerten sie den Hof.

»Ihr zwei geht hinter das Haus. Wenn da noch Spitzbuben im Nest sind, soll mir niemand entkommen.

Achtet auf jede Bewegung. Ich selbst gehe mit den anderen hinein.«

August spannte den Hahn seiner Pistole und stieß mit einem Stiefel gegen die Tür. Sie flog aus den Angeln. Sie traten ein. Staub flimmerte in den Strahlen, die durch die Fenster hereinbrachen. Zur Linken führte eine Treppe nach oben. Direkt vor ihnen saß ein Mann an einem Tisch. Er biss in ein Stück Käse, als ginge ihn der Besuch nichts an. Auf dem Tisch stand eine leere Weinflasche und lag der Rest eines Brotlaibs. Der Mann trug einfache Bauernkleidung und doch lehnte am offenen Kamin hinter ihm eine Muskete.

»Nach oben!«, befahl August. »Ich rede mit dem da. Durchsucht mir jeden Winkel!« Dann wies er den Mann an aufzustehen. Dem fiel dabei eine Münze aus der Jacke.

August hob sie auf, behielt aber den Mann im Auge. Es war französisches Geld.

»Wo hast du das her? Hast du noch mehr davon?«

Die Münze glänzte wie neu. August erinnerte sich daran, davon gelesen zu haben, dass in Frankreich Geld gesammelt wurde, damit die Aufständischen in der Schweiz Waffen kaufen konnten. Hatte er hier einen der Einkäufer vor sich?

»Hast du noch mehr?« fragte August.

»Non, non, Monsieur«, sagte der Mann.

Ein Franzose! Das erklärte das französische Geld. Augusts Gedanken rasten. Mit einer Hand tastete er die Kleidung des Mannes ab und fischte nach und nach weitere Münzen hervor. Knurrend hob er die Pistole an die Schläfe des Gefangenen.

»Wo ist der Rest? Du kannst es mir sagen, oder ich

puste dir dein Gehirn weg.«

Der Mann blickte in Richtung des Kamins. August trat vor und entdeckte eine lederne Tasche, die dort hinter ein paar Holzscheiten lag. Er ging in die Hocke, zog die Tasche hervor und öffnete sie. Darin lagen zwei Säckchen, prall mit Münzen gefüllt. Hinter ihm scharrte etwas auf dem Holzfußboden und aus den Augenwinkeln heraus sah er, wie der Mann nach dem Gewehr griff. August hob seine Pistole und schoss dem Franzosen ins Herz. Der fiel rücklings auf den Stuhl, der zusammenkrachte, und schlug dann auf dem Boden auf. Beißender Qualm reizte Augusts Augen.

Schnell nahm er die Geldsäckchen aus der Tasche und stopfte sie unter seine Jacke. Die leere Tasche warf er weit in den Kamin hinein. Dann stand er auf.

»Zu mir!«, schrie August aus voller Kehle seinen Männern zu, die, aufgeschreckt durch den Schuss, die Treppe herunterpolterten. Sie erstarrten, als sie den Erschossenen sahen.

»Glotzt nicht so blöd! Schafft mir den Halunken weg.«

Er wischte sich Schweiß von der Stirn. Da kam ihm ein Gedanke. »Habt ihr oben etwas gefunden?«

Die Männer verneinten. *Gut so,* dachte August. Er warf einen letzten Blick auf den Toten. So wusste niemand von dem Geld, das er bei sich getragen hatte. Es sollte auch niemand erfahren. Er unterdrückte den Impuls, sofort das Geld zu zählen. Dazu war später Zeit. Stattdessen klopfte er mit seinen Handschuhen den Staub von seiner Uniform.

***

William saß am Schreibpult und überflog seine Notizen zum Wahlrecht. Überall in den deutschen Ländern wurden freie Wahlen abgehalten. Vielerorts wählten sie ein neues Landesparlament, eine Stadtverordnung und alle zusammen ein erstes gesamtdeutsches Parlament. Das sollte in Frankfurt tagen, der Stadt, wo heute die Bundesversammlung saß. Die bestand aus Gesandten der jeweiligen Fürsten, die natürlich deren Interessen vertraten.

Ein Parlament, vom Volk für das Volk gewählt, war ein erster wichtiger Schritt. Blickte man hinter die Kulissen, gab es manches zu beanstanden. William nahm seinen Stift, rückte das Blatt Papier zurecht und begann zu schreiben.

*Solltest du mit dem Gedanken spielen, wieder in deine alte Heimat zurückzukehren, weil man dort wählen darf, deine Stimme Gewicht hat, lass dir Folgendes gesagt sein:*

*Du musst in Preußen mindestens vierundzwanzig Jahre alt sein, darfst keine Armenunterstützung erhalten und du darfst nicht in einem dienenden Verhältnis zu irgendjemandem stehen. Ein Geselle darf daher ebenso wenig wählen wie ein Dienstbote oder ein Lohnkutscher. Meisterst du alle Hürden, wählst du nicht einen Mann, der dich später im Parlament vertritt, sondern einen Wahlmann, der seine Stimme weitergibt. In anderen Staaten, etwa Württemberg, gibt es eine direkte Wahl.*

*Überlege es dir gut, ob es lohnt zurückzukehren. Der Verfasser dieser Zeilen dürfte nicht wählen. Aber er darf für die Öffentlichkeit schreiben, ohne zuvor zensiert zu werden. Berlin kehre ich jetzt den Rücken. Ich werde berichten, was das übrige Deutschland umtreibt.*

William legte den Stift zur Seite. Den Bericht wollte er vor ihrer Abreise auf die Post geben. Alle weiteren würden von anderen Orten abgehen.

Die Tür ging auf und Friedrich trat herein. Sein Blick wanderte zu Williams Truhe.

»Alles gepackt?«

William musterte seinen Bruder. Der erschien ihm die letzten Tage munter wie lange nicht mehr. Anfangs hatte er gedacht, das läge daran, dass er seine Absicht bei den Bildern vereitelt hatte.

»Wolltest du mich bei Eleonore ins rechte Licht setzen?«, hatte sein Bruder gefeixt. »Da bin ich dir zuvorgekommen. Ich wette, die Bilder haben sie beeindruckt. Wer weiß, ob die Aktbilder sie irritiert hätten. Wie auch immer, dein Interesse an ihr ist gewachsen. Wir werden sehen, ob sie sich für die Vernunft oder das Abenteuer entscheidet.«

»Ich bin dann wohl das Abenteuer«, hatte er geantwortet.

Es musste andere Gründe geben, die ihn aufmunterten. Neue Aufträge. Was mochte Besseres kommen, als die königliche Familie zu malen? Friedrich blieb ihm in vielen Dingen ein Rätsel.

»Die Reichenbachs erwarten uns zum Abschiedsessen. Bist du bereit?«

William stand auf. »Natürlich.«

Gemeinsam traten sie in den Flur und gingen hinunter zu ihren Gastgebern. Die erwarteten sie im Speisezimmer.

»Es gibt heute gebratene Hähnchen«, empfing sie Reichenbach.

Das Essen vernahm seinen üblichen Verlauf. Sie sprachen wenig. William hatte keinen Appetit. Heimlich sah er zu den Dienstmädchen. Keine nahm Notiz von ihm. Sie waren alle anders als Clara. Nur bei Ysette meinte er eine Regung zu entdecken. Die galt eindeutig Friedrich, dessen Geliebte und Modell sie war.

Später saßen die Männer im Bücherzimmer. Ruhn servierte Kaffee. Zur Feier des Tages verteilte Jakob Reichenbach Zigarren. William steckte seine ein. Die anderen beiden rauchten. Süßlich duftender Qualm zog durchs Zimmer.

»Sie waren uns ein angenehmer Gast, wie Ihr Bruder«, sagte Reichenbach an William gewandt.

»Und Sie ein liebenswürdiger Gastgeber.«

»Besonders möchte ich Ihnen danken, dass Sie Clara zu ihren Eltern begleitet haben. Das arme Geschöpf.«

»Es herrscht glücklicherweise wieder Ruhe in der Stadt«, wandte Friedrich ein. »Niemand ist mehr in Gefahr.«

»Dank dem Militär, das zurückgekehrt ist«, ergänzte Reichenbach. »Bei mir in der Fabrik haben sich die Gemüter ebenfalls beruhigt. Sie haben festgestellt, dass es ihnen zuvor nicht schlecht ging. Jetzt dürfen sie eben Zeitungen lesen, sofern sie des Lesens mächtig sind.«

»Ich freue mich für den jungen Fröbel, dass er in Ihrer Firma eine Heimat gefunden hat«, sagte William. Dass es ihm gelungen war, den Sohn der Fröbels zur Lehre in Reichenbachs Firma unterzubringen, konnte er auf der Habenseite seiner Berliner Zeit verbuchen. Die Erinnerung an Clara trübte dagegen, wie eine dunkle Wolke, seine Bilanz.

»Der Junge ist prächtig. Ein eifriger Bursche.«

»Kenne ich ihn?«, fragte Friedrich.

»Sein Vater ist Kirchendiener der Marienkirche«, sagte Reichenbach.

»Es ist schön zu sehen, dass auch die Kinder einfacher Leute vorankommen können«, sagte Friedrich. »Rechtschaffen zu leben, zahlt sich aus.«

***

Eleonore eilte an den Transportwagen und hin und her laufenden Dienstboten vorbei. Zu früher Stunde versahen sie ihre Aufgaben, erfüllten die Stadt mit Leben. Unterhalb des Theaters am Gendarmenmarkt wollte sie William treffen. Wieder ein Geheimnis, aber in diesem Falle ein vertretbares. Mit geflüsterten Worten hatten sie sich abgesprochen.

Sie bog nach rechts. Zur Linken wuchs der Französische Dom empor, zur Rechten der wuchtige Theaterbau. Dort, am Durchgang, stand William. Er trat aus dem Schatten.

»Guten Morgen«, empfing er sie.

»Guten Morgen, William.«

»Wollen wir gehen?«

Sie nickte und hakte ihren Arm bei ihm unter. Gemeinsam schritten sie voran.

»Fällt dir der Abschied aus Berlin schwer?«, wollte er wissen.

»Es ist anders als Stuttgart. Ich werde Bettina vermissen.«

»Das kann ich verstehen.«

Eleonore musste an den gestrigen Nachmittag denken, wo es einen tränenreichen Abschied gegeben hatte.

»Frau von Arnim wollte ein weiteres Armenbuch schreiben. Vor Jahren rief sie überall in Deutschland dazu auf, man möge ihr schildern, wie es um die Armut stünde.«

»Was ist daraus geworden?« Aus seiner Stimme klang ehrliche Neugier.

»Sie hat es aufgegeben. Zum einen, weil dieses Buch die Zensur kaum überstanden hätte, zum anderen wegen ihres Verhältnisses zum König.« Eleonore holte tief Luft. »Wusstest du, dass sie mit ihm in Briefkontakt steht? So konnte sie dem ein oder anderen helfen. Den König, sagt sie, umgeben oft schlechte Ratgeber.«

»Sie ist eine gute Frau«, pflichtete William bei.

In der Ferne tauchte das Holzlager auf.

»Bettina hat mir ihre Unterlagen anvertraut. Ich soll sie für meine Arbeit verwenden.«

Er sah sie an.

»Ich will selbst ein Buch veröffentlichen«, brach es aus ihr heraus. Sie presste ihre Lippen zusammen. Wie konnte sie William gegenüber offen sein, was ihr bei ihrem Vater so schwerfiel?

»Das ist großartig«, sagte er. »Ungewöhnlich und großartig.«

Sie hatten den Eingang zum Holzlager erreicht. Ein Frachtwagen rumpelte die Straße entlang. Sie ließen ihn passieren und überquerten nach ihm die Straße. Wieder gingen sie vorbei an aufgestapelten Planken, Wänden und Pfählen. Wie in jener Nacht.

Die Spree kam in Sichtweite und da, wo sie mit dem Boot angelangt waren, lag ein Frachtkahn tief im Wasser. Taue hielten es an Land. Männer entluden das Schiff.

Eleonore folgte William, der zu der Stelle ging, wo Clara gelegen hatte. Sie wollte etwas sagen, doch versagte ihr die Stimme. Stattdessen nahm sie seine Hand. Mit gesenktem Kopf schwiegen sie. *Es hätte mich treffen können,* ging es ihr zum wiederholten Male durch den Sinn. Würde William dann mit Clara hier stehen? Ihr schauderte.

»Wir werden immer an sie denken«, sagte er.

»So lang wir leben«, bekräftigte Eleonore.

# Paulskirche

Frankfurt, Mai 1848

Eleonore stand schuldbewusst im Foyer des Hotels inmitten ihres Gepäcks. Vor einer Stunde war sie zurückgekommen. Ihr Vater war verschwunden. Suchte er sie? Jetzt wartete die Kutsche vor dem Haus und bald mussten sie aufbrechen, wollten sie den Zug noch erreichen. Der fuhr auf die Minute genau ab.

»Können Sie bitte unser Gepäck zum Wagen schaffen lassen?«, bat sie einen der Diener. Dieser rief ein paar Bedienstete zusammen.

Eleonore folgte ihnen nach draußen. Bettina hatte ihr Versprechen wahrgemacht und ihnen einen Korb mit Essen und Trinken richten lassen. Eleonore trug ihn in den Händen. Sie hatte nicht gewagt nachzusehen, ob unten im Korb tatsächlich Bettinas Manuskript lag. *Wie kann ich nur zweifeln?* schimpfte sie sich selbst.

Da sah sie ihren Vater die Straße heruntereilen. Sein Gesicht war gerötet, Schweiß glänzte auf seiner Stirn. Gefasst auf eine Standpauke, trat sie ihm entgegen.

»Liebster Vater …«

Er winkte ab. »Im Wagen«, presste er heraus.

Kaum dass sie saßen, fuhr die Kutsche an.

»Es tut mir leid«, begann ihr Vater kurzatmig.

»Ich habe mich zu entschuldigen.«

»Der Junge …« Wieder schnappte er nach Luft.

»Was ist mit Fritze?«

»Er ist verschwunden.«

»Was?« Eleonore schluckte.

Während die Kutsche durch die Straßen wackelte, erzählte er ihr alles. Fritzes Vater sei vor zwei Tagen zusammengebrochen. Jede Hilfe kam zu spät. Als sie es dem Jungen schonend beibringen wollten, war der verschwunden. Eine junge Dame und ein Herr hätten erst vor Kurzem Interesse an dem Kind bekundet. Vielleicht standen die damit im Zusammenhang.

»Du und William, ihr habt doch nichts unternommen?«

»Nein«, schwor Eleonore.

»Ich habe im Arbeitshaus Geld hinterlassen, falls er auftauchen sollte, und ihnen gesagt, sie mögen ihn nett behandeln. Freunden habe ich eine Notiz gesendet und sie gebeten, der Sache auf den Grund zu gehen.«

Die Kutsche hielt im Schatten des Anhalter Bahnhofs. Sie stiegen aus und wurden sogleich von Gepäckträgern umringt, die ihre Koffer auf Gepäckwagen umluden. Ihr Vater nannte den Männern den Zug, mit dem sie fahren wollten. Sie folgten den Gepäckträgern. Für das Treiben im Bahnhof hatte Eleonore keinen Blick.

»Was soll werden?«, fragte sie.

Am liebsten würde sie in Berlin bleiben, selbst nachforschen. Ein Kind konnte nicht so einfach verschwinden. Jemand musste ihm geholfen haben. Meinte es derjenige gut mit ihm?

»Es war alles vorbereitet«, sagte ihr Vater. »Ich hatte für die beiden Billetts besorgt.«

»Du hättest sie mitgenommen nach Stuttgart?«

»Da du den Jungen so in dein Herz geschlossen hast. Wir müssen abwarten.« Er nahm ihre Hand. »Wir werden bald von dem Jungen hören.«

Sie erreichten den Bahnsteig.

»Wie ich sehe, erwarten uns die Brüder bereits.« Ihr Vater deutete vor. »Lass uns ihnen entgegengehen.«

Eleonore reichte den beiden ihre Hand. Die Lokomotive an der Spitze des Zuges zischte und qualmte, als könne sie es nicht mehr erwarten, dass es losging. Nacheinander stiegen sie in ihr Abteil. Eleonore nahm neben ihrem Vater Platz. William saß ihr direkt gegenüber, Friedrich daneben.

Ein schriller Pfiff ertönte, der Zug rollte an. Sie versuchte, Williams Aufmerksamkeit zu erhaschen. Der blickte zum Fenster hinaus. Qualm zog am Fenster vorbei. Kaum merklich vibrierte der Waggon, während der Zug mehr Fahrt aufnahm und das eintönige *Klack-klack* der Räder in immer kürzerer Abfolge erklang.

»Es ist eine angenehme Art zu reisen«, meinte ihr Vater. Auf seinem Schoß lag Baedekers Reisehandbuch für Deutschland.

»In Frankfurt kommen wir hoffentlich rechtzeitig an, um der Eröffnung des Parlamentes beizuwohnen. Mein Freund Uhland hat uns Eintrittskarten hinterlegen lassen«, plapperte ihr Vater weiter.

»Eintrittskarten für ein Parlament?«, fragte William, der sich ihnen zuwandte.

Ihr Vater nickte. »Jeder will dabei sein. Der Tagungsort soll eine große Kirche sein, aber die bietet nicht unendlich Platz. Genauso wenig wie die Hotels. Auch dafür hat Uhland gesorgt. Ihnen beiden habe ich ein Zimmer gemeinsam reservieren lassen.«

»Sehr liebenswürdig«, sagte Friedrich.

Eleonore wunderte sich. Ebenso gut hätten sie alle

miteinander bei Onkel Otto nächtigen können. Dessen Haus lag ihrem Vater wohl zu weit außerhalb. Sie dachte an die Tauben, hätte gerne von den Tieren erzählt. Aber da war die Sache mit Fritze.

William sah sie endlich direkt an.

»Der Junge ist verschwunden«, sagte sie.

»Was? Wie kann das sein?« William rückte vor.

»Wir wissen es nicht«, sagte Eleonore. »Ich hätte ihn Ihnen gern vorgestellt«, sagte sie an Friedrich gewandt.

»Ihren Zeichner?«

Sie nickte.

Die Brüder sahen einander an.

»Es wird sich aufklären lassen«, meinte William.

»Dafür habe ich gesorgt«, antwortete ihr Vater. »Einstweilen können wir nichts tun, als zu warten.«

Sie schwiegen eine Weile.

»Habt Ihr Erinnerungen an Stuttgart?«, wollte ihr Vater wissen.

»Oh, ja! An die feuchte Bettwäsche im Winter«, sagte Friedrich.

»Und an die heißen Bettpfannen. Kam man ihnen zu nahe, bekam man Brandblasen«, ergänzte William. Bald schwelgten die Brüder in Erinnerungen. Dabei fanden sie einen seltenen Einklang. Vielleicht stimmte sie der Gedanke an die Heimat sentimental. Eleonore hörte ihnen gerne zu.

Später las ihr Vater in einem Journal, legte es geöffnet auf seinen Schoß und leises Schnarchen verriet bald darauf, dass er eingeschlafen war. Eleonore breitete eine kleine Wolldecke über ihn aus. So schlummerte ihr Vater wie ein Kind und sah weder die vorbeiziehenden

Landschaften und kleinere Ortschaften noch die Bauern auf den Feldern, die zum Gruß ihre Hüte schwenkten.

***

Spät nachmittags, am Tag vor der Parlamentseröffnung, erreichten sie Frankfurt. Vor dem Bahnhof stiegen sie in eine der zahlreichen Kutschen, die auf Fahrgäste warteten. Konrad Herbst nannte dem Fahrer die Adresse eines Hotels.

»Uhland hat uns ein Zimmer reserviert. Sonst müssten wir unter einer Brücke schlafen.«

William hörte nur halbherzig zu. Er betrachtete die vielen schwarz-rot-goldenen Fahnen, die an den Häusern hingen. Wie in Berlin, doch verdeckten sie hier keine Spuren der Kämpfe. Die Kutsche stockte und ein Junge rannte an ihnen vorbei.

»Extrablatt, Extrablatt«, hörte man seine kieksende Stimme.

Herbst rief ihn herbei und kaufte ihm ein Exemplar ab. Die weitere Fahrt verbrachten sie schweigend. Der Anwalt las, Eleonore las von der Seite mit. William war in Gedanken versunken.

Ihr Hotel lag direkt am Main. Am Ufer waren Boote festgemacht, auch sie mit Fahnen und Kränzen geschmückt.

»Die Stadt hat sich fein herausgeputzt«, sagte Friedrich.

Müde bezogen sie ihre Zimmer und fanden sich am Abend zu einem kurzen Essen zusammen. Ein Gespräch kam nicht so recht in Gange. Bald wünschten sie einander gute Nacht.

William schlief unruhig und das lag nicht an Friedrichs Schnarchen. Er dachte an Fritze und Eleonore, die sich dessen Verschwinden zu Herzen nahm. Früh am Morgen stand er auf. Zur Ehre des Parlamentes zog er den Anzug an, den ihm Friedrich hatte schneidern lassen, und legte sogar eine der Halsbinden um, die ihn so zwickten.

Friedrich stand ebenfalls auf und kleidete sich an. Sie frühstückten zusammen mit Konrad Herbst und Eleonore, plauderten ein wenig.

Zu Fuß gingen sie zur Paulskirche. Die war zum Tagungsort des Parlamentes erkoren worden. Die ganze Stadt schien auf den Beinen und alle zog es in die gleiche Richtung. Wie auf Jahrmärkten erhielt William bald links, bald rechts Stöße von anderen Passanten. Eleonore musste mehr als einmal ihren Hut geraderücken. Sie achtete auf ihren Vater und schirmte ihn ein wenig von der Menge ab. William stand ihr bei, so gut es ihm gelingen wollte.

Sie sahen den Turm der Kirche, als es erst einmal kein Weiterkommen gab. Die Bürgerwehr bildete ein Spalier, in dessen Mitte eine Kolonne Männer erschien. Zwei Fahnenträger marschierten feierlich dem Zug voran.

»Vivat! Vivat!«, rief die Menge. Männer schwenkten ihre Zylinder, Mützen flogen in die Luft. Irgendwo in der Nähe wurde eine Kanone abgefeuert. Von den Wänden der umliegenden Häuser schallte rollend der Donner und aus den Fenstern winkten Damen mit Tüchern. Im Hintergrund standen Soldaten in Reih und Glied mit glitzernden Bajonetten. Nach einem Kommando folgte eine knatternde Salve. Heller Rauch zog in den blauen Himmel. Die Kirchenglocken der Stadt läuteten ohne Unterlass, dazu dröhnten Böllerschüsse. William erinnerte das schmerzvoll an die Berliner Barrikadenkämpfe. Aber hier strahlten die Leute um die Wette, lachten herzhaft und schlugen einander vor Freude auf die Schultern.

Der Zug, es mochten nahe an die vierhundert Männer sein, zog wie eine Raupe dahin. Die Männer innerhalb des Spaliers langten am Kirchenportal an. Viele trugen schwarz-rot-goldene Kokarden an ihren dunklen Anzügen. Konrad Herbst stand mit offenem Mund da.

»Herrlich! Herrlich!«, wiederholte er einige Male. Seine Augen strahlten. Irgendwie gelang es ihm, direkt hinter das Ende des Zuges zu gelangen. Eleonore folgte ihm, William und Friedrich blieben ihnen dicht auf den Fersen.

Die Zuschauer drängten alle vor. Der Eingang wirkte wie ein Sog. Konrad Herbst hielt seinen Zylinder in der Hand, um ihn nicht im Gedränge zu verlieren. Sie zeigten ihre Karten vor. Eleonore wiesen die Saaldiener nach rechts, während die Männer zur Galerie hochgeschickt wurden. Durch dicht gedrängte Besucher ging es langsam die Treppen hoch. Oben angekommen, trat William schützend vor Konrad Herbst und wühlte sich durch einen wahren Wust an Leibern. Friedrich bildete den Schluss. Wie durch ein Wunder fanden sie direkt an der Balustrade freie Plätze.

Sie nahmen Konrad Herbst in ihre Mitte. Angestrengt blickte William hinunter. Neben der Rednertribüne, rechts und etwas im Hintergrund, saßen die Frauen. Durch die großen Bogenfenster strahlte die Sonne herein. Im Gegensatz zu den Männern in ihren dunklen

Anzügen trugen die Frauen Kleidung, die in allen Farben eines Regenbogens leuchtete. Er überlegte, welche Farbe Eleonores Kleid hatte, konnte sich aber nur an den Duft ihrer Haare erinnern. Er suchte die Reihen nach ihr ab, ohne Erfolg, und ein Blick auf Friedrich verriet ihm, dass der ebenfalls nach Eleonore Ausschau hielt. Als sich ihre Blicke trafen, zuckte sein Bruder mit den Schultern, lächelte, nahm seinen Block zur Hand und begann zu zeichnen. William war kurz versucht, sein Notizbuch herauszunehmen, doch erst einmal wollte er die Szenerie beobachten.

Die Sitzreihen bildeten ein großes Rondell. Die Abgeordneten saßen halbmondförmig verteilt auf mehreren hölzernen Bankreihen. An der Stirnseite stand ein Pult, dahinter, erhöht, ein großer Tisch. Überall hingen schwarz-rot-goldene Fahnen, Girlanden in den gleichen Farben schmückten die Ränder der Decke. Dort, wo William eine Orgel vermutete, hing ein großes Bild einer Frau, die in der einen Hand ein Schwert, in der anderen Hand eine Fahne hielt. Die Galerie, wo sie saßen, ruhte auf hohen, runden Säulen. Hinter ihnen waren weitere Sitzreihen angebracht. William beugte seinen Oberkörper so weit wie möglich vor. Direkt unter ihnen saßen offenbar Journalisten. Die Männer hielten Stifte und Notizblöcke in ihren Händen. Überall wuselten die Besucher hin und her. Niemand schien es lange auf einem Platz auszuhalten. Männer schüttelten einander die Hände oder sprachen lautstark über die Köpfe der anderen hinweg. Konrad Herbst war aufgestanden und sprach ein paar Plätze weiter mit einem Mann, den er offenbar kannte. Sein Gesicht glänzte rot vor Erregung. William dachte an ihre Gespräche in Berlin zurück. Da hatte ihm Herbst von seinen Sorgen erzählt. Ein gesamtdeutsches Parlament sei nur dann ein Segen, wenn die Mandatsträger verantwortungsvoll handelten.

Ein Fremder tippte ihm auf die Schulter und deutete nach unten. Da stand ein Mann am Rednerpult, die Hände beschwichtigend erhoben. Hinter dem großen Tisch begann ein anderer Mann wild eine Glocke zu läuten. Langsam kehrte Ruhe ein. Konrad Herbst kam zu ihnen zurück.

»Ruhe, meine Herren, Ruhe!«, rief der Mann mit der Glocke.

Ein grauhaariger Herr stieg die Stufen zum Rednerpult hinauf, nahm dem anderen die Glocke ab und stellte sie auf das Pult.

»Mein Name ist Friedrich Lang. Meinem Alter habe ich zu verdanken, dass ich heute Mittag zum Alterspräsidenten bestimmt wurde.« Einige Zuhörer lachten.

»Meine Herren!«, fuhr Lang fort. »Noch nie gab es in Deutschland solch eine Versammlung. Dies ist ein Stück Weltgeschichte.« Es folgten weitere Ausführungen zur Bedeutung des Augenblickes.

William sah zu den Plätzen der Frauen. Der Präsident ignorierte sie in seiner Ansprache. Das gefiel Eleonore bestimmt nicht. Wieder versuchte er vergebens, sie zu entdecken.

»Ich erkläre hiermit feierlich die Versammlung als konstituiert.« Er wolle nun ein Grußschreiben der Bundesversammlung vorlesen, welches heute Morgen eingetroffen sei.

»Ich wünsche, dass wir uns alle gemeinsam erklären«, forderte ein Zwischenrufer. Nach kurzer Beratung mit seinen Nebenmännern ersuchte Präsident Lang die anwesenden Volksvertreter, diesem Wunsche nachzukommen.

Alle Abgeordneten standen auf, hielten ihre rechten Hände wie zum Schwur hoch und riefen im Chor: »Die Versammlung ist konstituiert! Sie lebe hoch!« Stürmischer Beifall brauste überall auf. Nachdem Ruhe eingekehrt war, nahm der Präsident das Schreiben zur Hand und begann, es vorzulesen.

»Lauter, lauter«, ertönten vielfach Rufe. Schließlich nahm ein Sekretär den Brief, trat an das Rednerpult und las mit kräftiger Stimme vor. Kaum war er damit zu Ende, brach erneut ein Tumult aus.

Unterhalb des Rednerpultes saßen Männer und führten Protokoll. Ihre Schreibfedern kratzten über das Papier.

»Wenn wir ohne Reglement verhandeln, so werden wir nie zu einer Ordnung kommen«, lautete ein fast flehender Zwischenruf.

Die Kirche war bis auf den letzten Platz gefüllt und die Anzahl der Zuschauer überwog deutlich die der Abgeordneten. Nicht wenige fühlten sich berufen, mit Zwischenrufen an der Debatte teilzunehmen. Immer wieder erklang die Glocke und mahnte zur Ruhe.

Es folgte eine endlose Debatte über die Verabschiedung einer Geschäftsordnung. Anträge wurden vorgelesen, neue mündlich gestellt. Mehrfach wurde abgestimmt, wobei jeweils zur Stimmabgabe aufgestanden wurde. Jedes Mal scharrten Hunderte von Füßen über den steinernen Kirchenboden, Spazierstöcke fielen klappernd auf den Boden.

»Wenn wir anfangen, so zu beraten, geht der gesetzgebende Körper seiner Auflösung entgegen«, klagte ein Abgeordneter. Auf ihn hagelten empörte Proteste herab.

Der Alterspräsident schüttelte entnervt den Kopf. Mit seinem Taschentuch wischte er Schweißperlen von seiner glänzenden Stirn. Seit geraumer Zeit wollte er mithilfe der Glocke für Ruhe sorgen, doch blieben die Bemühungen erfolglos.

»Das ist ein Skandal!«, schrie ein kräftiger Mann, der zur Untermauerung kräftig auf das Rednerpult schlug. »Achtung dem Präsidenten!«

Diesem gelang es, das Wort zu ergreifen. Trotzdem gab es weitere, unerlaubte Zwischenrufe oder Gelächter. Es ging hin und her. Abstimmungen mussten wiederholt werden, weil etliche klagten, die Frage nicht verstanden zu haben. Und egal wie deutlich ein Ergebnis ausfiel, gab es jedes Mal eine Gegenprobe. Am Ende kam man überein, eine Kommission, gebildet aus den Reihen des Parlamentes, solle eine tragfähige Geschäftsordnung ausarbeiten.

»Ich fordere einen Gottesdienst zur Eröffnung des Parlamentes, getrennt nach den Konfessionen«, eröffnete jemand ein neues Thema.

»Nein, es muss ein einheitlicher Gottesdienst sein. Wir wollen auch ein einiges Vaterland!«

»Wir sind nicht zum Beten gewählt worden«, warf einer ein. So ging es weiter, bis am Ende eine Mehrheit einem Gottesdienst ablehnend gegenüberstand.

William betrachtete nachdenklich Konrad Herbst, dessen Freude sichtbar verflogen war. Er saß mit zusammengekniffenem Mund da und starrte fassungslos ins Chaos hinunter. Er musste sich wie ein Bettler fühlen, dem man Gold versprochen und Pech gegeben hatte.

»Aller Anfang ist schwer«, sprach er ihm Mut zu.

Friedrich ergriff das Wort: »Tatsächlich, ein Laientheater. Als Motiv sind die Herren Volksvertreter nicht übel.« William ärgerte Friedrichs Taktlosigkeit, schluckte aber eine bissige Erwiderung hinunter.

Sie traten aus der Kirche ins Freie. Auf dem Vorplatz standen Männer und Frauen in Gruppen beisammen. Ihr vielfältiges Stimmengewirr summte ihnen entgegen.

»Ich will zusehen, Ludwig Uhland zu erwischen.«

Die Brüder nickten.

»Ihr kümmert euch bitte um Eleonore und geleitet sie zum Hotel.«

»Mit Vergnügen«, sagte Friedrich.

Kaum dass Konrad Herbst verschwunden war, erschien Eleonore. Ihre Wangen glühten.

»Was für ein Erlebnis«, seufzte sie. Ihr Blick fiel auf Friedrichs Skizzenbuch, das er unter den Arm geklemmt hatte.

»Sie haben gezeichnet?«

»Nicht zu wenig. Ich zeige Ihnen später gerne meinen Ertrag«, sagte Friedrich galant. Er blickte umher. »Eine Kutsche werden wir kaum ergattern können. Lasst uns zurückspazieren.«

»Ihr Vater hat uns gebeten, Sie ins Hotel zu begleiten«, erklärte William.

»Wo ist er denn?«

»Er wollte einem Herrn Uhland seine Aufwartung machen.«

Ein Lächeln huschte ihr übers Gesicht. »Uhland.« Sie

sah ihn an. »Und Sie, haben Sie eifrig mitgeschrieben?«

William tippte auf seine Stirn. »Noch habe ich es hier oben und ich werde später meine Eindrücke niederschreiben.«

»Ich will Friedrichs Bilder ansehen. Ihre Artikel werde ich nicht vergessen.«

Er nickte.

»Ein seltsames Parlament«, fuhr sie fort.

William meinte, eine leichte Veränderung in ihrer Stimmlage zu bemerken. Ernster, nachdenklicher.

»Es sollen ein einziger Handwerker und drei Bauern als Abgeordnete gewählt worden sein. Die restlichen sind Beamte, Professoren und Anwälte. Wie kann ein Handwerker seinen Stand vertreten?«

»Hmmh!«, machte Friedrich.

»Auf den Straßen, hinter den Barrikaden, war es genau andersherum«, sagte William.

»Man muss ja nicht gleich die Welt auf den Kopf stellen«, erwiderte Friedrich.

Eleonore sagte nichts, sah William an und nickte ihm kaum merklich zu. Wo mochte das alles hinführen? Welche Macht konnte von einem Parlament ausgehen, das in erster Linie mit sich selbst beschäftigt war? Sie dachte ähnlich, das spürte er.

# Williams Erlebnis

Frankfurt, Mai 1848

Am nächsten Morgen schlenderte William allein durch die Straßen Frankfurts. Eleonore besuchte mit ihrem Vater Uhland. Friedrich hatten sie eingeladen, sie zu begleiten. Er solle den Abgeordneten malen.

»Du weißt, dass Uhland kein Aufheben um seine Person haben möchte«, hatte Konrad Herbst seine Tochter getadelt. Die rückte indes nicht von ihrer Idee ab.

»Ich werde meine Notizen durchlesen«, hatte William gesagt. Jetzt bereute er es, Friedrich das Feld überlassen zu haben.

Am Römerberg betrachtete er das aus drei Giebelhäusern bestehende Rathaus. Frankfurt bot bei Weitem nicht den Glanz Berlins, doch war es eine pulsierende Stadt des Handels. Dies sah William deutlich unten am Main. Arbeiter entluden mithilfe von Kränen zahlreiche Schiffe, Kisten und Ballen landeten auf Fuhrwerken. Er gelangte zur einzigen Brücke, die den Main überspannte. Die wurde von vierzehn Bögen aus rotem Sandstein getragen. Er schritt bis zur Mitte der Brücke und sah über die Balustrade. Lastkähne, bis oben hin beladen und tief im Wasser liegend, glitten unter der Brücke hindurch. Von einem Dampfboot, das weiter flussabwärts an einer Pier lag, ertönte ein Hornsignal. Bald darauf legte es ab und eilte unter Drehen seiner Schaufelräder in die Mitte des Stromes. Kutschen holperten hinter William über das Kopfsteinpflaster. Die

Hufe der Pferde wirbelten das Stroh auf, das überall ausgebreitet lag.

Es gab keinerlei Schutz vor den Sonnenstrahlen und William begann zu schwitzen. Bald klebte ihm sein Hemd am Rücken fest. Er beschloss, zum Römerberg zurückzukehren, wo zahlreiche Gasthäuser Erfrischung versprachen. In Sichtweite des Römers, wie alle das Rathaus nannten, betrat er eine Weinschenke. Ein Mann mit hellblonden Haaren stand direkt hinter der Tür. Er sprach mit beschwörender Stimme zu den anderen Gästen, die dicht gedrängt an den Tischen saßen. Immer wieder gab es Zwischenrufe, Gelächter und laute Beifallsbekundungen. Das Ganze glich dem unsäglichen Parlamentsgeschehen vom Vortag. Zu Williams Erleichterung stand abseits gelegen ein leerer Tisch unterhalb eines schmalen Buntglasfensters. Er wollte seinen Gedanken nachhängen. Auf dem Fenstersims standen nebeneinander drei bauchige Kerzen, wovon jedoch keine brannte. Wachs war die Wand heruntergelaufen und erstarrt. Es sah aus wie in einer Tropfsteinhöhle.

Er nahm auf einer rustikalen Holzbank Platz und streckte seine Füße aus. Der Wirt trat an den Tisch und zündete mit einer kleinen Kerze die drei großen an.

»Was darf es sein?«, fragte er beflissen.

Das Kerzenlicht flackerte in Williams Gesicht. Der Wirt fuhr erschrocken zurück.

»Keine Angst, die Narbe hat nichts zu sagen«, sagte William, zog seine Haare über die Stirn und unterdrückte mühsam ein Lächeln. *Für einen Wirt ist der reichlich ängstlich,* dachte er.

Dieser mochte so groß wie er sein, allerdings deutlich dicker. Den Kopf leicht nach vorne gebeugt, stand er unter einem Holzbalken. Seine Hände zitterten.

»Es ist nichts«, brachte er endlich hervor. Seine Augen starrten William unentwegt an. »Ich bringe Euch erst einmal einen Krug frischen Apfelwein.«

William hörte die Unterhaltung der übrigen Gäste, ohne die Worte wirklich wahrzunehmen. Der Wirt stand an der Theke und redete auf eine junge Magd ein, die er mit beiden Händen festhielt. Die blickte einmal auf, sah in Williams Richtung und nickte. Der Wirt ließ sie los, verschwand hinter einer Tür und die Magd verließ die Gaststube. Bald danach hörte er sie am Fenster vorbeilaufen. Ihre Holzschuhe klackerten auf dem Straßenpflaster.

Der Wirt brachte ihm ein Glas sowie einen Krug mit Wein und schenkte ihm ein. William kostete vorsichtig. Der Wirt, auf einmal redselig, blieb eine Weile an seinem Tisch stehen.

»Trinkt!«, ermunterte er ihn. »Einen besseren Apfelwein findet Ihr nicht in der Stadt.«

Es war eine Wohltat, den gekühlten Wein die Kehle hinunterrinnen zu lassen. Schnell leerte er das erste Glas, ein zweites und ein drittes folgten hinterher. William wurde es heiß. Ein deutliches Zeichen dafür, dass er genug Alkohol intus hatte. Er winkte nach dem Wirt.

»Zahlen!« Seine Zunge gehorchte schwerfällig.

Der Wirt nannte ihm den Preis. William legte Münzen auf den Tisch und stand auf.

»Ich wünsche Ihnen einen schönen Tag«, verabschiedete ihn der Wirt.

William schwankte vor dem Lokal erst ein wenig, ging aber bald festen Schrittes voran. Die frische Luft tat ihm gut. Bald war Essenszeit und er wollte zuvor unten am Main einen klaren Kopf bekommen. Besser hätte er daran getan, erst nach dem Mittagessen so viel Wein zu trinken. Unweit des Marktes führte eine Gasse hinunter. Er bog hinein und musste nach wenigen Metern an die Wand herantreten, um eine Magd mit einem großen Korb vorbeizulassen. Zwei Männer, die hinter ihm in die Gasse gebogen waren, taten es ihm gleich. Die oberen Stockwerke der Häuser lagen einander so nah, dass die Nachbarn sich die Hände reichen konnten, wenn sie wollten. William blickte wieder nach vorne, wo das breite glitzernde Band des Mains auftauchte.

Direkt hinter ihm scharrte etwas. William drehte sich um und sah die beiden Männer, die zu ihm aufgeschlossen hatten. Ehe er ausweichen konnte, stülpte einer der beiden einen Sack über seinen Kopf. Er schlug mit den Fäusten nach den Männern, traf aber ins Leere, gleichzeitig reizte ihn Mehlstaub zum Husten. Ein harter Gegenstand traf ihn am Kopf. Seine Füße gaben nach, Hände griffen ihn an den Armen, dann wurde ihm schwarz vor Augen.

***

August von Engel ließ sich auf den Stuhl fallen und streckte seine Beine aus.

»Ich will allein sein«, blaffte er den Mann an, der mit am Tisch saß. Der legte seine Zeitung zur Seite, sah ihn an, öffnete den Mund und schloss ihn wieder. Mit einem Schulterzucken stand er auf und räumte das Feld.

»Besser so!«, kommentierte August und lockerte seine Halsbinde. »Muss ich verdursten?«, rief er in das Halbdunkel hinein.

Das Geld von seinem badischen Abenteuer war fast aufgebraucht. Gut, es hatte ihm zumindest unter seinen Kameraden Ruhe verschafft. Die verspürten durchweg keine Lust, ihm erneut Geld zu leihen. Das wusste er zu gut.

Der Wirt erschien. »Wünscht der Herr Offizier zu speisen?«, frage er.

»Ich will Rotwein. Eine volle Flasche!«

Der Wirt zögerte einen Moment. August schwollen die Adern auf seiner Stirn an. Sollte sich seine Geldnot herumgesprochen haben? In diesem Lokal war er nie gewesen, und es lag ja ein gutes Stück außerhalb der Stadt. Er schluckte den Ärger hinunter, kramte Münzen aus seiner Hosentasche und legte sie auf den Tisch.

»Bring mir Brot und Käse dazu«, sagte er. »Frisches Brot.«

Der Wirt nickte, nahm die Münzen und ging. Bald darauf brachte eine Magd eine Flasche Rotwein und ein Glas. Sie stellte beides ab.

August schenkte das erste Glas ein und trank es in einem Zug leer. Wein tropfte von seinen Lippen, als er nachschenkte. Mit dem Ärmel wischte er ihn weg. Erst nach einem zweiten Glas ließ seine Anspannung nach.

Auf seine letzten Briefe nach Berlin hatte Eleonore nicht reagiert. So war er zum Haus der Familie Herbst gegangen, hatte gehofft, sie seien zwischenzeitlich zurückgekehrt. Doch da war nur Maria, die Haushälterin. Die überreichte ihm eine Nachricht Eleonores, worin diese ihn darum bat, von weiteren Besuchen bei ihr abzusehen. Sie sei nicht bereit für eine Hochzeit und wolle ihrem Vater zur Seite stehen. Wie ein begossener Pudel war er davongeschlichen.

Der Brief steckte in seiner Uniformjacke. August holte ihn heraus, legte das zerknüllte Papier auf den Tisch und schlug mit der Faust drauf. Da steckte mehr dahinter! Bislang schien die Rettung greifbar, auf einmal war sie in weite Ferne gerückt. Erneut schlug er mit der Faust auf den Tisch. Das Glas wackelte. Von den anderen Tischen glotzten sie verstohlen zu ihm herüber, wandten sich aber sofort wieder ab, wenn er sie anblickte. August zog die Kerze auf dem Tisch näher heran und hielt den Brief in die Flamme. In rasender Geschwindigkeit flammte das Papier auf, erlosch und regnete in schwarzen Teilen herunter.

Seine Gläubiger würden ihm demnächst wieder auf den Leib rücken und ihn dann, wenn sie erkannten, dass da nichts mehr zu holen war, vor ein Gericht zerren. Vor einem halben Jahr wäre so ein Tun undenkbar gewesen.

Der Feldzug in Baden hatte ihm gutgetan. Binnen weniger Tage hatten sie dem Spuk ein Ende bereitet und Herwegh mit seiner Deutschen Legion in die Flucht geschlagen. So sollte man mit allen sogenannten Demokraten verfahren.

Der Wirt brachte den Käse. August richtete sich auf, schnitt eine Scheibe davon ab und trank Wein. Die Flasche war bereits zur Hälfte geleert.

»Wirt«, rief August. »Nachschub!«

Weitere Gäste betraten das Lokal. Niemand setzte sich zu ihm, was ihm passte. Blieb einmal jemand am Tisch stehen, funkelte er diesen böse an, bis der weiterzog.

Der Wirt brachte eine neue Flasche. August schob den Käse beiseite.

»Kann er mitnehmen«, grunzte er. Seine Zunge war ihm schwer geworden.

Er entkorkte die neue Flasche und leerte das erste Glas in einem Zug. Ein Rausch war etwas Herrliches!

*Warte, liebe Eleonore, bis du hier bist. Ich werde angreifen und klare Verhältnisse schaffen.* So schnell gab er nicht auf. Ihm würde etwas einfallen.

Mit diesem Gedanken trank er das nächste Glas.

***

William erwachte. Im ersten Moment wähnte er sich in einem Bett, doch dagegen sprach ein harter Gegenstand, der ihm in den Rücken drückte. Er öffnete seine Augen, konnte aber nur schemenhaft Konturen erkennen. In seinem Kopf pochte es und mit jedem Pochen kam ein Stück Erinnerung zurück.

Schwerfällig stand er auf. Erst jetzt wurde er gewahr, dass seine Hände mit einem Strick zusammengebunden waren. Er blinzelte in die Dunkelheit. Seine Augen schmerzten und ihm schien, dass sie wie mit Honig verklebt waren. *Blut,* fuhr es ihm durch den Kopf. Er ging ein paar Schritte, stieß gegen einen Blecheimer und blieb erschrocken stehen. Wo war er?

Seine Augen hatten sich an das Dämmerlicht gewöhnt und er konnte erkennen, dass er sich in einem rechteckigen Raum befand. Dort, wo er gelegen hatte, lagen Taue. Zu seinen Füßen lag ein Blecheimer, aus dem eine Flosse herausragte. In seinem Kopf begann es zu rauschen und er schwankte. Der Blecheimer kullerte weg und ihm schien, als neige sich der Boden unter seinen Füßen. Ihm wurde schwindlig. Er atmete tief ein, wollte nicht wieder ohnmächtig werden.

Das Rauschen nahm dennoch zu, und der Boden vollführte regelrechte Bocksprünge. William torkelte zurück zu den Tauen und ließ sich rücklings auf ihnen nieder. Er schloss seine Augen, hoffte, damit das Rauschen und Schwanken zu unterbinden, doch das wurde stärker und stärker. Ein weiteres Geräusch trat auf. Irgendetwas schlug von außen gegen die Holzwand, gleichzeitig quietschte an der Decke wohl eine Halterung für eine Lampe. Er öffnete seine Augenlider. Das Stampfen war nicht in seinem Kopf, schwoll weiter. Ein dumpfes Dröhnen, irgendwo hinter den Holzplanken, gab ihm letzte Gewissheit. Er befand sich auf einem Boot und eben fuhr ein Dampfschiff vorbei. Das entfernte sich offenbar, denn die Geräusche wurden leiser, dafür nahm das Schwanken zu. Nach einer Weile ließ auch dies nach und alles war wieder ruhig.

Schwach drang jetzt durch die Ritzen an den Wänden das Sonnenlicht. Wurde es Tag? Er erkannte eine Öllampe, die an der Decke hing, und sah ein paar grob gezimmerte Holzstufen, die hoch zu einer Tür führten. Irgendwann döste er ein.

Stimmen, die von draußen näherkamen, weckten ihn wieder auf. Ein Schlüssel klapperte, gleich darauf stieß jemand die Tür auf. Sonnenlicht flutete herein. William kniff seine Augen zusammen. Drei Männer betraten sein Gefängnis. Was wollten sie von ihm? Wer waren sie?

Die drei sahen kurz zu ihm herüber, verzogen sich

dann an das andere Ende des Bootsraumes und sprachen miteinander. So sehr er sich anstrengte, verstand er doch nur Bruchstücke.

»... Jobst wird staunen ...«, sagte der eine. Und weiter: »... nach all den Jahren ... Gerechtigkeit ... Verräter ...«

Einer der Männer kam auf William zu. Er trug eine fleckige Schirmmütze. Seine dunklen Augen funkelten ihn an.

»Ich sollte dich auf der Stelle totschlagen«, grollte er. »Du hast mir Jahre meines Lebens gestohlen.«

William wurde schwindlig. Der Atem des Mannes roch nach billigem Wein. Irgendetwas sagte ihm, dass es besser sei, nicht zu antworten.

Jemand klopfte an die Tür und ließ die Männer herumfahren.

Ein einzelner Mann, groß und kräftig, trat ein. Wieder flutete Sonnenlicht herein. Als er die Tür schloss, herrschte wieder Dämmerlicht.

»Was habt ihr da für einen Fang gemacht?«, fragte er und ging auf William zu.

»Der Wirt hat ihn erkannt, Jobst«, sagte einer.

»Du sollst nicht meinen Namen nennen«, knurrte der Mann. »Gebt mir lieber die Lampe.«

Die anderen Männer hantierten mit der Öllampe, nahmen sie vom Haken und reichten sie weiter. Jobst leuchtete William ins Gesicht. Das Licht blendete ihn und er musste blinzeln. Endlich rückte der Unbekannte von ihm ab.

Der Mann grunzte. »Ihr seid Dilettanten.«

Die anderen sahen ihn verständnislos an.

»Ich kann ihm einen Stein ans Bein binden und ihn

über Bord werfen«, bot der mit der Mütze an.

Jobst losch den Docht der Lampe und hing sie zurück an den Haken.

»Nicht jetzt. Wir müssen reden. Bevor wir gehen, knebeln wir ihm noch den Mund. Nicht dass er auf die Idee kommt, um Hilfe zu schreien.«

»Was wollt ihr von mir?«, fragte William und erschrak, dass er nur ein Krächzen herausbrachte.

»Dass du ruhig bleibst«, knurrte einer der Männer.

# Erinnerungen

Frankfurt Mai 1848

Friedrich schritt in seinem Hotelzimmer hin und her, blieb ab und zu am Fenster stehen und blickte auf die Straße hinunter. Weder tauchte da William auf noch Eleonore mit ihrem Vater. Die beiden waren zu einem Spaziergang aufgebrochen und konnten jeden Moment zurückkehren. William war seit gestern Mittag verschwunden. Ihm schwante nichts Gutes und er verfluchte seine Entscheidung, niemanden auf seinen Bruder angesetzt zu haben. In Berlin hatten ihn seine Informanten über jeden Schritt Williams informiert. *Fast jeden Schritt,* korrigierte er sich bitter. Das hatte er von seinem Glauben, alles alleine bewerkstelligen zu können. Ihm war klar, dass es in Frankfurt Männer gab, die ihm grollten. Er selbst hatte deswegen kaum das Hotel verlassen. War William ihnen begegnet, hatten sie ihn mit ihm verwechselt? Dann war sein Bruder in Gefahr.

Dennoch würde er heute genauso entscheiden wie damals. Die gottgegebene Ordnung aufrechtzuerhalten, war seine Leitschnur.

Zunächst musste er ein naheliegendes Problem lösen. Wie sollte er Eleonore und ihrem Vater Williams Abwesenheit erklären? Unruhig ging er durch sein Hotelzimmer, grübelte und kam auf keinen klaren Gedanken. Er wünschte, William wäre nie aufgetaucht und er wäre Eleonore allein begegnet. Ha! Er blieb stehen, schüttelte den Kopf und grinste schief. Das war die Lösung.

Genau rechtzeitig, wie ihm schien. Jemand klopfte kräftig an die Tür, was ihn vermuten ließ, dass er das erste Klopfen überhört hatte.

»Ja bitte«, rief Friedrich.

Ein Diener trat ein und reichte ihm ein Tablett mit einem zusammengefalteten Papier. Er nahm es in die Hand, öffnete es und las:

*Wir werden bald zu meinem Bruder aufbrechen. Es würde uns freuen, wenn Sie beide uns begleiten würden.*
*Konrad Herbst mit Eleonore*

Es war ihre Handschrift. Einen Moment kämpfte er mit der Versuchung, das Papier an seine Nase zu halten, aber da stand der Diener, der auf eine Reaktion wartete.

»Richten Sie bitte Herrn Herbst aus, dass ich …« Er stockte. »Nein, sagen Sie, dass es uns eine Ehre sein wird. Uns. Haben Sie verstanden?«

»Sehr wohl, mein Herr.«

Der Diener verließ das Zimmer. Friedrich trat an die Kommode, hob die Nachricht hoch, schloss Augen und Mund und atmete tief durch die Nase ein. Ein Zauber. Er sah ihre braunen Locken, ihren vollen Mund und ihre weiß schimmernde Haut. Mit einem Ruck wischte er die Imagination des Glücks beiseite. Er musste einen kühlen Kopf bewahren. Immerhin konnte es sein, dass William verschwunden blieb oder plötzlich doch noch auftauchte. Das würde die Geschichte, die er gleich auftischen wollte, der Lüge überführen. Es ging nicht immer ohne Risiko.

Als er später hinunterging, saßen Eleonore und ihr Vater in einer Kutsche. Er öffnete den Schlag und stieg zu ihnen.

»Bitte warten Sie«, bat er den Kutscher.

Er schloss die Tür, nahm den beiden gegenüber Platz und blickte sie ernst an.

»Wo ist denn Ihr Bruder?«, fragte Konrad Herbst.

Eleonore saß aufrecht da. »Ihm ist doch nichts passiert? Er war bereits beim Abendessen nicht da.«

»Es ist nicht einfach zu erklären«, begann er. »Da Sie beide gute Freunde geworden sind, kann ich offen zu Ihnen sprechen. Er hat es wieder getan.«

»Was wieder getan? Sagen Sie endlich, was passiert ist.« Konrad Herbst nahm eine Hand seiner Tochter.

»Wilhelm, verzeihen Sie, William hat über die Stränge geschlagen. Er sitzt in einem Gasthof fest, hatte offenbar mit anderen Gästen, mit denen er die Nacht durchgezecht hat, eine Prügelei. Eben kam ein Bote.«

»Wir müssen ihm helfen«, rief Eleonore.

»Das ist meine Angelegenheit und nicht die einer hübschen jungen Dame.« Er spendierte ihr ein gequältes Lächeln. »Wir werden ihn bald wieder in unseren Kreisen begrüßen können.«

»Was hält ihn denn fest?«, wollte Konrad Herbst wissen.

»Offenbar nahm die Einrichtung des Gasthauses Schaden. Ich werde ihn auslösen müssen. Ich bitte Sie beide, die Unannehmlichkeiten zu verzeihen. Bis Sie zurückkehren, werde ich William auftreiben, ihm ein Bad angedeihen lassen, sodass wir heute Mittag miteinander abreisen können.«

Friedrich stand auf. »Ich werde Ihre Tauben später kennenlernen.«

Eleonore saß zusammengesunken da, starrte geradeaus. Ihm tat es weh, sie enttäuscht zu sehen, allein er konnte nichts tun, was sie fröhlicher stimmen würde.

»Ich bringe ihn heil zurück«, murmelte er und stieg aus.

Gleich darauf rollte die Kutsche davon. Friedrich blickte hinterher. Jetzt galt es, William aufzuspüren. Er würde den Spazierstock holen und ihn suchen müssen. Vor dem Eingang wartete der Portier auf ihn.

»Der Brief wurde für Sie abgegeben.«

Friedrich riss ihm das Kuvert aus der Hand. Enttäuscht stellte er fest, dass der Brief aus Berlin stammte und nicht von William. Er steckte ihn ein und ging in sein Zimmer. Dort las er die Nachricht. Aus Berlin berichteten ihm seine Gefolgsleute, dass es ihnen gelungen sei, den einbeinigen Jungen aufzuspüren. Der habe in einem Holzverschlag vor der Stadt gehaust. Sie wollten ihn in das Arbeitshaus verbringen und darauf achten, dass er nicht erneut ausbüchste.

Diese Mission war geglückt. Der Junge würde, da Konrad Herbst vorgesorgt hatte, ihnen bald nachreisen. Ein Erfolg, der ihm herzlich wenig einbrachte. Er konnte damit gegenüber Eleonore nicht auftreten, ohne zu verraten, dass er mehr als ein einfacher Portraitmaler war. Das Auffinden des Jungen würde sie immerhin ein bisschen glücklicher machen.

***

William versuchte, eine bequemere Lage zu finden, die es erträglicher machte. Mal drückten die Taue gegen seine Nieren, dann wieder gegen seine Schulter. Er bewegte seine Finger, um gegen das beginnende Taubheitsgefühl zu kämpfen. Derjenige, der ihm die Hände zusammengebunden hatte, war auf Nummer sicher gegangen und hatte fest zugezogen.

Wie lange hielten sie ihn bereits fest? Sein Zeitgefühl war ihm abhandengekommen. Was hatten sie mit ihm vor? Fieberhaft dachte er nach. Ein Name war gefallen. Doch Jobst sagte ihm nichts. Der Wirt habe ihn erkannt. Das passte ja nun gar nicht, es sei denn, der hatte ihn mit jemandem verwechselt, dem er ähnlich sah. *Friedrich,* schoss es ihm in den Kopf. Sie hatten ihn mit Friedrich verwechselt! Wem sonst sah er ähnlich? Hatte nicht der Prinz von Preußen ihn für Friedrich gehalten? Das erklärte auch die offensichtliche Verärgerung ihres Anführers. Das hieße, dass sein Bruder in Gefahr war. Würden sie ihn einfach laufen lassen? Das hätten sie schon längst tun können. Nein, davon konnte er nicht ausgehen.

Er lauschte in das Stockdunkle hinein. Irgendwo raschelte etwas. Offenbar leisteten ihm Ratten oder Mäuse Gesellschaft. Er musste fliehen, musste Friedrich warnen. Bevor sie wiederkamen. Sein Gefängnis war ein Boot, darüber gab es keinen Zweifel. Wieder fuhr ein anderes Boot vorbei. Das Holz knarrte und ächzte, wieder begann die Schaukelei. Der Eimer kullerte erneut durch den Raum.

William stand auf. Langsam schritt er voran, setzte einen Fuß vor den anderen und blieb dabei gebückt, um nicht an einen der Balken zu stoßen. Vor ihm wuchs eine Wand aus dem Dunkel. Mit dem Kopf drückte er gegen die Latten, die ein klein wenig nachgaben. Mit freien Händen würde er sie abreißen können.

Mit dem Rücken zur Wand tastete er sich dort entlang. Immer wieder musste er ein Stück nach innen ausweichen, weil ihm Gerätschaften den Weg versperrten. Der Gestank nach Fisch und Öl stieg ihm in die Nase. Er versuchte, ruhig zu atmen. Wären doch nur seine Hände frei, dann könnte er seinen Knebel am Mund lösen!

Unter seinen Sohlen knirschte es. Er verharrte einen Moment, schob einen Fuß vor, hörte es wieder knirschen. Da lagen Glasscherben. Er ging in die Knie und setzte sich langsam auf den Boden. Stück für Stück suchte er die Stelle ab, bis es ihm gelang, eine Glasscherbe zu fassen. Die war klein und beim Versuch, sie besser packen zu können, schnitt er seine Finger auf. Er blutete. So wurde das nichts. Er benötigte ein größeres Stück. Wieder tastete er den Boden entlang, fand aber keine weitere Scherbe. Das konnte ewig gehen, doch dafür hatte er keine Zeit.

Verärgert stand er auf, trat mit den Füßen ins Dunkle und traf den Eimer, der scheppernd umfiel. Wenn er doch nur besser sehen könnte. Vorbei an Netzen, die an der Wand hingen, erreichte er den Fuß der Treppe. Dort fiel er beinahe hin, weil etwas zwischen seine Beine rollte. Die völlige Finsternis schärfte sein Hörvermögen. Das da zwischen seinen Beinen kullerte weiter.

Eine Flasche.

Er sank auf die Knie und schaffte es, die Flasche zwischen seine Beine zu klemmen. Mit offenem Mund, gleich einem Raubtier, schnappte er nach ihr. Beim zweiten Anlauf bekam er mit seinen Zähnen den Flaschenhals zu fassen. Schnaps träufelte auf seine Zunge. Er stand auf und schleuderte die Flasche mit so viel Schwung wie möglich gegen die Wand. Er torkelte hinterher. Klirrend zerschellte die Flasche und direkt vor ihm prasselten die Bruchstücke auf die Dielen. Er ging in die Hocke und suchte nach einer Scherbe. Endlich fand er eine große, nahm sie zwischen Zeigefinger und Mittelfinger und begann, den Strick zu bearbeiten. Faser um Faser schnitt er durch, bis die restliche Kordel nachgab und seine Hände befreit waren. Sie pulsierten und es tat höllisch weh. Doch das hielt ihn nicht auf. Er zerrte an seinem Knebel, bis dieser locker wurde und er ihn herunterreißen konnte.

Er durfte keine Zeit verlieren. Durch die Ritzen des Bootsaufbaus schimmerte schwaches Licht. Ein neuer Morgen brach an. Mit zusammengekniffenen Augen suchte er die Wände ab. Mehr und mehr erhielt alles eine Kontur. Da lehnten zwei lange Paddel an der Wand, dort hing ein großes Fischernetz. Alles Dinge, die er bei seinem Rundgang nur hatte erahnen können. Neben der Tür hing ein Beil. Sein Herz frohlockte. William nahm es in die Hände und blickte zur Tür. Die schien ihm zu kräftig. Die gegenüberliegende Seite bestand aus Planken und die Latten sahen nicht besonders stabil aus. Mit aller Kraft, die er aufbringen konnte, schlug er dagegen. Holz splitterte. Nach dem zweiten Schlag drang Licht herein, sodass er seine Augen zusammenkneifen musste. Es wurde Tag. Der dritte Stoß brachte den Durchbruch. Er hatte ihn mit solcher Kraft geführt, dass er strauchelnd gegen die Wand schlug und die Latten unter seiner Last endgültig nachgaben. In einem Wust aus zersplitterndem Holz flog William nach draußen und blieb auf dem Rücken liegen. Das Beil entglitt ihm.

Über ihm zogen Wolken vorbei, unter ihm gurgelte der Main. Niemand hatte von seinem Ausbruch Notiz genommen. William sah sich um. Er befand sich auf einem Fischerboot. Mehrere Taue hielten es an Land fest, keine Wache war zurückgeblieben. Auf der Uferstraße kam ein einzelnes Fuhrwerk herangefahren. Weiter unten überspannte eine große Brücke den Fluss. Die Stadt lag demnach in unmittelbarer Nähe. Er verspürte Hunger, vor allem Durst und seine Zunge hing ihm am Gaumen fest. *Das muss warten,* dachte er.

Mit einem Ruck stand er auf, klopfte seine Kleider ab und kletterte über die Trümmer hinweg zur Bordwand, wo ein Steg ans Ufer zum Fuß einer steinernen Treppe führte. Er ging hinüber und nahm auf einer der Stufen Platz. Mit beiden Händen nahm er Wasser auf und wusch damit sein Gesicht. Das tat gut und erweckte seine Lebensgeister. Er beugte sich vor und trank von dem vorbeifließenden Wasser.

War er erst gestern verschleppt worden? Sein Zeitgefühl hatte er verloren. Immer wieder blickte er in alle Richtungen, und als er losging, schaute er immer wieder über die Schulter zurück. Niemand folgte ihm. Er ging erst langsam, dann schneller.

Die Stadt erwachte langsam zum Leben, die ersten Passanten begegneten ihm. Sein Hemd war aufgerissen, seine Haare hingen ihm wirr in die Stirn, und zu allem Überfluss klebte getrocknetes Blut an seiner Wange und an seinen Händen. *Wenn ich sie nur ignoriere, gehen sie weiter ihres Weges.*

Um nicht weiter aufzufallen, ging er langsamer und spähte voraus. Soweit er konnte, wich er den Menschen aus. Irgendetwas blitzte weiter vorne auf und William erblickte zwei Gendarmen, die geradewegs auf ihn zukamen. Ein schmaler Pfad führte hinunter zu einem Schuppen. Er bog ab und verbarg sich hinter der Wand der Hütte. Die Polizisten hatten ihn noch nicht wahrgenommen. Genau auf Höhe seines Verstecks blieben sie stehen, vertieft in ein Gespräch.

Er wartete. Die Sonne kroch höher und ihre Strahlen wärmten mehr und mehr. Irgendwann würde ihn jemand entdecken. War es da nicht besser, an den Polizisten vorbeizuschleichen? Andererseits wollte er nicht von ihnen aufgegriffen werden, ihnen lange erklären müssen, wer er sei. Sein Äußeres und dazu sein Duft nach Alkohol und Fisch würde sie misstrauisch machen. Er wollte schnellstmöglich zu Friedrich, wollte ihn warnen.

Endlich gingen die beiden Beamten weiter. Sie waren kaum fünfzig Schritte entfernt, als William den Pfad hocheilte und in Richtung der Innenstadt weiterlief. Die letzten Meter zum Hotel rannte er. Da trat ihm Friedrich in den Weg.

»Da bist du ja!«, rief sein Bruder. »Was ist dir geschehen?«

»Du musst aufpassen«, antwortete William, der atemlos näherkam. »Sie suchen dich.«

»Was redest du da für einen Unfug?« Friedrich rümpfte die Nase.

»Ich bin überfallen worden und sie haben mich auf ein Boot gesperrt. Ich glaube, sie haben mich mit dir verwechselt«, sprudelte es aus ihm heraus.

Friedrich lächelte nachsichtig. »Du hast Wein getrunken, und Schnaps, nicht wahr? Ich könnte wetten, dass

Frauen im Spiel waren.« Er hob beschwichtigend seine Hände, da William aufbegehrte. »Nach einem Exzess spielt einem die Fantasie gerne Streiche. Es mögen einfache Diebe gewesen sein, vielleicht Studenten, die ihren Spaß haben wollten. Woher, frage ich dich, sollten die mich kennen?« Bei den letzten Worten tippte er mit einem Zeigefinger an Williams Stirn. »Denk da mal darüber nach.«

William wusste nicht, wo ihm der Kopf stand. »Ich habe das nicht geträumt«, beharrte er. »Du musst dich erinnern, woher dich die Leute kennen könnten«, sprach er eindringlich. »Einer von ihnen hieß Jobst.«

»Für Hirngespinste haben wir keine Zeit!«, antwortete Friedrich verärgert. »Ich habe Eleonore und ihrem Vater eine Geschichte aufgetischt, die dein Verschwinden erklären sollte. Wie es scheint, kam ich damit der Wahrheit nahe.«

»Aber …«

»Dafür ist keine Zeit. Sie werden bald mit den Tauben hier sein und dann wollen wir weiterfahren. Du solltest zusehen, schnellstmöglich wie ein Mensch auszusehen und vor allem wie ein Mensch zu riechen.«

# Fremde Heimat

Stuttgart, Mai 1848

Die Kutsche fuhr die breite Panoramastraße hinauf, die Stuttgart mit der Nachbargemeinde Degerloch verband und die weiter nach Tübingen führte. Friedrich saß mit dem Rücken an die Polster gelehnt im Wagen. Sie kamen nur langsam voran. Er hörte, wie die Hufe der Pferde auf das Pflaster aufschlugen und wie die Tiere schnaubten. Stetig ging es bergauf. Die Straße war neu gewesen, als er sie das letzte Mal gefahren war. Seit damals hatte die Bebauung zugenommen. Meist waren es Villen, ein Zeichen dafür, dass es gut betuchte Bürger hierherzog. Die wenigen Lücken, die es noch gab, würden sicherlich bald ausgefüllt sein.

Er schielte zu William, der seinerseits hinausblickte. Im Gesicht seines Bruders forschte er vergebens nach einem Zeichen des Wiedererkennens. Ihm dagegen flogen Erinnerungsfetzen zu wie Laub, mit dem der Wind sein närrisches Spiel trieb. Nicht zum ersten Male beneidete er William ob seiner Jugend. Vielleicht war es keine gute Idee gewesen, den Ort ihrer Kindheit aufzusuchen. Aus einer Laune heraus hatte er das vorgeschlagen, wohl wissend, dass von ihrem Elternhaus allenfalls noch die Fundamente zu sehen waren. Wurde er sentimental?

»Noch ist mir alles fremd«, sagte William.

Friedrich räusperte sich. »Dies hier ist die *Neue Weinsteige*. Der König hat sie zur Verbesserung des Verkehrs erbauen lassen, um die *Alte Weinsteige*, dort wo wir gewohnt haben, zu ersetzen.«

»Hmmh!«, machte William.

»Anfangs trug die Straße deinen Namen. *Wilhelmstraße.*«

»Da sollte wohl mehr dem Erbauer gehuldigt werden.«

Friedrich überhörte den ironischen Unterton seines Bruders. »Ich schlug Vater vor, ein Grundstück an der neuen Straße zu kaufen. Das lehnte er strikt ab. Wäre er im Land geblieben, so hätte er am wachsenden Wohlstand teilhaben können. Ob er in den Staaten etwas erreicht hätte, das steht in den Sternen.«

»Du hast als Arbeitskraft gefehlt. Ich denke, das hat ihm den Mut genommen. In den Vereinigten Staaten kann ein Mann allein mit seiner Kraft etwas erreichen. Da gelten alle gleich, und da saugen nicht Scharen blaublütiger Leute das Volk aus. Wir müssen nur den Präsidenten unterhalten, nicht aber seine Brüder und Schwestern und die ganze Verwandtschaft.«

»Sie alle stehen in den Diensten des Staates, repräsentieren ihn.«

William lächelte. »Ich habe ein wenig in Baedekers Reiseführer über Stuttgart gelesen. Die Stadt gebe sich reichlich Mühe, als wirkliche Residenz zu strahlen. In Sichtweite des Schlosses wurde ein großes Palais errichtet, auf den Höhen entsteht die *Villa Berg*. In beiden Häusern werden Verwandte des Königs einziehen. Der Präsident hat nur das Weiße Haus. Keinen weiteren Prunkbau in Philadelphia oder in Boston. Hier gibt es noch das große Schloss in Ludwigsburg und dazu etliche Jagdschlösschen.«

»Du scheinst mir ein kleiner Revoluzzer zu sein«, sagte Friedrich und schlug ihm mit seinen Handschuhen spielerisch auf die Schulter. Innerlich unterdrückte er den Groll. Anfangs hatte er Williams Idealismus noch seiner Jugend zugeschrieben, doch mittlerweile wusste er, dass es echte Überzeugung war.

»Ich will keinen Fürsten stürzen, halte aber eine gemäßigte, konstitutionelle Monarchie für besser, etwa so, wie es die Engländer vorleben.«

Ein offener Wagen kam ihnen entgegen. Friedrich hob seinen Zylinder und grüßte. Der Mann erwiderte seinen Gruß, die Frau nahm ihn gar nicht wahr. Ihr federgeschmückter Hut wackelte hin und her, da sie ständig abwechselnd nach links und nach rechts blickte. Eben lachte sie laut auf und deutete auf irgendetwas.

»Offenbar können auch die Untertanen gekrönter Häupter glücklich sein«, sagte Friedrich.

»Die Reichen haben stets gut lachen«, erwiderte William.

»Nicht nur«, widersprach Friedrich. »Sieh!«

Sie überholten eine Gruppe Bäuerinnen, die rechts am Straßenrand entlanggingen. Auf ihren Rücken trugen sie große Bastkörbe, die, soweit sie sehen konnten, größtenteils leer waren. Die Frauen lachten und scherzten.

»Sie hatten wohl einen erfolgreichen Markttag. Auf jeden Fall sind sie nicht minder gut gelaunt wie die Dame eben. Es ist weniger die Stellung, die man in der Gesellschaft innehat, als die Einstellung, die einen lachen lässt.«

Friedrich sah, wie sich sein Bruder aufrichtete und tief Luft holte. Doch bevor er etwas sagen konnte, fuhr der

Kutscher rechts ran und lenkte ihn so ab.

»Sind wir schon da?«, wollte William wissen.

»Du wirst es erkennen, wenn wir die Alte Weinsteige erreicht haben. Ich möchte dir hier nur etwas zeigen.«

Friedrich stieg aus. Es tat gut, ein paar Schritte zu gehen. Sein Bruder folgte ihm. Vorbei an ein paar Büschen erreichten sie eine Freifläche, die etwas abseits der Straße lag. Auf einem Fundament stand eine viereckige Säule.

»Lies«, bat er William.

Der trat näher heran. »Etzel erbaute die Neue Weinsteige in den Jahren 1826 bis 1831«, las er laut vor.

»Ich meine die obere Inschrift.«

Auf der Säule thronte ein quadratischer Würfel, dessen Ränder steinerne Lorbeeren zierten.

»Dem königlich württembergischen Oberbaurat von Etzel«, las Friedrich nun selbst laut vor, wobei er das *königlich* besonders betonte.

»In Amerika werden ebenso Straßen gebaut«, sagte William.

»Das ist Fortschritt, lieber Bruder. Herr von Etzel hat dazu beigetragen, ebenso wie sein Sohn. Der hat den Bahnhof erbaut, den du ja kennst.«

»Was du nicht alles weißt. Man könnte denken, du wärst erst vor ein paar Tagen aus Stuttgart abgereist.«

Friedrich schloss den Mund. *Zügele dich,* mahnte er sich selbst und zwang sich zu lächeln. Damit hatte er schon manche Klippe gemeistert.

»Du darfst nicht vergessen, dass ich ein paar Jahre älter bin. Ich ging damals als Mann, nicht als Knabe.«

»Nicht nur die Technik sollte voranschreiten. Ebenso

vonnöten ist ein Fortschritt im Umgang der Menschen untereinander.« William sah ihn an.

»Lass uns weiterfahren«, sagte Friedrich.

Sie bestiegen die Kutsche, die alsbald wieder ein Teil des steten Stromes an den unterschiedlichsten Gefährten wurde. Vor ihnen fuhr ein offener Frachtwagen, der nur langsam vorankam. Sie überholten ihn. Der Kutscher stand aufrecht und trieb sein Gespann an. Aus der Ladefläche ragte ein übergroßes Weinfass hervor.

Sie erreichten die Höhe und die Straße flachte ab.

»Geradeaus geht es nach Degerloch hinein, wir aber fahren wieder hinunter in die Stadt, nehmen nun jedoch die *Alte Weinsteige.*« Friedrich wies auf eine Abzweigung zur Linken.

Ihr Kutscher ließ mehrere Fahrzeuge des Gegenverkehrs passieren und lenkte ihren Wagen dort hinein.

»Das, mein lieber Bruder, war unsere Straße. Du wirst sehen, dass sie erheblich steiler ist. Vielleicht entdeckst du hier Bekanntes. Nicht mehr lange, und wir haben den Ort unserer Kindheit erreicht.«

Die Häuser hier waren deutlich älter und lange nicht so imposant. Zudem wiesen sie Spuren des Verfalls auf. Friedrich verfiel wieder ins Grübeln. Erinnerungen an den beschwerlichen Aufstieg von der Stadt herauf ließen ihn einerseits schaudern, andererseits schwitzen, ganz so, als ob er tatsächlich einen Fuß vor den anderen setzte. Noch immer schien William nichts zu erkennen. Er sah zwar aus dem Fenster, zeigte aber keine Regung.

Sie kamen schnell voran, zum einen, weil es bergab ging, und zum anderen, weil die Straße kaum befahren wurde. Kurve um Kurve schlängelte sich der Fahrweg hinunter. An einer Linkskurve kam eine breitere Stelle.

Wieder steuerte ihr Kutscher den Wagen an die Seite.

»Hoh!«, rief er.

Gleich darauf zog er an der Bremse und der Wagen kam ruckelnd in einer Staubwolke zum Stehen. Friedrich wartete einen Moment, bis sich der Staub setzte, und stieg aus. Auf seinen Stock gestützt, blickte er sich um und ging dann schnurstracks auf eine Hecke zu. William folgte. Mit dem Stock fuhr er über das Gras. Noch bevor er dagegenstieß, sah er einen länglichen Stein hervorragen, der sich unter der Hecke verlor.

»Hier war der Eingang«, sagte Friedrich und drückte die Zweige zur Seite. »Da stand unser Haus.«

William trat neben ihn, betrachtete die überwucherten Steine und suchte nach weiteren Überesten.

Friedrich legte seinen Kopf in den Nacken und mit einem Male sah er eine Hausfront, die es nicht mehr gab. Er sah das kreisrunde Fenster über dem Eingang, aus dem er manchmal hinausgeschaut hatte. Da oben hatte er sein Atelier eingerichtet und Frauen gemalt, wie er William bereits erzählt hatte. Er unterdrückte einen Seufzer. Es waren nicht die Damen gewesen, wie er ihm hatte weismachen wollen, die zum Bruch mit ihrem Vater geführt hatten. Damals war er noch unbedarft gegenüber weiblichen Reizen. Sie waren lediglich lohnende Motive gewesen.

Unten in der Gaststube hatte ein Portrait Friedrichs des Großen gehangen. Ihm, dem Preußenkönig, hatte ihr Vater jahrelang gedient. Nicht zuletzt deswegen hatte er den Gasthof *Zum großen König* genannt. Er war ein Veteran durch und durch gewesen. Wie nah hatte er sich stets Vater gegenüber gefühlt, wie seelenverwandt.

War er doch selbst ein Patriot. Bis zu jenem Tag, als ihn Vater verstoßen hatte, weil er ihm nicht die Wahrheit sagen konnte. Ebenso wenig wie er es nun gegenüber William tun konnte, wollte er nicht auffliegen. Seither hatte er nur über Spitzel Kontakt zu seiner Familie gehalten. Sie hatten ihm vom Brand des Gasthofes berichtet und dass sie nach Le Havre gefahren seien, um nach Amerika auszuwandern. Weiter hieß es, das Schiff, mit dem sie gefahren wären, sei untergegangen. Eine Lüge, wie er nun wusste.

»Jetzt, wo wir hier stehen, kommt doch die ein oder andere Erinnerung auf«, sagte William und riss ihn damit aus seinen Gedanken. »Ich vermeine sogar den Tabak zu riechen, den Vater mit seiner langstieligen Pfeife stets rauchte.«

»Woran erinnerst du dich noch?«

William überlegte und rieb sich die Stirn. »Da waren die Abende, wo uns Vater aus der Bibel vorgelesen hatte.« Seine Augen blitzten auf. »Wenn Vater beim Essen das Fleisch verteilte, gab er dir stets das größere Stück.«

»Dafür grollst du ihm heute noch?«

William schüttelte den Kopf. Mit einem Mal blickte er ernst drein. Er schluckte.

»Hier sind wir die steile Treppe heruntergestolpert, während auf die abgelaufenen Stufen die ersten Rußflocken fielen. An jenem Tag, wo unser ganzes Hab und Gut ein Raub der Flammen wurde. Wir haben es gerade noch ins Freie geschafft. Hustend und prustend haben wir hilflos dem zerstörerischen Werk der Flammen zugeschaut. Die schlugen immer höher, bis erst das Dach, später die Wände einstürzten und ein Funkenregen die Glut bis zu uns trieb, gleich herumschwirrenden

Glühwürmchen. Sie fiel auf uns herab und sengte unsere Kleider an.«

Friedrich legte seinem Bruder den Arm auf die Schulter. »Vater war stolz auf den Gasthof gewesen, weil er das höchstgelegene Gebäude Stuttgarts war. *Auf dem Haigst* heißt dieser Ort, was so viel bedeutet wie der höchste Ort.«

William nickte, griff in seine Jackentasche und holte eine getrocknete Blume hervor. Er ging in die Hocke und legte sie unter den Busch.

»Ein Gruß an unsere Vergangenheit.«

Nebeneinander durchquerten sie den ehemaligen Gasthof. Das Gelände fiel nach nur wenigen Metern steil ab. Unter ihnen lag Stuttgart.

»Ein Jammer, dass unsere Eltern die Gaststätte nicht wiederaufgebaut haben«, sagte Friedrich. »Vielleicht wären sie noch am Leben.«

»Und du hättest dich mit Vater versöhnen können«, fügte William hinzu.

»Atemberaubend, nicht wahr?«, sagte Friedrich. »Ein Anblick, den zu malen es sich lohnen würde.« Dabei dachte er: *Ein Ort, wo ich mit Eleonore spazieren gehen möchte.*

»Lass uns gehen«, sagte William und lief voraus, zurück zum Wagen. Ihr Kutscher lehnte an einem der Räder. Als er sie kommen sah, stand er auf, trat an die Tür und öffnete sie.

»Ich werde neben dem Kutscher Platz nehmen«, sagte William und überraschte ihn erneut. »Von da hat man bestimmt eine herrliche Aussicht, ohne sich den Hals zu verrenken.«

Friedrich zuckte mit den Schultern. »Warum nicht.«

Bald darauf saßen sie zu dritt auf dem Kutschbock und fuhren weiter hinunter nach Stuttgart. Vor ihren Augen breitete sich die württembergische Residenzstadt aus. Das dreiflügelige Schloss mit der danebenstehenden Karlsakademie stach aus den Häusern hervor. Weiter vorne wuchs der Klotz des Alten Schlosses in die Höhe sowie der Kirchturm der Stiftskirche.

Friedrich dachte wieder an Eleonore. Deren größte Sorge galt dem Jungen aus dem Arbeitshaus. In aller Eile hatte er seine Leute angewiesen, das Kind aufzuspüren und in das Arbeitshaus zurückzubringen. Eleonore würde bald den Jungen in ihre Arme schließen können, das war gewiss. Dies würde ihr Lachen zurückbringen und die Schatten aus ihrem Gesicht verjagen. Während der Fahrt von Frankfurt hatte sie wenig gesprochen. Und ihren Vater hatte er dabei ertappt, wie er kritisch William musterte. Sein Märchen von der Sauftour hatte ihn wohl nachdenklich gestimmt. Das konnte ein Vorteil für ihn sein, stand er doch mit beiden Beinen fest im Leben.

William sah gedankenverloren geradeaus und mit einem Male wurde Friedrich klar, dass sein Bruder vermutlich ebenfalls an Eleonore dachte. In der Verehrung zu ihr waren sie sich einig.

»Lass uns essen gehen«, schlug er vor und beendete so ihrer beiden Gedankengänge.

Unweit des Marktplatzes fanden sie eine Gaststätte. Ein Tisch war frei. Im Raum saßen mehrere Gäste, die eifrig miteinander sprachen. Am Nebentisch saß ein einzelner Gast und las eine Zeitung. Der Wirt bot ihnen das Tagesessen an, Linseneintopf mit Schwarzbrot. Sie bestellten dazu noch jeder ein Bier.

Friedrich konnte bei der Zeitung, die ihr Nachbar hochhielt, eine Überschrift lesen.

*Die Deutsche Legion geschlagen,* stand da. Drei Horden Aufständischer waren durch das Großherzogtum gezogen, dabei von Bundestruppen zerschlagen worden. Hecker, Struve, Siegel, allesamt Fantasten, waren ihre Anführer gewesen. Zum Glück war der revolutionäre Funke nicht auf die regulären Truppen übergeflogen. Was aber, wenn eines Tages jemand erschien, dem es gelang, die einfachen Soldaten in den Bann zu ziehen?

Der Wirt trat an ihren Tisch und nahm ihre leeren Teller auf. »So isch recht. Ich hoffe, es hat Ihnen gemundet?«

»Danke, ja«, antwortete William.

»Wo kommen Sie denn her?«, wollte der Wirt wissen.

»Aus Frankfurt«, gab Friedrich leichthin zur Antwort und lächelte. »Und aus Berlin.«

»Donnerwetter!«, entfuhr es dem Wirt, dessen Ausruf die übrigen Gäste neugierig machte. Immer noch ihre Teller in den Händen haltend, blieb er stehen.

»Haben Sie die Paulskirche gesehen?«, fragte einer der Gäste, die ihre eigene Unterhaltung unterbrochen hatten und nun alle zu ihnen sahen.

Ein anderer stand auf und lud sie ein, an ihrem Tisch Platz zu nehmen. Friedrich zwinkerte William zu und sie folgten der Einladung. Er berichtete ihnen von der tumultartigen ersten Versammlung in der Paulskirche und schmückte das Durcheinander reichlich aus.

Das Gesicht des Wirtes verfinsterte sich.

»Wortakrobaten«, knurrte er. »Was nutzet uns die

Pressefreiheit, eine bewaffnete Bürgerwehr, was die vielen Vaterländischen Vereine, die überall gegründet werden? Entscheiden sollen die in Frankfurt. Net alleweil debattieren.«

»Vom Kämpfen kann mein Bruder erzählen«, sagte Friedrich. »Der stand bei den Barrikadenkämpfen in vorderster Linie.«

Die Männer rückten näher heran.

»Ich habe nicht gekämpft«, wehrte William ab. »Ich bin Journalist und habe geholfen, Verwundete zu pflegen. Friedrich ist Portraitmaler am preußischen Hof und war im Schloss, während gekämpft wurde. Er kann darüber berichten, wie die Königsfamilie gezittert hat.«

Friedrich wollte etwas erwidern, aber der Wirt war schneller.

»Ein Portraitmaler.« Der Wirt stellte die Teller wieder ab und kratzte sich am Kinn. »So ein Portrait würde mir gefallen. Täten Sie mich vielleicht malen? Dann zahlen Sie nichts für Ihr Essen.«

Friedrich frohlockte innerlich. Wenn dem Wirt ein Portrait wichtiger war als Geschichten von der Revolution, dann war es nicht weithin mit den revolutionären Gedanken.

»Gerne. Wir werden eine Zeit lang in Stuttgart sein«, sagte Friedrich.

»Wurde in Stuttgart gekämpft?«, fragte William in die Runde.

So lenkte William das Thema erneut auf die aktuellen Ereignisse.

»Nein.« Der Wirt schüttelte seinen Kopf. »Wo denken Sie hin. Wir geha friedlich mideinandr um.«

Er nahm die Teller wieder auf und brachte sie in die Küche. Der Gast, der die Zeitung gelesen hatte, trat auf sie zu. Er war groß gewachsen und Friedrich schätzte ihn nur wenig älter als seinen Bruder.

»Gestatten, mein Name ist Pfau, Ludwig Pfau.« Er wandte sich an William. »Einen schreibgewandten Mann können wir gut gebrauchen. Zwar leben in der Stadt mehr als zweihundert Schriftsteller, aber viele trauen sich trotz Pressefreiheit nicht, Klartext zu schreiben.«

Der Wirt kam zurück, rollte seine Augen und legte Pfau eine Hand auf die Schulter.

»Bei dem Herrn müssen Sie achtgeben. Ein Satiriker. Der nimmt koi Blatt vorn Mund. So einer landet schnell im Zuchthaus.«

*Wo er auch hingehört,* dachte Friedrich. Er musterte den Mann genau. Ihn im Auge zu behalten, war bestimmt kein Fehler.

»Um mich müssen Sie sich keine Sorgen machen«, sagte William. »Vor Schreibenden fürchte ich mich nicht.« Er blinzelte Pfau zu.

»Er übertreibt«, sagte der lachend und zog eine zusammengefaltete Zeitung aus seinem Jackett. »Überzeugen Sie sich selbst.«

William nahm das Blatt und sah es an. »Wie es mir träumte, ich sei Fürst geworden«, las er die Überschrift vor.

Friedrich rückte neben seinen Bruder und betrachtete seinerseits das Blatt. Auf einem Bild zeigte es einen Mann mit Krone, der ein Zepter in der Hand hielt und verzückt auf eine Kugel mit Kreuz starrte.

William las weiter vor: »Ich bin ein Fürst, das ist mir klar. Warum? – Das ist mir dunkel.«

»Kinderverse«, sagte Friedrich leichthin.

»Einfache Sätze, aber geradeaus.« Pfau zeigte sich nicht beeindruckt von seiner Kritik.

***

Eleonore sah zum wiederholten Male hinaus auf die Straße. Nach einer Ewigkeit, wie ihr schien, kam wieder eine Kutsche aus der Stadt herauf.

»Maria!«, rief sie ins Haus hinein. »Maria!«

Die Haushälterin lugte hinter der Küchentür hervor. »Kommet se?«, fragte sie.

Eleonore wies zum Fenster. »Ich hoffe es.«

Maria kam heran, rieb unterwegs ihre Hände an ihrer Schürze ab und trat neben sie. »Die jungen Männer han bschdimmd einen groß a Hungr. Da kann a Frühschdück scho einmol längr dauern. I bin ja geschpannd wie a Flitzeboga auf dai Berliner Eroberunga.«

»Sie werden dir gefallen, jeder auf seine Art.«

»Schau nur, Eleonore, unsr Kutscha fährd scho in den Hof hinoi. Des sind sie. I gang liebr zurügg in Küche. Ned dass mir der Middagsbrata anbrennd.«

Wieder allein, begutachtete Eleonore ihr Spiegelbild im Wandspiegel neben der Garderobe. Sie zog den Stoff ihres blauen Kleides glatt. In diesem Kleid war sie den Brüdern zum ersten Mal begegnet.

Durch die getönten Scheiben der Haustür sah sie einen Schatten herankommen. Gleich darauf erklang die Glocke.

Oben an der Treppe erschien ihr Vater.

»Ich mach auf«, rief sie ihm zu. Ob er ebenso wie sie die Ankunft ihres Besuches erwartet hatte?

William und Friedrich standen einträchtig beieinander und strahlten sie an. Im Hintergrund half Eugen dem Kutscher beim Gepäck abladen.

»Es ist uns eine Freude«, sagte Eleonore.

Ihr Vater war die Treppe heruntergekommen und begrüßte seinerseits die beiden. Kurz blickte er an der Kutsche vorbei zur Straße.

»Erwartest du noch einen weiteren Besuch?«, fragte sie.

»Nein, nein«, murmelte er.

Maria kam aus der Küche und dirigierte sie alle nach oben in den Salon. »Der Eugen kümmerd sich ums Gepäck. I han a Limonad vorbereided.«

Eleonore ging den Männern voraus.

»Ihre Zimmer zeige ich Ihnen nachher persönlich«, sagte sie über die Schulter gewandt. *Glühten ihre Wangen?* Wie würden den beiden ihre Überraschungen gefallen?

Im Salon nahmen sie am Tisch Platz.

»Nach den unruhigen Berliner Wochen ist es hier eine Wohltat. Zumindest in der Stadt gab es keine nennenswerten Unruhen«, sagte Friedrich.

»In Berlin gibt es weitaus mehr Hilfsbedürftige, als Stuttgart Einwohner hat.« Sie nippte an ihrer Limonade.

»Der Staat hilft, wo er kann«, sagte ihr Vater. »Und es gibt viele besser gestellte Menschen, die ihrerseits helfen.«

Meinte er sie?

Die Brüder sahen sie aufmerksam an. Friedrich ein wenig amüsiert, William etwas ernster.

Sie stellte ihr Glas ab. »So, und jetzt zeige ich Ihnen Ihre Zimmer.«

»Das bewerkstelligst du sicher ohne mein Zutun. Ich werde mit Maria noch ein paar Dinge besprechen.« Ihr Vater stand auf und nickte in Richtung der Brüder.

Eleonore ging den Flur voraus auf die beiden Türen zu, die an dessen Ende lagen. Sie trat an die rechte.

»Dies hier, Friedrich, soll Ihr Heim sein.« Sie drückte die Klinke herunter, öffnete die Tür und hieß die Männer eintreten.

»Das ist mal eine Überraschung«, sagte Friedrich.

Eleonore hatte gestern Eugen den Tag über in Trab gehalten. So musste er eine Staffelei die Treppe herauftragen. Die stand nun inmitten des Raums. Heute Morgen hatte sie die Zeichnung, die Friedrich von ihr angefertigt hatte, in den Rahmen gespannt.

»Vielleicht können Sie das als Vorlage verwenden und mich in Öl malen. Aber dieses Mal mit Windmühle.«

Williams runzelte seine Stirn.

»Ich werde mein Bestes tun«, sagte der Portraitmaler.

»An Papier und allem, was Sie benötigen, soll es nicht mangeln. Und nun zu Ihnen, William.«

Sie ging den beiden wieder voraus.

Im nächsten Zimmer stand anstelle der Staffelei ein kleiner Sekretär an der Wand. Darauf lag aufgeschlagen eine Ausgabe der *Augsburger Allgemeinen Zeitung.*

»Sie stehen auf Seite sieben«, sagte Eleonore.

William ging an ihr vorbei ins Zimmer hinein und blieb beim Bett stehen. Sie musterte ihn heimlich von der Seite. Dessen Blick ruhte auf dem Kopfkissen, wo sie ein Buch hingelegt hatte. Er trat näher heran, nahm es hoch und drehte es um.

»Herr Dickens ist ein bekannter Schriftsteller aus England«, sagte Eleonore. Zitterte ihre Stimme? Sie wollte nicht, dass er ihre Unruhe spürte, ihre Neugierde auf seine Reaktion.

»Ich kenne ihn«, antwortete William. »Ich bin ihm auf seiner Amerikareise begegnet.«

»Oh!«, entfuhr es ihr.

»Davon hast du mir noch nichts erzählt«, sagte Friedrich.

»Oliver Twist«, las William laut. »Handelt es nicht von einem Waisenjungen?«

»Herr Dickens ist ein Meister darin, die Wirklichkeit zu schildern. In seinen Romanen zeigt er uns die Welt der Gestrandeten ebenso wie die der besser gestellten Menschen. Beide treffen aufeinander und das macht den Reiz seiner Geschichten aus.« Eleonore war ein wenig durcheinander. Er kannte Charles Dickens. Wie war das zugegangen? Sie wollte ihn gerade fragen, als sie ihren Vater rufen hörte.

»Kindchen, Kindchen!« So nannte er sie nur in besonderen Momenten.

Sie raffte ihr Kleid und eilte zur Treppe. »Was ist denn, Vater?«

»Wir haben einen weiteren Besuch.« Seine Stimme zitterte und zeigte ihr, dass es jemand Besonderes sein musste.

Sie hielt an der Treppe inne. Konnte es August von Engel wagen und sie besuchen wollen? Aber der weilte in Baden, hatte es doch geheißen.

»Ich komme«, rief sie hinunter. Die Brüder folgten ihr.

Am Fuße der Treppe traf sie nur ihren Vater. Durchs Fenster sah sie einen weiteren Wagen stehen. Eugen sprach mit dessen Kutscher. Ihre Gedanken rasten. Uhland? Ihr Onkel? Wer mochte es sein, der ihren Vater so aufgekratzt sein ließ?

»Wo ist denn der Besuch?«, fragte sie.

Er deutete auf die Küchentür. »Maria kümmert sich um ihn.«

Das wurde immer merkwürdiger. Sie öffnete die Küchentür und sah als Erstes Maria, die eingehüllt in Dampfwolken hinter dem Herd stand und emsig werkelte. Dann sah sie ihn, und ihr schien, ihr Herz stünde still. Sie musste schlucken.

»Des Kind hedd Hungr. Des han ih ihm gloi agseha«, rief Maria.

Fritze saß auf einem Hocker, sein Beinstumpf ragte über die Sitzfläche heraus, und biss in einen Apfel. Der Saft der Frucht tropfte durch seine Finger, lief ihm das Kinn hinunter.

Mit zwei großen Sätzen war Eleonore bei ihm. »Fritze!«, rief sie.

Im nächsten Moment schlang sie ihre Arme um den schmächtigen Oberkörper des Jungen. Der lächelte, wischte mit seinem Ärmel über sein Gesicht.

»Ick versteh die nich«, sagte er und zeigte auf Maria.

»Wart nur ab, du Bengel, dir werd i no Anschdand beibringa.« Maria strahlte über beide Ohren. »Des isch der attrakdivschde allr Männr, die du aus Berlin midgebrachd hascht. Die Herren möga mir verzeiha.«

Eleonore sah zu ihrem Vater. Der lächelte verschmitzt.

»Du hast gewusst, dass Fritze heute kommt?«

Er nickte. »Gestern kam eine Eilnachricht. Sie haben den Jungen gefunden, kaum dass wir aus der Stadt waren. Beinahe hätte er uns in Frankfurt eingeholt.«

Sie holte tief Luft.

»Warum hast du es mir nicht gleich gesagt?«

»Es sollte eine Überraschung werden.«

Eleonore wollte den Jungen gar nicht mehr loslassen. Sie sah ihn strahlend an.

»Wir werden dir ein besonders schönes Zimmer herrichten.«

»Das hat Maria bereits besorgt«, sagte ihr Vater.

»Du wusstest davon!« Eleonore sah über Fritzes Schulter streng zu Maria.

Die nestelte an ihrer Schürze herum. »I muss jedzd kocha«, sagte sie und entschwand.

»Das also ist der talentierte Zeichner«, sagte Friedrich. »Ich denke, wir werden miteinander übers Malen reden.«

William hüstelte. »Und ich werde mit ihm Oliver Twist lesen.«

Eleonore blickte in die Runde. Am liebsten würde sie alle auf einmal herzen.

# Überraschungen

Stuttgart, Juni 1848

Obwohl sie die ersten Tage in Stuttgart allerlei zu erledigen hatte, klagte Eleonore nicht. Während Vater allen möglichen Leuten Bericht über seine Reise erstattete, hatte sie das Herrichten der Gästezimmer überwacht und für Fritze ein besonderes Zimmer eingerichtet. Sie hatte sich, zum Leidwesen Eugens, für eine Kammer im Parterre entschieden. Die bisher darin gelagerten großen Reisekoffer trug er fluchend, zusammen mit einem Tagelöhner, in den Dachboden. Einen Tag später aber zimmerte er mit Begeisterung ein neues Bett für den Jungen. Nicht weil ihn Maria antrieb, sondern weil er selbst mehr und mehr Gefallen an dem Jungen fand.

Eleonore sah mit Freude, wie Maria und Eugen mit Fritze zurechtkamen. Die Magd spannte ihn in die Küchenarbeit ein, und selbst Eugen fand kleine Verrichtungen, wo ihm der Junge trotz seiner Behinderung helfen konnte, etwa wenn es galt, das Geschirr der Pferde zu polieren. Der Höhepunkt war der Umbau eines Leiterwagens gewesen, den Eugen so gestaltete, dass er dem Jungen als fahrbarer Untersatz dienen konnte. Fritze selbst hatte mit Hand angelegt.

Heute hatte sie sich von allen Verpflichtungen losgesagt und die Brüder eingeladen, sie zu begleiten.

»Ich werde Ihnen eine Attraktion der Stadt zeigen, die es zu Ihrer Stuttgarter Zeit noch nicht gab«, begrüßte sie beide am Morgen. »Eugen wird uns bis zum Schloss fahren, dann wird gelaufen.«

Die Brüder sahen sie fragend an, sagten jedoch nichts. Die Fahrt verlief größtenteils schweigend. Eleonore sah, wie William mit kindlicher Neugier mal hierhin und mal dorthin blickte. Seine Erinnerungen an Stuttgart schienen verblasst. Friedrich wirkte ein wenig angespannt. Unweit des Schlosses stiegen sie aus dem Wagen.

»Ein prächtiger Bau, bedenkt man, wie klein das Königreich ist«, sagte Friedrich.

»Hier entlang«, bat Eleonore und wies ihnen den Weg.

Sie trug einen Sonnenschirm. Ein strahlend blauer Himmel gab ihnen das Geleit. Eleonore trug eine leichte Bluse, die Männer Hemd und Jacke. Friedrich schwitzte stark, William tat es ihm bald gleich.

»Links wohnen Mitglieder des königlichen Hauses und Gäste«, erläuterte Eleonore. »Und geradeaus entsteht ein neuer, für das kleine Württemberg viel zu kolossaler Bau.«

Sie hatten die Königsstraße erreicht und standen dort im Schatten einer Platane. Ihnen gegenüber ragten Baugerüste und Kräne in die Höhe. Das Gebäude, ein dreistöckiger Bau, war weitestgehend fertiggestellt. Hammerschläge und das Geräusch einer Säge drangen bis zu ihnen.

»Ein weiteres Schloss?«, fragte William.

»Sie wollen es bescheiden Kronprinzenpalais nennen.«

»Wie bescheiden«, kommentierte Friedrich.

»Wir haben noch ein Stück Weg vor uns, immer die Straße hinauf.«

Immer wieder mussten sie Passanten ausweichen. Fuhrwerke und Kutschen fuhren, wie an einer Perlenkette aneinandergereiht, an ihnen vorbei. Sie verließen die Hauptstraße und der Verkehr ließ nach.

Eleonores Herz pochte. *Was die Brüder zu Gustav Werners Lokal sagen würden?* In der Ferne sah sie das mehrstöckige Gebäude der Rotebühlkaserne. Ihr kam August von Engel in den Sinn. Schnell vertrieb sie die Gedanken. Endlich standen sie vor dem Gasthaus.

»Es ist mehr, als es scheint«, sagte sie geheimnisvoll.

»Ist es nicht ein wenig zu früh zum Einkehren?«, fragte William. »Wir haben erst gefrühstückt.«

»Sie werden gleich nicht mehr an Essen denken, so viel kann ich versprechen.«

Das Haus sah von außen wie ein gewöhnliches Gasthaus aus. Gleichzeitig eilten die Brüder an die Tür und hielten sie ihr auf. Der Gastraum war verwaist. Eleonore durchquerte ihn und ging auf die Tür zu, die in den Garten führte. Nun war sie es, die die Tür öffnete und die Männer vorbeiließ.

Der lang gestreckte Garten war größtenteils überdacht. Darunter standen in zwei Reihen Tische und Bänke. Die Luft war erfüllt von einem süßlich schweren Geruch. Mannigfaches Vogelgezwitscher empfing sie. Links und rechts der Tischreihen standen Käfige. Rot gefiederte Papageien krächzten, Affen turnten an Tauen herum, die von der Holzdecke herunterhingen. Die Gaststätte hieß nicht ohne Grund ›Affenwerner‹ im Volksmund.

Eleonore blieb neben den spärlich besetzten Tischen stehen und schmunzelte. Wie vom Schlag getroffen, starrten die Brüder die Tiere an. Ein Pfau, der geradewegs auf sie zustolzierte, gab ihnen den Rest. Als sei es das Natürlichste der Welt, ging der seinen Weg. Die beiden wichen aus und Friedrich kam ihr nahe. Einen kurzen Moment drückte sein Arm gegen ihre Schulter. Im nächsten Moment kreischte einer der Papageien. Die Männer fuhren herum.

»Erschrecken Sie nicht. Die sind harmlos.«

Aus dem Haus war ein Mann getreten. Erst erkannte sie ihn nicht, da er einen seltsam anmutenden Filzhut trug. Eine schwarz-rot-goldene Bordüre und eine große Feder zierten diesen.

»Guten Tag, Herr Werner.«

»Ja so was! Des Fräulein Eleonore isch wieder im Ländle.«

Sie streckte ihm beide Hände entgegen. »Später müssen Sie mir berichten, wie es Ihrer Großfamilie erging. Zunächst möchte ich Ihnen zwei Freunde vorstellen, die ich aus Berlin mitgebracht habe.«

»Es ist mir eine Ehre, weitgereisten Besuch zu begrüßen.« Gustav Werner beugte seinen Kopf. Die Feder auf seinem Hut wackelte.

»Die Herren Euskirchen. Friedrich, der ältere, ist ein angesehener Porträtist. Wenn ich Sie ansehe, Herr Werner, wären Sie ein lohnendes Motiv.«

Friedrich reichte dem Wirt die Hand. »Unbedingt«, sagte er.

»Und William kommt aus Amerika.«

»Haben Sie da Bären gesehen?«, fragte Werner. »Die amerikanischen Bären sollen ja groß sein.«

»Zum Glück nicht.« William blickte umher. »Haben Sie denn Bären?«

»Leider nein.« Der Wirt schmunzelte. »Wo möchten Sie Platz nehmen? Neuerdings ist es Militär untersagt, bei mir zu trinken oder zu speisen. So haben wir reichlich freie Plätze.«

»Das tut mir leid«, bedauerte Eleonore. »Dann werden wir öfters kommen.«

»Warum dieses Verbot?«, fragte William.

»Sie haben Angst, die Soldaten könnten bei mir unter schlechten Einfluss geraten.« Er tippte auf den Hut. »Ich bin ihnen zu revolutionär, allein wegen des Hutes.«

»Ich habe so einen Kalabreser auf Abbildungen gesehen. Ich glaube, man nennt ihn Heckerhut?« Eleonore musterte ihn. »Kommen Sie denn über die Runden?«

»Aber ja doch«, beschwichtigte der Wirt. Er zwinkerte ihnen zu. »Kommen Sie mir nicht zu nahe. Sonst heißt es gleich, wir würden etwas aushecken.« Er hielt kurz inne, um gleich danach in schallendes Gelächter zu verfallen. »Wie Hecker«, prustete er.

Friedrich starrte den Hut an. »Dieser Hecker wollte zusammen mit ein paar Hundert unbesonnenen Männern die Republik ausrufen. Sie zogen durch die Lande und bekamen blutige Nasen.«

»Keine Sorge. Ich trage zwar einen Heckerhut, aber zum Revolutionieren fehlt mir die Zeit.« Wieder tippte Werner auf den Hut.

»Hecker! Hecker!«, krächzte ein Papagei in der Nähe.

Eleonore musste ebenfalls staunen. Sie kannte den Vogel, aber sprechen konnte der zuletzt noch nicht.

»Der hätte Zeit, aber so ein Federvieh ist doch zu klein, um Schaden anzurichten«, sagte Werner.

»Ein Deutschland ohne Fürsten ist für dich nicht vorstellbar?«, fragte William seinen Bruder.

»Nein, denn das würde bedeuten, das Land Feiglingen zu überlassen. Dieser Hecker soll, wie man neuerdings hört, nach Amerika geflohen sein.«

Eleonore vernahm in Friedrichs Stimme einen Unterton, den sie so nicht kannte. Eine Mischung aus Spott und Ärger.

»Und Sie, Eleonore, wie stehen Sie zur Republik?«, wollte William unbeeindruckt wissen.

»Wir pflegen ein gutes Verhältnis zum Königshaus. Ich würde mich als eine entschiedene monarchische Republikanerin bezeichnen. Der König möge repräsentieren und die Minister regieren.«

William lächelte ihr zu, wohingegen Friedrich verdrossen schwieg. Eleonore wollte keinen der beiden verärgern.

»Kommen Sie, Friedrich, begleiten Sie mich entlang dieser exotischen Tierwelt«, sagte sie rasch.« Eleonore reichte Friedrich ihren Arm. »Die anderen mögen uns folgen oder weiter politisieren.«

Natürlich schlossen sich Werner und William ihnen an. In den ersten Käfigen flatterten die buntesten Vögel umher, zwitscherten und krächzten in allerlei Tönen. Manche legten ihren Kopf schief und blickten sie neugierig an. Daneben stand ein hoher Käfig, dessen Rundhölzer in einem größeren Abstand auseinanderstanden. Darin turnten Affen herum. Manche hielten sich mit einer Hand an einem Ast fest, bleckten ihre Zähne und schlugen Purzelbäume.

»Nicht zu nahe, Fräulein Eleonore«, mahnte Gustav

Werner. »Nicht dass Ihnen einer der Affen den Hut vom Kopf reißt!«

Sie passierten einen lang gestreckten Käfig, der mit dichtem Gitterwerk gesichert war. Eleonore sah, wie die Brüder nach einem Tier suchten und zurückwichen, als der Luchs erschien und sie anfauchte.

»Keine Angst«, beschwichtigte Werner. »Der tut nichts. Er ist wahrscheinlich der letzte Luchs in Württemberg. Seine Eltern wurden anno 1844 auf der Schwäbischen Alb erschossen.«

An der Ecke blieb Eleonore an einem Glaskasten stehen. Der war mit Dielenbrettern abgedeckt. Bei ihrem letzten Besuch war der nicht dagewesen. Sie musste sich ein wenig vorbeugen, um nachsehen zu können, welches Tier darin untergebracht war. Die Brüder taten es ihr gleich. Sie suchte zwischen den Steinen und entdeckte endlich ein schwarz-gelbes Band, das gleich einem Tau aufgerollt am Boden lag. Plötzlich wuchs mit zischender Zunge daraus ein Schlangenkopf in die Höhe. Eleonore richtete sich auf.

»Keine Angst. Um ihr Gift zu versprühen, muss sie einen beißen. Dazu ist sie nicht in der Lage.«

»Wie beruhigend«, sagte Friedrich.

»Die reinste Arche Noah«, murmelte William.

Nach ihrem Rundgang nahmen sie an einem der Tische Platz. Gustav Werner ließ sie allein und begrüßte neue Gäste. Eleonore saß den beiden gegenüber, den Rücken zur Tür in die Gaststube gewandt. William bestaunte weiter die Tiere, wohingegen Friedrich sie anblickte, als säße sie wieder Portrait für ihn.

»Sie haben da einen erstaunlichen Freund«, sagte er.

William wandte den Kopf. »Sie lieben Tiere, nicht wahr?«

»Tiere, Menschen, das macht keinen Unterschied. Sie alle sind Geschöpfe Gottes.«

Sie sah zu Friedrich, der Anstalten machte, etwas zu erwidern. Mit einem Male bekam er große Augen.

»Haben Sie ein weiteres Tier entdeckt?«, fragte sie.

Er schüttelte seinen Kopf. »Ich dachte, Soldaten sei das Lokal verboten.«

Eleonore folgte seinem Blick und erstarrte. Ihr wurde heiß.

August von Engel hatte sie entdeckt und kam mit großen Schritten auf sie zu. Einen Meter vor ihr blieb er stehen, nahm seinen Tschako ab und beugte sein Haupt.

»So sieht man sich wieder.«

»Das ist Leutnant von Engel«, stellte Eleonore August vor. »Ein Bekannter des Hauses.«

Der Offizier würdigte die Männer keines Blickes. »Wollen Sie mich darum nicht mehr empfangen, weil Sie in … solchen Kreisen verkehren? Ist das der Beistand für Ihren Herrn Vater?«

»Ihr Benehmen ist einem Offizier ungebührend«, sagte Friedrich. Seine Stimme blieb gelassen, als spräche er über das Wetter. »Gestatten, Friedrich Euskirchen. Ich bin Hofmaler am preußischen Königshof.«

Augusts Hand ging zum Griff seines Säbels. »Ich bin in der Garde des württembergischen Königs.«

William stand auf. »Und ich bin Berichterstatter amerikanischer Zeitungen und heiße William Euskirchen. Mit königlichen Aufgaben kann ich nicht aufwarten. Fräulein Eleonore ist unser Gast.«

Eleonore betrachtete August, der stocksteif mit hasserfülltem Blick dastand, immer noch eine Hand auf dem Griff seines Säbels ruhend. Seitdem sie ihm den Brief aus Berlin geschrieben hatte, war sie ihm nicht begegnet. Er funkelte die Brüder an, als wollte er sie anfallen.

»Gehen Sie, Herr Leutnant«, presste Eleonore hervor. »Bitte, gehen Sie.«

»Wir sehen uns wieder!«, sagte August von Engel, machte kehrt und verließ mit stampfenden Schritten das Lokal.

Ihr wurde kalt. *Wir sehen uns wieder,* klang es in ihr nach. Trotz stieg in ihr auf. Was erlaubte sich der Leutnant! Sie versuchte ein Lächeln.

»Nehmen Sie bitte Platz«, bat sie William. *So ist es richtig,* dachte sie. Sie war eine freie Frau.

»Das Exemplar können wir getrost zurücklassen, sollten wir wieder mal eine Arche Noah bemühen müssen«, stellte Friedrich fest.

»Bunt gekleidet, aber unfähig«, setzte William drauf.

***

Wenige Tage nach Pfingsten drängte ihn Friedrich zu einem Spaziergang. William ging neben seinem Bruder. Die Straße führte sie vom Haus aus in Richtung der Weinberge. An einer Biegung blieb sein Bruder stehen. William blickte ins Tal.

»Die Stadt liegt schön, umgeben von Hügeln und Wald.«

»Hmmh«, brummte Friedrich. »Ich denke, wir können umkehren.«

William zuckte mit den Schultern. »Meinetwegen. Dabei sind wir ja erst losgegangen.«

An der Haustür trat ihnen Maria entgegen.

»Sie hättn koinen Augenblick früher kommen dürfa.«

William sah seinen Bruder fragend an.

»Die Herrschaften erwarten Sie oben«, sagte sie.

Friedrich ließ ihm den Vortritt und so trat William als Erster in den Salon. Eleonore und ihr Vater standen am Tisch. In einer Vase steckte ein Blumenstrauß, daneben stand eine Torte. Fritze saß unmittelbar daneben im Sessel und starrte diese an. Mit Schokolade war das Brandenburger Tor darauf gezeichnet.

»Alles Gute zum Geburtstag, alles Gute, Gesundheit und Glück«, sangen Eleonore und ihr Vater gleich zweimal. Bei der Wiederholung sang Friedrich mit.

William war überrascht, dass jemand an seinen Geburtstag dachte, hatte er doch selbst die letzten Jahre nie viel Aufhebens darum gemacht. Seit den Tagen im Waisenhaus hatte er diesen Tag eher sogar ausgeblendet.

»Ein Vögelchen hat uns berichtet, dass Sie heute Geburtstag haben. Alles Gute zu Ihrem Ehrentag!« Konrad Herbst reichte ihm die Hand. »Eleonore ließ es sich nicht nehmen, selbst eine Torte zu machen«, fuhr der Anwalt fort. »Eine Ehre, die sie mir äußerst selten erweist.«

William dankte Herbst. Eleonore bot ihm ihre Wange an. Er küsste sie. Rosenduft strömte in seine Nase. Er ließ von ihr ab, bemerkte, wie ihn alle ansahen, doch betrachtete er nur sie. Ihr Haar glänzte. Wie gerne wäre er mit Eleonore alleine. Einen Moment, für die Ewigkeit.

»Wie alt biste denn?«, fragte der Junge.

»Vierundzwanzig ist er«, antwortete ihm Friedrich.

»Danke!«, sagte William in die Runde. »Ich hätte meinen Geburtstag nicht gewürdigt«, gab er zu.

Friedrich trat an den Tisch, nahm einen großen Umschlag und reichte diesen an ihn weiter.

»Das brachte gestern der Bote. Post aus Amerika.«

William nahm das Kuvert entgegen und riss es auf. Der Inhalt purzelte auf den Parkettboden. Da lagen Zeitungsausschnitte und zwei Briefe. Eleonore half ihm beim Auflesen. Ihre Hände berührten einander. Einen kurzen Moment verharrten sie in ihrer Bewegung, dann zog sie ihre Hand zurück.

Wieder verengte sich alles um ihn herum und er sah nur Eleonore.

Sie legten alles auf den Tisch. William zog einen Stuhl heran und nahm Platz. Beobachtet von den anderen, riss er sich zusammen und überflog die Zeitungsblätter. Seine Artikel waren zunächst auf den hinteren Seiten gedruckt worden und seither immer weiter nach vorne gerückt. Bei der neuesten Zeitung stand er auf der Titelseite. Er legte die Blätter zur Seite und öffnete einen der Briefe. Der erste war von Singer, seinem Verleger. Er schrieb ihm, dass er so lange in Deutschland bleiben solle, wie die Revolution andauere. Die sei wie eine Bombe in den Staaten eingeschlagen. Die Öffentlichkeit rechne damit, dass es bald ein Ende mit der Fürstenherrlichkeit gab. Einige Hitzköpfe erwogen sogar, in die Heimat zurückzukehren, um ihren Verwandten im Kampfe beizustehen. Er solle inmitten des Geschehens bleiben und weiter berichten.

»Meine Berichte werden gelesen«, sagte er.

Er nahm den zweiten Brief. Er war auf Englisch geschrieben, was sein Interesse weckte. Wer mochte ihm da schreiben? Einem Bogen Papier lag eine Zeitungsseite bei. William las den Brief. Konnte das wahr sein? Er las ihn gleich ein zweites Mal. Horace Greeley, Herausgeber des erfolgreichen *New York Tribune,* bat ihn, für seine Zeitung zu schreiben. Er habe, in Absprache mit Singer, bereits einen seiner Artikel veröffentlicht.

»Eine gute Nachricht?«, fragte Konrad Herbst.

»Unbedingt«, gab William zur Antwort. Er nahm die Zeitung auf und betrachtete seinen Artikel auf der Titelseite.

Er las den Zeitungsausschnitt. Es war sein Bericht über die Verteilung der Flugblätter. Ein findiger Zeichner hatte dazu einen Kirchturm gezeichnet, der zwar dem der Marienkirche nicht ähnelte, die Situation aber gut wiedergab. Die Überschrift lautete »German democracy«. Darunter stand: »Conveyed by our correspondent William Garrison Euskirchen from Germany«. William wurde der Mund trocken. Er reichte den Abschnitt an Eleonores Vater weiter.

»Nur gute Nachrichten!«, murmelte er.

»Das ist fein.« Eleonore strahlte ihn an, trat auf ihn zu, umarmte ihn und legte ihren Kopf auf seine Schulter.

William wurde warm ums Herz. Unbeholfen legte er seine Hände auf ihren Rücken. Ihr Vater raschelte mit dem Blatt und hüstelte.

»Sie müssen aufpassen, dass Ihre Ansichten hierzulande nicht als Aufforderung zum Ungehorsam verstanden werden«, mahnte er ernst.

»Sie können Englisch?«, fragte William.

Konrad Herbst nickte. Friedrich las als Nächster. William schien, als verdüstere sich das Gesicht seines Bruders ebenso wie das Konrad Herbsts eben.

»Junge Menschen neigen zu leichtsinnigem Handeln«, sagte Friedrich. »Sie haben recht, Herr Herbst. Da gilt es, besonnen zu sein.«

Eleonores Blick wanderte zwischen den Männern hin und her.

»Genug politisiert«, sagte sie, holte hinter dem Sessel ein Bild hervor und reichte es William.

»Ein Neuruppiner Bilderbogen«, erklärte sie.

William sah ihn lange an. Er zeigte mehrere Szenen der Berliner Barrikadenkämpfe, darunter das Schloss. »Erinnerungen an den denkwürdigen 17. März 1848«, lautete der Titel des Blattes. Er versuchte, mit Eleonore Blickkontakt aufzunehmen. Dachte sie an Clara?

Sie wandte ihm den Rücken zu und klatschte in die Hände. »Zeit für die Torte! Fritze wartet lange genug darauf, dass sie angeschnitten wird.«

***

Das Haus war zur Ruhe gekommen. Eleonore saß allein in ihrem Zimmer. Durch das offene Fenster blies der Abendwind und blähte die Vorhänge auf. Sie fröstelte etwas, andererseits beflügelte die frische Brise ihre Gedanken. Das Geburtstagsfest war eine rundum gelungene Sache gewesen. Nur die mahnenden Worte ihres Vaters, an William gerichtet, trübten ihre Freude. Mit einem Male schien ihr Vater in Bezug auf ihn reserviert. Sie wollte das ergründen.

*Auf welcher Seite stehst du?* Diese hässliche Frage war

ihr nicht gestellt worden, sie hatte sie selbst formuliert. Sie war falsch. Sie würde stets zu ihrem Vater halten, würde ihn und seine Gefühle niemals verletzen. *Gab es denn eine andere Seite?* William kam aus einem Land ohne Fürsten, doch wollte er niemanden stürzen. Gewalt war ihm keine Option. Friedrich schien mit der bestehenden Ordnung zufrieden. Und sie? Es sollte allen Menschen gut gehen, niemand sollte Not leiden müssen. *War das zu viel verlangt?*

Wie sah es bei den Brüdern aus? Welchem der beiden stand sie näher, wer von ihnen kam ihrer Vorstellung eines Partners am nächsten? Beide warben um sie. Nicht besitzergreifend wie August von Engel. Sie schauderte in der Erinnerung an dessen Auftritt im *Affenwerner.* Wurde sie ihn denn niemals los?

Schluss damit! Sie atmete tief durch und griff nach den Papieren, die vor ihr auf dem Bett ausgebreitet lagen. Ein Brief von Bettina von Arnim war erst heute angekommen. Sie schrieb, dass es in Berlin weiterhin ruhig sei. An den Häusern und an den Bäumen hingen zahlreiche Plakate, und kein Gendarm riss sie herunter.

Ein weiterer Brief war aus Dresden gekommen von einer Frau Louise Otto. Die hatte durch Bettina von Arnim von ihrem Vorhaben gehört, ein Buch zu schreiben.

*Führen Sie das unbedingt aus. Es ist an der Zeit, dass wir Frauen unsere Stimme erheben.*

Eleonore legte den Brief zur Seite, nahm dafür einen Stapel Blätter hoch, die mit einer Schnur zusammengebunden waren.

Ihr Manuskript.

Die dunkleren Papiere waren die Blätter Bettinas. In den letzten Tagen hatte sie sortiert, überarbeitet, verworfen und neu formuliert. Ihre Berliner Eindrücke waren ebenso eingeflossen wie die Ereignisse in Frankfurt. Männer der Tat, wie es hieß, wenn es um das starke Geschlecht ging, debattierten und stritten wie Schuljungen. Streit war ihnen handeln genug. Frauen, die für Ordnung sorgten, würden ihnen guttun. Vom Reden allein wurde die Welt nicht besser.

Sie stand auf, trat zum Fenster und schloss es. Dann trat sie an das Bett, zog den Karton heran, in dem sie alle ihre Unterlagen aufbewahrte, und legte alles hinein. Zuletzt, obenauf, kam ihr Manuskript. Morgen würde sie es zum Verleger senden und hoffen, Gehör zu finden.

# Die Stellung einer Frau

Juli 1848

Eleonores Hände lagen in ihrem Schoß, sie saß aufrecht und blickte standhaft dem Verleger in die Augen.

»Ihr Herr Vater weiß nichts von dem Buch?«, fragte er.

»Nein. Bevor die Schriften in Druck gehen, würde ich es ihm sagen.«

Der Verleger lächelte mild. Eleonore kannte dieses Lächeln. Er würde es ablehnen, wie die anderen zuvor.

»Es ist erstaunlich, was sie alles zusammengetragen haben. Listen aus jeder Ecke des Landes.«

»Das ist Bettina von Arnims Werk.«

Der Verleger nickte. »Sie haben die Gnädigste offenbar beeindruckt. Warum veröffentlicht sie nicht selbst?«

»Frau von Arnim möchte kein Aufsehen um ihre Person. Was den Tatsachen entspricht, kann durch jedermann verkündet werden, so lang es wahr ist.«

»Gut gesprochen.« Der Verleger räusperte sich. »Ich werde es drucken.«

Eleonore benötigte einen Moment, ehe ihr klar war, was sie gerade gehört hatte.

»Ich werde es drucken«, bekräftigte er.

Ob er den Aufruhr ihrer Gefühle ahnte? Wurde sie rot? Eleonore versuchte, konzentriert zu bleiben. Ihr wurde heiß und gleichzeitig lief es ihr eiskalt den Rücken herunter.

»Das ist großartig«, brachte sie endlich heraus.

Der Verleger hob sogleich beschwichtigend seine Hände.

»Es gibt allerdings noch eine kleine Angelegenheit, eine Sache, die ich mit Ihnen gerne besprechen würde.«

»Ist es mein Vater?«, fragte Eleonore. Ihr Herz pochte.

Der Verleger lächelte. »Ich kenne Ihren Vater gut. Nein, mit ihm hat das nichts zu tun.«

»Was ist es dann?«, fragte Eleonore und dachte angestrengt nach. Ihr kam ein Gedanke. »Weil ich nicht großjährig bin. Ich werde bald zwanzig.«

Der Verleger schüttelte den Kopf. »Sie benötigen einen Strohmann«, ließ er die Katze aus dem Sack.

»Einen was?« Eleonore sank tief in den Sessel.

»Jemanden, dem man all Ihre weisen Gedanken abnimmt«, fuhr der Verleger fort. »Einen Mann. Sehen Sie, Fräulein Herbst, Bücher werden in der Regel von Männern geschrieben.«

»Das ist ein Buch für alle, Frauen und Männer«, wandte sie ein.

»Frauen veröffentlichen Erbauungsromane, etwas fürs Herz. Oder Kochbücher. Einem Mann würde man kein Kochbuch abnehmen.«

»Und einer Frau kein Buch über die Realität.«

»Genau.« Der Verleger beugte seinen Oberkörper vor. »Sie haben Talent. Vergeuden Sie es nicht an Kochbücher. Damit Ihr Werk gelesen wird, benötigen Sie einen Mann, der das Buch unter seinem Namen veröffentlicht.«

In Eleonores Ohren rauschte es, als stünde sie neben einem Wasserfall.

»Haben Sie denn mein Buch gelesen?«, fragte sie mit belegter Stimme.

»Das ganze Buch. Darum möchte ich es verlegen.«

»Dann wissen Sie, was ich unter anderem im Buch fordere.«

»Mehr Mitsprache für Frauen, ja. Ich habe es verstanden. Sehen Sie, so etwas Revolutionäres darf nicht von einer Frau kommen, soll es nicht gleich von vornherein zum Scheitern verurteilt sein.«

Eleonore presste die Lippen zusammen. Dann sagte sie, wobei sie jedes Wort betonte: »Wenn Sie mich wirklich verstanden haben, muss Ihnen klar sein, dass ich niemals mein Werk unter dem Namen eines mir fremden Mannes herausgeben würde.«

»Sie könnten sich ja ein männliches Pseudonym zulegen.«

Sie schüttelte ihren Kopf.

»Besser wäre natürlich ein Ehemann«, warf der Verleger ein.

»Ich bin nicht verheiratet«, sagte Eleonore.

»Das muss nicht so bleiben.«

Sie öffnete den Mund und schloss ihn, ohne etwas zu sagen. Ihr fiel keine passende Erwiderung ein.

»Zumal Sie ein schönes Kind sind.«

Eleonore schnappte nach Luft. Als Kind bezeichnet und auf ihr Aussehen verkürzt zu werden, das ging zu weit. Sie spürte, wie sie rot anlief. In ihr tobte ein Sturm. Es war keine Scham, die sie erröten ließ, es war Wut. Sie sammelte ihre Unterlagen ein und würdigte den Verleger keines weiteren Blickes. Dann verließ sie den Raum.

***

William hatte schnell Anschluss gefunden, insbesondere im *Affenwerner*. Da verkehrten ähnlich wie im Berliner *Bierkeller* viele Gäste, die mit den politischen Verhältnissen haderten. Insbesondere mit Ludwig Pfau hatte er sich angefreundet. Der gab die satirische Zeitschrift *Der Eulenspiegel* heraus. Allen war gleich, dass sie einen König für überflüssig hielten. Sie wollten eine Republik, in der jeder die gleichen Rechte besaß. In ihm, dem Amerikaner, wie sie ihn nannten, sahen sie einen Verbündeten.

Ludwig Pfau brachte es auf den Punkt: »Du kommst aus den Vereinigten Staaten, wo ein Präsident regiert, und Parlamente tagen. Ihr habt weder einen König noch einen Kaiser. Also bist du einer von uns.«

Die Männer waren selbst alle wortgewandt genug, ihnen musste er keine Flugblätter entwerfen. Da zudem Pressefreiheit bestand, verbreiteten sie offen ihre Meinungen, auch wenn dennoch Gerichte einschritten. Mehr als einmal hatte ihm Pfau Seiten seines Blattes gezeigt, die auf richterlichen Urteilsspruch hin ausgeschwärzt worden waren.

Auch heute saß er mit Pfau an einem Tisch.

»Das habe ich gestern gezeichnet«, sagte der Satiriker und reichte ihm ein Blatt.

William betrachtete eine Weile das Bild. Eine geschundene Person in zerrissenen, löchrigen Kleidern, den linken Arm in einer Schlinge und dazu ein Auge verbunden.

»Ein Bettler?«

»Das ist die deutsche Einheit«, sinnierte Pfau. »Besser die Uneinigkeit.«

»Immerhin tagt ein gesamtdeutsches Parlament in Frankfurt.«

»Ja, ja. Es gibt landesweite Kongresse von Demokraten und Arbeitern. Allerorten werden Beschlüsse gefasst, die nie zur Ausführung gelangen, weil niemand wirklich die Macht besitzt, sie auszuführen.«

»Wenn Worte es nicht richten, was dann?«

»Amerika wurde nicht durch Debattieren zu einem freien Land. Die haben die Sache allenfalls beflügelt, besiegelt haben es die Waffen. Angefangen von den Männern der Bostoner Teaparty bis hin zu den Kämpfern um George Washington. Ohne sie wäre Amerika noch heute eine englische Kolonie.«

William gab Pfau insgeheim recht, hatte aber auch die mahnenden Worte von Konrad Herbst im Ohr. Der stand treu zu seinem König. Und Friedrich, der wie in Berlin ständig umherreiste, um Adlige und gehobene Bürger zu portraitieren. Wäre er ohne Fürsten arbeitslos? In erster Linie dachte er jedoch an Eleonore. Würde er offen für eine Republik eintreten, gar zum Widerstand aufrufen, würde das sein Verhältnis zu ihrem Vater belasten. Der war schon ein wenig auf Distanz zu ihm gegangen. War er ihm zu revolutionär? Dabei hatte ihm Herbst in Berlin selbst gesagt, was geändert werden müsse. Besonders befürwortete er frei gewählte Parlamente.

»Ich bleibe bei dem, was ich kann. Meine Artikel erscheinen hierzulande in mehreren Zeitungen, allen voran der *Augsburger Allgemeinen.* Und wer weiß, vielleicht tragen sie einen Teil dazu bei, dass manches besser wird. Vielleicht wirken sie sogar in den Staaten, was die unsägliche Sklaverei anbelangt.«

»Mag sein«, murmelte Pfau. Er wies auf Fritze, der in der Ecke auf einem Podest saß und zeichnete. »Für seine Zukunft.«

William sah zu dem Jungen. An zwei Tagen die Woche brachte Eugen das Kind für ein paar Stunden in den *Affenwerner* und stellte seinen Leiterwagen neben die Papageien. Maria hatte darauf bestanden, dass das Kind nie allein im Lokal saß. William hatte ihn ein paarmal begleitet, in der Hoffnung, dabei Eleonore zu treffen. Sie mied aber die Wirtschaft. Er vermutete aus Angst, diesem Leutnant zu begegnen.

Im Grunde konnte William zufrieden sein mit dem, was er die letzten Monate erreicht hatte. Dennoch war er nicht glücklich und er ahnte warum. Eleonore beherrschte seine Gedanken, drängte alles andere in den Hintergrund. Wann hatte er sich in sie verliebt? War es da gewesen, wo er ihr gegen die Betrunkenen geholfen hatte? Oder bei den Barrikaden? Sein Bruder erstaunte ihn ein wenig. So distanziert, wie er sich ihm gegenüber gab, war doch klar zu erkennen, dass auch er in Eleonore verliebt war.

Friedrich hatte stundenlang mit dem Jungen zusammengesessen und ihm Techniken der Malerei beigebracht. Tat er dies, weil er wusste, wie sehr Eleonore der Junge am Herzen lag? Andererseits hatte er selbst mit ihr zusammen den Taubenzüchter besucht, um ihr nahe zu sein.

»Der Junge hat zumindest eine Heimat gefunden«, sagte Pfau. »Dein Bruder ist heute nicht da.«

»Er malt irgendeinen Fabrikanten in Esslingen und wird erst in ein paar Tagen zurück sein.«

»Hmmh«, machte Pfau. »Ich hatte zuletzt den Eindruck, er habe heimlich ein Bild von mir angefertigt.«

»Er zeichnet jeden und alles«, erklärte William. »Er nennt es Studien.«

»Der Junge malt die Tiere, deinen Bruder interessieren offenbar die Gäste. Niemand bekommt zu Gesicht, was er malt. Alles verschwindet gleich in seiner blauen Mappe.«

»Da ist sicher nichts für dein Magazin. Mit Karikaturen hat er nichts am Hut.«

»Mich würde interessieren, was er da zeichnet. Unter Kollegen.«

William schmunzelte. Ludwig Pfau war ihm lieb geworden. Wenig älter als er, sah er das Leben ebenso kritisch. Er schrieb keine flammenden Artikel, er sprach durch Bilder und kurze Texte.

»Ich will mal nach Fritze sehen«, sagte er und stand auf.

Der Junge saß über seinen Block gebeugt und malte konzentriert.

»Heute was verkauft?«, wollte William wissen.

»Nö«, kam die Antwort. »Ick soll für'n Bild nicht nur Pfennige verlangen, sondern jleich 'n paar Kreuzer, hat mir Maria jesagt. Ick dürfe mich nicht unter Wert verkofen.«

»Da hat sie recht.«

»Kaum verlange ich mehr, will keener was kofen.«

William sah dem Jungen eine Weile zu. Wie er so dasaß in einem adretten, weißen Hemd, der hellgrauen Stoffhose mit rotem Steg sowie der akkurat aufgestellten Schirmmütze hatte er keine Ähnlichkeit mehr mit dem

Bettlerkind, das in der Gosse gesessen hatte. Eleonores Werk.

»Wann kommt Ihr Bruder zurück?«, fragte Fritze.

»Bald, bestimmt bald.« Der Junge zog Friedrich vor. Wie war das bei Eleonore?

***

Eleonore stand im Arbeitszimmer ihres Vaters. Zum ersten Mal war ihr unwohl. William ein Aufwiegler, der zu Gewalt aufrief? Konnte sie so danebenliegen? Ja, er hatte in Berlin Kontakte zu einfachen Arbeitern gepflegt, hatte die besseren Kreise gemieden. Sie sah ihn wieder, wie er in Bettinas Salon fehl am Platze wirkte, wie wenig ihm die feine Kleidung gelegen hatte. Bei den Barrikadenkämpfen hatte er beschwichtigend eingegriffen. Davon wusste ihr Vater nichts. Es war ein Fehler gewesen, ihm davon nichts erzählt zu haben.

»Nun?« Ihr Vater stand vor ihr.

Sie ließ den Arm mit dem Zettel in ihrer Hand sinken. *»William Euskirchen bereitet einen Aufstand vor«*, stand da in krakeliger Handschrift.

»Es ist eine Verleumdung«, sagte sie. Hitze stieg ihr ins Gesicht. »Dahinter steckt der Leutnant.«

»Das ist eine schwere Anschuldigung.«

Sie nickte heftig. »Ja, aber ich trage sie offen vor.«

Seitdem August von Engel im *Affenwerner* erschienen war, sprach sie von ihm nur noch als *dem Leutnant*. Ihr Vater, sonst auf Anstand bedacht, ließ sie gewähren.

»William Euskirchen ist kein Aufwiegler«, sagte sie. »Du hast dich in Berlin bestens mit ihm verstanden.«

»In Frankfurt hat er volltrunken die Abfahrt verpasst.

Vielleicht ist er ein guter Blender? Mir gegenüber hat er nie von Kampf gegen die Obrigkeit gesprochen, nie Gewalt als Mittel gesehen. Alles Kalkül? Wie kam das Dienstmädchen in Berlin zu Tode? Hat sie an seiner Seite gekämpft?«

»Sie haben Verwundete gepflegt.«

»Bei den Barrikaden? Du kannst nicht wissen, was er alles getrieben hat. Wir kennen seine Sicht der Ereignisse.«

Eleonore schluckte. »Da lagen Dutzende Verwundete. Einer starb in meinen Händen.«

Ihr Vater zuckte zusammen. »Woher willst du …« Er stockte. »Du warst dabei? Wann hast du aufgehört, mir zu vertrauen?«

Durch Tränenschleier sah sie ihren Vater an. »Ich werde nie aufhören, dir zu vertrauen, liebster Vater.« Sie schluchzte. »Glaubst du denn, ich hätte mich allein in jener Nacht durchgeschlagen? Er hat mir geholfen, genauso wie er mir zuvor im Armenviertel beigestanden hat.«

»Wo?«

Ein Geheimnis nach dem anderen gab sie preis, und es schmerzte sie, überhaupt gegenüber ihrem Vater Geheimnisse zu haben.

»Ich kannte das Familienhaus aus den Schilderungen in Bettina von Arnims Buch. Ich wollte es mit eigenen Augen sehen und bin dort auf William gestoßen.«

Sie trat auf ihn zu, nahm seine Arme, holte tief Luft, allein die Bedrückung in ihrer Brust blieb. »Niemals war es meine Absicht, dich zu hintergehen. Ich wollte dir nicht zu deinen Sorgen weitere aufbürden. Vertrau in mein Gefühl.«

Er nahm ihr den Zettel ab, zerknüllte ihn und warf ihn auf den Boden. »Gegen Gefühle können wir nicht ankämpfen. Du musst Klarheit in deinen Verhältnissen schaffen. August von Engel, den du den Leutnant nennst, ziehst du als Ehemann nicht mehr in Betracht. Ist es William, zu dem du dich hingezogen fühlst?«

Sie senkte die Augen, schniefte und schüttelte kaum merklich den Kopf. »Die Brüder sind so anders als der Leutnant.«

»William und Friedrich! Beide?«

Sie nickte.

»Ich kann dir die Entscheidung nicht abnehmen, Liebes.«

Wieder nickte sie.

»Ich werde beiden nahelegen, in ein Hotel umzuziehen.«

»Vater!«

»Du darfst Sie weiter empfangen oder sie begleiten, aber achte dabei darauf, nicht allein mit einem der beiden zu sein.«

Eleonore zermarterte sich das Hirn. Was konnte sie erwidern? Dann wurde ihr klar, dass sie heute nachgeben musste. Mit einem Mal war ihr die Absage des Verlegers recht. Ihr Vater, der ihr Vertrauen in ihn angezweifelt hatte, würde es den Rest geben, erführe er von ihrem Buch. *Es kommen bessere Zeiten.* Dabei drängte es sie, mit ihren Gedanken in die Öffentlichkeit zu gehen. Heute galt eine Frau nur, wenn sie verheiratet war. Das Ansehen des Mannes strahlte auf seine Gattin aus. Umgekehrt diente die Schönheit einer Frau dem Mann zur Zierde. Als Ehefrau von Engels wäre sie die Frau Leutnant, als Frau Friedrichs würde sie sicher ebenso

Ansehen genießen. Als Frau eines Journalisten sähe es anders aus. Die Frau eines Aufwieglers, wie Vater befürchtete, wurde gemieden.

»Du wirst sehen, Vater, dass beide über alle Vorbehalte erhaben sind.«

***

August von Engel teilte zwei seiner vier Männer als Posten am Ende der Treppe ein.

»Ihr lasst niemanden durch«, blaffte er sie an. »Ihr anderen folgt mir.«

Mit dem Vorwand, es solle ein Aufwiegler im Hotel wohnen und Gefahr im Verzug sein, hatte er den Hotelbesitzer überrumpelt. Der war von seinem Portier hinzugezogen worden. Nun warteten beide unten und waren fürs Erste eingeschüchtert.

»Achtet mir darauf, dass niemand seine Nase heraussteckt«, wies er die Männer über seine Schulter an.

Zimmer 207, das war die Unterkunft dieses Friedrich Euskirchens. Ohne anzuklopfen, trat er ein und schloss die Tür hinter sich. Vor einer Stunde musste er nicht damit rechnen, dass Euskirchen erschien. Der, so hatte ihm sein Bursche berichtet, war mit dem preußischen Gesandten beim Essen. Nicht zum ersten Mal. Was hatte der Maler mit dem Gesandten zu schaffen? Diese Frage hatte sich August gestellt und sie stärkte seine Hoffnung, in Friedrichs Unterlagen etwas Belastendes zu finden. Anonyme Hinweise erzeugten allenfalls ein unbestimmtes Misstrauen, das sich ohne konkrete Beweise bald in Luft auflöste. Besonders bei Männern wie Konrad Herbst, der stets an das Gute im Menschen glaubte. Nein, er musste etwas finden, was auch diesen überzeugte. Solange ihm die Brüder im Wege standen, würde Eleonore unerreichbar bleiben.

Auf dem Tisch in der Mitte des Zimmers stand nur eine Blumenvase. Die Nelke darin neigte bereits ihren Kopf. Als Allererstes durchsuchte er den großen Kleiderschrank. Darin hingen Hosen auf Bügeln, lagen auf mehrere Fächer verteilt Hemden, mehrere Halstücher, Socken und Unterwäsche. Er wollte nicht alles herausräumen. Friedrich Euskirchen sollte im Idealfall nicht bemerken, dass er Besuch gehabt hatte. Eine Weile musterte er den Schrank, dann schloss er die Tür. Als Nächstes durchsuchte er die Kommode mit der Schreibfläche. Da lagen Papiere. Er überflog die Texte, fand nichts Verwerfliches.

Rechts, hinter der Tür, stand ein wuchtiger Reisekoffer. August trat heran, ging in die Hocke und öffnete ihn. Ein paar Bücher lagen darin. Er nahm eines heraus und beim Hochheben fiel ein Lesezeichen auf den Boden. Er hob es auf und betrachtete es. Ein Frauengesicht lächelte ihn an und er erkannte darin Eleonore. Seine Finger zitterten und er musste an sich halten. Am liebsten hätte er das Papier genommen und in tausend Stücke zerrissen. Er legte das Buch zurück, begutachtete die anderen Bücher. Nichts. Enttäuscht schloss er den Kofferdeckel, hielt aber in der Bewegung inne, da er ihm reichlich schwer vorkam. Mit der einen Hand hielt er die Klappe fest, mit der anderen tastete er das Innenfutter ab. Papier knisterte. August lächelte.

Er fuhr mit seinen Fingern die Ränder entlang und bekam einen kaum sichtbaren Hebel zu fassen. Er zog daran und öffnete so eine Klappe. Briefe und etliche

Zeichnungen fielen herab. August breitete seine Schätze auf dem Bett aus, überflog alles in Windeseile und grinste. Genau das hatte er erhofft.

»Genug, um dich loszuwerden«, murmelte er. Er kannte zwei Adressaten, denen das hier nicht gefallen würde. Der eine würde ihm helfen, Friedrich Euskirchen loszuwerden. Die andere würde erkennen, dass Bosheit hinter jeder Fassade lauerte.

Er wählte zwei, drei Blätter aus und legte die restlichen zurück, klappte das Geheimfach wieder zu und schloss den Koffer. Beim Aufstehen verbarg er seine Beute unter der Uniform. Dann verließ er das Zimmer.

Die Soldaten folgten ihm wortlos, ebenso die beiden Posten an der Treppe. An deren Fuß stand der Hotelier.

»Es ist mir unerklärlich ...«, begann der. Schweiß glänzte auf seiner Stirn und er tupfte immer wieder mit seinem Seidentaschentuch darüber.

August trat zu ihm, legte eine Hand auf seinen Arm.

»Es ist alles gut«, sagte er. »Eine Falschmeldung. Ich konnte nichts Verbotenes entdecken.«

Der Hotelier atmete auf.

»Da bin ich ja beruhigt.«

»Alles gut«, wiederholte August. »Das Beste wird sein, Sie sagen davon nichts Ihrem Gast. Er soll sich nicht beunruhigen.«

»Das werde ich tun.«

# Spurensuche

August 1848

Zwei Tage nach ihrem Gespräch bat Eleonores Vater sie erneut in sein Arbeitszimmer. Er saß am Tisch. Vor ihm lag ein aufgeschlagener Brief.

»Du wolltest mich sprechen?«

Ihr Vater sah hoch. Sie erschrak über seinen traurigen Blick. Was war passiert? Etwas, das auch ihr nicht gefallen würde? Ging es um William, Friedrich, oder gar beide?

»Uhland geht es schlecht. Die Querelen lassen ihn verzweifeln und er fragt an, ob ich nicht ein paar Tage nach Frankfurt kommen könne.«

Ihr fiel ein Stein vom Herzen. Nichts Schlechtes über die Brüder. Beinahe hätte sie laut aufgeseufzt. Dann wurde ihr bewusst, was es hieß, wenn Uhland einen solchen Brief schrieb.

»Er ist dein Freund und du solltest ihm beistehen.«

Ihr Vater nickte. »Ich kann ja weg, aber du? Jemand muss sich um den Jungen kümmern.«

»Du fährst keinesfalls allein«, sagte sie bestimmt. »Wer achtet darauf, dass du deine Arznei nimmst?«

»Es freut mich, dass du dir Sorgen machst.«

Sie zögerte, den Gedanken auszusprechen, der ihr gekommen war. Zu sehr konnte er in ihr Herz blicken, war sie ihm ein offenes Buch.

»Sag mir, für wie viele Tage ich packen soll.« Sie durfte ihn nicht überrumpeln.

»Ein, zwei Wochen.«

Farbe war in sein Gesicht zurückgekehrt und um seine Augen herum sah sie feine Falten. Ihr gefiel, ihn besser gestimmt zu sehen. Sie wägte das Für und Wider ab.

»Ich habe eine Idee«, sagte sie mit pochendem Herzen.

Er sah sie an, wartete.

»Die Brüder könnten dich begleiten. William soll von Deutschland berichten. Auf Dauer wird ihm das beschauliche Stuttgart zu klein werden. Und Friedrich, dem gefällt es in Frankfurt so gut wie hier.«

»Hast du noch nicht erfahren, dass Friedrich abgereist ist? Heute Morgen. Er wollte weiter nach Sigmaringen, die Stammburg der Hohenzollern malen.«

Ihre Gedanken wirbelten durcheinander. Warum hatte er sich nicht bei ihr abgemeldet? Woher wusste Vater davon?

»Merkwürdig, so eine überstürzte Abreise«, stellte Vater fest.

»Es muss noch nichts heißen, wenn er mich nicht unterrichtet hat.«

»Du musst ihn auch nicht verteidigen. Vielleicht kommt er ja auch bald zurück.«

Sie bemerkte, wie er mit sich rang. Er sah sie wieder an und seufzte.

»William kann mich begleiten. Das wäre mir angenehm.«

»Ich werde ihn darum bitten«, sagte sie.

***

»Passen Sie auf Vater auf«, sagte Eleonore. »Er darf sich nicht aufregen.«

William nickte nachdenklich. Neben ihm stand seine Reisetasche. Sie standen miteinander im Flur und warteten auf ihren Vater. Gestern war sie im Affenwerner erschienen und hatte ihm von Vaters Reise erzählt und dass er ihn nach Frankfurt begleiten sollte. Ihm kam das recht. Er konnte Konrad Herbst näher sein, dessen Reserviertheit aufbrechen. Und er würde nachforschen können, wer ihn entführt hatte und warum.

»Ich werde Sie vermissen«, sagte William.

Eleonore quittierte das mit einem Lächeln. »Die Tauben helfen uns, miteinander in Kontakt zu bleiben.«

»Es sind erstaunliche Tiere«, stimmte er zu. »Ich wollte, ich wäre eine Taube, dann blieben mir die Reisestrapazen erspart.«

Sie lachte auf.

Die Aussicht, Eleonore mehrere Wochen nicht zu sehen, schmerzte ihn. Jetzt, wo Friedrich nicht anwesend war, wäre es eine Chance gewesen. Er hätte sie für sich allein gehabt. Er legte eine Hand auf ihren Arm, suchte nach den richtigen Worten.

»Denkst du manchmal an Berlin, an Clara?«

Eleonore nickte. »Sie hätte nicht sterben müssen. Seither ist es friedlich in Berlin. Bettina schreibt mir jede Woche. Das rechne ich ihr hoch an, wo sie mit vielen Leuten in Briefkontakt steht. Berlin bleibt mir so stets präsent.«

Er hatte sie geduzt, wie in jener Nacht. Sie war einen Schritt auf sie zugekommen und er spürte ihren Atem.

Sie griff nach seinen Händen. »Bring mir meinen Vater gesund zurück. Und achte auf dich.«

Sie duzte ihn ebenfalls. Da war sie wieder, die Vertrautheit.

»I han eich blegde Brod oipackt«, erklang plötzlich

Marias Stimme. Unbemerkt war sie aus der Küche getreten.

Eleonore wich nicht zurück, hielt weiter seine Hände umschlossen. Weich und warm.

»Wenn du eine der Tauben zu uns fliegen lässt, wird sie Vogt zurück nach Frankfurt senden.«

»Der Strom an Nachrichten wird niemals enden«, antwortete er.

Er ließ zögernd ihre Hand los. Maria ergriff die Möglichkeit und gab ihm das Vesperpaket.

»Wasser hat dr Eugen scho ufm Wagen. Und oi Fläschle Woi.«

»Ich danke Ihnen.«

Maria verschwand in der Küche. Eleonore blickte die Treppe hoch.

»Er hat es heute nicht eilig«, sagte sie.

Zitterte ihre Stimme? Er sah sie an und erkannte ihre innere Zerrissenheit. Eine Träne lief ihr die Wange hinunter. Er bekam einen Kloß in den Hals.

»Ich …« Sie setzte zu einem neuen Satz an, brach ab. Stattdessen trat sie auf ihn zu und nahm ihn in die Arme. »Komm bald wieder«, presste sie heraus.

Ein Poltern ließ sie beide aufhorchen. Oben ging eine Tür und Schritte kamen den Flur entlang. Eleonore ließ von ihm ab, fuhr mit den Händen über ihr Gesicht und zog ihr Kleid gerade.

»Alles bereit? Schön«, sagte ihr Vater, der die Treppe herunterkam. Er sah zum Fenster hinaus. »Und Eugen fährt eben vor.«

Sie öffneten die Haustür. Neben Eugen saß Fritze auf dem Kutschbock. Maria kam erneut aus der Küche und trat zu ihnen.

»Der kann mir beim Kartoffelschäla helfa. Essen dud er sie nachr au.«

***

Der Zug fuhr gleichmäßig dahin. Durch das geöffnete Fenster erklang das monotone *Klack-klack* der Räder. William hatte ein wenig gedöst und wachte auf, als der Zug an einer Station hielt. Ein Offizier eilte den Bahnsteig entlang, sprang hoch und blickte in die Fenster der Abteile.

»Ich habe Ihnen noch nicht von meiner Zeit beim Militär erzählt«, begann Konrad Herbst. »Wir waren in Frankreich und es galt, Napoleon endgültig zu besiegen. Da spielte es keine Rolle, ob wir Württemberger, Preußen oder Bayern waren. Alle hatten das eine Ziel.«

»Haben Sie gekämpft?«, wollte William wissen.

»Oh, ich war kein Soldat, mehr im zivilen Tross.«

»Und haben da den württembergischen König kennengelernt?«

»Der damalige Kronprinz war unser Befehlshaber. Ich geriet mitten hinein in ein Geplänkel, und da bin ich ihm begegnet.«

»Sie sollen ihm das Leben gerettet haben.«

Herbst rollte die Augen. »Ich schlug einem Franzosen das Gewehr aus den Armen, das er auf den Kronprinzen gerichtet hatte.«

William staunte. Ihm erzählte er freimütig von seiner Tat, was er Eleonore verschwieg.

»Das erklärt die Dankbarkeit des Königs, Ihnen gegenüber.«

Herbst machte eine abwehrende Handbewegung.

»Später stellte sich heraus, dass das Gewehr nicht geladen war.«

Der Zug fuhr wieder an und beide sahen sie hinaus. Sie schwiegen eine Weile.

Herbst seufzte, als er das Gespräch wieder aufnahm: »Es ist gut, dass es ein deutsches Parlament gibt. Was halten Sie von alledem? Wollen Sie nur die Not Einzelner mindern, oder ist es mehr?«

William wog ab, was er sagen durfte, um von Eleonores Vater geachtet und nicht geächtet zu werden. Am Ende kam die Wahrheit ans Tageslicht.

»Ich halte nichts von Fürsten, die regieren, weil es die Erbfolge vorgibt. In einer Demokratie müssen die Regierenden mit ihrer Abwahl rechnen.« Er hielt inne. »Mein Weg ist nicht Gewalt. Meine Waffen sind Stift und Papier. Das habe ich drüben in den Staaten so gehalten, wo ich die Sklaverei anklagte, und das will ich hier nicht anders halten.«

»Gut«, sagte Konrad Herbst. »Gut so. Damit es friedlich bleibt, müssen die Worte sorgfältig ausgewählt werden. Wollen Sie mir das Versprechen geben, dass Sie nicht anstacheln, dass Sie beschwichtigend eingreifen werden?«

»Sie haben mein Wort.«

Am späten Nachmittag kamen sie in Frankfurt bei Otto Herbst an. Eleonores Onkel begrüßte die Tauben.

»Ohne euch war es mir einsam.« Er tänzelte um den Käfig, legte seinen Kopf schief.

»Eines der Tierchen nehmen wir gleich wieder in Beschlag«, sagte Konrad Herbst.

»Ist das nicht eine Verschwendung?«, wandte sein Bruder ein.

Statt einer Antwort nahm der Anwalt einen kleinen Zettel zur Hand und beschrieb ihn. Er sah auf, zögerte kurz und reichte Stift und Papier an ihn weiter.

»Wir sind gut angekommen«, las William. Darunter hatte Eleonores Vater unterschrieben.

»Worauf warten Sie, setzen Sie Ihren Namen neben meinen. Platz ist genug da.«

William tat, wie ihm geheißen.

»Sie sollen wissen, dass es uns gut geht.«

Otto schmunzelte und machte sich flink ans Werk. Er nahm William das Papier ab, rollte es zusammen, steckte es in eine Hülse, die er in einer Kiste aufbewahrte, und entnahm ihr auch einen dünnen Lederriemen. Dann nahm er eines der Tiere aus dem Käfig, band ihm mit dem Riemen die Hülse an das Bein. Als er fertig war, gab er der Taube einen Kuss und ließ sie los. Flatternd verschwand sie über den Dächern der Häuser.

»Guten Flug, Täubchen«, rief er.

William sah ihr lange nach.

Konrad Herbst steckte seinem Bruder Geld zu. »Für das Futter«, sagte er.

»Ach, das bisschen Körnerzeug, das die essen«, wehrte er ab, nahm das Geld dann aber doch, weil sein Bruder darauf beharrte.

Anschließend fuhren sie weiter zu ihrem Hotel. Ein mürrischer Hausdiener wies ihnen ihre Zimmer an. Im Haus war es ruhig. Die letzten Reste ihres Reiseproviants, getrockneter Schinken und ein halber Laib Schwarzbrot, gaben einen kleinen Imbiss ab. Dazu teilten sie den kläglichen Rest der Flasche Wein. Danach gingen sie auseinander.

Todmüde fiel William in sein Bett. Dennoch wollte

es ihm nicht gelingen einzuschlafen. Unruhig wälzte er sich von einer Seite zur anderen, fluchte leise ob der Matratze, die jede seiner Bewegungen mit Rascheln begleitete. Dazu stießen immer wieder einzelne Strohhalme durch den Stoff und piesackten ihn. Erst als er an Eleonores Umarmung dachte, entspannte er und schlief alsbald ein.

***

Am nächsten Morgen trat William an das Fenster. An den Häusern ringsherum hing noch reichlich schwarz-rot-goldener Schmuck. Fahnen wehten im Wind. Mit flinken Fingern führte er seine Rasierklinge über seinen Stoppelbart, schlüpfte in Hemd und Hose und eilte nach unten.

An einem Tisch stand ein Gedeck.

»Herr Herbst ist bereits außer Haus«, teilte ihm ein Diener mit.

William aß sein Frühstück ohne großen Hunger. Gleich heute wollte er das Geheimnis seiner Entführung auflösen. Er wischte seinen Mund mit der Stoffserviette ab, stand auf und verließ das Hotel.

Die Weinstube fand er auf Anhieb. Einen Moment verharrte er vor deren einladender Tür. Er trat ein. Niemand war zu dieser frühen Stunde da. William ging schnurstracks auf den Tisch zu, an dem er vor Wochen gesessen hatte. Mit Absicht polterte er laut mit den Stühlen. Aus der Küche vernahm er Stimmen.

Lange musste er nicht warten, da kam der Wirt. Sein Bauch schwabbelte im Takt seiner Schritte. Vergnügt pfiff er eine Melodie. Als er William erkannte, wich jede Farbe aus seinem Gesicht. Ehe er sich fangen konnte, war William aufgesprungen. Mit beiden Händen drückte er ihn gegen die Wand und hielt ihn fest.

»Sie können mir helfen, einen Bekannten zu finden«, sagte er mit eisiger Stimme.

»Ich … ich bin unschuldig«, stammelte der Wirt.

»Ach ja?« William erhöhte den Druck.

»Es war eine Verwechslung«, jammerte der Wirt. »Sie tun mir weh!«

William ließ los. »Wo kann ich Jobst treffen?« Er betonte jedes Wort.

Der Lippen des Wirtes zitterten. »Er wohnt nicht mehr in Frankfurt«, stieß er hervor.

William sah ihn finster an.

»Er kommt immer wieder in die Stadt und …« Seine Stirn glänzte nass. Er atmete schwer.

»Und?«, fragte William.

»Versucht es unten am Main. Im Gasthof *Donnersberg*. Dort ist er öfters.« Stockend erklärte er den Weg.

»Danke, geht doch!«, sagte William. Er ging am Wirt vorbei zur Tür, drehte sich um. »Wenn ich ihn nicht finde, werde ich wiederkommen.«

*Wieder mal zum Main,* dachte er. Mit weit ausholenden Schritten ging er voran. Seine Sinne blieben angespannt. Alle paar Meter blieb er stehen und prüfte, ob ihm jemand folgte. Da war niemand.

Das Lokal befand sich in einem Eckhaus. Er trat ein. Erste Gäste saßen an den Tischen. Ein Kellner wies ihm einen Platz am Fenster zu. William blickte umher.

»Sucht Ihr jemanden?«, fragte der Kellner.

»Ihr kennt nicht zufällig Herrn Jobst, groß gewachsen und mit rötlichem Vollbart?«

Der Gefragte lächelte. »Dem Namen nach nicht. Seitdem die Nationalversammlung tagt, kommen täglich neue Gesichter.« Er beugte sich zu William vor. »Neuerdings kommen viele der linken Abgeordneten, die eine Republik fordern.« Seine Stimme wurde mehr und mehr zu einem Flüstern. »Da sind etliche mit Vollbart darunter. Scheint eine Art Erkennungszeichen der Radikalen zu sein. Seine Gäste kann man sich nicht aussuchen.«

William sah sich um.

»Nicht viel los.«

»Gegen Mittag wird es voller. Das viele Reden macht hungrig und durstig.«

»Könnt Ihr mir einen Platz, zentral gelegen, reservieren?«, fragte William und reichte ihm eine Münze.

»Stets zu Diensten.«

William lief durch die Stadt bis zur Paulskirche. Eine Weile beobachtete er das rote Sandsteingebäude und dessen Umgebung. Passanten schlenderten vorbei. Vereinzelt sah er Soldaten. Irgendwie stand Jobst mit dem Parlament oder einem seiner Mitglieder in Verbindung. Das wurde immer verwirrender. Was hatte all das mit Friedrich zu tun? *Linke,* hatte der Kellner gesagt. Die wollten eine Republik.

Den Vormittag verbrachte er in einem Café. Er las die herumliegenden Zeitungen. Wie es schien, ging es bei den Debatten nach wie vor drunter und drüber. Er hatte das unbestimmte Gefühl, dass dieses Parlament eine Nebenrolle spielte. Er ging zurück zum Main und achtete erneut darauf, ob ihm irgendjemand folgte.

»Heute haben wir vorzüglichen Rehrücken mit Blaukraut im Angebot«, eröffnete ihm der Kellner, als er Platz genommen hatte.

»Ja, bitte«, bestellte William. »Und ein Wasser.« Der Wirt wies ihm einen guten Platz zu. Von da konnte er den Eingangsbereich und die meisten Tische überblicken.

»Der Herr da drüben«, raunte ihm der Wirt zu, »schaut dem Mann sehr ähnlich, den ihr mir beschrieben habt. Es ist aber Robert Blum. Ein Republikaner allemal.«

William beobachtete Blum eine Zeit lang. Der hatte eine wellige Frisur, und sein Bart ragte wie der Bug eines Schiffes vor. Er trug ein weißes Hemd, darüber eine graue Weste und ein schwarzes Jackett. Blum saß allein an einem großen Tisch und sah von seiner Zeitung nur auf, wenn neue Gäste kamen. Offenbar erwartete er jemanden.

Der Kellner servierte Williams Essen. Lustlos stocherte er eine Weile auf dem Teller herum. Irgendwie war ihm alles auf den Magen geschlagen. Was konnte er tun, wenn Jobst nicht auftauchte? Der Wirt hatte bestimmt längst Hilfe geholt, so dass er ihn kein zweites Mal beeindrucken konnte.

Wieder ging die Tür auf und es erschien ein ihm bekanntes Gesicht. Konrad Herbst trat ein, begleitet von einem Mann mit hoher Stirn und grauen, leicht gelockten Haaren.

»Sie?«, fragte ihn Herbst.

»Der Hunger trieb mich herein«, log William und versuchte, seine Überraschung zu verbergen, Konrad Herbst hier anzutreffen.

»Darf ich vorstellen, Ludwig Uhland«, stellte ihm Eleonores Vater den Fremden vor.

William reichte ihm seine Hand.

»Freue mich, Ihre Bekanntschaft zu machen«, sagte Uhland. »Konrad Herbst hat mir schon von Ihnen erzählt. Wir haben allerdings eine Verabredung mit dem Herrn dort drüben«, sagte er und deutete auf Blum. »Wollen wir uns nicht alle zu ihm gesellen?«

»Gerne.« Das hätte er nicht erwartet. Eleonores Vater traf sich mit Republikanern.

Konrad Herbst stellte ihn vor. »Herr Blum ist Handwerker, Dichter und Politiker.«

»Ich sehe Ihr Erstaunen, dass Herr Herbst mit meinesgleichen redet«, sagte Blum. Sein Händedruck war fest. »Ziehen Sie keine falschen Schlüsse. Die Herren Uhland und Herbst sind nicht radikal in ihrer Einstellung. Aber wollen wir was erreichen, müssen wir einander zuhören.«

Sie nahmen Platz.

Konrad Herbst nickte zustimmend. »Es gilt, trotz aller Unterschiede, Gemeinsamkeiten zu beschwören.«

»Ich habe mich deswegen keiner der Fraktionen fest angeschlossen«, ergänzte Uhland.

»Von denen es reichlich gibt.« Herbst schmunzelte. »Das können Sie in die Staaten berichten. Die Linken wollen eine Republik, die Rechten ein starkes Kaiserreich unter Beibehaltung der Souveränität der Landesfürsten. Die unterschiedlichen Fraktionen heißen alle nach Lokalen, wo sie ihre Treffen abhalten. Da gibt es das *Casino*, die in dem Gasthaus mit dem gleichen Namen zusammensitzen. So ist es auch bei der Fraktion des *Steinernen Hauses*. Die werden sich wohl bald umbenennen, ist doch ihr neuer Treffpunkt das *Café Milani.*«

»Immer wieder kommt es zu weiteren Splitterungen«, klagte Uhland. »Die *Donnersberger* entstammen dem *Deutschen Hof*, der *Württemberger Hof* ist aufgespalten in *Westendhall* und *Augsburger Hof.*«

Robert Blum nickte William zu. »Wir haben nichts gewonnen, wenn wir stehen bleiben. Alle Freiheiten wird man uns wieder entreißen, wenn wir nicht weitergehen.«

»Nur ein einiges Parlament hat Kraft und wird gehört«, fuhr Konrad Herbst fort.

»Die deutschen Regierungen scheren sich wenig um ein Haus, das nur mit sich selbst beschäftigt ist. Man lässt es gewähren. Sie haben es wie ein Spielzeug ihren Untertanen gegeben, damit sie eine Weile stillhalten«, ergänzte Blum.

»Und die Zentralregierung?«, fragte William.

»Sie meinen den Reichsverweser, Erzherzog Johann?« Blum kraulte seinen Bart. »Den hat die Paulskirche eingesetzt, also ist er machtlos wie sie selbst. Obendrein ist er ein Habsburger, gehört selbst einem Fürstenhaus an.«

William hatte davon in den Zeitungen gelesen. »So konnte Preußen eigenmächtig mit Dänemark einen Waffenstillstand vereinbaren, obwohl die Befreiung von Schleswig und Holstein das ganze Land entflammte und einigte. War nicht zum Erreichen dieses Ziels eine deutsche Flotte ins Leben gerufen worden?«

Uhlands Miene wurde finster. »Im Parlament soll bald erneut darüber abgestimmt werden. Ich fürchte ja, dass im Nachhinein das preußische Vorgehen gebilligt wird.«

»Dann wird das Parlament den Rückhalt in der Bevölkerung verlieren«, ergänzte Blum.

William verfolgte weiter das Gespräch der drei Männer, ohne weiter selbst daran teilzunehmen. Weitere Gäste kamen, nur Jobst ließ sich nicht blicken.

»Ich verabschiede mich«, sagte er dann und stand auf.

»Es hat mich sehr gefreut, Ihre Bekanntschaft zu machen. Wir müssen uns einmal verabreden und über Amerika reden«, sagte Robert Blum, der ebenfalls aufgestanden war.

»Sehr gerne«, sagte William.

Auch an den nächsten Tagen, während Konrad Herbst die Sitzungen der Paulskirche besuchte, durchstreifte William die Stadt. Immer wieder ging er zur Gaststätte *Donnersberg*. Ohne Erfolg. Nach ein paar Tagen dämmerte es ihm, dass Jobst längst vorgewarnt worden war. Er versuchte, am Main das Boot zu finden, auf dem sie ihn festgehalten hatten. Doch dafür glichen sie einander zu sehr.

In Cafés schrieb er an seinen Artikeln. ›Das Parlament klammert die soziale Frage aus‹, lautete die Überschrift eines Berichtes. Eines Abends saß er in einer verrauchten Wirtsstube. Da saßen einfache Handwerker und debattierten gleich den Abgeordneten. Keine Glocke rief sie zur Ruhe auf, jeder konnte hinausschreien, was ihn ärgerte. Da gab es einiges. Die da oben sollten endlich handeln und Maßnahmen beschließen, die ihnen das tägliche Leben erleichterten. Gerechte Entlohnung, bezahlbares Essen und ausreichend Wohnraum. William berichtete Herbst davon und der war mit ihm einig, dass dies zu neuen Unruhen führen konnte. Die Geduld der einfachen Bevölkerung schwand dahin.

Diese Zeit wurde durch Eleonores Briefe, sie schrieb ihnen alle zwei Tage, spürbar aufgewertet. Mit den Tauben sendeten sie zusätzlich kurze Grüße hin und her. William besuchte ab und zu ihren Onkel, sprach mit ihm über die Tiere und hoffte insgeheim jedes Mal auf neue Nachrichten aus Stuttgart. Abends saß er mit Konrad Herbst zusammen und gemeinsam schrieben sie die Antworten an Eleonore. Ihr Vater machte ihm Sorgen. Anstatt Uhland aufzuheitern, litt er selbst zunehmend unter den politischen Querelen, nahm ab und wurde von Tag zu Tag blasser.

»Es wird nicht mehr lange friedlich bleiben«, prophezeite Herbst einmal. »Das Parlament tagt, fasst Beschlüsse, wirft diese um, bildet Ausschüsse und feilt endlos an einer Verfassung, die nicht vorankommen will. Hinter den Mauern der Paulskirche sehen sie nicht, wie es um die deutsche Einigung steht.«

Was die Suche nach Jobst anbelangte, änderte William seine Taktik. Er gab die Hoffnung auf, diesen im *Donnersberg* anzutreffen. Er ging auch nicht zur Weinstube, um den Wirt erneut auszufragen. Der hätte ihm nur weitere Lügen aufgetischt. Stattdessen besuchte er nahe gelegene Lokale und beobachtete von dort die Weinstube.

Er saß wieder an einem Fensterplatz, beobachtete den Eingang und las den letzten Brief Eleonores. Friedrich sei nach Stuttgart zurückgekehrt und sie freue sich, dass er angeboten habe, beim Brotbacken zu helfen. William rief sich das kleine gedrungene Backhaus im Garten hinter Herbsts Haus in Erinnerung. Für Sauerteigbrote, so Eleonore, stünde man da schon etliche Stunden. Sie buk so viel, wie der Ofen konnte, und verteilte es anschließend an gute Bekannte, wie sie sagte. Das waren weniger wirkliche Freunde, vielmehr Bedürftige, denen Eleonore half. Die Vorstellung, dass Friedrich Stunden mit ihr verbrachte, während denen er in Frankfurt saß, schmerzte ihn.

Er faltete den Brief zusammen und sah auf. Ein Rotschopf bog gerade um die Ecke und ging auf das Weinlokal zu. William kniff die Augen zusammen. Kein Zweifel, er hatte Jobst gefunden. Der Gesuchte verschwand im Haus. Er erwog, ihm nachzugehen, verwarf diese Idee aber sogleich, zahlte, trat auf die Straße und bezog Posten gegenüber der Weinstube. Nach einer Stunde ging die Tür auf und Jobst kam heraus. Dessen graue Augen starrten ihn an, und einen Moment verharrte der groß gewachsene Mann in seiner Bewegung. Dann drehte er sich um und rannte los, die Gasse hinunter.

# Die Nebel lichten sich

August 1848

Friedrich musterte kritisch sein Spiegelbild. Eine Leinenhose, dazu ein graues Baumwollhemd, ließen ihn wie einen Handwerkerburschen aussehen. Eine perfekte Maskerade. Allein der praktische Nutzen hatte ihn bewogen, schlichte Kleider anzulegen. Brotbacken sei eine schweißtreibende Arbeit, bei der es nicht unbedingt sauber zuging, hatte ihn Eleonore gewarnt. Er schluckte den Verdruss hinunter. Dass er mehrere Stunden mit ihr zusammen sein konnte, allein das zählte. William würde es gefallen, ihn so zu sehen. Wie es ihm heimlich Freude bereitet hatte, seinen Bruder in feine Kleider zu zwängen. William war weit weg, ebenso ihr Vater. Da waren nur Maria, Eugen und der Junge.

Er trat an die Kommode und entnahm ihr ein ledernes Etui. Darin lagen mehrere Bleistifte. Dicke, dünne, mit den unterschiedlichsten Tönen, von tiefschwarz bis hellgrau. Dazu ein Schnitzmesser zum Spitzen der Stifte. Fritze würde staunen.

Er nahm seine lange Jacke vom Kleiderhaken, schlüpfte hinein, verstaute das Etui und verließ sein Zimmer. Es war lange vor der vereinbarten Zeit. Er konnte nicht länger stillsitzen. Um nicht allzu früh zu erscheinen, verzichtete er auf eine Droschke und ging zu Fuß.

Es war Mittagszeit und entsprechend waren weniger Passanten auf den Straßen. Die Sonne stand hoch am Himmel und die Luft stand still. Brütende Hitze füllte den Talkessel. So schön Stuttgarts Lage war, so anstrengend war das Klima. Schweiß glänzte auf seiner Stirn, lief ihm den Rücken hinunter, obwohl er dahinschlenderte.

Am Haus angekommen, trat er gleich in den Garten. Auf einem Baumstumpf, nahe dem Backofen, saß Fritze. Der Junge strahlte ihn an.

»Friedrich ist da«, rief er mit heller Stimme Richtung Haus.

Eugen kam um die Ecke, beladen mit faustdicken Holzscheiten. Er nickte ihm zu. Neben dem Ofen lud er seine Last ab.

»Das Feuer brennt bereits«, stellte Friedrich fest.

»Gerad eba han mers agmachd«, erklärte Eugen. »Kloine Buchenhölzle zom Anfeuern. Schbädr komma die dran.« Er deutete auf den Stapel Scheite, die er abgeladen hatte.

»Kann ich helfen?«, fragte er.

Eugen blickte zur Seite.

»Ich bin auf schmutzige Arbeit vorbereitet«, holte Friedrich weiter aus.

Der Knecht blickte auf seinen leeren Hemdsärmel.

»Irgendetwas werde ich doch tun können.« *Auch als Einarmiger,* wollte er hinzufügen, ließ es aber sein. Eugen schien ihm auch so unsicher genug, ihm gegenüber.

Der Knecht rang sichtbar mit sich. »Also guad, kommet Sie mid.«

Friedrich folgte Eugen und blieb kurz beim Jungen stehen.

»Und du sitzt herum?«, fragte er gespielt streng.

Fritze nickte. »Ick kann ja nich lofen.«

»Dafür malen.« Er holte das Etui hervor und reichte

es dem Kind. »Ich lasse dir Papier holen. Du bist heute unser Chronist.«

Ohne auf eine Antwort zu warten, ging er weiter. Eugen kam ihm mit einer weiteren Ladung Holz entgegen.

»Sie können die Schieber zum Ofen tragen. Hinten links«, keuchte er.

Friedrich nahm den langstieligen Schieber, der an der Wand eines Schuppens lehnte. Bei Fritze stand Eleonore. Der Junge zeigte ihr stolz die neuen Stifte.

»Guten Tag«, begrüßte ihn Eleonore. »Schön, dass Sie es einrichten konnten.«

»Es ist mir eine Ehre.«

Sie trug eine schlichte Bluse mit halblangen Ärmeln. Ihre helle Haut glänzte im Sonnenlicht.

»Eugen, hole bitte den kleinen Tisch aus der Küche. Dazu den Stuhl.«

Der Angesprochene grummelte etwas.

»Da liegt Zeichenpapier«, rief ihm Eleonore hinterher. »Nein, das hole ich selbst.«

Wenig später saß der Junge im Schatten unter einem Baum, vor sich Papier und Bleistifte. Auf dem Baumstumpf, wo er zuvor gesessen hatte, stand ein Tablett mit einem Wasserkrug und Gläsern.

»Eine Erfrischung wird uns guttun«, sagte Eleonore. Sie stand an der Öffnung des Ofens. Friedrich trat neben sie.

»Eugen ist ein alter Hase. Erst feuert er mit dünnen Hölzern an. Nach und nach legt er größere Scheite auf, schiebt das Feuer tiefer in den Ofen rein.« Sie musterte seine Kleidung. »Sie haben sich prächtig herausgemacht.« Sie lächelte ihn an.

»Und wenn die Aufgabe erfordert, mich in goldene

Gewänder zu kleiden, soll es sein«, scherzte er. Ihre Gegenwart verleitete ihn, alles andere zu vergessen. Nachrichten über erneute Aufstände oder Versäumnisse der Polizei und des Militärs traten in den Hintergrund.

Eugen legte Holz nach. Das Feuer knackte und zischte, die Luft am Ofen wallte. Der Knecht ging weiteres Brennmaterial holten. Eleonore nahm den Schieber und schob das Feuer weiter hinein. Friedrich griff ebenfalls nach dem Stiel, half ihr und kam ihr näher. Ihre freien Unterarme berührten einander.

Sie traten einen Schritt zurück.

»Heute ist ein Brief Ihres Bruders gekommen«, plauderte sie. »Sie können ihn nachher lesen. Es freut mich, dass er Vater begleitet. So unbesonnen erscheint mir William nicht.«

»Zuweilen ist er ein Bruder Leichtfuß.«

Eleonore schwieg und runzelte ihre Stirn. War er mit seiner Bemerkung zu weit gegangen?

»Auf Ihren Vater wird er achten«, schwächte er ab.

»Vater sollte nicht ständig reisen«, seufzte sie. »Ich hoffe, beide kehren bald zurück.«

Friedrich vermisste keinen der beiden. Das wollte, nein, das konnte er nicht offen aussprechen.

»Sie senden uns Botschaften mit den Tauben«, fuhr sie fort. »Es sind nur ein oder zwei Sätze. Das reicht, um zu wissen, dass es ihnen gut geht. Die armen Tauben sind entweder in der Luft oder fahren eingesperrt in ihren Bastkörben nach Frankfurt oder fliegen zurück zu uns.«

Die Tauben. In wenigen Stunden konnten sie Nachrichten übermitteln, und er konnte sie nicht aufhalten. Bei den Briefen sah das anders aus. Die konnte er, sollten sie ihm schaden, aus dem Verkehr ziehen. Forschte William in Frankfurt nach? Davon musste er ausgehen. Früher oder später würde er seine Entführer finden und ihn entlarven.

Die Tauben!

Hinter ihnen lachte der Junge und vertrieb Friedrichs düstere Überlegungen.

»Was haschd du zom Lacha?«, fragte Maria, die ein Tablett mit Wurstbroten brachte. »Du bisch a Bengel!«, rief sie im nächsten Moment.

Eleonore trat zu Fritze und Friedrich folgte. Das Kind grinste. Vor ihm lag ein Blatt. Das Bild zeigte Friedrich und Eleonore näher beieinander als in Wirklichkeit. Im Bild schob er mit der linken Hand die Glut weiter, während seine Rechte ihre Taille umschloss.

»So schnell bekommt man einen Arm zurück«, sagte Friedrich.

Eleonore sah ihn an. Ihre braunen Augen schienen zu sagen: »Warum nicht?«

Wären sie allein, er würde sie in die Arme nehmen und küssen. Würde sie widerstehen?

»Des Feuer reicht jedzd«, verkündete Eugen. »Wenn es henondrgebrannd isch, müssa wir die Asche rausho-la, no könne die Brod roi.«

Eleonore nickte. »Wollen Sie mir helfen, die Teiglinge vorzubereiten?«, fragte sie Friedrich.

»Gerne.«

»Sie werden allerdings Mehl in die Haare bekommen.«

»Das macht mir nichts«, sagte er.

»Det passt zu euren Rußgesichtern«, rief der Junge und hielt ein neues Bild in die Höhe. Das zeigte zwei

Gesichter mit schwarzen Schlieren auf den Wangen.

»Bengel«, schimpfte Maria.

Friedrich musterte das Bild. Fritze war wirklich talentiert.

»Gut getroffen. Und wahr.«

Sie lachten.

***

Jobst war schnell, und dennoch holte William Meter um Meter auf. Jobsts Jacke flatterte wild. Immer wieder drehte er den Kopf und blickte über die Schulter. Er war rot angelaufen.

Ihre Stiefel vollführten ein großartiges Stakkato auf den Pflastersteinen. Neugierige Blicke folgten ihnen. Sie gelangten zum Zollhof. Kisten und Fässer standen herum, daneben Ochsengespanne und Schubkarren. Männer wichen aus, Frauen zogen ihre Kinder zurück. Jobst stieß alle Hindernisse weg. Ein kleines Fass rollte auf William zu. Irgendjemand schrie auf. William wich aus. Das Fass krachte gegen einen Poller, Holz splitterte und Rotwein floss auf das Pflaster. Wütende Rufe folgten ihnen.

Der größer gewordene Vorsprung schmolz schnell zusammen. William bekam einen Zipfel von Jobsts Jacke zu fassen, umschlang den Stoff fest mit seiner Hand und zog kräftig. Jobst gab nicht auf, schlüpfte aus seiner Jacke und eilte weiter. William strauchelte und verlor etliche Meter. Wütend schlug er mit der Jacke nach Jobst, hoffte, ihn zu Fall zu bringen. Ein ums andere Mal verfehlte er ihn knapp. Da fiel etwas aus der Jacke. Der Hüne warf einen Blick über die Schulter und wurde bleich.

William wurde langsamer und blieb stehen. Jobst verschwand hinter einer Häuserecke. *Mal sehen, welche Schätze deine Jacke preisgegeben hat,* dachte er grimmig. Er beruhigte seinen Atem und ging zurück. Da lag ein schwarzes Notizbuch. Er hob es hoch und blätterte darin. Fein säuberlich waren Namen und Adressen aufgeführt. Darunter standen jeweils Bemerkungen zur Person, wie »treuer Demokrat«, »unzuverlässig«, »Spitzel?« und dergleichen. *Ein brisantes Werk,* dachte William, nahm auf der Pritsche eines abgestellten Wagens Platz und blickte in die Richtung, wo Jobst entschwunden war. Lange würde er nicht warten müssen, das stand fest.

Jobst kam gleich einem begossenen Pudel angeschlichen. Er keuchte schwer, seine Stirn glänzte schweißnass. Mit einem großen Taschentuch rieb er sie trocken. Erschöpft plumpste er auf die Pritsche.

»Das sollte ich haben«, sagte er und zeigte auf das Notizbuch.

»Ich kann es verstehen«, sagte William lapidar. »Wenn Sie mir im Gegenzug helfen, ein Rätsel zu entschlüsseln, lasse ich mit mir reden.«

Der Bärtige sah umher. »Nicht hier. Ich kenne eine Gastwirtschaft, wo …«

»Von Gastwirtschaften habe ich genug«, fiel ihm William scharf ins Wort. »Ich habe eine bessere Idee. Kommen Sie!«

Nebeneinander gingen sie in Richtung Main. William suchte das Ufer ab, bis er das entdeckte, was er vor Tagen gesehen hatte.

»Kommen Sie«, sagte er erneut. Er deutete auf ein einsames Ruderboot, das im Fluss dümpelte. Er ließ

Jobst den Vortritt, stieg selbst in das heftig schaukelnde Boot, löste das Tau, nahm eines der Ruder und reichte das zweite seinem Gast. Sie paddelten so lange, bis sie einige Meter vom Ufer entfernt lagen.

»Jetzt können wir ungestört reden«, sagte William.

»Über Ihren Bruder?«, fragte Jobst. »Er ist doch Ihr Bruder, oder?«

»Warum wollten Sie ihn entführen?«

Jobst kraulte seinen Bart. »Es liegt fünfzehn Jahre zurück. Damals meinten Studenten und andere Hitzköpfe, sie könnten eine Revolution auslösen. Als Erstes sollten in Frankfurt die beiden Konstablerwachen überfallen werden. Man wollte Waffen erbeuten und anschließend zum Thurn- und Taxis'schen Palais gehen, um die Diplomaten des Deutschen Bundes festzusetzen.« Er stockte. »Ich war einer von ihnen.«

William überlegte. Vor fünfzehn Jahren hatte sein Bruder im Streit das Elternhaus verlassen. War er an der Revolte beteiligt gewesen, hatte Vater davon erfahren?

»Welche Rolle spielte mein Bruder?«

»Er war einer von uns.«

Also doch!

»So dachten wir alle«, fuhr Jobst zornig fort. »Als wir die Hauptwache angriffen, erwartete uns ein Kugelhagel. Die Wachen waren verstärkt worden. Jemand hatte sie gewarnt. Nach einem kurzen hitzigen Kampf war alles vorbei. Etliche blieben tot liegen. Ihrem Bruder wurde in den Arm geschossen, den er ja später verlor.«

»Und weiter?«

»Ihr Bruder verschwand und wir dachten, er sei verhaftet worden. Überall tauchten Gendarmen auf und nahmen Freunde fest. Wie die Heuschrecken fielen sie über uns her. Sie trugen kleine Portraits mit sich, die Friedrich von uns angefertigt hatte. Da dachten wir noch nicht, dass er ein Verräter sei. Wir nahmen an, er habe die Bilder unter Zwang gemalt.«

»Was hat ihn entlarvt?«

»Er selbst. Er nahm an den Prozessen teil, als freier Mann, fein gekleidet, ein Held mit einem verlorenen Arm. Inmitten von Militärs und anderen Würdenträgern. Er hat einige von uns für mehrere Jahre ins Gefängnis gebracht.«

»Wie einer der Männer im Boot, die mich bewachten.«

»Oh ja. Da haben Sie Glück gehabt. Er wolle den Verräter totschlagen, wenn er ihn zu fassen bekäme. Es war Ihr Bruder, der uns ausgeliefert hat, das steht fest. Als Einziger kam er davon, und niemand hat ihn nach den Verhandlungen je wiedergesehen.«

Friedrich ein Verräter? Das versetzte William einen Stich ins Herz.

»Wann genau war das?«, fragte er tonlos.

»Anfang April 1833«, sagte Jobst.

William fühlte eine Leere. Mit einem Mal ergab alles ein Bild. Vater hatte angenommen, Friedrich habe an dem Aufstand teilgenommen. Dass er als Agent agierte, konnte oder wollte sein Bruder nicht berichten. William schluckte. Wie groß war seine Freude gewesen, als er davon erfahren hatte, dass Friedrich noch lebte. Wie hatte er ihrem Wiedersehen entgegengefiebert. Und jetzt das!

Das Boot war abgetrieben. Teilnahmslos griff er das Ruder und bedeutete Jobst, es ihm gleichzutun. Das Wasser plätscherte links und rechts vom Boot auf, Spritzer trafen ihn im Gesicht. Nach wenigen Schlägen waren sie zurück am Ufer.

»Es tut mir leid«, sagte er zu Jobst, als sie an Land waren, und reichte ihm die Jacke und das Notizbuch. »Von mir haben Sie nichts zu befürchten.«

»Ich sehe Ihnen an, dass Sie nichts von alldem wussten«, sagte Jobst. »Es tut mir leid. Ich werde den anderen davon berichten.«

Seine Gedanken wirbelten durcheinander und sein Verlangen wuchs, Friedrich zur Rede zu stellen. Sie gingen nebeneinander zurück in Richtung der Stadt.

»Für wen hat Friedrich damals gearbeitet?«, fragte William den Hünen und blieb stehen.

»Fürst Klemens Wenzel Lothar von Metternich, Staatskanzler seiner Kaiserlichen Hoheit in Wien«, leierte Jobst herunter und fuhr grollend fort: »Bewahrer der von Gott gewollten Fürstenherrlichkeit.«

»Fürst Metternich wurde doch abgesetzt und hat Österreich verlassen.«

»Ja«, brummte Jobst. »Viel zu spät. Metternich hat überall in Deutschland Spitzel anwerben lassen. Ihr Bruder war einer von ihnen.«

William griff in seine Hosentasche, kramte die Münze mit dem doppelten Kopf hervor und reichte sie Jobst.

»Benutzen Sie Erkennungszeichen?«

Der Gefragte schüttelte den Kopf. »Wir kennen uns alle.«

Und doch war es eine Möglichkeit unter Fremden, einander zu signalisieren, ich bin einer von euch. Sah er

Gespenster? Das schwitzende Gesicht von Blasius, diesem abscheulichen Händler, kam ihm in den Sinn. Während der Überfahrt war er ihm ständig begegnet. Diesen mit seinem Bruder in Zusammenhang zu bringen, schien ihm weit hergeholt. Andererseits nicht unmöglich. Wer hatte die Männer mit den Flugblättern verraten? Wer wusste davon? Konnte es Friedrich in Erfahrung gebracht haben, indem er ihn bespitzeln ließ?

*Ich würde gerne wissen, was dein Bruder malt und was immer gleich in seiner Mappe verschwindet,* hatte Pfau ihn im *Affenwerner* gefragt.

Jobst gab ihm die Münze zurück, ging davon und ließ ihn zurück.

Wie es aussah, waren alle, die mit Friedrich zusammenkamen, in Gefahr. Auch Eleonore? Er wandte der Kernstadt den Rücken zu, änderte seine Richtung und ging Richtung der Mainbrücke weiter. Vielleicht war bei Eleonores Onkel, der auf der anderen Mainseite wohnte, eine weitere Taube angekommen. William beschleunigte seine Schritte.

***

Am Abend saß William mit Konrad Herbst im Hotel.

»Eine ernste Sache«, sagte Eleonores Vater, als William ihm seine Erkenntnisse über Friedrich berichtet hatte. »Bei Ihnen hat er revolutionäre Kreise ausgekundschaftet, oder auskundschaften lassen. War er an meiner Mission interessiert?«

»Welche Mission?«, fragte William.

»Das tut nichts zur Sache«, sagte Herbst ungewohnt scharf. »Es ist mir nicht wohl, wenn meine Tochter mit ihm allein ist.«

»Da sind Maria und Eugen«, wandte er ein.

»Hausangestellte. Sie allein haben keine Macht. Und da ist Leutnant von Engel, ihr Verehrer. Es ist unverantwortlich, Eleonore weiter der Gefahr auszusetzen.«

»Ich war bei Ihrem Bruder. Seit drei Tagen ist keine Taube angekommen.«

»Ein Grund mehr, zurückzureisen.« Konrad Herbst seufzte auf. »Ich vergaß zu berichten, dass sie heute in der Paulskirche bei einer namentlichen Abstimmung den Waffenstilstand Preußens mit Dänemark akzeptiert haben. Morgen soll es dagegen eine große Demonstration geben.«

»Das ist besorgniserregend.«

»Das Volk schreit von Verrat und ruft zu den Waffen. Ich werde morgen mit Uhland zusehen, die Gemüter zu beruhigen. Sie könnten zu meinem Bruder gehen. Vielleicht ist wieder eine Nachricht aus Stuttgart eingetroffen.«

***

Eleonore räumte mit Maria den Garten auf. Obwohl die Brote längst gebacken waren und im Vorratsraum lagerten, hing noch der Duft nach Sauerteigbroten in der Luft. Morgen würde sie diese verteilen und Friedrich hatte angeboten, ihr zu helfen. Sie würde ihn wiedersehen, mit ihm alleine sein. Eines der Brote war für Vogt. Ihn wollte sie als Allerserstes aufsuchen und nachsehen, ob eine der Tauben zurückgekehrt war.

»Wo ist Fritze?«, fragte sie Maria.

»Der hilfd Eugen im Schdall bei den Pferda.«

»Der Junge ist fleißig.«

»Hmmh.«

»Hat er was angestellt?«

»Noi, abr die Schbrache muss er no lerna.«

Eleonore schmunzelte. »Ihr redet beide, wie euch der Schnabel gewachsen ist.«

Maria ging ins Haus. Eleonore blieb draußen und nahm auf dem Baumstumpf Platz. Der Ofen verbreitete Restwärme. Das tat gut.

Vom Stall her hörte sie die Stimmen des Jungen und Eugens. Eins fügte sich ins andere und was gestern unvorstellbar schien, war heute Wirklichkeit. Wenn Einigkeit in der Politik einziehen wollte, alle ihre Rechte bekamen, einschließlich der Frauen, und alle ihre Pflichten erfüllten, würde es gut sein. Sie vermisste ihren Vater, sie vermisste William. August von Engel war ein Schatten der Vergangenheit. Sie war froh, Friedrich in der Nähe zu wissen.

Der Himmel wurde zunehmend dunkler. Sie stand auf. Mehlstaub und Ruß schwirrten auf. Sie würde ein Bad nehmen müssen. Im Haus war es ruhig. Da kam ihr Maria entgegen.

»Ich han Badewasser hergerichded.«

»Ich danke dir.«

In der Waschküche, wo die große Wanne stand, hing Dampf unter der Decke. Eleonore fuhr mit einem Schwamm über ihre Arme und Beine. Ihre Haut war rot ob der Hitze, und am liebsten hätte sie ein wenig geschlafen.

Laute Stimmen durchbrachen ihre Träumerei. Es war Zeit aufzustehen. Maria hatte ein großes Tuch auf den Schemel gelegt. Eleonore stand auf. Zu ihren Füßen wuchs eine Wasserlache. Sie rubbelte über ihre Haut, schlüpfte in den Morgenrock und trat aus der Waschküche.

»Ich wäre fertig«, sagte sie zu Maria, die ihr entgegenkam.

»Einfach komma, des gohd ned«, schimpfte diese.

Eleonore erschrak. War Friedrich wieder da? Oder der Leutnant?

»Wer ist denn da?«

»Oba im Salon warded er.« Maria schüttelte den Kopf.

»Sag schon, wer es ist.« Eleonore zog den Mantel fester zu.

»Ich …« Die Haushälterin stockte. »I han den Name vergessa.«

Eleonore atmete auf. Da konnten es weder Friedrich noch August sein.

»Sag dem Herrn, ich käme gleich.« Ohne auf eine Antwort zu warten, tippelte sie mit ihren nackten Füßen weiter in ihr Zimmer und schlüpfte in ihre Kleider.

Im Salon wartete ein Herr mittleren Alters in einem grauen Rock.

»Gnädigste Frau«, begrüßte er sie. »Ich bin gekommen, um Ihrem Vater die Aufwartung zu machen. Der Anstand gebietet es, dass ich mich äußere.«

In seinen Händen hielt er einen Umschlag.

»Mit wem habe ich die Ehre?«, fragte Eleonore.

»Oh verzeiht. Ich dachte, Sie würden mich kennen. Es ist freilich unverzeihlich hereinzuplatzen. Hofmaler Schwind mein Name.«

»Was führt Sie zu uns?«

»Der Maler, der aus Berlin stammt.«

Sie verstand nicht.

»Ich war bei Seiner Majestät und habe gesagt, er oder ich.«

»Aber …«

»Es kann nur einen Hofmaler geben, bekräftigte ich. Seine Majestät lief rot an und rief nach der Wache. Ich stand wie vom Donner gerührt da.« Schwind tupfte Schweiß von seiner Stirn. »Als dann ein Wachoffizier kam, flüsterte der König diesem ein paar Worte ins Ohr, bevor er sich an mich wendete. ›Sie müssen sich keine Sorgen machen‹, sagte er. ›Der Herr Leutnant wird Ihnen alles erklären.‹«

Schwind wedelte mit dem Umschlag.

»Sie reden wirr«, sagte Eleonore.

»Friedrich Euskirchen sei ein Spion des Königs von Preußen, eröffnete mir der Offizier, und auf königlichen Befehl des Landes verwiesen worden. Es lägen dahingehend Beweise vor. Er überreichte mir dann diesen Umschlag und bat mich, ihn Herrn Herbst oder seiner Tochter auszuhändigen.«

»Unerhört!«, entfuhr es Eleonore, als ihr klar wurde, dass August von Engel hinter all dem stand. *Herrn Herbst oder seiner Tochter.*

Schwind fühlte sich ermutigt, plapperte munter weiter und reichte ihr den Umschlag. »Geben Sie das bitte Ihrem Herrn Vater, wenn er zurück ist. Sagen Sie ihm, dass ich nicht gegen ihn oder seine Gäste einen Groll hege.«

Ihr Mund war trocken geworden.

»Gehen Sie, Herr Schwind«, murmelte sie.

Wie in Trance verließ sie den Salon und ging in ihr Zimmer, setzte sich aufs Bett, den Umschlag in der Hand. Friedrich würde morgen nicht kommen. Das war

Augusts Werk. Ihr schauderte. Sie riss den Umschlag auf und entleerte den Inhalt auf die Bettdecke. Heraus fielen mehrere zusammengefaltete Blätter. Die Rückseiten waren beschrieben. Sie schlug eines auf und erschrak. Es war ein Bild Gustav Werners. Er trug einen übertrieben dargestellten Heckerhut. Die Unterschrift ließ sie innehalten. ›Gustav Werner, Sympathisant revolutionärer Kreise‹, las sie. Sie schluckte. Auf der Rückseite standen Angaben zu seiner Statur.

Zitternd nahm sie das zweite Bild. Sie erkannte Ludwig Pfau, den Redakteur des *Eulenspiegels.* Er wurde als Herausgeber aufrührerischer Schriften bezeichnet, der mit anderen Journalisten kommuniziere. Ihr Herz pochte. Die kurzen Texte erinnerten sie an den *Anzeiger für die politische Polizei in Deutschland,* ein Buch, das sie einmal in Vaters Arbeitszimmer gesehen hatte. Damals war ihr das abstoßend vorgekommen. Die Bilder stammten von Friedrich, aber die Texte auf der Rückseite, hatte die ihm der Leutnant untergeschoben? Ein weiteres Blatt war mit der Überschrift *Bericht* tituliert. Sie überflog die dicht gedrängten Zeilen. Der württembergische König sei schwach, las sie, und er unternehme zu wenig gegen aufrührerische Kreise. Deswegen hatte der König Friedrich des Landes verwiesen.

Sie ging auf und ab. Wie sollte sie künftig Friedrich begegnen? Dass er der Revolution wenig Liebe entgegenbrachte, war ihr nicht entgangen. Dass er vermeintliche Revolutionäre malte, schockierte sie. Die Bilder glitten ihr aus der Hand und fielen auf den Boden. Sie sank auf dem Bett in sich zusammen, verbarg ihr Gesicht in einer Armbeuge und begann zu schluchzen. Sie hatte Friedrich lieb gewonnen. Nicht nur, weil er um

Fritze bemüht war. Wie William. Oh Gott, der wusste all das nicht.

Sie stand auf, raffte ihren Rock und eilte hinunter. Sie griff nach ihrem Umhang.

»Ich werde bald zurück sein«, rief sie in Richtung der Küche.

Sie rannte mehr, als dass sie ging. Erst auf der Höhe des Bahnhofs verlangsamte sie ihr Tempo. Da standen Menschen in Gruppen zusammen.

»Ein Skandal«, schimpfte einer.

»Verzeihen Sie, was ist denn passiert?«, fragte sie.

Der Mann musterte sie abfällig. »Das Parlament hat uns verraten«, zischte ein anderer. »Und dem unsäglichen Waffenstillstand mit Dänemark zugestimmt.«

Sie verstand nicht.

»Ihr werdet sehen, in Frankfurt wird bald gekämpft. Hoffentlich heizen sie den Würdenträgern reichlich ein.«

Eleonore lief weiter. Das fehlte noch! Unruhen in Frankfurt, und ihr Vater mit William mittendrin. Auf dem Leonhardsplatz lief sie beinahe vor eine Kutsche. *Es bringt nichts, wenn du dich überrollen lässt,* mahnte sie sich zur Ruhe.

An Vogts Tür klopfte sie ein paarmal schnell nacheinander.

Der Böttcher öffnete und sah sie mit leerem Blick an.

»Sie sind weg«, sagte er mit bebender Stimme.

Sie traten beide in das Innere.

»Wer?«, fragte sie.

»Die Tauben. Keine ist zurückgekehrt. Ich verstehe das nicht.«

# Tumulte und ein trauriges Wiedersehen

September 1848

William wollte ein letztes Mal nachsehen, ob nicht eine Taube angekommen sei. Heute würden sie abreisen, denn Herbst bereitete das Ausbleiben der Tauben und Briefe Sorgen. Gestern hatten sie von Otto Herbst Abschied genommen.

Er erreichte die große Brücke, die nach Sachsenhausen führte, und reihte sich in den Strom der Passanten und Fuhrwerke ein. Immer wieder stockte es, bis mit einem Male gar nichts mehr ging. Weiter vorne ertönten Pfiffe und die Menge johlte missbilligend. Am Vortag, wo auf einem Feld nahe der Stadt gegen die Beschlüsse des Parlamentes eine Demonstration stattgefunden hatte, waren Tausende unterwegs gewesen. William war froh, dass heute nicht gegen Blecheimer getrommelt wurde. Gestern hatte er befürchtet, taub zu werden.

»Zurück!«, schrien sie weiter vorne. »Zurück! Die reiten uns zu Tode!«

»Das sind Preußen«, schrie jemand aufgebracht. »Verräter«, kamen mannigfache Rufe.

William, an den Rand gedrängt, stand inmitten einer Gruppe Arbeiter.

»Deswegen haben sie den Waffenstillstand beschlossen, sie wollen ihre Soldaten gegen uns einsetzen.« Zustimmendes Gemurmel war die Antwort.

Der Druck wurde stärker und er bekam kaum Luft. Mit einer Hand griff er an das Geländer und stieg hoch auf die Balustrade. Das verschaffte ihm Raum und Überblick. Die Militärkolonne war heran. Sie eskortieren einen Kanonenwagen. Die Federbüsche der Reiter wackelten im Wind, das schwarze Rohr der Kanone ragte in den Himmel. Mit Mühe hielt er sein Gleichgewicht. Die Brücke erbebte unter Hufgetrappel. Aus Sachsenhausen nahte weiteres Militär in bunten Pulks, angetrieben von Trommelschlägen.

Von der Stadt hallten Schüsse zu ihnen. Einen Moment verharrten alle.

»Zu den Waffen!«, schrien mehrere.

William sprang von der Balustrade herunter und wurde vom Sog der Menge erfasst, die jetzt in Richtung Stadtzentrum drängte. Er gab auf, gegen den Strom vorzugehen. Besser schien ihm, nach Konrad Herbst zu sehen. Wie bei der Jagd nach Jobst rannte er die Uferpromenade entlang, bis zu der Gasse, die hoch zum Römerberg führte. Männer brachen Pflastersteine aus dem Boden. Andere hielten Fahrzeuge an und errichteten mit ihnen Straßensperren. *Wie in Berlin,* fuhr es ihm durch den Kopf.

Er wollte zur Paulskirche in der Hoffnung, Herbst zu finden. Am Ende der Gasse, die auf den Platz vor der Kirche führte, standen mehrere Männer links und rechts an die Häuserwände gedrängt. William blieb bei ihnen stehen und blickte nach vorne. Vor dem Parlamentsgebäude zogen Soldaten auf. Ihre Bajonette blitzten im Sommerlicht. Auch hier wiesen Trommeln den Takt an. Da erkannte er die hagere Gestalt Konrad Herbsts. William schwenkte seine Mütze.

»Hier!«, brüllte er. »Hier, Herr Herbst!«

Das Parlament war nahezu umschlossen. Eine Lücke blieb und er rannte darauf los. Einige der Männer folgten ihm. Er nahm ihre Schatten wahr, hörte ihr Gebrüll. William beschleunigte. Die Gesichter der Uniformierten nahmen mehr und mehr Konturen an. Ihn beachteten sie kaum, dafür die Meute, die ihm folgte. Die ersten legten ihre Gewehre an. Gerade noch rechtzeitig erreichte er die Linie, sprang zwischen zwei Leibern durch, landete unsanft und scheuerte mit seinem linken Knie das Straßenpflaster entlang. Die Soldaten schlossen die Reihen und wandten ihm ihren Rücken zu. Die Männer, die ihm gefolgt waren, wichen zur Seite aus. Konrad Herbst eilte herbei und sah ihn an.

»Gütiger Gott! Ich dachte im ersten Moment, Sie führen diesen Mob an.«

William brachte ein schiefes Lächeln zustande und stand auf. Ein stechender Schmerz fuhr in sein linkes Knie. Die Hose war aufgerissen, seine Haut aufgeschürft.

»Wird es gehen?«, fragte Herbst besorgt.

William unternahm einen Schritt, einen zweiten. Der Schmerz ließ nach.

»Ja.«

»Wir sollten aufbrechen, bevor vollends Chaos herrscht.«

Erste Rauchschwaden zogen über die Dächer, mehr und mehr Schüsse hallten von den Häuserwänden. Kommandos ertönten. Irgendwo wummerte eine Kanone und jetzt hörte William Gewehrsalven.

»Wo ist Uhland?«, fragte er.

»Fürs Erste in Sicherheit«, schrie Herbst und deutete auf die Paulskirche.

William spähte die Straße hinunter, die er hochgerannt war. Da lag ein umgestürzter Frachtwagen, dahinter kauerten Männer. Er konnte ihre Hüte und Mützen sehen. Eine Salve schlug in das Holz, Splitter stoben in die Höhe. Schmerzensschreie folgten.

»Besser, wir verschwinden!«, schrie er aus Leibeskräften.

Herbst nickte, nahm ihn an der Hand und zog ihn weiter.

»Ich nehme an, es gab keine Neuigkeiten von Eleonore?«, fragte er über die Schulter.

»Leider nein.«

Herbst gab ein beachtliches Tempo vor. »Ich habe … gleich nachdem Sie weg waren … einen Brief aus Stuttgart erhalten.«

»Von Eleonore?« William war abrupt stehen geblieben und beinahe wären sie beide gestürzt.

»Nein, vom König. Er warnt mich vor Ihnen.«

»Ich verstehe …«

»Weiter!«, fiel ihm Herbst ins Wort. »Reden können wir später.« Er verfiel in einen Laufschritt.

Sie bogen nach links. Dort wartete eine offene Kutsche.

»Einsteigen!«, wies ihn der Anwalt an. »Ich habe vorgesorgt.«

Der Kutscher sprang vom Bock, half ihnen und eilte selbst auf seinen Platz zurück. Schon ging es los. William plumpste mehr in den Wagen, als dass er einstieg.

»Der Wagen … fährt uns zum Bahnhof … zur

Main-Neckar-Eisenbahn«, sagte Herbst atemlos.

William lagen Dutzende Fragen auf der Zunge. Warum warnte der württembergische König vor ihm? Das konnte mit Friedrich zu tun haben. Wieder einmal.

»Ihr Bruder wurde als Spion entlarvt«, berichtete Herbst, der zu Atem gekommen war.

»Sollen Sie mich zurückbringen? Will man mich verhaften?« *Das ist absurd,* dachte William.

»Wenn von Ihnen Gefahr ausginge, ist es mit meiner Menschenkenntnis nicht weit.« Herbst lächelte, im nächsten Moment blickte er besorgt. »Leutnant von Engel hat Ihren Bruder angeschwärzt. Der wurde des Landes verwiesen. Ich traue von Engel nicht über den Weg. Nicht mehr.«

Sie erreichten den Bahnhof.

Eleonores Vater eilte ihm voraus. William folgte und stockte, als sie vor einer großen, schwarzen Reisekutsche standen.

»Das mag altmodisch sein«, sagte der Anwalt. »Wenn wir immer die Pferde wechseln, sind wir morgen Abend in Stuttgart. Mit Dampfschiff, Eisenbahn und zwischendurch mit Kutschen wären wir vielleicht schneller, dürften aber keinen Anschluss verpassen.«

Kaum, dass sie eingestiegen waren, ruckelte der Wagen los. Je weiter sie von Frankfurt fortkamen, desto mehr trat für William das Erlebte in den Hintergrund. Voller Sorge dachte er an Eleonore. Sah Friedrich in ihr ein weiteres Modell? Oder schlimmer: Nützte er sie aus, so wie er ihn ausgenutzt hatte? Mehr als Friedrichs Hinterlist ärgerte ihn sein eigenes Versagen. Wie konnte er so naiv gewesen sein! Warum hatte er nicht nachgefragt? Er musste ihn zur Rede stellen. Das schuldete er

Danner und all den anderen, auf die Friedrich durch ihn aufmerksam geworden war. Er verabscheute die Handlanger seines Bruders. Wie Blasius oder den Mann, der ihm in Berlin gefolgt war. Wie viele hatte er nicht wahrgenommen? Und er verabscheute diejenigen, für die Friedrich arbeitete. Dazu gehörte sicherlich der Prinz von Preußen, dem er bei der Flucht geholfen hatte. William hatte damals nicht gewusst, wem er da half. Würde er wieder helfen, im Wissen, wen er da vor sich hatte?

Ja, trotz alldem würde er versuchen, Gewalt einzudämmen. War es das, was Eleonores Vater imponierte? Immerhin war es ihm gelungen, Danner und die anderen vor der Verhaftung zu bewahren. Das Flugblatt hatte er verteilt, ohne dass Blut geflossen war. Ebenso hatte er Eleonore geholfen, Fritze zu finden. Claras Tod überschattete das alles. Er hätte die Gefahr erkennen müssen.

Ihm wurde heiß. Friedrich weilte nicht mehr in Stuttgart. Wo war er hingegangen? So einfach verschwinden würde er sicher nicht und bestimmt hatte er Eleonore noch nicht aufgegeben. Und dann war da noch dieser ungehobelte Leutnant. *Ich vertraue ihm nicht mehr,* hatte ihr Vater gesagt. William wurde heiß. Was wurde aus ihm, wenn sie nach Stuttgart zurückkehrten? Wenn doch schon der König vor ihm warnte? Wie auch immer, es galt, schnell heimzukehren.

»Wenn Sie einverstanden sind, halten wir uns nicht lange mit Übernachtungen auf«, sagte der. »Ich habe uns Proviant einpacken lassen.«

William erinnerte sich an eine Aussage Eleonores. Ihr

Vater, so hatte sie ihm gesagt, könne zuweilen ihre Gedanken lesen.

Sie reisten ohne Rast und Ruh durch die Nacht, hielten nur, wenn die Pferde gewechselt wurden. Immer wieder döste er ein und schrak vom eigenen Schnarchen auf.

»Wir geben zwei Vogelscheuchen ab«, sagte Herbst am nächsten Morgen. Dazu kratzte er seinen Stoppelbart. »Ich freue mich darauf, mit offenen Armen empfangen zu werden.«

William überlegte. Galt das auch für ihn? Konnten sie den Zauber ihres letzten gemeinsam verbrachten Augenblicks beleben?

***

Eleonore betrat den Garten von Werners Lokal und blickte suchend umher. Am anderen Ende, ein wenig abseits, entdeckte sie Pfau. Er saß mit mehreren Männern zusammen, die sie nicht erkennen konnte, da sie ihr den Rücken zuwandten. Sie schluckte und ging hinüber.

Pfau stand sofort auf, als er sie kommen sah.

»Haben Sie Nachrichten von William?«, fragte er.

»Nein.« Sie schluckte erneut. »Ich will …« Sie stockte. »Kann ich Sie allein sprechen?«

»Vor den Herren habe ich keine Geheimnisse. Darf ich Ihnen vorstellen …«

Eleonore fiel ihm ins Wort. »Es ist wichtig!«

Den beiden Männern schien es egal. Pfau zuckte mit den Schultern.

»Meinetwegen.«

Sie gingen ein paar Schritte weiter.

»Williams Bruder ist ein Spion.«

Pfau pfiff. »Für wen spioniert er?«

»Preußen«, presste Eleonore heraus. »William hat damit nichts zu tun.« Sie wollte nicht, dass Pfau schlecht von seinem Freund dachte.

»Den kenne ich selbst«, sagte er scharf. »Verzeiht meinen rüden Ton. Allerdings muss ich sagen, dass mir Friedrich nicht geheuer war. Immerzu hat er gemalt.«

Sie nahm ein Bild aus ihrer Tasche und reichte es ihm. Ihre Hand zitterte. Pfau sah es an. Er wurde bleich.

»Wen hat er noch portraitiert?« Das letzte Wort spuckte er aus.

»Herrn Werner.«

Pfau kratzte sein Kinn. »Eine üble Geschichte. Ich werde ihn warnen. Wer kennt diese Bilder?«

»Leutnant von Engel und alle, denen er sie gegeben hat«, antwortete sie mit belegter Stimme. »Es tut mir leid.«

»Oh, dafür können Sie ja nichts. Ich danke Ihnen. Jetzt wissen wir, woran wir sind. Ich habe es William oft gesagt. Wenn wir nicht agieren, holen sie uns wie der Wolf die Lämmlein.«

Eleonore reichte ihm die Hand zum Abschied. Tief in Gedanken ging sie nach Hause. Unterwegs achtete sie nicht darauf, ob ihr jemand folgte. In der Öffentlichkeit würde ihr von Engel nicht zu nahetreten. Was beabsichtigte er damit, Friedrich zu beseitigen? *Du bist naiv*, schimpfte sie. Es ging ihm nicht um Württemberg, bestimmt nicht um das Seelenheil des Hofmalers. Er wollte sie, und dabei hatte ihm Friedrich im Weg gestanden. Blieb noch William.

Zu Hause zog sie sich in ihr Zimmer zurück und las in

ihrem Tagebuch. Sie blätterte die letzten Seiten durch, las ihre Eintragungen zu ihrem Vater und den Brüdern. Worte der Hoffnung und, so musste sie gestehen, Worte der Liebe und der Enttäuschung. Friedrich war wie vom Erdboden verschluckt. Keinerlei Nachrichten, keine Briefe, nichts. Der Junge fragte täglich nach ihm, und sie brachte es nicht übers Herz, ihm die Wahrheit zu sagen, zumal sie zweifelte. Vielleicht gab es für alles eine Erklärung. Vielleicht würde William dazu beitragen können.

»Sie kommet, sie kommet!«, rief Maria im Flur.

Eleonore sprang auf, legte das Tagebuch zur Seite und eilte hinunter. Maria spähte hinaus. Sie trat neben sie. Eine große, staubbedeckte Kutsche war vorgefahren. Eleonore starrte die Wagentür an. Endlich wurde sie geöffnet. Zwei Vogelscheuchen stiegen aus. In der einen erkannte sie ihren Vater, verschwitzt, unrasiert. William, der ihm folgte, bot ein noch erbärmlicheres Bild. Staub hatte seine dunklen Haare weiß gefärbt. Er humpelte.

»Schnell, Maria, richte ihnen eine Erfrischung her.«

»I hol a Limonade«, sagte die Haushälterin und verschwand in der Küche.

Ihr Vater kam ihr entgegen, schloss sie in seine Arme.

»Du bist wohlauf, mein Kind. Das freut mich.«

Eleonore schluckte. »Was ist geschehen?«

William wartete im Hintergrund. Ein Verband war um sein linkes Knie gebunden. Sie ließ von ihrem Vater und griff nach Williams Händen.

»Ich freue mich, Sie wohlbehalten anzutreffen«, sagte er.

Sie ließ los, trat näher an ihn heran und umarmte ihn.
»Ach William.«

Seine Haare kitzelten ihre Wangen. Tränen schossen ihr in die Augen.

»Wir waren in Sorge, da weder Briefe noch Tauben ankamen«, sagte ihr Vater.

»Die Tauben sind verschwunden«, presste sie heraus.

»Wie das?«, fragte William.

Die Straße hoch kam Eugen angerannt. Er zog den Leiterwagen mit Fritze. Der wurde kräftig hin und her geschleudert, obwohl seine Hände den Rahmen festhielten.

»Friedrich! Ist es Friedrich?«, schrie der Junge freudig.

Eleonore glaubte, einen Kloß im Hals stecken zu haben. Sie bekam keinen Ton heraus.

Maria erschien, entdeckte Eugen und den Jungen.

»Ich hab' für alle eine Erfrischung herg'richtet«, sagte sie.

***

William saß auf einem Holzstuhl, erschöpft und glücklich. Das Bad hatte ihm gutgetan. Ein Handtuch umschlang seine Körpermitte. Er betrachtete nachdenklich sein lädiertes Knie. Eine weitere Narbe, wie es schien. Hellrot trat sie hervor. Hinter der Tür scharrte jemand, dann vernahm er Eleonores Stimme.

»Ich lege dir einen Verband vor die Tür«, sagte sie.

Er stand auf, zog rasch seine Unterwäsche an, dann das Hemd. »Danke!«, rief er in Richtung der Tür. Hatte sie ihn noch gehört? Als er die Binde hereinholte, lag der Flur verlassen da.

»Essen isch ferdig«, rief von unten Maria.

William zog seine Hose an, schlüpfte in die Schuhe und machte sich auf den Weg. Im Wohnzimmer saßen Eleonores Vater und Fritze. Maria trug Schüssel um Schüssel herein. Eleonore half ihr.

»Ick will wissen, wo Friedrich ist«, sagte der Junge.

William nahm Blickkontakt mit Herbst auf. Der schüttelte unmerklich den Kopf.

»Er musste abreisen«, erklärte er. »Alle wollen von ihm gemalt werden. Vielleicht ja bald auch von dir.«

Sie aßen schweigend. Eugen holte später den Jungen ab und Maria räumte das Geschirr weg. Sie gingen in den Salon.

»In Frankfurt ging es drunter und drüber«, begann Konrad Herbst. »Als wir abfuhren, begannen heftige Barrikadenkämpfe. Ich hoffe, dass Uhland all das übersteht.«

»Hier blieb es ruhig.«

»Hast du von Friedrich gehört?«, fragte Herbst seine Tochter.

Eleonore erzählte stockend, dann sprudelte alles aus ihr heraus.

»Das passt alles ins Bild. William kann dir das berichten.« Ihr Vater hielt inne. »Wir müssen uns hüten, zu schnell zu urteilen. Wie ich es getan habe.«

Eleonore blickte zu William.

»Er hat mich, er hat uns alle hintergangen und doch bleibt er mein Bruder.«

»William lief dem Pöbel vorneweg«, sagte Herbst.

»Papa!«, begehrte Eleonore auf.

»Es sah zumindest so aus«, fuhr Herbst ungerührt weiter.

»In Wahrheit lief ich ihnen davon«, ergänzte William.

Konrad Herbst lächelte und sah ihn milde an. »Verzeihen Sie mir die Zweifel, die ich hegte.«

William sah, wie Eleonores Blicke zwischen ihm und ihrem Vater hin- und hergingen. Da fielen ihm die Tauben ein.

»Hängt das Verschwinden der Brieftauben mit Friedrich zusammen?«

Eleonores Stimme zitterte: »Einige wurden vergiftet, andere hat der Bussard geholt.«

»Bussarde in Stuttgart?«, zweifelte Herbst. »Und wer hat sie vergiftet?«

Eleonore schniefte. »Wir wissen es nicht mit Sicherheit.«

William ballte seine Fäuste. Ihn schauderte bei der Vorstellung, Friedrich könnte dafür verantwortlich sein.

»Ich werde ihn zur Rede stellen. Ich muss Friedrich nachreisen«, verkündete er.

»Ich lass dich nicht wieder losziehen«, klagte Eleonore.

»Er kann weiß Gott wo hingereist sein«, wandte Herbst ein.

Eleonore wechselte mit ihrem Vater einen Blick. »Wenn William geht, komme ich mit.«

»Es ist das verfluchte System Metternich«, klagte Herbst. Seit dem Hambacher Fest sind die Regierungen bemüht, jedwede Opposition im Keim zu ersticken. Wie Spinnen in ihrem Netzt, lauern ihre Spitzel überall.«

»Was geschah da?«, fragte William.

»Die Unruhen gingen von Frankreich aus. Damals wurde jener König inthronisiert, den sie jetzt zum Teufel gejagt haben, und die Belgier sagten sich von den Niederlanden los. In Hambach gab es eine große, friedliche Veranstaltung. Dort forderte man Pressefreiheit und mehr Beteiligung der Bürger auch für die deutschen Staaten. Wie immer blieben sie ungehört. Nur ein Jahr später kam es in Frankfurt zum Sturm auf die Polizeiwachen, den sogenannten Wachensturm. Ein Versuch, mit Gewalt die Kontrolle über das Land zu erlangen.«

»Und dahin wurde mein Bruder gesandt. Als Spitzel.«

»Heute ist er einer derjenigen, die im Hintergrund die Fäden ziehen.«

William nickte stumm. Und als Portraitmaler besaß er eine perfekte Tarnung sowie ein Talent, was ihn sicherlich von vielen seinesgleichen abhob. Er konnte Steckbriefe anfertigen.

***

Friedrich saß im offenen Wagen und blickte hinüber zum Herrenhaus. Hier also wohnte dieser Leutnant. Wenn das die Höhle des Löwen war, musste niemandem bange sein. Es wehte eine leichte Brise, dennoch gaben die windschiefen Fensterläden ein klapperndes Konzert. Matte Fenster verweigerten der Sonne den Gruß.

In seiner Fantasie wurde das Anwesen neu geboren. Schwarz-weiße Fensterläden zierten die Fenster, die das Sonnenlicht reflektierten. Der Weg, jetzt ein holpriger Pfad, war sauber gepflastert. *Ein Zuhause für eine Familie. Für ihn und Eleonore.* Der Gedanke an sie gab ihm einen

Stich. Er würde ihr alles erklären. Sie war nicht dumm.

An der Straße, die hinunter zum Ort führte, stand ein Planwagen. Ein Mann stand dort oben und beobachtete das Haus.

»Dorthin«, wies Friedrich den Kutscher an.

»Jemand zu Hause?«, rief er, als sie beim Wagen ankamen.

Der Fremde war im Innern verschwunden. Ein Mann in einfachen Leinenhosen kletterte umständlich raus.

»Ich habe was gesucht«, sagte er.

»Was wollen Sie wirklich?«, blaffte Friedrich.

Der Mann trat verlegen von einem Bein auf das andere. »Wir wollen wissen, wann der Herr Leutnant zurück ist.«

»Ich bin der Herr Leutnant«, antwortete Friedrich. »In seinem Namen hier.«

Der Mann lief rot an, gleichzeitig wich er ängstlich zurück. Das offenbarte ihm viel über Eleonores Verehrer.

»Sie können Ihr Anliegen mir mitteilen«, fuhr Friedrich versöhnlich fort.

»Es ist wegen der Schulden.« Der Mann sah auf den Boden und wusste nicht so recht, wohin mit seinen Händen.

»Wie hoch sind denn Eure Schulden?«

Der Gefragte riss empört die Augen auf. »Herrn von Engels Schulden«, empörte er sich. »Er weigert sich seit Monaten, mit uns zu sprechen. Zuletzt war ein Hüne bei ihm, ein Mann mit entstelltem Antlitz, fransigen Haaren. Der soll uns wohl einschüchtern.«

Friedrich sprach leise. »Darum bin ich hier«, log er.

»Herr von Engel will seine Schulden begleichen. Er will kein Aufheben darüber. Deswegen hat er mich entsendet.«

»Ich … das …«

»Steigen Sie schon ein. Ich denke, im Ort, bei einem Glas Wein, können wir besser reden.«

Der Mann nickte, kletterte in den Wagen und nahm ihm gegenüber Platz.

»Er schuldet dem halben Ort Geld«, sagte er dann.

Friedrich lächelte milde. »Alle sollen bekommen, was ihnen zusteht. Schaffen Sie mir alle herbei.«

»Alle?«

Friedrich wies auf das Haus. »Das Haus wird bald mir gehören und dann habe ich Aufträge für Sie und alle anderen Handwerker im Ort.«

# Cannstatter Volksfest

Cannstatt, September 1848

Eleonore schluckte. Beim Frühstück war sie allein gewesen, ohne zu wissen, wo ihr Vater und William abgeblieben waren. Eben war ihr Vater heimgekehrt und hatte sofort nach ihr gerufen. Sie klopfte an seine Tür.

»Komm herein!«, hörte sie ihn.

Auf dem Tisch lagen Zeitungen, er stand daneben und hielt einen Brief in der Hand. *Neue Anschuldigungen gegen William oder Friedrich?*

»Die Vormundschaft des Jungen ist geregelt«, sagte er und ihr fiel ein Stein vom Herzen.

»Das ist fein.«

»Er gehört fortan zu unserer Familie.« Ihr Vater seufzte und erneut hielt sie die Luft an.

»Da ist eine ernste Sache, die mit William zu tun hat.«

*Also doch!*

»Traust du ihm immer noch nicht? Wo ist er?«

Anstelle einer Erklärung deutete er auf den Tisch. Da lag eine Ausgabe der *Augsburger Allgemeinen Zeitung.* Sie war aufgeschlagen und sie erkannte die Überschrift, die stets Williams Artikel einleiteten: ›Zuruf eines Amerikaners‹.

Sie nahm die Zeitung und las. William berichtete über das Wahlrecht.

»Was ist daran Verwerfliches?«

»Nimm die andere Zeitung«, forderte ihr Vater sie auf.

Da lag ein abgegriffenes Exemplar des *Boston Democrat.* William hatte ihr Titel deutschsprachiger Zeitungen genannt, für die er schrieb. An diesen konnte sie sich nicht erinnern. Sie hob das Blatt auf, suchte nach Williams Namen, entdeckte ihn jedoch nicht.

»Auf der letzten Seite«, sagte ihr Vater.

Sie wendete die Zeitung. Ihr Mund wurde trocken, als sie las:

***Zuruf eines Amerikaners***

***Immer mehr erreichen uns Nachrichten über die Not unserer lieben Verwandten in Deutschland. Die ist meist der Willkür der Herrschenden geschuldet. Darum haben wir eine Gesellschaft ins Leben gerufen, die Geld sammeln möchte, um es demjenigen als Prämie zu geben, der einen deutschen Fürsten oder sonst einen Aristokraten von politischer Bedeutung ermordet.***

»Das ist eine Fälschung«, sagte sie.

»Leider nein.«

»Das ist niemals von William geschrieben worden.« Ihr Herz pochte bis zum Hals.

»Es ist ein Zufall, dass jemand seine Überschrift verwendet hat. Das wissen wir beide, nur für Außenstehende fügt sich alles zusammen. William kommt aus Amerika, genauso der Zuruf.«

»Eine weitere Bosheit August von Engels.«

»Ich habe dieses Exemplar im Lesekabinett der Museumsgesellschaft aufgefunden.«

»Es ist gut, dass du es an dich genommen hast.«

»Ich war im Schloss, wollte mit dem König sprechen, bevor es ihm andere zutragen. Da erzählte man mir im Vertrauen, dass von der unsäglichen Zeitung überall im

Land Exemplare aufgetaucht seien. Jeder, der Williams Artikel kennt, wird unweigerlich an ihn denken. Friedrich ist ein Spion, da scheint es naheliegend, dass sein Bruder nichts Gutes im Schilde führt.«

»Ich liebe William.« Sie sprach zum ersten Mal laut aus, was ihr Herz längst wusste. Sie presste ihre Lippen zusammen und unterdrückte, dass sie bebten. In ihren Ohren rauschte es.

»Dessen bin ich mir bewusst«, sagte er. »Leider begehrt dich August von Engel. Wenn er den Aufruf findet, wird er ihn gegen William verwenden.«

»Was kann er ausrichten?«

»Es gibt Eiferer, die erst handeln, bevor sie denken. Wir müssen Zeit gewinnen.«

Ihr Mund wurde trocken.

»Ich habe William deshalb gestern gebeten, die Stadt zu verlassen und erst zurückzukehren, wenn ich die Angelegenheit bereinigt habe.«

»Wir wollten heute gemeinsam mit Fritze auf das Volksfest gehen und William wollte dem Jungen Bonbons kaufen.«

Ihr Vater zog eine der Zeitungen heran und las laut vor.

»Seine Königliche Majestät lädt die Bevölkerung ein, der Schau vorzüglicher Leistungen der heimischen Bauern und Viehzüchter beizuwohnen. Es sind besondere Preise ausgelobt, da das Fest heute sein zwanzigjähriges Bestehen feiert.«

»Dem Jungen hätte das bestimmt gefallen.«

»Ihr könnt gehen. Eugen wird euch begleiten. Du musst mir nur versprechen, auf dich aufzupassen.«

»Das werde ich tun.«

»Der König wird da sein und viele Soldaten, die darauf achten, dass niemand auf dumme Gedanken kommt. Ein Verwirrter könnte den unsäglichen Aufruf zum Anlass nehmen, die königliche Familie anzugreifen.«

Sie nickte.

»Eins noch, mein Kind. Ich werde ebenfalls da sein, als Gast des Königs.«

Sie trat auf ihren Vater zu und umarmte ihn. Er hatte keine Einwände erhoben, als sie von Liebe gesprochen hatte.

***

August saß in einer Wirtschaft in Cannstatt und wartete ungeduldig auf sein Mittagessen. Die Rückkehr Herbsts, vor allem die des Journalisten, trübten seine Stimmung. Herzlich sei der Empfang ausgefallen, hatte ihm sein Bursche berichtet. Er konnte sehen, wie Eleonore mit geröteten Wangen die Männer umarmte, sie herzte. Bei Friedrich war es ihm gelungen, ihn zur Abreise zu bewegen. Und jetzt, da er gegen den jüngeren Bruder etwas in der Hand hatte, war dieser spurlos verschwunden. Jemand musste ihn gewarnt haben. Grimmig dachte er an Eleonores Vater. Dem traute er alles zu. War Eleonore eine gute Partie? Lohnte all der Aufwand, den er trieb? Natürlich! Nicht allein des Geldes wegen. Die Freundschaft ihres Vaters zum König wog ebenso viel.

Vom Nebenraum erklang Gelächter seiner Soldaten, die tranken und sangen. Man hatte ihm zwanzig Mann zugeteilt. Ein Fabrikant namens Gottlieb Rau aus Balingen wiegelte die Bürgerwehren auf und forderte sie auf, ihn bei einem Marsch nach Cannstatt zu begleiten. Auf dem Volksfest sollte sich sein Zug mit wartenden Republikanern vereinigen. Dort wollte er den König für abgesetzt erklären. Die Regierung hatte das Militär alarmiert und das hatte rund um Cannstatt Infanterie, Kavallerie und Artillerie positioniert, um die Unruhestifter abzupassen. Er sollte mit seiner Truppe auf dem Fest patrouillieren und auf verdächtiges Gesindel achten.

August fuhr mit der Hand über seine Brust. Unter der Uniformjacke hatte er die Zeitung verborgen, mit der er William Euskirchen das Genick brechen würde, sobald er diesen zu fassen bekam. Die Chancen dafür standen nicht schlecht, denn wie man ihm zugetragen hatte, wollte Eleonore zusammen mit William heute auf das Fest gehen. Bestimmt nahmen sie den Jungen aus Berlin in seinem Leiterwagen mit. Fand er diesen, traf er auf Eleonore und ihren Verehrer.

Die Magd kam und hob ihm den Weinkrug entgegen.

»Noch ein Schluck, Herr Leutnant?«

Er hob abwehrend die Hände hoch.

»Nein, die Pflicht ruft.« August stand auf, zog seine Uniformjacke gerade und befahl seinen Männern anzutreten.

***

Eugen bugsierte den Leiterwagen durch die Menge, die zwischen den Buden wogte. Fritze thronte wie ein König im Wagen und blickte mal nach links, mal nach rechts. Eleonore folgte den beiden.

»Dolle!«, sagte der Junge immer wieder, und: »Det is ja ein Ding.«

Gegenüber Eugen hatte sie ihren Kummer nicht verbergen können. Den Jungen focht das Fehlen von William nicht an. Sie seufzte. Das war gut so. Er sollte den Besuch des Volksfestes unbeschwert genießen. Wie die anderen, die lachten und fröhliche Lieder sangen. Und das trotz der vielen Soldaten, die überall zu sehen waren. Es schienen ihr viel mehr als beim letzten Volksfest. Das lag aber zwei Jahre zurück, denn im letzten Jahr war das Fest ausgefallen. Sie täuschte sich vielleicht, geschuldet ihrer Angst, sie könnte August von Engel begegnen.

Von der Hoffnung getragen, William unter den vielen Besuchern zu entdecken, blickte sie immer wieder um sich.

»Kiek mal, Eugen! Wie beim *Affenwerner.*« Fritze deutete aufgeregt auf einen Stand, wo ein Affe auf den Schultern eines kräftigen Mannes turnte. Sie schauten eine Weile zu, bevor sie weitergingen.

Unter Holzdächern saßen dicht gedrängt, arm und reich, jung und alt beisammen. Das Fest kannte keine Standesunterschiede. Fritze starrte die Portionen auf den Tellern an.

»Wie kann eener alleene so viel mampfen?«

Männer mit Bauchläden priesen ihre mit Zuckerguss überzogenen Äpfel an. Sie passierten einen Stand, wo ein Mann geräucherte Würstchen in die Luft reckte und diese in einem Singsang lobte. Bettler reckten ihre Hände Passanten entgegen. Eleonore gab hie und da eine Münze. Auf Jahrmärkten duldete man das Betteln.

Die Buden standen alle unweit eines großen, ovalen Areals, das eine hölzerne Tribüne umschloss. Dort wurden die Ochsen und Kühe präsentiert und dort fanden auch die Pferderennen statt. An einer der Stirnseiten stand das königliche Zelt mit den Logenplätzen für die königliche Familie. Sie konnte das Zeltdach über die Tribünen hinweg erkennen. Wenn der König da war, konnte das die vielen Soldaten erklären. Noch weiter dahinter, dennoch gut zu sehen, wuchs die Fruchtsäule in die Höhe. Sie sah aus wie ein übergroßer Pokal und thronte auf einem Holzbau, von dem sie nur den oberen Rand sah. Die Säule war gut drei Mann hoch und in ihrer Schale obenauf lagen allerlei Früchte. Ein Sinnbild für die gute Ernte.

»Das musst du zeichnen«, rief sie Fritze zu.

Der Junge schirmte mit einer Hand seine Augen ab.

»Haste Töne. Wat is'n det?«

Eleonore beugte sich zu Fritze.

»Ich habe dir doch gestern von dem Vulkan Tambora erzählt, der 1816 ausgebrochen ist und so viel Asche in die Luft ausstieß, dass die dunklen Wolken die halbe Erde verdeckten. Man nannte es später das Jahr ohne Sommer. Die Ernte fiel aus, die Menschen hungerten.«

»Was hat das mit der Säule zu tun?«

»Unser König hat das Fest gestiftet, um Ackerbau und Viehzucht zu stärken. Niemand solle künftig mehr Hunger leiden müssen wegen ausgefallener Ernten. Die Fruchtsäule soll zeigen, wie prächtig und wichtig ertragreiche Ernten sind.«

»Ick werde ein Bild zeichnen«, sagte Fritze ernst.

Sie erreichten ein Zelt mit rot-weißem Dach. ›Kasperletheater‹ stand auf einem Holzbrett, das quer über dem Eingang hing.

»Da will ick hin!«, rief Fritze.

»Das ist für kleine Kinder«, warf sie ein.

»Ach iwo! Det gucken alle in Berlin.«

Eugen blickte zu ihr. Sie nickte. Sofort grinste er von einem Ohr zum anderen. Im Zelt erlebte Eleonore eine Überraschung. Auf den Bänken saßen mehr Erwachsene als Kinder, darunter ein Offizier. Es war nicht August von Engel. Mitten auf der Bühne stand ein großer Holzverschlag, an dem ein roter Theatervorhang hing. Er war verschlossen. Begleitet von einem Trommelwirbel ging der Vorhang auf. Eine Kasperpuppe mit roter Zipfelmütze und einem Harlekingewand erschien.

»Kinder, habt ihr den Hecker gesehen?«, fragte eine Stimme hinter den Kulissen. »Den soll ich verhaften.« Der Kaspar klatschte dazu in seine Hände und nickte.

»Nein!«, riefen einige im Publikum. Andere lachten und schlugen sich vor Begeisterung auf die Schenkel.

Eleonore beugte sich zu Eugen. »Ich will mich draußen ein wenig umsehen«, sagte sie. »Kommt später zur Fruchtsäule.«

Fritze nickte ihr zu, behielt dabei aber die Bühne im Auge. Eine weitere Figur erschien, und eine lange Feder auf einem Hut sowie weite Hosen wies diese eindeutig als Hecker aus. Alle lachten. Der Kasper wandte Hecker den Rücken zu und alles Schreien der Kinder und der Erwachsenen half nichts. Er drehte sich nicht um.

Eleonore verließ das Zelt. Die Budengasse weitete sich aus. Männer und Frauen standen beieinander, Kinder tollten umher. Schräg gegenüber stand ein Mann mit einem Leierkasten. Er sang, deutete gleichzeitig mit einem langen Stock auf eine große Bildtafel. Ein Moritatensänger, erkannte sie, und wollte gerade hinübergehen, als ihr der Mann auffiel, der an einer Bude gelehnt stand und zu ihr blickte. Er trug eine Schirmmütze und hatte diese tief nach unten gezogen. Vielleicht irrte sie sich.

Sie ging langsam weiter, vorbei an einer Wurfbude. Ein Mann warf einen Ball gegen eine hölzerne Pyramide. Klötze purzelten in eine Kiste.

»Sieben Punkte, der Herr! Sieben Punkte!«, rief der Betreiber. »Dafür erhalten Sie nicht ein, nicht zwei, nein dafür erhalten Sie drei Bonbons.«

Der Werfer riss seine Arme hoch, als habe er einen besonders wertvollen Preis ergattert und seine Kameraden klopften ihm auf die Schultern. Eleonore ging lächelnd weiter und blieb abrupt stehen. Neben ihr stand der Mann, der ihr eben aufgefallen war. Ihr stockte der Atem. Es war William.

»Was …«, begann sie.

Er nahm ihren Unterarm und zog sie in den Schatten. »Ich wollte dich sehen«, sagte er.

»Vater sagte, du hättest die Stadt verlassen. Sie suchen dich.«

William ließ sie los und zwinkerte ihr zu. »Sieh mich an. Der Journalist war gestern.«

Sie betrachtete seine Kleidung. Er trug eine derbe Leinenhose, dazu ein an vielen Stellen löchriges Hemd. Die Ärmel hatte er hochgekrempelt. Mit ihrem hellblauen Kleid und der weißen Bluse, dazu dem feinen Hut, stand sie im Kontrast zu ihm.

Williams Lächeln erstarb und er zog sie weiter nach hinten. Im ersten Moment dachte sie, er wolle sie küssen, stattdessen deutete er auf den Weg.

Eleonore erstarrte, als sie August von Engel hoch zu

Ross heranreiten sah. Neben ihm schritten Soldaten. Der Leutnant blickte hin und her. *Er sucht William,* dachte Eleonore.

»Komm«, flüsterte William, nahm sie bei der Hand und führte sie hinter die Buden. Sie gelangten zu einer Wiese.

»Ist offenes Gelände nicht gefährlich?«, fragte sie.

»Nicht, wenn man in die Höhe entschweben kann«, antwortete er und zeigte nach vorne.

Dort war ein Viertel mit einem niedrigen Zaun abgetrennt, hinter dem ein Gasballon an mehreren Seilen befestigt hing. Die Seile selbst führten zu Verankerungen in jede Ecke des Platzes. Dort lagen Männer mit grün-weiß gestreiften Oberhemden und roten Hosen und dösten.

»Eusebius' Garde«, erklärte er weiter. »Sie haben nichts anderes zu tun, als den Ballon herunterzuziehen. Dazwischen schlafen sie. Es sind alles Männer des örtlichen Turnvereins.«

Unter dem Korb des Ballons hing eine Stange an zwei Seilen, darunter ein Netz, das eben den Boden berührte. Ein Schild kündete von *Eusebius, dem König der Lüfte.*

Sie legte den Kopf in den Nacken.

»Ist er nicht prächtig? Ich habe die ganze Nacht geholfen, den Ballon mit Gas zu befüllen.« Er wies in eine Ecke, wo zahlreiche Fässer standen. Lange Schläuche lagen auf dem Boden. »Wir haben es nur ein bisschen übertrieben. Du siehst ja, wie prall der Ballon geworden ist. Jetzt gibt er sich ungeduldig wie ein Rennpferd, kurz vor dem Start.«

»Ich würde gerne einmal aufsteigen«, sagte Eleonore.

»Das ist mein Plan. Rein in den Korb und rauf in die

Höhe. Dort wird uns von Engel nicht so schnell entdecken.

Ihr stockte der Atem. Dann raffte sie ihr Kleid.

»Führen Sie mich, Herr Abenteurer«, sagte sie gespielt galant und reichte ihm ihren Arm.

»Ja, schnell. Jeden Moment wird Eusebius daselbst erscheinen, seine Geister hier wecken und dann geht es wieder hinauf.« Er sah sie besorgt an. »Bist du schwindelfrei?«

»Wie kann ich das wissen? Lass es mich versuchen.«

Eleonore stieg die Strickleiter hinauf, die hoch in den Korb führte. William folgte ihr so nahe, dass sie seinen Atem in ihrem Nacken spürte. Seine kräftigen Arme schirmten sie ab.

Oben angekommen, kletterte sie über den mit Leder bezogenen Rand des Korbes. Der war nicht besonders groß, und sie standen eng beieinander.

»Da kommt der Meister persönlich. Gleich steigen wir auf.«

»Und wenn er uns sieht?«, protestierte sie.

»Ich bin sein Ballonführer, und habe die Aufgabe oben meine Mütze zu schwingen. Nur dich darf er nicht sehen.« Er drückte ihren Kopf nach unten. »Bleibe bitte in der Hocke, bis wir aufgestiegen sind.«

Sie musste ein paar Minuten ausharren, in denen sie versuchte, durch die Ritzen des Weidenkorbes zu erkennen, was draußen vor sich ging. Am Eingang stand jetzt ein Tisch und jemand kassierte bei den Zuschauern Geld. Es wurden immer mehr.

Mit einem Mal ruckelte der Korb und sie stiegen in die Höhe. Beinahe hätte sie aufgejauchzt, aber William hielt genau in dem Augenblick ihren Mund zu.

»Jetzt kannst du aufstehen«, sagte er.

Er half ihr hoch. Sie stiegen immer noch in die Höhe. Vorsichtig lugte sie über den Rand. Die Seile, die sie festhielten, hingen noch durch. Sie sah die Dächer der Buden, und als sie in Richtung der Fruchtsäule spähte, bemerkte sie, dass sie gerade deren Höhe überstiegen.

Wieder ruckte es. Sie kamen zum Stillstand. Unter ihnen erhob sich Eusebius und begann, auf der Stange zu turnen. Ein Raunen ging durch die Menge. Sie betrachtete die Hülle über ihnen, die sanft im Wind wogte. Gebannte Kraft. Die Ballonhülle leuchtete in der Sonne. Sie beugte sich wieder vor, um dem Künstler bei seinen Übungen zuzusehen. Der Korb wackelte kurz und dabei fiel ihr Hut herab, der wirbelnd hinunterflog. Aus der Menge erklangen erschrockene Rufe.

»Was isse da oben los?«, schrie Eusebius.

»Du bist entdeckt«, sagte William und zuckte die Schultern. »Wir haben eine Dame an Bord, Meister«, rief er nach unten. »Aber sie ist leicht, das kann der Ballon gut tragen.«

»Mamma mia!«, rief der Schausteller und stieß ein paar Flüche aus. Unten konnten sie ihn bestimmt hören. Gute dreißig, wenn nicht gar vierzig Meter über den Köpfen der Zuschauer vollführte er seine Turnübungen. Die Menge klatschte, die Menge schrie auf, wenn er zu stürzen drohte.

Eleonore sah ihm eine Zeit lang zu, dann blickte sie umher. In der Ferne zog ein Zug dampfend seine Bahn. Bei der Pferderennbahn erscholl ein Schuss und ein paar Pferde liefen im Oval ihre Runden. An der königlichen Loge flatterten Girlanden in Schwarz und Rot, den Farben Württembergs. Links zog glitzernd das Band des

Neckars durch die Wiesen, rechts voraus grüßten die Häuser und die Kirchtürme Cannstatts. Die Menschen waren zu kleinen Figuren geschrumpft. Sie sah das Kasperlezelt.

»Herrlich, William, herrlich!«

Er strahlte sie an, trat einen Schritt vor, sodass sie sich wie bei einem Tanz sehr nahestanden. Sie hob ihren Kopf, wollte ihn küssen, als sie ein Trompetensignal hörte. Eleonore fuhr herum. Von den Buden her kam eine Kolonne Soldaten auf sie zumarschiert. Vorneweg ritt August von Engel. Die Zuschauer stoben auseinander.

»He!« und »Ho!« riefen die Leute.

»Hat er uns erkannt?«, fragte William.

»Es sieht so aus.« Eleonore schluckte. Der Leutnant würde William verhaften und sie musste tatenlos zusehen.

August von Engel galoppierte heran, zügelte sein Pferd und wies mit seinem Säbel hoch zu ihnen.

»Mamma mia!«, rief Eusebius.

Die Soldaten waren heran und zielten mit ihren Gewehren nach ihnen.

»Es wird besser sein, wir gehen hinunter«, meinte William mit belegter Stimme, »bevor jemand zu Schaden kommt.«

Eusebius schrie den Männern an den Tauen Anweisungen zu und gestikulierte wild mit den Armen. Der Korb ruckte und sie verloren rasch an Höhe. Eleonore schluckte erneut. August von Engel würde ihr William wegnehmen. Tränen traten ihr in die Augen. Der Ballon stockte.

»Weiter runterholen«, hörte sie den Leutnant brüllen

und sah, wie er mit hochrotem Kopf von seinem Pferd absprang. Mit der flachen Seite seines Säbels hieb er auf die Männer an den Tauen ein. Sah er denn nicht, dass seine Schläge mehr behinderten als anspornten? Ihr sollte es recht sein. Langsam sanken sie weiter.

Eusebius tupfte Schweiß mit einem Tuch von seiner Stirn. Er war hinunter in das Netz gestiegen. Seine Füße baumelten unten heraus und langten fast schon bis zum Boden. Da kam alles zum Stillstand.

»Herrgott noch mal! Was ist denn jetzt schon wieder?« August schäumte vor Wut.

Einer der Soldaten machte einen Schritt nach vorne, stolperte dort über eine Unebenheit und fiel auf die Knie. Sein Gewehr landete im Gras. Ein anderer Soldat fuhr herum und in dem Moment löste sich bei ihm ein Schuss. Die Menge schrie auf. Die Männer an den Seilen wichen zur Seite aus, eine Gruppe geriet ins Straucheln und den Männern entglitt das Seil. Gleich darauf passierte einer zweiten Gruppe das gleiche Missgeschick.

Der Korb neigte sich und Eleonore und William stießen zusammen. Die beiden anderen Gruppen gerieten durch das plötzliche Ungleichgewicht und den Zug des Ballons ins Stolpern, fielen hin, bis sie nur noch ein Knäuel von Leibern waren. Alle Seile waren frei. Der Ballon fuhr in die Höhe. Eusebius, der gerade aussteigen wollte, hing kopfüber mit einem Bein im Netz.

Wieder kreischte die Menge.

»Hat er auf uns schießen lassen?«, fragte William ungläubig.

Eleonores Herz raste. »Ich weiß es nicht.« Sie beugte sich vor und sah, in welcher misslichen Lage der Schausteller war. Er hing nur an einem Bein, und sie hatten wieder ihre alte Höhe erreicht. Wenn er fiel, war er unrettbar verloren.

»Holt ein!«, rief Eleonore den Männern zu. Tränen der Wut traten ihr in die Augen. Sie mussten hinunter, wollte sie nicht das Leben des Akrobaten riskieren.

Mehrere Männer sprangen herbei und zogen an den Tauen. Der Ballon kam langsam herunter. Eusebius zog sich am Netz hoch. Noch waren es zwanzig Meter. Zehn, fünf. Eine Bö traf sie unvermittelt, neigte den Korb und Eusebius fiel herunter, ruderte mit seinen Armen und landete inmitten der Bodenmannschaft, die heraneilten und wieder die Taue fallen ließen.

Der Ballon schoss erneut in die Höhe. Der Schausteller rappelte sich auf und sah hoch.

»Gott sei Dank«, sagte Eleonore. »Er ist gerettet.«

»Es tut mir leid«, sagte William. »Ich habe dich in Gefahr gebracht.«

»Ach was!«, entfuhr es ihr. Ihre Wut über August stieg ins Unermessliche. »Dieser Schuft!«

Ein heftiger Ruck ließ sie taumeln.

»Höher geht es nicht«, stellte William fest.

Direkt neben einem der Taue, die wie eine Nabelschnur zum Boden reichten, lehnte eine Axt. *Von der Leine lassen,* ging es ihr durch den Kopf. Eleonore hob die Axt auf und holte zum Schlag gegen eines der Taue aus. Sie verfehlte ihr Ziel und taumelte.

»Das ist verrückt«, sagte William.

Er nahm ihr die Axt ab und schlug selbst auf das Seil ein. »Vollkommen verrückt«, knurrte er.

Eleonore sah, wie ein erster Strang riss.

»Zieht! Zieht!«, brüllte unten August von Engel.

William schlug erneut zu. Schweiß perlte auf seiner

Stirn. Mit weit auseinander stehenden Beinen kämpfte er um sein Gleichgewicht. Da riss das eine Seil. William wischte einmal über seine Stirn, holte Luft und widmete sich dem zweiten Seil, dann dem dritten. Der Korb wackelte bedenklich. William schlug wie von Sinnen auf das letzte Bodenseil ein. Mit zwei Schlägen war es durch und wie ein wildes Tier, das seine Freiheit erhalten hatte, schnellte der Ballon in die Höhe. William ließ die Axt fallen, taumelte Eleonore entgegen, umfasste ihre Hüfte und fiel mit ihr auf den Boden des Korbes. Sie konnte es nicht glauben.

# Abenteuer im Ballon

In der Luft, September 1848

August ballte seine Fäuste und sah dem Ballon nach, der davonschwebte und weiter an Höhe gewann.

»Verdammt!« Er suchte nach seinem Burschen. »Mein Pferd!«, verlangte er. »Hol mir mein Pferd. Lange werden die nicht oben bleiben.«

Der Akrobat, der eben noch in den Seilen unterhalb des Ballons gehangen hatte, kam auf ihn zu. »Das isse eine große Unglück«, plapperte er.

August stieß ihn zurück. »Ich habe keine Zeit.« Wo blieb sein Pferd? Er reckte seinen Hals, überflog die Menge, konnte seinen Burschen aber nirgends ausmachen. Dafür sah er eine Gruppe von Männern direkt auf ihn zukommen. Vorneweg erkannte er die hagere Gestalt von Eleonores Vater. Der hatte ihm gerade noch gefehlt. Ihm folgten eine Reihe Männer in feinsten Anzügen. *Die ganze Ehrenloge,* schoss es August durch den Kopf. Am Ende erschien noch der König höchstpersönlich.

Ah! Da kam sein Bursche. »Heran, schneller heran!«, rief er ihm zu.

Die Besucher waren alle seit dem Schuss in Aufruhr und immer mehr strömten herbei, um zu sehen, was hier los sei. Viele zeigten immer wieder in die Höhe, zu dem Gasballon, der kleiner und kleiner wurde.

Endlich hielt er den Zügel seines Pferdes in der Hand.

»Schnell, ein Gewehr!«, befahl er seinem nächststehenden Soldaten. August schwang sich hoch und wollte das Gewehr aufgreifen, als Konrad Herbst heran war und ihn am Oberschenkel festhielt.

»Stimmt es, dass Sie auf meine Tochter haben schießen lassen? Sie sind von Sinnen!«

August beugte sich vor zu Herbst. »Hätten Sie mehr darauf geachtet, wen Sie als Gast aufnehmen. Der eine hat uns alle ausspioniert, und der andere ruft zum Fürstenmord auf.« Er griff in seine Jacke, holte die Zeitung hervor und warf sie Eleonores Vater zu Füßen. »Da steht er drin, der Aufruf Ihres feinen Journalisten.«

Der Akrobat drängte sich wieder vor. »Es werde große Unglück geben.«

»Ach was!« August riss sich los, zog seinen Säbel und preschte davon. Die Menge stob auseinander. Im Galopp ritt er dem Ballon nach, der nur noch ein kleiner Punkt am Himmel war. Wie lange konnte der oben bleiben? Er erreichte einen Feldweg, der entlang des Neckars verlief. Da kam er schnell voran und ihm schien, dass er dem Ballon näherkam. Er schwitzte, trieb sein Pferd härter an, wischte sich den Schweiß aus den Augen, blinzelte und riss dann an den Zügeln.

»Hoh!«, rief er.

Das Pferd kam zum Stehen und schnaubte. August suchte den Himmel ab.

Nichts.

»Wo sind sie?«

Pferdegetrappel ließ ihn herumfahren. Eine Gruppe Ulanen kam auf ihn zu. Vorneweg ritt ein Hauptmann. Der ließ den Trupp anhalten.

»Ich habe Sie auf allerhöchsten Befehl zurückzubringen«, eröffnete ihm der Hauptmann. »Sie sollen Meldung erstatten, was vorgefallen ist.«

»Auf wessen Befehl?«, fragte August.

»Seiner Majestät, des Königs«, erwiderte der Hauptmann.

August fuhr mit der Zunge über seine Oberlippe. *So nah.* Beinahe hätte er diesen William Euskirchens ergriffen. Und mit dem Zeitungsaufruf, einen Monarchen zu töten, hätte er ihn am Wickel gehabt. Jetzt war er in Erklärungsnot, obwohl er diesen Schuss nicht befohlen hatte. Besonders schwer wog, dass der König davon Kenntnis hatte. Das zählte, das war die Realität.

Er nickte und reihte sich in die Ulanen ein.

***

William sah prüfend nach oben. Seine Gedanken rasten. Einmal, in Mexiko, war er mit einem Beobachtungsballon der Armee aufgestiegen. Aber der war immer mit dem Boden verankert gewesen. Er versuchte, sich an die Details zu erinnern. Die Leine, die von oben herabhing, führte zweifelslos zum Ventil an der Spitze. Zog man daran, konnte das Gas kontrolliert abgelassen werden und der Ballon sank langsam auf die Erde. Aber wo?

Damals hatte es einen harten Aufprall gegeben, weil die Zugpferde des Wagens, an dem ihr Bodenseil hing, durchgangen waren. Sie hatten den Korb etliche Meter am Boden mitgeschleift und nacheinander waren alle Insassen herausgepurzelt. Niemand war ernsthaft verletzt worden, aber viele hatten Prellungen und Schürfwunden abbekommen. Nicht auszudenken, wenn ihnen das widerfahren sollte.

Es war absolut still, sah man vom Knarren des Weidenkorbes ab. Eleonore stand am Rand und wandte ihm den Rücken zu. Sie machte einen Schritt nach hinten und stieß gegen ihn, drehte sich um und lächelte.

»Wir sind entkommen. Wir fliegen.«

»In Ballonfahrerkreisen sprechen sie von fahren, nicht vom Fliegen.«

»Das passt auch besser, so erhaben wie wir dahinschweben.«

Er versuchte, ihr Lächeln zu erwidern.

»Warum so besorgt?«, fragte sie.

»Es ist nicht ungefährlich. Wir sollten zusehen, irgendwo landen zu können.«

Er trat neben sie. Weit zurück lagen die Buden des Jahrmarktes. Selbst die Fruchtsäule, die ihm so mächtig erschienen war, bildete nur noch einen Strich in der Ferne. Der Neckar sendete ihnen glitzernde Grüße. Eleonore trat näher an ihn heran.

»Da!« Sie deutete auf einen Reiter, der einen Weg entlangritt.

»Vielleicht ein Ausflügler«, mutmaßte er.

»Mit gezogenem Säbel?«

William sah es aufblitzen.

»Es muss von Engel sein«, stellte er fest. »Er wollte mir revolutionäre Umtriebe ankreiden.«

»Ich weiß. Vater hat mir alles berichtet.« Sie legte ihm eine Hand auf den Arm. »Solange wir oben sind, kann er dir nichts anhaben.«

*Und dir auch nicht,* dachte er. Und dennoch waren sie in Gefahr. Er erinnerte sich an einen Artikel über

Charles Green, einen englischen Ballonfahrer. Der hatte vor über zehn Jahren den Ärmelkanal überquert. Mit einem Ballon, vierundzwanzig Meter hoch. Die Fahrt damals hatte achtzehn Stunden gedauert und war über eine unvorstellbare Distanz von siebenhundert Kilometern gegangen. Konnte das ihr Ballon leisten? Er sah hinauf zu der Hülle, die ihm praller vorkam. Ihr Ballon maß höchstens fünfzehn Meter. Sie waren aber auch nur zu zweit, wohingegen bei Green neun Passagiere mitgefahren waren.

William schluckte. Wie hatte er so unvernünftig sein können, die Bodenseile durchzuschlagen? Zwar hatte Eleonore damit begonnen, er aber war wie irre ihrem Beispiel gefolgt. Er dachte an Berlin, als sie das Boot an der Spree bestiegen. Da war es Claras Eifer gewesen. Würde wieder jemand mit seinem Leben bezahlen müssen? Dafür, dass er sich hatte hinreißen lassen?

»Herr im Himmel!«, fluchte er.

Eleonores Augen blitzten auf. »Alles wird gut gehen.«

Er nickte, sah wie ihre Lippen bebten. Nicht aus Angst. Er zog sie an sich und gab ihr einen innigen Kuss. Sie sanken gemeinsam auf den Boden des Korbes. Gleich einer Meereswelle, die über ihren Köpfen zusammenschlug, kam ein Rausch über sie und für den Augenblick war alle Gefahr vergessen. Er hielt ihre Schultern fest, sog ihren Duft ein. Sein Knie stieß schmerzhaft gegen einen Gegenstand. Er ignorierte den Schmerz, rückte ihr näher, strich ihr mit einer Hand durchs Haar, liebkoste ihren Hals. Ihre Hände tasteten ihn ab, fuhren ihm über den Rücken. Eleonore erzitterte und William durchfuhr ein wohliger Schauer.

Plötzlich gab es einen gewaltigen Ruck, der Korb stieß

gegen irgendetwas und drehte sich wie ein Kreisel. Holz splitterte. William rappelte sich auf. Der Korb schwankte hin und her. Eleonore kam ebenfalls hoch. Vor ihnen lag ein ausgedehnter Nadelwald. Sie flogen über die Wipfel und mussten einen gestreift haben.

»Wir fahren zu tief«, sagte er mit trockenem Mund. »Wir sind zu schwer.«

Er suchte den Boden des Korbes ab. Eleonore tat es ihm gleich. Im nächsten Moment griffen sie beide nach der Axt, die zu ihren Füßen lag. Gemeinsam warfen sie diese hinaus.

»Ballast, lass uns Ballast abwerfen!«

Außen hingen Sandsäcke. Eleonore nestelte an einem herum, bis der Sand gleich einer Flutwelle herausquoll. William trat zu einem anderen und schüttete den Sand ebenfalls rasch über Bord, damit sie an Gewicht verloren. Der Ballon reagierte und stieg allmählich höher. Sie hielten inne.

»Das ist gerade noch einmal gut gegangen«, sagte er. »Zum Glück hat Eusebius den Korb mit Originalutensilien geschmückt. Lass uns nachschauen, was wir sonst noch alles dabeihaben.«

William durchsuchte eine Ledertasche, die innen hing, und fand einen Kompass. Er klappte ihn auf.

»Wir fahren nach Süden«, stellte er fest.

»Für Proviant ist gesorgt«, sagte Eleonore, die vor einer kleinen Holztruhe kniete. Sie hob ihm eine Weinflasche entgegen. »Ein paar Würste und Brot ist auch vorhanden. Und ein …« Sie hielt eine kleine Keramikflasche in den Händen, entkorkte diese und roch daran. »Puh! Das dürfte Schnaps sein.« Sie reichte ihm die Flasche.

Er nahm und steckte sie in seine Jacke. »Nach der Landung«, sagte er.

William betrachtete die Leine, die von oben herabhing und mit deren Hilfe man Gas entweichen lassen konnte. Aber wie lange dauerte es, bis die Fahrt ein Ende fand?

»Wir sollten nach einem Platz Ausschau halten, wo wir landen können.«

Gegenüber der Holzkiste war ein Brett befestigt, groß genug, damit sie nebeneinander darauf Platz fanden. William nahm eine Wolldecke auf, die am Boden lag, und legte sie Eleonore über die Schulter. Der Wind frischte auf und nahm sie mit auf seiner Reise. Die Wipfel der Bäume, die nun weit unter ihnen lagen, wogten hin und her.

»Wir sollten landen, bevor es dunkel wird«, sagte er. *Aber wie,* hämmerte es in seinem Kopf. *Wie?* Wie lange schwebten sie bereits dahin? Die Sonne stand nicht mehr so hoch.

»Sieh mal!«, rief Eleonore. »Ein Maisfeld.«

»Bis dahin könnten wir herunterkommen. Im Feld lässt es sich weicher landen.« Er versuchte, mit fester Stimme zu sprechen, damit Eleonore seine Zweifel nicht bemerkte. Das Feld vor ihnen maß gut zweihundert Meter.

»Ein gutes Versteck obendrein«, sagte Eleonore. »Aber wie kommen wir runter?«

»Diese Leine führt nach oben zum Ventil. Ziehen wir, entweicht das Gas. In Mexiko war ein Unteroffizier damit beauftragt. Auf den müssen wir verzichten.« *Hach! Manches war ihm doch im Gedächtnis geblieben.*

Er spähte voraus. Das Maisfeld kam rasch näher. »Ich ziehe gleich an der Leine. Stell dich locker hin und halte dich gut innen fest. Es kann unsanft werden.«

Eleonore tat, wie ihr geheißen.

»Jetzt«, sagte er und zog.

Er erschrak. Es gab keinen Millimeter nach. Noch einmal zog er. Nichts! Und wieder: Nichts!

»Das verdammte Ventil klemmt«, knurrte er und spähte nach oben, konnte jedoch nichts erkennen. Sie hatten das Feld bereits zur Hälfte überquert. Eleonore stand auf, griff ebenfalls das Seil und gemeinsam zogen sie erneut. Im nächsten Augenblick fuhr ihm der Schreck in die Glieder. Das Seil fiel herunter und schlängelte sich zu ihren Füßen wie eine Schlange auf.

»Das fehlte noch!«, fluchte William.

Eleonore schluckte.

»Ich fürchte, wir müssen ohne Ventil auskommen«, erklärte William und versuchte, Eleonore nicht seine aufkommende Panik bemerken zu lassen.

Sie überquerten die letzten Stauden des Maisfeldes. In der Ferne kam eine Ortschaft in Sicht. Deren Kirchturm ragte über die Dächer weit hinaus.

»Wir müssen warten, bis wieder eine geeignete Stelle kommt.« Eine Wiese, Ackerland, Hauptsache, ohne ein Hindernis. Nicht zu schmal. Wie lange würde der Ballon noch in der Luft bleiben? Wie lange trug sie das Gas? Blieb die Frage, wie sie überhaupt landen konnten.

Er blickte hoch und sah sich schon im Geiste dort hinaufklettern, um irgendwie ein Loch in die Hülle zu schneiden. Der Ballon schien ihm praller. Offenbar dehnte sich das Gas aus, wenn sie höher stiegen. Wie hoch fuhren sie überhaupt? Der Abstand zu den Baumwipfeln schien ihm ausreichend. Mehrere Ortschaften durchbrachen wie kleine Farbtupfer das Grün unter ihnen. Das Band des Neckars, das sie lange begleitet hatte, war längst verschwunden. Die Dämmerung brach herein. Sie würden die Nacht oben bleiben müssen. Wieder dachte er an diesen Charles Green. *Achtzehn Stunden in der Luft.* Die Landschaft wurde zusehends hügeliger und in der Ferne tauchte eine bewaldete Höhe auf.

»Das ist die Schwäbische Alb«, teilte Eleonore ungläubig mit. »Wir sind ja so schnell wie die Tauben.«

Als Kind war er nie aus Stuttgart herausgekommen. Erst als sie auswanderten, und da hatte er keinen Blick für die Umgebung gehabt.

»Irgendwann kühlt das Gas durch die niedrigen Nachttemperaturen ab«, sagte er und dachte weiter. *Dann sinken wir. Hoffentlich zur rechten Zeit, am rechten Ort.* Da fiel ihm siedend heiß der Schuss ein, den der Soldat auf sie abgefeuert hatte. Hatte er den Ballon getroffen? Schaden angerichtet? Er unterdrückte den Impuls, panisch die Hülle abzusuchen. Erkennen konnte er sowieso nichts. Er musste wach und aufmerksam bleiben.

»Wenigstens sind wir versorgt«, sagte Eleonore. Sie betrachtete den Picknickkorb. »Lass uns eine Kleinigkeit essen, bevor es vollkommen dunkel wird.«

Sie setzten sich nebeneinander auf das Brett. Eleonore drapierte die Decke um sie beide herum. Er spürte ihren Atem, genoss die Wärme, die ihr Körper ausströmte. Sie aßen Brote und tranken abwechselnd aus der Weinflasche.

»Ich wünschte, Eusebius wäre dabei«, sagte er. »Der könnte uns herunterbringen.«

Sie rückte näher an ihn heran. »Wir schaffen es ohne ihn.«

Ihr Gesicht verschwamm zu einer hellen Kontur. Er neigte seinen Kopf und gab ihr einen innigen Kuss. Sie legte einen Arm um seine Schulter und erwiderte seinen Kuss.

»Schau«, rief Eleonore. Sie deutete nach links. Die Sonne sank wie ein feuerroter Ball nach unten. Einen Moment sahen sie gebannt zu. Die Landschaft unter ihnen verlor endgültig ihre Farben und wechselte in die verschiedensten Grautöne.

»Lass uns weiteren Ballast abwerfen, damit wir ein wenig höher fahren. Wir werden die Nacht über oben bleiben müssen.«

Mit Bangen stellte er fest, dass sie wieder sanken. *War das schon die Folge der Abkühlung?* Der Ballon hatte seine Farbenpracht verloren und verschmolz mit der Nacht. Eleonore ging herum und zählte die Sandsäcke, die noch außen hingen.

»Es sind noch acht Säcke«, verkündete sie das Ergebnis.

»Dann lass uns vier davon entleeren.«

»Wir steigen«, rief Eleonore.

William spähte nach unten. Der Wald unter ihnen war mittlerweile schwarz geworden. Eine riesige, scheinbar niemals endende Fläche. Sollten sie dort heute Nacht aufsetzen, mussten sie vorbereitet sein. Zu ihren Füßen lag noch immer die Ventilleine.

»Wir werden in der Nacht nacheinander wachen

müssen«, erklärte William. »Ich will uns zuvor festbinden.«

Sie nahmen wieder auf dem Brett Platz, drapierten die Wolldecke um sich. Er wickelte das Tau um ihre beiden Hüften und knotete es anschließend an der innen umlaufenden Korbleine fest. Das musste ausreichen.

»Versuche zu schlafen«, sagte er mit fester Stimme.

Sie lehnte ihren Kopf an seine Schulter.

»Ich bin froh, dass ich bei dir bin«, sagte sie und schmiegte sich näher an ihn heran. Sie öffnete ihren Mund und küsste ihn verlangend. Einen kurzen Moment vergaß er, in welcher heiklen Lage sie waren. Sie konnten einander kaum erkennen. Der Wind nahm zu und trieb sie voran.

»Ich spüre keinen Luftzug«, wunderte sich Eleonore.

»Wir sind eins mit dem Wind«, erklärte William. »So schnell er weht, so schnell sind wir.«

***

August saß wie betäubt in der Kutsche. *Grandios gescheitert,* das ging ihm durch den Kopf. General von Miller persönlich hatte ihn eben abgekanzelt, hatte ihm das Unverständnis Seiner Majestät übermittelt. Wie hatte er es wagen können, auf einen Ballon schießen zu lassen? Seinen Erklärungsversuch, er habe kurz davorgestanden, einen gefährlichen Aufwiegler festzusetzen, wischte der General zur Seite.

»Sie haben auf Zivilisten schießen lassen!«, hatte von Miller geschrien. Und dann, unmerklich leiser: »Sie begeben sich sofort nach Hause und warten dort, bis man Sie ruft.«

Nach Hause. Das schlossähnliche Anwesen der von Engels war nur noch ein heruntergekommenes Herrenhaus, umgeben von zerfallenden Nebengebäuden. Außer ihm wohnte dort nur ein gebrechlicher Diener. Die Fahrt über brütete er nach. Das Ganze würde ein Nachspiel haben, und Eleonore und ihr Geld waren in weite Ferne gerückt.

Die Sonne stand schon tief, als der Wagen die Auffahrt zum Wohnhaus hinauffuhr. Irgendjemand hämmerte da. Er beugte sich aus dem Fenster und sah nach. An die Hausmauer gelehnt stand ein Gerüst und zwei Männer machten sich an den Fensterläden zu schaffen.

»Anhalten!«, rief August. »Was soll das bedeuten?«

Einer der Männer blickte ihn an. »Wir haben den Auftrag, sämtliche Fensterläden zu richten«, sagte er.

Wie konnte das sein? Seit Wochen war keiner der Handwerker mehr erschienen. Sie alle hatten ihre Arbeiten eingestellt, hatten auf die Bezahlung seiner Schulden beharrt. Erst recht, nachdem er aus Baden zurückgekommen war und offenbar Geld besaß. Das hatte er größtenteils den Wirten der Umgebung gegeben, um weiterhin Gast bei ihnen sein zu können.

Die Fensterläden zu richten, hatte er niemals beauftragt. Da war er sich sicher. Sollten die Leute hier denken, was sie wollten. Er wollte alles nach der Hochzeit renovieren lassen. Mit dem Geld seines Schwiegervaters. Dem waren die Brüder im Weg gestanden. Friedrich hatte er ausgebootet und bei William war ihm das beinahe ebenfalls gelungen. Er verfluchte den Tag, an dem die Brüder in Eleonores Leben getreten waren.

»Verdammt, verdammt, verdammt!« Er stieg aus der Kutsche und trat ins Haus. Die Tür stand offen. Im Vorraum stockte er abrupt. Dort stand ein großer Holztisch und zwei Männer beugten sich über Pläne, die dort auslagen. Den einen der beiden erkannte er als den hiesigen Zimmermann.

»Was geht hier vor?«

»Wir erbauen ein neues Heim«, sagte der ihm fremde Mann mit einer geschmeidigen, sanften Stimme. Und hob seinen Kopf.

Friedrich Euskirchen!

»Sie!«, entfuhr es August.

»Richtig. Ich habe Sie erwartet«, sagte Euskirchen. »Um mit Ihnen einiges zu besprechen. Das hier«, und dabei breitete er seine Hände weit aus, »ist nicht länger Ihr Besitz.«

»Unerhört!«

»Ihre Schulden sind beglichen«, fuhr Friedrich fort. Dabei zog er ein großes Kuvert aus seiner Jacke. »Alle Schuldscheine sind hier. Entweder Sie überlassen mir Ihr heruntergekommenes Anwesen, oder ich klage morgen auf Erstattung der Schulden.«

August schluckte.

»Sie haben dazu kein Recht. Sie dürfen nicht hier sein. Der König persönlich hat Ihre Ausreise angeordnet.«

Euskirchen steckte sein Kuvert wieder ein und lächelte. »Sie haben die Wahl. Oben liegt ein Vertrag, der mir alles überschreibt. Oder wir sehen uns vor Gericht, wo dann Ihr liederlicher Lebenswandel in Gulden und Kreuzer, in Taler und Silbergroschen aufgezeigt wird.«

»Sie haben kein Recht!« schrie August erneut. »Was reden Sie da von einem neuen Heim? Für wen?« Seine Stimme erstarb. Friedrich Euskirchen hatte es ebenso auf Eleonore abgesehen, und er wollte ihr hier ein Nest bauen. Damit seinen Bruder ausstechen, der als Journalist niemals solch eine Heimat bieten konnte.

August marterte sein Hirn. *Was konnte er tun? Wo sollte er hin?* Er sah Friedrich Euskirchen in die Augen und erstarrte. Dem war alles egal. Seine Selbstsicherheit war nicht gespielt, sie war greifbar.

»Ich unterschreibe«, sagte er tonlos.

Er las den Vertrag nicht durch. Verloren war verloren. Heute war er Friedrich Euskirchen ausgeliefert. Kommentarlos quittierte er den Empfang der zwei Seekisten, in die man seine Uniformen und ein paar andere Sachen gepackt hatte. Er widersprach auch nicht, als Euskirchen die Pferde wechseln ließ. Augusts Abscheu den beiden Brüdern gegenüber schlug in Hass um. Sie hatten fürs Erste gewonnen, aber er würde zurückschlagen. Er würde bis zum Äußersten gehen. Noch war er Offizier und verfügte über Mittel.

»Die Ahnenbilder sende ich Ihnen nach«, sagte der Portraitmaler zum Abschied. »Die können Sie wieder aufhängen, wenn Sie ein neues Zuhause haben und wenn Sie Ihren Ahnen nicht mehr peinlich sind.«

August unterdrückte eine scharfe Erwiderung.

»Nach Cannstatt«, wies er den Kutscher an. Er nannte ihm den Namen eines Gasthofes, wo er noch wohlgelitten war. Der Wagen fuhr in die Nacht hinaus. Wo war der Ballon mit Eleonore und William gelandet? Saßen sie bereits wieder zu Hause in der warmen Stube, lachten über ihn?

*Ich komme wieder!*

***

Eleonore genoss die Sonne, die sie umfing wie ein warmer, weicher Mantel, und lauschte dem Vogelgezwitscher, das um sie herum tönte. Da drückte ihr etwas Hartes in den Rücken und sie schreckte auf. Mit einem Mal war sie hellwach. Sie musste blinzeln, bis sie ihre Umgebung richtig wahrnahm. In Wellen kamen die Erinnerungen. William stand neben ihr.

»Willkommen im Paradies«, grüßte er. Er hielt den Kompass in der Hand. »Wir fahren immer noch Richtung Süden, aber der Wind kann vielleicht gedreht haben. Immerhin, wir sind noch auf Erden.«

Bartstoppeln zierten seine Wangen. Er musste die ganze Nacht gewacht haben, um sie schlafen zu lassen. Sie hatte jegliches Zeitgefühl verloren. Hatte sie William wirklich geküsst, gestern, zu Beginn ihres Abenteuers? Sie sah ihn an und allein die Tatsache, dass ihr warm ums Herz wurde, gab ihr die Antwort.

Behutsam löste sie das Tau, das ihre Hüfte umschloss, und stand auf. Die Wolldecke fiel auf den Boden. Der Ballon glitt ruhig über ein großes Feld. Sie griff mit beiden Händen den wulstigen Lederrand des Korbes. Weit und breit sah sie kein Hindernis, das ihnen gefährlich werden könnte. Keine Bäume, und, so musste sie sich lächelnd gestehen, das vermeintliche Vogelgezwitscher hatte nur in ihrem Kopf stattgefunden.

Wo mochten sie sein? Sie näherten sich einem Wald. Morgentau stieg zwischen den Bäumen hoch und dahinter, im Dunst, lag ein Dorf. Es war ein kleines Waldstück, sodass sie schnell darüber hinwegkamen. Ein Ochsengespann kam ihnen auf einem Feldweg entgegen. Zwei Kinder saßen neben dem Kutscher. Sie entdeckten den Ballon zuerst und stießen den Mann an.

Aufgeregt wiesen sie in die Höhe.

Der Mann nahm seine Mütze und winkte ihnen zu.

William, der leise hinter sie getreten war, winkte zurück.

»Was die wohl denken mögen?«

»Sieh!«, rief Eleonore. Im Dorf waren sie ebenfalls bemerkt worden. Frauen stellten ihre Körbe ab, Kinder sprangen wie von Sinnen umher. Sie alle winkten ihnen zu. Vom Kirchturm her erklangen Glocken. Ein Hahn krähte und irgendwo bellte unten ein Hund.

Sie spürte, wie William atmete. Seine Nähe gab ihr ein Gefühl von Geborgenheit. Sie blickte ihn an. Er sah besorgt in die Höhe.

»Wir haben so viel überstanden, wir werden heil herunterkommen«, sagte sie voller Zuversicht.

Er nickte grimmig. »Ich muss wahrscheinlich hochklettern und den Ballon aufschneiden. Zuerst müssen wir aber eine geeignete Landestelle finden.«

Die Vorstellung, ihn da hinaufklettern zu sehen, ließ sie schaudern.

»Lass uns gemeinsam Ausschau halten«, sagte sie mit fester Stimme.

Sie verloren langsam an Höhe. Wie lange würde der Ballon noch in der Luft bleiben? Noch schwebte er höher als alle Kirchtürme, die sie kannte. Sie überflogen eine Obstwiese und die Äste der Bäume ragten wie Stacheln heraus.

»Dort hinunterzugehen ist zu gefährlich«, sagte er.

*Wie eins ihre Gedanken schon waren.*

Vor ihnen stieg die Landschaft an.

»Wir sollten Höhe gewinnen.« Er deutete nach vorne.

Der Hügel war dicht bewaldet, und wenn sie weiter

sanken, würden sie mitten hinein anstatt darüber hinweg fliegen. Die Baumwipfel würden ihre Landung abmindern, und doch sah er im Geiste Schreckensbilder, sah sich und Eleonore mit zerschmetterten Gliedern am Waldboden liegen.

»Wir haben keinen Ballast mehr«, bedauerte er. »Ich habe in der Nacht die letzten Säcke entleert.«

Eleonore blickte um sich.

»Die Decke!«

Lautlos stürzte diese in die Tiefe. Der Ballon stieg langsam hoch, um bald erneut zu sinken.

»Meine Jacke«, rief er und zog sie aus. Da fiel ihm die Schnapsflasche in die Hand. »Schade drum«, sagte er und warf sie im hohen Bogen raus.

»Warte!«, rief sie, nahm die Jacke und zog sein Notizbuch hervor. »Das behalten wir.«

»Danke«, sagte er und warf jetzt die Jacke hinaus.

»Unsere Stiefel!« Eleonore ging in die Hocke und nestelte an ihren Schuhen herum.

Er tat es ihr gleich. Fast gleichzeitig flogen ihre Schuhe hinaus. Sie meinte zu hören, wie sie auf den Baumwipfeln aufschlugen. *Waren sie bereits so nahe? So gefährlich nahe?*

»Wir müssen darauf achten, dass niemand zu Schaden kommt«, mahnte er.

Sie nickte.

»Mein Kleid. Es ist sowieso ruiniert.« Sie löste Knöpfe und lockerte die Schnüre, riss und zerrte. Endlich hielt sie das Kleid in ihren Händen und übergab dies dem Wind. Sie trug nur noch den Unterrock, der an mehreren Stellen gerissen war. Hell schimmerte ihre Haut hervor. William hatte sich seines Hemdes und seiner Hose entledigt. Schon wollte sie auch noch den Unterrock und ihr Hemd darüber ausziehen, als William ihr seine Hand auf den Arm legte.

»Wir kommen gerade so darüber.«

Er hatte recht. Hinter der Kuppe fiel der Hang wieder ab und ein weiteres Dorf kam in Sicht.

»Sieh mal!«, rief Eleonore. Sie deutete auf eine große, schimmernde Fläche. Sie nahm an, es sei ein Feld. Dann stockte ihr der Atem. Was da vor ihnen lag, war Wasser. »Das muss der Bodensee sein«, sagte sie und konnte es selbst nicht glauben. Sie waren mit dem Ballon von Cannstatt bis hier gekommen. Einmal war sie mit ihren Eltern in Friedrichshafen gewesen, und die Reise war ihr als sehr strapaziös in Erinnerung geblieben.

»Du kannst doch schwimmen?«, fragte sie ihn.

»Wie ein Fisch.«

Er log, fürchtete sie. Dabei erschien ihr der See als eine geeignete Landefläche. Der Korb würde bestimmt eine Weile auf dem Wasser treiben, bevor er sank. Und sie hatten beide kaum noch was an, das im Wasser schwer werden konnte.

»Wir schaffen das«, sagte sie.

Ein dumpfes Grollen ließ sie beide herumfahren. Dunkle Wolken kamen schnell näher.

»Wie kann es sein, dass sie schneller sind?«, fragte sie.

»Die Luftströmung kann in den Höhen unterschiedlich sein«, sagte er.

Ein Blitz zuckte nur wenige Hundert Meter entfernt und ein anhaltendes Grollen folgte. Direkt über ihnen stand jetzt eine gewaltige schwarze Wolke. Ihre Enden fransten nach unten hin ab. Sie kamen ihr näher.

»Wir steigen«, stellte sie fest. »Wir haben doch keinen weiteren Ballast abgeworfen.«

»Die Wolke saugt uns auf«, sagte William mit belegter Stimme.

»Was ist mit dir?«

William schluckte. »In Mexiko war ich mit einem erfahrenen Luftschiffer oben. Der hat von Freiflügen erzählt und davon, wie gefährlich eine Gewitterwolke werden kann. Wenn wir der hier doch nur entgehen könnten.« Wieder blitzte und donnerte es.

»Komm, binden wir uns wieder fest«, sagte sie.

Nebeneinander nahmen sie Platz, legten die Leine um sich herum und knoteten sie wieder fest. Eng umschlungen harrten sie der Dinge. Mit einem Mal schien es heller zu werden. Der Korb schoss in die Höhe und drehte sich um seine eigene Achse. Sie riss ihren Mund weit auf, schnappte nach Luft. Starke Turbulenzen pressten sie an das Weidengeflecht. Sie fürchtete schon zu ersticken, als der Druck nachließ und sie kräftig Atem schöpfen konnte.

Der Korb drehte mal links-, mal rechtsherum. Immer wieder verschlug es ihr den Atem. William ging es ähnlich. Wie ein Fisch auf dem Trockenen riss er seinen Mund auf. Sie fror entsetzlich, stöhnte auf. Ihr Kopf wollte platzen. Immer noch stiegen sie hoch. Alles um sie herum schien mit Eis überzogen. *War das das Ende?* Ihr war kalt und warm gleichermaßen. Sie blickte zu William, dessen Gestalt vor ihren Augen zu einer schwachen Kontur verblasste. Dann zuckte sie auf und erbrach sich würgend.

Der Ballon raste weiter in die Höhe und mit einem

Mal verschwanden die nebligen Schwaden und Tageslicht trat an ihre Stelle. Sie waren der Wolke entkommen. Die zog unter ihnen weiter und gab den Blick frei auf den See. *Sie lebten noch!* Weit entfernt donnerte es erneut. Drohte ihnen weiteres Unheil? Eine zweite Wolke würde sie nicht überstehen. Sie sanken nun rapide, während oben ein anderes schwarzes Ungestüm näherkam. Heftiger Regen setzte ein, prasselte auf ihre Ballonhülle und ergoss sich in Sturzbächen über sie. Der Ballon verlor seine runde Form, schrumpfte und sie stürzten in die Tiefe.

William löste die Leine um sie herum und sie standen auf. Eleonore sah die Wasserfläche auf sich zurasen. Die Sonne brach durch und malte ein glitzerndes, silbriges Band auf die Wogen. Ein herrlicher Anblick. Vielleicht das Letzte, was sie im Leben sah. Sie holte tief Luft.

William griff nach den Tauen, die den Korb mit dem Ballon verbanden, und zog sich hoch. Schwankend kamen sie auf der Wulst des Korbes zum Stehen.

Sie reichte ihm ihre Hand. »Wir werden das Überstehen und dann werde ich für immer dein sein«, sagte sie ernst.

Auf dem See kroch ein Schiff dahin. Qualm stieg aus einem Schornstein. Sie würden in dessen Nähe landen. Das konnte ihre Rettung sein. So mussten sie nicht allzu weit schwimmen. Aber konnte William schwimmen?

»Vorsicht!«, rief er.

Der Korb klatschte ins Wasser. Das gurgelte und schäumte um sie herum und sog sie herunter. Der Ballon neigte sich zur Seite, um sich gleich darauf wiederaufzurichten, und zerrte am Korb. Der bockte, stockte und im Widerstreit von Auftrieb und Wasser entglitt ihr Williams Hand und sie stürzte in den See. Sie sah, dass auch er fiel. Eleonore ruderte mit ihren Armen und sank. Tiefer und tiefer. Sie presste ihre Lippen zusammen. Riss ihre Augen auf, sah Lichtblitze und schattenhafte Konturen. Ihre Brust schmerzte, in ihren Ohren rauschte das Wasser. Sie machte mit ihren Beinen Schwimmbewegungen, tat es mit den Armen gleich. Es ging nach oben. Ihre Lungen wollten platzen und mit einer letzten, verzweifelten Anstrengung vollführte sie einen Schwimmzug, durchbrach die Oberfläche. Sie riss den Mund auf, japste, schluckte Wasser, aber da war auch die herrliche Luft.

»Hierher! Hierher!«, hörte sie eine Männerstimme rufen.

Noch einmal schöpfte sie Atem, kostete die herrliche Luft. Da griffen ein paar kräftige Hände nach ihr, zogen sie aus dem Wasser und hievten sie in ein Boot. In Sturzbächen lief das Wasser an ihr herab. Jemand legte eine Decke um ihre Schultern und drückte sie sanft herunter.

»Nehmen Sie erst einmal Platz«, sagte ein Mann. Er trug eine Uniform.

»Wo bin ich?«, fragte sie.

Der Mann lächelte. »Willkommen an Bord der *Wilhelm Tell* auf der Fahrt nach Romanshorn.«

Eleonore schreckte auf, erhob sich. Die Decke glitt an ihr herunter.

»William«, rief sie.

Sie suchte die Umgebung ab. Ihr Unterhemd klebte an ihr wie eine zweite Haut. Ihre Brustwarzen stachen hervor. Das war ihr egal.

»William«, schrie sie erneut. Und noch einmal, verzweifelter: »William!«

Weit und breit war nichts zu sehen.

*Wo war er geblieben?*

# Erfüllung

## Romanshorn und Cannstatt, September 1848

Friedrich stieg in die Kutsche. Er hatte mit mehr Widerstand seitens des Leutnants gerechnet. Irgendetwas, das ihn beschäftigte, musste vorgefallen sein. Er würde es in Erfahrung bringen. Auf der Fahrt döste er einige Male ein. Traumbilder begleiteten seinen Halbschlaf. Da war der Leutnant, fahrig, und dennoch eine Gefahr. Er erschien ihm mit bleckenden Zähnen. Im Kontrast dazu stand Eleonore, die er sah, wie sie ihm im Park von Schloss Sanssouci Modell gestanden hatte. Sie schien ihm so nah, so deutlich sah er ihr Antlitz, und doch blieb sie nicht greifbar und verblasste zu einem Schatten, wenn er ihr näher kommen wollte.

Der Kutscher weckte ihn auf.

»Ich werde sie erobern«, murmelte Friedrich.

»Wie meinen?«, fragte der Kutscher.

»Schon gut!«

Im Gasthof wartete Blasius auf ihn, feist und wohl genährt wie eh und je.

»Sind Sie überrascht, mich zu sehen?«, fragte der.

»Nein. Ich hatte Sie bereits vorher erwartet. Welche Rolle spielen Sie jetzt, hier im Württembergischen?«

»Hierzulande sind Handwerker und Weinbauern gut angesehen. Fleißig sind sie alle.« Blasius' Augen leuchteten. »Ich habe mich für den Wein entschieden. Gestatten, Koppenrath mein Name, Weinhändler und Aufkäufer edler Tropfen.«

»Dass Sie mir nicht Ihr Budget überziehen«, mahnte Friedrich.

»Nur wenn es sich lohnt.«

»Ich komme in einer halben Stunde. Besorgen Sie uns einen Tisch, wo wir ungestört reden können.«

Im Zimmer verstaute Friedrich die Schuldscheine der Handwerker. Sollte es der Leutnant wagen, ihm erneut in die Quere zu kommen, würde er mit ihnen seine Existenz endgültig vernichten. So oder so würde ihm bald ein alter Adelssitz gehören, oder besser das, was geblieben war. Ein leerstehendes Haus mit schiefen Fensterläden. Er wollte es wiederbeleben, und er wusste auch, mit wem an seiner Seite.

Er zog eines der Bilder Eleonores aus seinen Unterlagen und betrachtete es eine Zeit lang. Sie war so anmutig, so schlau. Noch gab er sie nicht auf.

Der Tisch, den Blasius ausgewählt hatte, stand ideal, abseits der anderen Tische und auch weit genug entfernt von der Theke.

»Der Schweinebraten soll vorzüglich sein«, empfing ihn sein Spitzel. »Ich habe bereits bestellt. Dazu einen Rotwein. Sie kredenzen hier Viertele.«

Friedrich nahm Platz. »Bringen Sie mir das Gleiche, was der Herr bestellt hat«, bat er den Wirt. Beim Essen konnte er sich auf Blasius und seinen Geschmack verlassen.

»Währenddem ich gewartet habe, konnte ich ein paar Worte mit dem Wirt wechseln«, begann Blasius. »Beim landwirtschaftlichen Fest, das sie hier alljährlich zu Ehren des Königs abhalten, hat es gestern einen Zwischenfall gegeben. Ihre Bekannten, der Leutnant, die liebreizende Eleonore und Ihr Bruder waren darin verwickelt.

Alle sprechen darüber.«

Friedrich horchte auf und unterließ eine heftige Erwiderung auf Eleonores Betitelung.

»Erzählen Sie!«

Blasius berichtete das, was er vom Wirt erzählt bekommen hatte. Danach war ein junges Paar in einem Gasballon in die Lüfte entschwebt. Eine Patrouille, angeführt von Leutnant August von Engel, habe dies verhindern wollen und auf den Ballon geschossen. Ob sie getroffen hatten, konnte keiner sagen, denn der Ballon war seines Weges gezogen und bald nicht mehr gesehen worden. Der Leutnant sei ihm noch mit gezogenem Säbel nachgeritten.

»Ich will alles wissen«, ermunterte Friedrich Blasius. »Jede Einzelheit.«

»Mehr kann ich nicht berichten.« Blasius gluckste. »Mit einem Säbel einem Ballon nachjagen. Wollte er ihn aufschlitzen?«

»Das wird in den Zeitungen erscheinen«, mutmaßte Friedrich.

»Der König, so sagt man, sei über den Vorfall sehr erbost. Er war auf dem Fest.«

»Das ist gut so.«

Der Wirt kam und stellte ihr Essen auf den Tisch. Gleich darauf brachte er den Wein.

»Sie verzeihen, wenn ich Sie allein lasse«, sagte Friedrich, »aber ich habe zu tun. Wartet auf mich hier unten.« Friedrich stand auf. »Das da«, und dabei deutete er auf die Teller, »wird Ihnen die Zeit vertreiben.«

In seinem Zimmer holte er seine Malutensilien hervor und begann, Bilder zu zeichnen. Ein Gasballon, der an Seilen hing, sich losriss und auf den Soldaten schossen.

Daneben saß ein Leutnant auf seinem Pferd und deutete mit seinem Säbel in Richtung des Ballons. Das sollte Blasius morgen in die Redaktionen tragen. Besonders die demokratischen Blätter würden das zum Anlass nehmen, auf die Obrigkeit zu schimpfen. Aber auch die gemäßigten Zeitungen kamen nicht umhin, darüber zu berichten.

Seine Fantasie schenkte ihm genug Grundlage für empörende Bilder. Das sprach zwar gegen seine eigenen Wünsche, Unruhe zu vermeiden. Hier aber tat es ihm einen unschätzbaren Dienst. Die Empörung würde sich auf den Leutnant richten, der seinerseits dann vom König gerichtet werden würde. August von Engel war erledigt. Zerlegt und filetiert.

***

Eleonore drückte etwas am Schenkel. Es war Williams Notizbuch, das sie in ihren Unterrock gesteckt hatte. Nur an den Rändern wies es ein paar Nässespuren auf. Sollte es das Einzige sein, was ihr von William geblieben war?

Das Boot passierte das Heck des Dampfers, der beigedreht vor ihnen in die Höhe wuchs. Mit einem Mal fiel alle Last von ihr. Ein weiteres Boot kam ihnen entgegen, strebte ebenso auf die *Wilhelm Tell* zu. William stand darin und winkte ihr zu. Sie zitterte, fühlte sich todmüde, aber auch glücklich, wie ein Mensch nur glücklich sein konnte. Es war überstanden!

Eleonores Boot erreichte als Erstes die Bordwand. Von allen Seiten kamen die Männer und halfen ihr.

Oben erwartete sie bereits ein Mann in goldbestickter blauer Uniform. William folgte ihr dichtauf. Er schwankte, versuchte zu lächeln. Als Antwort reichte sie ihm ihre Hand.

»Kapitän Rust«, stellte sich der Kapitän vor. »Willkommen an Bord der *Wilhelm Tell.*« Er reichte ihnen seine schwielige Hand.

Aus allen Winkeln des Schiffes kamen Männer und Frauen auf sie zu und klopften ihnen auf die Schultern.

»Sie sehen aus, als könnten Sie einen Schluck vertragen«, sagte der Kapitän und reichte ihnen eine Schnapsflasche. »Und ihre Schramme an der Stirn sehe ich mir auch gleich an«, sagte er, an William gewandt.

»Die Narbe ist längst verheilt«, sagte Eleonore. »Und erzählt von einem anderen Abenteuer.«

William trank und reichte ihr die Flasche weiter. Eleonore verzog ihr Gesicht zu einem bitteren Lächeln, nippte nur ein wenig daran. William trat an die Reling. Etwa fünfzig Meter entfernt lagen weitere Boote im Wasser. In ihrer Mitte schwammen Korb und Ballon.

»Meine Männer kümmern sich um alles«, versicherte der Kapitän. »Jetzt geleite ich Sie erst einmal zu meiner Kajüte.«

Hilfsbereite Geister legten ihnen unterwegs vorgewärmte Decken über ihre Schultern.

»Wir werden bald in Romanshorn anlegen«, sagte Rust.

William sah Eleonore fragend an.

»Das liegt in der Schweiz.«

In der Kabine waren sie allein. Dort lagen Handtücher und frische Kleidungsstücke für sie bereit. Eleonore rückte nahe an William heran, schmiegte sich an ihn und gab ihm einen Kuss. Dann trat sie einen Schritt zurück.

»Wir sollten das nasse Zeugs ausziehen«, sagte sie und ließ ihren Worten Taten folgen. Bald stand sie vollkommen nackt vor ihm und nicht eine Spur von Scham bedrückte sie. Nicht nach all dem, was sie miteinander durchgestanden hatten.

William tat es ihr gleich, stieg aus den nassen Sachen, rubbelte sich trocken und schlüpfte in die bereitgelegte Kleidung. Er trug nun einen grauen Anzug, ein weißes Hemd und eine schwarze Jacke. Sie trug ein grünes Kleid. Es passte ihr einigermaßen.

Es klopfte und jemand lugte durch die Tür. »Wir passieren gleich die Einfahrt. Das sollte Ihnen nicht entgehen, meint der Herr Kapitän«, meldete ein Matrose.

Sie stiegen die schmale Treppe hoch. Eine Menschenmenge säumte die Uferstraßen. Hurrarufe ertönten, Zylinder wurden geschwenkt, Hüte in die Luft geworfen. Dazu ertönte ein donnernder Applaus.

»Die Bevölkerung muss Ihre waghalsige Landung verfolgt haben«, erklärte der Kapitän. »Ihren Ballon haben wir geborgen. Ich lasse ihn an Land schaffen.«

»Vielen Dank!«, sagte William.

»Sie sind nicht zufällig Madame Reichard?«, fragte der Kapitän Eleonore.

»Die sah ich vor zwanzig Jahren in München aufsteigen.«

Sie schüttelte den Kopf.

»Sie könnten allenfalls die Tochter sein«, fuhr der Kapitän fort und lachte schallend.

Als sie von Bord gingen, sog sie die Menge auf. Alle

strömten herbei und versuchten, ihnen nahe zu kommen. Ein kleiner, untersetzter Mann kam direkt auf sie zu.

»Ich bin der Wirt des Gasthauses Sonne«, stellte er sich vor. »Ich möchte Sie bitten, meine Gäste zu sein.«

Eleonore nahm Williams Hand. »Sie halten uns für ein Paar«, flüsterte sie ihm ins Ohr.

Unter dem Jubel der Menge geleitete sie der Wirt zu seinem Gasthaus.

»Ich lasse Ihnen sogleich ein Bad herrichten. Bis es fertig ist, können Sie ein wenig ruhen.«

»Vielen herzlichen Dank«, sagte sie.

Eleonore nahm alles wahr, als sei es ein Traum. Die strahlenden Gesichter der Bevölkerung, die dienstbaren Mägde im Gasthof, die sie zu einem hellen, freundlichen Zimmer führten. Dort ließ man sie allein. Sie sanken nebeneinander auf das große Bett, lagen nebeneinander und hielten einander die Hand.

Eleonores Augenlider wurden schwer.

***

August ging mit festen Schritten den Flur entlang. Seine Stiefel erzeugten ein lautes Stakkato, die Sporen klirrten bei jedem Schritt. Der Wachdienst für den König bot kaum Abwechslung, dafür umso mehr Ansehen. Es stand zu befürchten, dass er davon abkommandiert wurde. Vielleicht bot sich ihm dadurch eine Chance. Wenn er zu einer Einheit kam, die gegen Revolutionäre ins Feld zog, konnte er sich da bewähren.

Wie ein fauliger Apfel im Korb, so lagen die Geschehnisse vom Cannstatter Volksfest auf seiner Biografie. Ja,

Konrad Herbst grollte ihm zutiefst, und es würde viel Geschick seinerseits benötigen, die Wogen wieder zu glätten. Aber Eleonores Vater musste doch auch einsehen, wie sehr der Umgang mit William seiner Tochter, ja seinem Ansehen schadete. Ein junger Mann und eine Jungfrau zusammen in einem kleinen Ballonkorb, das offenbar eine ganze Nacht. Und jetzt, so hieß es, wohnten sie zusammen in einem Schweizer Gasthof. August konnte es nicht glauben, dass sie der Ballon wirklich so weit getragen hatte. Er nahm vielmehr an, dass sie irgendwo gelandet und von da mit einer Kutsche und später mit einem Boot weitergereist waren. Vielleicht hatten sie gar die Flucht von langer Hand geplant.

Er erreichte das Zimmer des Generals und übergab dem Wachposten seine Einladung.

»Leutnant August von Engel«, meldete der ihn an und ließ ihn eintreten.

Sein Vorgesetzter stand vor dem raumhohen Bücherregal und blickte die Reihen der Bücher entlang. Durch die Fenster schien hell das Sonnenlicht und ließ kleine Staubpartikel in der Luft tanzen. Abrupt wandte er sich um. Seine grauen Augen funkelten.

August salutierte. »Zu Ihren Diensten.«

»Stehen Sie bequem. Ich habe Ihnen etwas mitzuteilen.«

In August wuchs die Unruhe an. *Mitzuteilen.* Das verhieß nichts Gutes.

»Sie hatten Einsätze in Baden, konnten Erfahrungen sammeln, was Ihnen nicht geschadet hat. Ihr forsches Auftreten kam an.« Der General lächelte schief. »Wenn auch nicht bei Ihren Gegnern.«

»Es war mir eine Ehre.«

»Darum habe ich Sie nicht bitten lassen. Es ist der Übereifer einer Ihrer Männer, die ein schlechtes Bild auf Sie und das Militär im Ganzen abwerfen. Dieser Narr, der inmitten einer Volksmenge auf den Ballon geschossen hat. Auf meinem Tisch stapeln sich die Eingaben besorgter Bürger. Was in den Zeitungen steht …«

Der General hielt inne, mahlte mit seinen Zähnen, seine Backenknochen traten hervor.

»Einer schreibt, das friedliche Fest des Königs sei durch Sie entehrt worden.« Wieder hielt er inne.

August presste seine Lippen zusammen. Die Finger der rechten Hand, die auf der Hosennaht ruhten, zuckten. Er zwang seine Hand zur Ruhe, blickte starr geradeaus. Er öffnete den Mund, wollte etwas erwidern, doch eine Geste des Generals ließ ihn innehalten.

»Damit steht der Bürger nicht allein. Ganz oben sieht man es ähnlich.«

August schluckte. *Ganz oben?* Konnte damit der König gemeint sein?

»Sie werden versetzt«, fuhr der General fort. »Ich hatte erhofft, Ihnen einen Posten in der Ludwigsburger Garnison verschaffen zu können. Seine Majestät hat dies abgelehnt. Er schätzt derzeit Ihre Nähe nicht.«

Ganz oben! Der König. In seinen Ohren rauschte es, und der Oberst brabbelte irgendetwas, was er nicht verstand.

Sein Vorgesetzter trat nahe an ihn heran und seufzte. »Ja, Sie werden zum Wachdienst auf den Hohenasperg abkommandiert und haben sich dort am 1. November zu melden. Bis dahin sind Sie freigestellt. Wenn erst einmal Gras über die Sache gewachsen ist, will ich zusehen, Ihnen wieder ein richtiges Kommando zu ergattern. Jedoch frühestens in einem halben Jahr. Es liegt an Ihnen.«

Der General wandte ihm den Rücken zu. Das Gespräch war damit zu Ende. Nein, er war am Ende! Der Hohenasperg diente seit Jahrzehnten als Gefängnis. Ein Ort, an den unliebsame Menschen abgeschoben wurden, und so stand er damit auf einer Stufe mit Aufwieglern. Es machte keinen Unterschied, ob er vor oder hinter den Gittern stand. Er salutierte mechanisch, machte kehrt und verließ den Raum.

*Dein – Leben – ist – ruiniert.* Jeder seiner Schritte, die von den Wänden widerhallten, untermalte diesen Satz. Eine unbändige Wut nahm von ihm Besitz, ließ sein Herz pochen, seine Hände verkrampften.

***

Er stieg aus der Wanne. Nackt tapste er hin zu einem Stuhl, wo ein großes Handtuch lag. Durch ein kleines Fenster drang Sonnenlicht in den Raum. William nahm das Tuch und rubbelte seine Haut trocken. Der Wirt hatte ihnen das vornehmste Zimmer gegeben. Mit einem eigenen Baderaum. Weder er noch Eleonore hatten widersprochen, auch nicht, als er sie für ein Ehepaar hielt. William trat zum zweiten Stuhl. Darauf lagen fein säuberlich gefaltet Hose und Hemd. Er schlüpfte in die Sachen. Die Hose passte wie angegossen, das Hemd umfing weich seine Haut.

Von nebenan, wo ein wuchtiges Himmelbett stand,

vernahm er gedämpfte Stimmen. Da sprach eine Magd mit Eleonore. Er wartete, hörte, wie die Tür ins Schloss fiel, und trat ein. Eleonore wandte ihm ihren Rücken zu und strich ein Kopfkissen glatt. Sie trug ein lindgrünes Kleid.

»Die neuen Sachen stehen dir gut«, sagte er.

Sie sah ihn an. »Ich kann das Kompliment zurückgeben.«

Es klopfte an der Tür.

»Der Wirt lässt fragen, ob Sie heute noch herunterkommen wollen. Er verstünde es aber auch, wenn Sie ruhen möchten. Er hat ein Tablett herrichten lassen.« Die Magd sah sie mit unverhohlener Neugier an.

»Vielen Dank!«, sagte William. Er suchte Blickkontakt mit Eleonore. Sie nickte ihm unmerklich zu. Er nahm das Tablett. »Richten Sie dem Herrn Wirt unsere Grüße aus. Heute würde uns in der Tat etwas Ruhe guttun. Man fällt nicht alle Tage vom Himmel herunter.«

Die Magd machte einen Knicks und verschwand. William stellte das Tablett auf den Boden. Eleonore lächelte. Der kurze Schlaf hatte alle Spuren der Strapazen aus ihrem Gesicht verschwinden lassen. William erschien sie tausendmal schöner als je zuvor. *Beinahe wäre es um uns geschehen gewesen,* dachte er. Ihre Nähe vertrieb solch düstere Gedanken schnell wieder. Sie waren am Leben.

Sie reichten einander ihre Hände, traten näher, bis sie eng umschlungen zusammenstanden.

»William, mein William«, sagte Eleonore mit zitternder Stimme. Sie verbarg ihr Gesicht an seiner Schulter.

»Meine Liebe«, erwiderte er und küsste ihr Haar.

Dann geschah alles wie in Trance. Stück für Stück zogen sie sich aus. Bald lagen sie im Bett. Alle Dämme der Zurückhaltung brachen, nichts ließ sie innehalten. Auch nicht das laute Knarren des Bettgestells, als sie verschmolzen, eins wurden.

Ihr Atem ging schneller, sie stöhnten, bebten. Eleonore lief eine Träne die Wange hinunter. *Eine Träne des Glücks,* dachte er. In einem letzten aufbäumen entlud er sich. Sie waren ein Paar.

***

Die Tage vergingen für Eleonore wie im Flug. Tagsüber wurden sie vom Wirt hofiert, der ständig neue Gäste mitbrachte, die sie unbedingt sehen wollten.

Die Abende gehörten ganz ihnen allein. Sie liebten sich heiß und innig und schliefen dann eng verschlungen in dem großen Bett.

Das war sie also, die große Liebe. Das Einssein mit einem Mann. Mit William fühlte sich das gut und passend an, genauso wie sie bei August von Engel immer gezweifelt hatte, ob er der Richtige sei. Noch lange vor Vater, der sonst immer alles so gut einschätzen konnte.

Den Leutnant war sie los, dessen war sie sicher. Ihr Vater würde ihn nie wieder in ihr Haus treten lassen, nach all dem, was er getan hatte. Nie hatte sie bei August diese Vertrautheit gespürt, nie das Wissen um dessen Gedanken.

Sie dachte an Friedrich und an Fritze, ihre Künstler. Wo mochte Friedrich jetzt sein? Dachte er an sie? Bei ihrem Ausflug in Potsdam hatte sie das Gefühl, dass da mehr war als nur das Zeichnen. Ihr war nicht verborgen geblieben, wie er selbst erstaunt darüber war, dass er die Windmühle vergessen und nur sie gezeichnet hatte.

Das war Vergangenheit. Doch heute war ein Brief ihres Vaters eingetroffen, der erste Schatten auf ihr unbeschwertes Dasein warf.

Eleonore lauschte und vernahm Schritte auf dem Flur. Da trat William ein.

»Wir haben Post erhalten«, begrüßte sie ihn und führte ihn zum Bett. Da lagen Ausschnitte, die Vater seinem Brief beigelegt hatte. Sie nahm den Brief auf, faltete ihn auseinander und begann zu lesen:

*Liebste Tochter,*

*ich konnte den König davon überzeugen, dass all das ein Irrtum war. William ist über alle Vorwürfe erhaben. Er ist kein Aufwiegler. Ein Haftbefehl gegen ihn ist nicht mehr gegeben. Ihr könnt nach Hause kommen. Anbei sende ich euch Fahrkarten für die Bahn von Friedrichshafen nach Ravensburg. Dort wird ein Wagen auf euch warten.*

*Dein Vater*

»Gute Nachrichten«, sagte William. »Lass uns die Zeitungen anschauen. Es waren Berichte über ihre Flucht. Die Verfasser beklagten, dass Soldaten auf ehrbare Bürger geschossen hatten.

»Sie übertreiben«, sagte Eleonore. »Sie schreiben, die Soldaten hätten Salven auf uns abgefeuert.«

»Dann säßen wir jetzt nicht hier«, entgegnete William. Er überflog die Seiten und betrachtete eingehend die Bilder, die zu den Artikeln gedruckt worden waren. »Von Engel ist gut getroffen, wie er seinen Säbel in den

Himmel streckt. Sein Eifer wurde …« William stockte.

»Was hast du?«

Er deutete auf die Zeichnung. Sie sah ein großes *FE* rechts unten.

»Friedrich!« *Weilte der wieder in Stuttgart? War er dabei gewesen?*

»Sie schreiben«, fuhr William fort, »dass der verantwortliche Offizier Mitglied in der königlichen Garde sei und es nicht angehen könne, ihn dort zu belassen.«

»Der König wird handeln. Bestimmt ist er in seinem Stolz gekränkt.« Eleonore sah William an. »Wir können heimkehren, das allein zählt.«

*Und dass wir ein Paar sind, immer bleiben werden.*

# Geschichtlicher Hintergrund

Die Revolution 1848 gilt vielen als die Geburtsstunde der Demokratie auf deutschem Boden. Ein erster Versuch, der noch scheiterte.

Die Ereignisse, die ich im Roman geschildert habe, insbesondere dann, wenn historische Personen beteiligt waren, fanden alle so statt. Auch die Flucht des Prinzen von Preußen, die in den meisten Geschichtsbüchern nur in einem Nebensatz erwähnt wird, entspricht den Tatsachen. Der Bericht seines Adjutanten, Major Oelrich, diente mir hier als Quelle. Dessen Bericht wurde Jahre später veröffentlicht, vielfach angezweifelt, aber nie widerlegt.

Zu den Abläufen der Barrikadenkämpfe und den Tagen danach gibt es zahlreiche Publikationen von Zeitzeugen. Hervorheben möchte ich hier Adolf Streckfuß mit »Die März-Revolution in Berlin – Ein Augenzeuge erzählt« und Ernst Kaeber, dessen »Berlin 1848« einhundert Jahre später erschien. Über das Leben in Berlin zu jener Zeit hat Friedrich Saß ein detailliertes Buch herausgebracht: »Berlin in seiner neuesten Zeit und Entwicklung 1846«.
Weiter halfen mir Ernst Dronke mit »Berlin«, das zur gleichen Zeit erschien und ein Bildband Eduard Gaertners, der viele Schauplätze gemalt hat.

Bettina von Arnim prangerte damals die Lebensumstände der Armen an und war stets bemüht, Abhilfe zu schaffen. Ihr Werk »Dies Buch gehört dem König« richtet sich direkt an den preußischen Herrscher. Ich habe insbesondere auf den Anhang, betitelt mit »Erfahrungen eines jungen Schweizers im Vogtlande«, zurückgegriffen. Zu den Wohnverhältnissen und den damaligen sozialen Einrichtungen, wie etwa dem Arbeitshaus, liegen viele weitere Veröffentlichungen vor.

Bei der Schilderung zur Eröffnung des Frankfurter Paulskirchenparlaments konnte ich auf die Protokolle der Sitzungen zurückgreifen, die im Internet zu finden sind. Es ging, wie im Roman gezeigt, drunter und drüber. Die Schwäche des Parlamentes sowie der ganzen Revolution war die Uneinigkeit der Abgeordneten untereinander. Die einen wollten eine Republik, bedingungslose Freiheit und Mitsprache für alle, die anderen nur die bestehende Ordnung ein wenig auffrischen. Einigkeit herrschte allein in dem Wunsch, ein geeintes Deutschland zu erschaffen.

Bei den Kapiteln zu Stuttgart half mir das Buch »Stuttgarts Gegenwart« von J. E. Hartmann aus dem Jahr 1847. Das Cannstatter Volksfest wurde zwanzig Jahre vor den Ereignissen im Roman gegründet und Heißluft- und Gasballone waren damals nicht unbekannt. Hier muss ich noch einmal Herrn Volker Kuinke danken, der meine Fantasie zügelte und eine Bruchlandung verhinderte.

Jetzt könnte man meinen, ich hätte meine Nase nur in dicke Bücher gesteckt. Das ist allerdings weit gefehlt. Ich habe alle Schauplätze des Romans bereist, auch wenn diese kaum noch Ähnlichkeiten mit dem damaligen Zustand aufweisen. In Bremerhaven existiert noch ein Teil des ersten Hafenbeckens, in Berlin steht noch die altehrwürdige Marienkirche und das Stadtschloss wird ja gerade, zumindest die Fassade, wiederaufgebaut. In Frankfurt am Main fließt noch der Main und in Stuttgart stehen noch Teile des ersten Bahnhofs und manch andere Bauten aus der Mitte des 19. Jahrhunderts.

In all den Städten habe ich auch den Mitarbeiterinnen und Mitarbeitern der zahlreichen Museen zu danken, die sich um die Bewahrung der Vergangenheit bemühen.

Ich habe mit Eleonore, William, Friedrich und August Menschen handeln lassen, die stellvertretend für die tatsächlich Beteiligten stehen. Den historischen Personen habe ich so wenig wie möglich in den Mund gelegt und sie das sagen lassen, was überliefert ist oder was sie selbst in Briefen formulierten.

Die Sprache der Menschen Mitte des 19. Jahrhunderts glich in großen Teilen schon dem heutigen Deutsch. *Ihr* und *Ihre* war gerade aus der Mode gekommen, dafür wurde vom *Sie* reichlich Gebrauch gemacht, selbst unter Verwandten. Ich habe Eleonore einen Vater gegeben, der darauf keinen Wert legt. Bis auf wenige Ausnahmen reden alle Figuren Hochdeutsch. Bei Maria, der tüchtigen Köchin und bei Fritze, dem aufgeweckten Jungen aus Berlin, habe ich bewusst Ausnahmen gemacht. Ich hoffe, deren Reden sind dennoch verständlich.

Trotz aller Mühe und der gründlichen Recherchen bitte

ich zu verzeihen, wenn sich doch der ein oder andere Fehler eingeschlichen haben mag. Es ist ein Roman, kein Geschichtswerk, und mein Ziel war es, so authentisch wie möglich die »gute alte Zeit« auferstehen zu lassen.

# Danksagung

Ein Roman entsteht nicht über Nacht, und auch wenn ich ihn letztendlich allein geschrieben habe, so gibt es doch eine Reihe von Geburtshelfern, bei denen ich mich bedanken möchte.

Besonders bei meinen zahlreichen Testlesern, die mir großartige Hinweise gaben und immer geduldig meine Texte gelesen haben.

Danke sage ich auch Michaela Marwich und Bianca Weirauch, meinen Lektorinnen, die dem Roman den letzten Schliff gaben und auch für das Korrektorat gesorgt haben.

Zu danken habe ich besonders Herrn Volker Kuinke, der ein Ballondesaster verhindert hat und dessen wertvolle Eingaben der Realität den Weg bahnten. Sofern noch Fehler technischer Art vorhanden sein sollten, gehen diese ganz auf meine dichterische Freiheit.

Ebenfalls danken möchte ich Elke Katharina Georgi von K-E- Coverdesign, sowie Ralph Sander für die Zeichnungen.

Ich bedanke mich bei den vielen Menschen der Vergangenheit, die aufschrieben, was sie bewegte, die uns ein lebendiges Bild ihrer Zeit hinterlassen haben. Und ich bedanke mich bei Vereinen und Museen, die Vergangenes nicht in Vergessenheit geraten lassen.

Nachtrag zur Neuauflage
Ich bin vielen Leserinnen und Lesern dankbar, deren positives Feedback mich bestärkt haben. Die Reise geht weiter, nicht nur für mein Schreiben, sondern auch für Eleonore und ihre Weggefährten. *Nicht für alle Zeit – Am Abgrund* erscheint im Sommer 2024.

Nürnberg, im Januar 2024

# Vita

Michael Kress wurde in Stuttgart geboren und hat dort auch die ersten dreißig Jahre seines Lebens verbracht. Heute wohnt er mit seiner Familie in Nürnberg. Er schreibt Kurzgeschichten und historische Romane. Das Fach Geschichte hat ihn schon immer interessiert. Dabei waren es weniger die Schlachten und Kriege, die seine Fantasie anregten, als vielmehr die Menschen, die all das erleiden mussten. Wie haben sie ihren Alltag bewerkstelligt, wie gelang es ihnen, nicht den Mut zum Leben zu verlieren?

Mehr Informationen zum Autor finden Sie auf seiner Homepage. Der Autor freut sich über jeden Besuch.

https://www.michael-kress.com/

# Personenverzeichnis (*historisch)

**Eleonore Herbst (19 Jahre alt)**
Sie will ein selbstbestimmtes Leben führen und aus Liebe heiraten, nicht aus Vernunft. Das Los der Armen liegt ihr am Herzen. Ihr großes Vorbild dabei ist Bettina von Arnim.

**William Garrison Euskirchen (23) – Journalist**
Er kämpft mit Worten für Gerechtigkeit und handelt zuweilen leichtsinnig, was ihm bereits Narben an Leib und Seele eingebracht hat.

**Friedrich Euskirchen (33) – Williams Bruder, Portraitmaler und Agent in Berlin**
Er möchte die bestehende Ordnung um jeden Preis erhalten. Bei Eleonore erwacht sein Wunsch nach einer festen Bindung. Friedrich kennt keine Skrupel.

**August von Engel (26) – Leutnant**
Mit Glücksspiel gefährdet er seinen Besitz und sein Ansehen. In einer Heirat mit Eleonore sieht er die Lösung seiner Geldsorgen. August kaschiert seine Unsicherheit durch Brutalität.

**„Fritze“ Friedrich (12) – ein begabter Zeichner**
Eleonore trifft das einbeinige Kind im Armenhaus in Berlin; fortan ist es ihr ans Herz gewachsen.

**Konrad Herbst (62) – Eleonores Vater**
Anwalt und Freund des württembergischen Königs. Stets um Eleonores Wohl besorgt.

**Prinz Wilhelm von Preußen* (51) – der spätere Kaiser Wilhelm I**
Als „Kartätschenprinz“ beschimpft. Erbitterter Gegner der Revolution.

**Bettina von Arnim* (63)**
Widmet ihr „Armenbuch" dem preußischen König, mit dem sie im Briefwechsel steht.

**Wilhelm I, König von Württemberg* (67)** – Mit Konrad Herbst befreundet.

**Wilhelm IV, König von Preußen* (53)** – Zunächst beschwichtigend in der Revolution.

u.v.a.

ISBN 978-3-7584-6949-7
9 783758 469497 00001
www.epubli.com